CLAUSTRIA

Régis Jauffret

CLAUSTRIA

ROMAN

Éditions du Seuil

TEXTE INTÉGRAL

ISBN 978-2-7578-3212-7
(ISBN 978-2-02-102251-3, 1re publication)

Ce livre est une œuvre de fiction. Les propos, intentions, sentiments ou caractères prêtés aux personnages relèvent de l'imaginaire de l'auteur. Ils ne reflètent en aucune façon ceux de personnes existantes. Ils sont utilisés de manière purement fictionnelle, et ne sauraient être considérés comme étant vrais. Ni eux-mêmes ni les faits évoqués ne sauraient donc être rigoureusement ramenés à des individus ou à des événements existant ou ayant existé, ni témoigner d'une réalité ou d'un jugement sur ces faits, sur ces personnages et sur les lieux évoqués dans cet ouvrage. Ce livre n'est autre qu'un roman, fruit de la création de son auteur.

Dieu, s'il existait, pourrait-il jamais réparer de telles horreurs ?
Le passé est plus fort que Dieu.
Le Tout-Puissant ne peut effacer ce qui s'est déjà passé.

Isaac Bashevis Singer

À cinquante-deux ans, l'ancien gamin Roman Fritzl était le dernier survivant du petit peuple de la cave. Sa mère était morte, son frère et sa sœur n'avaient pas atteint la quarantaine. L'air libre les avait tués lentement comme une émanation délétère.

La maison d'Amstetten a été revendue sept fois depuis qu'ils en sont sortis le 26 avril 2008. Roman avait cinq ans ce jour-là. Comme l'avait dit un jour son père à un voisin, elle est entrée dans l'histoire.

– Quelle histoire ?

Un sourire était monté à ses lèvres. Il l'avait ravalé aussitôt comme une bouchée.

Mais on finit par oublier les histoires, et le dernier propriétaire des lieux avait fait faillite. La boîte de nuit qu'il avait ouverte quinze ans plus tôt n'avait plus de clients. Elle était terminée l'époque où les invités s'entassaient près du bar lilliputien face à la piste de danse où auraient pu valser des nains. Sous le plafond bas comme un homme on fêtait l'anniversaire d'un ami déguisé en vampire, le baptême d'un enfant dont les parents espéraient qu'il serait un jour brillant comme Lucifer, le mariage d'un couple qui les derniers convives en allés consommait en frissonnant sa nuit de noces à croupetons sur une table à l'endroit même où jadis trônait le lit sur lequel le père avait chevauché sa fille durant un quart de siècle.

Les derniers temps, c'est à peine si quelques vieillards venaient encore boire des bières par nostalgie de leur jeunesse, quand les médias du monde avaient envahi la petite ville pour transmettre jusqu'en Chine et en Australie des images de la maison de l'ogre. Ils attendaient des fantômes et lassés de ne pas les voir apparaître ils repoussaient leur verre, se levaient ivres en se cognant la tête aux lattes du plafond, titubaient dans le labyrinthe et remontaient à la surface avec des yeux de poisson mort.

Une explosion un matin de décembre. La veille, les artificiers avaient passé leur journée à parsemer le bâtiment d'explosifs. Une déflagration sous une averse de neige comme on n'en avait plus entendu ici depuis les derniers bombardements alliés de 1945. Une chute de briques, de pierres, de bois, de béton et quelques morceaux de la terrasse qu'on reconnaît encore au-dessus du tas. Puis le bulldozer qui égalise, aplanit, lisse. Aucun objectif pour immortaliser la scène. Même si le vieux maire avait pris la peine d'annoncer l'événement aux agences de presse. Il comptait venir prendre lui-même quelques photos. Victime d'un rhume dans la nuit, il était resté chez lui par peur du froid.

Roman essuie de sa main gantée les flocons tombés sur ses lunettes. Il aperçoit un éclat de la maison à quelques pas de lui, mais il ne s'avance pas pour le ramasser et l'installer de retour chez lui sur la cheminée de son salon comme un éclat du mur de Berlin. Pas de relique, sa mémoire en est pleine à dégueuler chaque nuit dans ses rêves.

Il est remonté dans sa voiture. Il a aperçu dans le rétroviseur l'enseigne du défunt dancing alimentée par un panneau solaire qui continuait à clignoter sur son portique à peine ébranlé par l'explosion. Désormais, des voitures se gareront au-dessus de la cave qu'il n'est venu à l'idée de personne de faire sauter en même temps que la baraque et qui restera comme une poche de cauchemar sous la terre autrichienne jusqu'au jour lointain où une secousse sismique la fera disparaître à son tour.

Amstetten est aujourd'hui une ville verte, fleurie dès le printemps, où on a déroulé des tapis de terre gazonnée au milieu des rues. On laisse son véhicule dans ce parking à ciel ouvert, comme on se déchausse à l'entrée d'une mosquée, avant de pénétrer dans le sanctuaire où les habitants adorent leur bel écosystème en pédalant pour faire tourner les roues de leurs vélos comme des moulins à prières.

Platon, le mythe de la caverne, *the myth of the cave*. Des prisonniers qui ne verront jamais de la réalité que des ombres d'humains projetées sur la paroi de la grotte où ils sont enchaînés. Dans le souterrain les enfants n'ont vu de l'extérieur que les images tombées du ciel qui leur parvenaient par le câble de l'antenne.

Le mythe a traversé vingt-quatre siècles avant de s'incarner dans cette petite ville d'Autriche avec la complicité d'un ingénieur en béton et celle involontaire de l'Écossais John Baird qui inventa le premier téléviseur en 1926.

Je me suis rendu sur les lieux fin novembre 2008. Un trou gris de Basse-Autriche cerné par les forêts, les montagnes. Un endroit comme un autre pour donner la vie et laisser se dérouler la sienne sans geindre ni se pâmer.

J'ai rencontré Roman à l'hôpital Mauer-Amstetten où après avoir expulsé tous les malades les autorités logeaient la famille souterraine afin de la protéger des journalistes et des paparazzis. Pas l'ombre d'un flic ce matin-là, les médias s'étaient lassés de faire le siège de la forteresse.

J'étais venu en taxi. Le chauffeur parlait un peu d'anglais.

– Vous avez un ballon ?

– Oui.

Il a ri. Je n'ai pas osé lui dire que j'allais en faire cadeau à Roman.

– Cette affaire est une mauvaise publicité pour notre ville.

Il a réfléchi.

– Mais c'est de la publicité quand même.

Six mois plus tard, un restaurant proche du palais de justice de Sankt Pölten où l'on jugeait Fritzl rebaptiserait la célèbre escalope de porc autrichienne du nom de Wiener Fritzl, peut-être pour le traiter ainsi de cochon, ou alors pour donner au personnel médiatique venu couvrir le procès le délicieux frisson de mâcher une lamelle du corps de l'ogre. Les autorités ont été averties de cette faute de goût, et à regret le restaurateur a enlevé l'affichette qu'il avait collée sur sa vitrine.

J'ai enfilé une blouse blanche que j'avais achetée la veille. J'ai attendu caché derrière un sapin. Une porte s'est ouverte. Un infirmier est sorti. Roman le suivait en combinaison de ski rouge et Moon Boots vert amande. Il portait encore des lunettes fumées qui protégeaient de la lumière du jour ses yeux fragiles d'enfant des profondeurs. Il souriait. L'infirmier se donnait de grandes claques sur les épaules pour se réchauffer. Il lui a dit quelques mots avant d'aller fumer une cigarette au loin.

J'ai lancé le ballon. Il a regardé en direction du sapin. Je suis sorti de ma cachette, levant la main en signe de paix comme font les chefs indiens dans les westerns. Il n'a pas semblé surpris de me voir. Il avait vu surgir tant de monde depuis son extraction de la cave.

Je me suis approché. Il a glissé en shootant. Il s'est relevé un peu pataud, gros cosmonaute emmailloté dans sa combinaison et ses bottes spatiales. Je lui ai renvoyé le ballon. Nous avons fait quelques passes. Il devenait peu à peu plus agile. Il courait dans la neige. Peut-être ne se souvenait-il déjà plus du petit seau en plastique rempli de flocons à moitié fondus que leur père avait apporté dans le souterrain un jour de décembre. Un cadeau fugace qui leur avait rappelé le givre du congélateur.

L'infirmier est revenu vers nous en crachant des bouffées. Me prenant pour un confrère, il m'a salué d'un hochement de tête que je lui ai aussitôt rendu.

– *Willst du eine Zigarette ?*

Il a sorti son paquet de sa poche.

Je lui ai répondu *ja, ja*.

– *Sie arbeiten in diesem Krankenhaus ?*

Je n'ai pas compris sa question, d'ailleurs je ne suis pas sûr qu'il me l'ait posée. J'ai cru m'en souvenir le soir phonétiquement et c'est le concierge de l'hôtel qui a cru reconnaître ces mots.

– Il voulait savoir si vous travailliez à l'hôpital.

J'avais répondu à l'infirmier d'un simple *ja*, mais cette fois mon accent m'avait trahi. Il s'est mis à hurler, tant et si bien que Roman a détalé. Tandis qu'il lui courait après, je me suis enfui.

J'ai atteint la route essoufflé. J'ai fait de grands signes aux voitures. Je suis monté dans le break d'une dame. J'avais répondu à toutes ses questions en levant mon poignet et en donnant des coups d'ongle sur le verre de ma montre. Croyant sans doute que cet étrange soignant courait vers une urgence, elle écrasait l'accélérateur. Je voyais sur le tableau de bord clignoter l'alarme de la jauge d'essence. Cinquante kilomètres plus tard, elle s'est arrêtée en catastrophe à une station-service. Je me suis échappé.

Je suis rentré à Vienne en car.

J'ai marché. Une ville comme un décor d'opéra où l'on attend perpétuellement l'instant où le rideau se lèvera. La circulation comme un bruit de spectateurs qui se bousculent dans les allées en cherchant leur place.

Je ne doutais pas de rencontrer Hitler au coin d'une

rue. Dans les années 1910 il errait là comme un pauvre diable avec ses trois idées noires qu'on aurait enterrées cinquante ans plus tard dans l'anonymat, son corps séché par la vieillesse. Sa vie aurait été pareille à celle des innombrables illuminés qui ont terminé leur vie en déblatérant des imbécillités dans l'arrière-salle d'un café en compagnie d'autres gâteux de leur génération.

Un enterrement de misérable dans un petit caveau acheté à crédit, une folie ornée d'un svastika inversé fruit de toute une existence de privations dans l'espoir de se faire remarquer dans ce grand cimetière où été comme hiver on enterre au pas de charge afin d'aller déguster plus vite la collation des funérailles.

Mais il a quitté à vingt-cinq ans la capitale de l'ancien Empire austro-hongrois. Ces terres détrempées de nostalgie, où la cruauté était devenue un fantasme masochiste, où l'héroïsme était considéré comme un luxe de hobereau assez dégénéré pour préférer la gloire à la rapacité. L'Allemagne l'a adopté comme un chien galeux.

Dès sa sortie, Roman avait bénéficié d'une éducation que l'État avait financée de mauvaise grâce. L'affaire ne lui avait que trop coûté, et le sinistre tourisme qui avait semblé se développer un temps autour d'Amstetten était vite tombé en quenouille. De toute façon, il n'aurait jamais généré assez de taxes pour espérer récupérer un jour tout l'argent dépensé pour cette famille broyée, extraite en charpie de son terrier.

Reloger quatre-vingts malades afin de lui laisser la jouissance d'un hôpital tout entier s'était avéré ruineux. Les premiers temps, les enfants ne supportaient pas l'espace. Ils avaient peur des sonneries, des escaliers, et surtout des fenêtres qui donnaient sur la campagne, avec ces routes comme des canaux où les voitures coulaient vers l'infini. En hâte, il avait fallu construire une réplique de la cave qu'ils habitaient une partie des jours, des nuits, et parfois davantage. Un caisson de recompression. Ils étaient comme des plongeurs remontés trop vite des profondeurs.

Angelika aurait aimé conserver la cave d'Amstetten et pouvoir s'y réfugier quand les tracas de la liberté lui pèseraient. Une sorte de résidence secondaire, un espace privé où elle pourrait retrouver ces vingt-quatre années où du fond de l'horreur elle avait si souvent connu la joie.

Les premiers pas tardifs de Petra, le premier sourire

de Martin et cet instant magique où Roman avait tant fait rire le peuple de la cave réuni autour d'un repas de Pâques en gobant un spaghetti à la manière de l'avaleur de sabre qu'il avait vu la veille à la télévision.

Le monde entier était braqué sur l'Autriche accusée d'abriter encore dans son sous-sol des poches de nazisme. Un troupeau cosmopolite d'envoyés spéciaux ingérables, fureteurs, désœuvrés après un séjour de plusieurs mois dans cette ville sans attrait, qui se précipitaient chaque jour à la conférence de presse où policiers et magistrats les inondaient de nouvelles pour étancher leur soif de bestiaux déshydratés d'avoir pissé trop vite celles de la veille. Une vapeur dont les antennes satellites saturaient la stratosphère sans discontinuer.

Quinze jours après leur sortie, Angelika avait exigé que Roman soit scolarisé à l'instant même dans une école avec son frère Martin qui avait eu dix-huit ans au début de l'année. Du soir au matin, ils s'étaient retrouvés tous deux dans la même classe. Un cours préparatoire où l'aîné faisait saillie comme un épouvantail au milieu d'un champ de bonsaïs. L'armée avait été affectée à la surveillance de l'établissement scolaire, une troupe qui le cernait par cercles concentriques comme une citadelle. Peur des photos, des vidéos, des rumeurs, crainte d'un enlèvement par de mystérieuses brigades aux intentions aussi improbables qu'absurdes.

Ils n'étaient restés là-bas qu'une semaine, le temps d'effrayer leurs condisciples avec leur tête hallucinée, leurs lunettes noires rendues étanches par un bourrelet de caoutchouc, leur manie de se déplacer à quatre pattes dans la cour, de communiquer accroupis sous leur bureau, dans les placards, les toilettes éteintes, comme des cafards que seule l'obscurité rassure.

On avait fini par monter une tente kaki, tapissée de

couvertures de survie, un abri opaque à la marge du terrain de sport où les enseignants disaient aux autres gamins qu'ils allaient faire la sieste.

Et puis un rapatriement en pleine nuit dans une ambulance perdue au milieu d'une armada de camions remplis de militaires armés de fusils d'assaut dont on devinait le canon sous la bâche. Retour à l'hôpital auprès d'Angelika et de leur sœur toujours en réa.

L'hôpital avait servi de sas, et des escouades d'instituteurs, de professeurs de toutes sortes s'étaient relayées chaque jour pour leur infuser les rudiments d'un savoir que l'aîné transpirait à grosses gouttes à chaque leçon pendant que Roman assimilait à peu près cette soupe. Au fur et à mesure il devenait moins ignorant, et s'éloignait de la crétinerie dont sa fratrie souterraine demeurerait affectée jusqu'à la mort. Mais son intelligence resterait poussive, comme s'il avait tenu à rester solidaire malgré tout.

Dès le lendemain de la libération de la cave, la police avait organisé des réunions quotidiennes à l'hôpital. La grand-mère Anneliese, Angelika, les enfants de la cave et les trois enfants du haut que Fritzl avait arrachés à leur mère pour les élever à l'air libre tentaient de nouer des liens tandis que Petra luttait contre la mort dans l'unité de soins intensifs.

Au bout de quelques jours Angelika a trouvé sa mère encombrante. Roman et Martin commençaient à lui manifester une certaine tendresse, et elle allait chaque jour visiter Petra en parlant d'elle avec une façon de se l'approprier qu'elle jugeait suspecte.

Les médias avaient émis des doutes sur son innocence. Si la police n'avait relevé aucune trace ADN de son passage dans la cave, personne n'imaginait qu'elle n'avait pas remarqué le manège de son mari charriant les victuailles et remontant les poubelles.

Reprenant à son compte ces soupçons légitimes, l'index pointé vers elle Angelika l'a accusée en silence un matin de mai. La vieille a plaidé maladroitement devant sa fille muette.

– Ton père m'a toujours terrorisée. Il m'aurait frappée si je lui avais posé la moindre question.

– Je ne l'ai jamais vu traverser le jardin avec des courses. Et même si je l'avais vu ? Les yeux peuvent se tromper comme les gens.

– J'entendais, oui, j'entendais. Mais c'était impossible que tu sois en bas, comment aurais-tu voulu que j'en croie mes oreilles ? Si on devait prêter attention à tout ce qu'on entend.

– Il m'avait dit que tu étais à l'abri dans une secte. J'étais rassurée. Quand tu étais jeune, ton père avait tellement peur que tu te drogues. Il t'a enfermée pour te protéger. Sans lui, aussi bien tu serais déjà morte.

Sans un mot Angelika lui avait asséné son verdict. Anneliese avait compris qu'elle lui interdirait désormais de voir les six enfants que son mari lui avait faits. D'un regard, elle l'a jetée hors de la chambre sans lui laisser le temps de les embrasser.

Elle était sortie de la pièce toute mouillée de sueur. La peur d'être arrêtée, de mourir en prison. Le visage d'Angelika taillé dans la pierre. Une tête qui s'était refermée sur sa condamnation sans appel, même si elle n'avait pas ouvert sa bouche édentée pour lui signifier la sentence.

Quand Angelika a appelé le commissaire général de la Basse-Autriche, sa mère sortait à peine de l'hôpital en titubant sous la pluie.

La semaine suivante on l'exilait sous une autre identité dans un village perdu du Tyrol dont le nom a été tenu secret jusqu'à son décès dix-sept années plus tard. Son changement de nom lui avait été facturé cinq cents euros, malgré ses protestations à vouloir conserver le sien qui était gratuit. Avant d'être envoyée là-bas, elle avait eu à peine le temps de se plaindre à un groupe de journalistes qui planquaient devant chez elle.

– C'est quand même triste d'avoir élevé dix enfants et de ne pas avoir d'argent.

Selon les instructions de sa fille, le bénéfice de la retraite de son mari lui avait été retiré. Elle devrait se contenter désormais du minimum vieillesse. La maison d'Amstetten avait été saisie afin d'indemniser partiellement les banques qui avaient prêté à Fritzl à fonds perdu pour réaliser ses fantasmes immobiliers.

L'image du père autrichien était déjà assez ternie. L'exil sonnait le glas des tracasseries policières à son endroit. On préservait ainsi l'icône, la mère autrichienne qui foulée aux pieds aurait fait passer la population du pays pour une horde de loups.

Un journaliste italien avait remarqué que Fritzl portait moustache comme le Führer, et la nouvelle s'était répandue jusque dans les blogs des ados de la ville. Les pères moustachus se rasaient, de crainte qu'on ne les prenne pour des bourreaux.

Le président de la République devait répondre à des questions insolentes.

– Chez nous, on met du vin dans sa cave. En Autriche, vous y mettez vos gosses ?

Il avait répondu que non. Le monde entier avait ri.

Angelika a dirigé l'Autriche pendant presque une année. La parole de la martyre était aussi sacrée que les sourates du Coran. Depuis son cockpit de l'hôpital, elle pilotait satellites et rotatives de la planète.

Les interrogatoires de Fritzl étaient rendus publics quand elle les avalisait. Elle les modifiait souvent, afin de consolider les fondations de son histoire. Au début de l'affaire, elle a récusé plusieurs flics aussitôt remplacés comme des figurants. On a dû transiger le jour où elle a exigé l'arrêt immédiat des perfusions que l'on faisait à sa fille.

– Du sang d'inconnus.

– Nous n'en avons pas d'autre.

– Donnez-lui le mien.

– Vos groupes sanguins sont antagonistes, en plus le sien est rarissime.

– Je veux rencontrer les donneurs.

Un appel avait été diffusé le lendemain sur la chaîne nationale. Un médecin en blouse lisait le communiqué d'une voix blanche.

– Une chute des stocks de sang du groupe AB-, consécutive à une rupture de la chaîne du froid, nous amène à demander instamment aux personnes qui en sont porteuses de téléphoner de toute urgence au numéro qui s'affiche en ce moment au bas de votre écran.

Un défilé trois jours plus tard dans le hall de l'hôpital. Angelika dissimulée derrière la vitre d'un bureau. Sa main qui se levait, fléchissant vers l'avant ou pivotant de gauche à droite pour récuser un candidat. Un flic déguisé en infirmier était chargé de faire semblant de prendre la pression artérielle des recalés, et de les renvoyer dans leurs foyers pour cause d'hypertension incompatible avec la saignée.

Elle semblait choisir au petit bonheur, des hommes autant que des femmes et même un vieillard qui s'était faufilé alors qu'il avait dépassé depuis longtemps la limite des soixante-dix ans au-delà desquels l'Europe interdit les dons de sang. L'hématologue chargé de la collecte était intervenu.

– C'est impossible.

– J'ai quand même le droit de choisir le sang de ma fille.

Il en était convenu bouche bée.

Un mois plus tard, on levait Petra chaque matin. Deux kinés la prenaient en charge et s'employaient à la remuscler. Elle portait un visage gris, des cernes couleur de glaise, de petites mains égarées au bout de bras comme des baguettes brisées à l'endroit du coude. Un corps d'enfant, collée à l'os une pulpe mobile sous la peau. Une poupée cassée, fragile, sa cire prête à fondre.

Elle ne fabriquait aucune phrase, des mots en vrac crachotés d'un raclement de gorge. Elle ne répondait pas quand on lui demandait si elle avait mal ou si elle pouvait faire un effort pour essayer de lever plus haut la jambe. Les mots tombaient en cataracte à l'improviste, comme s'ils s'étaient lentement accumulés dans son larynx.

Un vocabulaire mystérieux, des petits cailloux de langage, des fragments, syllabes inversées, mélangées, des petits dés jetés au hasard comme si l'air des pièces était un tapis vert. Une infirmière chargée de les recueillir les envoyait chaque soir à un linguiste de Salzbourg à la recherche de l'embryon du verbe.

Roman a vécu à Vienne son âge adulte. On y parle autrichien, un allemand que les autochtones disent plus mélodieux. Une langue qu'il parlait couramment au moment où explosait la maison d'Amstetten. S'il lui arrivait encore de pousser un hurlement soudain ou de marcher à quatre pattes, c'était tout seul dans son appartement claquemuré.

À cinquante-deux ans, il avait fait trois tentatives de concubinage. Les deux premières avaient avorté avant la fin du premier mois. La troisième a raté de quelques jours la date de son premier anniversaire. Une comptable fraîchement divorcée d'un collègue et mère de deux enfants.

Elle les obligeait à l'appeler papa, mais ce titre le gênait. Il lui semblait devenir son père à chaque fois qu'il entendait ce mot. Un père aimé, dont on l'avait spolié à sa sortie du souterrain, un père mort depuis longtemps qu'on avait incinéré en douce afin que nul ne puisse voir sur internet la fumée de son cadavre se dissiper dans le ciel autrichien, ni voler ses cendres pour les vendre par petits sachets comme des doses de cocaïne.

Roman aimait jouer sur le tapis avec les gosses. Il traduisait à leur mère les mots qui leur manquaient parfois pour exprimer le fond de leur pensée. À deux et quatre ans, ils prononçaient encore beaucoup de choses avec les yeux, avec leurs lèvres closes mais bavardes qui se contractaient, se chevauchaient, se plissaient ou devenaient vagues comme une dune. Il savait lire ces signaux, comme d'autres un électroencéphalogramme. Un discours muet, subtil, que chaque mot acquis effaçait peu à peu, jusqu'au jour où ils n'auraient plus pour s'exprimer que le langage qui parlerait à leur place, et eux derrière les phrases à se désespérer de n'avoir à leur disposition qu'un vocabulaire inflexible, au sens figé comme une bulle au cœur d'un glaçon, des chiffres dont on ne pouvait pas faire des nombres à l'infini, des sentences raides comme des axiomes, expression du quadrillage que posent les humains sur la réalité.

Même les grandes personnes continuaient à dire sans mots. Il observait les foules bavardes, avec tous ces yeux qui jacassaient à l'insu des consciences recroquevillées, persuadées qu'elles se taisaient quand elles ne disaient rien. Dans la cave, pendant des heures frères et sœur n'émettaient aucun son, les émanations de leur pensée toujours sur le qui-vive se mêlaient continuellement dans l'atmosphère confinée comme des odeurs.

Sa concubine éphémère était une humaine ordinaire, assez avisée cependant pour se rendre compte que Roman avait gardé comme des rhizomes courant jusque dans la cave. Il avait des petits pieds d'enfant qui portaient un corps adulte obèse et flasque. Au fur et à mesure, elle avait eu le sentiment de le perdre de vue. Quand le ton montait, elle voyait bien qu'il semblait quitter la conversation. Ne sortait plus de lui qu'un texte artificiel auquel lui-même ne comprenait rien. Pendant ce temps, les enfants ne le quittaient pas des yeux et semblaient approuver quelque chose qui émanait de lui.

Elle l'engueulait. Il essayait de se défendre.

– Je ne vois pas ce que tu me reproches.

– Tu propages des mauvaises ondes.

Il se taisait, baissait la tête. Les enfants fixaient sa calotte crânienne.

– Vous allez arrêter de le regarder ? Vous croyez que les cheveux de papa vont vous raconter une histoire ?

Ils n'avaient plus de rapports. Ils dormaient alignés sur le lit. Ils étaient devenus différents. Il faut se ressembler un peu pour faire l'amour.

Un soir elle avait quitté l'appartement. Elle avait ouvert la porte, avait dévalé l'escalier avec ses deux mioches. Elle avait retrouvé la rue, l'air libre. Il ne saurait jamais si elle s'était échappée de ce couple avec la même ivresse que lui de la cave d'Amstetten des décennies plus tôt. Une ivresse vite évaporée, il avait gardé la nostalgie du sous-sol. Cette conque, cette coquille qu'ils remplissaient tout entière comme jaune et blanc d'un œuf.

Il s'était consolé de la rupture devant sa console de jeux, une amie électrique dont il parlait la langue. Il regardait le monde défiler à ras de terre à travers les baies vitrées de son grand salon.

À sa majorité, Angelika avait décidé qu'il gagnerait sa vie. Elle avait appelé à la rescousse le ministère de la Justice qui avait pesé de tout son poids sur la municipalité de Vienne pour qu'il soit nommé aide-jardinier au château du Belvédère. Un poste fantôme. Afin de l'occuper, on lui faisait planter au printemps des fleurs laides dans un enclos interdit au public. Il devait les arroser tout l'été avant de les arracher à l'automne. L'hiver, il remuait la terre avec une bêche. Un salaire de misère amputé au bout de deux ans, après qu'on l'eut gratifié d'un mi-temps.

– Vous pourrez vous reposer, et puis ici vous ne servez pas à grand-chose.

Le directeur lui avait donné une tape paternelle sur l'épaule sans remarquer son chagrin.

Il avait vingt-quatre ans. Des mois de loyer impayés, et on l'avait expulsé du studio en rez-de-chaussée d'une de ces cages à poules de banlieue construites sous l'occupation soviétique dans l'immédiat après-guerre. Il n'avait jamais pu habiter qu'à ras du sol, il se cachait les yeux au moindre premier étage. Un vertige, une peur de tomber dans le vide, d'être happé et ramassé sur la dalle à la petite cuillère.

Il avait émigré dans un foyer excentré où une femme de service nymphomane l'avait dépucelé tant bien que mal. Une expérience qui lui avait rappelé étrangement une sensation désagréable dont il avait gardé le souvenir confus. Un de ces souvenirs nés dans la pénombre de la cave qui clopinaient toujours dans les bas-fonds de sa mémoire. Mais avec le temps il avait fini par éprouver du plaisir avec elle.

En mars, une journaliste de la télévision nationale autrichienne est venue le voir au Belvédère. Une grande femme brune dont le tailleur gris lui semblait un emballage trop luxueux pour qu'il puisse rêver d'accéder un jour au corps qu'il enrobait. Elle lui a d'abord demandé si son identité correspondait bien à celle de celui qu'elle recherchait. Il a baissé la tête plusieurs fois.

– Nous faisons un reportage sur vous.

– Moi ?

Il avait pointé son index sur sa poitrine comme pour se dénoncer.

– J'ai rencontré votre frère et votre sœur, mais leurs propos sont incohérents et il faudrait les sous-titrer tellement ils bafouillent. En plus ils ont la peau trop blanche et des espèces de taches brunes dégoûtantes qui nous obligeraient à les flouter à la diffusion, sous peine de perdre les budgets McDo et Coca-Cola qui sont tous les deux de gros annonceurs.

– Ah, oui.

Il avait honte pour eux, et pour lui tout autant car ils étaient reliés entre eux par les liens du sang. Il imaginait un long cordon sanguinolent qui les étranglait tous les trois.

– Ce serait trop compliqué, vous comprenez ?
– Oui.
– Alors, c'est vous qui serez le fil conducteur du reportage.
– Moi.
– On passera des images de la baraque et on fera des vols planés sur les vieilles photos que la police a prises à l'époque dans la cave.

Le reportage avait été diffusé trois mois plus tard. Les premiers temps, on le reconnaissait dans la rue. On lui jetait un coup d'œil et on détournait la tête aussitôt. On n'aimait pas les héros de cette tragédie dont l'Autriche avait tant pâti.

Un hiver est passé, il est redevenu anonyme. Une maison d'édition londonienne l'a contacté alors. Un chèque à cinq zéros pour donner sa version des faits. Une somme qui lui permettrait d'acheter cet appartement moderne dans le centre historique de Vienne où il terminerait sa vie.

La Grande-Bretagne avait toujours été une inconditionnelle de cette affaire cruelle à base de viol et d'enfants séquestrés. Les Mémoires d'Angelika avaient été publiés là-bas dix ans plus tôt.

– Mais nous sommes persuadés qu'elle n'a pas tout dit.

Sa version des faits était devenue la doxa de l'affaire, nul n'avait osé relever les invraisemblances et les contradictions de ce texte bouleversant. À défaut de l'insouciance et du bonheur, les dividendes de son séjour dans la cave lui avaient rapporté vingt-cinq millions de dollars qui l'avaient affranchie jusqu'à sa mort des contingences matérielles. Des millions d'exemplaires vendus, presque autant de traductions que le monde comptait de langues, plusieurs adaptations cinématographiques dont certaines avaient été oscarisées.

Roman voyait souvent Angelika et sa fratrie souterraine qui avait peur du jour et vivait à la lumière des ampoules rétractée dans l'entresol de sa maison de Salzbourg. Il était le seul enfant de la cave à avoir suivi un cursus scolaire. Même s'il n'avait obtenu aucun diplôme, il était devenu autonome. Elle se gardait de lui apporter le moindre secours financier. Elle craignait qu'il se laisse aller, et finisse comme Petra et Martin terrorisé par le monde. Elle l'emmenait chaque été en voyage dans des pays chauds, tandis qu'ils demeuraient sur place, cuisinant les provisions qu'elle leur avait faites, s'abreuvant de télévision, prenant l'air dans le jardin la nuit venue.

Les enfants du haut ne s'étaient jamais laissé tout à fait adopter par leur mère. Une femme montée trop tard, et ils lui vouaient du bout des lèvres l'affection qu'on porte à une tante éloignée. Elle finirait par prendre acte de leur indifférence et les quitterait comme des amants ingrats. Une procédure d'abandon que l'État lui accorderait comme pour se faire pardonner une dernière fois d'avoir laissé pousser le monstre sur son sol. Quant aux enfants du bas, ils les avaient rapidement perdus de vue. Deux races antagonistes sorties du même ventre.

– Vous nous raconterez tout ce que vous savez.

– Je ne sais pas.

– Vous serez coaché par trois auteurs et un psychologue se chargera d'épousseter votre mémoire.

Dix semaines de travail, et au bout du compte un énorme manuscrit qu'on avait taillé comme un bosquet. Le livre était sorti en grande pompe l'été suivant.

– On sort toujours les best-sellers à la mi-juin.

Les médias autrichiens avaient boycotté l'ouvrage. D'une manière générale, lassée par cette histoire éculée dont les personnages lui semblaient avec le temps aussi fantasmatiques que ceux d'un conte de Grimm, l'Europe continentale n'y avait guère prêté attention. En Grande-Bretagne, quelques articles dans les tabloïds, une invitation en fin de soirée à la BBC, une émission sur une chaîne de télé confidentielle, et au bout du compte des ventes faméliques.

– En plus, pas d'adaptation audiovisuelle en vue.

L'éditeur furieux s'était déplacé jusqu'à son domicile pour vider son fiel.

– Le psy a bien vu que vous refusiez de parler. Il aurait fallu un tortionnaire pour vous faire avouer. Si vous aviez accepté de nous ouvrir les portes de votre mémoire, nous aurions obtenu une matière plus riche, plus consistante et probablement assez nouvelle et scandaleuse pour doper les ventes.

Accablé, Roman regardait une lame de parquet.

– Et nous épargner le gouffre financier au fond duquel nous nous trouvons à cause de vous.

Il l'avait quitté au milieu d'une phrase.

– La faillite, voilà.

Il ne lui avait donné ni coup de poing ni poignée de main, et il avait précipité sa corpulence dans la cabine de l'ascenseur. Il était descendu au sous-sol avant de se souvenir que Roman habitait sur le plancher des vaches.

Roman avait redouté un moment de se trouver contraint de rendre tout cet argent pour combler le déficit qu'il avait creusé par son amnésie. En définitive, il n'avait jamais reçu la moindre injonction.

Un livre silencieux, dans lequel il n'avait bredouillé que des confidences insignifiantes. Les rédacteurs s'étaient vus obligés d'en inventer. Ils lui avaient fait dire que son père leur lisait *Mein Kampf* ivre de bière, portait croix gammée tatouée sur son torse, et qu'Anneliese apportait parfois un repas préparé là-haut dans des gamelles dont le double fond était rempli de limes dont faute de barreaux ils n'avaient jamais pu faire le moindre usage.

En réalité, il ne se rappelait pas que sa grand-mère soit jamais descendue dans la cave. Il ne se souvenait plus d'elle. Il l'avait vue si peu et elle avait été si vite exilée. Par la suite, il n'en avait jamais plus entendu parler. Angelika avait appris un jour son décès, mais elle ne s'était pas déplacée pour ses obsèques et ses enfants n'en avaient rien su.

Roman n'avait pas parlé. Mais sa collaboration à cet ouvrage avait ouvert la voie à la réminiscence. Des souvenirs enfouis sortaient de l'ombre. Ils le réveillaient chaque nuit quand ils éclataient un à un dans sa conscience. Des moments de bonheur autour du sapin de Noël coupé dans la forêt par son père qu'ils avaient décoré tous ensemble. Les cadeaux qu'ils ouvraient avec une joie d'enfants élevés à l'air libre, et les bougies de ses cinq ans plantées dans le gâteau au chocolat cuit par Angelika qu'il avait soufflées en éclatant de rire sous les applaudissements de toute la famille.

Il se souvenait aussi du froid, des longs jours où il pleuvait sur la bâche que la mère installait tant bien que mal au-dessus des lits, des sueurs d'été quand la température ambiante flirtait avec les quarante degrés, de l'obscurité, de la soif, quand Fritzl coupait l'électricité et l'eau pour les punir.

Il avait beau secouer la tête, marcher dans l'appartement, courir dans la ville déserte, arroser sa tête d'eau glacée comme pour la refroidir et ralentir le fonctionnement de son cerveau, l'inconscient persistait à expulser les souvenirs comme autant de briques dont peu à peu sa conscience se servait pour rebâtir ce pan de sa mémoire qui s'était effondré la nuit où la police les avait extraits.

Pas vraiment des briques, des débris. Une mémoire enfouie qui avait explosé comme la maison d'Amstetten. De la poussière, une suie, comme si la terreur pouvait devenir incandescente et laisser des cendres. Les victimes sont décevantes, parfois les martyrs ne sont pas des héros. Et puis ces paillettes de bonheur. Une impression de paradis perdu, d'insouciance, de fête, la certitude d'avoir connu des instants de joie pure, transparente, lumineuse, celle des premières années de l'enfance.

Souvenir aussi de la première trappe ouverte sur un boyau obscur, des portes que Fritzl claquait derrière eux, de la deuxième trappe donnant sur un bureau. Puis une pièce torride où ronflait la chaudière. Sa mère qui lui bandait les yeux pour le protéger du jour. La montée de l'escalier. Le vacarme de la rue. Un autre escalier, un bruit de clé, de serrure, et encore une porte qui s'ouvre.

Angelika s'engouffre. Elle l'emporte dans son ancienne chambre d'enfant qu'occupe sa sœur Sophie qu'il n'a jamais vue. Elle a seize ans aujourd'hui, elle n'a vécu que neuf mois dans la cave et elle ne s'en souviendra jamais.

Les volets sont fermés, elle est partie pour l'école sans avoir fait son lit. Des posters collés aux mêmes endroits que du temps de sa mère. D'autres visages avaient remplacé celui de Julio Iglesias, comme des écrans qui auraient changé d'idée. Le mobilier n'avait pas été renouvelé, le placard avait été peinturluré en rose. Angelika reconnaissait la couverture bleue, elle s'était éclaircie en vingt-quatre ans, l'usure l'avait rendue fine comme un chiffon de laine.

Elle l'a couché. Il l'a entendue pleurer dans le couloir, mais ce n'est pas sûr car il s'était peut-être endormi déjà.

Un terrible réveil. Sa mère et son grand-père absents qu'on interrogeait au commissariat. Il ouvre les yeux sur une vieille femme éclairée par la lampe de chevet. Sa grand-mère découpée dans l'ombre. Il l'avait vue sur les photos que Fritzl descendait dans la cave pour leur montrer la vie merveilleuse des enfants du haut. Elle a un bol de lait dans les mains, des pétales de céréales flottent à la surface.

Il s'assied dans le lit. Il trempe la cuillère, mais il n'a pas le temps de terminer le bol. On carillonne, la vieille femme va ouvrir. Des voix menaçantes, des bruits étranges de pas sur le parquet. Dans la cave, il n'avait jamais entendu que celui des godasses de Fritzl, celui des escarpins de sa mère quand elle se déguisait pour l'émoustiller ou arpenter seule les petites pièces pour se donner l'illusion qu'un amoureux allait venir l'emporter le temps d'un dîner au restaurant, d'une promenade dans la ville aux vitrines tentantes. Quant aux baskets, on les entend à peine et le plus souvent ils circulaient pieds nus.

Une policière l'emmène pendant que ses collègues fouillent la maison. Elle a une voix douce et elle ose à peine chuchoter à son oreille. Dehors, c'est la nuit. Les yeux aussitôt attirés par le ciel, le vide vertigineux au-dessus de sa tête. La lune brillante, éblouissante, le soleil dardant derrière elle qui l'aurait aveuglé si la planète avait fait un entrechat.

Il l'avait montrée à la policière en clignant des yeux.

– Là-haut, c'est Dieu ?

Une phrase en mauvais allemand presque incompréhensible, une langue dont les enfants ne se servaient guère dans la cave. Puis il avait filé à quatre pattes sur la pelouse en émettant une plainte. Elle l'avait rattrapé, serrant son poignet entre ses doigts comme une menotte. Elle le tirait, le traînait, comme si elle avait peur qu'il disparaisse dans un trou de taupe ou s'élève dans l'obscurité comme une montgolfière.

Les véhicules de la Bundespolizei garés devant la maison. Les gyrophares qui lui rappelaient les séries de la télé. À nouveau, une exclamation que la policière avait eu du mal à comprendre.

– C'est bien que je sorte, comme ça je vais pouvoir monter dans une voiture.

La route a défilé à travers les vitres. La lune passait d'une fenêtre à l'autre, disparaissait, tombait sur le pare-brise à la sortie des tunnels. Il ne la montrait plus du doigt, il enfonçait son visage dans le duvet de l'anorak neuf que la policière lui avait enfilé avant de l'emmener. Il essayait de s'effondrer, de se couler sous le siège avant. Des deux côtés on le retenait par le bras, un enfant échappé de l'enfer pouvait peut-être avoir le derrière assez chaud pour faire fondre la tôle et le rejoindre à la vitesse de la lumière après un roulé-boulé sur le bitume.

Les mauvais jours. L'hôpital, ce château hanté où les portes battaient, où tout sonnait, où on le transbahutait, lui perçait la peau avec des aiguilles pour lui faucher son sang, où des radiologues le déshabillaient jusqu'à l'os, avec le jour menaçant derrière les carreaux quand un courant d'air soulevait les rideaux doublés de noir installés en hâte le lendemain de leur arrivée.

L'air trop propre, trop frais, et juste les effluves familiers de l'eau de Javel dont Angelika arrosait chaque jour les sanitaires. Pas trace de cette odeur de terrier, vingt-quatre années d'haleine, de sueur, de couches, dans une boîte close dont la grille d'aération donnait sur l'air stagnant du labyrinthe.

On les avait lavés, désinfectés, on avait jeté tous leurs vieux vêtements. Avec son frère ils se reniflaient en vain avec la nostalgie des exilés qui humeront leur vie durant des milliers de fleurs sans retrouver jamais le parfum du chétif rosier en pot trompant la mort sur le balconnet humide et sombre de la cuisine de la maison de leur enfance.

Le petit questionne souvent sa mère.

– Et papa ? Où il est, papa ?

Elle le fait taire d'une tape.

Un soir en le mettant au lit, elle lui a pris la main. Elle l'a serrée fort, comme si paume contre paume elle pensait mieux l'imbiber de ce mensonge.

– Papa est mort.

Deux yeux ronds qui semblent avoir enflé de larmes. Il les retient captives pour ne pas contredire le grand sourire d'Angelika.

Elle balaie son visage du bout des doigts.

– Ne sois pas triste, un papa ça ne sert à rien.

Angelika n'avait jamais répondu aux lettres hebdomadaires que lui envoyait son père depuis le début de son incarcération. Elle le reverrait vingt ans plus tard. Une sortie de prison à quatre-vingt-douze ans. L'opinion l'avait oublié et les autorités avaient décidé de s'en débarrasser ainsi que d'autres vieux criminels pour laisser place à de jeunes délinquants aux dents longues.

Roman avait été l'artisan de leurs retrouvailles. À force d'insister, il était parvenu à la convaincre de revoir son père. Un vieillard au visage comme un rideau affaissé. Il fallait l'analyser avant de reconnaître ses traits d'antan et les fondre en une seule image pour obtenir une sorte de portrait-robot de l'homme déjà bien mûr qu'elle avait vu pour la dernière fois ce soir d'avril 2008 où elle l'avait donné.

Elle n'avait pas voulu pénétrer dans la place. Roman l'avait déposée devant la grille du jardin. Ils avaient échangé un regard.

– Je ne peux pas.

– Tu m'as promis.

Un regard, pas de mots. Une réminiscence du temps où les pensées des habitants de la cave s'entrechoquaient parfois sans avoir besoin d'être dites.

Il avait garé sa voiture sous un marronnier en fleur. Il avait fait le tour de l'enceinte. Il était entré par la porte de la rue. Il avait salué une infirmière. Il était monté à l'étage. Fritzl l'attendait debout dans sa chambre habillé de pied en cap.

– Elle est là ?

Une petite voix issue d'une bouche aux lèvres aussi pâles que les joues, lèvres indiscernables, comme une ride supplémentaire dont le sillon comportait une béance pour laisser passer les phrases.

– On va la rejoindre, papa.

Le seul de ses enfants à l'avoir appelé papa depuis la découverte de la cave, à avoir bravé la consigne d'Angelika. Les autres avaient refusé d'entrer en contact avec lui, renvoyant toutes ses lettres, ses menus présents, changeant de numéro de téléphone à chaque fois qu'il parvenait à les joindre.

Dès sa majorité, Roman avait pris le car chaque samedi pour aller le visiter. Des embrassades au parloir, et parfois ils demeuraient une demi-heure en silence la main dans la main.

Ils ont descendu doucement l'escalier orné de photos de cubes et de grandes boules bleus, formes et couleur déterminées par un gérontologue pour donner aux vieillards une vision apaisée de la vie. Le seul escalier qu'il emprunterait désormais.

Un gémissement à chaque marche. Parvenu au demi-palier, il reprend son souffle. Un soupir de soulagement quand il pose enfin le pied dans le hall.

Une dame aux cheveux clairsemés lui demande s'il n'éternue plus.

– Non, mais je tousse encore un peu le soir.

La traversée du salon, des femmes âgées assises dans des fauteuils. À cet âge avancé la plupart des hommes étaient morts depuis longtemps.

Roman ouvre la porte qui donne sur le grand jardin. Une impressionnante armée de bancs pourvus de hautes poignées. Trois statues en résine colorée représentant des personnages de Walt Disney.

Fritzl porte un grand manteau gris, une écharpe en laine, des lunettes aux vitres verdâtres. Il serre dans son poing un parapluie qui lui sert de canne sous le soleil. Silhouette efflanquée aux petites pattes chaussées de pantoufles qui avance souriante dans le jardin en saluant de la main les pensionnaires avachis sur les bancs ou poussant un déambulateur dont les roues font crisser le gravier des allées.

Roman le tient par le bras. Il marche tête droite, menton levé. Un Mussolini qui aurait eu le temps de devenir vieux. Ils font quelques pas. Il tourne vers lui son regard inquiet.

– Où elle est ?

– Elle nous attend devant la grille.

– Pourquoi ?

Roman ne lui dit pas qu'Angelika ne veut le voir qu'à l'abri des contacts, répugnance à respirer son haleine, l'odeur de son corps pourtant savonné le matin même par l'infirmier.

Fritzl se défait du bras de son fils.

– Laisse-moi.

Il s'appuie sur le parapluie. Il avance doucement, sans à-coups, comme une caméra sur un rail. Quand il l'aperçoit, c'est une image un peu floue. Il avance encore, il finit par la voir absolument nette dans sa veste grenat. Le visage grossit peu à peu, il distingue ses traits. Un front lisse, bouche aux lèvres bombées, yeux ronds entre des paupières sans plis. Il ne la reconnaît pas. Un lifting datant de l'automne dernier, une poitrine neuve qui pointe sous les épaisseurs de tissu. Seules les mains sont plissées, tachées de son, comme si elle avait oublié d'enlever ses gants.

– Angelika.

Elle regarde son père, son amant, son homme. Elle se demande si en désespoir de cause elle ne l'a pas aimé un jour. Race humaine, besoin coûte que coûte d'amour, de rêve, toxicomanie contractée dans le bocal amniotique. La carte du tendre parcourue dans la cave. Un amant fantasque, jamais à l'heure, fille de l'air toujours en voyage. Quand il l'abandonnait elle crevait d'amour tout autant que de faim, elle avait fini par s'attacher à cet être dont le sexe lui avait donné douleurs, joies et enfants. Elle a honte de ce convoi de souvenirs qui traverse sa conscience. Elle recule, elle traverse. Elle essaie de se réfugier dans la voiture. La portière est fermée. Elle cherche une issue. Elle entre dans une boutique. Elle se cache dans la cabine d'essayage. Elle tire le rideau.

Fritzl essaie d'accélérer le pas, comme s'il allait traverser la grille et la dénicher. Roman le suit de près, il veut pouvoir le cueillir avant qu'il ne tombe. Fritzl se retourne. Une gueule de vieillard perdu qui cherche à faire monter ses larmes. Il s'accroche au bras du fils.

– Elle ne veut pas me parler ?

– Je ne sais pas.

Roman le fait pivoter. Il le ramène au salon, il le monte à sa chambre. Fritzl debout devant son lit, appuyé sur le parapluie.

– Assieds-toi, papa.

Il pousse le fauteuil. Il l'assied.

– Tu vas déjà partir ?

Roman passe souvent tout le dimanche avec lui, mais parfois il s'en va soudain. Il s'enfuit de l'asile sans même l'embrasser.

– Ne t'inquiète pas, je resterai jusqu'à ce soir.

– Je crois qu'elle ne m'aime pas.

Une rengaine que le vieux aime à enfourcher. Le petit plaisir de s'apitoyer devant la victime qu'après un crime le coupable espère être devenu.

– Elle ne m'aime pas.

Il serre le poignet de Roman. Il tend sa tête vers lui.

– Tu te rappelles, quand tu étais petit ?

Les souvenirs de la cave dont le vieillard s'enivre. Le bonheur dans la réclusion quand on prend un récipient pour l'univers. Une cave seule au monde, les événements infimes du quotidien et la télévision qui raconte peut-être au jour le jour l'histoire d'une civilisation disparue. Les émetteurs survivants sur les hauteurs diffusant dans le vide les actualités d'autrefois.

– J'avais apporté des mouchoirs de couleur.

Il y en avait des verts, des roses, des jaunes comme des citrons. Roman les tirait de la boîte en éclatant de rire. Il les jetait en l'air, il leur courait après quand ils planaient.

– Ce que tu as pu t'amuser avec ça.

Roman est allé respirer à la fenêtre. L'air lui manquait en se souvenant. Il regardait au loin. Il se sentait coupable d'avoir été si heureux dans la cave. D'aimer son père, aussi.

Quand Roman a assisté à l'effondrement de la maison d'Amstetten, sa mère était morte à Zurich depuis deux ans. Pour fuir la pression du fisc autrichien, elle s'était expatriée en Suisse après la mort de Petra et de Martin qui n'avaient jamais quitté l'entresol aux claires-voies toujours closes de sa maison salzbourgeoise.

À soixante-dix-neuf ans, la maladie d'Alzheimer l'avait prise en pitié. À quatre-vingt-deux ans, les derniers souvenirs de la cave s'étaient effacés. Une délivrance tard venue, mais Roman avait remarqué que de son regard l'inquiétude avait peu à peu disparu. Une cave d'où elle n'avait pu s'extraire tant qu'elle persistait dans sa mémoire. Une cave d'où on ne pouvait s'échapper qu'à condition de n'y avoir jamais vécu. Une pneumonie l'avait emportée deux jours avant ses quatre-vingt-sept ans.

Elle avait dit souvent qu'elle refusait de finir enfermée dans un cercueil. Elle tirait alors une profonde bouffée sur sa cigarette en esquissant un sourire. Roman l'avait fait incinérer. Il avait rangé l'urne dans le coffre de sa banque à côté des lingots de son héritage. Des métaux précieux, des appartements à Berlin et à Bâle, des valeurs mobilières gérées par une banque d'affaires.

L'appartement de Zurich était resté en l'état. La femme de ménage continuait à venir passer l'aspirateur trois fois par semaine. Il n'avait pas osé la congédier.

L'effondrement de la maison d'Amstetten a sonné le glas de ses angoisses. Les souvenirs d'en bas se sont desséchés, de petites choses atrophiées dans sa mémoire. Il a retrouvé la jeunesse, comme si les années s'étaient écroulées avec les murs.

Le présent avait vaincu. Débarrassé du passé et de l'avenir, l'insouciance était possible. Il n'attendait plus rien d'autre de la vie que la satisfaction d'être toujours vivant. Il suivait son bonhomme de chemin loin de la conjugalité, de l'amour, de l'amitié, des déboires.

Il sentait peu à peu monter en lui le bonheur. La récompense de n'avoir pas abandonné, d'avoir souffert tête haute, de n'avoir pas cédé à la tentation de dévisser, de se tuer, de se laisser mourir.

Il a mené à Vienne l'existence d'un vieil adolescent obèse et habitudinaire. Des journées paisibles devant des jeux vidéo, à regarder par la fenêtre la rue défiler comme un documentaire sur l'espèce humaine, à se sustenter de charcuterie et de corn-flakes, à sortir de temps en temps pour se ravitailler les jours où sa domestique était en congé.

Une mort dans son sommeil à l'aube du siècle prochain après des décennies dans ce caravansérail encombré de joysticks, de consoles, de vieux flippers, de personnages en peluche grands comme des ours. Une myriade de chambres d'enfant gâté où il se perdait délicieusement les derniers temps comme un gros bébé fripé qu'on aurait lâché dans un magasin de jouets.

Du petit peuple de la cave, seul Roman aura été sauvé.

Fritzl avait été baptisé Josef comme son père. Il avait nommé ainsi le sixième enfant de son premier lit. Sa mère s'appelait Annette, un prénom cousin de celui de son épouse Anneliese.

Un père incapable, paresseux, improductif, foutu dehors par la mère quand il avait quatre ans. Enrôlé dans les troupes d'assaut, il était mort sur le front de l'Est en 1944 sans avoir jamais cherché à le revoir. On a dit qu'il était stérile, Annette avait conçu le projet de se faire féconder par un anonyme pour l'humilier. Sur le plan biologique, dans ce cas-là Fritzl serait né de père inconnu.

Annette fut une victime du nazisme. Durant la guerre, on avait imposé aux habitants d'Amstetten d'héberger des familles dont les maisons avaient été détruites par les bombardements alliés à l'est du Reich. Une famille par pièce, avec accès libre à la cuisine et aux commodités. Elle leur menait la vie dure, leur coupant l'eau par surprise, souillant leur pain, les traitant de tous les noms d'oiseaux du patois régional qu'elle maîtrisait mieux que l'allemand et maudissant l'Anschluss. Ils s'étaient plaints aux autorités.

Trois gendarmes du cru étaient venus l'arrêter. Elle avait refusé de leur ouvrir en injuriant Hitler.

– Je le dégueule, lui et toute sa clique d'Allemands.

Elle a renouvelé ses insultes quand ils ont eu défoncé

la porte. Devenue furie, cette femme maigre d'un mètre cinquante-six s'est emparée d'une pelle à cendre et a ouvert l'arcade sourcilière du petit gros de la bande. Les autres dégainant leur arme, mais n'osant pas tirer sur une voisine qu'ils connaissaient depuis leur enfance. La pelle tombée à terre, Annette sur le carreau qui se débat avec l'énergie des haineux en colère. Le blessé enragé qui se jette sur elle, lui pilant le visage avec la crosse de son fusil. L'œil droit qui éclate et elle s'évanouit sans un cri. On en profite pour l'embarquer.

Emprisonnement six mois durant à une portée de mitraillette du centre d'Amstetten dans un des cinquante camps annexes de Mauthausen. Comme le règlement l'exige, elle est déshabillée à son arrivée et doit revêtir l'uniforme rayé frappé du triangle vert des prisonniers de droit commun. On la tond, on la tatoue. Un médecin juif coud la paupière de son œil crevé avec une aiguille et du fil dérobés à l'infirmerie des SS. Il est dénoncé le lendemain et battu à mort. L'Aryenne n'est pas inquiétée.

Les premiers temps elle travaille quatorze heures par jour, l'appel dure trois heures chaque soir avant qu'on puisse aller dormir jusqu'à l'aube dans un baraquement.

Josef a été placé à Vienne dans un orphelinat. Un gosse douloureux d'avoir été arraché à sa brutale mère. Il s'échappe aussitôt pour la retrouver. Perdu dans la ville, dans tous les sens il suit la foule. À la nuit tombée, il chemine seul, inaperçu, minuscule et luisant à la lumière des lampadaires sous sa cape en ciré noir.

Il se faufile au milieu d'un groupe d'hommes en chapeaux qui pénètrent dans la gare. Il grimpe avec eux dans un wagon de première classe. La queue du train est bruyante du chant des recrues éméchées que bientôt Friedrich Paulus consommera jusqu'à la dernière devant Stalingrad. Il se pelotonne dans le couloir à l'ombre d'une malle.

Deux soldats le remarquent en procédant à la dernière inspection. Ils le ramassent, le déposent sur le quai en faisant un geste en direction d'un policier qui s'abrite de la pluie sous un auvent rouillé pour éviter de tremper sa cigarette. Fritzl est ramené à l'orphelinat où on le bat.

Annette se vante à son retour d'avoir rapidement décroché un poste de kapo. De fait, elle n'est pas maigre et ses cheveux ont repoussé. Elle retrouve sa maison réquisitionnée jusqu'à la gueule. Lui reste un matelas dans le cellier, celui où elle mourra séquestrée trente-sept années plus tard.

Elle récidive quelques semaines après son retour, agressant une jeune femme cantonnée dans son ancienne chambre avec ses trois enfants. Nouvelle arrestation, et cette fois elle est conduite au camp principal de Mauthausen-Gusen où elle casse des pierres avec les autres. À nouveau le supplice de l'appel du soir, puis elle doit grimper les cent quatre-vingt-six marches inégales qui mènent aux baraquements.

Elle ne tarde pas à être affectée au four crématoire où sont brûlés les corps des prisonniers morts d'épuisement, sous les coups, les crocs des chiens, les balles des SS qui s'amusent le dimanche à chasser l'humain.

Certains arrivent encore vivants parmi les tombereaux de morts. On l'arme d'un bâton pour éteindre leurs plaintes. Souvent, elles sont presque inaudibles et puis ils sont trop nombreux à geindre. Ils se taisent dans les flammes. Elle est libérée en février 1943. Elle parcourt pieds nus dans la neige les trente kilomètres qui la séparent d'Amstetten.

Un matin de mars 1943, un gendarme stoppe sa moto devant la maison. Du side-car, il extirpe Josef dont seul le regard inquiet émerge de dessous la bâche. Le gendarme frappe à la porte, après bien des palabres la mère exaspérée finit par en prendre livraison. Un paquet affectueux qui essaie de lui sauter au cou dont elle se libère d'une mornifle.

– Je l'avais oublié, celui-là.

Elle le croyait dissous une fois pour toutes dans le Reich sens dessus dessous depuis qu'il reculait chaque jour davantage sur le front de l'Est. Elle l'avait toujours maltraité, le balançant sur le carreau, le battant à coups de pied. Elle continuera jusqu'à son adolescence. Une coutume éducative tenace en Autriche. Récemment encore, il n'était pas rare de voir dans un lieu public des parents jeter par terre un enfant désobéissant et s'acharner sur lui dans l'indifférence générale.

Fritzl s'est vengé plus tard en enfermant sa mère durant vingt et un ans sous les combles dont il avait muré la fenêtre avec des parpaings. Il n'ouvrait la porte que trois fois par semaine, remplissant de soupe et de pain dur la bassine qui lui servait d'auge. Il avait installé des toilettes au milieu de la pièce pour s'éviter la corvée d'évacuer ses excréments.

Fritzl n'aimait pas la prison. Condamné pour viol en 1967, il avait séjourné dix-huit mois dans un pénitencier. Il gardait un mauvais souvenir de l'absence de liberté, des gardiens bourrus et des frustrantes masturbations qu'il pratiquait derrière le paravent des latrines pour ne pas essuyer les sermons du pasteur infanticide qui partageait sa cellule.

À trente et un ans, il avait quitté Amstetten pour travailler dans une usine proche de Linz spécialisée dans la production de bitumes, et suivre le soir une formation de technicien supérieur à l'université. Angelika venait de naître, il l'avait laissée avec sa femme et ses deux aînés. À charge pour Anneliese de servir de geôlier à sa belle-mère.

Au début de leur mariage, ils avaient vécu trois ans dans une pièce inconfortable à l'extérieur de la ville. La fenêtre donnait sur les carrières désaffectées qui avaient servi à abriter la population pendant les bombardements. Fritzl passait de longs moments à regarder fixement à travers les carreaux.

Il se souvenait des alertes, de l'instituteur qui interrompait la classe et les emmenait là-bas en rangs par deux. Malgré les déflagrations, la roche qui tremblait à en perdre des miettes, il continuait à les enseigner dans le noir. Il se souvenait avoir récité avec ses camarades

des poèmes de Goethe et de Nicolas Lenau, une gloire viennoise oubliée aujourd'hui.

Jusqu'à la découverte de la cave, il avait participé chaque année au repas des anciens élèves de l'école. Il est très souriant sur la dernière photo de classe prise en octobre 2007, où l'instituteur hors d'âge pose fièrement au milieu de ses anciens élèves.

En ce temps-là, il était timide, gauche, mal aimé, et il avait ce regard pétillant, suppliant, terrorisé aussi, des enfants maltraités tentant de séduire leur bourreau entre deux raclées. Il rêvait déjà du corps de sa mère qu'il épiait à travers deux lattes disjointes du petit cabinet de toilette ménagé dans un coin de la cuisine. À quinze ans, elle a failli le tuer avec la pendulette en bronze posée sur sa table de chevet un soir qu'il avait pénétré érigé dans sa chambre, soulevant la couverture pour abuser d'elle dans son sommeil. Par la suite, elle le bouclait au grenier dès neuf heures du soir jusqu'au matin.

C'est dans cette pièce qu'il l'a cloîtrée quand après la naissance de son second fils ils avaient quitté leur logement exigu pour aller s'installer définitivement dans la maison de son enfance. Les premiers temps, les voisins s'étonnaient de ne plus la voir.

– Elle est morte en mars d'une pneumonie.

Ils trouvaient étrange de n'avoir vu sortir aucun cercueil de la bâtisse. D'ailleurs, le maire lui avait fait un jour remarquer en plaisantant qu'elle était toujours vivante sur ses registres. Mais le temps avait fini par entériner son décès.

Quand elle est morte pour de bon en 1980, il a fait appel à une entreprise de pompes funèbres de St. Gorgen. Le cercueil a été porté à travers le jardin jusqu'au garage où stationnait le fourgon. Il pleuvait ce jour-là, les rares passants baissaient la tête sous leur parapluie et personne n'a remarqué la sortie du véhicule. Elle a été incinérée sans témoin. Fritzl n'est jamais allé chercher ses cendres.

Dès le départ de Fritzl, la vieille avait essayé d'apitoyer Anneliese. À force de pleurs, elle était parvenue à lui arracher une sortie quotidienne dans le jardin. Elle marchait engourdie sur la pelouse, cherchant le soleil avec ses mains en écrasant ses paupières pour ne pas être aveuglée par les rayons.

Le grand air l'enivrait, elle chavirait et s'accroupissait de crainte de perdre l'équilibre. Elle se laissait ramener par Anneliese dans la maison sans moufter, soulagée de quitter toute cette lumière qui l'épuisait rapidement après huit années de claustration.

Au bout d'une dizaine de jours de promenades régulières, elle avait fini pourtant par s'habituer à l'air libre. Dorénavant, Anneliese devait élever la voix pour la faire rentrer. Elle se réfugiait derrière la cabane où l'on entreposait l'outillage, s'agrippant à la poignée de la porte.

– Vous êtes pire qu'un bambin.

À force d'invectives elle réussissait à lui faire regagner la maison, même si elle rechignait toujours à monter l'escalier pour regagner l'obscurité. Afin d'économiser l'électricité, Fritzl avait décidé de ne lui accorder la lumière que cinq heures par jour.

– Tu as besoin de repos, tes nuits seront plus longues.

Anneliese devait la tirer, la pousser. Quand sa sœur était là, les deux femmes unissaient leurs forces et la propulsaient là-haut comme un wagonnet sur des rails à crémaillère. Elle butait contre chaque marche, poussait un petit cri, mais continuait malgré elle à grimper inexorablement.

Déjà fatiguée par l'élevage de sa marmaille, Anneliese a espacé les sorties. Annette ne voyait plus le jardin qu'une ou deux fois par semaine, au gré des humeurs de sa geôlière. Souvent, elle attendait que les gosses soient couchés pour exécuter cette corvée. La vieille tournoyait sur l'herbe au clair de lune.

Elle se montrait moins raisonnable à chaque fois. Elle appelait au secours de sa voix cassée par la trachéite qu'elle avait attrapée au début de son incarcération dans cette pièce sans chauffage et qu'elle traînait dix mois par an. Quand Anneliese intervenait pour lui clouer le bec, elle marmonnait des paroles pleines de ressentiment sous la main rouge qui la bâillonnait et elle tentait de mordre. Un soir, elle l'avait menacée avec une bûche qui traînait près de la cabane. Les promenades ont été supprimées.

Dix ans plus tard, elle est passée de l'obscurité à la tombe.

Le 3 août 1966, par une matinée brûlante, Anneliese avait accompagné son mari à la gare d'Amstetten. Sa sœur veillait au grain à la maison, avec pour consigne de n'ouvrir à personne afin que nul n'entende les cris de la vieille toujours prompte à saisir la moindre occasion de se faire repérer.

Avec tout son barda dans un sac tyrolien, il ressemblait à un randonneur. Il s'en allait à Linz joyeux, le cœur battant comme un jeune homme en partance pour ses premières vacances sans parents. Il n'a pas embrassé sa femme avant de monter dans le train. D'ailleurs, il ne l'avait jamais embrassée. Un jour, elle avait osé le lui reprocher et il lui avait répondu en riant qu'on n'embrassait pas les putains.

– Je ne suis pas une putain.

– Une femme qui couche est une putain.

La perspective de travailler dans cette usine l'excitait. Il aurait un poste de petit chef, il aurait sous sa coupe des ouvriers qui lui obéiraient comme des troupiers. En réalité, il s'est vite rendu compte que ses hommes ne le craignaient pas et se bornaient comme lui à courber l'échine devant l'ingénieur.

Devenir ingénieur était son rêve. Il était assidu à l'université et il étudiait tard dans la nuit à la lumière d'une lampe de poche au milieu des autres pensionnaires du dortoir baroque où il avait trouvé refuge.

À la sortie des cours, il s'accordait une heure de loisir. Il regardait souvent sa montre pour ne pas grignoter la part de nuit qu'il réservait à l'étude. Il rôdait dans la ville sur un de ces vélos vert-de-gris que la police avait bradés après-guerre. Il était à la recherche d'une fenêtre éclairée.

Regarder des femmes seules, des imprudentes qui se déshabillaient volets ouverts. Il rentrait le plus souvent bredouille, mais parfois la chance lui souriait. Il s'accroupissait, seuls émergeaient son regard et sa chevelure pommadée. Il n'osait pas casser la vitre d'un coup de tête comme un gourmand la vitrine éclairée d'une pâtisserie où attendent les gâteaux. Il se dandinait et s'en allait quand le sperme avait giclé sur le mur comme pisse de chien levant la patte.

Un jour chaud de septembre, il s'est immobilisé devant une maison neuve située dans une petite rue perpendiculaire à la Landstrasse où les derniers magasins venaient de fermer leur rideau de fer. Il a juste eu le temps de se baisser quand une jeune femme a ouvert la fenêtre à deux battants, avant d'éteindre et d'aller se coucher.

Une boule d'homme, bras et jambes repliés, la peur au ventre, cœur tapant, corps trempé de sueur. La lâcheté des violeurs et des batteurs de femmes. Peu à peu, bercé par la rassurante rumeur de la circulation venue du boulevard, le rythme de son cœur s'est ralenti, le souffle lui est revenu comme après une course, il s'est redressé, dardant la tête, étirant le cou pour épier.

Les lumières de la rue grisaient la chambre. Il pouvait discerner le lit où elle dormait solitaire, sans la silhouette redoutée d'un homme qui serait venue la rejoindre en sortant du cabinet de toilette dont il distinguait au fond la porte ouverte sur l'obscurité.

Il a enjambé délicatement la fenêtre. Des petits pas légers, malgré un reste de trouille et sa paire de godillots. Elle se retournait empêtrée dans les draps. Lui, tout à coup immobile, pétrifié, yeux exorbités et brillants d'animal empaillé. Il était assez proche d'elle pour entendre la respiration régulière, un souffle lent, profond, de sommeil sans rêve.

Cinq minutes plus tard, il a dû faire des efforts pour ne pas courir. Il l'entendait hurler, les appartements s'allumaient dans la rue. Il a fait de grandes enjambées de marathonien. Au carrefour, un bus démarrait. Il est parvenu à grimper sur la plateforme. Le contrôleur a haussé les épaules.

Durant tout le trajet, il a rêvé les mains sur la rambarde. Le bonheur à trente et un ans d'avoir le sentiment de s'être dépucelé une deuxième fois. Le délicieux souvenir de la femme tétanisée sur le lit. Les jambes crispées qu'il écarte et qui s'ouvrent comme les bords d'une plaie dont il ne peut voir le fond. Son sexe où il s'est enfoncé d'un seul coup de reins. Tout de suite l'orgasme. Il jouit dans sa proie. La peur revenue, il se cabre, recule dans la pièce, cogne un vase qui se couche sans bruit sur le tapis d'une commode. Elle hurle déjà.

Il saute, il tombe, s'étale sur le trottoir. Une douleur au genou droit qui se réveillera jusqu'à sa mort les jours de pluie. Un effort sur lui-même pour ne pas prendre ses jambes à son cou. Il se souvenait que lorsque l'armée Rouge occupait Amstetten les soldats tiraient à vue sur les gens qui couraient, même sur les innocents pressés de rentrer chez eux avant le couvre-feu.

Il habitait dans l'appartement de la veuve d'un général de l'armée austro-hongroise mort pendant la guerre de 1914. Avec une trentaine de colocataires, il campait dans l'ancienne salle de bal qui n'avait plus entendu une valse depuis 1942. Une chambrée sordide où les plus chanceux dormaient sur de vieux lits à baldaquin au matelas pourri, aux rideaux en lambeaux, mais au bois doré qui scintillait encore au soleil.

Il s'est étendu en arrivant sur un grand coussin damassé à la soie crasseuse et effilochée posé à même le sol. Il avait été arraché par la veuve à une banquette où autrefois les jeunes filles laides et sans fortune faisaient tapisserie en regardant tournoyer beautés et princesses.

Il a tiré de la poche de sa vareuse le calepin dans lequel il avait pris des notes le soir même lors d'un cours de chimie. Épuisé, il s'est endormi tout habillé comme un bienheureux dans le vacarme de ceux qui rentraient saouls. Il s'est réveillé émerveillé avant l'aube, tout à sa joie d'avoir connu enfin les vrais plaisirs de l'amour. Le viol lui semblait la plus voluptueuse des façons d'aimer.

Dans l'immédiat après-guerre, les femmes d'Amstetten avaient pris l'habitude de se laisser violenter sans un cri par les soldats russes. La chefferie avait décidé un jour de rétablir ce qu'un général avait appelé la galanterie marxiste lors d'un discours radiodiffusé. Une dizaine de coupables ont été fusillés pour l'exemple. Leurs cadavres ont rejoint le cimetière où l'armée libératrice ensevelissait ses héros. Leurs noms figurent encore sur le monument aux morts d'Amstetten.

C'est en assistant au viol d'un groupe d'adolescentes par une compagnie de fantassins que Fritzl avait découvert la sexualité à l'âge de treize ans. Dès la nuit de noces, Anneliese avait appris que le devoir conjugal était rude. Les tendresses de l'amour avaient toujours semblé à son mari aussi contre-nature qu'un homme portant jupe, tresse, ou queue-de-cheval.

Il faisait beau, c'était dimanche. Pour fêter sa nouvelle vie, il s'est offert des saucisses et un verre de bière dans une brasserie avant de profiter de sa journée pour regarder les femmes en promenade dans les rues et les parcs. Elles défilaient devant lui pour se laisser choisir. Linz comme un grand bordel où il pourrait se servir la nuit venue sans avoir même à payer le prix de la passe.

Pendant plusieurs mois, il s'est contenté de fantasmes. Le nouveau pouvoir dont il se savait détenteur suffisait à agrémenter sa solitude. Il aurait aimé se confier à quelqu'un afin de recueillir des paroles d'admiration à la hauteur de ses mérites. Mais il avait laissé ses vagues amis à Amstetten, et puis de crainte d'être dénoncé il aurait ravalé sa confidence au dernier moment.

Un soir neigeux de novembre, il a pénétré dans le Bauernberg Park. Il a suivi une grande allée et il a bifurqué plusieurs fois en regardant par-dessus son épaule comme s'il redoutait une filature. Caché derrière un arbre, il a attendu. Il a aperçu au loin une femme cheminant du pas saccadé d'une effarouchée. Il a sorti doucement son sexe qui s'est redressé au fur et à mesure qu'elle approchait.

Elle marchait de plus en plus vite pour signifier à cette silhouette qu'elle n'était pas d'humeur à entamer une conversation. Quand elle est arrivée à sa hauteur elle a remarqué ce sexe raide sous les flocons et a pris la fuite en ameutant le parc désert qui n'a pas bronché.

La semaine suivante, il a profité d'une échelle laissée en plan par un maçon devant un immeuble en travaux pour grimper au premier étage afin de surprendre une jeune femme qu'il observait depuis un moment dissimulé à l'ombre d'un porche depuis l'autre côté de la rue. Malgré le froid, elle dormait fenêtre ouverte sous un amoncellement de couvertures et d'édredons. Avant d'entrer dans la chambre, il a pris la précaution de s'emparer d'un grand couteau suspendu près de la cuisinière.

Sitôt le couteau sous la gorge, elle s'est mise à rugir.

Un hurlement qui pénétrait ses oreilles comme un délice. Les premiers temps de sa séquestration, Angelika pousserait le même à chaque viol et il en garderait toujours un souvenir merveilleux qui le consolerait de sa condition de prisonnier les soirs de blues.

Des voisins ont défoncé la porte pendant son extase. Frappé, attaché avec le cordon d'une lampe, il n'a échappé à la mutilation dont une femme hors d'elle le menaçait avec le couteau de son forfait que grâce à l'intervention d'une paire de policiers montés en hâte qui au hasard de leur ronde passaient dans la rue à ce moment-là.

Un procès expéditif. Un début de peine dans un cachot dont la lucarne grillagée laissait à peine filtrer la lumière quand il faisait beau temps. Des soirées dans l'obscurité, des nuits noires. Au plafond, une douille sans ampoule. Les gardiens se plaignaient de ses cris nocturnes qui dérangeaient leurs parties de cartes.

Au bout de trois semaines de cette période d'isolement que le ministère de la Justice imposait en ce temps-là à tous les condamnés, on l'a installé dans une cellule à deux places où un pasteur logeait déjà. Il avait été condamné à la peine capitale. On ne l'a exécuté que dix-huit mois plus tard.

Fritzl disposait d'une table en ciment, d'un tabouret en bois, et d'une armoire métallique sans loquet. Le directeur lui avait accordé le droit de poursuivre ses études par correspondance. Pour payer ses livres, Anneliese lui envoyait une partie de l'argent qu'elle gagnait péniblement en assurant des gardes à la crèche municipale.

Trois mois après sa libération, il est revenu à Linz passer l'examen. Il a obtenu haut la main son diplôme d'ingénieur spécialisé en matériaux de construction. Un de ses employeurs a confié plus tard qu'il avait toujours considéré ce collaborateur comme une sorte de génie. Il résolvait les problèmes techniques avec une impressionnante maestria, allant jusqu'à inventer des solutions originales qui permettaient à l'entreprise de conquérir de nouveaux marchés.

Malgré son opiniâtreté, il n'est jamais parvenu à inventer la nouvelle race de béton dont il rêvait. Un béton léger et robuste comme le titane. Ne sachant qu'en faire, la police a détruit trois cartons entiers remplis des fruits secs de ses cogitations.

Le pasteur se piquait de théologie.

– Si Dieu a pu parfois commettre des erreurs, ce n'est pas une raison pour le condamner tout à fait. D'ailleurs, les Romains se sont chargés de le remettre à sa place avec cette histoire de crucifixion. Depuis, le temps a étendu sa merci, et nous devons l'adorer comme s'il était l'être parfait dont nous parlent les Écritures. Il est vrai que si en définitive il n'existait pas nous devrions lui vouer un éternel mépris. Tous ces milliards d'hommes qui se sont prosternés, ont rempli des armées de livres pour chanter ses louanges, démontrer son existence ou la lui accorder au bénéfice du doute et il n'aurait été au bout du compte qu'une farce dont nous aurions été les dindons ? Où le trouver pour lui botter les fesses ? Dans le néant ? Ce serait en vain que ses clients dupés botteraient le vide jusqu'à la fin des temps.

Il était aussi misogyne que saint Paul.

– Une honnête épouse est toujours violée, son devoir est de toujours céder.

Ces bonnes paroles rassuraient Fritzl sur la probité d'Anneliese. Elle était prise d'un léger tremblement quand il la précipitait sur le lit, même si elle n'avait jamais osé se débattre.

Le pasteur passait son temps à le distraire de son travail en lui prêchant l'amour de Dieu et la famille innombrable.

– La femme est rachetée à chaque fois qu'elle met

au monde un petit luthérien, et le père de l'enfant est béni. La femme stérile est une eau sale, un affluent du Styx qui va grossir à sa mort les lacs de l'enfer où bouillent les damnés.

L'idée de multiplier sa descendance lui plaisait. Peu après son arrestation, à l'un des psychiatres qui lui demandait s'il avait un hobby, il avait fait un étrange aveu.

– Je crois que je suis un collectionneur d'enfants.

L'enfant du pasteur était mort des suites d'une gifle dans un escalier. Une chute, et sa nuque brisée contre l'arête d'une de ces marches en pierre volcanique qu'il fallait gravir pour passer du temple au logement sommaire qu'il occupait avec les siens.

– Un accident.

Mais son premier-né avait déjà succombé d'hydrocution un jour de janvier à l'issue d'une baignade forcée dans la mare gelée d'où son épouse tirait l'eau pour arroser les légumes du jardin.

À chaque décès, il s'était agenouillé pour réclamer au Seigneur d'une voix de stentor la résurrection du gosse. Malgré ses invectives, le miracle ne s'était pas produit. Au cours de sa carrière, il avait trop souvent demandé aux fidèles de se recueillir pour faire briller le soleil quand les pluies diluviennes pourrissaient la moisson, pour guérir son chien à l'agonie, ou même pour que le moteur de sa vieille voiture voie son embrayage rénové par l'opération du Saint-Esprit qui ne facture ni pièces ni main-d'œuvre. Exaspéré par ses incessantes et triviales suppliques, Dieu n'avait pas daigné.

Quelques semaines avant sa levée d'écrou, Fritzl avait vu le pasteur jeté à terre, ligoté jusqu'aux épaules et emporté par trois gardiens dont le visage blême, crispé, les jambes flageolantes permettaient d'imaginer qu'ils supportaient toute l'angoisse qu'il aurait dû ressentir pour laisser au saint homme la sérénité en partage.

– Dieu me réhabilitera.

Une phrase articulée posément, et pourtant à peine audible tant les liens comprimaient sa cage thoracique et empêchaient l'air de gonfler pleinement ses poumons. Dix minutes plus tard, il avait vu à travers le soupirail la trappe de l'échafaud s'ouvrir et l'ecclésiastique périr pendu. Par crainte de connaître un jour la même destinée, il avait par la suite toujours été hostile à la peine de mort.

Anneliese n'était venue le visiter que cinq fois. Le parloir était collectif, les gardiens faisaient la ronde autour des petites tables au long pied central scellé dans le sol auquel la jambe droite de chaque prisonnier était reliée par une chaîne juste assez longue pour lui permettre d'en faire le tour. Quand le lendemain de sa libération il est rentré à Amstetten, elle venait d'avorter l'avant-veille.

Quelques relations sexuelles avec l'infirmier qui visitait la crèche une fois par semaine. Il l'entraînait à l'arrière de sa vieille camionnette, un ancien véhicule de la Croix-Rouge acheté pour rien dans une vente aux enchères. Il soulevait sa jupe sans un mot. Un coït instantané, sec et brutal comme une paire de torgnoles.

Elle s'est trouvée enceinte. Quand la bosse a commencé à saillir, elle eut un jour le courage de lui avouer son embarras. Il l'a insultée en rajustant ses vêtements, puis ouvrant la portière il l'a jetée dans la neige.

À force de supplications, il a accepté de lui donner une adresse. Une maison en bord de route à la lisière de la ville. Une jeune femme habile qui lui a pris cent quarante schillings. Retour à pied, bourrasques, moins dix degrés, et le vertige qui essayait de la faire tomber afin que sonnée par la chute elle meure de froid sur le bas-côté.

Elle l'attendait pâle et défaite sur le quai de la gare.

– Tu en fais une sale tête, on dirait que c'est toi qui sors de prison.

Elle a baissé le nez.

– Tiens.

Il a enlevé le sac tyrolien de ses épaules, il le lui a mis dans les bras. Elle l'a porté jusqu'à l'autobus comme une bête de somme.

– La mère est toujours vaillante ?

– Elle se plaint beaucoup.

– Je devais lui manquer.

Personne à Amstetten ne lui a jamais tenu rigueur des viols qu'il avait commis. Parfois même, il surprenait une étincelle d'admiration dans les yeux de certains hommes. Eux dont les exploits se réduisaient à forcer leur épouse les soirs de beuverie quand ils rentraient prêts à vomir à la maison.

Quarante ans plus tard, après être passé aux aveux et avoir confirmé les déclarations d'Angelika, le deuxième jour de sa détention Fritzl a éprouvé soudain le besoin d'évoquer sa mère.

– Elle m'a toujours hanté, je me demande si en définitive je n'ai pas eu un jour une relation avec elle.

Il est devenu pensif. Il ne se souvenait plus s'il était réellement une nuit monté au grenier réaliser son fantasme ou si abruti par le feu croisé des questions des policiers il venait de faire un rêve.

– Non, ce n'est pas arrivé. À cette époque, elle était vraiment trop âgée.

Il a interrompu la policière qui voulait reprendre l'interrogatoire.

– Je veux un avocat.

– À ce stade de la procédure, vous n'avez pas droit à un avocat.

Il a posé son coude sur son genou, son menton sur sa main, se muant en penseur de Rodin.

– Alors je ne répondrai plus à aucune question.

Pendant trois quarts d'heure, les policiers ont persisté en vain à le harceler. La nuit tombait, ils l'ont fait reconduire dans sa cellule. La hiérarchie a été informée aussitôt de son ukase.

Maître Gretel fêtait en famille ses soixante ans quand son portable a vibré dans la poche de sa veste.

– Acceptez-vous de me défendre ?

Sa femme venait d'enlever une à une toutes les bougies. Elle coupait le gâteau tandis que son ado de fils massacrait un magnum de champagne en essayant de lui arracher le bouchon. La vingtaine d'invités braillait dans un nuage de fumée alimenté par un vieillard fumeur de pipe qui tirait avidement sur le tuyau comme s'il craignait de s'asphyxier avec l'air restant dans la pièce.

– Quoi ?

La ligne était mauvaise, il est allé dans le couloir.

– Ma défense.

– Qui vous êtes ?

– Josef Fritzl.

Depuis la veille, son image avait déjà eu le temps d'enrober la planète. L'avocat était un acteur raté, ancien représentant en baignoires et en ballons d'eau chaude. Après des études tardives, il s'était inscrit au barreau de Linz en 1988. Il avait connu son heure de gloire quelques années plus tôt en faisant acquitter des néonazis.

Il rêvait de causes prodigieuses, d'affreux clients étincelant du sang de leurs victimes, d'un de ces procès historiques qui font les ténors. Fritzl lui semblait un accusé si fabuleux qu'il a cru à la plaisanterie d'un collègue. Il a raccroché.

Il a eu le temps de terminer sa tranche de gâteau et d'en attraper les miettes une à une entre le pouce et l'index avant de les gober comme un mangeur de poux. Il n'avait pas voulu de champagne, sa femme avait insisté.

– Tu n'aimes plus le champagne ?

– Ce n'est pas le champagne que je n'aime plus, c'est l'ivresse.

– Tu es sûr que tu n'es pas en train de devenir un peu cinglé ?

On avait ri, même son fils s'était permis de répéter sa phrase en se pinçant le nez pour imiter sa voix nasillarde.

– Foutez-moi la paix.

Depuis quelque temps il préférait s'enivrer de ses pensées, de ses rêvasseries, de ses brouillons de plaidoiries, de ses paroles qu'il entendait résonner dans le prétoire, du bruit de sa respiration dans le silence de l'insomnie, du clapotis de l'eau quand il remuait les doigts dans son bain.

– Je suis mon alcool.

Tout le monde buvait, personne ne l'a entendu murmurer cette maxime dont il s'est senti si fier qu'il a sorti son stylo de sa poche pour la noter sur une serviette.

Le téléphone a vibré derechef. Il a vu le même numéro s'afficher. Il a répondu d'une voix rogue.

– Allez vous faire foutre.

– Enfin, maître, ne le prenez pas sur ce ton. Vous parlez au commissaire général de la Basse-Autriche.

Début juillet 2009, le commissaire général m'avait reçu avec Nina dans son grand bureau situé dans un bâtiment du centre de Vienne. Nina, une Autrichienne de la haute société qui m'a cornaqué dans ce pays méfiant dont je connaissais ni la langue ni les usages ni les codes.

Il nous avait invités à nous asseoir devant une table

basse où trônait un ordinateur portable au capot fermé. Il avait fait apporter du café et une assiette de croissants.

Un homme proche de la retraite excédé par les fables qui avaient couru sur l'Autriche depuis la découverte de la cave.

– Il faut qu'on en finisse.

Il nous recevait pour nous dire toute la vérité.

– C'est un fait divers qui ne reflète en rien l'image que nous nous faisons de notre pays.

On a frappé à la porte. Un jeune homme en uniforme est apparu. Ils ont échangé quelques phrases. En définitive, il l'a congédié d'un signe de la main. L'autre a disparu à reculons en tirant doucement la porte.

– Faites attention.

Malgré la mise en garde de Nina, j'ai renversé ma tasse de café.

– Je suis vraiment désolé.

Il a dû m'assurer en allemand que cela n'avait pas d'importance. Trop occupée à fouiller dans son sac à la recherche de mouchoirs en papier, Nina ne m'a pas traduit sa phrase. Nous avons épongé la table, et il est allé chercher une corbeille pour nous débarrasser des mouchoirs trempés.

– Quelle question vous voulez lui poser ?

J'étais trop occupé à essayer de pomper le café tachant ma chemise blanche pour répondre à Nina.

Ayant reposé la corbeille à sa place, il est revenu s'asseoir en face de nous. Il a ouvert l'ordinateur. Sur l'écran, des photos de la cave encore partiellement meublée.

– Vous êtes les premiers à les voir.

Il m'a mis l'appareil dans les bras. Il m'a fait un signe pour me suggérer de faire défiler les images. Nous avions vu trois jours plus tôt le couple d'experts en acoustique chargés d'ausculter la cave. Ils nous avaient montré des clichés plus anciens, quand la police n'avait pas encore commencé à la dépouiller.

– Bizarre quand même, ils ont enlevé le robot.

Nina a opiné.

– L'escroc.

Elle a rougi tant elle était choquée que j'insulte une pareille autorité en pleine gueule.

– Arrêtez.

– Il ne comprend pas un mot de français.

Elle s'est mise à lui parler pour couvrir ma voix. J'ai fait défiler toutes les photos.

– Demandez-lui quand même pourquoi on n'a pas poussé l'interrogatoire d'Anneliese.

Il a répondu de façon précipitée. Une cascade de mots collés l'un à l'autre comme si on avait plongé ses phrases dans la glu.

– Angelika a nié dès le début toute complicité. Anneliese était bouleversée quand elle a su à quel point sa fille avait souffert. C'est une victime elle aussi, il aurait été inhumain de la traumatiser davantage.

– Elle n'a pas témoigné au procès.

Le téléphone posé au loin sur son bureau s'est mis à sonner. Il s'est levé pour répondre. Après avoir raccroché, le jeune homme a de nouveau frappé avant de réapparaître. À son intonation, il m'a semblé qu'il lui posait une question. Le commissaire ne lui a pas répondu. Le jeune homme a disparu.

– Voilà.

Un *voilà* en français. Il a éternué.

– Et les enfants, a-t-on interrogé les enfants ?

Avant même que Nina ne traduise, sa bouche s'est crispée comme si l'agacement l'avait soudain rendu polyglotte.

– Je suis obligé de vous dire au revoir, je prends un avion pour Salzbourg dans une heure.

Il a regardé sa montre.

– Dans quarante-cinq minutes. Je suis déjà en retard.

Nina s'est levée. Des formules de politesse, plusieurs *danke*, auxquels il a répondu par un collé de mots qui contenait un *au revoir* en français.

– Vingt-quatre ans, c'est long. La probabilité que personne ne se soit aperçu de rien est tellement infime qu'elle est nulle.

Nina n'a pas traduit. Ils étaient tous les deux droits devant moi, alors que je manifestais mon mécontentement en restant assis, un bras étendu sur le dossier du canapé.

– Les locataires ? Les voisins ? Vous n'avez interrogé personne ?

Deux statues, une idée de ce à quoi doivent ressembler les pensionnaires du musée Grévin pour un type comme moi qui n'y est jamais allé. J'ai répété mes questions deux ou trois fois. Nina avait l'air tellement désespérée par mon obstination que j'ai fini par me lever.

– *Salutu.*

Après l'avoir prononcé, je me suis demandé pourquoi je lui avais dit le seul mot de corse qui soit jamais arrivé à ma connaissance. Il m'a serré la main avant de refermer la porte sur nous.

J'avais du mal à suivre Nina qui dévalait furieusement l'escalier. Elle s'est retournée sans ralentir sa course et m'a balancé à mi-voix cet aveu comme on jette un mégot par la fenêtre de sa voiture pour s'épargner la peine de l'écraser dans le cendrier.

– Vous m'avez fait honte.

Elle a refusé de prendre un verre. Elle m'a reconduit à l'hôtel sans un mot.

Un couple d'une grosse quarantaine d'années. Des experts en acoustique débordés, ne sachant plus où donner de la tête, tant les Autrichiens ont le tympan fragile. Des vieux qui portent plainte parce que les jeunes du dessus cassent des noix en pleine nuit, un célibataire qui reproche à un couple d'avoir un rapport le dimanche à l'heure où il fait la sieste. Une population à l'oreille fine que dérange même la rumeur de la pensée des voisins.

Des tribunaux rigoureux qui prennent au sérieux le moindre bruissement et les dépêchent aux quatre coins du pays pour traquer les nuisances.

– On peut s'installer dehors ?

Il faisait beau à Vienne ce jour-là. Le couple s'est assis sur une table chromée où Nina avait déjà déposé son chapeau en paille d'Italie.

– Vous avez faim ?

– Oui, nous nous sommes levés tôt, et à part un bol de café au lait nous n'avons rien avalé depuis hier soir.

Ils avaient été appelés en urgence le lendemain de la découverte de la cave. Ils étaient intervenus trois jours plus tard, le temps que la police scientifique procède aux relevés et conclue qu'excepté Josef Fritzl personne n'était allé plus loin que la chaufferie.

– Un peu avant le procès, nous avons écrit au tribunal pour signaler que la convocation ne nous était pas parvenue.

– On croyait que la poste l'avait perdue.

– On nous a répondu qu'on ne nous avait rien envoyé et qu'on se passerait de notre témoignage.

– On n'a pas fait état de notre rapport au cours du procès.

– La police l'a gardé pour elle, aucun journaliste n'en a jamais parlé.

– Vous n'avez pas essayé d'entrer en contact avec la presse ?

Ils se sont regardés interloqués.

– Mais nous n'avions pas le temps de voir ces gens-là.

Ils avaient d'abord refusé de me rencontrer.

– Nous sommes surchargés de travail, nous n'avons même pas une après-midi par semaine à consacrer à nos enfants.

Nina avait eu une idée.

– M. Jauffret vous invitera à déjeuner.

Ils se sont laissé tenter.

Sitôt attablé, l'homme a extirpé un ordinateur de son cartable. Il nous a montré des photos. Des vues de toutes les pièces et de ce coin cuisine où trônait un gros mixeur Rowenta.

– Plus de cent décibels.

La femme a corrigé.

– Cent quatre à pleine puissance.

Il y avait aussi une machine à laver.

– C'est quand même bruyant, les machines à laver ?

– Quatre-vingt-cinq décibels en phase d'essorage.

Dans la chambre d'Angelika, le téléviseur Telefunken.

– Ils écoutaient peut-être en sourdine ?

– Même sans pousser le volume, la nuit on devait l'entendre jusqu'au grenier.

Le type a pointé son doigt sur une photo qu'il venait de cliquer.

– Regardez.

On le voyait hilare dans la chambre d'Angelika.

– Je touche le plafond avec ma tête.

– Vous mesurez combien ?

– Un mètre soixante-dix-neuf.

Il en a cliqué une autre, celle de sa femme devant les plaques de cuisson.

– Je mesure un mètre soixante-sept.

– Dans la cuisine le plafond est à un mètre soixante-dix.

– Ce n'était que partiellement insonorisé ?

Ils ont souri.

– La cave n'était pas insonorisée.

– Il pleuvait dans les chambres quand il pleuvait dehors. L'air n'arrivait que par les espaces entre les lattes de plastique du plafond. Le son, c'est comme le vent, ça se faufile par le moindre orifice.

– On a fait des tests, on entendait tous les bruits provenant de la cave.

Il avait diffusé une chanson. Depuis le rez-de-chaussée, sa femme avait pu noter la totalité des paroles.

– Alors que je ne l'avais jamais entendue avant.

– Vous avez fait des tests pour savoir si on entendait aussi du premier étage ?

– La police nous l'a interdit.

– Et depuis la rue ?

– Ils n'ont pas voulu non plus.

La femme a levé les bras au ciel.

– Tous les schémas de la cave qui ont été reproduits par les médias sont faux. Elle ne se situe pas sous le jardin, elle est tout entière à la verticale de la maison et d'une courette intérieure en terre battue qui les jours de pluie goutte dans les chambres.

Ils avaient eu le loisir de consulter les relevés effectués le matin même par un topographe.

– Un endroit diabolique. Quand vous êtes au fond, vous avez l'impression d'aller tout droit vers le garage. Même les flics protestaient en voyant le plan.

– Il ne leur convenait pas. Comment imaginer dans ces conditions que personne n'ait rien entendu ? Ils ont demandé au type de l'effacer et d'en créer un autre.

– D'ailleurs, ils n'ont pas beaucoup aimé notre travail non plus. Depuis, ils ne font plus appel à nous dans aucune affaire criminelle.

J'ai prié Nina de leur demander les coordonnées du topographe.

– Nous ne les connaissons pas.

Ils ne savaient même pas son nom et ils n'ont pas eu l'occasion de le croiser par la suite. Nous n'avons su où donner de la tête pour le retrouver. Les policiers à qui nous en avons parlé ne se souvenaient ni de lui ni de son embarrassante cartographie des lieux.

Ils ont avalé rapidement leurs framboises à la crème. Je leur ai proposé de prendre un café.

– Non, merci.

– Nous sommes déjà en retard.

– Nous avons rendez-vous à quinze heures.

– Une histoire de néons qui grésillent.

L'homme a remballé l'ordinateur. Je leur ai dit au revoir en allemand, un mot très simple que je ne me rappelle plus aujourd'hui. Ils ont parlé quelques instants avec Nina avant de s'en aller retrouver leur voiture au parking.

– Je lui ai donné mon mail, il va nous envoyer des photos.

Elle les a reçues le soir même. Nous les avons regardées en buvant une bière.

– C'est quand même déprimant.

Nina a acquiescé.

– J'arrive à m'imaginer assassiné, mutilé, torturé. Je n'arrive pas à m'imaginer vingt-quatre années dans un trou.

Essayez, vous n'y arriverez pas non plus. Vous parviendrez à une semaine, peut-être à quatre. La nuit suivante vous aurez peur de vous endormir. Si parfois le sommeil était une trappe.

Gretel frappait rageusement l'assiette avec sa fourchette.

– Vous allez arrêter de vous foutre de ma gueule ?

– Mais enfin, maître, je suis réellement commissaire général de la Basse-Autriche.

Une heure plus tard, maître Gretel se trouvait au commissariat d'Amstetten en tête à tête avec Josef Fritzl. Les chaises en sapin donnaient un air de chalet au petit bureau bas de plafond et blanc comme un linge. Gretel avait marqué un temps d'arrêt avant de franchir le seuil de la pièce, ému comme un ambitieux face à son destin.

Fritzl a plissé les paupières.

– Je vous avais vu à la télévision il y a longtemps. Dans un numéro de claquettes.

Gretel a fait la moue.

– Parlons plutôt de notre affaire.

– À cette époque, vous étiez plus chevelu.

– N'oubliez pas que vous risquez huit ans de prison.

Fritzl a posé le menton sur son poing.

– Je vous ai choisi pour que vous me sortiez de ce mauvais pas.

– Les accusations de viol et d'inceste sont anecdotiques dans nos contrées. Mais vous êtes accusé d'avoir laissé mourir un de vos fils.

– Si je l'avais transporté, les courants d'air du souterrain l'auraient tué.

L'avocat a sorti un carnet de moleskine de sa serviette. Il a noté la phrase d'une écriture ronde pleine d'arabesques.

– C'est un argument intéressant, il figurera en bonne place dans ma plaidoirie.

Fritzl a agrandi le sourire dont il ne se départait jamais hors du cercle familial.

– Vous pensez que je vais passer encore une nuit ici ?

– Les faits sont graves, monsieur Fritzl.

– Demandez au moins ma libération provisoire. J'ai dormi dans une couverture sale et ils ne m'ont même pas laissé le temps de me débarbouiller.

– Comme tout prisonnier, vous avez droit à un traitement qui respecte les droits humains. Je demanderai qu'on vous accorde une demi-heure chaque matin pour procéder à votre toilette.

– Je n'ai même pas un peigne.

L'avocat a extirpé de sa poche un étui de cuir noir et le lui a tendu.

– En voilà un.

Fritzl a tiré le peigne de l'étui. Il s'est levé pour aller se coiffer devant la vitre de la fenêtre qui donnait sur la nuit.

– Je n'ai pas de rasoir non plus, pas de gomina, pas de crème pour le visage.

L'avocat agacé lui a promis de lui apporter le lendemain ces produits de première nécessité.

– Je serais quand même mieux chez moi. Ici, je ne peux pas recevoir les journalistes, on m'a pris mon téléphone et on refuse de me laisser envoyer des mails.

– L'important, c'est que vous ne vous laissiez pas aller au cours des interrogatoires. Minimisez toujours votre responsabilité, présentez-vous sous un jour sympathique.

Gretel s'est interrompu pour le dévisager.

– D'ailleurs, vous êtes un homme sympathique. Votre figure est pleine de bonhomie, votre regard inspire confiance. Vous pourriez vendre du sable à des bédouins.

Se rengorgeant, Fritzl a émis un rire minuscule.

– Appuyez-vous sur votre état de père de famille. Vous êtes certes un père, disons, original. Oui, c'est le mot, original. Mais vous êtes un père malgré tout et le jury sera sensible à cette circonstance atténuante.

– Il faut que je sois sorti avant la fin du mois, j'ai rendez-vous le 30 avril avec mon notaire pour signer le compromis de vente d'une ancienne chocolaterie. Je vais en faire une résidence pour le troisième âge.

– Dans un premier temps, il vaudrait mieux que vous vous consacriez exclusivement à la construction de votre histoire. Les faits sont les faits, mais il nous faut les traiter comme un simple matériau et les organiser au mieux de nos intérêts. Considérez votre vie comme un tournage, il nous faut maintenant monter le film en coupant les scènes les plus noires pour donner une place de choix aux instants les plus lumineux, ceux où vous vous êtes montré sous votre vrai jour.

– Quel jour ?

– Nous allons nous employer à mettre en vedette le versant noble de votre personnalité. On peut comparer l'individu à un mur, même au cours des étés les plus ensoleillés il y a toujours un côté du mur à l'ombre, tandis que l'autre n'est que clarté. Vous êtes un être généreux, monsieur Fritzl, un saligaud, un obsédé n'aurait jamais pris la peine de faire six enfants à sa fille. Les débauchés se sont-ils jamais préoccupés de faire des enfants aux putains ?

Gretel a souri.

– C'est une image, je ne me permettrais certes pas d'affubler votre fille d'un aussi vilain nom. Enfin, disons que votre désir de paternité dépassait de beaucoup votre concupiscence.

– J'ai souvent été un brave type.

L'avocat a sautillé sur sa chaise.

– Et c'est bien ce que nous entendons démontrer.

Un flic a toqué. Il a glissé son visage dans l'embrasure. La demi-heure qu'on avait accordée à l'avocat touchait à sa fin.

– Nous en avons fini pour aujourd'hui.

Les deux hommes se sont levés de concert. Un serrement de mains droites, les mains gauches se posant un instant sur l'épaule de l'autre comme s'ils signaient ainsi le contrat qui les unissait désormais.

En traversant le couloir, Gretel a croisé le docteur Klaus Nert, un quinquagénaire aux cheveux blancs. Un psychiatre viennois appelé la veille au soir en catastrophe alors qu'affalé sur son canapé il regardait un film d'Alfred Hitchcock.

– Je passerai après-demain en fin d'après-midi.

Le président de la République a dû l'appeler en personne pour qu'il consente à grimper sur-le-champ dans sa voiture et parcourir dans la nuit les cent trente kilomètres qui le séparaient d'Amstetten.

Dès l'arrestation de Josef Fritzl, les autorités ont vécu dans la terreur qu'il n'attente à ses jours. L'opinion étrangère aurait décidé qu'on l'avait suicidé pour clore l'enquête avant même de l'avoir ouverte. Il fallait montrer à la face du monde la détermination de l'Autriche d'inciser à vif ce bubon sous la loupe du tribunal et d'en exprimer jusqu'à la dernière cuillerée de pus.

Désormais, Klaus Nert ne quitterait plus Fritzl jusqu'au verdict. Durant le procès, il apparaît au milieu des douze policiers en uniforme qui l'escortent jusqu'au fauteuil de l'accusé placé au centre du prétoire derrière une petite table où il peut commodément étaler sa paperasse.

Derrière la cour, une grande tapisserie syncrétique pendue au mur. L'aigle comme un mauvais souvenir, dans un coin le marteau et la faucille, et sur le bureau du juge une bougie éteinte et un crucifix soudé à un socle de cuivre. Toute une bimbeloterie disparate, l'expression d'une volonté de ne froisser personne, de tenir compte du fatras historique, des idéologies comme des superstitions.

Un pays qui après-guerre avait décidé de s'accommoder de ses anciens nazis, du communisme cher aux Soviétiques qui l'ont occupé pendant plus de dix ans, de l'économie libérale, et même à l'occasion des droits de l'homme dont les pays occidentaux aromatisent la moindre de leurs éructations.

Un homme à la double nationalité autrichienne et française. Quand je l'ai rencontré en juin 2009 à son domicile, le procès était terminé depuis fin février. Il avait accepté de me rencontrer grâce à l'insistance de Nina.

– Il est écrivain, il n'enregistrera pas, il ne prendra même pas de photos.

À chaque fois qu'elle approchait un témoin de l'affaire, elle lui chantonnait la même rengaine de sa voix mélodieuse de grande bourgeoise.

Il m'a regardé à la lumière d'un rayon de soleil qui filtrait à travers les larges fentes des persiennes closes.

– J'ai lu votre pedigree sur internet.

Il m'a demandé mon passeport, comme pour s'assurer que la photo correspondait au visage qu'il avait en face de lui et à celles qu'il avait pu voir sur les sites qu'il avait consultés. Il a hoché la tête comme pour me signaler que j'étais bien moi. Je lui ai fait remarquer qu'on ne pouvait malgré tout jamais être certain de se trouver en présence de la personne supposée être en face de soi.

– Il doit exister des sosies homonymes et vous pouvez toujours courir pour savoir à qui vous avez affaire.

Il m'a jeté le même regard clinique dont il s'était servi une heure plus tôt pour examiner son dernier aliéné de la journée.

– Sans compter qu'on peut contrefaire sa voix.

Nina a baissé les yeux. Nous avons pris place au salon. Un guéridon, et nous tout autour comme si nous nous apprêtions à entamer une séance de spiritisme.

Nert avait fait son service militaire en France, mais son français était étrangement lacunaire et il parlait le plus souvent en allemand. Nina traduisait ses réponses dont je ne comprenais pas le moindre mot. C'est à peine si depuis le début de ma quête je remarquais souvent le mot *Kinder*, qui signifie enfants, et que j'ai pris pendant quelque temps pour la marque d'œufs surprises en chocolat dont se gavent les mômes.

– En réalité, il n'était ni schizophrène, ni paranoïaque, ni même dépressif. Un homme très banal, préoccupé surtout par l'avenir de ses investissements financiers. Je ne lui ai jamais prescrit le moindre traitement psychotrope, en revanche il me réclamait sans cesse des vitamines et du ginseng. Le seul médicament qu'il ait pris depuis son inculpation, c'est un somnifère fin septembre 2008 quand le système bancaire mondial a failli s'écrouler.

Il se faisait souvent traduire mes questions par Nina. Par crainte de ne pas les avoir comprises, et peut-être aussi pour se donner le temps de la réflexion.

– Non, son psychisme n'était pas celui d'un pervers.

– Il n'avait aucun remords. Parfois, il me semblait qu'il ne comprenait pas bien ce qu'on lui reprochait. Il me disait qu'il avait travaillé dur toute sa vie pour que ses enfants ne manquent de rien. Qu'il ne faisait aucune différence entre les gosses de sa fille et ceux d'Anneliese. Qu'il les aimait d'un même amour. Qu'il les aimerait toujours et que Roman lui manquait beaucoup.

Une vision idyllique du souterrain dont il aimait s'enivrer.

– Dans la cave, il y avait beaucoup de bonheur. Avec Angelika, chaque année nous cachions des œufs de Pâques pendant qu'ils dormaient. Le lendemain, il fallait voir leur enthousiasme quand ils sautillaient partout pour essayer de les dénicher. Nous leur disions, c'est froid, ça chauffe, ça brûle. Ils hurlaient de joie quand ils posaient enfin la main dessus. Et les cadeaux ? Je leur en faisais toute l'année, des cadeaux. Dès qu'ils voyaient un jouet qui leur plaisait à la télévision, je le leur offrais. Je les gâtais beaucoup plus que les enfants du haut. Ils me coûtaient cher, mais je ne plaignais jamais mon argent.

Il regrettait que la police traîne les pieds pour rendre publiques les preuves de sa générosité.

– Toutes les factures sont classées dans vingt-quatre dossiers par ordre chronologique. Ils ont dû les éplucher une par une, vous ne pourriez pas les leur réclamer ?

Nert en avait parlé à un inspecteur.

– Elles sont sous scellés.

– Il achetait beaucoup de jouets ?

– Des sex-toys ? Oui, quelques-uns.

Il lui avait rapporté les propos du flic.

– Il y avait la télé, mais ça ne suffisait pas à la distraire quand je n'étais pas là.

Angelika a dit qu'il s'en servait durant leurs rapports. Des violences, des blessures. D'après elle il les utilisait pour la torturer.

– Vous avez rencontré Angelika ?

Il s'est fait répéter deux fois la question par Nina, se donnant le temps de choisir entre le oui et le non.

– Je n'étais pas chargé de suivre Angelika.

– Vous l'avez vue ?

Son portable a sonné. Il a refusé l'appel. Il s'est tourné pour regarder l'heure à une pendulette posée sur une commode où l'on distinguait des fleurettes blanches noyées sous le vernis bruni.

– Je crois que nous avons assez parlé.

– Fritzl a-t-il eu des relations sexuelles avec les enfants de la cave ?

Il chasse ma question comme une mouche. Nina commence à la traduire, il lui coupe la parole. Une réponse qu'il crache en français.

– Je ne peux rien vous dire sur les rapports d'Angelika avec ses enfants.

Il m'a semblé qu'un soupçon découlait de cette réponse à une question que je ne lui avais pas posée.

Les deux autres psychiatres qui avaient examiné Fritzl au cours de l'instruction m'ont confirmé que devant lui la psychiatrie rendait les armes. Un petit homme ennuyeux et gris qui se fondait dans la foule des braves gens et des salauds ordinaires dont chacun contribue à grossir la cohorte.

L'experte mandée par le tribunal a rendu un long rapport. Elle relevait des troubles graves de la personnalité, une soif de pouvoir absolu et de profondes déviances sexuelles. Sans doute pour obtenir un séjour à l'hôpital plutôt qu'une peine de prison, il lui avait confié qu'il avait un mauvais fond et qu'il était né pour violer. Ces confidences l'ont conduite à conseiller à la cour un internement dans un asile en attendant sa rédemption.

Elle m'a avoué que lors des interminables entretiens il lui était arrivé de lutter pour ne pas baisser les paupières, se laisser bercer par le son de sa voix monocorde et s'endormir. Elle n'avait accordé que trois interviews depuis le début de l'affaire. Une à la BBC, les deux autres à des journaux germanophones. J'ai évoqué un grand entretien paru dans un magazine français dont elle avait fait la couverture.

– C'est un faux. Aucune importance, je ne veux plus entendre parler de rien.

Nina lui avait extorqué un quart d'heure d'entretien dans une brasserie de Graz. L'entrevue a duré plus de cinq heures. Une sorte de fascination mutuelle, inexplicable comme les coups de foudre. Quand nous l'avons quittée sur le parvis de la cathédrale, cette étrange histoire s'est achevée aussi abruptement qu'elle avait commencé.

Elle parlait français, car au cours de son adolescence elle avait fait de fréquents séjours en Bretagne dans une famille à laquelle ses parents étaient liés. Elle a préféré me répondre en allemand. La même gêne, la peur de trébucher en se servant de mots étrangers dont elle se méfiait comme de colis piégés. Au milieu de l'interview, elle s'est toutefois laissée aller à quelques échanges sans filet en français.

– Fritzl a violé Angelika dès l'âge de douze ans, dans la zone de non-droit qu'était la cave pourquoi ne se serait-il pas attaqué à Petra ?

– Je ne sais pas.

– Vous ne le lui avez pas demandé ?

– Je ne peux rien vous dire sur les rapports d'Angelika avec ses enfants. Je ne sais pas non plus si elle a été abusée si jeune ou si, comme il l'a dit, il a attendu de l'avoir enfermée.

– Mais quelle est votre intime conviction ?

– Je n'en ai pas. Personne ne sait comment peut évoluer une mère quand on l'a laissée dans une oubliette pendant vingt-quatre ans. Je n'ai aucun élément de comparaison. L'affaire Fritzl est tombée du ciel comme une météorite, un éclat d'une planète qu'aucun astronome n'avait jamais répertoriée et qu'aujourd'hui encore aucun télescope ne pourrait situer dans l'espace.

Une réponse trop teintée de poésie de bazar pour qu'elle n'ait pas depuis lors subi des modifications dans mon souvenir.

– Vous n'avez jamais vu Angelika ?

À travers les baies vitrées, elle a ostensiblement regardé les pavés de la place qui chauffaient au soleil.

– Dans quel état était-elle à sa sortie de la cave ?

Elle se jette à l'eau.

– Angelika Fritzl se portait bien.

– On a évoqué pourtant l'apparition d'un spectre, d'un squelette voûté, d'une créature vieillie à qui on donnait vingt-cinq années de plus.

– On ne lui donnait pas plus de quarante ans.

Comme si l'atmosphère de la cave lui avait épargné deux années de rides. Elle avait peut-être la faculté de modifier à volonté son apparence. Elle présentait à certains une image froissée, aux autres une jeune femme pomponnée, fraîche, peut-être même désirable et coquine.

– Vous êtes certaine qu'on ne vous a pas montré une de ses sœurs à sa place ?

Un fin sourire, pas un mot.

Le premier jour du procès, nous avions déjeuné avec le troisième larron de la psychiatrie autrichienne à avoir approché Fritzl. Il avait été pressenti pour établir un projet de psychothérapie en vue de le guérir. Il venait de déposer le matin même à l'audience pour témoigner de la bonne volonté de l'État de rééduquer son psychisme afin qu'il meure un jour dans sa cellule en bonne santé mentale.

– Vous envisagez quel genre de thérapie ?

– Il faudrait encore pouvoir établir un diagnostic. J'ai essayé de rapprocher son cas de ceux des criminels en série. Aucun rapport avec lui, mais je ne voyais pas dans quelle catégorie le classer. Rien ne correspondait, au regard de la science il n'est même pas névropathe. Tout ce qu'on pourrait faire dans les mois et les années qui viennent, c'est l'écouter parler.

– Dans quel but ?

– Aucun. C'est un patient sans épaisseur, sans vie intérieure, sans aucun intérêt.

– Vous pensez qu'Anneliese savait ?

– On peut se douter et ne pas savoir.

– On peut se douter que son conjoint a une liaison, mène une double vie, a fondé une deuxième famille. Mais qui pourrait se douter que son mari a fait sept enfants à sa fille prisonnière dans la cave depuis vingt-quatre ans ?

Il a donné un coup de tête vers le plafond.

– Je ne sais pas.

Il est retourné à son escalope qu'il a saupoudrée de sel avant de la couper en dés comme s'il voulait nourrir un bébé entreposé au fond de son cartable.

– Pensez-vous que Fritzl ait violé les enfants d'Angelika ?

– On ne peut pas savoir.

– Vous lui avez posé la question ?

– Je ne crois pas.

– Pourquoi ?

Il s'est excusé de n'avoir pas le temps de prendre un dessert. Il a enfilé son pardessus. Il est parti.

Comme s'il y avait des questions qu'on refusait de poser pour éviter de traumatiser le coupable. Même pour un praticien habitué à entendre des horreurs, il y a des réponses qu'on ne veut pas entendre. Si comme dans l'Enfer de Dante il y avait plusieurs cercles dans la cave, tout le monde a préféré s'abstenir de les visiter tous.

Nous avons quitté le docteur Nert au terme d'un entretien de près de deux heures. Il a appelé Nina tandis que nous montions dans la voiture.

– J'évalue à trois cents euros le temps que j'ai passé avec vous. Je vous demande de les verser à la Croix-Rouge.

Retour à l'hôtel vers dix-huit heures. Le soleil illumine la chambre, je tire les rideaux pour soulager la clim qui n'en peut mais. Descente en peignoir en salle de fitness au premier sous-sol. Dans l'ascenseur, une courte femme en jogging, si droite, si raide, si étroite, qu'on la dirait bâtie autour d'un petit manche.

Le sauna est vide. Il a fait trente degrés toute la journée. Avec cette chaleur vous auriez préféré aller faire plutôt quelques brasses dans la piscine, mais je prends souvent des décisions absurdes.

Un lieu de réflexion, cette boîte à suer. Pas moyen de regarder autre chose que les lambris dont on se lasse. On ferme les yeux, on transpire, on pense. Fondre dans un sauna, une façon de passer vingt minutes d'été dans l'atmosphère de la cave les jours où la canicule donnait l'impression qu'on allait bouillir dans son sommeil sur ce lit si humide que parfois Angelika rêvait que de la vapeur montait du matelas.

En vingt-quatre années, les tabous ont le temps de se liquéfier comme ces bonshommes de neige qui ne passent jamais le printemps.

L'humanité est fragile, une morale qui serpente au cours des âges, des valeurs qu'on oublie, qu'on refond sans cesse au gré des besoins, du mode d'alimentation, de production, de l'adaptation aux nouveaux produits technologiques. Les valeurs ont évolué en bas au gré de la douleur, de l'éternelle claustration, et puis la distance infinie qui sépare l'obscurité du soleil, l'absence de temps quand il n'y a pas de journée, quand c'est toujours la nuit. Une civilisation a eu le temps de s'écrouler au cours de ces vingt-quatre années, cette éternité.

L'inceste, le viol, puis l'inceste désiré, obsédant, l'attente fiévreuse du seul pénis au monde qui pénétrera jamais dans la cave. Un pénis qu'on n'en peut plus d'espérer, il tarde souvent à se montrer pendant de longs jours, des semaines, quand il la laissait seule pour partir en vacances s'enfoncer dans d'autres chairs. La faim de nourriture quand les provisions se raréfient et l'absence de ce viatique qui transformerait le lit en tapis volant.

Ces cris de jouissance qui vont rejoindre le chœur des femmes en train de jouir au même instant sur toute la peau du monde. L'orgasme égalitaire, nivellement par l'infini, et quand il le lui procure elle est plus heureuse que les reines dont le roi est mort, plus heureuse que les vierges, les épouses au sexe depuis longtemps cicatrisé à force d'être lassées d'attendre des années durant le pénis d'un mari abruti par le travail et les coups de maillet d'un quotidien lancinant comme les aboiements des motos, des voitures, des camions furieux qui toute la nuit traversent comme des chiens ahuris la ville où il est né d'une grossesse indésirable et mourra sans même s'en apercevoir tant son existence n'aura été quatre-vingt-douze années durant qu'une interminable métaphore du néant.

La cave devenue creuset d'une partouze dont les invités naissent de l'inceste. Une morale dissoute, pour arrêter de souffrir sous la torture on dénonce son fils et on accepte soulagé de trancher les quatre membres de sa fille.

La morphine poisseuse du coït, elle perle au bout de

l'urètre, avant de jaillir, d'inonder, de rendre Angelika heureuse comme un champ de pavots. Face à la peur, l'angoisse, le besoin chevillé au corps d'éprouver ces coups de boutoir de la jouissance qui furtivement la submergent.

La morale, ce luxe pour les nantis, les repus et qui s'éteint avec l'état de veille. Les cauchemars sont libres, le viol devient la plaisanterie du meurtre, l'inceste le sourire de l'infanticide.

Sortie du sauna, douche froide. Mes divagations se rétractent comme le reste. De toute façon, depuis Freud les parents sont devenus officiellement deux maladies dont l'enfant mettra toute sa vie à guérir. Les enfants de la cave pourraient devenir les égéries d'une confrérie de psychanalystes qui enfermeraient leurs patients dans un cabinet noir pour faciliter l'expulsion de la scène primitive au cours de laquelle ils ont aperçu leur grand-père pénétrer leur maman pour fêter l'anniversaire de leur conception.

L'avocat ne perdait pas son temps. En sortant du commissariat, il a donné sa première interview. Loden, toque de vison noir, paire de lunettes demi-lunes au bout du nez. Il a choisi de repousser les journalistes européens pour se poser devant la caméra de CNN. Son anglais était fluide, il le ponctuait de grands gestes comme pour rappeler au monde que le sud de l'Autriche partage un bout de frontière avec l'Italie.

– Mais Mme Fritzl croyait réellement que sa fille était dans une secte. Son mari le lui avait affirmé. De quel droit aurait-elle mis sa parole en doute ?

– Ici nous ne sommes pas à Los Angeles. Dans nos provinces, les familles ne sont pas des camps de hippies. Je les comparerais plutôt à des îlots gouvernés par un chef de tribu, tout un archipel qui se soucie de l'émancipation de la femme autant que vous de la famine au Bangladesh.

– Mme Fritzl n'a jamais mis les pieds dans le souterrain. Que voulez-vous qu'elle soit allée faire là-bas ? Le ménage ? Entretenir cette grande maison lui donnait déjà assez de travail.

– Curieux, les gosses ? Vous voulez rire, M. Fritzl était un père très strict, ses enfants lui obéissaient rigoureusement. Ils avaient été élevés pour ne se servir de leur intelligence qu'à l'école, et pour pendre en rentrant leur cerveau à un crochet à côté de leur bonnet. Ils croyaient tout ce qu'on leur racontait. Jamais l'idée ne leur serait venue d'explorer la cave.

L'équipe de la télévision autrichienne a réussi à se faufiler. Il a continué à parler en anglais.

– Vous savez très bien que chez nous l'inceste est une peccadille. Vous risquez trois ans de prison, et encore avec un très mauvais avocat. Si l'on procédait à des tests ADN dans tout le pays, on s'apercevrait que nombre de nos concitoyens sont le fruit d'un inceste. C'est une affaire typiquement autrichienne que nous devrions régler en famille afin de rendre au plus vite leur père à ces enfants déjà assez désorientés par leur soudain débarquement dans la communauté humaine. La cave était un cocon, notre monde leur semble trop vaste, il leur faudra de longues années avant de s'acclimater.

Il a virevolté pour se replacer dans l'orbe de la caméra de CNN.

– Votre client a agi seul ?

– Il ne s'en souvient plus. La mémoire des Autrichiens s'envole au premier coup de vent. Autant essayer de décrypter les feuilles mortes.

– Pourquoi personne n'a rien entendu ?

– Notre pays est très mystérieux. Tout le monde est aveugle et sourd. Sans compter les muets et les *minus habens*.

– Vous plaiderez coupable ?

– Où s'arrête l'innocence, où commence le crime ? Il a voulu préserver Angelika des dangers de la liberté. Au lieu d'être aujourd'hui mère de famille, sans son intervention elle serait peut-être morte d'une overdose.

– La police dit qu'elle n'a jamais été toxicomane.

– Elle était sur une pente. Dès quinze ans, elle a commencé à boire beaucoup de bière, à courir après les garçons, à fuguer, à fumer Dieu sait quoi.

Il a joint ses mains comme s'il suppliait la journaliste de pardonner à la victime.

– Et c'était à votre avis une raison suffisante pour l'enfermer durant vingt-quatre années ?

– Il aurait certes pu la libérer quand après quelques mois de réflexion elle a eu un peu plus de plomb dans la tête, mais qui n'a jamais commis d'erreur dans l'éducation de ses enfants ?

Il levait les yeux au ciel.

– Ils ne s'acclimateront peut-être jamais. Leur libération apparaîtra alors comme un crime. La liberté demande un long apprentissage, ce n'est pas en passant dix-neuf ans dans un cloaque qu'on en maîtrise le rudiment. Ce sont de drôles de volatiles, ces pauvres gamins, ils se servaient de leurs ailes pour ramper et on leur demande à présent de s'envoler.

Son visage exprimait une profonde tristesse.

– Nous sommes inquiets, très inquiets. Mon client n'a le droit ni de les voir ni de leur écrire. Ils sont déjà assez secoués, comment voulez-vous qu'ils se reconstituent quand on leur présente une image de père aussi dégradée ? Les parents sont deux piliers, l'un d'entre eux vient de s'effondrer et les médias piétinent ses débris. Où en seriez-vous, mesdames et messieurs, si dans votre jeunesse on vous avait traités d'enfants de monstre ?

Dans toutes les langues fusaient des questions sur la sexualité hypertrophiée de son client.

– Les violeurs, les pervers, les obsédés ne fondent pas de famille avec leur partenaire. Il aurait été plus simple pour mon client de donner des contraceptifs à sa fille. Mais il pensait que la maternité serait pour elle un facteur d'épanouissement. Grâce à lui, elle a donné la vie. Du reste, Angelika avait une soif inextinguible de maternité. Quand elle a subi une fausse couche après deux années de captivité, elle est entrée dans une profonde dépression. Elle n'a retrouvé le goût de vivre qu'au moment où elle a été grosse de son aînée.

Il a regardé sa montre. Il a furtivement posé la main sur son cœur, comme un comédien remercie le public à la fin d'une représentation.

– Il est minuit, jeunes gens. Il est temps pour vous d'aller au lit et pour moi de plancher sur ce dossier jusqu'à l'aube.

Fasciné par les objectifs qui le cherchaient à travers les vitres fumées de sa BMW, il a failli renverser un ivrogne qui traversait la rue.

De retour à Linz, il s'est rendu directement à son étude. Il avait dans sa serviette un compte rendu que lui avait remis le commissaire. Il ne contenait pas grand-chose de plus que les informations divulguées par la presse. Le chauffage était éteint, il était trop excité pour prendre la peine de mettre en marche le radiateur électrique.

Toque sur la tête, il a passé un moment à se frotter les mains au-dessus des feuillets. Puis il s'est renversé dans son fauteuil et il a allumé l'écran perdu sur une table au milieu d'une pile de dossiers. Il a navigué jusqu'à tomber sur CNN. On passait un reportage sur l'Irak, on parlait de la hausse du baril de Brent, de l'avenir présidentiel d'Hillary Clinton. Il a eu la joie de se voir apparaître après un interminable flash météo. Son intervention a duré quelques secondes.

– Josef Fritz est avant tout un père qui a toujours été soucieux du bonheur de ses enfants.

Il a trouvé sa voix agréable et profonde, mais il a regretté de n'avoir pas des yeux bleus qui auraient sans doute mieux accroché la lumière que sa paire de noirs. Il a pensé qu'il était trop tard pour acquérir des lentilles colorées. Elles ne seraient pas raccord avec les premières images de la glorieuse épopée dont il était désormais l'un des héros.

Vers minuit et demi, il a fouillé dans ses tiroirs. Il a fini par dénicher le registre in-quarto qu'il avait acheté huit ans plus tôt pour transcrire ses pensées sur les grandeurs de l'avocature. Il a soigneusement rempli son stylo à encre. Il a entrepris de coucher sur le vélin tous les événements de la journée de l'écriture appliquée d'un élève qui peaufine son premier devoir de l'année. Il a tenu quotidiennement son journal jusqu'au verdict.

Dès le lendemain, il s'est déchargé sur ses collaborateurs de toutes ces affaires insignifiantes, divorces ou conflits de voisinage, qui ont pour seul mérite d'assurer la pitance des plaideurs.

Levé à l'aube, il se gavait de pamplemousse et de muesli pour essayer à force de vitamines de donner quelques couleurs à ses joues dont il avait toujours déploré la teinte un peu grise. Il faisait ensuite une dizaine de tractions pendu à une barre coincée dans le chambranle de la porte de la salle de bains, se rasait longuement, se frottait au gant de crin sous la douche, talquait sa peau irritée par ce traitement barbare et il était fin prêt pour passer une demi-heure devant la penderie de sa chambre, essayant chemises, cravates, costumes, devant une psyché encadrée d'ampoules comme un miroir de loge.

Après une semaine d'interrogatoires, Fritzl a été transféré à la prison de Sankt Pölten à cent trente kilomètres de Linz. Vers onze heures, Gretel apparaissait devant la grande porte. Il n'était pas si rare qu'il donne sur le parvis sa première interview de la journée. Il aimait son sourire, et ses petites mains manucurées qu'il voyait évoluer avec grâce devant lui dans l'air frais. Il jouissait beaucoup de ses saillies qui suscitaient un sourire sur le visage des journalistes les plus accablés. Il avait pris l'habitude de terminer chacune de ses interviews par une formule de monarque.

– Cette causerie touche à sa fin, je vous remercie.

Il exécutait alors une pirouette, présentant son dos aux objectifs, ses petites pattes véloces l'emportant au loin comme Charlot à la fin des premiers films de Chaplin.

Les premiers jours, il avait rejoint Fritzl au parloir. Puis lui a pris la fantaisie de le rencontrer plutôt dans sa cellule.

– Ce sera plus confortable.

Le directeur lui a accordé ce privilège. Une pièce de six mètres carrés plus confortable que celle où il avait séjourné quarante ans plus tôt. Un réchaud électrique en guise de cuisinette et un tuyau adapté au robinet du lavabo qui permettait au pensionnaire de se doucher au-dessus des toilettes où il devait s'accroupir en d'autres circonstances. Il aurait pu du reste se doucher en même temps s'il avait voulu faire d'une pierre deux coups.

L'avocat prenait place sur le tabouret fixé au sol garni d'un épais coussin que l'administration avait concédé au prisonnier en raison de son âge. Fritzl s'asseyait sur sa couche, et au bout d'un moment il se laissait aller insensiblement et finalement s'allongeait. Il croisait ses mains derrière la tête comme un qui rêvasse sur le gazon. Il parlait volontiers, racontant avec lyrisme l'histoire de la cave comme une odyssée. Il aimait ponctuer son récit de remarques bienveillantes sur son pénis.

– Un bon ouvrier solide et travailleur.

– Revenons à notre cave. Avouez que c'était quand même une drôle d'idée ?

– Je ne suis pas le seul Autrichien à l'avoir eue.

En 2006, Natascha Kampusch s'était enfuie de la cave de Gänserndorf où son ravisseur l'avait tenue sous cloche entre l'âge de dix et de dix-huit ans. Une ville située à une heure et demie de route d'Amstetten.

– Mais c'est moi qui l'ai eue le premier.

– Monsieur Fritzl, je vous supplie de ne pas vous en vanter à l'audience. D'ailleurs, le ravisseur n'était pas son père, il ne lui a pas fait d'enfant, et ce sous-sol d'où il la sortait chaque jour pour prendre l'air lui servait tout au plus de pied-à-terre. Il l'avait même emmenée au ski. Un drôle de geôlier que cet homme-là.

Fritzl s'étirait en grognant d'aise, satisfait de se sentir unique.

– Remarquez, il faudrait peut-être que la police songe à fouiller toutes les caves du pays. Qui sait si certains de nos concitoyens n'y sont pas enfermés depuis trente ou quarante ans ? Il y a peut-être même des vieillards qu'on a enfermés enfants avant-guerre ?

Il a fait un tour complet autour de son axe avec des yeux brillants de visionnaire.

– Imaginez, monsieur Fritzl, tout un pays souterrain,

une armada de caves qui peut-être ne bénéficiaient pas comme la vôtre du confort moderne. Pas d'électricité, pas de chandelle, des gens dont les yeux pareils à ceux des poissons des profondeurs ont fini par s'atrophier comme des raisins de Corinthe à force de ne servir à rien. Des populations peut-être tout à fait autonomes, vivant en autarcie de la cueillette de champignons, d'endives, de tous ces légumes qui poussent dans l'obscurité, sans compter les taupes égarées qu'elles mangent crues, encore toutes palpitantes et chaudes. Sans compter ceux qui n'étaient pas assez débrouillards pour survivre dans des conditions aussi extrêmes, et qui sont morts quelques semaines après le décès de leur père.

Il se levait du tabouret, versait de l'eau dans la bouilloire et préparait deux tasses de Nescafé.

– Toujours pas de sucre ?

Il reprenait sa place, aspirant le breuvage du bout des lèvres pour ne pas brûler sa langue. Une langue dont il prenait grand soin, la brossant trois fois par jour et massant ses papilles avec la pulpe de l'index. Quand elle le surprenait, sa femme cachait un petit rire irrespectueux derrière sa main.

Il la toisait.

– Ma langue, c'est mon outil de travail.

Fritzl était assez satisfait de sa cellule chauffée et beaucoup plus douillette que celle où il avait séjourné avec cet insupportable pasteur infanticide. Il avait pu cantiner de la gomina, un rasoir électrique, et de la crème Nivea, même s'il n'avait pu obtenir sa crème anti-âge que l'administration n'avait pas dans ses soutes.

Après le verdict, il partagerait quelques jours l'espace avec un jeune délinquant dont il tenterait en vain de faire un fils spirituel à force de lui présenter sa vie comme un exemple.

– Un jour, l'Autriche reconnaîtra mes valeurs.

Pour l'heure, le directeur avait reçu de strictes consignes destinées à empêcher qu'un prisonnier moraliste ne lui plante une fourchette dans le cœur. Flanqué d'une paire de matons, il bénéficiait d'une promenade à treize heures quand ses codétenus déjeunaient dans leur cellule et d'une autre en fin d'après-midi dès qu'on les avait bouclés pour la nuit. Il était bien marri de ne pouvoir exposer ses frasques à ce public qu'il imaginait plein d'admiration pour ses talents de reproducteur transgénérationnel. Quant au personnel pénitentiaire, il avait ordre de ne pas converser avec lui en dehors des nécessités du service.

Pour quinze euros par mois, il disposait d'un bouquet satellite qui alimentait le téléviseur perché à côté de la porte. Il passait le plus clair de son temps à écumer les canaux jusqu'à l'apparition de son portrait. À chaque fois, il notait sur un bloc le nom du pays émetteur. Son visage s'éclairait d'une vaste banane quand il s'apercevait sur une chaîne russe, indonésienne, chinoise, ou plus flatteur encore, d'un continent si lointain qu'au temps de sa liberté il aurait hésité à aller lui rendre visite tant d'heures d'avion le séparaient de l'Autriche.

Il avait obtenu de la direction de quoi assouvir sa manie du classement. On lui avait livré trois classeurs à anneaux recouverts de plastique bleu qu'il avait installés sur une des étagères en ciment. Protégés par des pochettes transparentes, il y serrait les doubles de ses dépositions, ainsi que des coupures de journaux où l'on parlait de lui. Gretel lui apportait régulièrement une brassée de magazines dont il faisait souvent la une. Les classeurs ont débordé au bout d'une semaine. Il a empilé les coupures dans des cartons qui avaient contenu des denrées alimentaires. Le gardien allait les lui chercher aux cuisines.

Il rêvait de conversations avec les journalistes dans

la chaleur des flashs et des projecteurs. Il imaginait compléter ses revenus à sa sortie en accordant des interviews exclusives aux médias britanniques qui depuis la découverte de la cave traquaient les protagonistes de l'affaire comme des chacals.

– Je suis une star internationale.

– Mondiale, monsieur Fritzl. Mais ne vous en vantez pas, les jurés sont souvent de petites gens, des envieux qui sacquent systématiquement les vedettes. Il nous faut faire profil bas, et essayer de vous présenter sous un jour plaisant. L'idéal serait d'arriver à convaincre le jury que le bébé était pimpant à sa naissance et qu'il a succombé à la mort subite du nourrisson. Dans ce cas, nous évacuons toute suspicion concernant son décès et nous descendons à une peine maximale de cinq ans. Avec mes talents d'orateur, nous obtiendrons peut-être alors une peine qui n'excédera pas la durée de votre préventive. Vous sortirez libre à la fin du procès.

– Dans combien de temps ?

L'avocat était pensif.

– Remarquez, si le jugement espéré était rendu, on attendrait peut-être deux ou trois jours pour procéder discrètement à votre levée d'écrou de crainte que vous ne soyez lynché par des importuns à la sortie du palais. À moins qu'on vous fasse sortir par une porte dérobée.

– Dérobée ?

L'avocat a incliné la tête et baissé la voix, comme on confie un secret à un petit enfant.

– La foule. La foule ne vous aime pas.

Déçu, Fritzl a levé les yeux vers la télévision éteinte et l'a tristement fixée.

Les tabloïds ne décoléraient pas contre l'Autriche. Des pages entières d'insultes contre ce pays qui pratiquait encore le nazisme dans son sous-sol. Il s'est même trouvé un journaliste pour demander une intervention de l'ONU. Les Casques bleus fouilleraient le pays de fond en comble, et une cohorte de pères dévoyés comparaîtrait à la queue leu leu devant le tribunal international de La Haye.

Le gouvernement était embarrassé. Le législateur n'avait pas prévu de loi pour sanctionner ce crime inimaginable qui apparaissait pour la première fois. La Constitution ne permettait pas de promulguer le moindre décret à effet rétroactif. Le ministère de la Justice a réuni en catastrophe la fine fleur des juristes autrichiens avec mission de découvrir dans le code un délit susceptible d'aggraver la peine de Fritzl.

Une loi contre l'esclavagisme, punissant ceux qui vendraient des esclaves comme ceux qui en feraient l'acquisition, a été rapidement dénichée par un doyen. Cette loi n'avait jamais servi, elle avait été promulguée à tout hasard au lendemain de la guerre à titre d'ornement.

– Avec ce chef d'accusation, on pourrait lui coller quinze ans de prison.

– Il n'a jamais vendu ses gosses.

– Il ne les a pas achetés.

– Ni même loués.

– En tout cas, il faudrait apporter des preuves pour que le délit soit constitué.

– On pourrait lui demander des aveux en échange d'une promesse de liberté anticipée. Après tout, les promesses non tenues sont les plus belles. Elles permettent à ceux qui les ont entendues de faire un beau rêve qui ne coûtera en définitive rien à personne.

– Ça ne tient pas debout.

Le ministre a cependant applaudi cette découverte. Il a aussitôt convoqué la presse pour lui annoncer la bonne nouvelle. Un journaliste italien s'est indigné en allemand.

– Et il sera libéré dans huit ans pour bonne conduite ?

– Je vous promets que non.

– Il devrait être condamné à mort.

Un murmure dans la salle. Une idée qui séduisait beaucoup, mais trop barbare pour avoir été jusqu'alors pensée à haute voix en Europe. Par contre, dans le sud des États-Unis on prônait les bienfaits de la chambre à gaz. D'après une obscure feuille de chou de Montgomery qui avait consacré son supplément dominical à l'affaire, elle nettoyait bien mieux un pays de ses criminels que les douceurs de la vie carcérale.

– Vous ne regrettez pas qu'elle ait été abolie ?

Le ministre était pâle. Cet ancien bègue a respiré profondément avant de répondre.

– L'Autriche appartient à l'Union européenne. Cette hypothèse est sans objet.

La conférence s'est achevée dans le brouhaha. Vent de révolte, écœurement, la sensation que l'Autriche protégeait tous ses criminels qu'ils soient anciens nazis ou citoyens sans obédience.

Depuis cet incident, maître Gretel vitupérait *urbi et orbi*. Il parlait d'atteinte aux droits humains.

– Et puis c'est absurde et imbécile. Pendant que nous

y sommes, pourquoi ne pas accuser mon client d'avoir aidé Hitler à prendre le pouvoir du temps où il gigotait encore dans les couilles de son père ?

Une saillie très réussie. Elle déclenchait à chaque fois un éclat de rire étouffé vaille que vaille. Une phrase tant répétée que les satellites s'en souviennent peut-être encore et s'oublient parfois à la renvoyer au milieu d'un commentaire de match de foot ou à la place d'un scoop sur la sortie prochaine d'un fabuleux cellulaire qui en cas de céphalée permettrait de sonner n'importe lequel de ses neurones pour le sommer de rétablir l'ordre comme on appelle le SAV d'un grand magasin.

– J'en appelle à la raison. Nous devons régler cette affaire sereinement, sans tenir compte des desiderata de l'opinion internationale.

Il se trouvait toujours quelqu'un pour s'indigner.

– Je vous en prie, monsieur. Ne me parlez pas de vingt-quatre années de séquestration. Si les premiers temps Angelika a regimbé, elle a vite éprouvé une véritable passion pour son père dont elle a recherché jusqu'au bout les étreintes sans le moindre égard pour son âge avancé.

Le ton montait autour de Gretel. Les questions brutales se chevauchaient, d'aucuns l'insultaient à voix basse, une fois même, la gifle d'une jeune correspondante portugaise a manqué son visage de justesse. Il ne détestait pas susciter l'exécration, les comédiens ne craignent que l'indifférence et l'oubli.

– Mon rôle est de défendre mon client, pas de sombrer dans le pathos pour émouvoir vos lecteurs et vous aider à vendre du papier ou des images entrecoupées par des publicités pour Pepsi-Cola.

Puis il pirouettait dignement et rejoignait sa voiture d'un pas de sénateur.

Maître Gretel s'apprêtait ce jour-là à quitter la cellule de Fritzl, quand il a reçu l'appel d'un de ses adjoints.

– La radio vient d'annoncer que le chef d'accusation d'assassinat était retenu contre notre client.

– C'est impossible.

– La chancellerie me l'a confirmé.

Il a claqué le téléphone.

– Au revoir, monsieur Fritzl.

Il a frappé trois coups secs contre la porte. Le gardien chargé de rester en faction devant la cellule durant tout l'entretien, l'œil rivé au judas pour s'assurer qu'à l'intérieur personne n'assassinait ou n'attentait à ses jours, lui a ouvert aussitôt et l'a vu disparaître comme un feu follet dans le lointain des coursives.

L'équipe de télévision d'Al Jazeera a essuyé sa rage sur le parvis.

– Chez vous au moins on condamne selon les préceptes de la charia, ici on lapide des innocents. L'islam demeure immuable et humain, tandis que la décadence de l'Occident va son train. On emprisonne les pères et on pardonne aux filles de les avoir tentés. Dans votre sagesse, vous autorisez la bigamie et peu importe le lien de parenté de la deuxième ou troisième épousée. Est-ce qu'Allah se soucie de pareils détails ? Mon client est un Oriental qui pour son malheur a poussé dans le ventre d'une Autrichienne.

Il a pointé un doigt devant lui, croyant peut-être indiquer la direction de La Mecque.

– Là-bas, il serait peut-être en voie d'acquérir le statut de prophète.

Même le preneur de son était pris d'un joyeux tremblement. Sa perche branlait tant dans le vent au bout de ses mains molles que la bonnette du micro a fini par choir sur le pavé. Une bourrasque a couvert la dernière phrase de Gretel.

– Il y a des jours où les républicains comme moi feraient mieux de devenir mahométans.

Une heure plus tard la chaîne diffusait l'interview en boucle. Aucune chaîne occidentale ne l'a reprise. On a dit que le gouvernement avait usé de la voie diplomatique pour menacer d'exclure désormais des conférences de presse les équipes appartenant aux médias qui auraient brisé l'omerta. Même Al Jazeera a baissé les bras vers minuit.

Gretel a reçu le lendemain un coup de téléphone du conseil de l'ordre. La crainte d'une suspension lui a fait passer l'envie de faire l'éloge de cette religion crainte et décriée par tous ceux qui n'en étaient pas.

Fritzl perdait souvent son sourire depuis qu'il avait été successivement promu marchand d'esclaves et assassin d'enfant. Malgré tout, il s'est risqué à demander encore une fois à Gretel s'il pouvait espérer une libération provisoire.

– Je dois m'occuper de mes affaires et puis l'été j'aime bien partir une semaine au soleil.

– C'est prématuré, monsieur Fritzl.

L'avocat avait compris que la recherche de la vérité et l'application stricte du droit aux délits réellement constitués ne figureraient pas au menu du procès. Il fallait condamner Fritzl à la prison à vie, et dans le pire des cas à quinze ans de prison en espérant qu'il mourrait au cours de sa détention afin d'éviter au pays la honte de le voir un jour sortir pétulant de la maison d'arrêt sous le feu des médias ravis de renouer avec une ancienne pratique.

– Je n'ai pourtant tué personne.

– Et alors, monsieur Fritzl ? Vous n'avez jamais tenu non plus un stand de vente de négrillons sur le marché d'Amstetten ? Nous sommes entre les mains du monde, vous êtes comme un pays que la communauté internationale aurait décidé de dévaster. On trouverait même des armes de destruction massive dans votre cave si cela pouvait contribuer à vous faire pendre par la foule.

Gretel jugeait ses propos brillants. Il les a notés dans son carnet.

– J'ai pourtant payé des impôts toute ma vie. J'ai droit à un procès équitable comme n'importe quel usager.

– Vous allez avoir droit à une petite comédie dans un tribunal très cosy, mais il ne semble pas à l'ordre du jour de vous accorder le moindre procès.

Avant de quitter sa cellule, il lui avait donné une tape sur l'épaule.

– En tout cas, n'avouez jamais, monsieur Fritzl.

– Quoi ?

– Que vous avez assassiné ce mioche.

La porte s'est refermée sur lui. Fritzl était déçu. Il a rédigé une lettre au procureur pour lui annoncer que désormais maître Gretel n'assurerait plus sa défense. Il l'a rangée dans un dossier en attendant que le nom d'un autre avocat lui vienne à l'esprit.

Les jours suivants, Gretel a senti que son client lui échappait peu à peu. Il l'écoutait parler sans jamais l'interrompre et laissait filer toutes ses questions d'un geste las. Il refusait même de partager avec lui la moindre tasse de Nescafé.

– Vous êtes fatigué, monsieur Fritzl ?

– La crise immobilière me cause des insomnies.

– Je peux essayer de m'arranger pour venir vous voir plutôt en début d'après-midi ?

– Après le déjeuner, j'ai l'habitude de faire une sieste.

– En fin de journée ?

– Ce n'est peut-être plus la peine que vous veniez tous les jours.

– Vous ne m'aimez plus, monsieur Fritzl.

Fritzl a baissé les yeux comme une fiancée qui n'ose annoncer la rupture. Rouge de confusion d'avoir lâché pareille imbécillité, Gretel a plusieurs fois ouvert et fermé sa mâchoire pour faire semblant d'en rire.

Il s'est levé, et serrant sa serviette contre sa poitrine il a pris congé sans un mot, inclinant un instant le buste comme un comédien que le public applaudit du bout des doigts et qui se prépare à se réfugier dare-dare dans les coulisses pour ne pas essuyer les sifflets des furieux dont il distingue les premières notes dans les hauteurs du poulailler.

Gretel a perdu plusieurs mois à chaque fois qu'il descendait une marche de l'escalier métallique. Parvenu au portique de contrôle, des larmes brillaient au coin de ses yeux. À force de perdre de l'âge comme une effeuilleuse ses frusques, il n'a plus eu que quatorze années au compteur en arrivant sur le parvis. Il s'est retrouvé en avril 1962, quand après une histoire d'amour de quelques mois son amie l'avait laissé tomber pour un motif dont il n'avait jamais rien su. Impression d'être tombé d'un nid, de rentrer à cloche-pied dans le froid logis de ses parents glaciaux qui jamais ne l'avaient câliné. Il ne s'agissait pas aujourd'hui d'une bluette adolescente, mais de sa destinée. Il avait trop longtemps rêvé de gloire pour supporter dignement de la voir lui éclater au nez comme une baudruche.

Il a fendu tête baissée le groupe de journalistes qui faisaient le pied de grue devant la prison. Il s'est cogné le front en grimpant dans sa voiture.

Il s'est retrouvé une heure plus tard à son domicile sans même se souvenir avoir conduit. La bagnole avait dû le ramener toute seule à l'écurie comme un cheval qui sent son cavalier trop saoul pour tenir la bride.

Sa femme l'a vu traverser livide le salon. Il a soulevé le couvercle du piano, il s'est assis sur le tabouret. Il n'avait jamais su jouer, mais quand il était triste il lui arrivait de frapper le clavier pour briser le silence qui tombait sur la banquise de ses illusions perdues.

Elle est allée s'enfermer dans sa chambre afin d'échapper au vacarme des pauvres notes effarées de se retrouver si mal assorties au sein de faux accords qui se percutaient dans la pièce comme une volée d'avions pris dans un orage magnétique.

Il n'a pas déjeuné. Trop sonné pour reprendre sa voiture, il s'est rendu en taxi dans une parfumerie du centre-ville. Il a marché à grandes enjambées vers le comptoir.

– Je voudrais une crème anti-âge.

– Pour vous ?

Il a pris le temps de respirer profondément avant de répondre, tant il craignait de bredouiller comme un enfant à qui on demande ce qu'il va bien pouvoir faire d'une boîte de préservatifs.

– Pour homme.

Il est sorti de la boutique avec plusieurs tubes de pommade, des flacons de gel douche, d'huile pour le corps et de baume après-rasage à la pierre d'alun. Sa serviette en était boursouflée. Le gardien lui a lancé un regard goguenard quand il les a étalés sur le tapis roulant du portique en arrivant à la prison.

Il a trouvé Fritzl assis à la table. Cette visite imprévue lui a fait plisser les yeux comme un chat qu'on tire par surprise d'un roupillon.

– Vous êtes là ?

Gretel s'est approché de lui avec dans les yeux une lueur de tendresse comme s'il s'apprêtait à l'embrasser.

– Oui, monsieur Fritzl, je suis là.

– Je ne vous attendais pas.

Il sautillait en ouvrant sa serviette et en déposant

délicatement les produits sur la table. Une sorte de père Noël glabre en costume de flanelle grise.

– Je vous ai apporté des petits cadeaux.

– Des cadeaux ?

– Ce sont des babioles, mais je tiens à ce que vous soyez au mieux de votre forme pour ce procès. Je sors du cabinet du ministre et je lui ai dit notre façon de penser.

Un pieux mensonge. Il a semblé impressionner Fritzl qui a élargi aussitôt son sourire.

– Je l'ai menacé de révéler certains détails qui mettraient toute l'Autriche dans l'embarras, et il a senti passer le vent du boulet.

– Quels détails ?

– Beaucoup de petites choses dont nous n'avons même pas parlé, et que nous n'évoquerons sûrement jamais. Notre silence nous attirera la mansuétude des autorités une fois le verdict rendu. Les portes de sortie ne manquent pas après une condamnation, un aménagement de la peine avec de longs week-ends de liberté, des séjours campagnards en clinique pour des maladies diplomatiques, ou même une grâce présidentielle en plein mois d'août quand les médias somnolent et que leurs clients rougis par le soleil des plages préfèrent entendre parler du beau temps plutôt que de l'actualité judiciaire.

Fritzl avait chaussé ses lunettes pour lire les notices des produits qu'il avait déballés en entamant délicatement les cellophanes avec l'ongle de son pouce.

– Des détails qui n'en sont pas, bien évidemment. Des détails qui obligeraient le gouvernement à délocaliser ce procès à Vienne tant il faudrait loger d'accusés dans le prétoire. Des détails scandaleux qui transformeraient ce procès en procès de Nuremberg.

Fritzl a levé les yeux.

– Quels détails ?

– Il ne m'a pas demandé lesquels. C'est bien la preuve que ces détails existent, qu'ils sont trop énormes pour être des peccadilles, qu'il les connaît mieux que nous et qu'il en a une peur bleue.

– Et alors ?

Gretel était embarrassé. Il a regardé sa montre, ouvert son portable, l'a refermé, et s'est frotté les mains pour se donner le temps de la réflexion.

– Et alors ? Mais mon Dieu, nous avons pris l'avantage. Les chefs d'accusation ridicules dont on nous a chargés seront en définitive écartés par le jury, et le juge qui participera au vote aura pour consigne de ne pas sonner la fin des délibérations avant d'avoir obtenu les larges circonstances atténuantes auxquelles nous avons droit.

– Vous croyez ?

– Je plaiderai l'acquittement, et pour ne pas décevoir le monde vous serez condamné à quatre ou cinq ans. Et vous savez combien l'entretien et la garde d'un prisonnier coûtent à l'État ? La prison nous ruine, dans un État économe les condamnés ne devraient pas effectuer plus d'un tiers de leur peine. D'ici deux ans au grand maximum, vous aurez réintégré vos pénates.

Fritzl était dubitatif. Mais l'espérance le tentait quand même.

– Nous allons vers le beau temps, monsieur Fritzl.

Il s'est laissé tenter. Il a arboré un sourire carnassier en étalant sur son visage la pâte bleu roi d'un masque éclaircissant à l'aloe vera.

Le nuage qui avait plané sur leur idylle s'est peu à peu dissipé. Par coquetterie, Fritzl se laissait parfois aller à bouder l'espace d'une matinée. Il se recroquevillait sur la couche, tournant la tête vers le mur.

– Il y a un problème, monsieur Fritzl ?

Il ne répondait pas.

– Vous avez entendu mon intervention d'hier sur Star News ?

Le silence de son client jaloux de n'avoir pas été interviewé à sa place. Il faisait aussitôt diversion.

– Votre fille refuse de venir témoigner au procès. Elle a peur de vous affronter, de sentir sur elle le regard du père et du mari. Elle est bien trop occupée à s'envoyer en l'air. Les policiers connaissent ses talents, et j'ai même entendu l'autre jour une espèce de moustachu faire une plaisanterie grivoise sur ses gencives.

Fritzl riait sans bruit dans l'encoignure.

– Notez bien, il paraît qu'une semaine après son expulsion de la cave on lui avait mis une espèce de dentier. Mais à présent elle écrit lettre sur lettre au ministère de la Santé en réclamant des implants.

Le silence, encore le silence, alors qu'il ménageait une pause dans sa logorrhée pour obtenir au moins un vague grognement de connivence.

– Elle a toujours le diable au corps, je ne lui donne

pas six mois avant de tomber encore enceinte. Enfin, de nos jours on appelle les traînées des battantes.

Un silence qui maintenant refroidissait la cellule comme un blizzard. Gretel remontait le col de sa veste et soufflait sur le bout de ses doigts.

– Dire qu'elle n'a jamais voulu reconnaître que la presse avait menti. Elle est sortie toute pimpante de cette cave, avec ces boucles d'oreilles de gitane que vous lui aviez offertes pour sa fête, sa chevelure de lionne qu'elle teignait chaque semaine, sa peau bronzée à souhait. Elle se garde bien de dire tout ce que sa coquetterie vous a coûté. Le logis n'était pas bien grand et le ménage vite bâclé, elle avait tout son temps pour se pavaner sous la lampe à ultraviolets et se maquiller pour mieux vous émoustiller quand vous lui rendriez visite.

La lampe ne figure pas dans l'inventaire de la police.

– Au lieu de se pomponner, elle aurait mieux fait de s'occuper de l'éducation de ses gosses. Des analphabètes, qui ont passé leur jeunesse à se gaver de séries et de clips. Elle n'a pas su profiter de la chance qu'elle avait de les tenir à l'écart des sorties, de la délinquance, des mauvaises fréquentations. Elle aurait pu au moins les contraindre à étudier quelques heures par jour, au lieu de ces vacances perpétuelles dans cette ambiance malsaine tant sur le plan physique que moral.

Emporté par sa péroraison, il n'avait plus ni chaud ni froid. Il a baissé machinalement son col. La cellule avait retrouvé sa tiédeur délicieuse en cette matinée ensoleillée de la mi-mai.

– Au lieu de vous donner en exemple, vous le travailleur acharné, l'ancien étudiant pauvre arrivé à la force du poignet, elle s'est complu à leur raconter des histoires fabuleuses de corsaires et de pirates comme à des bébés. Et puis cette télévision omniprésente qui leur tenait lieu de maître d'école, avec ces héros lamentables toujours prompts à la débauche et qui manient plus souvent le revolver que le stylographe.

Un rayon de soleil lui est tombé dans l'œil et il a secoué la tête pour le chasser.

– L'inculture absolue, voilà l'oxygène qu'elle a donné à respirer à ses enfants. Même pendant les vacances, je n'ai jamais toléré que mes enfants traînassent, bayent aux corneilles sur leur lit en écoutant de la variété à s'en faire éclater les tympans, ni qu'ils fréquentent les sites pornographiques et des camarades louches qui les poussent à boire, goûter à l'homosexualité ou à la drogue. Dans cette cave où la promiscuité était inéluctable, elle aurait dû les protéger contre ces démons qui hantent les culottes, leur enseigner la différence entre les vicissitudes de la vie de couple et le devoir de réserve des adolescents. Commencée trop tôt, la vie sexuelle épuise l'organisme, distrait de l'étude, et donne aux gamins une échappatoire qui leur fait prendre en grippe leur rude avenir fait de travail et de frustrations certes beaucoup moins ludique qu'un séjour au Club Méditerranée, mais qui a sa noblesse, sa beauté. Il est du reste le seul que la société leur proposera jamais. Alors, alors à quoi bon regimber ? Nous-mêmes, monsieur Fritzl, n'avons-nous pas foulé aux pieds l'un après l'autre nos rêves d'enfant pour assurer notre survie ?

Il a exécuté un petit saut pour percher plus haut la conclusion de son discours.

– Être adulte, c'est choisir de faire son trou et de laisser l'infini aux étoiles.

Un chat dans la gorge l'a contraint à s'interrompre. Il est allé remplir d'eau la tasse où il avait bu son Nescafé pour procéder à un gargarisme furtif.

– Si j'osais, je demanderais l'envoi d'Angelika devant une cour d'assises. En définitive, elle est aussi coupable que vous. Si les premiers temps vous étiez le seul maître à bord, et elle l'esclave enchaînée au fond de la soute, dès qu'elle a été libre de ses mouvements, elle est devenue de fait votre concubine et vous formiez avec elle un couple à part entière. Vous m'objecterez sans doute qu'elle n'avait pas le choix du lieu de résidence du ménage, mais quelle personne appartenant au sexe faible jouit de ce droit dans notre pays qui comporte tant de femelles et si peu de femmes ?

À force de boire du petit-lait à pleins bols, Fritzl souriait au mur comme un bébé reconnaissant à sa nourrice.

– À la suite de la naissance de Petra elle a acquis les droits d'une mère. Elle a exercé ces droits en toute liberté, comme une femme à qui son mari débonnaire laisse la bride sur le cou. Vous êtes-vous jamais élevé, monsieur Fritzl, contre la moindre de ses décisions concernant l'éducation des enfants ? Avez-vous remis en cause une seule des sanctions qu'elle s'est vue dans la nécessité de prendre à leur endroit ? L'avez-vous empêchée de leur faire accomplir quelques mouvements de gymnastique pour venir à bout de leur ankylose ? Vous êtes-vous une seule fois opposé à ce qu'elle leur impose d'apprendre par cœur une fable, une table de multiplication ou un théorème ? Jamais, bien sûr, jamais, puisqu'elle n'a jamais pris cette peine. L'habitat ne peut pas lui servir éternellement d'excuse plénière. Nos ancêtres vivaient dans des grottes, et pourtant ils transmettaient à leurs enfants les valeurs, la culture, les techniques que leurs parents eux-mêmes leur avaient transmises et qu'ils avaient développées tout au long de leur vie. C'est grâce à leur obstination, leur rigueur, que les premières grandes civilisations ont pu germer. Mais Angelika était folle de son corps, et au lieu de vous demander de lui apporter des manuels scolaires, une mappemonde ou des poésies de Schiller, elle exigeait de vous des colifichets, des parfums, des accessoires pour jouer les cocottes et mieux vous épuiser.

Fritzl était ému, et s'il avait eu des larmes en lui il en aurait versé quelques-unes.

– N'oubliez pas non plus qu'elle s'est montrée parjure. Dès qu'elle s'est trouvée dans les bras des flics elle a rompu le serment solennel qu'elle vous avait fait de retourner dans la cave sans moucharder. Cette Judas vous a trahi en échange d'une promesse d'impunité. Aujourd'hui, notre pays est lié par la légèreté des policiers qui l'ont absoute sans même vous confronter à elle ou la faire examiner par l'un de ces psychiatres retors qui vous explorent sans pudeur depuis votre arrestation. Ils auraient su lui faire cracher ses mensonges, son incurie, peut-être même ses ignominies qui l'enverraient en prison à votre place. Drapée dans sa peau de mère, l'Autriche l'admire et la couvre d'or. Des implants ? Mais elle les aura, ses implants. Elle peut même demander à voir chacun de ses os remplacé par une prothèse en fibre de verre pour peser moins lourd quand vers midi elle s'arrache enfin à son lit pour tomber sur le canapé où elle se prélasse toute la journée comme au bon vieux temps des rois fainéants.

Gretel s'emportait dans son désir de reconquérir Fritzl. Il ne se rendait pas compte de l'absurdité de ses propos, tant il était ivre de sa haine envers Angelika. D'une façon générale, il trouvait que cette société surévaluait les femmes et leur conférait dans l'inconscient collectif les mêmes pouvoirs que les fées, ces doubles resplendissants des sorcières.

– Si on pouvait vous faire un reproche, ce serait de vous être montré d'une coupable indulgence.

La danse nuptiale à laquelle Gretel se livrait depuis un moment portait soudain ses fruits. Fritzl se retournait et regardait l'avocat avec la même foi dans ses capacités à le sortir de ce mauvais pas qu'au premier soir de leur rencontre.

– Vous auriez pu être plus sévère, ou du moins plus

rigoureux. Vous vous êtes conduit davantage en grand-père attendri qu'en père implacable. Trop de fêtes, trop de cadeaux, trop d'embrassades. On ne gâte pas impunément les siens, et ils paieront toute leur vie le prix de votre gentillesse. On pourrait plus légitimement vous traiter de papa gâteau que de père Fouettard. Un laxisme certes fâcheux, mais si répandu à notre époque en matière d'éducation.

– Je pense pourtant avoir fait mon devoir.

– Et c'est bien ce que je démontrerai dans notre plaidoirie. Je vous taquine, mais c'est par habitude de pratiquer la dialectique hégélienne que m'a inculquée mon maître en philosophie en classe de rhétorique. Vous aimez Hegel, monsieur Fritzl ?

– Si j'étais indulgent avec eux, c'est que je ne pouvais pas les emmener en vacances.

– Ils n'allaient pas à l'école, ils n'avaient aucune activité professionnelle, et ne subissaient même pas la contrainte d'être obligés de chercher à compléter leur argent de poche en exerçant un job d'été. Évidemment, papa satisfaisait rubis sur l'ongle le moindre de leurs besoins. En définitive, ils étaient en vacances toute l'année.

– J'aurais aimé leur faire visiter le jardin.

Un projet qui lui avait traversé plusieurs fois l'esprit. Profiter de l'absence d'Anneliese et des enfants du haut pour organiser une excursion dans la réalité. Angelika craignait que la lumière du soleil les rende aveugles.

– Un jour de mauvais temps.

– Elle passe quand même à travers les nuages.

– Un pique-nique dans la nuit, je leur ferai toucher les arbres.

Angelika aurait préparé les sandwichs. Ils auraient suivi à quatre pattes leur père chargé du sac de victuailles. Ils auraient atteint le réel au terme de la plus longue course de leur vie, ne sachant que faire des marches de l'escalier, et prenant la pelouse pour la toison humide d'une gigantesque mère. Ils lui reviendraient comme sonnés par la foudre, des fous que les douches glacées ne guériraient jamais.

Elle craignait surtout de ne plus jamais les revoir. Cette expédition était un plan machiavélique pour les fourguer comme les autres à Anneliese. Sitôt là-haut, il lui couperait l'eau et l'électricité. Elle mourrait d'épuisement après avoir hurlé en vain pendant des heures dans l'obscurité, avec le bruit lointain des habitants de la maison qui lui répondraient en vaquant à leurs occupations pour lui démontrer qu'ils n'entendaient rien.

– Angelika avait peur qu'ils s'échappent.

Écartant les cyprès, courant dans la ville. Ils confondraient les voitures avec des images. Ils fonceraient sur elles pour les traverser. On les prendrait pour d'imprudents petits clowns zigzaguant sur la place, leurs mains en sang à force de courir à quatre pattes sur le bitume. Ils atteindraient le pont, ils se précipiteraient sur le parapet tête baissée, et quand l'un d'entre eux l'aurait escaladé, ils se jetteraient tous dans l'Ybbs comme des moutons de Panurge.

– Elle les couvait trop.

– Elle a fait de vos enfants des chiffes. Si votre fille est tombée malade, c'est avant tout faute d'une alimentation riche en fruits et légumes. Cette manie autrichienne de se gaver en famille de patates, de porc, et de gâteaux gras saturés de sucre. Et puis le manque d'oxygène, quand on n'a pas la chance de vivre à la montagne on consacre quelques minutes de sa journée à respirer profondément pour se ventiler. Sans parler de faire vraiment du sport dans un espace trop exigu pour ce genre de pratique, on se doit quand même d'entreprendre de longues marches. Ce n'est pas pour rien qu'on représente souvent les prisonniers arpentant comme des forcenés les rares mètres de leur cellule.

Après dix-neuf ans d'un tel régime, c'est miracle que Petra ne soit pas aujourd'hui dans un fauteuil roulant.

Fritzl se flattait le poitrail.

– Moi, je fais des pompes.

Il se plaignait cependant de la nourriture de la prison qui aggravait sa bcdaine. Gretel lui a offert une ceinture de musculation électrique. L'administration lui a malgré tout refusé le privilège de disposer d'un vélo d'appartement et d'une paire d'haltères. La chaîne du vélo pouvait tout autant que les haltères servir d'arme pour neutraliser les gardiens.

Fin juin, la chancellerie a annoncé qu'Angelika enregistrerait son témoignage dans les locaux de la police.

– Une starlette, monsieur Fritzl. Vous avez enfanté une starlette. Je suppose qu'elle va vouloir que son interview soit tournée à Hollywood et qu'on remplace le juge d'instruction par George Clooney. Robe de grand couturier, bijoux prêtés par Tiffany, dents flambant neuves, lèvres gonflées de silicone, texte écrit par un de nos plus fameux scénaristes répété pendant des semaines avec un coach, et ne doutons pas qu'elle versera moult larmes pour émouvoir les membres du jury. Et je ne vous parle pas ensuite du film projeté dans toutes les salles de la planète, des nominations dans les festivals, ni de la palme du meilleur rôle féminin qui lui sera servie sur un plateau par démagogie et haine de notre patrie.

Il s'est donné un petit coup de poing rageur sur la cuisse.

– Pour lancer sa carrière de victime, je puis vous assurer qu'elle versera des torrents de larmes. Des larmes de crocodile, bien sûr. On vaporisera un nuage de menthol sur ses yeux pour qu'elles coulent chaudes et dru.

Fritzl riait sans bruit, les yeux étincelants de fierté. Une fierté de père dont la fille est en voie de starification.

– En tout cas, carrière ou pas, elle est perfide. En envoyant une vidéo en guise de témoignage, elle peut être sûre qu'aucune question embarrassante ne lui sera posée par les jurés. Et vous verrez, à la fin de sa prestation elle sera applaudie comme une sainte.

Gretel a levé les yeux au ciel.

– Qui sait ? Il y aura peut-être même des rappels.

Un acteur jaloux qui craignait de ne jouer en définitive qu'un second rôle dans cette parodie judiciaire.

Au mois d'août, Gretel avait promis à sa famille deux semaines de bains de mer en Grèce. Il est parti à regret, il est revenu en catastrophe trois jours plus tard après avoir quillé les siens dans un hôtel club de Corfou.

Sa femme était déçue.

– On dirait que tu préfères ce salaud à nos gosses.

– Je serai de retour lundi.

Il n'a pas tenu parole. Il craignait que se sentant abandonné Fritzl ne se mette en tête d'accorder ses faveurs à un autre défenseur. Pour dormir plus près de lui, il a pris une chambre dans un hôtel proche de la prison.

Il profitait des vacances judiciaires pour le visiter matin et soir. Parfois il apportait de la charcuterie et du vin blanc afin de casser la croûte avec lui et ne plus le quitter jusqu'au soir. Ils transpiraient face à face dans la cellule dont la canicule menaçait de faire fondre les pierres.

Ils ne jouissaient ni l'un ni l'autre d'une structure mentale qui leur aurait permis d'accorder leur amitié à quiconque. Se développait néanmoins entre eux une sorte de camaraderie. L'avocat continuait à l'appeler *monsieur Fritzl* à tout bout de champ, l'autre à lui donner du *maître*, mais ils avaient de longues causeries où ils confrontaient leurs idées sur la vie et se laissaient parfois aller aux confidences. Fritzl était énamouré par sa propre personne. Il se montrait lyrique en évoquant son intelligence, son charme et ses talents d'homme d'affaires.

– Mais, monsieur Fritzl, vous êtes en faillite.
– Je referai fortune.

Il comptait éponger ses dettes grâce au million d'euros qu'un producteur allemand lui avait proposé pour incarner à sa sortie son propre rôle dans une fiction retraçant sa vie. Mais le projet ne verrait jamais le jour. Après sa condamnation à perpétuité, le producteur abandonnerait définitivement son projet.

Fin septembre Fritzl est revenu sur les lieux du crime entouré d'un agrégat de policiers et de magistrats. Il portait un costume neuf et une cravate à motifs marron sur fond blanc. Maître Gretel était tout de noir vêtu, une paire de lunettes à monture bleue émergeant de la poche de sa veste. Tout le quartier avait été bouclé depuis la veille et les riverains montraient patte blanche pour rentrer chez eux.

Une reconstitution dont le procès-verbal précise qu'elle a duré quarante minutes. Une visite rapide du premier étage de la maison. Le commissaire épouvanté par la crasse qui recouvrait tout comme une seconde peau.

– Ma femme n'était pas raffinée. Quand je l'ai épousée, je n'étais même pas ingénieur. J'aurais dû divorcer depuis longtemps, mais je la plaignais. Et puis prendre une jeune femme qui a fait des études cause aussi du tracas. Elle aurait voulu continuer à travailler, elle n'aurait même pas voulu approcher un balai. Engager une femme de ménage ? Je suis de la vieille école, je n'aurais pas aimé qu'une étrangère fasse ma lessive. Sans compter que les domestiques passent leur temps à espionner.

Personne ne l'écoutait. Pas de visite de l'étage supérieur ni de la terrasse. La cavalcade dans l'escalier avait commencé. On atteignait le rez-de-chaussée, on descendait l'escalier de la cave, on traversait le labyrinthe. Un bruit de bottes qui résonnait à faire trembler les murs. Une station devant la première trappe. Les sbires ont oublié le code. Le juge trépigne. Ils sont sur le point de s'en retourner. Fritzl demande qu'on lui enlève les menottes.

– Il n'en est pas question.

– Mon client a les poignets fragiles, je suis prêt à le prouver si vous commettez un expert. Comprenez à quel point ce retour en arrière est pénible pour lui, ce n'est pas toujours gai de retourner visiter son passé. Permettez-lui au moins d'accomplir ce voyage les mains libres.

Fritzl a hoché la tête.

– Je me souviens du code, ce sont les chiffres que les nazis avaient tatoués sur le bras de ma mère à Mauthausen.

– Donnez-nous ces chiffres un par un.

Un flic a pianoté au fur et à mesure. Tout le monde s'est plié pour passer à travers la trappe. Ceux qui souffraient de lombalgie se sont fait violence pour passer l'obstacle sans jérémiades.

La barre métallique qui permettait de fermer la deuxième trappe de l'extérieur a retenu l'attention du commissaire.

– Vous avez déclaré que les trappes s'ouvriraient automatiquement si vous ne descendiez pas dans la cave pendant quinze jours. Mais la barre aurait de toute façon empêché l'ouverture de celle-là.

– Je ne l'abaissais jamais.

– Pourquoi alors l'avoir installée ?

– Elle avait cherché à s'évader. J'avais eu peur. Je l'avais mise pour me rassurer.

C'était en 1994, la veille de Noël. Elle était enceinte de cinq mois des jumeaux. Fritzl n'était pas réapparu depuis qu'il avait remonté Sophie, le troisième enfant de l'inceste. La cave connaissait la famine depuis plusieurs jours. La télé diffusait des images de cochons de lait, on voyait des chefs cuisiner des plats de réveillon, des familles remplir des chariots, accumuler dans leurs placards des victuailles et des cadeaux en prévision des fêtes. Il lui restait du

Théralène, elle en distribuait matin et soir une cuillerée aux enfants. Ils dormaient vingt heures par jour. Entre les sommes, ils étaient trop abrutis pour ressentir la faim.

Fritzl avait débarqué en fin d'après-midi. Deux sacs remplis de pommes de terre, de riz, et deux livres de beurre. Il les a déposés dans la réserve. Angelika avait entendu les portes s'ouvrir, mais aucune claquer. La trappe était restée entrebâillée. Pour la première fois depuis la descente de sa fille, il avait négligé de refermer les portes derrière lui.

Il était sur le point de repartir sans un mot. Angelika lui a servi le premier mensonge qui lui soit venu à l'esprit.

– Martin est malade depuis huit jours. Il dort tout le temps, je crois qu'il est en train de mourir.

– Tu n'as qu'à lui donner de l'aspirine.

– Il n'y en a plus.

– Débrouille-toi.

– S'il meurt, qu'est-ce que tu en feras ?

Il a réfléchi en soufflant bruyamment par les narines comme un bovin par les naseaux. Il a relevé la tête, et lui a jeté son poing à la figure. Elle a eu le réflexe de reculer avant l'impact.

– Vous êtes tous des emmerdements.

– Je suis inquiète.

Il a repoussé Angelika. Il a surgi dans la chambre. Les deux gamins dormaient en chien de fusil sur le grand lit. Il a secoué Martin. Le sirop lui avait été administré une heure plus tôt. Il ne s'est pas réveillé, sa sœur non plus. Il l'a attrapé par le bras, il l'a levé dans les airs. Le gamin a ouvert la bouche pour geindre, ses yeux ne se sont pas ouverts. Il l'a laissé tomber par terre, sa tête a fait un bruit sourd en atteignant le sol. Malgré les bourrades, Petra ne s'est pas réveillée non plus. Il a vitupéré, a donné un coup de pied dans le lit.

Il criait des invectives à l'endroit d'Angelika en traversant la cuisine. Quand il est arrivé dans la réserve, il a trouvé la trappe grande ouverte.

Elle avait attendu qu'il soit dans la chambre. Elle avait tiré la trappe entrouverte, elle avait couru dans le labyrinthe. Elle cheminait dans un rêve, elle n'avait même plus peur. Elle a regretté toute sa vie de n'avoir pas pris la peine de claquer les portes en passant pour ralentir la course de son père. Elle a passé la deuxième trappe. Elle a traversé le bureau.

Le chauffagiste avait été appelé en catastrophe le matin même. La chaudière était tombée en panne au début de la nuit. La température de la maison avait chuté jusqu'à douze degrés, les locataires furieux avaient tambouriné à la porte des Fritzl dès potron-minet.

Le brûleur était réparé, la chaudière avait redémarré. L'homme achevait de remballer ses outils. Angelika est apparue dans la pièce. Une femme pâle, essoufflée, diffusant autour d'elle l'étrange et épouvantable odeur de la cave. Elle s'est jetée sur lui, s'accrochant des deux bras à son torse comme pour l'embrasser sur la bouche.

Il a poussé un cri, elle a crié aussi. Pour s'en débarrasser, il s'est jeté avec elle contre le mur. Elle est tombée étourdie sur le sol. Il a attrapé sa boîte à outils et il est remonté à la surface en poussant une plainte à chaque expiration.

Il a quitté la maison. Il s'est enfui en voiture. Il est rentré chez lui. En rentrant de son travail, sa femme l'a trouvé hagard effondré sur une chaise de la cuisine. Elle lui parlait, il la regardait les lèvres tremblantes sans parvenir à émettre le moindre mot.

Quand il a eu repris ses esprits, il lui a raconté cette apparition, cette étreinte, cette sensation d'être pris dans un étau. Un récit grotesque d'hallucination à laquelle lui-même ne croyait pas. D'un commun accord avec son épouse il a décidé que rien ne s'était passé. D'ailleurs, il prenait depuis plusieurs semaines des antibiotiques pour soigner une bronchite aux germes résistants.

– Ce traitement me fatigue.

– Prends un congé.

Ils ont passé une semaine au ski. Le jour de la découverte de la cave, le couple a échangé un regard.

Fritzl avait attendu que le type soit parti pour se jeter sur elle et la battre. Puis il avait ramené sur son dos le corps inerte dans la cave.

Sa tête en sang. Sur son corps des ecchymoses qui mettraient trois semaines à se résorber. Étendue par terre, inconsciente. Le bruit des portes se refermant l'une après l'autre. Il avait remporté le sac de courses. Pendant quinze jours, privation d'électricité. L'eau coulant de temps en temps pour empêcher la cave de mourir de soif. Elle l'entend parfois descendre, arriver devant la trappe et repartir. Une ronde de geôlier.

Depuis, même lorsqu'il passait en coup de vent jeter un sac de nourriture dans la réserve, il n'oubliait jamais de refermer les portes l'une après l'autre derrière lui.

Maître Gretel a renchéri.

– Mon client pensait surtout au choc traumatique qu'Angelika a subi et dont elle a mis très longtemps à se remettre. Une sortie sans préparation lui aurait fait perdre la raison. Et puis, imaginez un peu si les enfants l'avaient suivie ? Ils auraient abouti à l'air libre en plein midi, et la lumière du jour leur aurait causé de graves brûlures de la cornée. Sans parler du risque qu'un rayon de soleil malencontreux les ait rendus aveugles.

Fritzl l'écoutait avec une petite moue attendrie.

– Elle était très fragile en ce temps-là. Si je l'avais laissée remonter, elle serait retombée dans l'alcool et la drogue. On me reproche d'avoir été un père trop protecteur, mais pour me juger il aurait fallu voir dans quel état de désarroi elle se trouvait à cette époque.

Personne n'écoutait ses divagations, la troupe le poussait pour lui faire passer la dernière trappe le premier.

Fritzl a respiré profondément en arrivant dans la réserve. Une bouffée d'autrefois, la nostalgie des moments de jouissance, de joies familiales, tout ce bonheur dont son arrestation l'avait privé à jamais. Il a caressé le mur d'une main un peu tremblante, il a fermé les yeux. Il se serait endormi debout pour mieux rêver, si le commissaire ne l'avait pas tiré de sa songerie d'une claque dans le dos.

Personne n'osait avancer, l'odeur insoutenable obligeait certains à rebrousser chemin pour aller vomir dans le labyrinthe. Craignant les miasmes, Gretel avait reculé. Il s'est dissimulé dans la pénombre, se gardant de pénétrer dans un lieu où il redoutait de surcroît une crise de claustrophobie. Fritzl exultait, respirant à pleins poumons comme un prisonnier qu'on lâcherait dans une forêt. Il s'est mis en tête de la troupe et il a entrepris de lui faire visiter son ancien royaume.

– Bien sûr, on a enlevé tous les meubles et les ornements. Mais sachez qu'Angelika bénéficiait de tout le confort moderne. Frigo, machine à laver, robot culinaire dernière génération, télévision en couleur, magnétoscope.

Écœurée, la procureure lui a coupé la parole.

– Un magnétoscope qui vous servait à imposer à Angelika le visionnage de films pornographiques.

– Il y avait aussi des cassettes de dessins animés. Quelles parties de rire quand ils regardaient Donald avec son grand bec.

– Vous savez très bien que la police n'a retrouvé aucune cassette pour enfants dans la cave.

– Je les avais remontées un mois auparavant. Petra et Martin étaient devenus trop grands, et je préférais que Roman regarde plutôt des documentaires pour que son esprit se développe harmonieusement.

Un passage éclair dans les chambres. La cohorte fait demi-tour et s'enfuit. Là-haut, ceux qui n'ont pas vomi dans le labyrinthe se cachent tant bien que mal pour se soulager au pied des arbres.

La femme de Gretel n'en pouvait plus. L'approche du procès rendait son mari irritable, irascible, et il lui arrivait de frapper violemment les murs de sa main ouverte quand elle lui adressait un reproche.

– Je te préviens, si tu me touches je porte plainte contre toi.

– On a le droit de battre les murs et même les montagnes.

Il rentrait tard à la maison. Il était plus de minuit quand il se glissait dans le lit conjugal. Pendant un quart d'heure, il se tournait et se retournait comme si on l'avait mis à la broche. Il finissait par allumer sa lampe de chevet. Il prenait des notes sur son carnet qui ne le quittait plus ni de jour ni de nuit. Des idées, des pensées, des lambeaux de plaidoirie et même des mots d'esprit qu'il comptait distiller au fil des audiences pour amuser la presse.

Indisposée par la lumière et le grincement de la plume sur le papier, l'épouse ne tardait pas à émigrer au salon. Un manteau sur ses jambes en guise de plaid, elle se rendormait sur le canapé.

Il visitait Fritzl deux fois par jour, envoyant bouler ses collaborateurs quand ils osaient l'appeler pour l'entretenir d'une autre affaire. Il avait pris l'habitude d'apporter des gâteaux chaque après-midi. Ils les mangeaient en parlant de la pluie et du beau temps sans quitter la télévision des yeux pour guetter les moments où la photo de Fritzl ou la bouille de l'avocat apparaîtrait sur l'écran.

– Je crois que j'ai donné là une de mes meilleures interviews.

– Je me demande où ils ont pu trouver cette photo.

– Vous faites en effet une drôle de tête.

– Demandez-leur de ne plus la passer.

– Je ferai de mon mieux.

Gretel intervenait.

– Vous présentez mon client avec une tête de coupable.

Il envoyait des lettres recommandées aux agences pour leur interdire de diffuser désormais certains clichés de son client.

– Il y a un droit à l'image, si vous n'obtempérez pas nous n'excluons pas une action judiciaire.

Tout cela en vain.

En fin d'après-midi, Gretel prenait congé.

– À demain, monsieur Fritzl.

Fritzl se contentait d'un mouvement de tête.

L'avocat aimait à développer sa théorie sur l'art de gagner un procès d'assises.

– Accusé et plaideur doivent former un duo, comme au cirque l'auguste et le clown blanc. Bien sûr, il faut éviter de se moquer des victimes, mais plus l'affaire est tragique plus il est souhaitable de détendre le jury avant que l'accusation transforme la séance en mélodrame. Un jury détendu sait prendre ses distances par rapport aux faits, et il est enclin à une réaliste indulgence. Au cours des audiences, nous nous montrerons émus, bouleversés parfois, mais nous rirons aussi. Oui, nous rirons. Un procès est certes une tragédie mais la farce doit avoir sa place. N'oublions pas qu'au bon temps de la peine de mort les condamnés ne se gênaient pas pour lâcher un dernier mot d'esprit quand on leur passait la corde au cou. L'histoire judiciaire regorge d'anecdotes.

Il a baissé les paupières, rêvassant un instant à un projet qui rajouterait peut-être une cerise sur le gros gâteau de sa gloire.

– Je pourrais d'ailleurs publier une anthologie des dernières plaisanteries des suppliciés de l'Antiquité à nos jours. Enfin, nous verrons plus tard. En attendant, préparons notre défense sous le signe de la décontraction et de l'humour.

Maître Gretel a tenu parole, il est souvent parvenu à donner au tribunal un air de cabaret à force de plaisanteries, même si la cour réussissait l'exploit de rire rouge de honte pour laisser croire à un de ces fous rires nerveux qui secouent parfois les plus éplorés au beau milieu d'un enterrement.

Gretel a été fâché que Fritzl avoue le meurtre au troisième jour d'audience.

– C'est absurde, monsieur Fritzl. Vous n'avez jamais tué personne.

Il est resté persuadé jusqu'à sa mort que Nert avait utilisé sa science pour le manipuler.

Avant que le jury ne se retire pour délibérer, il s'est moqué des magistrats et des avocats autrichiens qui ignoraient la différence juridique entre un assassinat et le simple délit d'avoir laissé mourir quelqu'un faute de soins.

La perpétuité. Un verdict humiliant pour Gretel, mais que Fritzl avait reçu avec indifférence. Il avait déclaré le matin même qu'il avait des projets, et emploierait le temps de sa détention à les mener jusqu'à leur terme. Le juge s'était étonné.

– Quel genre de projets, monsieur Fritzl ?

– Je compte gagner de l'argent pour redresser mes affaires et pouvoir aider ma famille.

– Comment ?

– Je travaillerai.

– Vous pensez vous livrer à quel genre d'activité ?

– Il faut que le monde connaisse l'histoire de ma vie.

Après un séjour de quelques mois dans un hôpital psychiatrique pour criminels psychotiques, il avait été transféré à la prison de Stein, une ancienne forteresse au bord du Danube. L'administration pénitentiaire lui avait accordé le droit de posséder un ordinateur. Il effectuait des traductions de textes scientifiques commandées par l'un de ses anciens employeurs.

– Je vais financièrement bien.

Il terminait ainsi chacune des lettres qu'il envoyait à sa belle-sœur, la seule correspondante qui lui répondait parfois et venait lui rendre visite afin de pouvoir renseigner les médias.

– Il travaille beaucoup, sa santé est satisfaisante, il m'a chargée d'embrasser de sa part Angelika et les enfants avec qui il n'a plus eu aucun contact depuis son arrestation.

Cinq années plus tard, il s'est risqué au trading grâce à la connexion wifi dont on avait équipé à titre expérimental les cellules de cette prison pilote. La majorité de ses gains de traducteur était saisie par le curateur pour rembourser ses dettes, il disposait d'un capital dérisoire et pas assez de talent pour le multiplier.

Menacé d'être rayé du barreau s'il le publiait, Gretel a brûlé son journal chez une parente qui possédait une cheminée. Il a fini retraité, oublié, aigri de n'avoir obtenu de la vie qu'une gloire trop brève. Il est mort un mardi dans un supermarché de Linz où il était venu se renseigner au sujet d'une promotion sur un lit à eau.

Une balle tirée au petit bonheur par une fillette de huit ans. Une jeune policière réglait à la caisse le casse-croûte de son déjeuner. La gamine a profité de ce moment d'inattention pour dérober le pistolet accroché à son ceinturon. Elle a doucement soulevé le rabat du holster, extirpé l'arme de ses doigts agiles, et fait sauter le cran d'arrêt avec la maestria d'une petite frappe de séries américaines pour jouer à la délinquante comme elle l'avouerait plus tard aux enquêteurs.

En 1971, Fritzl avait bouleversé la maison d'Amstetten, ajoutant la terrasse, gagnant de l'espace sur la cour de la maison mitoyenne, ajoutant sa pierre à l'édifice construit en 1898. Il avait enfermé ce capharnaüm dans une carapace de béton.

La famille habitait désormais au premier. Il avait aménagé des studios de rapport au rez-de-chaussée.

On a dit que le dernier couple de locataires s'était enfui le lendemain de la libération de la cave, épouvanté d'avoir vécu plusieurs années au-dessus de cet infernal terrier.

En réalité, depuis plusieurs années les studios étaient vides. Beaucoup s'étaient plaints à Fritzl d'entendre du bruit, certains parlaient de vacarme, de tapage, de tintamarre. Le son d'un téléviseur, des vibrations de machines à laver, des cris de bébé de jour comme de nuit qui semblaient émaner d'une pouponnière souterraine, d'une femme qui parfois hurlait à la mort, sans compter l'épisodique braiment d'un couple.

– La chaudière est très bruyante.

– Oui, mais là on est en plein été.

– C'est une chaudière pilotée par un cerveau électronique. La chaleur perturbe les circuits, elle se déclenche de manière intempestive.

– Ce n'est pas un bruit de chaudière. On dirait qu'on habite au-dessus de gens.

Il se félicitait d'avoir fait changer dernièrement ses canines devenues grises avec le temps et de pouvoir leur jeter un bon rire sans être obligé de mettre sa main devant la bouche pour les dissimuler.

– Il n'y a pas que la télé, on entend de vraies voix.

– Amstetten est construite sur du vide. Le sous-sol est parsemé de défilés, de grottes, de rivières souterraines asséchées depuis le quaternaire. Si vous creusiez un trou profond dans le jardin, vous finiriez par tomber au fond d'une galerie verticale et vous finiriez empalé sur une stalagmite.

Il souriait.

– Vous comprenez ?

– Non.

– C'est une caisse de résonance, une chambre d'écho. Pour repérer le lieu où se trouve cette supposée machine à laver dont vous croyez entendre le bruit, il faudrait qu'une équipe de spéléos fasse une expédition si complexe, si longue, qu'elle aurait terminé depuis longtemps sa lessive le jour où on parviendrait jusqu'à elle. Quant aux cris des bébés, ils viennent de si loin que les gosses auraient le temps de devenir adultes avant qu'on ait eu le temps de les rejoindre.

Les locataires le regardaient ahuris.

– Sous terre, le son tourne. Il s'amplifie avec la réverbération, l'écho, il met très longtemps à mourir.

Leurs fenêtres donnaient sur le jardin. Ils l'apercevaient la nuit sortant du garage et traversant la pelouse chargé de courses. Il avançait courbé, tête baissée. Il faisait souvent plusieurs voyages, trimballant barils de lessive, packs de lait, paquets de couches et des pommes si rouges, si lustrées, qu'elles semblaient lancer des SOS à travers le sac de papier kraft.

Le 26 janvier 1998, un prénommé Ludwig, petit locataire d'une trentaine d'années, maigre, léger comme un fétu, ivrogne et militant communiste portant barbiche à la Lénine, l'avait interpellé par la fenêtre alors qu'il trébuchait chargé comme un âne sur la pelouse gelée.

– Tu veux un coup de main, camarade ?

Il s'est immobilisé. L'image arrêtée d'une ombre à laquelle on aurait pendu des sacs. Le logo jaune et blanc du magasin, un chou pointant sa tête émeraude, phosphorescente comme la neige sur les branches des arbustes.

– Il faut s'entraider, bon Dieu.

Fritzl ne bronchait pas. À force de demeurer immobile, l'autre finirait par mettre en doute cette apparition. Les yeux se comportent à l'occasion comme deux boulettes menteuses qu'on ferait mieux de ranger dans ses poches.

– Vrai, il faut se soutenir, mon frère.

Il a grimpé sur le rebord de la fenêtre.

– Restez où vous êtes. Vous allez réveiller tout le monde.

Seules les mâchoires de Fritzl avaient remué.

– C'est un devoir, camarade, d'aider un camarade.

Il est tombé sur le gravier. Il s'est relevé pesamment après avoir rampé sur ses coudes.

– J'arrive, camarade.

Fritzl est redevenu mobile. Il a avancé un pied, l'autre, et il s'est mis à s'enfuir à pas saccadés de marionnette.

– Attends-moi.

Le locataire s'est précipité, mais d'ébriété il s'est effondré.

Fritzl avait déjà rejoint la cave, claqué la porte derrière lui. Il a posé les courses par terre et a repris haleine dos plaqué au mur. Il ne s'était pas aperçu qu'un des sacs manquait à l'appel. Sa poignée s'était rompue, son contenu répandu par terre comme un faisceau d'indices.

Ludwig tambourinait à la porte.
– Ton chou, camarade, ton chou.
Il a filé dans le dédale sans se retourner. Il est sorti du souterrain à l'aube. Il a traversé le jardin en rasant la clôture. Il s'est coulé dans le garage. Il s'est assoupi dans sa voiture. En arrivant à son bureau, il s'est rendu compte qu'il avait laissé son cartable à la maison.

Au matin, Ludwig s'est posté dans le hall. Il avait ramassé le chou, une bouteille d'assouplissant, un tube de rouge à lèvres, une cassette porno assez anodine si l'on en jugeait par la photo d'une jeune femme en bikini sur la boîte, et un sachet de biscuits en forme d'animaux.
Il en avait rempli une musette qu'il ouvrait des deux mains pour montrer ses trouvailles. Il arrêtait les locataires afin de leur faire part des questions qui lui étaient venues à l'esprit avec la gueule de bois.
– En pleine nuit. Des sacs de courses au bout des bras. Il ne bougeait pas plus qu'un tronc d'arbre, qu'un bandit visé par un flic. Il a foncé dans la cave. Pourquoi ? Pourquoi ? Pour aller se faire cuire une soupe ? Se maquiller comme un travelo ? Se branler devant un porno en mangeant des gâteaux ?
– Vous êtes sûr que vous n'aviez pas forcé sur la bière ?
– On vous a entendu chanter vers vingt et une heures.
– Je n'avais pas bu tant que ça.
– Vous étiez complètement saoul.
Ludwig n'était plus sûr d'avoir vu. On confond parfois l'ombre portée d'un cyprès avec la silhouette d'un homme à la tête en pain de sucre.
– Oui, mais alors, tous ces trucs ?
Il touchait le chou, la cassette, pour se convaincre qu'ils n'avaient pas seulement une apparence et ne se laissaient pas traverser comme de la fumée quand on essayait de s'en saisir.

– Tout ça ?

Les voisins étaient pressés de se rendre à leur travail, ils trépignaient, regardaient l'heure, caressaient d'une main molle le chou pour montrer qu'ils croyaient bien à la réalité du légume qu'il leur présentait, et même à l'existence des choux d'une manière généralc.

– Il a le droit d'entreposer des provisions dans sa cave.

– Et ces hurlements de femme avant-hier à trois heures du matin ?

Ils souriaient, se pinçaient les lèvres, pivotaient, ouvraient la porte et se carapataient sous l'averse de neige que la météo avait qualifiée la veille au soir d'éventuelle.

Ludwig s'est fait porter pâle ce jour-là. Il se posait trop de questions pour supporter ses collègues de travail qui ne comprendraient rien à cette histoire. Il n'avait pas envie non plus d'attendre le soir pour recommencer à boire.

Le courage lui manquait de sortir acheter des bières. Il a pris une bouteille de vodka qu'il gardait précieusement dans le congélateur du petit frigo. Dès les premières rasades, la situation lui est apparue aussi claire qu'un verre d'alcool. Fritzl devait cacher dans sa cave une famille turque en situation irrégulière immigrée clandestinement pour voler le travail des Autrichiens. En tant qu'internationaliste, il ne pouvait que se féliciter de l'activisme de son logeur.

– Mais pourquoi un tube de rouge à lèvres ?

Il a réfléchi.

– La coquetterie est un droit fondamental des femmes, et on se doit de le préserver en toute circonstance.

Il avait lu que Mme Rosenberg avait exigé de se maquiller avant de s'asseoir sur la chaise électrique.

– Et ce film porno ?

Il s'était creusé la tête.

– Une sorte de documentaire pour qu'ils touchent du doigt la décadence européenne.

Il s'est endormi. Il a émergé lentement vers dix-neuf heures.

À vingt heures, il sonnait chez Fritzl avec sa musette. C'est Anneliese qui lui a ouvert la porte. Il avait éclusé le dernier quart de la bouteille avant de s'extraire de son studio. Il avait monté tant bien que mal la volée de marches.

Mme Fritzl méprisait les locataires, elle leur parlait avec la même rudesse qu'aux larbins qu'elle n'avait jamais eus.

– Bonsoir, bonsoir madame.

– Quoi ?

– Je voulais vous faire mes compliments.

– Vos quoi ?

– Au nom de l'humanisme prolétarien.

Interloquée, elle l'a laissé aligner ses trouvailles dans l'entrée. Elle a poussé un cri quand il a extirpé la cassette du sac et a chassé ce gringalet éméché d'une bourrade.

Le lendemain avant l'aube, Fritzl a expulsé Ludwig. Quand il s'est retrouvé sur le trottoir avec sa valise, il lui a exprimé toute son admiration.

– C'est vraiment courageux de prendre de pareils risques. Je ne peux que vous louer de me sacrifier pour installer à ma place une de ces familles de camarades immigrés que vous cachez dans votre cave.

Fritzl a sorti de son portefeuille trois billets de cinquante schillings. Ludwig n'en a pas voulu.

– Gardez votre argent pour eux.

Blême, Fritzl l'a regardé s'en aller en cahotant sous la lumière des étoiles filantes. Avant de disparaître au coin de la rue, il s'est retourné pour le remercier d'un sourire un peu niais. Neuf années plus tard, il a été déçu d'apprendre que son héros n'avait jamais œuvré pour le bonheur de l'humanité.

Les studios perdaient continuellement leurs locataires. Il était obligé d'en recruter de nouveaux à longueur d'année. Il les surprenait parfois en train de discuter dans le couloir de ces phénomènes acoustiques.

– Vous avez entendu samedi soir ?

– Il y a peut-être là-dessous un réseau de prostitution. La cave doit être reliée par un souterrain jusqu'à la gare.

– Un réseau pédophile, on entend souvent hurler des mômes.

– On ne va tout de même pas le dénoncer ?

– Les dénonciations nous ont fait trop de mal pendant la guerre.

Ils préféraient plier bagage.

En mars 2001, une pensionnaire s'est rendue à la gendarmerie. Une vieille fille ratatinée.

– Un bruit de relations sexuelles.

On n'a pas pris la peine de noter ses propos. Un sujet de plaisanterie entre collègues qui fut vite oublié. Un gendarme m'a confié que personne n'en avait soufflé mot aux enquêteurs de crainte de recevoir un blâme pour avoir négligé de se rendre sur les lieux.

Fritzl craignait qu'une rumeur finisse par circuler dans la ville. Il s'était résolu peu à peu à ne plus mettre d'annonces pour remplacer les clients qui s'en allaient les uns après les autres.

Un prénommé Gerald séjournait encore chez lui à la fin décembre 2002. Le dernier locataire s'appelait Hugo, il est resté dans la maison du 1er mars au 12 juin 2003. De crainte d'être aperçu en train de disparaître chargé de provisions par la petite porte de la cave, Fritzl lui avait attribué le seul studio dont la fenêtre donnait sur la rue.

Il avait interdit à Hugo de promener son labrador sur la pelouse.

– Il ferait des trous dans le gazon, et avec ma femme nous n'aimons pas les crottes. D'ailleurs, c'est à titre exceptionnel que nous acceptons votre chien et je lui conseille de ne pas aboyer.

En réalité, Fritzl avait profité de l'occasion pour augmenter le prix du loyer.

– Il y a toujours un supplément pour les couples.

Au bout de quelques jours, le locataire s'était plaint des cris d'un bébé qui avaient immédiatement succédé aux hurlements étouffés d'une femme. Roman venait de naître. Fritzl lui avait servi sa fricassée d'arguments. Mais l'homme était coriace.

– Vous plaisantez ?

– Bien sûr. Tous ces bruits, c'est votre cerveau qui les produit. Vous devriez vous marier, quand on passe ses soirées et ses week-ends en tête à tête avec un chien, on finit par entendre des voix.

Il lui avait posé la main sur l'épaule avec un petit sourire coquin.

Hugo avait fini par se convaincre que la masturbation le rendait fou. D'ailleurs, les cris s'espaçaient au fur et à mesure que Roman traversait les semaines.

Au début du mois de juin, son chien est devenu furieux. Il aboyait éperdument au milieu de la nuit, tournait dans la pièce comme un possédé et fonçait droit dans les murs jusqu'à tomber étourdi sur le carrelage.

Ni les caresses ni les tapes ne l'apaisaient. En outre, il montrait les crocs à chaque fois qu'il croisait Fritzl, et Hugo devait s'arc-bouter sur la laisse pour l'empêcher de lui sauter à la gorge.

– Je crois que votre animal est enragé. Faites-le piquer.

Le chien aurait fini par mourir d'épuisement à force de sabbat nocturne. L'homme était parti. Le chien s'était peu à peu calmé. Mais il avait été sujet à des rechutes jusqu'à la fin de sa vie. Le vétérinaire disait que son ancien logeur avait dû le battre en catimini et qu'il ne s'en était jamais complètement remis.

Contrairement aux apparences, Fritzl avait été heureux de l'arrivée de ce chien dans son logis. C'était même à cause de lui que malgré sa répugnance à héberger désormais des témoins auditifs, il avait accepté ce dernier pensionnaire.

Un bon père se devait de faire découvrir à ses enfants la nature. Récemment il leur avait déjà apporté un verre de pluie et un thermos de grêlons. Il était bon qu'ils puissent faire une rencontre du troisième type avec un animal plus plaisant que les rongeurs à qui la cave servait de cantine.

Un matin de juin, il avait profité de l'absence d'Hugo pour pénétrer dans le studio et emmener le chien ravi de quitter sa couche pour une promenade impromptue.

Il le tenait fermement par le collier, mais il lui avait échappé dans le jardin. Il s'était mis à gambader. Il lui avait couru après. Il l'avait rattrapé devant la piscine où il s'était installé pour laper l'eau.

L'amadouant avec un sucre, il l'avait entraîné dans la cave. Il l'avait poussé devant lui en l'encourageant du bout du soulier comme on rentre un bestiau à l'étable. Il remuait la queue, allait droit devant lui museau en l'air.

Il a bondi dans le labyrinthe sitôt ouverte la première trappe en béton. Il s'est mis à aboyer quand Fritzl l'a refermée. Des petites ampoules poussiéreuses installées de loin sur la pierre humide. Certaines étaient mortes depuis des années, les autres jetaient des flaques pâles sur la terre battue.

Fritzl a serré le chien dans ses bras à lui rompre les côtes. Il a cessé d'aboyer pour émettre un grognement plaintif. Il a fini par s'habituer à la pénombre et se taire.

Il l'a remis sur ses pattes. Il l'a traîné à travers les salles. Il ne l'a pas lâché en composant le code de la dernière trappe. Il l'a poussé à l'intérieur en se contorsionnant malgré ses rhumatismes, s'aidant des pieds plutôt que de lâcher la bête qui sitôt à l'intérieur s'est réfugiée sous une des grandes étagères en métal qui couvraient les murs de la première pièce.

Fritzl a refermé la lourde porte derrière lui. Il a expulsé d'un coup de pied le labrador de sa cachette et l'a dirigé vers les enfants ébahis du bout de la godasse. Petra avait quatorze ans, Martin treize. Des enfants petits, visages blancs comme le givre, crâne ratiboisé avec la seule paire de ciseaux de la cave. Roman dormait près du lit d'Angelika dans la caisse qui servait de berceau aux nouveau-nés.

Les gosses figés, regardant fixement le chien qui était retourné d'un bond se réfugier et grognait sa terreur. Angelika derrière eux qui les entourait de ses bras, un doigt tendu vers la bête.

– C'est un chien, comme à la télé.

Ils regardaient toutes les émissions sur les animaux. Leur mère avait un livre d'images où elle leur montrait les chats, les poissons et les fauves. Ils étaient surpris de les voir en si mauvais état, aplatis, noir et gris sur le papier jauni piqueté de taches brunes, alors qu'ils étaient si gais sur l'écran. Ils se demandaient comment cette bête avait fait pour s'échapper du poste d'où personne jusqu'à présent n'était jamais sorti.

Fritzl s'était agenouillé, il tirait le chien qui se laissait traîner comme un mort. Il l'a soulevé et il a tenté de le lancer comme un ballot sur les enfants. Il était trop lourd. Il l'a laissé tomber à ses pieds.

– C'est un chien, je vous avais promis qu'un jour je vous apporterais un chien.

La bête s'est redressée, elle s'est tournée vers eux. Elle les regardait, dents serrées, queue basse.

Fritzl lui a donné une tape sur le museau.

– Réveille-toi, vaurien.

Il l'a tiré par son collier. Mais les enfants reculaient au fur et à mesure qu'il le rapprochait d'eux. Ils ont fini par s'enfuir à quatre pattes au fond de la cave et se sont fourrés sous les lits superposés dont ils avaient depuis longtemps fait un refuge où ils cachaient parfois des biscuits et du chocolat que leur mère balayait avec rage, craignant les rats.

– Qu'est-ce que tu fous là ? Va les chercher, ces péteux.

Fritzl avait hurlé. Il a frappé Angelika. Elle a presque esquivé le coup, mais la main a glissé sur une oreille qui s'est mise à bourdonner.

Elle a couru vers la chambre des gosses.

– Sortez de là.

Ils se sont extirpés penauds. Elle les a giflés. Ils sont partis en cavalcade rejoindre leur père.

– Approchez-vous.

Ils ont obéi en tremblant. Ils ont approché le chien à petits pas. Maintenant, il montrait les dents. Si Fritzl ne l'avait pas retenu, il leur aurait sauté à la gorge.

Il s'est alors saisi de la main de Petra et l'a posée sur le flanc de la bête.

– Caresse-le, idiote.

Il a imprimé un mouvement d'aller-retour aux doigts crispés, rendus crochus par la peur. Puis il a appuyé sur la nuque de la gamine jusqu'à ce que son visage touche la fourrure. Le nez, la bouche dans le pelage. Le chien, qui s'était mis à aboyer.

– Sens, goûte, c'est ça un chien.

Petra hoquetait.

– Allez, allez.

Il pressait sur sa tête. Elle ne voulait plus respirer cette odeur. Elle serrait les lèvres pour empêcher les poils d'atteindre sa langue.

– Idiote.

Il pesait sur sa nuque tout en tirant sur le collier à étrangler le chien.

– Mords-le. Ou alors je le lâche et il va te bouffer.

Elle a entrouvert les lèvres.

Angelika regardait immobile, retenant Martin par le bras pour l'empêcher de prendre à nouveau la fuite. À cette époque, son père exerçait encore sur elle une absolue tyrannie. Ce n'est qu'après la naissance de Roman qu'elle avait commencé à prendre peu à peu sur lui l'ascendant d'une épouse qui parfois regimbe. Même s'il retrouvait rapidement son statut de tyran en la torgnolant.

À force d'écœurement, Petra s'est mise à vomir et le chien à aboyer de plus belle.

– Espèce de pourriture.

Attrapant une poignée de ses cheveux rares, il l'a arrachée du chien et l'a envoyée bouler. Elle s'est réfugiée dans les jambes de sa mère en se tenant le ventre.

Angelika a essayé de convaincre Martin.

– Tu ne veux pas lui faire un petit câlin à ce bestiau ?

Martin l'a regardée avec des yeux ronds comme des cibles.

– Viens.

Il lui a opposé la force d'inertie, mais elle n'a eu aucun mal à transporter ses quarante kilos. Gueule écumante, le chien continuait à aboyer babines retroussées. Martin avait peur du bruit, des crocs. Il s'est mis à produire un cri strident. Un cri qui perce l'oreille et assourdit comme un larsen. Un cri venu du fond de la préhistoire quand les hominiens commençaient tout juste à se distinguer des bêtes dont ils étaient davantage la proie que le prédateur. Il traversait, forait, pénétrait les maisons du voisinage.

Ils se sont tous bouché les oreilles. Le chien a bondi sur Martin. Il l'a mordu. Fritzl a eu un mouvement de recul, il s'est replié vers la trappe. Comme s'il allait abandonner son fils à la bête et l'enfermer là.

Obéissant à son cerveau reptilien, Angelika s'était jetée sur le chien et l'étranglait. Il a fini par lâcher la jambe de Martin, puis de sa gueule ouverte ne s'est plus échappé qu'un faible halètement.

D'un coup de pied, Fritzl a renversé Angelika. Elle a lâché prise, elle est restée par terre sans bouger. Un rite de soumission. Elle avait constaté que dans l'immobilité absolue les coups finissaient par ne plus tomber.

– Tu allais le tuer.

Fritzl était blême, son front luisant de sueur.

– Si je ne le lui ramène pas, il ira porter plainte aux flics.

Le chien haletait plus fort, il bougeait la tête et remuait les pattes. Il s'est penché sur lui et lui a donné une petite tape amicale sur le dos.

– Fais-le boire.

Angelika est allée remplir un bol d'eau à la cuisine. Elle l'a posé près de sa gueule. Il commençait à reprendre son souffle. Une respiration apaisée, mais un regard perdu.

– Et le gosse ? Tu ne soignes pas le gosse ? Tu veux qu'il crève ? Que je foute son cadavre à pourrir dans ton lit ?

Martin était retourné en traînant la patte dans son refuge. Petra l'avait rejoint. Elle avait posé sa bouche sur la plaie, une sorte de pansement vivant. Il ne criait plus, assommé par la souffrance.

Angelika a écarté Petra, elle a tiré doucement Martin. Le sang coulait, les crocs avaient atteint l'os. Elle l'a emporté dans ses bras jusqu'à la cuisine. Elle a pris du coton et une bouteille d'alcool dans l'armoire à pharmacie fixée au-dessus du lavabo.

Martin n'a pas émis une seule plainte quand elle a désinfecté la blessure. Un morceau de vieux drap a servi de bandage. Elle est allée le reposer sur son lit. Les jours suivants, il a été fiévreux et la plaie suppurait. Elle frottait, elle inondait d'alcool.

Fritzl philosophait.

– La nature est le meilleur des remèdes.

Il a fini par avoir raison. Un mois plus tard ne restait plus qu'une vilaine cicatrice. Encore des douleurs, le temps infini que la cuticule osseuse se reforme avec ce calcium que l'organisme fixait si mal.

La cave a conservé un affreux souvenir du labrador. Les enfants en ont gardé la terreur des bêtes. Après leur extraction, même les yorkshires les effrayaient. Quand ils apercevaient au loin un corniaud gambadant vers eux, ils se figeaient sur le trottoir, indifférents à la foule qui les bousculait, espérant que l'animal les confondrait avec un poteau.

Fritzl a extirpé le chien de la cave. Il l'a monté à force de coups. Quand il a ouvert la porte du rez-de-chaussée, Anneliese avait un baquet de linge humide dans les bras qu'elle s'apprêtait à partir étendre au fond du jardin. Elle a senti qu'elle n'était pas autorisée à voir son mari à cet instant-là, et elle ne l'a pas même aperçu. Il a poussé le chien dans le studio. Il a refermé la porte à double tour.

Interviewé par une chaîne de télévision italienne quinze jours après la découverte de la cave, le locataire avait émis une hypothèse audacieuse pour expliquer l'étrange comportement du chien. Selon lui, le labrador avait pu avoir une connaissance précise de ce qui pouvait se passer dans la cave, même s'il n'y avait jamais posé la patte.

– L'odorat du chien est trente-cinq fois plus développé que celui de l'hommc. Sa représentation du monde est essentiellement olfactive. Son cerveau a pu analyser les effluves qui montaient de la cave et constituer une image presque exacte du lieu et des personnes qui y étaient enfermées.

En outre, les vêtements de Fritzl étaient imprégnés de l'odeur d'en bas.

– Il puait vraiment, ce type. À chaque fois que mon chien le croisait, sa truffe recevait une sorte d'écho des douleurs qu'Angelika et ses enfants enduraient là-bas.

Cette thèse fantaisiste a été dénoncée le soir même par un vétérinaire traditionaliste.

– Un canidé est certes doué d'une faculté de représentation du monde plus complexe qu'un herbivore, mais il demeurera toujours incapable d'intuition. Seul l'omnivore humain est capable de déduire un monde d'un faisceau d'indices.

N'empêche, l'image du labrador avait traversé les océans pour s'en aller faire la couverture de *Pet's Life*, un magazine australien dédié à l'épanouissement des animaux de compagnie.

Gerald avait précédé Hugo de quelques mois. Il n'avait pas d'animal. Fritzl l'avait accepté par nostalgie de l'époque encore récente où il disposait de tout un cheptel de résidents qui lui permettaient d'assouvir sa mesquinerie. C'était un célibataire sans histoire qui rentrait tard le soir après son service au buffet de la gare d'Amstetten.

Une nuit où il s'était attardé à boire un verre dans le seul bar de nuit de la ville, jetant un coup d'œil machinal à travers le fenestron de l'entrée il avait aperçu Fritzl trottant sur la pelouse avec son barda de courses.

Il avait opté pour l'histoire de l'homme honteux de sa boulimie qui enterre des vivres pour les bâfrer et les gerber paisiblement à l'abri des regards. Les paquets de serviettes périodiques frappés de l'image d'une femme en robe blanche courant dans un pré derrière une tripotée d'enfants blonds comme les blés servaient sans doute à éponger le résultat de ses pollutions à base de fantasmes inavouables ou à se moucher. Les gens ont de ces lubies.

Fritzl avait branché la cave sur son compteur électrique. Un mois après son emménagement, Gerald s'était étonné de recevoir une facture astronomique pour un homme seul occupant un local de vingt-cinq mètres carrés. Il s'en était plaint à Fritzl.

– Ce doit être une erreur d'aiguillage.

Au relevé suivant, sa consommation s'était effondrée.

Un jour où l'on procédait à des travaux dans la rue, Fritzl en avait profité pour voler l'électricité municipale. Cette friponnerie n'a été découverte qu'après son arrestation. Son cas était déjà assez complexe, ce dossier est resté lettre morte.

Dans les temps qui ont suivi, le locataire s'était plaint à plusieurs reprises de voir disparaître les provisions de son placard et les produits frais entreposés dans le frigo.

– Rien que cette semaine, un sac de pommes de terre et un sachet de jambon se sont envolés.

– Envolés ? Vous prenez les pommes de terre pour des mouches ?

Fritzl avait toujours volé ses locataires. Une sorte de droit de brigandage qu'il s'attribuait comme un général en campagne qui doit nourrir ses troupes. Tant qu'ils avaient été nombreux, chacun n'était lésé qu'une ou deux fois par mois et pouvait mettre sur le compte d'une hallucination ce souvenir d'un rôti, d'un triangle de fromage, d'une barquette de beurre, achetés la veille, installés sur une clayette et disparus le lendemain soir quand il rentrait.

– Vous devriez voir un médecin ou un marabout.

Fils d'un Autrichien qui avait épousé une Ivoirienne rencontrée durant un voyage professionnel en Afrique, Gerald était souvent l'objet des plaisanteries racistes de son logeur.

– Vous êtes peut-être envoûté ?

Fritzl se trouvait drôle et riait.

Il résistait pendant une semaine, puis il ne pouvait s'empêcher de perpétrer un nouveau larcin. À présent, le locataire numérotait ses provisions, un chiffre bleu tracé au feutre jusque sur les œufs. Il conservait la liste des denrées dans la poche de sa veste, et les barrait au fur et à mesure après les avoir mangées.

Agacé, un soir Fritzl l'a interpellé.

– Vous avez laissé tomber le vaudou ? Vous vous êtes lancé dans la numérologie ?

– Vous êtes encore entré chez moi ?

– Je suis très soucieux de l'intimité de mes locataires.

Le petit rire de Fritzl.

– Mais cette après-midi, j'ai été obligé de fouiller votre studio.

– Vous l'avez fouillé ?

– Je me suis dit que vu votre couleur, vous étiez peut-être musulman. Avec toutes ces histoires de terrorisme, c'était mon devoir de citoyen.

L'homme a ouvert la porte précipitamment et l'a claquée derrière lui effaré sans prendre la peine de lui expliquer qu'il avait été élevé au Tyrol chez les bons pères. Il entendait sur le palier persister le petit rire de Fritzl.

Avant qu'il ne finisse par trouver une autre adresse, Fritzl lui a dérobé plusieurs vêtements ainsi qu'un petit poste de radio. Un appareil en plastique grenat pas plus encombrant qu'un livre d'heures. Il a fait partie des rares objets personnels qu'un an après le verdict la justice autrichienne a accepté de restituer à Fritzl. Les piles étaient mortes, il s'est plaint du prix astronomique auquel les vendait la cantine. Il les a achetées quand même en maugréant.

Le locataire a protesté en vain dans une vidéo publiée sur Youtube quand il a reconnu le poste sur une photo de sa cellule prise en douce par un maton soudoyé par une agence de presse après un week-end désastreux sur un site de poker. La vidéo est toujours en ligne, mais à ce jour elle n'a été visionnée que par une poignée d'internautes.

Des étages posés l'un sur l'autre, des dénivellements pour passer d'une pièce à l'autre, un empilement de cubes inégaux sous la façade étrangement d'équerre. La maison était à vendre dès janvier 2010. La vente avait été confiée à un avocat de Salzbourg. Nina avait appelé pour prendre un rendez-vous. Une voix de femme méfiante à l'autre bout du fil.

– C'est un acheteur français, je suis son assistante.

– Quel est son projet ?

– Il vient d'épouser une Autrichienne, ils veulent s'installer à Amstetten.

On lui a passé l'avocat.

– C'est un journaliste ?

– Pas du tout.

Il a soupiré la fumée de son cigare dans le micro du téléphone.

– Admettons.

– Il travaille dans l'économie numérique.

– Mercredi 18, dix-sept heures.

On était en avril 2010. Nina avait perdu un oncle en Bavière, et son enterrement ne pouvant être différé elle se trouvait dans l'impossibilité de me cornaquer. L'avocat n'avait pas voulu reporter le rendez-vous.

Nina m'avait rassuré.

– Vous savez, en Autriche, les gens un peu éduqués parlent tous anglais.

Je suis arrivé sur les lieux avec une heure d'avance. Le temps était à l'orage, tonnerre dans le lointain, pas de pluie. Rencontre avec un photographe japonais. Des grosses lunettes, un objectif à longue focale, des bottines de cuir rouge. Il a cru bon de venir vers moi et de me signaler la raison de sa présence comme s'il me prenait pour le concierge.

– Kyoto, Kyoto.

Il dessinait des cadres dans l'espace.

– Museum, museum.

J'en ai déduit qu'il préparait une exposition pour le musée de Kyoto. D'un geste de la main, je lui ai laissé entendre qu'il pouvait continuer à faire comme si je n'étais pas là.

Toujours la même décevante impression que l'endroit ne dégageait aucun parfum d'angoisse ou de mystère, juste l'ennui montant du sol avec la verdure mélancolique sous le ciel grisâtre comme un coup de crayon. Comme ces hôtels de vacances qui ressemblent tellement à la vidéo de leur site qu'ils donnent une impression de déjà-vu.

J'ai tenté ma chance de rencontrer les habitants de la maison voisine. Une bâtisse mastoc aux volets ouverts avec une vieille moto garée au milieu du jardin. Le portillon fermé à clé, pas de sonnette. Je martèle une phrase en allemand qui signifie *bonjour excusez-moi de vous déranger*, et dont je ne me souviens plus d'un traître mot aujourd'hui. Une fenêtre s'allume au rez-de-chaussée. J'aperçois une silhouette de femme derrière les carreaux. Je lui fais de grands signes, comme si elle était un bateau et moi un fâcheux balancé à la mer avec les poubelles. La silhouette recule et la lumière s'éteint.

Je longe la barrière, je me coule par un trou dans

le grillage en écorchant mon écharpe. J'apparais dans l'espace privé de la femme furieuse qui surgit et gesticule sur la dalle de béton qu'elle doit appeler la véranda. Elle crie *move on, private property, no journalists*, comme si je ne pouvais pas être aussi un rôdeur ou un assassin. Je me suis avancé vers elle avec un grand sourire.

– *Friend, friend.*

Elle a sorti un portable, elle l'a agité devant elle comme un chasse-mouche en invoquant la police dans toutes les langues européennes. J'ai rebroussé chemin à reculons sans la quitter des yeux, de crainte qu'elle ne me l'envoie dans l'occiput comme une pierre.

J'ai appris plus tard qu'après avoir été interrogé et mis hors de cause par les flics ce couple de voisins dont je n'avais connu que la femme avait rapidement refusé tout contact avec les médias à la suite de l'interview vigoureuse d'un journaliste d'une chaîne espagnole qui les avait accusés de complicité et harcelés pour les faire avouer. Ils ont même affirmé que le type les avait acculés dans un coin de leur salon, la torche du cadreur braquée à bout portant sur leurs yeux terrifiés. Dès le lendemain, la chaîne a remplacé l'énergumène.

Le photographe japonais m'attendait à quelques pas de la barrière. Il me souriait, l'objectif braqué vers la terre comme on baisse son arme en signe de cessez-le-feu. Il me parlait par signes. Soudain, il s'est mis en marche et s'est retourné plusieurs fois pour s'assurer que je le suivais. Parvenu devant le porche, il a manipulé mon corps comme celui d'une poupée pour m'installer dans l'espace. Il a même tourné ma tête, essayant successivement mes deux profils avant de se décider pour le gauche.

– OK ? OK ?

Il a pris mon silence pour un acquiescement. Il a levé

l'appareil et a commencé son mitraillage. J'ai l'habitude de me laisser faire par les objectifs, solidarité avec les artistes qui travaillent comme moi pour gagner leurs piastres. Même si je me demande toujours ce qu'ils peuvent bien faire de ces centaines de clichés dont l'écrasante majorité ne sera jamais vue par personne, et qui périront avec le disque dur le jour où ils balanceront leur ordinateur obsolète aux ordures.

– *Nina told me you're not a journalist, and you got a photographer ? Visit canceled.*

Je n'avais pas vu venir l'avocat. J'ai congédié le Japonais en lui hurlant *get out*. Il a dû voir dans mon regard que je l'assassinerais volontiers s'il ne prenait pas la poudre d'escampette. Il a fui avec sa sacoche brinquebalante et ses cheveux au vent.

J'ai plaidé ma cause, lui assurant que j'étais réellement un brave entrepreneur dont la seule ambition dans la vie était de grignoter paisiblement le gâteau numérique.

– *I want to be rich a lot. That's all.*

Il a éclaté de rire en gardant les mâchoires serrées autour de son cigare. Il a sorti un trousseau de clés de sa poche, il a ouvert la porte.

– *You're welcome in the monster's little house.*

L'électricité était coupée, l'entrée devait sa pénombre à la lucarne qui donnait sur le jardin. Il y avait sur les murs la trace de tableaux. Fritzl avait confié aux flics qu'il aimait à encadrer les plans des bétonneuses dont il était l'auteur maudit. Malgré ses efforts, aucune entreprise n'avait été tentée d'en envisager la fabrication.

– J'aime les enfants et le béton.

– Pourtant, vous n'avez pas bétonné la cave ?

– Il aurait fallu éventrer le jardin pour pouvoir travailler à ciel ouvert.

Le policier avait fait fuiter ces répliques qui se sont retrouvées le lendemain à la une du *New York Post.*

Visite des studios du rez-de-chaussée. L'avocat n'ouvrait pas les volets. Visite à la lueur de l'écran de son téléphone. Odeur de moisi, de poubelle, et celle de son cigare dont il tirait de grosses bouffées comme pour les noyer sous la fumée.

Le dernier studio que nous avons visité était celui où le chien avait séjourné. Une odeur de cave inondée, un plafond taché par l'humidité, une estafilade sur l'un des murs d'où suintait une goutte d'eau noire. Comme les autres, il renfermait plusieurs années de poussière verdie. Il a éclairé un morceau de sol où la couche de poussière avait été écartée.

– Les stigmates laissés par le fameux chien.

À chaque visite, il devait montrer les traces de griffes sur la moquette et le large trou qui laissait apparaître le glacis.

– Et puis, regardez-moi ça.

Des marques de crocs sur le radiateur.

– Un labrador bouffeur de fer, cet animal aurait pu travailler dans un cirque.

Nous sommes revenus sur nos pas. Dans l'entrée, il m'a fait remarquer une culasse d'obus transformée en porte-parapluies. Un alpenstock, un parapluie désarticulé, et une de ces longues tiges avec lesquelles on nettoie les fusils.

– Il devait s'en servir de trique.

Il s'est tourné vers l'escalier.

– Faites attention, je me suis déjà cassé la gueule sur ces marches en ruine.

Un escalier de béton qui avait mal vieilli, effrité ici et là, laissant apparaître l'armature rouillée.

À l'étage, un palier carré, l'escalier qui se poursuivait

dans notre dos et une porte à droite. Peinture beige écaillée, un gros judas. Il m'a tendu son téléphone pour que je l'éclaire.

La tringle a grincé quand il a tourné la clé dans la vieille serrure trois points. Nous avons pénétré dans l'appartement de la famille Fritzl. Par terre, du parquet gras, collant, la semelle adhérait quand elle ne glissait pas comme sur une plaque de verglas. Les pièces n'étaient pas au même niveau, il fallait descendre pour accéder à certaines et grimper pour atteindre les autres.

Après avoir gravi deux marches inégales, nous sommes entrés dans la cuisine. Du linoléum pisseux, collé sur un plancher dont certaines lames à vif semblaient détrempées et molles. L'évier tirait sur le marron tant il était vieux et sale. Une vieille cuisinière en tôle, un feu manquant, la porte du four à la poignée arrachée maintenue fermée par un bout de fil électrique.

Une machine à laver récente, portant l'empreinte d'une casserole brûlante sur le dessus. Un frigo grand ouvert, des résidus desséchés dans le bac à légumes béant et une bouteille de lait dans la porte. Une table en bois recouverte d'une toile cirée dont il a un instant éclairé la chèvre cisaillée marbrée de pustules qui en constituait le motif central.

Restaient un bol sale et une assiette verte de moisissures, vestige du dernier petit déjeuner qu'avait pris Anneliese avant d'être débaptisée et exilée loin d'Amstetten. La lueur du téléphone se baladait comme une caméra montrant par de successifs plans rapprochés la scène du crime.

– Vous n'avez pas envie de vous mitonner un petit ragoût ?

Nous avons regagné le couloir. Plusieurs chambres d'enfants, l'une aux volets ouverts dont l'un battait au vent. Des autocollants sur les vitres grises, sur les murs des photos de camions, de motos, de chanteurs dont je voyais la tête pour la première fois, et quelques clichés de famille où les gosses faisaient du ski, nageaient ou posaient souriants dans un coin du jardin. Des miettes de Playmobil crissaient sous la chaussure.

Les lits étaient toujours là, parfois superposés, tous garnis de draps, de couettes, d'oreillers en foutoir qui portaient encore l'empreinte des enfants qu'on avait évacués le surlendemain de l'ouverture de la cave après des retrouvailles irréelles avec cette mère dont les lèvres s'entrouvraient à chaque parole sur un trou noir, ces deux frères qui conversaient entre eux dans un langage inconnu et cette sœur qu'on leur avait montrée depuis le couloir de l'hôpital inconsciente et tuyautée derrière une vitre. Une effrayante fratrie biologique dont on disait à la télévision qu'elle habitait jusqu'alors sous leur maison.

– On entendait l'écho.

Anneliese les a fait taire. Angelika s'est rembrunie en silence.

Demeuraient quelques jouets. Le rebut qu'ils n'avaient pas jugé utile de glisser dans le sac de sport qu'on leur avait distribué à chacun pour emporter leurs affaires.

Le surlendemain de l'ouverture de la cave, la police avait décidé de les déplacer afin de leur épargner la traque des cameramen, photographes professionnels ou amateurs, preneurs d'images de tout poil, des interviewers et de ces étudiants en psychologie de Brighton venus en séjour linguistique dans la région, qui sous la direction de leur professeur faisaient remplir des questionnaires à tous les volontaires de la ville.

L'enseignant avait déjà monté un plan d'embuscade pour les capturer l'espace d'une demi-heure afin de leur faire subir une série de tests qui moulinés par un logiciel de sa composition lui permettraient de déduire le profil du psychisme des enfants du bas de celui des enfants du haut.

Faute des mômes, il avait encerclé Anneliese avec sa troupe un matin où elle mettait le nez dehors pour se rendre au marché. Sa performance avait fait l'objet d'un reportage pour le *Sun*. À la suite de sa publication, l'université lui avait envoyé un mail incendiaire qui l'avait fait se rétracter avec ses disciples dans le chalet d'alpage où ils logeaient. Un endroit isolé où en fait d'apprentissage linguistique ils n'entendaient causer que les vaches.

Des bâches avaient été tendues devant la porte pour qu'on ne les voie pas quitter la maison en file indienne et grimper dans le car de police comme une colonne de malandrins fraîchement raflés dans un bouge. Ils avaient trouvé le voyage merveilleux, avec tous ces flics sympathiques dont l'un avait même accepté de les laisser jouer avec son arme de service après en avoir extrait les balles.

Le car était escorté par une escouade de motards. Un périple compliqué, semé de barrages destinés à empêcher les médias de suivre le convoi. Deux heures plus tard on les débarquait devant un grand hôtel blanc, un établissement classé *Relais et Châteaux* fermé l'hiver, que le ministère avait loué en hâte car il était le seul de la région à être niché au milieu d'un parc entouré de hauts murs.

Un rêve furtif, une suite pour chacun avec des écrans vastes comme des affiches et des jacuzzis qui semblaient creusés dans le marbre des salles de bains aux baies donnant sur un étang parsemé de statues, sur les arbres, la pelouse où des policiers faisaient des rondes fusil à l'épaule.

Le personnel avait été remplacé au pied levé par des gardiens réquisitionnés dans la prison voisine. Par déformation professionnelle ils oubliaient toujours de frapper avant d'entrer et claquaient rageusement la porte en s'en allant. Ils vacillaient sous le poids des plateaux, s'efforçant de garder le sourire quand ils s'étalaient au beau milieu d'une pièce, piquant du nez dans le potage ou la tarte aux quetsches dure comme du bois qu'ils avaient extraite quelques instants plus tôt de la chambre froide.

Le soir même, un paparazzi avait réussi l'ascension d'un des murs, usant de piquets enfoncés un à un dans la pierre. Mis hors d'état de nuire avant d'avoir pu atteindre le bâtiment, on l'avait libéré au matin. Redoutant un assaut général des médias pénétrant en commandos dans la place, on a transporté les enfants à l'aube dans une caserne située en pleine campagne au nord d'Amstetten. Ils occupaient une chambrée, s'amusant à sauter de lit en lit comme des singes.

Les autorités pouvaient ainsi satisfaire aux exigences d'Angelika qui tenait à ce qu'on les conduise chaque après-midi à l'hôpital visiter leur fratrie.

À côté de la salle de douche aussi crasseuse que les toilettes d'un troquet parisien, une grande pièce exactement carrée où trônait un antique ordinateur d'un mètre cube caparaçonné d'acajou verni. Il était surmonté d'un moniteur volumineux à l'écran minuscule. L'avocat a tourné autour avec son portable. Un des panneaux avait été démonté et posé à terre. La machine était vidée de ses entrailles.

– Une vieille bécane dont il ne se servait plus depuis vingt-cinq ans. Je me demande pourquoi les flics se sont intéressés à ce machin. À l'époque la mémoire s'évaporait dès qu'on coupait le courant.

En rade, une vieille chaise de bureau qui semblait s'être échouée à deux pas du mur après un si long et cahoteux périple qu'elle en avait perdu trois roulettes. Près de la fenêtre, un sommier sans sa toile dont les ressorts m'ont fait penser à des gueules ouvertes.

Partout, de profonds placards vides, malodorants, auxquels on accédait par une haute marche. Restaient parfois une vieille paire de bottes en caoutchouc en partie rongée, un petit tas de blé empoisonné, une sacoche en piteux état qui avait perdu un bout de sa courroie et dont la toile était assez crottée pour avoir servi de foyer à un couple de rats.

Nous avons pénétré dans une petite pièce tapissée de plaques de liège spongieuses à force d'être humides. Rien d'autre qu'un banc au milieu du vide.

– Il s'en servait peut-être de réduit de méditation.

À moins qu'elle ait servi de gueuloir à sa femme et ses gosses quand il les avait trop battus.

Trois portes au fond du couloir. Elles donnaient sur la chambre des parents. Comme s'ils avaient installé leur couche dans un décor de vaudeville où entrent et sortent amants et maîtresses en faisant mine de ne pas s'apercevoir qu'ils se croisent.

Une pièce pourtant de taille médiocre, à laquelle on accédait en montant deux marches et dont la hauteur sous plafond était amputée d'autant.

Des bois de lit, un matelas et des oreillers éventrés. Sur le parquet, une couche de flocons de laine, de plumes dont quelques-unes avaient voleté quand il avait ouvert la porte centrale par laquelle il avait choisi de me faire entrer.

– La police n'a pas trouvé de pièces d'or.

Un peu de lumière passait par les jointures des volets clos.

Un papier peint à ramages, avec des branches en fleurs couleur feuille-morte et des colombes devenues noires comme des corbeaux. Certains lés n'adhéraient plus au mur depuis longtemps, plusieurs années de poussière s'étaient accumulées sur leur envers. Le papier était plus clair, presque pimpant quand il avait été protégé un demi-siècle par un meuble ou un tableau.

– Ils ont enlevé l'armoire et la penderie.

– Les flics ?

– *I don't know*. En tout cas, il y a quinze jours ce bazar était toujours là.

Restaient quelques petits meubles visqueux qui sentaient mauvais. Il a éclairé une couche de mouches crevées sur la tablette de la coiffeuse.

– Pourquoi elles choisissaient toutes de venir rendre l'âme sur ce bout de marbre ?

Il a éclairé sa face comme pour laisser sa question en suspens.

– Tiens, regardez.

Il a dirigé la lumière du portable sur un pantalon déboutonné étalé sur le sol.

– Un de ses frocs. Et si un serpent sortait de la braguette ?

Il s'est mis à rire. Un rire bref et tonitruant.

– Dire que le sexe de ce saligaud a habité là-dedans. Bizarre que personne ne l'ait encore volé. Il y avait trois casquettes pendues à la patère du rez-de-chaussée. Elles ont disparu l'une après l'autre. À chaque visite il y a quelque chose qui s'en va. Alors vous pensez bien, les casquettes où Fritzl enfonçait sa tête, elles n'ont pas fait long feu. Les types devaient s'imaginer qu'il transpirait sa pensée et ses souvenirs et qu'ils n'auraient plus qu'à les mettre à tremper dans une bassine pour en tirer un diaporama ou un film d'horreur.

Il s'est frotté le dessus du crâne.

– Il y en a même un que j'ai surpris à gratter les murs avec un canif. Il foutait la raclure dans des petits sacs numérotés, un pour chaque pièce. Il m'a demandé avant de partir s'il pouvait emporter un pied de chaise cassée, comme si c'était un morceau de la vraie croix.

Il a enfilé des gants de peau qu'il a extraits d'une poche de son manteau.

– En fait, on pourrait vendre cette baraque en pièces détachées. On pourrait même mettre des fromages de la région à affiner dans la cave. On les vendrait au prix du diamant avec la photo du vieux sur l'étiquette. D'ailleurs, je me demande s'il n'existe pas déjà des tee-shirts à l'effigie de ce con. À moins que ce soient des chaussettes, des caleçons, des assiettes ? Ou une eau de toilette ? Un truc bien puant dont s'aspergeraient les détraqués avant de se branler devant les photos du souterrain.

Soudain un grand sourire qu'il prend la peine d'éclairer en rapprochant le portable de sa bouche.

– Fritzl aimerait bien ouvrir une boutique et vendre des petites caves à son effigie. Des caves où tomberait de la neige comme sur les Vierges qu'on vend à Lourdes. De la neige, ou du sang, ce serait plus vendeur. Il est déçu cet homme, il n'est pas arrivé à tirer un sou de cette affaire.

Maintenant, il braquait le portable vers le plafond.

– Il a tout tenté, ça a toujours foiré. Il a voulu vendre ses procès-verbaux d'audition à un tabloïd, mais le journal a finalement refusé de lui donner les cent cinquante mille livres sterling qu'il demandait. Il a aussi mis aux enchères des nuitées dans cette baraque sur eBay par l'intermédiaire d'un agent immobilier avec qui il était en affaires avant d'être arrêté. Mais le type n'a rien trouvé de mieux que d'annoncer la nouvelle à un journaliste de la ZDF. Après une journée de garde à vue, il a bien été obligé de retirer son annonce. Les enchères étaient montées à plus de mille euros. S'il avait proposé des semaines en pension complète dans la cave on aurait sûrement atteint les dix mille.

Un soupir.

– C'est triste quand même de penser à tout ce fric parti en fumée.

Il s'est tapoté le front avec l'arête du portable.

– Vous savez, à force de faire visiter cette maison, j'ai l'impression que je m'imbibe. Je la respire plusieurs heures par semaine, elle me monte au cerveau.

Il a éternué en arrangeant son écharpe.

– Enfin, quoi, elle m'enrhume.

Un nouvel éternuement a tué dans l'œuf le rire qu'il s'apprêtait à me jeter à la figure. Il a quitté la chambre en se mouchant.

– Vous n'êtes pas homosexuel au moins ?

– Pourquoi ?

Il a braqué sur mon visage la lumière du portable qui m'éblouissait dans l'obscurité absolue du couloir.

– La semaine dernière, un type m'a coincé dans une des chambres des gosses. Il était surexcité, je crois qu'il était venu exprès pour frissonner en baisant dans cette maison de fous. Ce n'était sûrement pas moi qui le faisais bander avec mes soixante-trois ans et ma gueule de moustique.

Vu sa grosse tête et ses bajoues, je me suis demandé quelle gueule pouvaient bien avoir les moustiques auxquels il faisait allusion.

– Il y a eu aussi une femme qui est devenue toute rouge en entrant dans la chambre du vieux. Elle était jolie d'ailleurs, mais elle ne m'a pas fait d'avances.

Pourtant, personne n'a jamais dit que les amours épouvantables diffusaient des miasmes persistants charriés par les courants d'air comme ces mystérieux virus qui paraît-il ont tué les premiers explorateurs des pyramides.

– Remarquez, je n'aurais pas accepté.

Une mine crispée sur une espèce de sourire nerveux, de ceux qu'on arbore quand on veut dissimuler à des enfants sa terreur.

– On va monter ?

Une question pleine d'espérance. Il aurait aimé que je lui épargne cette épreuve et lui annonce en outre ma décision d'acheter la maison afin de lui épargner la corvée de devenir à chaque visite un peu plus dérangé.

– Oui.

Il a claqué la porte de l'appartement derrière nous et l'a fermée à double tour.

– Ne tombez pas.

Des marches plus effritées encore que celles qui menaient au premier étage. Il avait pris de l'avance sur moi, je ne distinguais que son contour découpé dans la pauvre lumière du portable.

– Attention, ça descend.

La dernière marche de l'escalier était plus haute que le sol et après l'avoir montée il fallait la descendre. Dans le couloir, une mince moquette rendue épaisse et moelleuse par un coussinet de poussière.

– Vous allez emporter un peu de la maison sous la semelle de vos souliers.

Une poussière poisseuse, même le léger vent coulis qui soufflait d'on ne sait où ne parvenait pas à la faire envoler.

– Des portes, toujours des portes.

Une rangée à droite, une rangée à gauche, serrées l'une contre l'autre comme s'il y avait derrière des cabines de bain. Au fond, une ouverture carrée, et trois marches plus bas une porte en métal peint, étrangement impeccable dans ce lieu à la dérive.

– On sera mieux dehors.

Il a fouillé dans ses poches à la recherche du trousseau.

– Je vous demande un peu, pourquoi fermer une terrasse à clé ?

La serrure a tourné sans grincer et la porte s'est ouverte en silence.

– Il avait quand même du goût de temps en temps.

Une terrasse paysagée. Des pavés de grès, un gazon bizarrement vert malgré l'hiver qui à force de n'être pas tondu avait une allure de prairie. Il y avait même ici et là quelques fleurs mortes l'été précédent, raides sur leurs tiges. À droite, des arbustes d'une irréelle couleur émeraude dont j'ai arraché une feuille pour m'assurer qu'ils étaient bien en plastique. À gauche, cinq fusains alignés. Une grande tente bleue protégeait du soleil et de la pluie quelques chaises et une table de plastique blanc ainsi que des transats rangés contre le mur. Je me suis dit qu'il devait faire bon les nuits d'été de s'allonger sur l'herbe pour regarder le ciel.

– Une belle vue.

Il a ricané.

– Enfin, si la ville était belle.

Je me suis approché de la balustrade. Un coup d'œil sur le jardin arboré, la piscine bâchée, et le garage au fond. Outre la moto, on voyait aussi les cadres des buts du petit terrain de foot que les voisins irascibles avaient aménagé à côté de leur maison.

Il s'agitait derrière moi, dépliant deux transats malgré le froid et les nuages noirs prêts à dégorger leur flotte. Il s'est assis, son corps formant une boule, le fond de la toile comme un fond de culotte, les mains accrochées aux accoudoirs, la tête tombée sur le torse posée sur le petit oreiller de son double menton. Il fermait les yeux, respirant par le nez à grandes goulées, et rejetant bouche ouverte le gaz carbonique qui faisait de la buée dans le froid.

Je me suis dirigé vers lui. Il a sursauté quand il a entendu le bruit de mes pas.

– Vous ne voulez pas vous reposer un peu ?

Je me suis assis à côté de lui. Il a sorti d'une poche le mégot de son cigare qu'il avait éteint tout à l'heure contre le mur de la chambre des Fritzl. Il l'a planté entre ses dents. Il s'est mis à parler de la voix de gorge d'un élève en art dramatique qui travaille sa diction en mordant un bouchon de liège.

– Quand le 11 septembre Angelika a vu les tours jumelles s'effondrer, elle s'est mise à espérer qu'il pleuve des Boeing sur les villes et les campagnes du monde entier. Que l'humanité rescapée se trouve enfoncée sous terre et mène comme elle une vie de cave. C'est l'expression qu'elle a employée, *une vie de cave*.

– C'est elle qui vous l'a dit ?

Il n'a pas répondu, les phrases continuant à sortir autour du cigare qui obstruait à moitié sa bouche.

– Elle aurait aimé ce nivellement par le bas. Oui, par le bas, au propre et au figuré. Avoir été simplement pionnière d'une nouvelle civilisation de gens avilis. Son sort et celui de ses gosses seraient devenus le lot commun, et elle aurait été délivrée de cette angoisse d'être obligée un jour de remonter à la surface.

– Vous l'avez rencontrée ?

Il s'est levé lourdement.

– Il faudrait maintenant que je vous montre les pièces dont vous avez longé les portes.

Une phrase bizarrement construite, qu'il avait commencée en français, terminée en allemand et, voyant que je ne comprenais pas ce qu'il voulait dire, avait fini par répéter en anglais. Pendant la visite, il avait souvent marmonné en allemand, ruminant des pensées importunes dont il était l'hôte malgré lui.

Nous sommes revenus à l'intérieur. Il a refermé à clé la terrasse.

– Je respecte les habitudes de la maison.

Une maison dont les manies du propriétaire en allé étaient devenues celles du bâtiment lui-même.

– Vous voulez vraiment voir, ou vous en avez assez vu pour aujourd'hui ?

– Je ne compte pas revenir.

– Il y en a qui reviennent. Après, ils disparaissent de la circulation et si je les rappelle, je m'aperçois qu'ils ont changé de numéro. On commence par où ?

Il a ouvert au hasard une porte côté jardin. Une grande pièce à trois fenêtres, quatre portes, un plafond au plâtre effondré dont on voyait les poutres. Une odeur de souris mortes s'élevait des monticules de morceaux de câble électrique, d'antédiluviennes lampes radio, de modes d'emploi en charpie, de couvertures plus trous que laine et de caisses tombées en lattes sur le sol comme des épaves au fond de l'eau. Je me suis accroupi, elles semblaient n'avoir jamais contenu que de la poussière.

– L'ogre devait emballer l'air.

Aux murs des patères d'où pendaient des sacoches, des sacs de jute et des sacs tyroliens. On les devinait à peine sous la poussière et le plâtre gris.

– Ne vous salissez pas les mains, il n'y a rien dedans.

Dans un coin, des casiers à bouteilles empilés l'un sur l'autre. Des bouteilles de limonade vides, de bière, de lait, datant de l'époque où elles étaient encore consignées.

À côté, un amas de pots de yaourt en verre. Partout des toiles d'araignées désaffectées avec des traces de moucherons figés.

– Les araignées sont mortes. Tiens, regardez.

Une grosse araignée pattes en l'air sous une des fenêtres aux volets entrouverts qui laissait passer un rai de lumière du crépuscule qui commençait à tomber avec quelques gouttes.

– Il y en avait partout, des cafards aussi, et là un nid de guêpes.

Il a pointé son cigare vers une poutrelle du plafond.

– Des guêpes maçonnes, elles avaient construit leur gîte avec des débris de plâtre.

Nous sommes sortis de la pièce par une autre porte.

– La police a fait balancer des litres d'insecticide dans toute la maison. Ils avaient peur de se faire piquer en fouillant.

La pièce d'à côté semblait déserte si on la comparait à l'autre. Au centre, comme un îlot, un lit-cage rouillé, et un archipel de tabourets en bois disséminés au hasard dont certains étaient renversés quand d'autres fixaient le plafond de leurs quatre pieds.

Il a ouvert une autre porte. Derrière, des empilements de briques, des sacs de ciment, des seaux de peinture entamés soigneusement refermés, des bouteilles de white-spirit. Contre le mur deux pelles et une pioche.

– Il devait projeter de creuser encore une annexe. Angelika comptait peut-être avoir bientôt des triplés, sans compter que sa fille était en âge de s'y mettre aussi. Il en aurait fallu de l'espace pour loger toute cette smala.

Il a ri.

– Vous n'en avez pas assez de visiter ?

Son téléphone a sonné, des cris de mouette. Il a répondu trois mots en allemand et il a raccroché.

De l'autre côté du couloir, de nouveaux dépotoirs d'où nous sommes sortis après un rapide coup de lumière, juste pour me montrer qu'il n'y avait rien à voir.

Et puis une pièce qui paraissait encore plus obscure que les autres. Il a balancé son portable de haut en bas et de droite à gauche. On apercevait une cuvette de toilettes remplie de vieux journaux.

– Et voilà, c'est là où il a laissé crever sa mère.

Il s'est approché, éclairant la cuvette avec l'écran. Je me suis baissé, j'ai écarté la poussière. Le journal du dessus datait d'avant la guerre, pas de photo, des titres en allemand et une date à peine déchiffrable sur le papier décati.

Il s'est accroupi à côté de moi.

– 15 février 1932. Il n'était même pas né, sa mère avait dû le garder pour se torcher.

Il a orienté le faisceau sur mon visage.

– C'était juste une plaisanterie.

On voyait encore la fenêtre obturée par des briques. Au-delà des briques, la façade actuelle, un grand coffrage qui contenait l'ancienne maison et donnait à l'édifice cette allure de blockhaus. Ni table ni siège, dans un coin la marque rectangulaire d'un matelas récemment évacué.

– Je l'ai foutu à la décharge, il puait encore plus que le reste de la baraque. Ça donnait mal au cœur aux clients.

Il a ri. La fumée de son cigare s'échappait de sa bouche en même temps que son rire. Il m'a poussé d'un geste brusque hors de la pièce.

Nous sommes redescendus dans le noir. Il dévalait les marches, je le suivais doucement de crainte de glisser. Il a éclairé un rat mort, sec, au poil clairsemé comme une vieille fourrure.

– Tiens, je ne le connaissais pas, celui-là. C'est curieux, les premiers temps il n'y avait que des souris. Ils ont dû les bouffer.

Il ne s'est pas arrêté, il a continué à dévaler comme un gamin qui s'enfuit. Il m'a attendu essoufflé au rez-de-chaussée.

– La cave est toujours sous scellés. Moi-même je n'ai pas pu la voir.

Il y avait une porte près de l'escalier que je n'avais pas remarquée en entrant.

– Et là, on peut entrer ?

– Si vous voulez.

On est entrés dans le bureau de Fritzl. Il y avait sur les murs les traces claires des étagères, et sur le sol les marques des quatre pieds de la table. On devinait aussi l'emplacement des pieds de la chaise, quatre ronds très nets à l'endroit où il s'était assis, et quatre touches plus légères là où le siège reposait le reste du temps. Un rectangle couleur de rouille à la place de la corbeille à papier. Il a posé un genou en terre, observant en clignant des yeux comme s'il était ébloui.

– Je me demande ce qu'il pouvait bien y avoir dans sa corbeille.

Comme si au fil des années il avait jeté dedans des pièces à conviction.

– À chaque visite, ça m'intrigue.

Il s'est relevé en époussetant ses genoux.

– En fait, je suis sûr qu'il déchirait les papiers en petits morceaux avant de les jeter. Cette corbeille n'a peut-être même jamais servi. Le genre de type à avaler ses brouillons.

Il est demeuré immobile quelques instants, le téléphone au bout de son bras ballant qui éclairait le sol.

– La police avait oublié quelque chose dans un des placards du premier étage. Une chemise cartonnée tellement poussiéreuse qu'ils ont dû la prendre pour un ressaut derrière lequel se croisaient des tuyaux. Je l'ai arrosée d'essence et je l'ai brûlée dans ma cour.

– Pourquoi ?

– Des emmerdements en perspective. En Autriche, on

se fout complètement de la vérité. On veut juste trouver un compromis pour calmer le jeu, pour essayer d'arranger tout le monde. La réalité, c'est bon pour les touristes, nous on préfère négocier et mettre de côté les preuves qui ne nous feraient que du mal. La réalité nous a toujours déçus. La chute de l'Autriche-Hongrie, le IIIe Reich avec cette Shoah dont on n'a pas fini de nous rebattre les oreilles, et même Mozart né à Salzbourg au temps où la ville n'était pas autrichienne. Qu'est-ce qu'il nous reste ? Des pervers comme Egon Schiele ou Sigmund Freud ? La vérité c'est pire que tout, quand vous la prenez dans vos mains elle vous brûle, elle vous glace, elle vous écorche les doigts. Notre peuple a assez souffert, la vérité, la réalité, vous l'appelez comme vous voulez, tous ces machins nous ont causé assez de tort, on les fuit comme la peste.

Il m'a éclairé le regard. Sa voix dans l'obscurité.

– Les Européens nous détestent tellement qu'après la guerre on aurait dû déménager avec les Juifs à l'autre bout du monde. On aurait essayé de faire plaisir aux autochtones et on aurait peut-être réussi à faire du Proche-Orient une sorte de Suisse dont Israël et la Palestine auraient été les paisibles cantons. Qui sait ?

Il a baissé sa main. Le portable a éclairé de nouveau la pièce vaguement. Il a senti que j'allais lui en demander davantage sur le contenu de cette chemise. Il a étendu sa main devant moi comme s'il prenait position pour me renvoyer ma question comme une balle.

Il remuait nerveusement le bras. Un mouvement désordonné qui jetait la lumière au hasard. Il y avait une autre porte dans le fond de la pièce. Quand le téléphone éclairait son visage, je voyais ses paupières closes et ses lèvres serrées, les mots qu'il ne voulait pas dire agglutinés derrière prêts à jaillir au moindre relâchement des mâchoires.

– Et cette porte ?

Il a secoué la tête en sortant de sa léthargie.

– Quoi ?

Je l'ai retrouvée en tâtonnant.

– Là ?

Il s'est approché. Il a tourné la poignée et l'a poussée d'un geste brusque. Elle s'est entrebâillée, mais quelque chose l'empêchait de s'ouvrir davantage.

– Ils ne l'ont même pas vidée, les flics n'aiment pas se salir.

Il a éclairé l'intérieur. Un amoncellement d'ordures d'un mètre de hauteur. Des vieux cartons de hamburgers, des canettes de bière, de Coca, des bouteilles de jus de fruits moisi, de vin, des sous-vêtements brunis, des tee-shirts dévorés, des manches de chemises, des jambes de pantalons. Il y avait aussi un matelas trop taché pour qu'on puisse en distinguer les rayures. À côté, une sorte de table de chevet brûlée par les mégots qui semblait flotter avec le matelas sur cette mare d'immondices.

– C'était la chambre de son fils Christof. Une sorte de crétin qui a disparu dans la nature trois jours après le début de l'enquête. Il lui servait de domestique, de grouillot, il était le seul à descendre parfois avec lui à la cave. Il a dit qu'il n'était jamais allé plus loin que la chaufferie et qu'il n'avait jamais rien entendu. La police n'a même pas pris la peine d'interroger ce benêt, il a juste répondu à une question de journaliste avant de se volatiliser.

Il a repris son souffle, dents serrées sur son cigare qui venait de s'éteindre.

– D'ailleurs, les flics l'ont peut-être exilé comme la mère ? Trop peur qu'il cause. Remarquez, un benêt c'est pratique, c'est trop con pour être curieux, quand ça voit ça ne comprend rien et ça n'a pas assez de neurones pour se souvenir. Juste le type qu'il nous fallait, et s'il avait été à peu près normal, je suis sûr que la police aurait inventé un autre idiot à sa place. Un monstre nous suffisait, pas la peine d'un deuxième. Après, on aurait accusé l'Autriche d'en faire l'élevage. D'ailleurs, la brigade scientifique a prétendu que Fritzl avait été le seul visiteur de l'appartement. C'est sérieux, la brigade scientifique, pas le genre à mentir sous prétexte que la scène du crime a été démontée ni vu ni connu après son passage. Si vous ne croyez pas aux brigades scientifiques, c'est que vous ne croyez vraiment à rien. Autant vous jeter par la fenêtre avant de devenir fou.

– Quel appartement ?

– Le souterrain. Un logement sans terrasse, mais coquet comme une roulotte de gitans. Enfin, on dit que c'était assez confortable. Enfin, vingt-quatre ans dans une roulotte enterrée comme un cercueil, il vaut mieux encore le cercueil.

Il s'est arrêté un instant de parler, fourrant ses mains dans ses poches, le téléphone luisant à peine à travers le tweed dans la pièce plongée dans le noir. Ses paroles sont devenues presque inaudibles, comme si l'obscurité les étouffait.

– Un inceste de plus, ç'aurait fait beaucoup.

Il a sorti la main de sa poche. Il a ri dans la faible clarté revenue.

– Même pour l'Autriche.

Il est devenu nerveux tout à coup. Sa main tremblante faisait vibrer la lumière du portable. Il a presque couru pour regagner la rue. Il a refermé la maison à clé.

– J'ai une autre visite à dix-huit heures.

– On pourrait aller boire quelque chose ?

– C'est sûr.

On a marché jusqu'à la place. Un orage avait tourné de l'œil après quelques gouttes. Le temps s'était fait gris et mou, sans pluie, sans neige, sans froid, sans chaleur. Nous nous sommes installés à une table de pin blond, devant une cheminée où un feu de bois flambait sur un écran installé en trompe-l'œil au fond du foyer.

– La maison est en vente depuis trois mois, et vous êtes déjà le trente-neuvième visiteur. J'essaie d'éconduire les journalistes, ils me font perdre mon temps. Mais ils m'opposent le code du commerce et je suis bien obligé de céder. Je les fouille avant d'entrer, mais ils doivent planquer du matériel dans leur froc.

Sa grosse figure rougissait devant ce feu imaginaire, l'image des flammes le faisait suer comme des vraies.

– Une boîte d'Hollywood voulait l'acheter une fortune sans même avoir envoyé quelqu'un pour venir la voir. J'aurais touché ma commission et l'affaire aurait été dans le sac. Mais le ministère de la Justice est intervenu. Il paraît que ce serait de mauvais goût de tourner un film là-dedans. Ils veulent que je la vende à un particulier, vous en connaissez des particuliers qui voudraient habiter là-dedans ?

Un petit rire qu'il a étouffé dans son verre de vin chaud.

– Je sais qui vous êtes, je viens de regarder sur internet pendant que nous marchions. Vous ne vous installerez jamais ici. Il n'y a jamais eu d'écrivain français à Amstetten et d'ailleurs jamais d'écrivain du tout.

Quatre ans plus tard, un jeune Allemand de Munich a contracté un prêt de soixante mille euros pour l'acquérir. Il a transformé l'endroit en maison d'hôte. Un caravansérail sans confort où personne ne voulait passer la nuit. La bâtisse est demeurée inhabitée pendant un demi-siècle avant d'être démolie. Seule la cave a rapporté quelque argent aux propriétaires qui se sont succédé, se passant le relais comme un mistigri. Le lieu était exigu, toutes les demandes d'agrandissement du sous-sol avaient été rejetées par la municipalité, les bénéfices étaient médiocres, et chacun se lassait quand avec le temps il n'éprouvait plus le moindre frisson de posséder le lieu du crime.

– C'est bizarre, vous n'avez pas insisté pour visiter la cave.

– Je l'ai déjà vue.

Avril 2009, retour à Vienne quarante jours après le verdict. L'hôtel où je suis déjà descendu au cours de mes précédents voyages est à cinq minutes à pied de la rue où habite Nina quand elle est en Autriche.

Un immense appartement qu'on dirait arraché comme une vieille dent à un immeuble perdu dans les années 1960, une époque où on le trouvait déjà vieux d'avoir été construit à la fin du siècle précédent.

Une grille sur le palier qu'il faut déverrouiller avant d'ouvrir la porte.

– Dans ce pays, vous aimez beaucoup les portes.

À l'intérieur, une mer de meubles.

– C'était l'appartement de ma belle-mère.

Elle était morte en 1982, laissant derrière elle un nombre impressionnant de commodes et d'armoires qui semblaient profiter de la pénombre du vestibule pour se reproduire comme des lapins.

Un salon impressionnant où les chaises en ébène avaient grimpé sur les tables avec leur galette de soie jaune effilochée. Un équipement audiovisuel désuet. Une chaîne stéréo dans sa carcasse en marqueterie qui semblait dater d'une époque où les chaînes stéréo n'existaient pas encore. Les baffles en sentinelles de part et d'autre, une clé de sol pochée sur leurs flancs. Une grosse télévision à écran cintré, sur le bras d'un canapé houssé une télécommande en bakélite épaisse comme une bible, aux boutons saillants d'un rouge fatigué par le temps.

– Des gâteaux.

Nina apporte une assiette de pâtisseries. Des spécialités viennoises dont la ville est fière.

– Je vous les ai montrées dans la vitrine la dernière fois.

Elles étaient bonnes, mais je ne me souviens plus ni de leur goût ni de leur nom.

– Le policier est toujours d'accord pour la visite de vendredi ?

– Il m'a rappelée tout à l'heure. Il veut entrer directement en contact avec vous.

– Il ne parle que l'allemand.

– Il m'a dit qu'il parlait aussi quelques mots d'espagnol.

– J'ai eu deux au bac en espagnol.

– Vous serez à peu près au même niveau.

Ce policier de vingt et un ans était le seul parmi les sans-grade qui avaient investigué dans la cave à avoir accordé une interview. Une apparition fugitive sur Youtube. Elle avait été retirée du site au bout de quarante-huit heures et il avait été révoqué aussitôt.

Nina avait vu passer la vidéo et avait mémorisé son nom. Il habitait Melk, petite ville proche d'Amstetten sur le bord du Danube. Elle avait eu avec lui plusieurs conversations téléphoniques.

– Un illuminé. Je crois qu'il n'a pas grand-chose à dire. Il demande dix mille euros pour une heure d'entretien.

– Insistez.

Elle l'avait rappelé.

– Il a pris l'empreinte des clés de la cave.

– Il est d'accord pour y retourner ?

– Il dit qu'il y est déjà retourné plusieurs fois.

Il demandait cinquante mille euros pour que nous puissions avoir l'honneur de l'accompagner.

– Dites-lui qu'on ne lui donnera rien du tout.

J'ai appris plus tard qu'il avait essayé de négocier avec tous les médias de la création. Sa proposition ressemblait à une fumisterie. La rumeur courait que le souterrain avait été piégé par la police, deux portes électrifiées balançant des décharges qui faute de tuer avaient le mérite d'immobiliser désagréablement le promeneur comme un Taser. Les médias avaient décampé, il avait perdu toute espérance de pouvoir un jour monnayer ses services. En définitive, nous avons transigé. Il a accepté la somme de mille euros.

Je l'ai appelé après avoir avalé le dernier gâteau. Nina possède une villa aux Baléares où elle passe ses étés et savait assez d'espagnol pour m'écrire au fur et à mesure les réponses à ses questions soupçonneuses qu'il formulait dans un allemand saupoudré de *aquí*, de *si*, de *también*, de *no* et de *bodega*. Il ne paraissait pas comprendre ce que je lui disais, mais il ne s'en souciait pas plus que moi. Je lui ai dit *bueno* avant de raccrocher.

Rendez-vous avait été pris pour deux heures du matin dans la nuit de vendredi à samedi. Pour une étrange raison, il avait refusé que Nina m'accompagne.

– On remarque davantage les femmes dans la nuit.

Elle m'a conduit là-bas. Elle s'est garée dans une rue voisine.

– Si je ne vous vois pas revenir d'ici quatre heures du matin, j'appelle la police.

– Et je me ferai arrêter avec l'ancien poulet.

– Il n'a pas l'air de tourner très rond, ça vaut mieux que de terminer enterré dans cette cave.

J'ai patienté dans le froid jusqu'à deux heures et demie. Je l'aurais bien appelé, mais nous n'aurions rien compris ni l'un ni l'autre.

Une main sur mon épaule.

– *Hola.*

Un petit homme maigre avec une casquette.

– *Hola.*

– *Dinero.*

J'ai sorti l'argent de ma poche. Je lui ai donné cinq billets de cent. J'ai fait un cercle avec mon index pour lui signifier que je lui donnerais la suite tout à l'heure. Il a dit quelques mots en allemand. J'ai secoué la tête de droite à gauche. Comprenant que je ne changerais pas d'avis, en soupirant il a remué la sienne de haut en bas.

Il avait la clé du portail, celle du garage. Le break Mercedes était toujours là. Le jour de son arrestation, Fritzl s'était rendu à l'hôpital en voiture. Un policier avait dû la rapporter.

Il a éclairé l'intérieur avec sa torche. La clé était sur le tableau de bord. J'ai essayé d'ouvrir la portière, mais curieusement elle était fermée.

Il a traversé le jardin plié en deux en zigzaguant comme s'il craignait des tirs de snipers. Il a ouvert une porte à l'extrême gauche de la bâtisse. Une des deux portes qui permettaient d'accéder à la cave.

Il a appuyé sur un interrupteur. Une lumière chiche a éclairé les marches. Les autorités avaient attendu que la maison soit en vente pour la priver d'électricité.

Il s'est jeté dans l'escalier avec un sourire de conquérant comme s'il s'apprêtait à prendre la cave d'assaut.

– *La cava, la cava.*

Nous avons traversé la chaufferie, nous sommes passés devant la chaudière éteinte. Ce four crématoire prosaïque où il avait fait brûler un bébé.

Il était déjà loin devant. Toutes les portes étaient ouvertes, un courant d'air malodorant circulait.

– *Soy yo.*

Il se donnait un coup d'index sur le thorax en projetant

sa tête en direction de la porte séparant la chaufferie du bureau.

– *Puertas ?*

– *Yo, yo.*

J'en ai déduit qu'il avait dû les ouvrir lors de sa dernière visite. Il comptait peut-être sur le courant d'air pour aérer les lieux.

Nous sommes arrivés dans la pièce où Fritzl était censé pâlir sur ses plans tandis qu'il faisait des enfants à sa fille. Les étagères qui dissimulaient la première trappe avaient été démontées. Des planches en désordre sur le sol. La trappe était ouverte. Une trace mauve sur le béton, comme s'il avait un jour laissé tomber un pot de gelée de myrtilles. Nous nous sommes recroquevillés l'un après l'autre pour passer.

Le labyrinthe se poursuivait au-delà. Une ampoule s'épuisait à l'éclairer, les autres avaient grillé. Au fur et à mesure qu'on avançait, la pénombre devenait plus noire. Les portes ouvertes défilaient. La dernière donnait sur trois mètres de couloir. Au bout, l'ultime trappe close. Il m'a montré avec sa torche le clavier sur lequel Fritzl tapait le sésame. Des touches métalliques correspondant aux dix chiffres arabes. Le 3 et le 8 semblaient n'avoir jamais été effleurés, les autres étaient usés, surtout le 7 qu'on distinguait à peine.

Il a tapoté au hasard, puis ravi de sa démonstration il m'a fait un signe négatif en remuant son doigt.

– *No foncionar*.

Il a soulevé la barre transversale qui si elle l'avait un jour suivi aurait permis à Anneliese de boucler son mari avant d'appeler à la rescousse.

– *Usted, usted.*

Il a pris ma main et l'a posée sur une poignée nickelée où se distinguaient des marques mates, l'empreinte floue des doigts de Fritzl. J'ai dû m'arc-bouter pour parvenir à la faire pivoter sur ses gonds. On a dit qu'elle pesait cent, deux cents, trois cents, cinq cents kilos. Il aurait fallu la démonter pour la peser et la police ne l'a pas fait.

Il a battu dans ses mains sans bruit pour applaudir ma performance quand la trappe s'est trouvée béante sur un trou noir. Une odeur s'est échappée de l'ouverture avec la violence d'un gaz. J'ai vomi. Le flic m'a engueulé en allemand, braquant sa torche sur les traces.

Il les a enjambées. Je l'ai suivi à l'intérieur. Je respirais par la bouche, mais il me semblait que l'air était épais comme de la crème. J'avais l'impression de le déglutir et de remplir mon estomac qui cherchait à le rendre. Je me suis laissé tomber dans la salle. Accroupi, manquant d'air, la tête me tournait, j'avais le vertige, comme si l'obscurité était un précipice.

– *Respirar*.

Il m'illuminait avec la torche. Il m'a attrapé par les cheveux, il m'a relevé.

– *Respirar, respirar*.

Il respirait à fond en faisant vibrer les ailes de son nez pour me donner l'exemple. L'oxygène était rare, il craignait d'avoir à traîner jusqu'à l'air libre mon corps évanoui.

– *Respirar*.

Un réflexe de survie, j'ai respiré profondément.

Il a coincé la torche sous son bras. Elle éclairait un interrupteur à droite de l'entrée. Sans succès il avait pressé plusieurs fois le bouton. Il a dévissé la coque avec l'ongle long de son pouce. Il a libéré les fils, les a mis en contact l'un avec l'autre sans que vienne la lumière ni surgisse la moindre étincelle. Il a tapé du pied. Un bruit qui sonnait creux, comme si les lieux étaient en suspension au-dessus d'une cavité. La conduite d'évacuation devait passer par là.

– *No foncionar*.

Il trépignait. Il vitupérait en allemand. Son attitude semblait signifier que l'électricité fonctionnait lors de sa dernière visite. Il a fini par se résigner. Il a éclairé la salle avec sa torche. Les étagères avaient été arrachées, elles étaient empilées contre le mur. À plusieurs endroits, on avait enlevé les lattes du plafond. Dessous, des pavés de terre cuite humide, effritée, les jointures de ciment parfois désagrégées. Par terre, un pavé noyé dans la boue qui avait dû tomber lors des dernières pluies.

– *Vamos*.

Cette histoire d'interrupteur l'avait rendu nerveux. Il éclairait autour de lui d'un mouvement saccadé. J'apercevais un instant les carreaux de la baignoire couverts de décalcomanies. Une pieuvre souriante, des fleurs, Mickey, un petit loup bleu au museau grignoté. Le lavabo brisé gisait par terre. Sur la table métallique du coin cuisine aux pieds scellés dans le sol, un appareil avec un cadran. Les experts en acoustique m'avaient dit qu'ils avaient oublié là leur acoustimètre.

– On nous a demandé tout à coup de sortir. Ils nous ont presque poussés dehors. On les a appelés le lendemain pour savoir comment on pourrait le récupérer. On nous a répondu qu'on allait le recevoir par la poste. Jamais rien reçu.

Un corridor de brique trop étroit pour pouvoir le traverser de face. Même de biais, les épaules râpaient les parois. Je me suis mis à crier, à me débattre. Impression d'être enterré vivant. Il m'a tiré violemment par le bras. Je me suis excusé en français quand j'ai eu repris mes esprits. Il a grogné en allemand. J'ai réitéré en espagnol.

– *Scusa me*.

La torche éclairait la chambre d'Angelika. Le grand lit au matelas constellé de taches entremêlées, vestiges des milliers de coïts de l'inceste. À plusieurs endroits des trous ronds, la mousse en copeaux sur la toile. Un escabeau oublié dans le coin où se trouvait autrefois le bahut sur lequel reposait la petite télé. Je l'ai reconnu, il se trouvait sur une des photos que m'avaient montrées les experts. Ils ne s'étaient pas plaints de l'avoir perdu, il devait appartenir aux flics.

J'ai encore vomi. Il m'a donné en maugréant de grandes tapes dans le dos.

– *Vamos, vamos.*

Il m'a propulsé hors de la pièce. La chambre des enfants était contiguë, on y arrivait par un court boyau cimenté. Pas de lits, aucun meuble, les lattes du plafond en partie effondrées, de la terre sur le sol, un petit soldat en plastique vert étendu sur le dos au garde-à-vous.

– *Vamos.*

Il m'a poussé. Je lui ai montré du doigt l'entrée de la chambre d'Angelika.

– *No, no, vamos.*

J'ai fait un pas à l'intérieur. J'étais comme sur un plongeoir, la peur d'éclater sur l'eau et celle de reculer comme un pauvre type. Et toujours cette envie de vomir, de prendre la fuite pour aller dégueuler à l'air libre.

Je me suis jeté sur le lit d'Angelika que seule éclairait la réverbération de la torche qu'il braquait au sol. Je me suis étendu sur le dos comme le soldat dans la chambre des gosses. Il avançait sur moi en me houspillant. J'ai hurlé.

– *Silencio.*

Mon cri l'a immobilisé, il a même reculé d'un pas, laissant tomber la torche qui a roulé par terre. Puis il a recommencé à déblatérer en s'accroupissant pour la ramasser.

– *Kaputt, kaputt, kaputt.*

Il remuait la torche devant lui comme un goupillon pour me montrer la vitre étoilée par la chute. J'ai à nouveau réclamé le silence, il a fulminé en allemand, me menaçant sans doute de m'abandonner. Je n'ai pas bronché, je l'ai entendu se cogner contre les parois du corridor puis donner des coups de pied dans la table de la cuisine. Il a fini par se taire. Je n'ai pas entendu d'autres pas, il s'était peut-être assis dessus en attendant que je revienne.

Je ne sentais plus l'odeur. Aucun bruit. Ma respiration silencieuse. Dans le même état que lorsque trente ans plus tôt un camion fou fonçait sur moi. Certitude d'être déjà mort. Je montais au-dessus du globe comme une âme. En bas, ma vie minuscule au milieu d'un paysage infini de temps. Une existence commencée des millénaires plus tôt, continuant à rouler éternellement. Mon existence terrestre, une incarnation passagère, une apparition, un battement. Retomber soudain dans la voiture, les pompiers découpant la portière. La petite vie rassurante revenue. L'oubli de cet instant de lévitation intérieure.

Retomber sur le lit. Le bruit d'un moteur lointain. Des plaintes à ras du sol, des sortes de grincements. L'odeur à nouveau, le manque d'air, la nausée. La certitude tout à coup d'une présence. Quelque chose de vivant, souvenirs entre les murs entassés, réveillés par mon intrusion, prêts à sortir de leur léthargie, à surgir, à dérouler vingt-quatre années d'horreur. La peur des fantômes montée des profondeurs de l'enfance submergeant soudain les trois atomes de rationalité que l'éducation est parvenue à nous enfoncer dans le crâne.

Souvenir d'avoir couru, de m'être cogné plusieurs fois la tête.

Évanouissement. Je suis revenu à moi dans la cuisine sous les claques du flic. Chatouilles d'origine inconnue au niveau des mollets et des cuisses. Je me suis relevé. Le flic a continué à me secouer alors que j'étais déjà debout.

Des plaintes à ras du sol, des chicotements.

– *Ratones, ratones.*

Nous étions cernés par les rats.

Le faisceau de la torche courait dans tous les sens. Un tapis de rats, dont certains gueule en l'air nous montraient leurs chiques jaunes. Ils sortaient en file indienne d'un trou sous la baignoire. Ils pouvaient se reproduire paisiblement depuis qu'Angelika n'était plus là pour les estourbir. Ils devaient nicher bien à l'abri dans un terrier qu'ils agrandissaient au rythme de leur prolifération. Ils se nourrissaient des fils électriques et du matelas de l'inceste.

Il claquait des dents.

– *Weggehen.*

Un mot que j'entends encore. D'après Nina, il a la même signification que tous ces *vamos* dont il me bombardait d'habitude.

– Vite, vite.

Pétrifié, je répétais ce mot comme une incantation. Il a levé ses mains en l'air, déformation professionnelle ou peur d'être mordu aux doigts. La torche éclairait le plafond, le reste de la pièce était plongé dans la grisaille. Si leur instinct grégaire prenait le dessus on ne retrouverait même pas nos os.

J'ai pris la fuite le premier. J'ai cherché la trappe dans l'obscurité. J'ai tiré la lourde porte derrière moi. Certains rats m'avaient suivi en poussant un couinement, plusieurs ont péri écrasés entre le béton et l'encadrement. J'entendais les autres filer droit devant dans le labyrinthe.

Le flic a crié. Je me suis aperçu que j'avais même abaissé la barre. J'ai ouvert. Il m'a bousculé, il sanglotait comme un môme. Il a détalé, la torche affolée au bout de son bras en panique. J'ai couru aussi.

Une course ininterrompue. La deuxième trappe franchie pieds devant, colonne vertébrale malmenée, tête cognée, en nous trop d'adrénaline pour tomber assommés. Nous sommes arrivés en haut des marches. Je me suis retourné. Un escalier désert, la meute était cloîtrée dans ses pénates et les évadés avaient préféré une planque à la chasse à l'homme.

Nous avons traversé le jardin. Il courait droit sur ses pattes, les hypothétiques snipers ne l'effrayaient plus à présent qu'il avait affronté les rats. Nous avons gagné la rue sans ralentir notre allure. Il a laissé béante la porte du garage, le portail.

Nous avons continué à courir dans la rue. Nous avions perdu le sens de l'orientation. Nous ne faisions qu'aller et venir, comme si le labyrinthe se poursuivait et que nous recherchions désespérément la sortie.

Nous sommes passés devant la voiture de Nina. J'ai continué à croire que je courais, mais en réalité je me traînais en crachant tous les cendriers que j'avais remplis depuis ma naissance. Elle a klaxonné, elle a démarré, m'a dépassé et a mis la voiture en travers de la route. J'ai aperçu sa silhouette assise derrière le volant. Je me suis effondré sur le capot.

Toutes les vitres ouvertes malgré la nuit glacée. Nous avons roulé vers Vienne. Je grelottais, j'ai remonté ma vitre. Nina a protesté.

– Non, je t'en prie. Tu sens trop mauvais.

L'odeur acide des vomissures sur mes vêtements, celle tenace de la cave qui pénétrait la banquette et persisterait jusqu'à la fin de la semaine quand elle rendrait le véhicule au loueur.

Nina a téléphoné au type le lendemain pour lui demander un rendez-vous afin de lui verser les cinq cents euros qui lui étaient dus. Elle a laissé un message sur son répondeur. Elle a rappelé trois jours plus tard. Elle est tombée sur une dame éberluée qui croyait avoir gagné à un jeu radiophonique.

– *Danke schön, Antenne Stiermark.*

Nina a raccroché.

– C'est bizarre, vous n'avez pas insisté pour visiter la cave.

– Je l'ai déjà vue.

L'avocat a pris la précaution de poser son verre doucement sur la table avant d'éclater de rire.

– Même moi, je ne l'ai pas vue. On vend la maison sans la cave. La municipalité a décidé de l'éventrer dans les semaines qui viennent et de couler à l'intérieur une tonne de béton.

Une décision que le conseil municipal annulerait quinze jours plus tard. Combler la cave aurait coûté trop cher.

– Six heures moins dix. Vous allez rater votre rendez-vous.

Je me suis levé. J'ai réglé le serveur. Tournant la tête en quittant le bar, je l'ai aperçu qui riait toujours par vagues face à la banquette où il ne paraissait pas s'être rendu compte que je n'étais plus assis.

Je suis retourné à l'hôtel. Il était situé à une centaine de mètres de la grand-place d'Amstetten. Une rue piétonne sinistre sous la pluie, avec un magasin Phildar comme dans n'importe quelle bourgade d'Europe occidentale. On ne pouvait pas même espérer le surgissement d'une moto en furie pour la sortir quelques instants de sa torpeur. Je suis monté à ma chambre poser mon manteau humide et changer mes chaussures trempées.

Comme tous les insomniaques, je fais des siestes à tire-larigot. Je me suis étendu sur le lit dans l'obscurité, la radio en sourdine en guise de berceuse. Rêvasserie pleine de marches d'escalier, de transats, de journaux jaunis et de couloirs.

Je me suis réveillé en mauvais état un quart d'heure plus tard. Je me sentais poisseux comme les carreaux de la maison. Un bain, une cigarette fumée à la fenêtre en toute illégalité.

Le téléphone a sonné tandis que je tirais la chasse comme un damné pour expulser le mégot.

C'était l'avocat.

– Je vous attends dans le lobby.

Je suis descendu. Il était assis au bar devant une bière.

– La visite de dix-huit heures a été annulée ?

– Je leur ai envoyé un message pour leur dire que j'étais tombé en panne.

Je ne lui ai pas demandé s'il avait quelque chose à me dire. J'ai commandé au serveur mon quinzième café de la journée. Il se taisait, buvant son verre et faisant signe quand il était vide qu'on lui en apporte un autre.

Il avait posé son portable devant lui. Il clignotait souvent, il ne prenait aucun appel. Nous étions dans un recoin, une table isolée à côté des toilettes. J'ai attendu qu'il se décide à parler en écoutant la musique dont le barman venait de monter le volume.

Il a repoussé son verre. Il a essayé de me regarder dans les yeux mais mon strabisme l'en a empêché.

– J'avais rendez-vous avec Angelika. Je lui ai déjà fait visiter six fois la maison. Elle va dans la chambre qu'elle habitait avant de vivre à la cave. Elle ouvre la fenêtre, elle respire l'air de la rue comme si elle reniflait une drogue. Elle me demande de la laisser seule, je fais les cent pas dans le couloir en attendant qu'elle réapparaisse. Je me demande ce qu'elle cherche, on dirait qu'elle est nostalgique de cette baraque. Pourtant, elle a assez dit que Fritzl l'avait tabassée toute son enfance et qu'il la violait en haut tout autant qu'en bas. Mais il faut bien s'imaginer qu'à un moment ou l'autre on a été heureux, autrement on ne tiendrait pas le coup. En haut, ce devait être malgré tout beaucoup mieux qu'en bas. Alors, elle doit se dire que c'était le paradis.

Il s'est tu. Il a extirpé un cigare de sa poche. Il l'a sorti de l'étui d'aluminium. Il se l'est fourré dans le bec sans l'allumer. Puis il a repris son exercice de diction.

– Après on descend l'escalier presque bras dessus bras dessous. Elle porte des bottes à talons, j'ai toujours peur qu'elle se casse la gueule. J'aurais des ennuis, et puis on dirait que ce n'était vraiment pas la peine de quitter la cave pour aller se fracasser entre deux étages. L'Autriche est déjà assez humiliée comme ça, si en plus la victime avait une mort aussi ridicule on serait la risée du monde civilisé. Quant aux sauvages, ils n'ont pas la télé et ils continuent à violer leurs filles comme des Cro-Magnon. Oui, à mon avis les grottes devaient être de fameux bordels.

Un rire aigu, une note de soprano, lui qui jusqu'alors riait comme une basse.

– Elle me demande toujours de la raccompagner en voiture jusqu'à la gare. Je la dépose dans la cohue. Avec ses dents neuves, ses jolis vêtements, on la prendrait pour n'importe qui. Personne ne la regarde. Je ne l'ai jamais suivie, je ne sais pas quel train elle prend. D'ailleurs, je m'en fous.

– Vous avez faim ?

– Oui.

– À chaque visite j'ai soif et faim.

Il était trop tôt, la cuisine ne tournait pas encore. On

nous a servi une assiette de charcuterie et deux tranches de pain grillé.

– Elle ne dit jamais rien. Sauf une fois dans la voiture en arrivant à la gare. Elle m'a dit qu'elle était quand même contente d'avoir émergé du sous-sol.

– *Quand même ?*

– Elle ne m'a pas répondu. Elle s'est précipitée dans la salle des pas perdus.

Il se bâfrait et descendait sa bière à grosses lampées. Il a éructé quand son ventre a été rempli. Il a fermé les yeux, les deux mains sur sa panse. Paupières closes, il a attrapé son portable d'un coup de patte. Son regard a fini par se montrer à nouveau.

– Le procès a permis à l'Autriche de classer le dossier pour l'éternité. Toutes les pièces à conviction ont déjà été détruites. Les nazis ne laissaient pas d'archives derrière eux. Nous avons gardé cette ingénieuse habitude.

Il a trituré l'appareil.

– *Look at that.*

Une phrase chuchotée, comme s'il craignait que la porte des toilettes ait appris l'anglais.

– Avant de brûler la chemise, j'ai pris quelques photos. Un souvenir.

Il a tourné l'appareil vers moi. L'image d'une jeune fille en médaillon.

– Un article du *Kurier* daté du 7 août 1986. C'est Lou Blort sur la photo, retrouvée violée, étranglée, jetée dans le lac de Mondsee et retrouvée un matin sur une berge. À cette époque, Anneliese Fritzl était tenancière d'une petite auberge située à deux cents mètres de là. Un autre papier, signalant sa disparition dix jours plus tôt. Et là, deux pages du magazine *Profil*, avec un reportage sur l'endroit où on l'a retrouvée.

Il a agrandi l'image.

– Vous voyez cette espèce de chalet ? C'est l'auberge

que tenait Anneliese cet été-là. Si la définition du cliché était meilleure, en agrandissant encore on pourrait peut-être voir Fritzl en train de boire un verre sur la petite terrasse en planches. Quand on l'a arrêté, les flics ont rapproché les deux affaires. Ils ont été stupéfaits de la ressemblance entre Lou et Angelika au même âge. Mais le ministère de la Justice leur a interdit de faire procéder à l'exhumation du cadavre ou de faire subir à Fritzl un interrogatoire costaud à ce sujet. Il a justifié sa décision en déclarant qu'en réalité toutes les jeunes filles de dix-sept ans se ressemblaient.

On aurait dit que l'Autriche avait refusé de charger Fritzl d'un crime de sang. Lui que le monde entier prenait pour l'Autriche.

– Je n'ai pas tout photographié, mais il y avait aussi des dizaines d'articles concernant la mort ou la disparition de trois autres jeunes filles du même âge. Des crimes commis près des lieux où il résidait à l'époque des faits. Il voyageait beaucoup pour son travail, et même après sa retraite il ne tenait pas en place. En revanche, aucun document sur les faits divers dont pour des raisons matérielles il serait impossible de le soupçonner. La dernière affaire remonte à 2007, encore une histoire de fille jetée dans un lac après usage. Un bel article, avec une photo d'elle en maillot. Elle était vraiment gaulée, à sa place vous vous seriez peut-être laissé tenter.

Son éclat de rire s'est perdu dans la musique dont on venait de monter une fois encore le volume pour que les clients s'occupent à boire faute de s'entendre parler. Il a fini par tremper son hilarité dans sa bière où elle a fait de grosses bulles avant de se noyer.

– Je ne crois pas que ce con aimait tellement tuer. Mais après avoir violé, quand on ne veut pas s'appuyer dix ans de taule on est bien obligé de clouer le bec au corps du délit.

J'imaginais Fritzl en 2007 avalant son comprimé de Viagra en suivant sa proie, espérant que le produit se dissoudrait assez vite pour lui permettre de porter l'estocade.

– Vous savez, toutes ses victimes ressemblaient à sa fille. Dès que la puberté l'a sortie de son moule, elle est devenue la femme de sa vie.

Il a commandé une autre bière, puis deux autres encore.

– Au revoir, écrivain. D'après le site que j'ai regardé tout à l'heure, on vous prend pour un cinglé. Alors personne ne vous croira.

Il a essayé de se lever. Sa tête rouge est retombée comme un boulet sur la table. Ensuqué par le choc, il s'est endormi. La musique rendait son ronflement inaudible. Je suis remonté à ma chambre.

Le lendemain, je l'ai appelé pour lui demander le nom de la victime du dernier crime dont il attribuait la paternité à Fritzl. C'est la femme de la réception qui m'a répondu.

– Il a oublié son téléphone sur la table. Le barman l'a pêché dans son verre.

J'ai appris le soir qu'un couple dévoué avait réussi à le soulever de sa chaise et à l'amener sur le trottoir. Ils l'avaient mis dans un taxi. Il s'était fait déposer devant sa voiture.

À la sortie d'Amstetten, il a pris l'autoroute en sens inverse. Il a traversé le terre-plein central et son Audi a embrassé un pont. Sous la mousse des extincteurs, les pompiers l'ont trouvé mort.

Son téléphone portable a été récupéré le lendemain par un inspecteur venu tout exprès de Vienne.

Le 19 avril 2008 à neuf heures du matin, Josef Fritzl gare son break Mercedes sur le parking de l'hôpital d'Amstetten. Il apparaît dans le hall les bras chargés du corps maigre de Petra dont il reste à peine plus que le squelette. Un visage livide, des veinules, des cernes, une chevelure rare qu'on dirait taillée avec une lame de couteau, collée au crâne comme duvet d'oisillon après une averse. La bouche, une tache vermillon, car le sang suinte à la commissure. Un ventre gonflé, pareil à ceux des enfants africains qui n'ont pas mangé depuis longtemps.

Un gamin à l'oreille écorchée qui patiente sur une chaise à côté de sa mère photographie le spectacle avec son portable. Les yeux de Fritzl ont cligné sous le flash, mais il n'a pas ralenti sa progression jusqu'au comptoir des admissions. La mère a donné une tape sur le poignet de son fils, lui a pris le téléphone et a effacé le cliché.

L'infirmière a levé les yeux de son écran. Elle a appuyé sur le bouton de l'interphone.

– Une urgence.

Fritzl a déposé Petra sur le chariot apporté par deux brancardiers. On le repousse quand il veut la suivre. Il dit à l'infirmière qu'il reviendra en fin d'après-midi s'occuper des formalités.

– Monsieur, ce n'est pas possible.

Il soupire. Il demande où il doit signer.

– Quelle est l'identité de la malade ?
– Je suis son grand-père.
– J'aurais besoin de ses papiers.
– Elle n'en a pas.
– Quel est son nom de famille ?
– Je ne sais pas qui est le père.
Il sourit.
– Je ne connais que le grand-père.
– Quel est son médecin traitant ?
– Sa mère l'a déposée ce matin devant ma porte. Je ne l'avais jamais vue, je ne savais pas qu'elle existait. Il y avait une lettre épinglée à son vêtement.

Il sort une feuille quadrillée de sa poche. Il lui en donne lecture avec la fierté des vieillards qui fermant un œil parviennent encore à lire sans lunettes.

– Depuis trois mois je lui donne de l'aspirine et du sirop pour la toux. Depuis une semaine on dirait qu'elle meurt. S'il vous plaît, aidez-la. Petra est terrifiée par les gens. Elle n'est jamais allée à l'hôpital. S'il y a des problèmes, adressez-vous à mon père. C'est la seule personne qu'elle connaisse.

– Je peux voir votre carte d'identité ?

Il pose de mauvaise grâce son passeport sur le comptoir.

– Je reviendrai ce soir prendre de ses nouvelles.

Elle ouvre le passeport. Il le lui arrache des mains.

– À ce soir, mademoiselle.

Il s'en va. Un démarrage en trombe. Un homme en blouse blanche a déboulé sur le parking. Il gesticule, ses grands bras moulinent l'air gris d'un temps de bruine. Fritzl trace sans se retourner.

En déshabillant la malade, on découvre entre peau et tee-shirt un petit mot griffonné dans la marge d'une page de magazine people.

– Reste forte, Petra. Nous nous reverrons bientôt.

Un message tiède, humide, délavé par la sueur qui avait laissé sur l'épiderme blanc la décalcomanie d'un morceau de sein de star surprise topless sur le pont d'un bateau avec un amant dans le dos.

Une aide-soignante pose la main sur elle.

– On dirait qu'elle est en train de mourir.

Le cœur battait à peine malgré la piqûre de dopamine. Une respiration imperceptible en dépit du masque à oxygène. Un vieil infirmier au nez long et fin comme une sonde donne son verdict en reniflant.

– Elle va y passer.

On la pousse en salle de réanimation. Trachéotomie, elle est placée sous respiration artificielle. Le chef de service alerté par l'interne de garde a un mouvement de recul en la voyant.

– D'où elle sort ?

– C'est son grand-père qui l'a amenée.

– Il est où ?

– Déjà parti.

Le chef de service lui prend machinalement le pouls. L'interne lui montre le moniteur de contrôle.

– Monsieur, elle bat à trente-cinq.

– Jamais vu une malade de cette couleur-là.

Un blanc étrange, sale, comme s'il recouvrait une chair de cendre.

– Monsieur, le grand-père ne nous a fourni aucun papier d'identité la concernant. Voulez-vous que nous appelions la police ?

– Il n'y a pas de traces de violences. Que disent les analyses de sang ?

– Elles ne sont pas encore remontées du labo.

Fritzl est revenu à dix-huit heures trente avec une part de brioche à la crème qu'Anneliese avait emballée dans du papier d'alu.

– Elle aura faim en sortant du coma.

– Du coma ? Quel coma ? Elle a une grosse bronchite.

Elle ne savait pas que Petra avait été prise à quatorze heures trente de violentes convulsions, et qu'on l'avait mise en coma artificiel pour reposer son organisme exténué. Mais quand elle était entrée le matin dans le garage pour aller chercher une bouteille de benzine afin de tenter de venir à bout d'une tache de graisse sur son vieux manteau, elle avait aperçu le spectre de Petra sanglé à l'avant de la voiture. Fritzl avait traversé le jardin à grandes enjambées pour la rejoindre.

Elle lui avait demandé où se trouvait la benzine en feignant de n'avoir rien vu. Il avait ouvert la portière.

– Je viens de la trouver devant la porte. Encore un rejeton de cette putain. En plus, elle nous l'a donnée en mauvais état.

Elle avait regardé le corps de loin, pinçant les lèvres.

– Il faudrait bien que la police finisse par mettre la main sur elle.

– En attendant, il faut que je l'amène à l'hosto.

Il a ouvert le placard. Il lui a mis la bouteille de benzine dans les bras.

Anneliese avait gardé le souvenir d'une presque morte. Le sang suintant de la bouche comme un dernier symptôme d'existence. Entre la vie et la mort, elle pensait que clapotait le coma.

La fille de la réception avait été remplacée par un chauve.

Il a posé la brioche sur le comptoir.

– Vous pourrez la lui donner à son réveil ?

– Le médecin-chef veut vous voir.

– Je suis venu en coup de vent.

Il est parti comme un voleur.

À son retour de l'hôpital, Anneliese a osé l'interroger du regard. Il ne l'avait pas frappée depuis 2003, quand elle lui avait montré du doigt une boîte de Viagra oubliée dans la poche de la chemise qu'elle s'apprêtait à mettre dans le tambour de la machine à laver. Lui qui se vantait en famille de pouvoir écraser de sa puissance n'importe quel jeune homme lors d'un improbable championnat d'accouplement organisé par une fédération sportive encore à créer.

Elle comprenait soudain que lorsqu'il la traînait une ou deux fois par an dans la boîte échangiste ouverte dans les années 1990 à quelques jets de sperme du vieux bordel, sa queue dressée devait sa rigidité aux progrès de la pharmacie. Il ne l'emmenait là-bas que pour éviter le coûteux supplément demandé aux clients solitaires. Elle l'apercevait dans la pénombre en tenue d'Adam, tentant sa chance auprès de toutes les femelles pour obtenir une fellation. Elles reculaient quand son sexe s'aventurait trop près de leur bouche.

Endimanchée, Anneliese s'ennuyait toute la soirée devant son verre de schnaps. Il sortait ravi de l'établissement, fier de s'être frotté aux chairs de ces femmes sûrement ébahies par ce vieillard aussi gaillard qu'un acteur de porno.

Le regard d'Anneliese sur la boîte qui remontait vers le visage de son mari comme une question insistante.

Une réponse sèche, sans mot, juste le bruit du revers de sa main sur son visage. Elle était retournée en silence à sa lessive. Dans certaines régions d'Autriche, il y a des femmes qui n'osent pas gémir quand on les frappe.

Ce jour-là il a senti sa main raidir, mais il l'a mise dans sa poche pour l'empêcher de s'envoler. Il s'est borné à soutenir son regard. Elle a baissé la tête.

– Donne-moi du café.

Il a vidé sa tasse. Un rictus pour lui signaler qu'il était tiède.

– J'aurais dû le réchauffer au micro-ondes.

Il a quitté la pièce.

Fritzl n'entendait pas se médicamenter pour pénétrer Angelika. Il avait pris l'habitude de se soulager dans sa bouche, et peu lui importait que son sexe ne soit pas assez raide pour la pénétrer.

Frustrée, elle lui faisait des scènes.

– Je veux que tu me fasses l'amour.

Il la giflait. Elle le toisait.

– Tu me le dois.

Il avait fini par lui céder. Chaque vendredi soir, il prenait un comprimé avant de descendre.

Il a retrouvé Angelika dans la cave. Une tête inquiète de femme ébouriffée, bouche ouverte prête à happer ses paroles comme si chacune des lettres dont elles seraient formées allait sortir à l'état solide comme des jetons de Scrabble.

Les enfants étaient assis à la table de la cuisine. Devant eux, des assiettes vides barbouillées de jaune d'œuf. Ils l'ont regardé immobiles, sages comme des images d'enfants falots.

Il a ouvert la bouche. Des phrases paisibles, des barques sur une mer d'huile.

– Elle m'a parlé. Elle se sentait mieux. Elle voulait partir, ils n'ont pas voulu. Ils ont refusé aussi qu'elle mange de la brioche. Elle tousse encore un peu, mais elle a commencé à remonter la pente. Ils veulent la garder en observation. Je vais l'enlever cette nuit. Ne t'inquiète pas, elle peut marcher. Ta mère m'aidera à la descendre.

D'ordinaire, il était avare de ses paroles. Cette exubérance l'a inquiétée.

– Tu l'as tuée ?

Une question posée sans hargne. Résignation passagère, accepter la mort comme un moindre mal. Une famille en voie d'extinction qui ne subirait pas la peine de changer d'univers.

Il a secoué la tête.

– Elle est à l'hôpital.

Au fond, elle ne craignait pas vraiment un assassinat. Il lui aurait demandé de l'assister. Autrefois les bourreaux n'officiaient jamais sans leur aide. Elle redoutait peut-être qu'il l'ait abandonnée dans la forêt comme un vieux frigo. Mais il aurait eu trop peur que la police pousse son enquête jusqu'à obliger les gens du coin à subir un prélèvement ADN pour tenter de retrouver la famille du cadavre. Elle voyait à la télé que les analyses génétiques étaient en vogue.

– Elle va bien ?

Comme si elle imaginait que là-bas on ressuscitait en franchissant la porte.

– Elle n'est pas morte.

Un bulletin de santé expéditif.

– Elle va mieux ?

– Elle reprend des forces.

Il est allé s'allonger dans la chambre. Il a posé sa tête sur l'oreiller. Il y avait un dessin animé de Tex Avery à la télévision. Il a monté le son. Il a appelé Roman. Il est venu, il s'est recroquevillé à côté de lui. Il caressait sa tête en riant, et le petit s'est mis à rire aussi. Il n'avait jamais eu peur de son père. Il arrivait même à Fritzl d'être tendre avec son benjamin.

Il avait décidé à sa naissance qu'il lui succéderait. Il y avait de la fierté dans son regard quand il a fait cette révélation aux flics.

– Qu'il vous succéderait dans la cave ?

Comme un roi bizarre qui désignerait le prince destiné à engrosser sa sœur dans un pays où il n'y aurait pas d'autre femelle en âge de procréer. La morale est un obstacle qu'on saute avec désinvolture pour empêcher une famille de s'éteindre. Après sa mort, son œuvre aurait une pérennité. La cave comme une étroite principauté où les sujets s'escaladent pour respirer.

– Non, je voulais qu'il reprenne un jour la direction de mes affaires.

Avant de partir, il a embrassé Roman. Il a adressé un geste vague à Martin assis sur la cuvette des toilettes fichée aux quatre vents à côté de la baignoire face aux plaques électriques, au frigo, à tous les appareils et ustensiles de ce qu'ils appelaient la cuisine. Il y avait bien un rideau de séparation, mais il était né dans la promiscuité. Comme son frère et sa sœur, il ne prenait jamais la peine de le tirer.

– La bonne odeur de la merde.

Une plaisanterie qu'il affectionnait. Il ne détestait pas chier avec fracas, tandis qu'Angelika affairée installait les pommes de terre dans un plat à gratin ou s'adonnait à la pâtisserie avec la méticulosité d'un chimiste. Un souverain sur son trône.

Depuis plusieurs années, il ne pouvait s'empêcher de geindre en s'accroupissant pour passer les trappes. Quand il avait refermé la première, il se redressait lentement et se frottait les reins avant d'entamer la traversée de la souricière.

Il avait cru un jour de lombalgie qu'il allait rester coincé là entre deux mondes. Il ne pouvait pas seulement bouger son bras pour mettre la main sur son BlackBerry. Prévenue, il ne doutait pas qu'Anneliese serait descendue lui prêter main-forte sans mot dire. Remontés là-haut, il lui aurait donné l'ordre d'oublier l'événement. Elle aurait obéi.

Il n'était pas allé à l'hôpital le lendemain. Il avait roulé autour d'Amstetten à la recherche d'une nouvelle masure à acheter. Une promenade délicieuse de chasseur à la recherche de sa proie. Les maisons en ruine comme du gibier, et la perspective de la grande transmutation de la pierre en or. Il pouvait rôder une journée entière, revenir bredouille et recommencer avec le même enthousiasme quelques jours plus tard.

Il est rentré à quinze heures. Deux policiers l'attendaient au salon. L'un d'eux regardait la piscine bâchée pour l'hiver en se demandant s'il déciderait finalement de s'endetter pour en faire construire une au fond de son jardin dans une région aussi fraîche où l'on ne pouvait guère se baigner plus de deux mois par an.

Il a aperçu Fritzl sortir de la cave par la petite porte qui donnait sur la pelouse.

Anneliese craignait presque autant la police que son mari. Elle était debout, exactement parallèle à une vieille armoire. Fritzl a fait son entrée, portant le même sourire charmeur qui passerait après son arrestation pour un stigmate diabolique.

Il a vérifié Anneliese du regard. Il avait l'habitude de la lire comme une dépêche. Il a su immédiatement qu'elle n'était pour rien dans cette anicroche. Il a scruté les flics l'un après l'autre.

– L'hôpital nous a prévenus.

Le médecin-chef avait pourtant donné consigne de ne pas les alerter de crainte que la mère effrayée ne se rende pas à l'hôpital. On n'a jamais su qui les avait appelés.

– Nous aurions eu besoin de quelques précisions.

Un interrogatoire rapide. Il a répété son histoire de petite-fille apparue sur le seuil avec un mot de la mère en pension dans une secte. Les flics ont semblé gober cette fable.

– Les médecins soupçonnent une maladie génétique.

– On a rien de tout ça dans notre famille.

Ils sont partis. Il s'est assis dans son fauteuil. Anneliese dans son dos pareille à une grosse sculpture artisanale destinée à attirer le chaland comme un cochon rose devant une boutique de charcuterie de pays.

– J'aurais mieux fait de les laisser tous crever, cette histoire a assez duré.

Elle n'a rien dit. Elle n'avait pas entendu. Des oreilles dressées à ne laisser passer que les ordres et les remontrances.

Le service de presse de la police a lancé un avis de recherche pendant que les inspecteurs interrogeaient Fritzl. Étant donné son état, on avait jugé plus décent de ne pas joindre de photo. Les personnes qui auraient vu la veille quelqu'un déposer une mourante devant le 4, Ybbsstrasse, étaient priées d'appeler sur-le-champ le 687.

Vers la fin de l'après-midi, les journalistes avaient commencé à faire le siège de l'hôpital.

Certains préféraient surprendre au nid les parents de cette malade tombée des nues. Anneliese les introduisait au salon. D'un large geste Fritzl leur montrait le vieux canapé où ils s'asseyaient dans un bruit de ressorts fatigués.

– Pourquoi vous n'avez pas prévenu la police ?

– À quelle heure vous l'avez retrouvée ?

– Quelle était votre profession avant votre départ à la retraite ?

Il leur répondait volontiers en frissonnant d'aise de se sentir devenir célèbre, une sorte d'euphorie qui montait en lui comme un stupéfiant. Il était tout de même vexé qu'on ne lui donne pas les quinze années de moins qu'il s'imaginait paraître et qu'on le classe d'emblée dans la catégorie des retraités qu'il avait toujours considérés comme des parasites.

– J'ai une formation d'ingénieur, je gère aujourd'hui mes affaires.

Parfois, on se tournait vers Anneliese au garde-à-vous derrière son mari.

– Votre fille ne vous a jamais écrit pour vous faire part de la naissance de cette enfant ?

Fritzl répondait à sa place. De toute façon elle n'aurait pas ouvert la bouche.

– Elle nous a écrit il y a quelques mois pour nous annoncer qu'elle allait bientôt débarquer avec ses trois gosses.

– Trois ?

– Oui.

Il se rengorgeait, fier d'étaler publiquement sa virilité d'étalon.

Devant l'hôpital, un tandem d'infirmiers gérait la première vague du tsunami médiatique qui submergerait Amstetten pendant près d'une année. Après palabres et coups de téléphone à la chefferie, on a laissé passer le directeur de la télévision autrichienne. Il a demandé à parler au responsable du service qui avait accueilli Petra. Vingt minutes plus tard une équipe de tournage franchissait à son tour le barrage pour le rejoindre.

À dix-neuf heures, les enfants dînaient dans la cave. En dehors des périodes de famine où Fritzl interrompait l'approvisionnement, la nourriture était abondante. Une nourriture grasse qui jointe à l'extrême sédentarité les rendait obèses. L'excès pondéral leur rendait inconfortable la position verticale. Petra et Martin ne se sont jamais redressés tout à fait. Ils avançaient voûtés dans les rues, traversaient les magasins comme des bossus et se déplaçaient à quatre pattes sitôt chez eux.

Angelika regardait la télévision dans sa chambre. Elle a vu le premier appel que le médecin-chef a lancé en direct à l'heure des infos.

– Nous devons impérativement procéder à des examens sur la mère si nous voulons sauver cette adolescente.

Fritzl avait branché le câble de l'antenne qui alimentait la cave à la prise du salon du haut. Quand Anneliese la heurtait avec l'aspirateur, l'image sautait, le son grésillait, et quand le coup était trop fort l'écran devenait noir. Angelika avait beau lui signaler la panne à chacune de ses visites, il prenait un malin plaisir à oublier de rétablir le contact d'une chiquenaude.

Elle avait un trop mauvais souvenir des rares occurrences où elle avait frappé sur les tuyaux pour attirer son attention. Elle a débranché le câble, elle a gratté la fiche avec les ciseaux. Elle imaginait la montée des parasites et leur éclosion sur l'écran familial. Peut-être comprendrait-il ce signal discret. Les autres croiraient à un caprice de l'émetteur. Il n'aurait pas à les convaincre que le bruit provenait via grottes et catacombes d'un tuyau de lavabo mal embouché planté dans une salle de bains des antipodes.

Fritzl était en train de raccompagner à la porte un journaliste du *Daily Mirror* qui s'était attardé. Il a tiré derrière lui les trois verrous. Il est remonté, grisé de sa renommée qui commençait à passer les frontières.

Les enfants regardaient des candidats affamés qui faisaient griller des sauterelles sur une plage. Une voix off rappelait que le vainqueur gagnerait une croisière.

– Foutez le camp.

Les gamins ont filé en évitant plus ou moins les coups de pied qu'il leur distribuait machinalement. Il a pris place dans son fauteuil obscène d'exhiber les contours de ses fesses imprimées dans le cuir par des décennies d'asseoiements. Il a fait circuler les chaînes dans l'espoir de se voir.

Il a donné une claque dans le poste à la première perturbation. L'image s'en allait bruyamment et revenait avant de disparaître à nouveau. Une sorte de morse. Il a posé son index sur sa bouche. Après mûre réflexion il a éteint et quitté le salon d'un pas précipité.

Il est arrivé dans la cave essoufflé. Angelika l'attendait devant la trappe. Il n'avait pas entendu parler de l'appel télévisé. Il ne l'a pas crue.

– Il va sûrement repasser aux prochaines infos.

– Elle aurait été mieux soignée chez nous.

Une expression affectueuse, affreuse et sinistre, qu'il employait souvent pour désigner la cave.

– De toute façon, il n'est pas question que tu ailles là-bas.

Il s'est mis à table.

– Donne-moi à manger.

Elle a tiré du frigo de la mortadelle et un bol de salade de pommes de terre. Il a mangé en silence. Pas de bière, depuis des mois il essayait d'alléger le poids des courses. Il avait d'abord remplacé les bouteilles de lait par du lait en poudre, supprimé le jus d'orange et le Coca des enfants, le vin d'Angelika et en dernier lieu la bière dont il emportait tout de même deux canettes dans ses poches les jours où il descendait à vide.

Par flemme, il laissait souvent les poubelles s'accumuler, même si elles attiraient les rats.

Il avait avalé la nourriture. Il s'intéressait maintenant à ses ongles bichonnés l'avant-veille par la manucure. Un homme soigné que sa belle-sœur avait traumatisé un soir de mai 2003.

– Tu es aussi grosse qu'Anneliese, vous ressemblez toutes les deux à une paire de vaches.

Elle s'était levée du canapé, et campée sur ses petites jambes elle l'avait invectivé en postillonnant.

– Toi, tu es chauve.

Abasourdi, il n'avait pas eu la force de bondir, ni même de lui répondre. Le lendemain, il avait annulé tous ses rendez-vous pour aller à Vienne consulter en urgence un dermatologue qui trois semaines plus tard avait réparé l'outrage avec des greffons.

Durant son procès, il arborerait une chevelure gominée mèche par mèche, savamment disposée de manière à dissimuler les plaques roses que le médecin n'avait pas réussi à combler. Il avait dû passer une heure à les installer de mémoire dans sa cellule où pour éviter qu'il ne pense à s'ouvrir les veines avec un éclat on lui avait interdit les miroirs.

Angelika coupait des carottes. Dans la casserole frémissait déjà le bouillon où elle allait les plonger avec de la longe de porc. Un plat qui mijoterait toute la nuit, et qu'elle ferait réchauffer pour le déjeuner. Vautrés sur le lit, les enfants regardaient la télé bouche ouverte comme pour mieux laisser en eux entrer le monde. Fritzl les a rejoints. Il a écarté Martin qui a détalé à quatre pattes. Il s'est installé à sa place, la tête de Roman posée sur son ventre.

Il attendait que la vérité sorte du tube cathodique. Il regrettait plus que jamais d'avoir accordé ce privilège à la cave. L'information érodait son pouvoir en concurrençant sa parole. Il se disait qu'il aurait dû depuis longtemps supprimer le câble qui menait à l'antenne, le magnétoscope suffisait bien à l'épanouissement de leur couple.

S'il s'avérait qu'elle n'avait pas menti, il s'abstiendrait de prétendre que l'apparition du médecin était une hallucination, la réverbération d'une image, d'une voix, venues d'un pays lointain qui prenait un malin plaisir à diffuser des cauchemars écrits par une armée de scénaristes malfaisants et fous. Angelika n'avait pas la servilité d'Anneliese.

S'essuyant les mains avec un torchon, Angelika est entrée dans la chambre au moment où on rediffusait l'appel.

– Tu vois.

Fritzl a roté sa mortadelle. Il a écarté Roman. Il a regardé Angelika dans les yeux. Une façon de la mettre sous le joug. Il ne laissait pas paraître sa peur de voir la bête longtemps matée fondre sur le vieux dresseur fatigué. Il sentait que l'extraction de Petra avait déclenché un processus dont il pourrait tout au plus ralentir la progression s'il n'avait pas la force de clore son rêve, de fermer définitivement les deux portes en béton comme on scelle une dalle. Peu importeraient les cris, les tuyaux qui sonneraient une dernière fois comme un glas.

Il en serait quitte pour répondre aux journalistes sur le pas de la porte. Il devrait malgré tout éviter les silences, pour qu'en dépiautant leurs enregistrements ils ne puissent dénicher sous le bruit de fond de la ville la bande-son de la cave à l'agonie.

Ces gens avaient l'ouïe fine. Cette après-midi, une correspondante de *La Repubblica* avait été gênée durant son entretien par un bourdonnement lointain. Elle s'était interrompue plusieurs fois au milieu d'une phrase en arrondissant en cornet le pavillon de son oreille.

– Je suis musicienne, à dix kilomètres de la mer j'entends le bruit des vagues.

– C'est la télévision des voisins.

– Ah, les voisins.

Elle avait entamé un réquisitoire à l'encontre de ses propres voisins, un couple de vieux Romains qui écoutait la nuit du bel canto jusqu'à trois heures du matin.

– Je suis originaire de Florence, les Romains se croient tout permis.

Elle avait repris l'interview.

Angelika n'a pas bronché. Il lui a claqué son regard en pleine gueule, ses paupières comme deux clapets. Il a traversé la chambre, elle s'est écartée de lui comme d'un danger quand il est passé devant elle. Un réflexe venu du fond de son histoire, de l'époque où dans ce foyer accueillant comme une salle de torture elle avait connu son poing la première fois à l'âge de cinq ans pour une langue tirée à son frère dont il avait imaginé qu'elle lui était destinée en l'apercevant dans l'antique miroir au tain piqué du couloir.

Les chaussures de Martin étaient posées de chaque côté du pied du lavabo. Il était replié tout vêtu dans la baignoire vide. Sa tête entre ses cuisses, regardant peut-être l'émail dans l'ombre, somnolant comme un chat recroquevillé dans un endroit incongru, ou s'écoutant respirer l'air pingre du sous-sol. Fritzl ne s'est pas intéressé à lui. Le gosse a sursauté quand il a entendu la trappe se refermer et tomber la barre.

Parvenu dans la chaufferie, Fritzl a coupé le courant et fermé le robinet d'arrivée d'eau. Mieux valait qu'ils meurent dans leur tombe. Il ne voulait pas que toute une vie de travail et de paternité acharnée finisse dans une cellule plus petite encore que la cave et sans même le confort dont il l'avait pourvue au fil du temps.

Il a bu quelques bières avant de se coucher. Il est passé par la salle de bains astiquer ses dents avec de la poudre de charbon de bois dont il se servait depuis l'adolescence pour poncer son sourire. Il est entré dans la chambre où Anneliese dormait déjà. Elle ronflait, il lui a donné un coup de pied. Elle s'est retournée et s'est tue. Il a allumé le plafonnier pour revêtir le vaste pyjama de satin noir qu'il avait acheté un mois plus tôt à Linz et qui lui donnait l'air d'un vieux Pierrot moustachu tombé dans l'encre.

Il s'endormait assis dans le lit, trois oreillers empilés dans son dos. Il avait une peur panique de la mort, de la douleur, de la décrépitude, celle des dictateurs, des tortionnaires, des lâches, des coquets. Il avait toujours un mouvement de recul en s'approchant du lit, il prenait sa respiration avant de se poser, de sombrer dans ce sommeil où tourbillonnent les débris du réel. Et quand on ne rêve pas, ne reste plus que le corps. Il parlait souvent en dormant. Si on avait collecté ses paroles pendant ces vingt-quatre années on aurait pu sans doute reconstituer l'histoire de la cave. Mais Anneliese ne s'était jamais crue autorisée à l'entendre.

On ne percevait que le silence de la nuit. Une voiture lointaine qui ralentissait et dont le conducteur appuyait une dernière fois sur l'accélérateur avant de couper les gaz. Une moto qui traversait la ville, une discussion entre jeunes éméchés qui s'interrompait brusquement après qu'on eut entendu se refermer la porte d'un immeuble.

En prêtant l'oreille, la musique du seul bar de nuit encore ouvert près de la grand-place. Des tuyaux silencieux, même pas un soupir monté des profondeurs. Il pouvait reposer tranquille, les habitants de la cave semblaient accepter de se laisser devenir cadavres. Comme Kaspar Hauser, Petra demeurerait à jamais un mystère. Après quatre ou cinq mois d'enquête de plus en plus désinvolte, la police se résoudrait à classer le dossier dans le silence revenu des médias.

L'hiver, il s'éveillait toujours à six heures et demie. Vers la mi-mai, il commençait à ouvrir l'œil à cinq heures. Pas de réveil, comme si tout petit sa mère lui avait fait avaler un soir une pendule pour son dîner.

Anneliese lui préparait son café. Elle allait se recoucher pour faire une réussite sur la couverture. Elle recommençait sa patience inlassablement jusqu'à ce qu'elle gagne. Quand le sort s'acharnait et qu'elle n'avait plus le temps d'enchaîner les parties, la peur d'une catastrophe faisait trembler l'extrémité de ses doigts.

À dix heures ce matin-là, Fritzl lisait son journal dans le bureau du rez-de-chaussée. Une pièce ordonnée comme si elle avait appartenu à la maison d'un grand homme disparu qu'on aurait transformée en musée. Une fenêtre aux vitres si propres qu'on aurait pu penser qu'il n'y en avait pas, des étagères aux livres alignés par rang de taille, les livres du même calibre classés par ordre alphabétique, un canif ouvert à la lame de ferraille astiquée qu'il avait gagné aux billes à neuf ans, une broche en métal doré ornée d'un faux camée que sa mère avait portée sur sa robe de chambre ravaudée jusqu'à son dernier souffle, une chope de porcelaine au couvercle d'étain.

Sur la table dont je n'avais vu que la trace des pieds

lors de ma visite, des crayons disposés parallèlement en carré, une loupe qui grossissait les veines du plateau en merisier verni, une paire de lunettes demi-lunes dans son étui dont il ne se servait qu'en cas de nécessité absolue si les caractères étaient trop minuscules pour être déchiffrés par ses yeux atteints d'une légère presbytie dont il avait honte.

Sa photo en troisième page du *Kronen Zeitung*. Elle correspondait à l'image qu'il se faisait de lui. Ce petit sourire de satisfaction qu'il arborerait tout au long du procès et qui ferait de ses remords un mensonge injurieux pour ces pauvres magistrats débutants qui nageaient de leur mieux depuis le début des audiences, buvant souvent la tasse quand l'avocat sortait de son carquois des jurisprudences dont ils n'avaient jamais entendu parler. Il se trouvait beau regard et belle bouche sous la moustache.

Un hurlement de femme encadré par deux autres cris à bas bruit qu'on distinguait quand Angelika reprenait un instant son souffle. Puis une charge de cymbales, des casseroles, des poêles, des couvercles frappés l'un contre l'autre à toute volée.

Il s'est souvenu qu'il avait dit un jour à Angelika que le facteur arrivait chaque matin à la même heure.

– Dix heures cinq, jamais avant, et il n'a jamais plus de quatre minutes de retard. On dirait un train.

Il a débouché dans l'entrée. Il a entendu le bruit des lettres tombant dans la boîte en traversant le couloir. Anneliese s'est plaquée contre le mur avec son chariot de courses. Il a descendu l'escalier en écartant les jambes pour garder son équilibre en accroissant son empattement.

Arrivé dans la chaufferie, il leur a rendu l'eau et la lumière. Le silence est revenu. Son cœur s'emballait, il lui semblait même ressentir une de ces douleurs entre les omoplates que malgré ses demandes répétées aucun cardiologue n'avait consenti à nommer angine de poitrine.

Il s'est assis sur la chaise de ce deuxième bureau où il n'avait jamais travaillé, mais où il était censé suer sur ses plans quand il disparaissait au sous-sol. De l'autre côté du placard, la première trappe, la première frontière qui après un no man's land s'ouvrait sur le pays minuscule et clos du peuple de la cave.

– C'était une deuxième famille, mais c'était une famille quand même.

Une profession de foi qu'il avait répétée aux enquêteurs comme une gloire. Une cave comme un coffre à jouets. La grande poupée magique jetée dedans à l'origine qui avait sorti de son ventre des marionnettes extraordinaires qui grossissent comme de vrais enfants quand on leur met de la nourriture dans la bouche.

La poupée qui espérait toujours une nouvelle maternité et qui même après la naissance de Martin vivait encore comme un échec la survenue de ses règles. Il n'en pouvait plus des cris des bébés qui perçaient la nuit, des nouveaux ventres insatiables qui coûtaient et alourdissaient les ballots de courses qu'il devait traîner dans le labyrinthe comme ces chevaux de trait charriant le charbon au fond des mines. Quand il n'était pas obligé de remonter là-haut ceux dont les pleurs étaient trop stridents pour passer plus longtemps pour un écho.

Il n'avait plus la force de continuer cette vie d'esclave. Il était même disposé à sacrifier Roman pour ne plus avoir à sustenter ces jouets qui ne l'amusaient plus. Il aurait pu empoisonner ce groupuscule qui lui devait la vie. Une injection de strychnine dans la conduite d'eau qui alimentait la cave. Lui qui avait toujours refusé de leur apporter de la mort-aux-rats.

– Ce sont des bêtes intelligentes, elles ne méritent pas la mort.

Après le repas de midi, Anneliese s'est crue autorisée à lui poser une question en débarrassant la table.

– Je pourrais aller la voir ?

– Qui ?

Elle a baissé les yeux en silence.

– Tu n'as rien d'autre à faire que d'aller traîner dans cet hôpital ?

Elle a quitté lentement la pièce pour éviter de l'irriter davantage par sa présence.

Il essayait de se rassurer. Même si Petra survivait, ses révélations seraient autant de symptômes qui justifieraient un diagnostic de schizophrénie. On la placerait dans un asile, où après quelques années de thérapie les médecins l'abandonneraient. Les neuroleptiques empêcheraient ses souvenirs de se faufiler trop souvent jusqu'à sa conscience, et ils finiraient par les décolorer, les assourdir, les grignoter comme des mites. Elle mourrait un jour avec un cerveau sec comme une touffe de foin, sans avoir depuis longtemps davantage conscience d'exister qu'un bébé ou un âne.

Elle laisserait peut-être son nom à un nouveau syndrome, mais peu de patients prétendent être nés sous terre, et faute de pouvoir s'en servir on l'oublierait sitôt créé. D'ailleurs, loin de sa mère et du cocon elle crèverait vite comme ces vers qui n'ont pas la force de devenir libellules.

Il est passé à l'hôpital vers quinze heures. Il a été reçu dans le bureau du médecin-chef. Une entrevue rapide avec cet homme bourru qui voulait à tout prix savoir où se trouvait Angelika.

– Sa vie n'a été qu'une longue fugue.

Il a souri.

– Et pourtant, nous ne lui avons jamais enseigné la musique.

– Le pronostic vital de cette gamine est en jeu.

Il s'est levé brusquement de son fauteuil. Il a entraîné Fritzl à travers les couloirs. Derrière une grande vitre, il a vu Petra allongée, tuyautée, recouverte d'une courte chemise en papier vert. Il ne pouvait pas arracher son regard des écrans de contrôle dont il aurait aimé qu'on lui explique le fonctionnement, et pourquoi pas qu'on lui permette de les démonter pour voir quel genre de microprocesseurs ils cachaient dans leur boîte.

– Le pronostic vital est vraiment désastreux.

Il a sorti son BlackBerry de la poche de sa veste. Il aurait voulu prendre une photo de Petra pour la montrer à Angelika afin de lui prouver qu'elle était désormais entre de bonnes mains et qu'elle ne risquait plus rien. Il s'est enhardi.

– Je voudrais avoir une dernière image d'elle. Un souvenir pour sa mère.

– Vous sortez, monsieur. Vous sortez.

Il lui a décoché un sourire de connivence, mais le médecin-chef n'en a pas voulu. Il l'a poussé dans le couloir. Fritzl a déclaré plus tard aux enquêteurs qu'il avait été expulsé de l'hôpital à coups de pied au cul.

Il a été déçu que l'équipe de télévision allemande qui parlementait dans l'entrée avec un interne ne s'intéresse pas à lui. Il avait marqué un temps d'arrêt en arrivant à leur hauteur, mais au dernier moment il n'avait pas osé se présenter.

Le soir, il n'est pas descendu à la cave. Il oubliait facilement les gens d'en bas, comme un employé son travail en quittant son bureau. Les premiers temps, la cave représentait pour lui un jardin secret dont il rêvait souvent en pétant après le dîner devant la télé auprès d'Anneliese qui mâchouillait ses rots. Il aurait aimé à cette époque pouvoir jeter cette épouse périmée et la remplacer par la chair fraîche d'Angelika.

Mais aujourd'hui Angelika avait fané aussi, et la gestion de la cave lui était devenue une peine. Il regrettait souvent de l'avoir capturée. Il aurait dû la laisser s'envoler et entretenir plutôt une maîtresse dans un coin de la ville. Elle se serait ternie lentement, mais il lui resterait des dents et il n'aurait pas la sensation de coucher avec une sorcière qui à chaque parole lui montrait ses gencives.

Le lendemain, il est parti pour Vienne. Il aimait rouler seul en écoutant de la musique brésilienne. Depuis l'an passé, il rêvait d'un voyage à São Paulo où entre deux opérations de chirurgie esthétique toute cette population rafistolée et magnifique se pavanait sur la plage de Copacabana. Il profiterait de son séjour pour s'offrir un lifting, une liposuccion, et il se trouverait peut-être une fille assez esseulée pour se laisser conter fleurette.

Il est arrivé vers treize heures dans le centre de Vienne. D'ordinaire, il déjeunait seul au fond d'une brasserie, plongeant alternativement son bec dans son assiette et dans sa chope. Il se remplissait d'abondance avec l'impression d'être branché sur les marmites et la pompe à bière. Un moment bestial, délicieux. Mais ce jour-là, il s'en est retourné à Amstetten sans avoir même pris la peine de se garer. L'angoisse de retrouver la cave ouverte, la police tapie à l'intérieur pour le capturer sur les lieux de ce que la société prendrait probablement pour un crime.

La maison était silencieuse. Il a été déçu qu'aucun journaliste ne l'attende au salon.

– Personne n'est venu ?

– Qui ?

Il a abandonné Anneliese à sa réussite. Elle étalait les cartes sur la toile cirée. Autour d'elle, la cuisine empestait l'odeur d'un reste de poisson de la veille qu'elle venait d'extraire du frigo pour en faire une soupe.

Il est descendu, il a traversé le labyrinthe. Il a collé son oreille contre le mur, juste au-dessus de la dernière trappe. Trois exemplaires du genre humain endormis, défalqués du reste de la planète.

Il est revenu sur ses pas d'une démarche poussive, claquant les portes l'une après l'autre sans prendre la peine de les verrouiller. Les premiers temps il éprouvait du plaisir à ouvrir et fermer tous ces couvercles. On aime les étapes qui amènent à l'orgasme, mais à présent elles débouchaient sur une femme usée, prompte à exiger des rapports sexuels qui lui pesaient comme une corvée jamais assez vite expédiée. Il était temps de tourner la dernière page de cette romance commencée dans la joie, poursuivie vaille que vaille, avec cette fin exaspérante comme un mariage à bout de souffle.

Là-haut, Anneliese maniait à présent le balai dans cette maison négligée dont la crasse faisait par endroits luire meubles et parquet comme de l'encaustique. Elle ne s'autorisait guère à penser. Réfléchir lui semblait un acte dangereux et elle ne se sentait pas l'âme d'un héros. Elle essayait de s'oublier à force de minimiser son importance, de considérer que l'épouse était une machine ancestrale, un robot originel, aux pattes cependant plus agiles que des roues, destinée à servir, à accepter qu'on s'en serve et à n'ouvrir la bouche que pour gober et engueuler la marmaille d'une voix stridente comme la sonnerie du vieux réveil mécanique posé au-dessus du frigo dont on entendait le hurlement de panique à chaque fois qu'elle faisait cuire des œufs à la coque.

– Tu as de bons bras et une tête solide.

Au début du mois de septembre 1986, Fritzl l'avait ainsi complimentée après deux mois de bons et loyaux services. Les recettes de l'auberge du bord du lac dont elle a assumé la gérance chaque été pendant une dizaine d'années avaient dépassé toutes les espérances de son avide mari malgré les nombreuses pluies de juillet. La peur d'être confondu et de finir sa vie en prison avait contribué à l'attendrir. Elle avait tiré bonheur et fierté de cet éloge. Elle n'en avait pas recueilli d'autre depuis.

Le plus souvent, il était mufle.

– Cache ton lard.

Elle avait entendu souvent cette phrase depuis la naissance de son aîné Andreas en 1957. Elle avait pris du poids quand elle le portait et n'avait pas réussi à le perdre. Les choses n'avaient fait que s'aggraver à chacune des six grossesses qui avaient suivi, notamment quand elle avait écopé des jumeaux en 1971.

Il lui reprochait la graisse qui avait peu à peu bâti un deuxième corps sur celui de la jeune fille qu'il avait épousée. Il la menaçait en ricanant de fendre la couche avec un rasoir et de la dépiauter comme un lapin.

– Je t'écorcherai vive.

Une peau de nymphette pousserait sur l'écorchée.

Délivrée de l'épais capiton, elle ne serait plus pour lui un objet de dégoût.

Leur dernier coït remontait à janvier 1984, quelques mois avant la descente d'Angelika dans l'enfer de la cave, un enfer qui en définitive s'était soldé par vingt-quatre années de purgatoire. Depuis, il avait certes exigé une fellation de temps en temps. Elle avait confié à sa sœur que dans ces occurrences, elle avait le sentiment d'être un vieux nourrisson fessu avec un biberon planté dans la bouche.

Dès qu'elle a eu commencé à épaissir, il n'a plus pu supporter le spectacle de sa nudité. Il s'en est voulu longtemps d'éprouver malgré tout du désir pour ce corps gras. Depuis la naissance d'Andreas, il ne la baisait plus que vêtue d'une chemise archaïque fendue au pubis qu'il avait achetée deux ans plus tôt, la trouvant drôle, chez un fripier où il la ravitaillait en robes défraîchies qu'elle avait pour consigne de porter à la maison durant son absence afin d'économiser ses rares vêtements neufs quand ni lui ni personne ne pouvait la voir. Pour la pénétrer, il s'immisçait par l'ouverture et imaginait que la toile dissimulait la chair fraîche d'autrefois.

Il était violent. Parfois des taches de sang apparaissaient sur le lin blanc. Il avait attendu la cinquantaine pour faire pomponner ses doigts. À cette époque, ses ongles étaient longs, acérés, une corne dure qui écorchait à travers le tissu. Il n'avait jamais été tendre ni doux, mais sa rage amplifiait à mesure que les années passaient sur elle lourdes et molles comme l'édredon de cellulite qu'il lui reprochait de laisser pousser sur cette peau de bébé supposée demeurer intacte sous le poids du temps comme le marbre blanc d'un parvis sous la neige tombée dans la nuit.

– Je n'ai plus l'âge d'être un bébé.

– Regarde les femmes sur les publicités des pharmacies.

– Ces pommades sont chères.
– Tu ne seras plus jamais assez jeune.

Dès l'arrivée d'Angelika dans la cave, l'ombre de désir que ces dernières années il avait encore éprouvée çà et là pour Anneliese s'était évanouie. Il ne la touchait plus que pour la frapper à toute volée, mais pas davantage ni plus souvent que les enfants.

Des enfants qu'il alignait parfois nus face au mur. Il armait un vieux fusil de la Wehrmacht abandonné par un soldat lors de l'entrée des Soviétiques à Amstetten. Une Karabiner 98k que sa mère avait ramassée sans jamais être parvenue à la vendre.

– J'en ai assez de votre insubordination. Je vais vous exécuter l'un après l'autre.

Il posait successivement la bouche de l'arme sur la nuque de chacun des gamins.

– Je ne sais pas par qui commencer. Je vais tirer au sort.

Il s'asseyait dans son fauteuil. Les enfants tremblaient en silence. L'attente durait. Il finissait par se relever, par désarmer, armer et désarmer à nouveau le fusil.

– Pour cette fois, vous êtes graciés.

Les enfants étaient autorisés à se rhabiller. La vie reprenait son cours. Il a jeté l'arme à la décharge en 1981, quand Herald devenu majeur avait dénoncé cette pratique à la gendarmerie le jour de son départ définitif d'Amstetten.

Il avait été convoqué.

– Cet enfant a toujours été fou.

Aucune perquisition n'avait été effectuée. Il avait regretté de s'être débarrassé du fusil.

Les maîtres ne disaient rien quand les gamins arrivaient à l'école avec un coquard, une lèvre fendue, des ecchymoses sur les bras, les marques encore écarlates des coups de pied reçus le matin même dans les tibias. Lors des visites médicales, le médecin était à l'affût de la moindre toux, du souffle au cœur le plus infime, des dents mal plantées redevables d'un traitement orthodontique, et même des boutons d'acné qu'ils comptaient un à un comme des centimes pour les statistiques du ministère de la Santé. Mais durant plus de quarante ans ils ont vu défiler plusieurs générations de Fritzl en culotte sans daigner remarquer ni bleus ni bosses.

Durant son adolescence, Angelika s'était souvent confiée à sa meilleure amie, une dénommée Barbara Drandle interviewée trente ans plus tard par la BBC.

– Il nous frappe dur. Un jour, il nous tuera.

– Il a essayé de coucher avec moi.

– Il m'a violée.

– J'ai envie de mourir.

– J'aimerais qu'il meure.

– Je voudrais le tuer.

À dix-sept ans, elle avait répété à son amoureux ses envies de meurtre. Elle n'était jamais allée jusqu'à élaborer un plan d'assassinat, mais elle était la seule de la fratrie à se rebeller quand son père portait la main sur elle. Un jour où il la cognait, elle s'était même emparée d'une bouteille et l'en avait menacé comme elle l'avait vu faire dans un thriller par une femme agressée sur un trottoir de New York. Elle avait reçu en représailles sa godasse dans le ventre et une mandale qui l'avait envoyée bouler contre le corps de sa mère qui assistait parfois à ces pugilats en recommandant à voix basse à sa fille de ne plus essayer d'esquiver les coups.

– C'est ton père, il sait ce qu'il fait.

Trois mois avant sa descente à la cave, comme elle était rentrée tard sentant la bière, il l'avait mise K-O avec la lâcheté d'un poids lourd qui rosse un poids walter. Il l'avait abandonnée sur le carreau pour prendre la route de Linz où il travaillait en ce temps-là.

Anneliese n'avait osé approcher sa fille qu'après avoir entendu la voiture tourner au coin de la rue. Pour l'aider à revenir à elle, elle lui avait donné des tapes sur les joues qui ressemblaient à des gifles. La tirant par l'oreille, elle l'avait finalement remise debout et lui avait asséné une tape sur la cuisse comme à un petit enfant.

Angelika a subi ensuite une engueulade rapprochée dont les postillons mouchetaient son visage.

– Ton père a eu bien raison. Tu te conduis comme une putain. Tu n'as aucune considération pour lui. Quand il te bat tu dois te taire, c'est une question de respect. Si tu ne l'avais pas insulté, il ne t'aurait jamais mise dans cet état-là. Je vais t'enfermer dans ta chambre. Quand il rentrera, tu lui demanderas pardon.

– Non.

Trois baffes et un coup sur le crâne du revers de la main pour lui faire entrer la sagesse dans la tête.

– J'en ai assez de toute cette liberté dont tu te sers pour ne pas obéir. Quand on se conduit comme une chienne on mérite d'être tenue en laisse. Je déteste que tu aies bientôt dix-huit ans. Je ne veux pas que tu sois majeure.

S'est ensuivie une rixe. Angelika lui a échappé. Elle n'est rentrée que le lendemain matin après le départ de Fritzl pour Linz. Elle a longtemps regretté d'avoir été reprise quand encore mineure elle avait fugué quelques semaines plus tard. Une bévue qui lui a coûté plus d'années encore qu'elle n'en avait vécu jusqu'à ce jour-là.

Fritzl fréquentait le bordel d'Amstetten. Un petit commerce béni par la loi établi à la sortie de la ville. Un bâtiment rose, intitulé Villa Paris.

Une femme portant robe saumon en soierie nous a ouvert la porte quand nous avons sonné un soir de juin 2009. Elle a dévisagé Nina.

– *Verfälscht ?*

– *Nein bin ich eine Frau.*

– *Kein Frau hier.*

– *Dennoch sind Sie eine Frau.*

Elle a claqué la porte. Nina m'a expliqué que les clientes n'étaient pas acceptées dans l'établissement.

– Vous n'avez qu'à entrer sans moi.

Elle est allée m'attendre dans la voiture. J'ai sonné à nouveau. La fille m'a laissé entrer sans un mot.

Je suis sorti pompette une heure plus tard du bordel. Lassée de rester assise, Nina faisait les cent pas devant une maison en démolition.

– Qu'est-ce que vous avez fait pendant tout ce temps ?

– On m'a fait boire deux cents euros de champagne.

– Vous avez pu leur poser des questions ?

– On me répondait *trinken, trinken*, à chaque fois que j'ouvrais la bouche.

– Le patron devait parler anglais.

– Je n'en sais rien. Il poussait une fille vers moi dès que j'essayais de lui parler.

Elle est encore convaincue aujourd'hui que j'ai consommé là-dedans autre chose que du champagne.

Les pensionnaires redoutaient Fritzl. Dès qu'il apparaissait, certaines se réfugiaient derrière le bar dans un réduit où l'on stockait les bouteilles. Elles attendaient qu'il soit monté avec une autre pour quitter leur cachette.

Les filles qui avaient dépassé la trentaine ne prenaient pas cette peine, il choisissait toujours une jeunesse. Il l'emmenait dans le donjon, une pièce sans fenêtre réservée aux ébats sadomasochistes où il se livrait à un simulacre de viol.

Une sorte de reconstitution de ses forfaits passés. La fille avait pour ordre de porter jeans et tee-shirt, de détacher ses cheveux et de se démaquiller avant la séance. Une lumière tamisée, et elle devait marcher de long en large. Il se postait dos au mur dans un coin de la pièce.

Il déclenchait le chrono de sa montre. Il s'accordait trois minutes avant d'approcher. Il lui infligeait l'attente, l'angoisse, il lui donnait le temps de perdre ses repères. Il portait comme un masque son visage de prédateur. Un sourire évanoui, joues creuses, front lisse comme l'os, paire de petits yeux luisants, fixes, enchâssés dans ses paupières bistre.

Le même regard qui seul semblait vivant dans ce visage minéral que Lou Blort avait vu sous le lampion de l'abri à barques où il l'avait déflorée par le viol après l'avoir cueillie sur la berge du lac de Mondsee où elle passait ses vacances dans le chalet de ses grands-parents.

Un visage à contre-jour sous le quartier de lune quand il l'avait plaquée sur l'herbe humide après sa fuite entravée par ses jeans descendus. Il l'avait laissée courir pour le plaisir d'attendre qu'elle s'effondre. Ses yeux au-dessus d'elle, quand elle se sentait mourir entre ses mains. Elles ont persisté à serrer son cou alors qu'elle était déjà morte.

Il avait abandonné le cadavre, retournant ébaubi à l'auberge. En arrivant, il avait vidé une cruche d'eau fraîche dans sa carcasse brûlante. La peur d'être arrêté montée en lui comme une fièvre. Il avait attendu quatre heures et demie du matin pour trouver le courage de retourner là-bas. Un homme tremblant, sexe rétracté par la trouille dans le caleçon taché de sperme et du sang séché de la vierge. Il l'avait traînée sur la digue de bois, le cadavre déjà raide avait coulé. Il était remonté à la surface le lendemain entre deux baigneurs.

Pendant la passe, aucune fille ne parvenait à conserver au fond d'elle la restriction mentale d'une actrice. Quand il déclenchait les hostilités, elle se précipitait vers l'alarme. Mais il la plaquait aussitôt et la coïtait rageusement. Au moment où il se relevait et nouait fièrement le préservatif rempli de sa belle semence qu'il regardait en transparence comme un œnologue la couleur du beaujolais nouveau à travers le verre d'une éprouvette, elle demeurait prostrée, proie vaincue qui fait la morte pour éviter le coup de grâce.

Une après-midi de mars 1999, une fille a dévalé l'escalier et s'est enfuie sur la route. Le tenancier, les pensionnaires, deux clients qui buvaient des bières ont fini par la rattraper. Ils ont essayé de la convaincre qu'elle n'était pas la rescapée d'un fait divers. Elle s'est rendue au commissariat, mais les flics ont éclaté de rire en entendant son histoire de putain violée dans un bordel.

N'empêche, désormais Fritzl était *persona non grata* à la Villa Paris. Il en était réduit à écumer les bordels de la région dont il devenait rapidement tricard quand trop de filles s'étaient plaintes.

Il puisait avidement dans la pharmacopée pour étancher sa soif de putes. Il se précipitait chez son médecin à chaque fois qu'un nouvel excitant apparaissait sur le marché.

– Vous avez un bon cœur, mais n'en abusez pas quand même. Tous ces médicaments n'existaient pas il y a dix ans. Nous n'avons aucun recul pour juger des effets secondaires sur le long terme.

– À long terme nous serons morts.

– Vous êtes bien pessimiste, monsieur Fritzl.

– Nous commençons tous les deux à nous faire un peu vieux.

– On naît vieux, on meurt jeune.

Fritzl a ri. D'un petit rire frais, plein d'espérance.

– Vous croyez ?

– C'est ce que mon grand-père disait. Cette maxime lui a réussi, il est mort à quatre-vingt-dix-huit ans.

Fritzl se demandait si une phrase aussi bête pourrait un jour s'incarner dans un comprimé comme le corps du Christ dans une hostie. Avec le soutien des laboratoires, il pouvait déjà espérer bander comme un pubère jusqu'à l'extrême vieillesse. Une nouvelle molécule était peut-être sur le point d'être mise sur le marché qui permettrait aux septuagénaires de dégringoler une à une toutes les années vécues, périmées, tronçons menant à la mort, jusqu'à leurs vingt ans depuis longtemps en poudre.

Les dernières années, la pratique de l'inceste l'avait lassé. À force, il ne parvenait plus à se figurer qu'elle était sa fille. Un lien conjugal les liait, elle était devenue la femelle ancestrale avec qui le mâle a fait ses petits. La seule chose qui parvenait parfois à réveiller son désir, c'est qu'elle ressemblait encore à Annette. À Annette vieillie, avec ces mêmes joues creuses qu'elle avait les derniers temps quand elle ne prenait plus la peine de chausser son dentier.

Angelika devenue un affreux trésor humain décati enfermé dans cette épouvantable caverne qui comme celle d'Ali Baba s'ouvrait avec un sésame.

La ressemblance entre grand-mère et petite-fille n'était pas si lumineuse, mais il avait peu à peu modifié l'image mémorielle de sa mère pour la faire coïncider avec celle d'Angelika. Il ne possédait qu'un vieux cliché d'elle, un portrait en mauvais état qui figurait sur une carte d'identité remontant à 1954. Une femme au visage ravagé par ses séjours à Mauthausen, avec derrière les lunettes cet œil dont on avait cousu les paupières.

Il se revoyait enfant en train de pleurer sous ses coups sur le carreau de la cuisine. Il en avait forgé le fantasme d'être piétiné par Angelika et de pleurer à en jouir. Il y pensait souvent pendant l'orgasme, mais il aurait eu honte de le réaliser, sans compter la peur qu'elle ne profite de son abandon pour l'attacher et un à un couper ses doigts pour lui faire cracher les codes.

La mère batteuse, la mère désirée, la fille frappée, violée. En lui, des personnages interchangeables, réversibles, et dans sa fantasmagorie il était parfois le fils d'Angelika dont sa mère était devenue la fille. Absurdité chronologique qui l'embarrassait peu.

Angelika avait dix ans le matin où en faisant sa chambre Anneliese avait découvert une revue pornographique sous son oreiller. Fritzl l'avait achetée avec préméditation dans un sex-shop de Salzbourg. La masturbation n'était plus guère son affaire depuis sa lointaine sortie de prison. Mais il jouissait d'avance à l'idée du choc qu'éprouverait Angelika face à ces images de femmes attachées, avilies, données en pâture à des étalons qui ne voyaient en elles qu'orifices et viande battue. Une sorte de dépucelage qu'il lui infligerait par procuration et dont la perspective l'émoustillait comme un début d'inceste.

Anneliese avait laissé le magazine à sa place avant de débouler dans sa chambre. Angelika serait coupable au minimum de l'avoir aperçu, comme les femmes violées étaient à son avis fautives de l'avoir été. Du reste, il y avait toujours eu dans le regard de sa fille une lueur d'insolence. L'insolence constituait déjà un premier pas vers la perversion. Son mari s'était laissé envoûter par cette enfant sensuelle, il avait cédé à l'appel muet de la gamine.

Le soir, elle avait attendu qu'Angelika soit couchée. Le bruit de la porte ouverte, la lumière éblouissante du plafonnier. La revue disparue.

– Où tu l'as mise ?

Elle rougit et tombent les claques. La revue découverte entre matelas et sommier. Angelika dira plus tard qu'elle avait eu peur du sexe en érection sur la couverture, un animal qu'elle voyait pour la première fois. Elle l'avait enfouie, comme pour l'étouffer.

Fritzl au salon, coupant le son de la télé, fermant les yeux, se laissant bercer par les cris, les coups, le bruit du corps tombé par terre, les pleurs qui persistaient encore au moment où Anneliese est revenue au salon après avoir rangé le magazine dans le tiroir de la table de nuit de son mari. Sans savoir pourquoi, respectueusement.

Il l'a interrogée du regard.

– Celui qui l'épousera n'a pas fini d'en voir.

Elle ne lui en avait pas dit davantage. Elle avait honte d'Angelika.

Le lendemain, un surveillant s'était inquiété de la marque bleue qu'elle portait sous l'œil gauche.

– C'est rien.

En fin d'après-midi, le bleu s'était fait œil au beurre noir. Le surveillant avait ri avec les enfants qui se moquaient.

– Monsieur, elle fait de la boxe.

– Angelika, vous êtes un garçon manqué.

Les choses en étaient restées là.

Le lundi suivant, Fritzl avait replacé la revue sous son oreiller. Anneliese l'avait retrouvée dans le placard sous une vieille poupée dont elle avait fait bouffer la robe de rayonne rose pompon pour tenter de la dissimuler. La gamine n'avait pas osé la jeter, on aurait pu la découvrir au fond de la poubelle, le sac aurait pu être éventré par un chiffonnier, par les chats errants. Cette fois elle l'avait feuilletée avant de lui trouver une cachette, toutes les pages la dénonceraient. Sur chaque image on aurait vu l'empreinte de son regard que tout le monde aurait reconnue.

Elle faisait des cauchemars. Elle réveillait la maisonnée. Du fond de son lit, tout le monde lui hurlait de se taire. Quand le tapage perdurait, Fritzl déléguait Anneliese pour la calmer. Elle étouffait ses pleurs sous le drap.

Fritzl rôdait autour de sa fille. Il la suivait dans l'escalier, les couloirs, et quand elle prenait sa douche elle apercevait son visage dans l'entrebâillement de la porte de la salle de bains dont l'usage du loquet était interdit aux enfants. Un regard libidineux, un sexe dressé qu'il sortait parfois de la braguette et brandissait comme une menace.

Quand il rentrait tôt de son travail, il la scrutait à la sortie de l'école. Elle distinguait sa silhouette derrière la cohue des élèves qui se déversait sur le trottoir. Il disparaissait, elle n'était plus sûre de l'avoir vu. Il la suivait de loin, puis il faisait un détour en accélérant l'allure, en faisant de grands pas de marathonien.

Il surgissait au coin d'une rue, son visage souriant lui donnait l'allure d'un fauve aux babines retroussées. Elle s'immobilisait, transpirait, frissonnait malgré l'été qui pointait son nez. Soudain il lui tournait le dos et se dirigeait tranquillement vers la maison. Elle tardait à rentrer. Il l'attendait au pied de l'escalier.

– Tu es encore en retard.

Tapis dans leur studio, les locataires entendaient le bruit des torgnoles.

Anneliese plaignait son mari d'avoir une fille aguicheuse. Un dimanche après-midi, passant devant la chambre d'Angelika, elle avait entendu Fritzl ricaner. Puis il s'était mis à gémir tandis qu'elle faisait un de ces bruits de haut-le-cœur qui précèdent les vomissements. Il avait poussé un râle et elle avait perçu le bruit de la gamine heurtant le mur.

Elle l'avait vue s'échapper, courir dépenaillée vers les toilettes. Collant son oreille contre la porte, elle l'avait entendue rendre. Elle l'avait traitée de petite vicieuse, crachant par terre en s'en allant comme pour conjurer le mauvais sort.

Pendant le dîner, Fritzl s'est montré plus acariâtre encore que d'ordinaire. Il a reproché aux grumeaux de semoule de gâcher la soupe, au chou farci d'avoir un goût de métal. Il a accusé la crème du gâteau d'être rance. Il donnait du poing sur la table. Il ne quittait pas des yeux Angelika, lui adressant tous les reproches, lui faisant une scène de ménage comme si c'était elle qui avait cuisiné la piteuse pitance.

À la fin du repas, il s'est tourné vers son aînée, une jeune fille de seize ans nommée Anneliese comme sa mère.

– Enlève cette robe de putain.

Une robe de nylon prune brillante comme du satin. Les enfants avaient l'habitude d'exécuter ses ordres sans discuter. Elle s'est levée de sa chaise. Elle a obtempéré.

– Et maintenant, va te coucher.

Les yeux mouillés, sa robe à la main, elle a quitté la cuisine. Il a fixé Angelika pendant qu'elle battait en retraite.

– Ta sœur obéit. Tu obéiras aussi.

Angelika lui résistait. Elle l'avait griffé tout à l'heure. Cette rébellion l'excitait. Le même caractère que Annette bravant la Gestapo. Mauthausen, un champ clos de barbelés électrifiés. Un camp ouvert sur le ciel, mais personne le soir pour se préoccuper de la Voie lactée. La terreur, l'épuisement, la faim faisaient du ciel un plafond bas comme celui de la cave, même les jours où brillait le soleil.

Durant plusieurs mois, Fritzl a rêvé d'un camp privé dont Angelika serait la seule prisonnière et lui le kapo, le SS, le Führer. Il arpentait la région, cherchant une clairière à vendre. Il imaginait que la forêt tuerait dans l'œuf toute velléité d'évasion, même si elle parvenait à traverser les murs. Il transporterait là-bas une bétonnière, il construirait un blockhaus, une boîte à humain.

Une bête à l'étable, une jument à l'écurie, une prisonnière dans un cachot sans fenêtre perdu dans la nature. Il avait commencé à dessiner le plan de l'enfer de ses rêves avec l'enthousiasme, la ferveur, l'opiniâtreté d'un père de famille qui crayonne devant les siens la maison du bonheur. Ce petit camp comme un bordel privé dont Angelika serait la seule putain.

Aucune clairière n'était à vendre. Les notaires qu'il avait visités levaient les bras au ciel, lui proposaient d'acquérir plutôt un champ de pommes de terre à flanc de montagne, un pâturage, un verger.

L'un d'eux s'était montré suspicieux quand il avait insisté.

– Pourquoi tenez-vous tant à cette histoire de clairière ? Vous voulez célébrer des messes noires ?

On parlait encore de sorcellerie dans les campagnes reculées de Basse-Autriche, de cérémonies où l'on sacrifiait des bêtes au clair de lune. On avait retrouvé récemment au fond d'un abreuvoir le corps d'un bébé inconnu, éventré, saigné à blanc, dont certains prétendaient qu'il avait servi d'offrande. On avait arrêté l'assassin, un déséquilibré qui s'était pendu le soir de son incarcération. La rumeur avait fini par faire long feu, mais le notaire trouvait quand même étrange ce désir de clairière.

On vendait aussi des bois. Il aurait pu créer une clairière en abattant des arbres. Mais un bois n'était pas une forêt, manquait l'immensité, ces murailles de verdure enchevêtrée qui avaient longtemps protégé les Germains des invasions romaines.

Les mois ont passé. Des étangs étaient à vendre, il a été tenté. Il suffirait d'en choisir un loin des villages, de le vider, comme les forestiers le faisaient chaque année pour curer les fonds. Il placerait au centre une maison sous-marine comme celles qu'il avait vues dans un film du commandant Cousteau.

On a retrouvé dans ses archives la réponse de l'entreprise qui les fabriquait.

– La Comex ne vend pas aux particuliers.

De toute façon, il ne se voyait pas se déguiser en homme-grenouille à chaque fois qu'il visiterait Angelika. Il a pensé construire un îlot au milieu des eaux, une sorte d'Alcatraz où en guise de requins rôderaient des carpes et des goujons. À moins qu'il importe un banc de piranhas d'Amazonie. Mais ils lui coûteraient cher à nourrir.

En désespoir de cause, il était sur le point d'acheter une grande bâtisse en retrait de la route qui menait à la proche bourgade de Stocka, projetant d'en conserver la carcasse et de creuser une oubliette au beau milieu. Elle serait enchaînée au fond, il lui jetterait sa nourriture et la remonterait au bout d'une corde quand lui en viendrait l'envie.

Au dernier moment, il avait annulé la séance de signatures. L'oubliette était un fantasme absurde, il avait fini par en convenir en son for intérieur.

Un soir de novembre 1977, il écoutait le président Jimmy Carter évoquer un rafraîchissement de cette guerre froide qu'on avait crue trop tôt terminée. Moscou venait d'installer aux frontières de son territoire des missiles braqués sur l'Europe de l'Ouest.

– Si un conflit nucléaire éclatait là-bas, ce serait le devoir des États-Unis d'intervenir.

Une nouvelle guerre mondiale en perspective, avec des Hiroshima et des Nagasaki en plein cœur de la vieille Europe. C'est du moins ce qu'imaginait Anneliese. Elle se souvenait avec frayeur des bombardements de 1944 et 1945, de ces longues heures passées dans les carrières avec la peur de retrouver en miettes la maison de ses parents et même de griller sur place si une bombe perçait la roche.

D'habitude, elle ne disait rien. Fritzl vitupérait seul devant le poste ou ruminait. Ce soir-là, elle s'est permis de lui poser une question.

– On ne pourrait pas avoir un abri contre la bombe atomique ? En Amérique, les gens en ont tous un dans leur jardin.

– Tu es déjà allée en Amérique ?

– J'ai vu une photo dans le journal.

Fritzl a posé sa bière. Il s'est enfoncé dans son fauteuil avec un soudain sourire sur ses lèvres mouillées de mousse.

Comme chaque nuit, il a attendu qu'Anneliese soit couchée pour pénétrer dans la chambre d'Angelika. Un rituel immuable qui perdurait depuis plus d'un an. Il soulevait lentement ses couvertures en s'abstenant de geindre pour éviter de la réveiller.

Au matin, elle sentait comme une pellicule sèche sur son visage. Quand elle s'était rincée, il y avait des traînées rougeâtres sur sa peau irritée par le sperme. Elle pensait que des souris l'escaladaient dans son sommeil pour l'inonder de leur poisseux pipi.

Il ne s'est pas couché de la nuit. Il était trop exalté, une insomnie d'une grande gaieté. Il a marché de long en large dans le couloir, s'arrêtant parfois en regardant le plafond avec la même ferveur qu'un curé interrompant la lecture de son bréviaire regarde le ciel croyant y voir voleter des anges.

Il est descendu à la cave. Il a parcouru le labyrinthe, à l'époque deux courtes galeries en enfilade qu'aucune porte ne séparait et où étaient entreposés de vieux outils, du linge usé d'avant-guerre et quelques casiers de Grüner Veltliner dont on ne débouchait une bouteille qu'aux grandes occasions. Au bout du chemin, un cul-de-sac sans fenêtre.

Il a pris les cotes avec le mètre qu'il avait toujours dans sa poche, à l'affût qu'il était de mesurer tout ce qui l'entourait, jusqu'à la table du restaurant où il s'apprêtait à déjeuner. Évoluer en un lieu dont il avait vérifié les dimensions et l'envergure des objets qu'il contenait le rassurait. Il a estimé cet espace de neuf mètres carrés suffisant pour la mise au secret de sa fille. Il a éteint sa torche. Il est demeuré un moment dans l'obscurité.

À cette heure de la nuit, il a eu l'impression de se retrouver dans les carrières. Mais pas de bruits d'avions, de bombes, de tirs antiaériens. Autour de lui, pas de cris de bébés, d'enfants, d'adultes apeurés. Il était comme le premier homme, si en guise de jardin d'Éden il était né un jour dans les entrailles de la terre. C'est à peine si le silence a été troublé par le bruit lointain de la chasse d'eau qu'Anneliese tirait toutes les deux heures de jour comme de nuit avec une régularité métronomique.

Angelika vivrait là en ermite. Elle ne verrait jamais que lui. Les hormones la tracassant, elle serait bien obligée d'éprouver du désir pour lui. Un inceste naturel, remontant jusqu'à l'origine biblique de l'humanité. Les enfants d'Adam et Ève s'accouplant à tire-larigot dans le louable but de propager l'espèce. C'était la première fois que l'idée de fonder une famille avec Angelika avait germé dans son esprit. Une seconde famille plus sienne encore que la première car issue de l'union d'un géniteur et de la chair de sa chair. Une descendance sans une goutte de sang mêlé.

– J'ai réalisé un beau rêve.

Les flics lui avaient fait répéter cette phrase murmurée à mi-voix les paupières baissées comme si, venue des profondeurs de son inconscient, lui-même l'entendait pour la première fois.

– Un rêve.

Du pas nonchalant d'un homme perdu dans ses fantasmes, il est remonté s'installer dans le petit bureau du rez-de-chaussée dont la pièce contiguë ne servait pas encore de chambre à Christof.

Construire un abri plutôt qu'un cachot lui permettrait de profiter pendant cinq ans de l'abattement fiscal accordé par l'État pour encourager les Autrichiens à participer à l'effort national visant à l'amélioration des équipements de défense passive depuis la crise de Cuba de 1962.

Il a ouvert son carnet de croquis rempli de crayonnages où l'on pouvait distinguer les différentes prisons dont il avait jusqu'alors médité la construction. Il a travaillé jusqu'au lever tardif du soleil de cette fin d'automne, entendant les enfants cavalcader dans l'escalier pour se rendre à l'école.

À neuf heures, les plans de la première mouture de l'abri antiatomique étaient achevés. Il les a peaufinés durant plusieurs mois, avant de les envoyer au ministère des Armées qui les a retoqués.

– La longueur du sas est insuffisante.

Il a plaidé sa cause, mais les autorités sont demeurées inflexibles. Dans le cas d'une cave attenante à une habitation, on exigeait un tunnel d'accès d'au moins dix mètres de longueur entrecoupé de cinq portes d'acier afin de limiter l'exposition aux radiations.

Il se voyait mal procéder au forage du sous-sol afin de gagner les trois mètres cinquante qui lui manquaient pour caser le sas et l'abri. Il était sur le point d'abandonner son projet quand, une semaine plus tard, méditant tristement dans la pièce obscure où il avait rêvé de garder prisonnier l'objet de son désir, il a donné un coup de poing rageur contre la paroi. Sous le crépi de chaux, un mur de brique qui sonnait creux.

Il est revenu le soir avec une masse. La paroi a cédé au premier choc. Un large trou où il a enfoncé sa lampe. Il a abattu le mur dans la nuit. Le lieu était vide, humide, des gouttes d'eau terreuse tombaient du plafond au rythme lent d'une clepsydre. Il a sondé le mur du fond. Derrière la salle, il y en avait une autre. Il a ouvert une brèche au premier coup de masse.

Il est remonté épuisé. Le jour s'était levé. Anneliese faisait déjeuner les enfants. Il a dormi jusqu'à quinze heures.

Il a passé le reste de son après-midi à fouiller dans le vieux carton à chapeau où sa mère rangeait tous les papiers qu'elle jugeait assez officiels pour être précieusement conservés. Une antique carte d'électeur datée de 1949, la facture d'un manteau acheté au début des années 1960 peu avant son enfermement sous les combles, une liasse de bulletins scolaires de son fils, son diplôme de bachelier, trois dents en or que le dentiste lui avait arrachées le jour où il avait pris l'empreinte de sa bouche pour faire fabriquer son dentier, et au fond du carton le titre de propriété de la maison ainsi que le plan de l'architecte.

Une maison construite pour un dénommé Gunther Leiner, épicier de son état. Les plans étaient clairs et rigoureux. Il a pu constater que la dernière pièce de la galerie souterraine était bien celle où il avait pensé créer l'abri.

Sous ce fatras, une feuille volante où la maison était signalée par une simple croix, mais où le souterrain tout entier était figuré par des traits pas très droits tracés à main levée. Outre les deux salles qu'il avait découvertes la veille, se trouvaient au-delà quatre pièces de taille réduite reliées entre elles par un étroit boyau.

Il s'est contenté des deux premières salles. Prolongeant le couloir, la première était assez longue pour permettre d'aménager un sas qui dépasserait les dix mètres exigés par l'administration. La seconde était moins spacieuse, mais il l'a estimée d'un volume suffisant pour servir de prison à sa fille.

Il s'est mis au travail, brisant les derniers reliefs des deux murs encore debout, jetant les gravats dans de grands sacs rigoureusement rangés l'un à côté de l'autre comme des soldats à la parade.

Il a réquisitionné Christof et son jumeau Harald pour l'aider à les remonter, et à les placer à l'arrière de son break pour les évacuer à la décharge. Deux mômes grêles qu'il relevait à coups de pied quand ils s'affaissaient sous la charge.

Il a soumis un nouveau plan au ministère, qu'il a agrémenté de trois photos des lieux en noir et blanc prises au flash que j'avais aperçues sur l'ordinateur du commissaire général. Cette fois, on lui a accordé sans réserve le permis de construire l'abri. À charge pour lui de signaler la fin des travaux, afin que des experts soient dépêchés pour juger de la qualité de l'ouvrage. L'abri serait alors officiellement classé et l'abattement fiscal lui serait accordé.

Sa vie professionnelle engloutissait ses semaines et parfois les déplacements sabotaient ses week-ends. Malgré son opiniâtreté, la construction de l'abri a duré près de deux ans.

Il a commencé par procéder à l'achat des matériaux. Des briques, du plâtre, du câble électrique, un lavabo, des toilettes. Dès lors, il a passé tout son temps libre à travailler dans le souterrain. À l'occasion, il chargeait les enfants comme des baudets pour descendre les plus lourds fardeaux. Il a exigé d'Angelika qu'elle transporte seule un des pesants rouleaux de tuyaux de cuivre sur lesquels six ans plus tard elle frapperait pour appeler au secours les sourds et malentendants qui peuplaient la maison.

Quand le gros des travaux a été terminé, il a fait exécuter par l'entreprise où il travaillait les deux portes en béton qui fermeraient le sas. Un camion bâché les a livrées six semaines plus tard. Il n'a jamais réglé la facture, et le jour de son départ à la retraite en 1997 la direction générale lui en a fait officiellement cadeau.

– De toute façon, vous n'êtes pas pêcheur.

D'ordinaire, la maison offrait à ses vétérans une canne à moulinet et un panier à bandoulière.

Il avait dû installer un treuil pour les descendre par une ouverture creusée dans le jardin. Puis toute la famille l'a aidé à les rouler jusqu'au fond du labyrinthe sur des billots de bois. Les portes ne comportaient pas encore de dispositif électronique. Elles étaient simplement munies d'un verrou intérieur, et leur poids suffisait à les maintenir fermées quand personne ne se trouvait dedans.

Un abri bien triste, une sorte de sinistre cuisine salle de bains dont seules deux banquettes en brique rappelaient vaguement sa vocation de lieu de survie pour le long séjour d'une famille entassée dans l'attente que le taux de radioactivité soit devenu assez bas pour pouvoir envisager une remontée à l'air libre.

Il a confié la décoration des lieux à Anneliese.

Elle a demandé à sa jeune sœur Berta de l'aider. Une courte femme qui témoignerait plus tard au procès Fritzl.

À sa sortie du palais de justice de Sankt Pölten, elle a été suivie par une escouade de journalistes, photographes et cameramen de toutes sortes. Elle était allée chez le coiffeur la veille. En résultait une teinture d'un blond jaune, une coupe en brosse sur le sommet du crâne, avec une pauvre queue-de-cheval dont l'extrémité grattait son cou. On l'interpellait en allemand, en anglais, et même en chinois et en arabe. Elle répondait volontiers quand elle comprenait les questions, faisant des haltes sur le chemin qui la séparait de la longue rue où était garée la vieille camionnette conduite par un acolyte de sexe féminin avec lequel elle était venue.

Nous l'avions suivie jusque-là. Les journalistes s'étaient évaporés les uns après les autres. Je l'ai rattrapée, Nina courant derrière moi. Je l'ai fixée, ses yeux à l'iris presque transparent, bleuté, son regard vide. J'ai posé ma main sur son bras et elle s'est mise à trembler.

– Vous descendiez souvent dans la cave ?

J'avais crié comme si j'espérais qu'elle comprendrait mieux le français en lui enfonçant à coups de marteau les mots dans le crâne.

– *Was ?*

– Dans la cave ?

Elle a grimpé dans la camionnette, sans écouter Nina qui lui traduisait la question d'une voix d'hôtesse.

Déjà au volant, son accompagnatrice a démarré en zigzag. Nous l'avons perdue de vue à l'horizon de la rue rectiligne.

Dès la découverte de sa nièce souterraine et de ses enfants, Berta avait abreuvé les médias. Longtemps, le salon minuscule de son modeste logement avait regorgé de journalistes.

– Mon beau-frère était un tyran.

Le reste de sa ritournelle était fait de souvenirs de la maison d'Amstetten. Un climat de violence où l'on humiliait et battait épouse et enfants. Christof avait même été hospitalisé à douze ans après que Fritzl lui eut cassé le nez en lui cognant le visage contre le mur de sa chambre.

– Vous n'avez pas porté ces violences à la connaissance de la police ?

– Dans notre région, à cette époque les hommes battaient.

– Pendant vingt-quatre ans, vous n'avez jamais entendu de bruits suspects ?

– Je ne passais pas ma vie là-bas.

D'ailleurs, les médias répétaient à l'envi que la cave était en béton et insonorisée à grand renfort de laine de verre. Une vérité imaginaire parmi d'autres. Chaque jour la probabilité que personne ne se rende compte de rien était faible, il aurait fallu l'élever à la puissance huit mille cinq cent seize, le nombre de jours qu'avait passés Angelika dans la cave. Une probabilité alors aussi dérisoire que celle de voir un litre d'eau devenir bloc de glace après un séjour d'une heure dans un four chauffé à blanc. Un miracle inventé par un mathématicien pour donner une idée de l'absurde.

Un an après le procès, la nouvelle identité d'Angelika et le lieu où elle vivait désormais ont été divulgués à la rédaction d'un tabloïd anglais qui a dépêché une équipe. Angelika a été photographiée dans les boutiques où elle faisait les soldes, écornant les quatre-vingt-dix mille euros que lui avait versés l'État autrichien pour la rembourser des allocations familiales qu'elle n'avait pas perçues pendant dix-neuf ans. La pression de l'ambassade autrichienne sur le Foreign Office avait été si forte que les clichés n'avaient jamais été publiés. On aurait pu penser que Berta n'était pas étrangère à la fuite.

Berta et Anneliese ont pris l'autocar jusqu'à Vienne. Elles ont choisi là-bas des tissus chatoyants, bleus, marron et rouges, moirés. Au retour elles se sont attelées à la tâche, accouchant en définitive d'une douzaine de petits coussins qui semblaient avoir été gagnés dans une foire, et de deux étroits matelas de bleu vêtus qui comportaient en leur centre une broderie de leur cru représentant une de ces cloches de cuivre dont on affuble le cou des génisses. Elles ont installé leurs œuvres dans l'abri.

Fritzl leur a presque donné un satisfecit.

– Ce n'est pas si laid.

Le 17 novembre 1979, les inspecteurs du ministère sont venus visiter l'abri. Le plafond était maquillé avec une couche de plâtre lissé et poncé qui lui donnait une mine de béton armé. Il en était de même des parois. Les efforts de décoration des deux femmes conféraient à l'endroit une allure d'improbable salon mauresque enfoncé par force dans une salle de bains où l'on aurait parachuté un frigo et un réchaud alimenté par une bouteille de butane dont les émanations auraient contribué à asphyxier les réfugiés.

Pas de placard pour entreposer des vivres, de l'eau irradiée pour étancher sa soif. Mais la déflagration aurait pulvérisé les canalisations et ce supplice leur serait épargné.

Au-dessus de la cuvette des toilettes, une grille d'où s'échappaient des bouffées d'air pulsées par un moteur électrique poussif. La gaine aboutissait dans le jardin au pied des cyprès qui bordaient la rue, prête à happer les becquerels pour mieux irradier la famille debout faute d'espace, remplissant à ras-bord cette poche de plâtre en attendant la fin de l'apocalypse.

Quand il agrandirait le souterrain, le moteur serait mort avant d'avoir servi. Le trou serait bouché. Il en percerait un autre dans la chambre de leur étrange domicile. Il donnerait sur un vide qui irait mourir dans la chaufferie. Fritzl prendrait rapidement la décision de l'obstruer à son tour, mais en y collant son œil les jours de délire Angelika imaginait qu'elle voyait la maison et la ville.

Les deux inspecteurs ont trouvé l'endroit à leur goût.

– Vous avez fait du bon travail, monsieur Fritzl.

Il les a remerciés en dodelinant du chef, petit sourire d'enfant récompensé découvrant ses dents mouchetées de fragments rosâtres du duo de saucisses de Francfort qu'il avait mâché au déjeuner.

Le 1er décembre, un gendarme est venu lui apporter le document qui attestait que ce réduit venait d'être officiellement enregistré sous le numéro 0089778 au titre d'abri répondant aux normes antiatomiques établies par le ministère des Armées.

Désormais, Fritzl a eu la cave en tête. Une boîte qu'il pouvait visiter éveillé ou rêvant. Angelika lui appartiendrait un jour, il l'emporterait. Il la mettrait dans cette cage comme un papillon attrapé avec un de ces filets de couleur qu'il scrutait dans son enfance à travers la vitrine du magasin de jouets d'Amstetten.

Il s'accouplerait au papillon qui pourrait toujours essayer de battre l'air rare de ses ailes piquées au sol. Pas un papillon, sa mère retrouvée qu'il pourrait sauter comme une putain volée au bordel. Ce rêve s'échappait parfois de la boîte, voletait dans sa tête, tombait comme une masse, puis tournoyait à nouveau sous le crâne comme une noyée dans un tourbillon d'eau grise.

Quand elle partait pour l'école, il observait Angelika par la fenêtre. Il avait demandé à Anneliese de lui interdire jeans et autres pantalons. Elle s'en allait au cœur de l'hiver dans une jupe étroite, courte, la seule que sa mère ait trouvée plus ou moins à sa taille en fouillant la maison, car il lui avait refusé tout budget pour en acheter une. Il pouvait ainsi avoir accès à son corps sans préavis, sans préambule, son doigt furtif pénétrant la vulve comme un hameçon la bouche d'un poisson.

Elle était comme nue. Cette chair à vif sous la toile.
– J'avais l'impression d'être un petit animal dont il aurait pu ne faire qu'une bouchée.
Fritzl avait répliqué.
– Je te respectais en ce temps-là. J'ai commencé à te faire l'amour quand tu as été dans la cave.
– Violer, tu appelles ça faire l'amour ?
Il ne lui a pas répondu. Maître Gretel est monté au créneau.
– C'est une manière poétique assez répandue de dire qu'on a eu un coït.
La présidente a suspendu la séance un quart d'heure afin de permettre à tout le monde d'aller pisser.

Il lui suffisait souvent de la regarder trotter, courir, s'enfuir sur le chemin de l'école. Elle se croyait hors de portée après avoir tourné le coin de la rue, mais il l'avait déjà harponnée du regard et jetée dans cette boîte où son simulacre poussait des hurlements dans le noir en entendant claquer la porte.

Pendant les cours, elle avait peur des vitres luisantes comme des yeux et croyait voir des sexes grouillant comme nœud de vipères en ouvrant la fermeture à glissière de sa trousse. Elle ne supportait plus de jouer au football et à tous ces jeux de garçons au cours desquels les corps finissent toujours par s'entrechoquer.

À treize ans, elle n'était plus vierge. Depuis quelques mois, le sexe de son père avait achevé la besogne. Pas de sang, il avait perlé des mois plus tôt quand ses gros doigts avaient percé l'hymen.

Il continuait à surgir chaque nuit, mais à présent elle ne dormait plus que du sommeil léger de la sentinelle. Le moindre craquement l'éveillait. Elle le découvrait planté devant son lit éclairé par la lampe de chevet qu'elle rallumait par peur du noir quand Anneliese avait fini sa tournée des chambres avant d'aller se coucher. Il ne prenait pas la peine de l'éteindre, le plaisir était intense de voir et de se savoir vu. Le sperme répandu, il l'abandonnait. La marque de ses griffes sur sa peau et le bleu des coups.

Elle se débattait parfois et mordait quand elle pouvait comme un chien mal dressé. Ses gesticulations, ses cris rappelaient délicieusement à son père qu'il était bien en train de la violer. Un viol domestique, familial, mère et fratrie silencieuses, complices, veules, chacun rassuré que pendant le sacrifice on ne s'en prenne pas à lui.

Dans la journée, il la pourchassait pour le plaisir. Un fermier qui tiendrait à courir après ses poules en promenade dans le jardin avant de leur tordre le cou au lieu de les occire sans histoire dans le poulailler. Il était partout, à chaque instant elle le devinait dans l'ombre. Il se cachait, ou apparaissait soudain se détachant de la foule, petit piéton grossissant, fondant sur elle, la prenant par la main, souriant, l'emportant comme un père.

La porte de la salle de bains était tout aussi vétuste que les autres portes de la maison. Fendue en son milieu, voilée, il fallait la claquer fort pour la fermer.

– J'en ai assez de cette porte bancale.

Anneliese avait la faculté de ne voir ni la crasse ni le délabrement.

– C'est pourtant une bonne porte.

– Je vais la changer.

Un amoureux des portes, des couvercles, des trappes à secret. La porte a été démontée, débitée, brûlée au fond du jardin. Pendant quinze jours, un trou béant. Anneliese n'en avait cure car elle fréquentait rarement cette pièce, préférant le lavabo jauni du cabinet de toilette attenant à sa chambre. Avant de se doucher, Angelika faisait un tour par le garage pour s'assurer que la voiture de son père n'était pas là.

Il s'en était aperçu. Un jour il était apparu quand même dans l'embrasure, avec derrière lui l'obscurité du couloir. Une apparition fugitive, avant de s'en retourner comme il était venu. Juste le temps de lui administrer la preuve qu'il possédait le don d'ubiquité.

Un samedi matin, la famille a constaté que faute de porte, un rideau en perles de verre avait été posé dans la nuit. Un rideau transparent, immobile comme une mer d'huile, une myriade d'images minuscules à portée d'œil.

– On gagne de la place, j'en avais assez de voir cette porte grande ouverte au milieu du couloir.

Personne n'était convaincu, tout le monde s'est tu.

Angelika prêtait l'oreille avant d'ouvrir les robinets de la douche. Jamais un bruit suspect, la rumeur ordinaire des conversations et des déplacements de la maisonnée. Il arrivait à Fritzl de quitter ses chaussures pour l'approcher. Il glissait sur le carreau comme un chat. Il se postait derrière le rideau, sa silhouette à travers l'écran de perles à peine perceptible sous la buée du miroir.

Elle le soupçonnait sans jamais l'avoir entendu venir. Une présence quelque part de l'autre côté de la paroi translucide de la cabine mouchetée d'éclaboussures de savon et de gouttes. Elle le soupçonnait même quand il n'était pas là.

Il lui arrivait de signaler sa présence en caressant le rideau comme une harpe. Une sordide mélodie de billes entrechoquées. Elle fermait l'eau pour s'assurer que c'était bien ce bruit qu'elle avait entendu. Parfois il n'y avait personne, elle se demandait s'il avait touché le rideau avant de disparaître, s'il s'était tapi dans l'ombre du couloir ou si la mélodie était remontée du fond de sa mémoire pour l'halluciner.

Le plus souvent elle voyait sa tête apparaître, disparaître, ou son sexe déhoussé, dur, pénétrant dans la pièce et retournant en coulisse comme un guignol. Il ne surgissait pas toujours, il se retirait quelquefois inassouvi en ricanant.

Il avait déjà pris l'habitude de quitter la surface pendant une matinée, une journée, une nuit entière. Il descendait dans l'abri avec un sentiment de liberté, de toute-puissance, comme un enfant grimpe dans la cabane qu'il a construite en haut d'un arbre. Il s'immergeait, cuisinant son frichti sur le réchaud en laissant la trappe entrouverte, sirotant sa bière, dormant sur une banquette, son postérieur écrasant la cloche à bovin.

Il dormait comme un bébé loin du jour qui tombe, du soleil qui se lève. Trop longtemps. Des sommes qui pouvaient durer quatorze heures, lui le petit dormeur toujours levé aux aurores. S'il n'avait pas mis le holà en se faisant réveiller par le bip-bip de sa montre électrique, il aurait peut-être enjambé les jours comme des années plus tard le ferait parfois sa famille d'en bas.

Il aimait vaquer dans cet espace minuscule, s'asseoir sur un tabouret, sur l'autre, lisant un article scientifique, lâchant tête en l'air un rot triomphant pour l'entendre résonner entre les murs, respirant même des bouffées de butane qui le rendaient euphorique jusqu'à atteindre cet état d'imbécillité recherché par les toxicos. Il habitait enfin le terrier où il allait bientôt propager son espèce.

La proie prenait chaque année plus d'envergure, comme les volailles élevées en batterie deux cents grammes par semaine. Fritzl la voyait grandir avec une joie d'éleveur, des seins flambant neufs, des fesses rebondies. Il flattait parfois sa croupe en passant, d'une de ces tendres tapes dont un président de la République flatte la croupe d'une vache en visitant le Salon de l'agriculture. Il aimait cette femme qui poussait en elle, cette Annette peu à peu retrouvée.

Angelika avait quatorze ans, elle s'endormait parfois en classe et se réveillait brusquement en silence avec sur le visage comme les stigmates d'un cri évanoui. Un cauchemar continu qui sourdait en elle et dont s'ouvraient les vannes à chaque fois qu'elle fermait les yeux.

Fritzl avait vite renoncé à lui faire imposer par Anneliese le port de la jupe. La gamine s'était révoltée, et puis le pantalon avait le mérite de cacher les traces de coups de pied, les ecchymoses que laissait sur les tibias la pointe des godasses du père.

Une enseignante fraîche émoulue l'a abordée un jour dans la cour de récréation.

– Que vous est-il arrivé, Angelika ?

Angelika a remonté le col de son pull pour cacher sa bouche. L'enseignante lui a pris la main, la découvrant.

– Qu'est-ce que vous avez là ?

La lèvre supérieure était fendue.

– Qui vous a fait ça ?

Elle aspirait ses lèvres pour dissimuler la plaie.

– Qui ?

L'enseignante l'a secouée. Et comme Angelika ne répondait pas, elle l'a secouée encore et l'a poussée contre la grille.

– Vous allez parler ?

Elle l'a tirée par l'oreille et elle a continué quand les

larmes ont commencé à couler. Une violence à laquelle Angelika était accoutumée. Quelque chose de tendre comparé aux coups de son père, aux torgnoles et aux raclées d'Anneliese.

– Vous allez me le dire ?

La femme a hurlé.

– Qui ?

– C'est papa.

L'enseignante qui lâche l'oreille et s'en va d'un pas de soldat. Un signalement au directeur de l'école. Un rondouillard bien embarrassé qui craint de faire des vagues susceptibles de l'amaigrir à force de déferler sur lui et de l'user.

– Les enfants mentent, sachez-le.

– Et si elle ne ment pas ?

– Son père est un peu impulsif.

Comme elle insistait, il a griffonné sur un chiffon de papier.

– C'est noté, je vais à tout hasard le signaler aux services sociaux.

Elle a quitté le bureau. Il a composé le numéro de la maison Fritzl. Anneliese a décroché. Une dénonciation en règle.

– Ces mensonges sont nuisibles à la réputation de notre école.

Une menace de renvoi. Redoutant une colère qui pourrait l'endommager tout autant que sa fille, Anneliese n'a rien dit à son mari. Ce soir-là, Angelika s'est couchée avant son retour.

– Elle a mal au ventre, sûrement encore ses règles.

Fritzl a fait une grimace de dégoût. Il ne l'a pas visitée cette nuit-là.

Anneliese l'avait tabassée en évitant de toucher le visage et les bras. Trois jours après ont commencé les vacances de Pâques. À la rentrée, l'enseignante avait vu sa demande de mutation à Vienne exaucée soudain par l'administration.

La vie quotidienne, un tapis roulant qui va son train à tombeau ouvert. Angelika dessus qui ne voit pas la cave là-bas au bout dans laquelle elle tombera comme tête de condamné dans le panier de son. On appelait bien le bagne de Cayenne la guillotine sèche. Cayenne, une île ensoleillée, et même les fillettes de Louis XI laissaient passer l'air des meurtrières à travers les jours du treillis.

Fritzl a fait pousser une famille dans une boîte, une serre opaque à sept pieds sous terre, et la terre qui continue à tournoyer dans l'espace.

Quinze ans, seize ans, un compte à rebours aux chiffres qui marchent sur la tête. L'inceste qui n'empêche pas de découvrir l'amour. Le viol n'était pas l'amour, et à cette époque son père n'était pas son amant. À chaque fois qu'il la possédait, elle avait seulement l'impression qu'il la battait plus fort. Des coups qui la pénétraient à chaque coup de reins. Des caresses comme des beignes, cette sensation d'étouffer comme si on lui enfonçait une matraque dans la bouche, de subir le supplice du pal dont on parlait à mots couverts dans son manuel d'histoire. Elle lui abandonnait son corps pour moins souffrir.

À la fin, c'était indolore. Elle ne sentait plus rien, ses larmes ne coulaient pas. Elle était assommée, elle s'était donnée en pâture, il la consommait comme un affamé sa ration. Elle s'absentait, et ne revenait à elle qu'après la propulsion du sperme. Il quittait aussitôt son corps comme on quitte un caleçon, une chambre, la table quand on s'est trop goinfré. Alors elle sanglotait, sans bruit, dans l'intimité de ses mains serrées, comme après les trempes d'Anneliese.

Elle n'avait pas plus d'expérience sexuelle qu'une femme battue de la bagarre. Une gamine violée que personne n'a encore aimée, qui n'a jamais joui, une gamine vierge des plaisirs du sexe. Une gamine intriguée sur le seuil de la première fois, intimidée, désir et peur entremêlés, cœur battant.

Elle s'amourache d'un grand adolescent, cheveux noirs, yeux bleus, qui se prend pour un poète à force de ressembler à Rimbaud. Il écrit des poèmes sans rimes, à la grammaire et à l'orthographe fautives, sortes de récipients difformes, percés de trous par lesquels rien ne s'échappe, car le vide ne sait pas couler.

Son nom, Hans Fennart, fils d'un plombier d'Amstetten.

– Je l'aime, on va s'en aller.

– Où ?

– Partout, on ne se laissera pas piéger en restant quelque part.

Son amie Barbara qui se met à rire. Une brouille s'ensuit. Elles s'évitent pendant quelques jours.

Angelika connaît avec Hans ses premiers émois. Un flirt, des caresses presque chastes, et quand il s'enhardit elle écarte sa main en rougissant. Une lenteur, une idylle qui prend son temps, et la jeune fille timide qui sort bouillante de la chambre de l'amoureux sans avoir succombé.

Au bout de six mois, il est parvenu à ses fins. Une vulve contractée, qui finalement se détend, laisse passer le sexe. Un petit cri, comme si l'hymen s'était reformé et rompu une deuxième fois. Elle s'endort contre sa poitrine, ses mains dans les siennes, le bonheur qu'elle tient à bras-le-corps. Elle n'est plus là-bas, elle est un petit morceau d'éternité et on lui a dit au catéchisme que l'éternité n'en finit jamais.

Ils se réveillent au crépuscule. L'appartement ne contient qu'eux, la mère a disparu sans laisser de trace quinze jours après la naissance de Hans et le père semble avoir épousé les fuites, tant il n'est jamais là, alors qu'on ne lui connaît pas de maîtresse et qu'il ne fréquente pas les bars.

Ils se promènent au salon main dans la main. Une

balade entre les meubles qu'ils contournent comme les arbres. Deux corps nus qui ne se savent pas ridicules de circuler pendant un quart d'heure dans vingt-cinq mètres carrés. Angelika s'en souvient encore. Même après une guerre, des séances de torture, des années de captivité, les martyrs n'oublient pas leur première fois.

Le soir, Fritzl avait remarqué son regard serein, sa figure détendue, et cette façon nonchalante de se déplacer. Elle semblait purifiée. Dissipé le nuage d'angoisse qui d'ordinaire la suivait, la précédait, l'entourait, à travers lequel on la voyait. Il avait compris que quelqu'un l'avait aimée.

Il l'avait déjà bousculée quand elle était rentrée.

– En retard, encore. Il n'y a qu'en enfer où tu arriveras à l'heure.

– Il est juste sept heures.

Une pression sur sa poitrine, et son crâne a rencontré le mur.

Il l'a traitée de petite pute pendant le dîner. Anneliese a surenchéri.

– À force de traîner, aucun homme ne voudra t'épouser. Les gars n'aiment pas se marier avec les filles qui puent les autres.

Elle a renversé son verre, elle a quitté la table. Sa mère l'a poursuivie, on l'a entendue crier puis claquer la porte de sa chambre.

Fritzl a continué ses visites nocturnes, son harcèlement, ses filatures. Il l'attendait parfois sourire aux lèvres au pied de l'immeuble de Hans, la ramenant à la maison, serrant son bras dans sa main à laisser sur la peau l'empreinte bleue de ses doigts.

Sitôt la porte de la maison refermée, des crises de jalousie sans reproches, sans insultes, presque silencieuses, n'était le bruit des coups.

Un dimanche en fin d'après-midi, elle sortait encore engourdie de l'appartement de Hans. Elle a appelé l'ascenseur. Fritzl lui est apparu peu à peu quand les battants se sont ouverts. Il l'a attrapée comme un dû. Elle n'a pas crié quand il a bloqué la cabine entre deux étages. Il l'a violée.

Anneliese la traitait quotidiennement de putain, sans raison particulière, comme une femme subjuguée dit à tout bout de champ *je t'aime* à celui qui partage sa vie. Elle la giflait machinalement en la rencontrant dans la cuisine, en la croisant dans le couloir.

Fritzl l'avait dénoncée, elle savait même le nom du coupable.

– Un fils de plombier, pourquoi pas la prochaine fois un enfant trouvé ?

Elle détestait les histoires d'amour, s'unir sans autre préméditation que de grappiller des instants de bonheur lui semblait pure débauche, perversion, une activité de bordel. Les histoires d'amour, des contes de fées sordides remplis de clochards déguisés qui lui enlevaient ses enfants. Elles étaient le symptôme de l'âge adulte qui s'approchait, de cette liberté dont avaient usé au lendemain de leur majorité ses trois premiers enfants. Ils avaient quitté le nid, et puisque désormais elle n'avait plus aucun pouvoir sur eux, elle les avait immédiatement oubliés.

Un besoin de possession, de règne. Le même qui habitait Fritzl. Elle aurait mis bas jusqu'à sa mort si l'époque de sa fertilité avait duré autant que sa vie. Quand il lui montait un enfant de la cave, elle ne s'extasiait ni ne le trouvait mignon ou gentil. Elle s'en emparait comme d'un paquet des mains du facteur. Elle le tenait fermement dans ses bras et le posait sur le vieux canapé sans un baiser.

Elle montait au grenier chercher le berceau familial

qui datait des années 1930, berceau où elle avait braillé jadis, succédant au frère aîné mort à dix-huit mois d'une méningite, avant que sa sœur ne l'occupe à son tour, puis tous les enfants sortis de ses entrailles. Quand elle avait eu les jumeaux, une tante lui avait prêté un deuxième berceau. Elle le lui avait rendu puant le chlore dont elle l'avait aspergé pour lui manifester sa passion de l'hygiène et de l'asepsie dans cette région où l'on vend peu de savon et où les déodorants passent pour des produits de luxe.

Elle descendait avec le berceau rempli de biberons, de goupillons, de tétines portant la marque d'une pléthore de gencives et de dents de lait, de grenouillères tachées de rouille, pas encore assez ravaudées pour n'être pas en maints endroits trouées. Un équipement complet, triste comme le kit attribué au prisonnier le jour de son incarcération.

Elle dénudait l'enfant, jetait la couche-culotte pour la remplacer par des langes en tissu qu'elle attachait sur le côté avec une épingle de nourrice. Elle accumulait les langes souillés dans une poubelle en plastique, les lavant une fois par semaine, les étendant fièrement dans le jardin comme les drapeaux d'un territoire récemment conquis.

Elle préférait les nourrissons, obéissants sujets incapables de prendre la fuite et dépourvus du premier vocable pour la contredire. Ils restaient là où elle les laissait, pareils à des hérissons qu'on a retournés et qui couinent posés sur leurs épines sans espoir de retomber sur leurs pattes.

Mais ceux que lui remontait Fritzl n'étaient plus des poupons. Des agités qui ne tenaient pas en place, déjà assez grands pour recevoir des tapes. Elle les sanglait dans la poussette. Elle les promenait avec un sourire de propriétaire dans les rues d'Amstetten. Elle se plaignait aux commerçants de cette roulure qui se faisait engrosser dans une secte par des illuminés.

– Une secte. Enfin, appelez ça comme vous voudrez. En tout cas, comme vous voyez, ce n'est pas un couvent.

Elle montrait du doigt le contenu de la poussette.

– Heureusement, le docteur nous a certifié que ce bébé n'avait pas le sida.

– Vous êtes bien malheureuse d'avoir une fille pareille.

– En plus, on nous refuse l'adoption. Comme si elle allait revenir un jour.

Les autorités avaient consenti en 1992 à leur accorder l'adoption de Sophie. Deux années plus tard, on leur avait refusé l'adoption de Sabine. Quand Julius était apparu comme ses sœurs sur le seuil de la maison, Fritzl l'avait prévenue qu'il ne se risquerait pas à faire une autre demande.

– Les fonctionnaires sont soupçonneux comme des nazis.

Aucune enquête malgré tout, la police autrichienne n'aime pas fourrer son groin dans les secrets des familles. Maltraitance, inceste, abandon, tout cela ne sent pas bon, et remuer ce linge sale pollue plus encore l'atmosphère que les incinérateurs d'ordures ménagères.

Un journal local s'était autorisé un article. Le rédacteur s'étonnait qu'à Amstetten les enfants poussent comme des champignons sur le seuil de la famille Fritzl. Il se demandait pourquoi on n'avait pas recherché la mère, puisque depuis le massacre dans un pays frontalier en octobre 1995 de quarante-huit personnes appartenant à la secte du Temple du Soleil, l'Autriche prétendait lutter activement contre les religions parallèles et n'hésitait pas à emprisonner leurs grands prêtres.

Les services sociaux avaient haussé les épaules quand la télévision était venue les interviewer, et la mairie avait éclaboussé de son rire la lentille de la caméra que le cadreur avait dû déjà entourer d'un sac en plastique éventré pour la protéger de la pluie battante. Le sujet a été monté, mais jamais diffusé tant il paraissait burlesque avec ces personnages qui tenaient à la fois de Buster Keaton et de Harold Lloyd.

Après deux mois d'amour, Angelika a rompu avec Hans qui s'est consolé en devenant homosexuel. Elle avait dix-sept ans. À la rentrée de septembre, elle a quitté l'école. Fritzl avait décidé que son manque d'ardeur pour l'étude l'empêcherait d'obtenir le moindre diplôme.

– Tu es paresseuse, ignorante et bête comme une bonniche.

Elle a fait un stage dans une brasserie où elle a rencontré Thomas Ferten, un jeune homme de vingt-quatre ans qui l'a séduite avec ses dreadlocks d'un blond nordique et son visage pâle comme du coton.

– Une sorte de rasta viking.

C'est ainsi qu'elle l'avait décrit à Barbara.

– Il va m'emmener quelque part.

– Où ?

– Je ne peux plus rester ici.

– Tu devrais donner ton père à la police.

– Il me tuera en sortant du commissariat.

– Tu pourrais envoyer aux flics une lettre anonyme ?

Depuis l'an passé, Barbara connaissait en détail la conduite incestueuse de Josef Fritzl. Angelika s'était laissée aller un soir dans un bar de la place que les grands élèves du lycée fréquentaient en sortant des cours.

– En plus, il m'oblige à descendre dans la cave.

Elle se débattait, mais il la catapultait dans l'escalier que de gré ou de force elle dévalait. Il la poussait de porte en porte jusqu'à l'abri où il consommait paisiblement l'inceste.

Son forfait accompli, il somnolait sur la banquette. Il l'entendait courir dans le souterrain claquant les portes derrière elle pour retarder l'instant où il finirait par la rattraper. Il sortait lentement de sa léthargie, et le plus souvent ne prenait pas la peine de la poursuivre. Il préférait savourer le souvenir du plaisir qu'il venait de prendre. Il allumait le réchaud et se préparait un café. Il le buvait à petites gorgées en fixant le mur en face de lui qu'il trouvait beau comme un rêve.

En prenant la fuite, elle courait après l'air, la lumière, les bruits rassurants de la ville. Mais lorsque le crime se produisait dans la maison, elle demeurait inerte, repliée dans un coin du lit, au fond de la douche, sur le siège des toilettes où faisant sauter le loquet d'un coup d'épaule il l'avait surprise recroquevillée. Il laissait la porte ouverte pendant son forfait. Sa mère et ses frères et sœurs évitaient de s'engager dans le couloir ou reculaient vers leur chambre. Elle ne bougeait pas, elle n'aurait pas su où aller dans cette maison sourde.

Thomas avait une moto. Une fugue le 16 juin 1984. Pas de valise, deux sacs à dos. Deux mille schillings dans le jeans d'Angelika, cinq mille dans le blouson du mec. Un départ à vingt-deux heures après la fermeture du restaurant. Partir, tracer, libres comme un bateau en pleine mer, foncer dans les rues silencieuses de Linz, se garer sous une enseigne aux néons cacochymes.

Un petit hôtel sans étoile, et comme dans un film noir un vieux portier louchant les dévisage derrière un verre de gnôle qu'il tient devant son œil comme un monocle.

– Payez d'avance.

Thomas tire les billets de sa poche. Ils montent l'escalier au tapis rouge râpé, barrette de cuivre à chaque marche. Ils entrent dans la chambre petite comme un boudoir. Tout est vieux, tout est beau. Le mauvais goût a une saveur, ils aiment jusqu'aux trous creusés par les mites de la courtepointe grenat. Les draps de lin rugueux, plus vieux que leurs arrière-grands-parents. Ils dégagent une odeur de temps.

Lit grinçant, un lavabo rose derrière un rideau de toile cirée écossaise, une table de bois marron, des prénoms gravés, des cœurs, des imprécations, des insultes, sur laquelle ils posent leurs sacs. La chambre donne sur une cour étroite, un frigo rouillé dans un coin, un puits désaffecté en plein milieu. Ils sont déjà nus quand ils aperçoivent en face les gros yeux d'un homme debout devant sa fenêtre ouverte. Ils éclatent de rire et le type s'écroule sur lui-même comme si on venait de lui voler son squelette. Une disparition, une flaque bonne à tremper sa carpette.

Nuit d'amour. L'exaltation de dormir à l'hôtel pour la première fois de leur vie.

Une nuit d'été pressée de détaler comme un nuage. L'aube tombe du ciel. Le soleil à travers les persiennes. Le linoléum déjà tiède luit.

– Entrez.

Ils sont étonnés de voir arriver une femme en tablier avec une cafetière sur un plateau. Ils mangent les croissants, arrosent le pain de miel. Ils font l'amour, les miettes grattent le dos d'Angelika. Ils s'aspergent devant le lavabo. Ils partent avec leurs sacs sur le dos. La femme en tablier assise derrière le comptoir les regarde passer. Ils tombent à pieds joints dans la rue.

Un enfant se bouche les oreilles quand passe la moto devant lui. Ils se perdent, les rues se ressemblent, les carrefours se traversent en frôlant les voitures enchevêtrées, puis la route sous le soleil.

Angelika enlève son casque pour profiter du vent. La campagne, la montagne, les pâturages et les vaches ruminant l'herbe comme des philosophes des spéculations métaphysiques.

La moto couchée au bord d'un champ. L'amour vite fait en écrasant les marguerites et les coquelicots. Les voitures qui passent sans les voir, ou ralentissent à peine tant elles sont délicates, polies, discrètes, peu effarouchées par ces deux corps lisses, chauds, en nage, dont on s'attend à tout instant que s'élève un halo tant ils suent sous ce soleil à cuire les œufs dans le cul des poules.

Les vêtements qui collent à la peau, les chevelures qui sèchent à cent vingt à l'heure au-dessus du goudron en chaleur, fondu, miroir noir où ils croient voir se refléter le bleu du ciel.

Les panneaux qui passent, la petite route qu'on emprunte pour rester dans l'axe du soleil. Sous la semelle de goudron usé on voit la terre. Les dérapages sur des traces de boue, l'exaltation d'Angelika de se rapprocher du sol. Pas de risque de mourir, de tomber, d'écraser son visage.

Les sauts par-dessus les dos-d'âne, les yeux en l'air, la bouche ouverte pour boire l'atmosphère, la vider comme un verre et devenir vivant. Rien n'est inerte, une brise se charge d'animer les images, l'herbe tremble sur les montagnes, on voit pousser les arbres, les rochers, et les cailloux clignotent. Entre les cuisses la moto vibrante et torride.

Un hameau, une fontaine qui crache dans un tronc évidé. Une ferme abandonnée, écroulée, des oiseaux égarés volent à tout va dans la grange qui a perdu son toit. Un tracteur sans moteur, tas de rouille, des restes de pneus devenus bruns comme peau de marin. Des manches d'outils, des outils qui ont perdu leur manche, une brouette sans roue à laquelle il manque une patte. La poussière dans leur dos, gerbe derrière leur bateau. Angelika serre Thomas, elle humide et lui le sexe en proue.

Un village, des vieillards attablés en culotte de peau sur une terrasse en ciment posée sur des pilotis de caillasse. Une auberge qui semble maigre tant elle est étroite avec son toit pointu d'ardoises. Un magasin à grande vitrine où l'on vend des télés, des radiateurs électriques et au fond des vêtements à dominante bleue.

La moto s'arrête un peu plus loin, devant un de ces bars modernes bâtis dans les années 1950, remplis de tabourets, de chaises, de tables en formica. Face à face, chacune clouée sur son mur, une publicité pour Pepsi et l'autre pour Coca qui se regardent en chiens de faïence.

Des bières, des saucisses, des bières. Un petit tour à pied en titubant dans la rue. Un joint déjà roulé, fripé, oublié au fond d'une poche. Des bouffées, la fumée sort des narines, et le silence change de bruit. Un silence de plein midi, des insectes, des pépiements, des voix dont on ne distingue ni l'âge ni le sexe. Maintenant tout devient net, l'oreille absolue du chef d'orchestre qui entend séparément chaque instrument. Il leur semble distinguer au loin la conversation d'un couple. Ils avancent, ils s'en rapprochent assez près pour se reconnaître, se rejoindre et ne plus éprouver cette sensation bizarre de s'entendre causer loin devant. Ils rient, ils ont soif, ils sont déjà de retour dans le bar et la bière leur semble bue au fur et à mesure qu'elle coule du fût.

L'autoroute retrouvée, un arrêt au poste à essence. Le pompiste les voit descendre de la moto au ralenti et puis marcher par saccades. Ils se tiennent à un poteau, ils se laissent tomber. On dirait qu'ils dorment emmêlés.

La moto est à terre, le pompiste la relève et tire la béquille. Il prend un arrosoir, il hésite à les tremper pour les ramener à la réalité. Il abandonne, hausse les épaules en retournant dans sa cabine écouter un concerto de Brahms. Une musique dont il a étudié la partition au conservatoire avant d'enterrer sa carrière de violoniste après avoir perdu l'index de la main gauche en aidant son père à débiter du bois avec une scie mécanique dont le disque denté s'était envolé avec son doigt.

Ils finiraient bien par se relever, ils retrouveraient le sens de l'équilibre en roulant. D'ailleurs, ils étaient debout déjà. Ils avaient rempli le réservoir. Il les voyait partir sans payer. Il leur aurait couru après, mais ils avaient disparu en swinguant dans un flot de camions.

Des petites villes, gros bourgs gonflés d'orgueil avec leurs vieux bastringues qui se prenaient pour des opéras et leurs églises mastoc en stuc titrées cathédrales sur des panneaux de tôle rouge et or.

Ils avaient oublié leur cuite depuis longtemps. La bière

était bonne dans cette brasserie posée au milieu d'une place comme si elle était là depuis les Mérovingiens et que maisons et rues aient poussé autour d'elle.

Ils se regardaient devenir à nouveau gais, la bière tombait dans leur ventre comme du bonheur. Les quelques joies d'enfant dans la mémoire d'Angelika lui semblaient fades, mesquines, des courants d'air comparées à l'ouragan de l'alcool et de l'amour.

Ils avaient vu cette scène dans un film italien. Faire l'amour en pleine rue, dissimulés derrière la bâche kaki d'un chantier. Entendre les moteurs, les conversations des passants, les coups de freins, les cris des enfants courant à toutes jambes comme s'ils voulaient attraper l'infini.

Pas de bâche, pas de chantier, comme si on venait de livrer la ville la semaine passée. Les façades grises vieillies en usine comme du bronze, et les décorateurs qui la nuit dernière avaient tiré sur les trottoirs à la chevrotine pour les grêler d'impacts afin de leur enlever la vulgarité du neuf.

Un affreux canapé violet, toile mûre, effilochée, abandonné dans une ruelle trop étroite pour laisser passer la benne des éboueurs. Des fenêtres ouvertes, pas d'humains sur les balcons, un chat qui dort au soleil dans son panier contre la balustrade en fer forgé, au quatrième étage un perroquet qui jure dans sa cage.

– Tu crois ?

Thomas était un garçon timide, il rougissait encore si on lui parlait haut.

– C'est mieux quand on a pas le droit.

Elle le pousse, il chancelle sur le canapé. Elle tombe sur lui, une jeune fille comme un paquet emballé dans un jeans. Les vêtements tombent par terre, froissés comme le papier dont les enfants se foutent quand ils tiennent enfin dans leurs mains les cadeaux.

L'amour n'importe comment, s'ils jouissent ils ne s'en rendent pas compte tant ils rient. Ils ne savent pas s'ils recommencent ou s'ils continuent. Le plaisir d'entendre un homme les encourager en débitant des grossièretés, le timbre d'un vélo poussé par une femme qui glousse, et le perroquet les menacer d'appeler la police.

Ils finissent par se rendre compte que le perroquet n'avait pas une voix si grave, qu'il persistait à jurer de son côté comme si de rien n'était. Et puis partout des pas qui se rapprochent, le vacarme d'une cohue autour d'eux. Des badauds réjouis, un peu voyeurs, venus de la rue adjacente par l'odeur alléchés, ou prévenus par le téléphone arabe en ce temps où n'existaient pas les portables. D'autres comme des furies, ils hurlent à plein gosier et les deux jeunes gens commencent à recevoir les premiers crachats.

Le soir dans le lit de cette chambre d'hôtel de la banlieue de Vienne, ils recommencent à rire en se remémorant le pugilat, les vêtements piétinés ramassés de justesse, la fuite sous les invectives et les quolibets. Le démarrage chaotique de la moto traînant une harpie accrochée à la cuisse d'Angelika.

Le bonheur de la liberté reconquise, les feux rouges brûlés, les piétons s'éparpillant pour ne pas mourir. La course-poursuite avec l'armée de flics qui les talonne et après chaque trottoir sauté comme un tremplin l'impression d'atterrir et de redécoller aussitôt comme un avion de cirque aérien.

Vienne qui se profile et ils se fondent dans le trafic de la Mariahilfer Strasse. La police n'avait jamais été à leurs trousses, ils l'avaient inventée pour se faire le plaisir d'avoir vécu dans un thriller.

La police les a arrêtés le lendemain sur le Schotten Ring pour excès de vitesse. Ils ont eu peur des motards qui les auraient rattrapés. Ils se sont rangés sur la bande d'arrêt d'urgence.

– Contrôle d'identité.

Fritzl avait déclaré Angelika disparue. On l'a interpellée, on la lui a rendue.

Quatre jours de liberté, d'absolu bonheur. Elle les a emportés dans la cave. Des souvenirs d'air, de soleil, de vent, d'amour. Pas grand-chose d'autre pendant vingt-quatre années pour faire de beaux rêves.

Les flics devant la maison. Ils sonnent. On enlève les menottes à Angelika. Anneliese signe le procès-verbal pour prendre livraison de sa fille. Elle attend que la voiture démarre sirène au vent pour éloigner un camion qui bouche le coin de la rue.

Elle la gifle d'abondance, la monte à l'étage. Elle la bat là-haut. Angelika pleure en silence, pas un cri, seul le bruit des coups résonne dans la chambre. Elle s'abandonne, un reste de culpabilité l'empêche de se révolter. Elle titube, se laisse tomber sur le lit quand sa mère quitte la pièce à bout de souffle.

Fritzl est en voyage d'affaires à Berlin. Anneliese a fermé les volets de la chambre, Angelika est consignée dedans. Sans un mot, elle lui apporte de temps en temps le reste des plats. Quand Angelika essaie de lui adresser la parole, elle la fait taire d'une claque. Frères et sœurs respectent la consigne, ils se taisent en passant devant sa porte et ne répondent pas à ses chuchotements qui se faufilent entre la porte et le plancher.

On l'a mise à l'isolement. Elle regarde le ciel à travers les fentes des persiennes. La première nuit, elle entend Thomas qui l'appelle depuis la rue. Elle n'ose pas répondre. Elle le regarde, il voit sa silhouette se détacher dans l'encadrement. Il revient le lendemain et elle lui jette un mot par une fente. Le vent l'emporte, il court mais le bout de papier disparaît dans le jardin des Fritzl.

Anneliese le retrouvera au matin. Il est humide de rosée, l'encre bave. Elle parvient à déchiffrer un lambeau de phrase.

... et m'emmener loin de cette maison de fous.

L'arrivée de la mère dans la chambre. Elle crie, frappe, secoue. Elle a déjà appelé Fritzl à son hôtel.

– Mets-la au frais dans la cave. C'est une enragée comme ma mère.

Elle l'attrape à pleines mains.

– Ton père a raison, c'est toi qui es une folle. Les folles on les enferme.

Angelika se débat. Elle donne à sa mère un coup sur le front avec la lampe de chevet en tôle rouge. Anneliese bat en retraite, parvenant de justesse à fermer la porte à double tour après la lui avoir claquée au nez.

Elle revient peu après avec Christof, treize ans et déjà un petit homme assez costaud pour lui servir d'acolyte. Angelika est prostrée en boule sur le lit. Une bataille, elle se défend et appelle au secours. Un locataire qui a refusé de se laisser photographier et de révéler son identité à un journaliste québécois pêchant le témoignage quelques jours après l'arrestation de Fritzl se souviendra avoir vu le trio en haut de l'escalier.

– Vous êtes intervenu ?

– Chacun élève ses enfants comme il veut.

Ils ont réussi à la faire dévaler, à la descendre au sous-sol. Elle était coriace, Christof faisait tous ses efforts pour la maîtriser tandis que sa mère l'assommait de baffes. Ils l'ont abandonnée dans le sas entre deux portes d'acier. Obscurité, rien à manger, rien à boire, ni paillasse ni toilettes. Des cris qui persistent jusqu'au soir, puis d'épuisement elle finit par se taire et s'endormir sur la terre battue.

Retour de Fritzl le surlendemain. Descente à pas feutrés dans le noir. Il allume la lumière. Ouverture précipitée de la porte. Angelika réveillée en sursaut.

Elle a froid malgré l'été, mais c'est de peur qu'elle tremble et sur son front perle la sueur. Elle ouvre la bouche, la langue sèche reste en suspens entre les mâchoires. Tout est figé dans sa tête et aucun mot ne lui vient à l'esprit. Elle s'est mise debout. Une image frissonnante, qu'il contemple la queue raide.

Il s'avance, les yeux à peine entrouverts. Un regard félin. Il tourne autour d'elle, comme un client autour d'une voiture dans le show-room d'un concessionnaire. Ni mots ni coups, il la toise de haut en bas. Elle a l'impression qu'il va sortir son mètre de sa poche pour prendre les mesures de son cercueil.

Sa main s'approche, elle a un mouvement de recul vite avorté par la crainte de mettre le feu aux poudres. Il effleure du bout des doigts son visage. On dirait qu'il cherche à en mémoriser l'empreinte. Il descend un peu sur son buste, il survole les seins et s'arrête là.

En elle la rébellion se fraie un sentier.

– Je ne suis plus une gamine, j'ai le droit de partir en vacances avec un garçon.

Fritzl muet. Un silence qui l'effraie.

– Je demande pardon.

Elle s'attend à une grêle subite, le poing frappant le corps au hasard, évitant la tête pour ne pas l'éclater.

Il la prend par la main et la remonte à la surface comme une jeune mariée.

Elle a réintégré intacte le logis familial. Fritzl était souriant. Anneliese ne l'a jamais vu d'aussi bonne humeur. Le dîner se déroule sans incident. Fritzl raconte même son voyage à Berlin.

– Une ville coupée en deux, les soldats tirent vraiment sur ceux qui essaient de sauter le mur. Une nuit, j'ai entendu des coups de feu. Les Allemands de l'Est sont de vrais Allemands. Si seulement ce con d'Hitler n'avait pas attaqué la France et la Russie, ils seraient toujours là. La Shoah, tout le monde s'en foutait bien tant qu'ils la pratiquaient dans l'intimité.

Il a ri.

– Oui, dans l'intimité on peut bien faire tout ce qu'on veut. Après tout, un pays c'est une grande famille.

– Ils ont quand même expédié ta mère à Mauthausen.

La remarque d'Anneliese l'a assombri.

– Ils n'auraient pas dû.

Anneliese s'est levée pour apporter les fraises. Elles l'ont mis en joie.

– Les fraises reviennent chaque année toutes neuves. Elles ne vieillissent jamais. Pas comme toi.

Anneliese a encaissé la muflerie pendant qu'il en croquait une. Le jus a coulé à la commissure de ses lèvres.

Sa ration avalée, il a questionné Angelika sur son escapade. D'une voix douce, un père attendri que pendant quelques jours sa fille ait volé de ses propres ailes.

– Vous avez dû bien profiter avec ce beau temps.

S'attendant à une tempête, elle blêmit en silence.

– Il a quoi comme moto ? Sûrement une japonaise, elles sont plus nerveuses que les BMW, et puis elles coûtent moins cher. Vous avez campé ? Vous êtes allés plutôt à l'hôtel ? L'hôtel, c'est plus confortable quand même. Et puis, le camping c'est dangereux. Les tentes n'ont pas de porte, on entre comme dans un moulin et on se fait estourbir le temps de dire ouf. Vous êtes allés à l'hôtel ?

Angelika a répondu *oui* à voix basse. Anneliese a été révoltée.

– À l'hôtel ? Mais toute ta paye a dû y passer ?

Angelika a baissé le nez dans son bol vide.

– Allons, l'argent est fait pour être dépensé. Elle a bien droit à quelques fantaisies. Elle est courte, la jeunesse. C'est toujours ça de pris.

Une bonhomie inédite dans cette famille où cueillir le moment présent comme un fruit mûr n'avait jamais figuré à l'ordre du jour.

– À propos, la brasserie a appelé le lundi soir, ils se demandaient pourquoi tu n'avais pas repris ton poste. Ta mère n'aime pas mentir, mais elle a répondu que tu étais malade. Je pense qu'ils vont accepter de passer l'éponge. À moins que tu préfères essayer de trouver un autre job ?

Anneliese a sursauté.

– Le travail ne court pas les rues. C'est une bonne place, sotte comme elle est elle ne trouvera rien de mieux.

Elle a donné une tape sur le poignet de sa fille.

– Si au moins au lieu de boire, de te droguer et de te faire prendre par des garçons comme une truie tu étudiais un peu ? Ton père est devenu ingénieur à force de cours du soir. Tu pourrais essayer d'apprendre un métier. J'ai vu dans le journal une réclame pour des cours par correspondance. En remuant un peu tes fesses, tu pourrais peut-être devenir secrétaire.

Fritzl a retiré de sa bouche le cure-dent qu'il avait coincé entre deux molaires.

– Secrétaire ? Ah oui, ça c'est un vrai métier.

Il s'est levé de table. Les autres enfants se sont senti autorisés à décamper. Anneliese a commencé à ramasser les assiettes. Fritzl fixait Angelika, elle n'a pas osé partir. Il s'est posté derrière sa chaise, posant ses mains sur ses épaules.

– Tu sais, rien ne presse. Prends ton temps avant de te décider. Le bar t'attendra, tu n'es pas mariée avec lui. D'ailleurs, on est en juillet, on pourrait décider que tu es en vacances jusqu'à la rentrée. Tu crois pas ?

– Je sais pas.

– Amuse-toi un peu. Je crois qu'avec ta mère on s'est montrés trop durs avec toi.

Il a passé la main dans ses cheveux.

– C'est bientôt ton anniversaire, après tu seras libre comme l'air. N'attends pas le mois d'août pour le fêter, tous tes amis seront en vacances.

Aucun enfant Fritzl n'avait jamais eu le droit de réunir ses amis dans cette maison rébarbative. Elle a pensé que la proposition de son père était un piège, une manœuvre pour trouver prétexte à la punir s'il y avait du dégât.

Il a renouvelé sa proposition le lendemain. Anneliese s'est insurgée.

– Ils vont tout casser, et puis elle n'a rien fait pour mériter ça.

Il a donné un coup de doigt dans l'air pour lui imposer silence.

– Tu l'aideras à tout préparer.

Elle s'est tue. Il l'avait déjà giflée devant toute la famille. Elle s'était senti humiliée, et au cours des semaines suivantes elle s'était crue obligée de serrer la bride aux enfants pour leur montrer qu'ils se devaient de respecter son autorité malgré tout.

Chichement, Anneliese a entrepris de faire des courses. Des briques de jus de fruits, des bouteilles de deux litres d'une boisson gazeuse singeant tant bien que mal le Coca-Cola, des kilos de farine, de sucre, une plaque de vingt-quatre œufs, et même une bougie d'anniversaire argentée avec un 18 gravé dans la cire.

Anneliese, le robot qui ne s'arrête plus une fois que son mari a pressé le bouton. Elle pétrissait, enfournait, sortait brutalement les gâteaux rectangulaires, une forme plus rationnelle car ainsi ils occupaient sans place perdue l'entièreté de la plaque, et en superposant les plaques elle pouvait en cuire trois en une seule fournée. Neuf pièces en tout, trois au cacao, trois à la vanille, trois truffées de saucisse qui ouvriraient le bal avant le copieux dessert.

Angelika avait beau voir les gâteaux entassés dans le

frigo, elle ne croyait toujours pas à la réalité de ce projet. Fritzl avait fixé la date au 29 juillet. Elle n'avait encore invité personne. À chaque fois qu'il lui demandait quels amis elle avait conviés, elle regardait ses chaussures, son assiette ou le vide, et bredouillait.

Le 27 au soir, alors qu'il venait à nouveau de la questionner en vain, il s'est tourné vers Anneliese.

– Tu n'as qu'à t'en occuper.

– C'est à elle de le faire.

– Tu vas t'en occuper.

Le lendemain matin, elle avait recherché dans l'annuaire les numéros de tous les condisciples de sa fille qui figuraient sur la photo de classe du lycée qu'elle avait fréquenté jusqu'à l'année précédente.

Angelika l'a vue attablée dans le couloir décrocher le combiné du vieil appareil à cadran, s'apprêtant à épuiser toute la liste. Elle a enfin réalisé que la fête allait bien avoir lieu. Elle a rougi de honte en imaginant cette troupe de camarades invités par sa mère comme pour un goûter de petits.

– Arrête, je vais les appeler.

Elle a essayé de s'emparer du téléphone, mais Anneliese ne l'a pas lâché.

– C'est à moi de le faire, ton père l'a dit.

Une lutte s'est ensuivie.

Anneliese a contacté Fritzl pour savoir s'il acceptait de revenir sur son ordre. Il a consenti. Angelika a pu inviter en catastrophe une dizaine d'amis des deux sexes.

Un anniversaire glacé, avec la mère en sentinelle qui faisait les cent pas de la cuisine au salon et surveillait du coin de l'œil ceux qui empruntaient le couloir pour se rendre aux toilettes.

Une radiocassette posée sur une étagère faisait de son mieux pour couvrir le bruit des voix. Quand elle jugeait le son assourdissant, Anneliese l'éteignait.

Les gamins se plaignaient du manque d'alcool.
– Si au moins il y avait de la bière.
Certains étaient arrivés en brandissant une bouteille de vin. Anneliese s'en était emparée et l'avait rangée dans un bahut fermé à clé.
– Je vous la rendrai quand vous partirez.

Thomas était là. Comme s'il avait été l'homme de la maison, il découpait les gâteaux et allait chercher des boissons au réfrigérateur. C'est lui qui a allumé la bougie, Angelika l'a soufflée. Les trois jeunes gens qui étaient encore là ont applaudi. Les autres étaient partis, emportant leur bouteille pour aller la boire dans la rue.
– C'est pour toi.
Thomas avait sorti un cadeau de sa poche. Angelika a ouvert la boîte et a étreint Thomas sans un mot en fermant les yeux pour mieux contempler l'avenir radieux dont cette alliance argentée semblait la promesse. Elle la portait encore vingt-quatre ans plus tard à sa sortie de la cave. Elle était usée, la couche d'argent s'était écaillée, ce n'était plus qu'un anneau de laiton.
Thomas lui avait écrit à l'hôpital.
Je croyais que tu étais partie avec un autre.
Il avait joint à sa lettre une photo de famille. Un gros homme dégarni assis sur un canapé entre deux adolescents portant maillot de foot.
Je suis divorcé.
Elle ne lui a pas répondu. Elle n'avait pas envie de rencontrer son passé. Un amour gras, presque chauve, dont la liberté s'était révélée incapable de préserver la fraîcheur.

Nous avions contacté Thomas par l'intermédiaire de sa page Facebook. Il avait accepté de nous rencontrer. Une adresse à la lisière de Banden. Une maison en pierre, porte close en bois verni, volets rouges fermés, tondeuse abandonnée sous la pluie sur la pelouse rasée de près. Nous avons sonné, frappé, crié.

Nous l'avons attendu dans la voiture. Nous n'avions pas son numéro de téléphone. Je lui envoyais des messages sur sa page auxquels il ne répondait pas.

Nous sommes partis au bout d'une heure.

– Il a peut-être eu un problème de santé ?

– Sa veuve aurait pu nous laisser un mot sur la porte.

Nina n'a pas souri, fixant la route grisâtre où un camion valsait entre les flaques.

Le soir même, sa page Facebook était désactivée.

En fin d'après-midi, plusieurs sont revenus saouls. Ils ont bousculé les meubles, fait cracher ses tripes à la radiocassette en poussant à fond le volume. Après avoir roulé le tapis dans un coin, ils se sont mis à danser en sautant sur le parquet. Les remarques d'Anneliese ne les impressionnaient guère et malgré l'intervention conjointe de Thomas et d'Angelika ils ont persisté.

À bout de nerfs, Anneliese avait éclaté.

– Fichez le camp. Fichez le camp. Non, mais vous allez me ficher le camp ?

Elle les empoignait par le col et les tirait un à un hors de la pièce. Ils se laissaient manipuler en riant. En quelques minutes ils se sont tous retrouvés à la porte. Elle n'a plus eu qu'à gifler Angelika et à expulser Thomas honteux de n'avoir pas eu le courage de défendre sa belle.

À son retour, Anneliese a informé son mari du désastre.

– Il faut bien qu'elle s'amuse un peu.

Anneliese a acquiescé, soumise et éberluée.

Depuis sa fugue, Fritzl ne l'avait pas approchée. Il n'était plus apparu derrière le rideau de perles de verre quand elle prenait sa douche, il gardait ses bras le long du corps quand il la croisait dans le couloir. Toute la nuit sa chambre demeurait un sanctuaire où elle pouvait reposer en paix jusqu'au matin.

Il lui parlait sans cris.

– Tu vas passer bientôt la frontière de l'âge adulte.

Elle imaginait de curieux vieillards la fouillant à la douane.

– Ton enfance te paraîtra lointaine.

Elle voyait un bébé abandonné au fond d'un paysage.

Le 3 août, comme chaque année la famille a été expédiée à la montagne. Après quelques semaines de farniente, Angelika a repris son travail à la brasserie. Thomas avait inventé une incroyable histoire.

– On était partis pour le week-end. La moto est tombée en panne dans une montée. On a attendu la pièce de rechange.

– Vous auriez pu prendre le train.

Le patron a eu la flemme de passer une annonce pour les remplacer. Ils se sont remis au travail comme si de rien n'était.

Elle est restée à Amstetten seule avec son père. Il arrivait le soir après l'heure du dîner. Souvent, quand elle rentrait avec Thomas il dormait déjà. Leur prenaient des fous rires en grimpant l'escalier et ils posaient leur main sur la bouche de l'autre pour les étouffer. Le lendemain, il partait tôt et ils ne se croisaient pas. Ils se levaient à midi.

Le 12 août, Fritzl est parti avec sa valise à roulettes toute neuve prendre l'avion à Vienne pour passer dix jours de vacances dans un hôtel d'Agadir. La veille, il avait attendu qu'elle rentre avant d'aller se coucher. Comme s'il avait voulu les prévenir, il avait marché pesamment dans le couloir pour venir leur ouvrir la porte. Thomas avait eu le temps de descendre à reculons quelques marches et de se plaquer contre le mur.

Il l'avait amenée par la main s'asseoir auprès de lui sur le canapé du salon.

– Je te fais confiance, à ton âge tu es assez grande pour te débrouiller seule.

Il l'avait embrassée sur le front.

Il avait quitté la maison au matin sans se retourner en direction de la grand-place pour prendre la navette de l'aéroport. Le bruit des roulettes sur les rainures du trottoir et la chemise hawaïenne sous le soleil de midi.

Elle l'avait suivi de loin, elle l'avait vu discuter à l'arrêt avec un couple de passagers chapeautés de paille colorée. Elle avait suivi des yeux le car qui l'emportait. La joie intense de le savoir parti si loin, l'espoir aussi que tombe l'avion. L'inceste volatilisé dans le crash avec le criminel et l'arme du crime.

Dix jours de vie conjugale. Un jeune ménage insouciant qui vivait de pop-corn. Chaque soir, la nouba après la fin du service. Les litres avalés sur les terrasses des bars ouverts jusqu'à pas d'heure pour vider les poches des habitants privés de vacances cherchant la fraîcheur après une journée de canicule. Des virées à moto quand le dernier établissement a fermé boutique, la campagne, les plongeons dans les lacs au soleil levant. Le travail repris à quatorze heures sans avoir dormi.

La veille du retour de Fritzl, la maison pleine d'amis, de connaissances, de personnes attirées par la musique, la lumière, les rires. De l'alcool glissant des goulots dans les corps déjà saouls, les couples se répandant au hasard des chambres et une troupe de garçons esseulés en cavalcade au rez-de-chaussée tambourinant aux portes des studios.

Les rares locataires qui ne sont pas partis en vacances jurent depuis leur lit. Quand ils se lèvent et entrebâillent, les garçons ont déjà disparu et tombent l'un après l'autre dans la piscine. Dans leur ivresse, ils regrettent de n'être pas plutôt en train de flotter comme des glaçons dans un cocktail au curaçao.

Angelika et Thomas se réveillent à midi la tête dans le cul. Il y a un couple inconnu au pied du lit. Un jeune homme en caleçon endormi dans le fauteuil, un autre à terre en boule sur trois coussins. Des bouteilles vides, des boîtes de bière cabossées, des mégots dans des verres, des bols, sur des assiettes, d'autres écrasés sur le plancher. Ils vont de pièce en pièce, reconnaissant des amis dont ils ne se souviennent plus du nom, des inconnus aperçus quelque part, et trois corps de sexe indéterminé couchés pêle-mêle à plat ventre sur le lit des Fritzl.

À quatorze heures les plus atteints ont fini par se réveiller à force de bourrades et par s'en aller en se demandant, clignant des yeux dans la lumière, pourquoi ils sortaient aussi mal en point de cette maison dans laquelle ils ne se souvenaient pas être entrés.

Le petit couple avait fait le ménage tant et plus. Mais les plaies des meubles, des tapis, des murs ne cicatriseraient jamais. L'odeur de tabac, d'alcool, de shit, d'homme, de femme, d'accouplement ne se dissipait pas malgré les fenêtres ouvertes.

Ils avaient relevé le frigo tombé K-O sur le carrelage, la porte bâillait un peu malgré le tabouret qui l'empêchait de s'ouvrir en grand. Quelqu'un avait shooté le guéridon du salon, un autre les parties basses du buffet, à moins que ce ne soit le même ou une équipe de footballeurs éphémères qui en avait profité pour dribbler autour des fauteuils avant de s'effondrer sur l'électrophone dont l'unique fonction était de mouliner un disque de valses qui seul était autorisé à se poser sur le plateau depuis l'arrivée de l'engin sur les lieux le 22 décembre 1966.

Fritzl n'avait pas réveillé Angelika d'un coup de poing dans le ventre quand il était rentré à cinq heures du matin de sa virée marocaine. Des bras bronzés, mais le cou et le visage si rouges qu'on aurait pu penser que le soleil d'Agadir avait passé son temps à lui flanquer des gifles dignes de la poigne d'Anneliese.

Il avait échoué sa valise à roulettes devant le placard où elle avait serré le temps de leur visite les bouteilles de vin des jeunes gens le jour de l'anniversaire. Il avait reniflé l'haleine des lieux, il avait flâné à travers les pièces illuminées par le beau temps qui se levait, jetant des coups d'œil perçants sur chaque tache indélébile, chaque dégradation minuscule. Sa rétine envoyait une à une les images via le nerf optique dans sa mémoire en béton.

Il avait défait son bagage, rangeant son linge impeccablement lavé et repassé avant son départ par la blanchisserie de l'hôtel. Il était allé se faire beau à la salle de bains, regominant ses cheveux encore noirs, astiquant ses dents, taillant sa moustache, rasant sa figure qu'il avait déjà polie avec son rasoir à piles dans les toilettes de l'avion, évitant de mouiller son corps pour garder sur la peau le sel de sa dernière baignade dans l'océan.

Il a enfilé un costume blanc, léger comme un soupir de flûte, qu'il avait acheté là-bas sur un marché, une chemise grenat, cravate à pois, chaussures neuves grinçant à chaque pas.

Le nettoyage terminé, Thomas était rentré dormir chez lui sans demander son reste. Angelika s'était éveillée au bruit de la clé du père pénétrant le canon de la serrure. Elle attendait l'ouragan, yeux clos, en espérant se rendormir afin de connaître la grâce de mourir rouée dans son sommeil.

Elle levait parfois les paupières pour regarder le cadran de sa montre posée sur la table de chevet. La matinée commençait, la matinée s'écoulait. À dix heures et demie, elle a entendu la porte palière claquer, le pas de son père dans l'escalier, la porte de la rue s'ouvrir et se refermer.

Elle a rempli un sac de sport. Objets de toilette, vêtements en vrac, un livre Harlequin à moitié lu, des cassettes de Julio Iglesias chantant en allemand, des pièces de monnaie accumulées dans un verre qu'elle a vidé dans une trousse à fleurs.

Elle a couru dans le couloir, dévalé l'escalier. Elle s'est précipitée vers le centre de la ville. L'instinct de se retrouver au milieu d'une foule protectrice, un bouclier humain contre les attaques d'un homme sûrement décidé à la tuer pour les crimes ménagers qu'elle avait laissé commettre au foyer familial.

En réalité, une poignée de gens sur la place et dans les ruelles. Elle reprend haleine sur la margelle de la fontaine.

Peur de se retrouver dans un lieu clos, les murs l'enserrant. Il n'aurait plus eu qu'à la cueillir. Seulement deux cents schillings sur elle, de quoi prendre le train et errer dans Vienne. Peur d'aller retrouver Thomas chez lui. Fritzl avait dû enquêter, il connaissait sans doute l'adresse de son logement en fond de cour. Elle a traîné son sac par la ville.

L'épuisement a fini par la calmer, elle se disait que son père s'en tiendrait à des insultes et à une grêle de coups dont elle sortirait bleuie mais vivante.

À quatorze heures, elle est allée prendre son poste à la brasserie. Thomas revêtait sa veste de service dans la petite pièce qui servait de vestiaire à tout le personnel. Elle est tombée dans ses bras.

– Tu fais quoi avec ce sac ?

– Je m'en vais.

– Ton père est rentré ?

Elle a pleuré.

– Il t'a engueulée ?

Le patron est entré en coup de vent.

– Dépêchons, je me retrouve tout seul à servir les desserts.

Angelika a tamponné son visage avec un kleenex humide. Elle s'est mis du rouge à lèvres. Thomas a attendu qu'elle se soit changée pour faire avec elle son entrée dans la salle. Ils se sont dirigés vers la trappe de la cuisine. Ils ont servi les clients. Ils sont sortis sous l'orage à vingt-deux heures.

Elle a dormi chez Thomas. Un lit étroit. Après l'amour ils sont restés collés l'un à l'autre. Sommeil paisible, loin des cauchemars, avec l'air de la nuit rafraîchi par la pluie que la brise poussait à travers la grille qui protégeait la fenêtre des intrus.

Un petit déjeuner de céréales flottant à la surface d'un bol de Coca.

– C'est meilleur qu'avec du lait.

– C'est bon aussi avec de la bière.

Angelika rit. Le père est loin, un vague portrait avec aussi peu de relief que l'effigie des pièces de monnaie dans la trousse. Du passé, cette matière dont on se débarrasse chaque matin en s'apercevant que le jour s'est levé. Un père destiné à être peu à peu grignoté par l'avenir, miettes bonnes à être avalées par la tombe, et sa trajectoire dans la lumière de la jeunesse qu'elle ne serait pas assez sotte pour se laisser brouter par les années. Elle était partie, elle ne reviendrait jamais plus dans cette maison dont la loi proscrivait l'insouciance et la joie.

– Tu crois qu'il y a des chambres à louer dans le coin ?

– Tu peux t'installer ici.

– Comme un vrai couple ?

Ce mot comme un coup d'État. L'insurrection réussie, la famille exilée, impuissante, désarmée. Un pays qui surgit de nulle part, avec ses coutumes, ses réjouissances, les lois douces qu'il s'est inventées. Un territoire long comme une chambre, bas de plafond, mais ouvert sur l'infini à travers les barreaux de la fenêtre donnant sur la cour étroite comme la dalle d'un héliport d'où l'on peut à tout instant s'envoler.

– Un jour, on ouvrira un café.

– C'est juré.

Et il valide son rêve en la renversant sur le drap froissé encore tiède de leur sommeil de plomb.

Quelques jours légers, tendres, passionnés qui tombent dans l'escarcelle des souvenirs de bonheur qu'elle emportera dans les ténèbres.

Elle lui en voudra toujours de ne l'avoir pas emmenée au loin. Ils s'échappaient parfois ceux des pays de l'Est. Et eux vivaient du bon côté de l'Europe, les soldats ne les auraient pas tirés comme des biches. Ils auraient sauté les contrées comme des talus. La France, l'Espagne, l'Amérique, le Canada. Fritzl ne serait jamais allé les chercher là-bas.

Au lieu de fuir, ils ont fait les cent pas dans Amstetten. Une évadée à son bras qu'il promenait autour de la prison, sous l'œil de Fritzl qui attendait son heure.

Une filature discontinue. Simplement s'assurer qu'ils ne quittaient pas la grande cage de la ville. Le dimanche soir, il jette dans le réservoir de la moto une poignée de morceaux de sucre. Ils n'iront pas bien loin si l'idée leur vient une nuit de s'en aller chercher fortune. Le dimanche d'après, il l'aurait déjà emprisonnée.

Il profitait de ses derniers jours de congé pour procéder aux ultimes préparatifs. Acheter une chaîne, un collier de chien et sceller solidement un anneau dans le mur. Anneliese rentrait le 27, le surlendemain il aurait escamoté sa fille.

Anneliese a ouvert la porte de la maison à quinze heures. Les enfants avaient bonne mine, ils ont monté en file indienne l'escalier. Elle est arrivée dans l'appartement. Fritzl n'était pas là, il préférait qu'elle contemple seule le désastre.

Elle a cru à un cambriolage par des rôdeurs qui auraient campé et tout dévasté pour se dédommager de leur déception de n'avoir trouvé sur les lieux ni argent ni bijoux. Le frigo gisait sur le carreau, le robinet de l'évier avait été arraché, tombé sur le parquet le poste de télévision avait l'écran fendu, au pied de plusieurs fenêtres ouvertes à deux battants le verre cassé de leurs carreaux crevés, de profondes écorchures sur les murs, des coups de couteau dans le matelas du lit conjugal.

Partout des détritus, des mégots de cigarettes roulées qui ressemblaient à des reliques de joints, des bouteilles vides dont certaines n'étaient plus que tessons, des pizzas écrasées moisissant sous le soleil et le tapis qui dégageait une épouvantable odeur d'urine.

Nulle part un meuble en place, ils avaient tous été culbutés. Le buffet et les armoires étaient toujours debout, mais de travers ou appuyés contre le mur en équilibre sur leurs pattes arrière. Les chaises, les tables étaient couchées ou cul par-dessus tête. Comme si la maison était devenue un bateau en son absence et avait franchi le cap Horn un jour de tempête.

Les gamins sortaient de leurs chambres en se bouchant le nez. Les murs étaient barbouillés d'excréments, des traces jusque sur les pages arrachées aux manuels scolaires et les rideaux à leurs tringles.

Fritzl est rentré à la nuit tombée. Anneliese dînait avec les enfants dans la cuisine. Elle avait ramassé des conserves tombées entre la cuisinière et la machine à laver. Des assiettes fendues, ébréchées, des couverts tordus, des gobelets en plastique. Les enfants se sont tus dès qu'ils l'ont entendu rentrer, Anneliese a rougi convaincue de sa culpabilité dans cette affaire. Une culpabilité dont elle ne savait rien, mais qu'il s'apprêtait sans doute violemment à lui démontrer.

– Bonjour, les enfants.

Le même sourire débonnaire qu'il servait à Angelika depuis son retour de fugue.

Il a effleuré l'épaule d'Anneliese comme si de subordonnée il la promouvait au rang de camarade.

– Le voyage s'est bien passé ?

Pas rassurée, elle a mangé ses lèvres.

– Le train était à l'heure ?

Elle a remué la tête de haut en bas.

– Vous êtes rentrés de la gare en taxi ?

Elle a cru à un traquenard. Elle ne se souvenait pas être jamais montée dans un taxi.

– On est venus à pied.

À sa place, elle avait installé son assiette, une rescapée impeccable en porcelaine blanche. Elle a trempé une cuillère dans le plat pour le servir.

– J'ai déjà dîné.

Il a disparu.

Une visite à l'abri. Le ciment avait séché, l'anneau était solidement scellé. Il a tiré sur la chaîne, et s'est émerveillé une fois encore de l'avoir si précisément adaptée afin qu'elle puisse à peine atteindre les sanitaires. Il avait enlevé les coussins des banquettes, les deux tabourets et la table pliante, la bouilloire et les ustensiles susceptibles de servir de projectiles à Angelika.

– Un coffre à jouets.

Il a peut-être prononcé ces mots à voix haute. Il les a murmurés. Ils étaient quelque part en lui sur le point d'être dits. Ils étaient là diffus dans sa conscience. Une joie de gamin, de tyran, d'omnipotent qui a réussi à faire entrer tout son royaume dans une bouteille au goulot obturé par une trappe. Une bouteille enterrée au contenu intarissable, sa fille comme un fruit emprisonné, une treille qui donnerait une grappe d'enfants.

Il s'est allongé sur un des bancs. Le silence des profondeurs, la lumière jaune de l'ampoule par laquelle il avait remplacé le néon dont le rayonnement fatiguait ses yeux bleus. Personne d'autre que lui n'existait ici. Il était comme Dieu avant qu'il ne décide d'inventer Adam et de lui arracher une côte pour façonner sa femme. Une femelle avait bien suffi pour peupler la terre, mais cette fois ce serait Dieu lui-même qui s'accouplerait avec sa créature. Un rêve fou dont peut-être jamais personne n'avait même encore rêvé les prémices.

Il a été tiré de sa méditation par les éclats de voix des

enfants qui plongeaient l'un après l'autre dans la piscine, par la voix d'Anneliese qui leur hurlait de rentrer et par le bruit des claques sur leur peau mouillée qu'elle leur distribuait au fur et à mesure qu'ils sortaient de l'eau.

Le monarque a décidé que le son tombait comme une masse, mais s'avérait incapable de monter. Les cris d'Angelika traverseraient le sol et iraient se perdre dans la terre comme la foudre interceptée par un paratonnerre. En cas d'hystérie, un bâillon les empêcherait de s'échapper de son corps et elle s'abstiendrait dorénavant d'en pousser de crainte qu'ils la fassent éclater.

Les enfants étaient couchés, Anneliese ramassait. Une grande poubelle orange vif qu'elle remplissait à pleins bras. Elle avait déjà collé du papier d'emballage à la place des carreaux défunts. Les fenêtres étaient grandes ouvertes, mais malgré les seaux d'eau répandus sur le tapis l'odeur était toujours prégnante. Elle avait colmaté les trous du lit matrimonial avec des chiffons, pensant que cette attention émousserait peut-être la colère de son mari. Une colère d'autant plus épouvantable qu'elle avait eu le temps de fermenter en lui.

Fritzl avait monté l'escalier sans bruit. Il avait ouvert la porte avec tant de précautions qu'elle ne l'avait pas entendu débarquer. Elle l'a vu apparaître devant elle en sortant du salon pour aller remplir son seau afin d'essayer derechef de noyer l'odeur de cette maudite carpette.

Elle a frémi.

– Il faut qu'on parle.

Un léger tremblement, elle ne doutait pas qu'il entendait la soumettre à un interrogatoire au terme duquel il la punirait. Pour la mortifier, il l'avait parfois privée d'argent durant plusieurs semaines. Elle était contrainte d'emprunter à sa sœur qui tirait le diable par la queue, et de subir les paroles humiliantes des commerçants qui consentaient de mauvaise grâce à lui faire crédit. Elle craignait cette sanction plus encore que les coups. Ils avaient l'avantage de tomber en averse, elle les préférait à l'interminable pluie fine de la disette.

– Je n'y suis pour rien. J'avais bien fermé la porte en partant.

Il l'a entraînée vers le canapé qui à part une brûlure de cigarette avait été épargné par la séance de vandalisme à laquelle il s'était livré la veille de son retour.

– Je ne comprends pas, sûrement des cambrioleurs.

Il la regardait se débattre avec cette énigme.

– C'est peut-être un locataire ? On ne sait jamais qui on loge. Si on abritait sans le savoir un malhonnête ou un fou ?

Elle s'est tue. L'angoisse de savoir que si elle ne trouvait pas de coupable ce serait elle qui écoperait. Lui est venue soudain une idée.

– Et Angelika ? Où est Angelika ? C'est sûrement Angelika.

– C'est Angelika.

– Mon Dieu, et dire qu'elle sera majeure après-demain.

Elle allait disparaître dans la nature et on ne pourrait plus demander à la police de mettre la main sur cette invétérée fugueuse. Fritzl s'est redressé sur le canapé, tête droite, main levée. Une pose qu'il avait l'habitude de prendre quand il rendait un arrêt.

– Angelika a dévasté avec toute une bande de voyous. Ce sont des punks avec lesquels ce Thomas est acoquiné.

– Il faut la retrouver.

Elle sautillait sur son derrière.

– On ne va pas quand même la laisser filer ?

– Non.

– On pourrait porter plainte contre elle ?

Fritzl a baissé les paupières. Quelques instants de silence. Un sage qui réfléchit avant de l'ouvrir.

– Les dégâts n'ont aucune importance.

– Mais enfin, ça représente une grosse somme d'argent fichue en l'air.

– Je vais faire sauter la serrure d'un coup de masse. L'assurance nous paiera des meubles neufs.

– C'est vrai qu'ils étaient vieux.

En réalité l'assurance avait lésiné. Une indemnité qui leur avait tout juste permis de changer frigo et tapis. Il avait retapé les meubles tant bien que mal.

Le visage de Fritzl s'est fait douloureux.

– Notre fille est alcoolique, elle se drogue et se conduit comme une putain. Si nous ne mettons pas le holà, elle va finir en prison ou on la retrouvera morte dans une décharge. C'est de mon devoir d'intervenir avant qu'il ne soit trop tard.

Anneliese respirait mieux, soulagée qu'il ait trouvé un bouc émissaire.

– Il faut la soustraire pendant quelque temps à toute cette liberté avant qu'elle ne coure à sa perte.

– On pourrait demander au docteur de la faire enfermer dans un asile ?

– Je vais la mettre à l'abri.

– Où ?

– Dans l'abri.

Le lendemain Fritzl s'est présenté à la brasserie au moment de la fermeture. Elle s'est jetée dans les bras de Thomas. Le garçon n'était pas rassuré, cet homme immobile avec un sourire de sphinx l'effrayait.

Cinq minutes plus tard, il emportait Angelika. Il la poussait à travers la place, elle se laissait déplacer sans cris, sans pleurs. Thomas la suivait à distance comme un garde du corps un peu couard. Elle s'est retournée pour lui faire signe de s'en aller. Il a hésité, elle a insisté, il est parti.

Fritzl lui parlait d'une voix rassurante, douce, d'une voix de père préoccupé par l'avenir de sa fille.

– C'est bien que tu t'en ailles. Tu as un travail, un amoureux, tu vas voler de tes propres ailes. Je sais que tu ne m'aimes pas et tu as peut-être raison de ne pas m'aimer. Je t'ai aimée plus que mes autres enfants, je n'aurais pas dû.

Sa voix avait quelque chose de fascinant. Une voix nouvelle, jamais entendue, une voix comme celle d'un autre. Un père surgi d'ailleurs, un père qui lui déclarerait sa paternité aujourd'hui. Une déclaration venue trop tard, mais il est reposant de croire qu'on peut flouter son passé en se disant qu'il vous a demandé pardon. Les personnages d'autrefois se superposent à ce qu'ils sont devenus. Une sorte d'indulgence, un voile de miséricorde, c'est apaisant l'indulgence, et la miséricorde donne l'impression de maîtriser les offenses autrefois subies.

Elle avançait à côté de lui. Il ne la poussait plus, elle se laissait marcher comme on se laisse tomber d'ivresse. Le bruit de leurs pas dans la rue comme le tic-tac d'un métronome.

– Les parents ne font pas que du bien, j'ai éprouvé un désir coupable. Tu as souvent eu peur de moi, demain tu seras majeure et je n'aurai plus aucune autorité sur toi. Tu seras libre, tu feras de ta liberté tout ce que tu voudras. Les gens aiment la liberté, le bonheur. Ils n'ont plus aucune valeur, ils croient que la vie est faite pour eux et qu'elle va leur obéir. Moi, j'ai toujours obéi. J'ai grandi sous le nazisme, je n'aimais pas les nazis, ils nous ont fait du mal à ta grand-mère et à moi. C'était une martyre, ta grand-mère. Pourtant malgré sa haine d'Adolf, elle a toujours été respectueuse des valeurs du nazisme. La discipline, l'ordre, la fraternité entre les citoyens.

Il s'est arrêté sur le trottoir. Il s'est tourné vers elle. Il a cherché son regard, elle ne le lui a pas donné.

– Tu ne me pardonneras jamais, mais tu finiras par oublier.

Elle n'entendait qu'un brouhaha, plus ses mots, sa voix. Une voix dont il s'était toujours servi comme d'une arme, paroles balancées, claquantes, insultes catapultées, projectiles laissant des plaies à vif, des paroles comme des viols, les mots qui touchent, s'insinuent, furètent, écorchent, entament les chairs mieux que des gestes.

Une voix qui ce soir se faisait baume, la même voix dont il se servirait un jour pour parler à Roman, fourrageant dans ses cheveux devant un dessin animé dont ils riraient tous les deux en respirant l'odeur du gâteau qu'Angelika sortait du four.

– C'est dur, l'enfance. La mienne aussi était terrible, on en sort à la fin de l'adolescence comme d'un tunnel. Après, c'est la vie. Oui, c'est vraiment la vie. On se croit libre, on est comme dans un magasin et on a l'impression qu'on va pouvoir se servir. Mais on tombe de haut, on tombe dans la vie. On est obligé de construire, de bâtir une famille, de faire son devoir d'être humain. Ce n'est pas drôle, ce n'est pas triste, c'est vivre. Tu verras, tu n'inventeras jamais rien d'autre.

À nouveau le tic-tac de la marche.

– Je suis rude, je n'ai jamais dit de mots d'amour à personne. Je suis féroce, la guerre m'a appris le courage de ne pas me laisser apitoyer. Faire son devoir, c'est enfoncer ses crocs, ne jamais lâcher sa proie. La famille, c'est un devoir d'en planter une quelque part. De nos jours, les enfants partent trop tôt. Ils courent à leur perte, ils deviennent des esclaves du bonheur. La discipline ne plaît plus à personne, la souffrance effraie les gens. Mon père est mort sur le front, ta grand-mère ne l'aimait pas et tu peux être certaine qu'il n'a jamais été heureux.

Il a soupiré.

– Comme tous ceux d'ici autrefois, il préférait la douleur aux plaisirs. Il savait à quel point la douleur est fidèle, alors que les plaisirs sont adultères. Ce salaud d'Hitler a souffert aussi, il n'a jamais profité de sa position pour se prélasser comme un pacha. Il est mort dans un blockhaus pour aller jusqu'au bout de son rêve. Lui qui aimait tant la nature, les chiens, son nid d'aigle de Berchtesgaden.

Ils approchaient de la maison. Leur trajectoire a décrit une courbe. Ils se sont éloignés, longeant les jardins qui après l'arrosage du soir dégageaient une odeur de terre humide comme s'ils transpiraient la chaleur du jour. Il s'interrompait parfois. Angelika l'observait du coin de l'œil. Il recommençait à parler. Il faut fatiguer le gibier avant l'hallali.

– Tout le monde a un rêve. Mon rêve, c'était de réussir. Je voulais prouver à ma mère qu'elle ne m'avait pas éduqué en vain. Un jour, tu auras des enfants et tu comprendras. On ne les aime pas toujours comme il faudrait. Je t'ai trop aimée, j'ai trop aimé ma mère, je n'y peux rien si vous vous ressemblez. Ta grand-mère était une femme au corps fragile, mais à l'intérieur elle était bâtie comme une forteresse. Je savais qu'elle n'aurait pas supporté d'apparaître diminuée par la maladie, elle est morte paisiblement là-haut. J'ai fait mon devoir, tu feras le tien. C'est un bonheur de mépriser le bonheur, on le tient en bride, on lui tord le cou et on devient le bonheur à sa place.

Angelika l'entendait flou. Elle était étonnée que son père se préoccupe soudain à ce point du bonheur. Mais il parlait peut-être du malheur, les mots se ressemblent un peu.

– On trouve le bonheur quand on le méprise. C'est une sale bête, il faut le mater et l'enfermer comme une chienne enragée. Tu crois qu'on était heureux à Mauthausen ? Bien sûr que non, mais là-bas tout le monde faisait son devoir, les SS comme les morts. Ta grand-mère a survécu en faisant son devoir d'Aryenne, et c'était aussi par devoir que les autres se laissaient massacrer. Ils avaient peur et c'était leur devoir d'avoir peur. Tu feras ton devoir toi aussi. Tu t'apercevras que le bonheur est un mensonge, tu le tortureras pour le faire parler et il finira par te dire la vérité.

– Je l'ai, le bonheur.

Mais elle n'a pas prononcé ces mots et le coup de poing n'est pas arrivé. Elle entendait du bruit, les paroles du père comme le tic-tac des pas. Sa conscience en sommeil, la voix comme une mouche tsé-tsé. Une voix dont seuls les environs subissaient le tapage. Une voix assez forte pour réveiller une vieille en chemise et lui faire sortir la tête à sa fenêtre pour grincher à son aise. Le volume du père montait, peu à peu c'étaient des cris qui sortaient de son cornet.

– Tu auras peut-être des enfants ? Je suis encore assez jeune pour t'aider à les faire et à les élever.

Il s'est arrêté de marcher. Angelika continuait droit devant. Il est allé la chercher et l'a attrapée doucement par le bras.

– Tu es fatiguée ? Trop de distractions, trop de réjouissances, il est temps que tu te reposes.

Il a sorti son trousseau de sa poche. Étourdie par la marche et le bourdonnement qui s'était échappé si longtemps de la gueule du père, elle est entrée dans la maison comme un poisson dans la nasse.

– Ta mère nous attend.

Angelika a raconté cette promenade à la police.

– Il parlait, il parlait, s'il s'était arrêté de parler je serais revenue à moi et je me serais enfuie.

– Il disait quoi ?

– Je ne m'en souviens plus.

Au temps de la peine capitale, les avocats parlaient sans discontinuer à leur client en traversant la cour, espérant que leur logorrhée le rendrait assez groggy pour se laisser ligoter et monter sur l'échafaud sans pathos.

– Je suis montée avec lui. J'ai vu ma mère dans le couloir. Elle m'a fait peur, je l'ai vue rougir de haine.

– Mon père lui a fait signe de ne pas bouger. Elle était prête à bondir sur moi. Elle a commencé à crier, des insultes, des menaces.

– Quelles menaces ?

– Je ne sais pas, il l'a fait taire en passant un doigt sur sa bouche.

– Sur la bouche de votre mère ?

– Non, sur la sienne. Un va-et-vient de gauche à droite. Il faisait souvent ce geste quand on parlait trop fort. On s'immobilisait, une sorte de garde-à-vous. Il frappait quand même.

Angelika avait extrait une autre cigarette du paquet que le flic avait posé devant elle. Dans la cave, la fumée asphyxiait. Elle montait sur une chaise pour souffler chaque bouffée à travers la grille d'aération. La fumée stagnait dans le conduit avant de revenir dans la cave. Les enfants toussaient toute la nuit. Elle déchirait les cigarettes une par une au-dessus de la poubelle. Elle jurait qu'on ne l'y prendrait plus.

Mais régulièrement, Fritzl la réapprovisionnait en lui promettant qu'il les gazerait tous avant que le cancer ait le temps de corroder leurs bronches. Elle luttait, mais la tentation reprenait. Il arrivait qu'il fume un cigare avant de partir. Il s'en allait en suffoquant, et ils l'entendaient rire dans le sas tandis qu'ils se couchaient sur le sol pour échapper à la fumée planant au-dessus de leurs têtes.

Dans le bureau de l'inspecteur, elle éprouvait une sensation merveilleuse en voyant la fumée s'échapper par la fenêtre ouverte.

– Vous êtes sûre que vous n'avez pas froid ?

– Non, je suis bien.

Elle avait poussé sa chaise. Elle serrait le radiateur entre ses bras.

– C'est cette nuit-là qu'il vous a enfermée dans la cave ?

– Non, j'ai dormi dans mon lit jusqu'au matin.

Elle a frissonné. Le flic s'est levé pour fermer la fenêtre.

– Non, ne fermez pas.

Elle était remontée de la cave trois jours plus tôt. La lumière du jour l'éblouissait malgré les lunettes noires. L'infini du paysage lui donnait le vertige. Mais il faisait nuit, la lumière de la cour lui semblait douce et n'éclairait qu'un haut mur.

– La dernière fois que j'ai dormi là-haut.

Quelques larmes. Le lendemain, l'audition s'est déroulée à l'hôpital où la famille avait désormais ses pénates.

Elle s'est réveillée vers neuf heures. Fritzl et Anneliese s'étaient relayés toute la nuit pour faire le guet devant sa porte. Il avait conduit à l'aube les enfants chez sa belle-sœur.

Quand elle est sortie de sa chambre, Angelika s'est trouvée face au sourire de son père.

– Tu as bien dormi ?

– Je vais prendre une douche et filer. Thomas doit m'attendre chez lui.

– Ta mère t'a préparé ton petit déjeuner.

– Pas faim.

– Il faut que tu prennes des forces.

Il l'a escortée jusqu'à la cuisine. Sur la table, un chocolat dans un grand bol, du pain grillé beurré, une tranche de jambon, des œufs frits. D'habitude elle avalait une tasse de café, et sa mère ne s'était jamais souciée qu'elle quitte la maison le ventre vide.

– Je vais jamais pouvoir manger tout ça.

Elle s'est aperçue qu'elle était en train de s'asseoir sur le tabouret. Debout derrière elle, il avait appuyé sur ses épaules et elle s'était laissée lentement tomber.

– Tu ne vas quand même pas gaspiller ?

Le visage d'Anneliese semblait taillé dans la haine.

– Tu ne seras majeure que demain, en attendant tu obéis.

Elle regardait la nourriture, elle avait mal au cœur.

Fritzl a retenu la main de la mère qui se levait déjà pour lui donner une tape sur la tempe. Il s'est mis à prêcher.

– Quand j'avais ton âge, j'étais un garçon pauvre et je mangeais tout ce que je trouvais. Je courais après les aliments. Je ne voulais pas que mon corps dépérisse. À chaque bouchée j'avais l'impression d'envoyer de l'énergie à mon cerveau. Je savais que mon intelligence avait besoin de croître, l'esprit grandit toute sa vie et consomme chaque jour un énorme contingent de calories. D'ailleurs au lieu de faire un régime, les bonnes femmes feraient mieux de réfléchir une ou deux heures par jour.

Elle se souvenait de son rire. Elle ne se souvenait plus de ce qu'il avait dit. Toujours cette mélopée dont les paroles servaient de mélodie. Personne ne s'en souvient, lui-même les oubliait l'une après l'autre. Peut-être enchaînait-il des mots en désordre, des syllabes, des lettres en vrac.

– Plus tu mangeras, plus tu seras apte à comprendre la vie.

Elle mangeait maintenant. Une machine. La bouche s'ouvre, la nourriture est enfournée, les dents mâchent, le bol alimentaire tombe dans l'estomac. Elle mangeait en roue libre, des gestes réguliers, sans à-coups, fluides. Il continuait à parler, une musique d'ambiance, les coups de maillet donnés par le garde-chiourme sur un billot afin que les galériens rament en cadence.

Une fois nourrie, Anneliese l'a dirigée vers les toilettes.

– Il faut que tu prennes tes précautions, on n'est pas sûr de trouver partout des commodités.

Le corps s'assied, le ventre obéit. Elle conduit Angelika à la salle de bains. Elle se déshabille, sa mère règle la douche. Elle se savonne.

– Les cheveux, lave-toi les cheveux.

Elle lui verse elle-même le shampoing sur la tête. Elle

la frotte comme une boule d'escalier. Elle la rince, elle la sèche sans ménagement dans le bac.

Anneliese l'a emmenée dans sa chambre. Elles ont croisé Fritzl dans le couloir. Un père indifférent à la nudité de sa fille. Un visage toujours souriant, sur lequel on aurait aperçu peut-être comme une trace d'inquiétude. On a toujours peur d'un grain de sable juste avant de commettre un attentat.

Anneliese a laissé la porte entrebâillée. Elle a pris des vêtements dans l'armoire.

– Laisse-moi, je vais m'habiller toute seule.

Elle s'est habillée sous le regard fixe de sa mère. Elle la tenait en joue de ses yeux noirs comme des boulets de charbon.

Fritzl surveillait dans l'embrasure.

– Bon, maintenant je m'en vais. Je reviendrai demain prendre mes affaires.

Un instant de révolte. Elle a arraché la main de sa mère accrochée à son bras. Fritzl s'est avancé, il a recommencé à parler. Une cacophonie.

– Ton avenir. Les parents savent. Ils sont soucieux. Qui t'aimera plus que nous ? Les Thomas changent d'avis. Toujours les parents leurs sentiments pareils. Un dernier verre. L'avenir, on tombe dedans pour longtemps. Discuter une dernière fois. On se raconte avant de se quitter. Les pères se taisent trop, les filles ne disent rien. Dans la cuisine, du soda, des bulles.

– Laisse-moi passer.

Il la laisse passer. La porte d'entrée fermée à double tour. Elle se précipite au salon, enjambe la fenêtre. Le vertige, et pourtant avec la souplesse de ses dix-huit ans elle se serait relevée sans grand dommage après sa chute dans le jardin. Fritzl dans son dos, son bras autour de sa poitrine. Il la serre contre lui.

Elle se retrouve téléportée dans la cuisine. Il y a un verre de Coca sur la table. Anneliese a poussé un soupir de soulagement en la voyant boire.

Angelika encore déterminée à s'enfuir.

– Donne-moi la clé.

Fritzl recommence à parler en fouillant dans ses poches. Elle n'écoute pas, le sortilège a perdu son charme. Une crise de nerfs, elle lui donne des coups de poing dans la cage thoracique. Des coups de poing de plus en plus amortis. Elle devient molle, s'affaisse, elle s'accroupit et réclame encore la clé.

– Voilà la clé.

Il agite le trousseau. Elle essaie de l'attraper avec la bouche. Un réflexe, alors qu'elle n'a plus la force de lever le bras.

– Tu vas m'aider à descendre une porte à la cave.

– Une porte ?

Anneliese descendait l'escalier. Elle avait à la main une petite valise Austrian Airlines rapportée par Fritzl d'un voyage en célibataire à Málaga. La veille, elle avait mis dedans un pull, trois culottes, un soutien-gorge et deux tranches de pâté en croûte enveloppées dans du papier d'alu. Elle avançait en éclaireuse, mais en cette fin de matinée tous les locataires étaient à leur travail.

Parvenue au rez-de-chaussée, elle a claqué dans ses mains. Fritzl est descendu avec Angelika dans ses bras. Elle remuait encore.

– Où on est ?

Une question qu'elle répétait les yeux clos.

La volée de marches qui mène à la cave. À présent, Anneliese marche en tête avec Angelika dans les bras. Fritzl avait repeint la porte qui séparait la chaufferie de son bureau souterrain. Il a confié la fille à sa mère pour aller la chercher dans le jardin où il l'avait mise à sécher.

Anneliese s'est débarrassée du corps inerte au bas de l'escalier. Fritzl a posé la porte contre le mur.

– Remonte maintenant.

Anneliese a obéi.

Quand il est revenu les mains vides, elle a recommandé à Fritzl de penser la prochaine fois à descendre la valise. Elle l'avait oubliée sur la première marche de l'escalier souterrain.

– Elle doit avoir faim.

– Oublie-la.

Anneliese avait obéi.

Un épisode escamoté. Par orgueil, Fritzl avait préféré dire aux flics qu'il avait agi seul. Angelika leur avait parlé du verre saturé de Valium, de la porte qui dégageait l'odeur de la peinture fraîche. Le reste n'était que brume. Anneliese avait dans sa mémoire chaque instant de cette matinée jusqu'à la descente au tombeau. Un souvenir frappé du sceau de l'interdit, un souvenir plombé, opaque, même si sa conscience l'avait croisé elle n'aurait vu que sa coque, et elle devenait de plus en plus dure au fur et à mesure que les années passaient. Même un douloureux interrogatoire n'en serait pas venu à bout.

Le soir même, Thomas était venu demander où était passée Angelika. Fritzl l'avait pris à part, lui passant la main dans le dos pour par avance le réconforter.

– Un garçon est venu la chercher ce matin dans une Volkswagen. Elle a emporté toutes ses affaires. Elle n'a pas dit quand elle reviendrait.

Thomas a pleuré en rentrant chez lui. Un chagrin de quelques semaines, puis seulement la rage au cœur d'avoir été largué.

Ne voyant pas revenir Angelika, les enfants ont fini par oser demander où elle était passée.

– Votre sœur est partie à Vienne faire la putain.

Anneliese se faisait l'écho de la parole du patriarche.

– Faire la putain.

Elle imaginait sa fille fardée, nue sous une jupe en vinyle, portant en bandoulière un sac minuscule, battant la semelle sur le pavé de Vienne.

Angelika se réveille. L'obscurité absolue. Elle la prend pour le sommeil. Elle se rendort. Elle ne peut plus dormir. La douleur du collier serré autour de son cou. Elle essaie de se mettre debout. Il fait encore nuit. Elle a dû essayer de s'étrangler pendant un cauchemar. Elle frissonne. Elle est nue. Elle crie longtemps. Elle se tait. Elle avance. Un pas, un autre. La chaîne l'empêche d'aller plus loin. Elle touche devant elle un objet lisse et froid. Elle découvre un robinet du bout des doigts. Elle s'étrangle pour l'ouvrir. Elle ne peut pas se pencher pour boire. Elle mouille sa main. Elle la porte à sa bouche. Quelques gouttes d'eau sur sa langue.

La lumière s'allume. Elle est aveuglée. Elle recule. Elle se bouche les yeux. Il entre. Une voix posée, calme. Un gardien de prison presque affable qui débite le règlement de l'établissement à un nouveau détenu.

– Tu n'as pas le droit de crier. Je viendrai de temps en temps t'apporter à manger.

Il regarde la mare d'urine qu'elle a laissée sur le sol à l'endroit où elle dormait.

– Les toilettes sont là.

Il lui montre la cuvette. Il la tire par le bras. Il l'assied. Elle est obligée d'allonger son cou pour ne pas étouffer.

– Je te laisse la lumière.

Il montre l'étroit espace de la main.

– Le temps que tu t'habitues.

Elle cligne des yeux. Elle reconnaît l'abri. La chaîne n'est pas assez longue pour atteindre les banquettes. De toute façon, elles sont aussi dures que le carreau.

– Tu as tout le confort moderne.

Il rit. Angelika se jette sur lui. Il recule d'un pas. Le collier l'étrangle. Son rire reprend.

– Je te laisse.

Il referme la trappe derrière lui. Elle est par terre. Elle suffoque. Bientôt c'est à nouveau l'obscurité.

Il revient plus tard. Il s'est écoulé une heure ou une journée.

– Mange.

Il lui jette un gros morceau de pain.

– Couvre-toi, tu vas prendre froid.

Il pose une couverture sur ses épaules.

– Elle gratte un peu, mais c'est mieux que rien.

Il remplit un seau au lavabo. Il le déverse sur la tache d'urine. Il le remplit à nouveau. Il le pose à côté d'elle.

– Ce sera plus commode pour boire.

Un petit sourire dégoûté.

– Et puis tu pourras te faire un peu propre.

Il s'en va.

Il revient souvent. Il ne revient plus. Elle pense qu'il ne reviendra jamais. Elle crie, mais sa voix se casse. Quand il réapparaît, il lui casse la figure.

– Je ne veux pas de bruit, ça inquiète ta mère.

Elle saigne. Il la pénètre. Il s'en va.

Une photo en noir et blanc retrouvée dans ses archives. Un visage, des cheveux, une chaîne, une bouche ouverte, comme criante dans la pénombre granuleuse du cliché. Il l'avait développé lui-même pour ne pas s'attirer les soupçons d'un labo.

Le policier la pose devant lui.

– Je me souviens.

De la nostalgie dans son regard troublé.

– Je l'ai prise une semaine après son arrivée en bas. Vous savez, je voulais garder une trace.

Il a souri.

– La chaîne nous gênait pour nos ébats sexuels.

Le policier le regardait, les mains immobiles sur le clavier de l'ordinateur.

– Ce n'était pas pratique. Je devais faire attention. Je craignais de m'endommager en me râpant contre la chaîne.

Un sourire égrillard.

– Vous comprenez ?

Le policier a pris note de sa déclaration.

Délivrée de ces entraves, elle éprouvait un certain plaisir à se sentir plus libre. La plaie qui lui cerclait le cou commençait à sécher. Quand les croûtes étaient tombées n'était plus demeurée qu'une cicatrice rose de la largeur d'un gros collier de perles.

Il éteignait toujours en s'en allant, mais à présent elle pouvait aller jusqu'à l'interrupteur. Quand elle l'entendait ouvrir les premières portes, elle se précipitait pour éteindre. Il lui arrivait de toucher l'ampoule en débarquant, comme elle était chaude il cognait.

– Depuis ta naissance, tu m'as déjà coûté assez cher.

La cicatrice deviendrait blanche avec le temps. À sa sortie de la cave, elle porterait longtemps le foulard pour la dissimuler avant de finir par s'en foutre.

Des jambes ankylosées, égratignées, couvertes d'hématomes à force d'avoir raclé le sol à chaque fois qu'elle s'approchait du lavabo. Un apprentissage, des petits pas. La colonne vertébrale qui peinait à se déplier. Elle marchait courbée, la douleur quand elle se redressait et puis elle se recroquevillait sur le sol épuisée.

Une rédemption. Au bout de quelques jours son corps avait retrouvé sa souplesse. La joie de se sentir à nouveau libre de ses mouvements dans l'espace exigu. Elle s'est enhardie, entreprenant de longues promenades. Des kilomètres en longeant les murs, l'ivresse de la fatigue, de l'épuisement. S'allonger, s'endormir comme une bienheureuse sur le carreau. Elle s'était même un jour mise à courir, elle était tombée aussitôt.

Elle est devenue une prisonnière ordinaire. En elle le désir de s'évader, l'obsession des captifs. Elle avait essayé d'ébranler la trappe en s'arc-boutant, de la pousser avec ses mains, avec ses pieds. Elle a sauté pour essayer de soulever le plafond, mais ce n'était pas le toit fragile d'une maison de poupée.

Elle entendait les bruits de la rue, les pas dans l'escalier, la rumeur des conversations chez les Fritzl, le son de leur téléviseur et celui plus clair encore des postes des locataires. Mais les cris qu'elle avait poussés n'étaient pas montés si haut, la boîte les avait mangés avant qu'ils ne s'élèvent, et seul un murmure avait dû parvenir là-haut.

Elle s'est dit que les tuyaux laisseraient le son filer jusqu'aux cuisines, aux sanitaires du rez-de-chaussée et du premier étage. Elle avait d'abord essayé de tapoter l'unique tuyau d'eau froide avec le seau. Mais Fritzl avait pris soin de remplacer l'anse en métal par un morceau de ficelle de chanvre et le plastique ne le faisait pas tinter. Elle a essayé avec le coude de son index, avec son poing, avec ses pieds. Le bruit était trop léger, elle sentait bien qu'il s'épuisait avant de monter là-haut. Il aurait fallu une pierre, un modeste caillou. Une écuelle aurait fait l'affaire, mais il lui jetait la nourriture à même le sol et ses mâchoires lui tenaient lieu de couteau, de fourchette, sa main de cuillère pour fouiller le fond des pots de yaourt quand il lui accordait cette friandise.

Dehors, c'était le matin. Fritzl prenait son café dans la cuisine quand il a perçu comme un tic-tac montant des profondeurs. Comme si un petit oiseau égaré dans le sous-sol heurtait une conduite avec son bec.

– Tu entends ?

En lui posant la question, il autorisait Anneliese à ouvrir grandes ses ouïes.

– Quoi ?

– Une bestiole qui doit s'être perdue.

– On dirait plutôt le bruit d'une grosse montre.

Le soir, Anneliese lui a dit que la bestiole avait continué son charivari.

– Tiens, écoute.

Un bruit régulier qui ne s'interrompait que pour recommencer quelques instants plus tard.

– À la longue, c'est agaçant.

Quand Angelika avait crié, il l'avait informée qu'en réalité elle n'entendait rien. Elle en était aussitôt convenue.

– Tu as raison, les enfants se chamaillent beaucoup et leurs criailleries me poursuivent même quand ils ne sont plus là.

Mais puisqu'il lui avait donné carte blanche pour entendre le bruit, elle se permettait de continuer à l'entendre.

– Je vais aller voir.

Il était descendu. Il avait cherché en vain la bête. Il avait collé son oreille sur plusieurs tuyaux avant de comprendre d'où provenait le cliquetis. Il avait retiré ses chaussettes, prenant le temps d'ouvrir lentement la première trappe, les portes, pour faire moins de bruit encore que celui qui filait le long du tuyau.

Angelika ne l'a entendu arriver que lorsqu'elle a perçu le bruit de pierre levée de la trappe. Elle a eu le réflexe de s'enfuir, mais à la première enjambée sa tête a heurté le mur. Elle est revenue à elle sous les coups.

– Tu tapais avec quoi ? Hein ? Avec quoi ?

Il l'a tirée par les cheveux. Sa lèvre supérieure était tuméfiée, sanglante. Il l'a soulevée avec ses doigts. Une des deux canines était cassée, à l'autre manquait un angle. Elle n'était pas un oiseau, mais elle s'en était servie de bec.

– Tu ne feras plus jamais ça.

Il lui a écrasé la bouche contre le mur. Il se servait de sa tête comme de celle d'un marteau. Des dents fendues, cassées, brisées. Autant de brèches où les bactéries feraient leur nid.

Au cours de son audition au tribunal de Sankt Pölten, Angelika lui a reproché cet épisode qu'elle pensait à l'origine de vingt ans de pulpite.

– De toute façon, tes dents tu les aurais perdues quand même.

L'avocat a surenchéri.

– D'ailleurs, mon client est bien généreux de se souvenir encore de cet incident. Il s'est produit il y a si longtemps. Qui saura jamais s'il a réellement eu lieu ?

Fritzl baissait la tête, mâchant un petit rire, Angelika a pleuré. Elle a refusé la suspension de séance que lui proposait la présidente. Elle a levé les yeux sur l'écran et la diffusion de son témoignage vidéo a repris.

Les yeux d'Angelika coulaient, le résultat machinal du travail des glandes lacrymales mais elle n'avait même plus conscience de pleurer. Il continuait à la frapper, elle se cachait le visage mais un réflexe lui faisait retirer ses mains sous les coups de pied.

Il a éteint la lumière, il l'a abandonnée dans un bain de sang et de larmes.

Il est revenu avec des cordes et un rouleau d'adhésif. Il l'a ligotée, bâillonnée, et lui a remis le collier.

– Tu pourras toujours essayer de rouler jusqu'au bout de la chaîne pour te rafraîchir au lavabo.

Elle ne sentait plus rien, l'au-delà de la douleur, de la peur, les limbes où l'on est écrasé, on n'est plus qu'un point, une absence. Il était venu chaque jour, arrachant l'adhésif, retournant une bouteille d'eau dans sa bouche qu'elle buvait tout entière pour ne pas étouffer malgré la sensation que son estomac allait éclater.

Les liens qui comprimaient le ventre, enserraient les cuisses qu'elle pouvait à peine entrebâiller. L'urine parvenait à couler, à se répandre. Le reste était une torture, elle s'en débarrassait avec peine. Les jours où il resserrait les liens, elle se sentait mourir faute de pouvoir expulser les matières.

Il s'accroupissait, posait son pénis sur son visage. Mais la puanteur l'incommodait et son érection tombait.

Il l'a détachée au bout d'une semaine.

– Quand je reviendrai, je veux que tu sois propre.

Il lui a jeté à la figure une savonnette emballée dans du papier doré qui brillait sous l'ampoule comme un lingot.

Deux mois après sa descente au sous-sol, il avait donné à Angelika l'espoir d'une levée d'écrou.

– Je te remonterai peut-être quand tu seras matée.

Quelques années de dressage et elle serait comme ces chiens qui abaissent la poignée d'un coup de patte et reviennent à la maison sitôt leur promenade hygiénique terminée.

Elle rêvait de rues ensoleillées, fraîches ou sous la pluie battante, du bruit de ses pas dans la neige de décembre. Boire chaque matin son bol de café à la fenêtre, circuler dans la vaste maison, faire son lit dans la clarté, s'aveugler de la lueur des étoiles, retrouver l'odeur du tissu neuf dans les magasins et celle du clou de girofle qui à cette époque flottait encore dans les cabinets des dentistes.

Une liberté surveillée, conditionnelle, qui lui suffirait pour retrouver le bonheur. L'été, il lui permettrait d'accompagner la famille en vacances. De courtes marches autour du chalet, respirer les sapins, l'herbe, le ciel même dont le bleu devait sûrement répandre un arôme sur la terre. Elle aimerait entendre les voix autour d'elle, les conversations indifférentes du quotidien, les projets de courses pour le déjeuner, la saveur d'une tomate bien rouge dans la lumière crue de midi, les rires de la fratrie, les cris de sa mère jetés dans les pièces au plafond haut qui se perdraient dans l'atmosphère sans donner l'impression de s'éterniser comme ceux de son père.

Elle apprenait à rêver. Un monde parallèle où elle gambadait sans même se sentir ralentie par le poids de son corps délivré de la pesanteur. Une convalescence délicieuse, plaisir infini de s'être levé d'entre les morts une fois pour toutes. Le viol du père devenu une habitude, le léger tribut à payer pour une vie de délices.

Voir des gens marcher, des gamins courir, le bruit, la fumée des voitures, le bleu, le pommelé, le gris du ciel. La maison pleine de fenêtres, des carreaux plein les murs, l'extérieur qui entre à flots, la couleur du gazon jaune, pelé, qui tout l'hiver recouvre le jardin, des feuilles, des bourgeons, de la piscine redevenue limpide, turquoise, pleine de reflets d'or aux premiers beaux jours de la fin mai.

Les belles nuits, retarder l'instant d'aller se coucher, de fermer les volets, et puis se relever pour regarder une dernière fois la rue à travers les fentes, laisser passer son visage dans l'entrebâillement de la croisée, emporter dans son sommeil le souvenir du dehors.

Un réveil émerveillé, le pain qu'on fait griller en écoutant à la radio le récit des événements survenus depuis la veille, la maison qui redémarre peu à peu, le claquement des pantoufles dans les couloirs, le bruit de la chasse, des douches, des râleries quand le placard manque de chaussettes, le tube de dentifrice, le frigo de jus d'orange, et qu'il fait vraiment trop mauvais temps pour un mois de septembre.

Les premières disputes à propos d'un quignon de pain non identifié oublié sur le coin de la table, d'un faux mouvement dans la figure d'un somnolent en train de verser du thé dans une tasse, à propos de rien. Une journée qui casse laborieusement sa coquille, drôle de poussin dont on ne sait pas encore s'il boitera ou vous emportera sans crier gare vers le paradis.

Six mois après la descente d'Angelika, Fritzl avait abattu deux cloisons. L'abri avait été dépouillé de ses sanitaires, les banquettes en brique cassées, et il avait édifié des étagères du sol au plafond.

– Ce sera une réserve. Je pourrai te laisser six mois de pommes de terre.

Son rire.

– Tant qu'il en restera tu vivras.

Il avait créé la salle de bains. Une baignoire courte, un lavabo avec un miroir, des toilettes et contre le mur d'en face les plaques électriques, l'évier, le four. Un four blanc *Kitchen Set* multifonctions. Il avait dû démonter la porte et la carrosserie du réfrigérateur pour le faire passer par la trappe. Le lave-linge était arrivé en pièces détachées quelques semaines plus tard.

Au-delà, un boyau de brique et une pièce carrée où il avait installé un grand lit. Un matelas qu'il avait ligoté pour qu'il puisse passer par la trappe. Un sommier qu'il avait construit, soudant des barres de fer, adaptant un treillis métallique, le fixant solidement au sol comme s'il avait peur qu'il s'envole en catimini pendant leur coït. Pas de bois dans le terrier, il craignait qu'Angelika en arrache un morceau pour s'en servir d'arme.

À côté patientait la future chambre des enfants. Il attendrait la naissance de Martin pour percer le fond du boyau. Il construirait à l'intérieur deux lits superposés. Une chambre exiguë mais pas un placard, une petite chambre sympathique avec quelques jouets à laquelle manquait une fenêtre. Il recouvrirait par endroits le sol d'un parquet synthétique qui achèverait de donner à la cave un aspect cosy.

Elle n'avait pu réprimer un sourire de satisfaction. À défaut de pouvoir les briser à coups de masse, quand on est condamné à ne plus jamais sortir de chez soi on rêve de repousser les murs. Elle se souvenait d'une émission intitulée *Comment décorer son nid*, diffusée par une chaîne de télévision bavaroise. Elle rêvait de meubles clairs, de tentures, de tapis de jonc de mer, de grappes de lampes pour ensoleiller, de méridiennes où elle pourrait faire la sieste derrière une paire de lunettes fumées, d'un petit bureau à cylindre et d'une chaise capitonnée recouverte de cuir rouge.

Il avait essayé les plaques.

– Voilà, maintenant tu pourras faire de la vraie cuisine.

Il lui avait apporté un livre de recettes et toute une batterie de cuisine dont elle avait eu le plus grand mal à enlever les étiquettes.

Fritzl appréciait les plats d'Angelika. Il s'en souviendra pendant sa détention en maudissant l'ordinaire de la prison.

– Rien ne vaut la cuisine familiale.

Les gardiens avaient pris l'habitude de lui répondre que la prison était une grande famille.

Octobre 1986, les règles d'Angelika ne sont plus survenues depuis septembre. Des nausées, la fatigue et parfois aussi un étrange sentiment de plénitude. Par la suite, elle l'éprouvera à chaque fois qu'elle se trouvera enceinte.

Le 15 décembre, elle fait une fausse couche. Fritzl emportera le fœtus dans un carton à chaussures. Il l'enterrera dans le jardin comme un chat entre deux cyprès.

À l'automne 1988, le ventre d'Angelika s'était à ce point arrondi que sa grossesse ne faisait plus aucun doute. Trois jours avant la naissance de Petra, Fritzl l'a informée du rôle qu'il lui attribuait. Elle mettrait au monde des enfants, il les emporterait le lendemain dans une couverture.

– On les adoptera, ta mère dira que ce sont des enfants du retour d'âge.

Un petit sourire comme une pointe de feu.

– Ce n'est pas une vie pour un gosse de vivre entre quatre murs.

Elle avait retenu ses larmes, des yeux rouges malgré tout sous l'ampoule.

– Tu n'es pas d'accord ?

Pas de réponse. Les larmes ont coulé.

– Ce que tu peux être égoïste. Tu ne penses qu'à jouer à la poupée.

Il lui avait attrapé le menton. Elle se laissait secouer la tête.

– Tu vas être mère. Il est tant que tu t'oublies un peu, que tu t'effaces. Tu dois faire passer ton enfant avant toi.

Elle s'est mise à trembler, puis elle a été prise d'une crise de nerfs. Il a rempli le seau. Il l'a vidé au-dessus de sa tête. Elle s'est jetée sur lui, le griffant. Il s'en est débarrassé sur le lit d'une poussée.

– La nuit porte conseil.

Une longue nuit qui a duré une semaine. Privation d'électricité, de l'eau de temps en temps. Elle avait accouché dans l'obscurité. Elle avait coupé le cordon à tâtons avec la paire de ciseaux d'écolier qu'il lui avait donnée en fait de matériel. Les bouts ronds interdisaient d'en faire une arme.

Un animal qui met bas au fond de son terrier.

Petra est née le 6 janvier 1989. Angelika n'avait aucun moyen de connaître le chiffre des années et des jours, mais Fritzl a dûment consigné la date dans son carnet de bord.

Un bébé magnifique dont l'arrivée par le siège avait ajouté au supplice d'Angelika car elle avait souffert plus de quatre heures avant la délivrance, mais qui avait préservé son visage. S'il y avait eu de la lumière, elle aurait pu constater qu'il était déjà frais et reposé comme celui d'un bébé d'une semaine.

Anneliese l'avait entendue souffrir. Sa conscience l'avait contrainte à ne pas reconnaître les cris de sa fille. Elle s'était plainte à Fritzl de l'accouchement d'une douillette dans une clinique inconnue et lointaine dont les nuisances traversaient ce jour-là Amstetten.

– Je crois que je l'entends aussi.

– C'est une nuisance.

– Si ça continue, je la signalerai à la mairie.

Le bruit avait cessé, relayé par les cris du nouveau-né.

– On dirait maintenant qu'un bébé braille.
– Mais non.
Elle se l'était tenu pour dit. Elle avait continué jusqu'à la fin à suivre le feuilleton de la vie du petit peuple de la cave. Elle entendait les enfants grandir, leurs vagissements se faisant borborygmes, puis c'était des *maman, maman*, à qui mieux mieux, des phrases maladroites, des discours de petit enfant découvrant le langage, et les engueulades, les baffes qu'Angelika leur administrait pour que l'ordre règne dans l'espace confiné.

Anneliese passait son temps à renier ses oreilles, à se dire qu'elles perdaient parfois la raison. Ils étaient rares les instants où elle leur accordait le bénéfice du doute. Plus rares encore ceux où elle se permettait d'évoquer timidement la bande-son de la cave à Fritzl.

Il avait vu Petra le surlendemain de sa naissance. Une sorte d'hommage du papa.
– Elle n'est pas laide.
Il la tenait dans ses bras avec l'air indifférent d'un contremaître qui en bout de chaîne procède à une vérification de la marchandise.
– Elle restera ici tant que tu auras du lait.
Elle avait entendu parler de ces cas rarissimes où la mère parvient à allaiter son enfant jusqu'à l'âge de huit ans. D'ici là, elle serait sortie. Il était impossible d'enfermer une humaine éternellement. Il serait bien obligé de la remonter quand l'isolement commencerait à l'étioler. Il pourrait tout aussi bien l'engrosser là-haut et réaliser son projet de lui faire autant d'enfants qu'il en avait fait à Anneliese. Elle serait sa prisonnière là-haut comme en bas. Si elle tentait de fuir, il la rattraperait et la remettrait privée de sa fille dans la boîte.

Par bonheur, Petra avait fait ses nuits dès la première semaine. Une enfant dormeuse, paisible et en cas de caprice on la calmait d'un câlin. Le lait a commencé à lui manquer tout à fait quand elle a eu un an. Elle la nourrissait en douce avec les provisions que lui apportait Fritzl pour le gavage de la vache à lait qu'elle était devenue.

Elle hachait patiemment la viande avec un de ces couteaux en plastique inoffensifs dont le prudent Fritzl avait pourvu la cave, ou avec l'économe à lame d'acier qu'il lui avait accordé après en avoir émoussé la pointe quand il avait été lassé de manger des pommes de terre en robe des champs. Elle écrasait les légumes dans un verre, elle mélangeait l'ensemble avec du yaourt et nourrissait la petite à la cuillère.

Il n'a pas tardé à s'apercevoir qu'elle était tarie.

– Tes seins sont secs comme un coup de bâton.

Elle a essayé de rire.

– Elle boit tout.

– Tu te fous de ma gueule.

Elle était nue sur le lit, et lui avec son sexe braqué qu'il s'apprêtait à introduire. Des traces de violence, deux hématomes sur la poitrine qui mettraient quinze jours à se résorber.

– Je vais la monter là-haut.

Une pénétration brutale. Elle se retient pour ne pas hurler mais lui va son train en gueulant.

Il est parti sans la gamine.

Une semaine plus tard, il a pris Petra à bras-le-corps.

– Je te la rendrai quand tu remonteras.

Elle le regardait tétanisée.

– Quand tu la reverras elle sera peut-être grand-mère.

Il a quitté la pièce.

Elle demeurait immobile. Face au malheur, son cerveau générait assez d'endorphines pour qu'elle ne ressente plus aucune douleur. Une légère euphorie, une destinée au-dessous d'elle qui coulait noire et lointaine. Une sorte de spectacle auquel elle assistait indifférente et anesthésiée.

Elle entendait les pleurs de l'enfant, la porte en béton se refermer. Les pleurs persistaient, un rythme ternaire, avec des poussées suraiguës à briser les cristaux qui revenaient entre deux plaintes étouffées. Elle n'écoutait pas, un bruit contre lequel elle ne pouvait plus rien. On ne berce pas un bébé à distance.

Elle s'est allongée sur le lit. Pas le sommeil, un engourdissement, une perte de contrôle, dans sa tête les pensées emmêlées, une pâte brunâtre et sa conscience qui lui semblait rouler à la surface comme une bille.

Le son du bébé, un bruit de fond, bizarres percussions. Les minutes, trois heures passent. Elle se relève dans le silence absolu de la cave, n'était le bruit assourdi d'un marteau-piqueur qui depuis une semaine de temps en temps creusait un trou dans la ville.

Il reste un œuf dans le frigo. Il grésille sur la poêle. Deux biscottes installées l'une au-dessus de l'autre pour éviter de les briser en étendant le beurre. Un peu de riz de la veille réchauffé au bain-marie. L'assiette en faïence ornée d'un cerf bleu descendue par Fritzl le mois dernier avec un trio de verres. Anneliese avait accusé les enfants d'avoir cassé les verres et d'en avoir jeté les morceaux pour éviter les baffes. Elle les avait battus quand elle s'était aperçue que manquait aussi une assiette.

Un cerf rassurant, un animal familier qu'elle avait recouvert de chou, de viande, de pâtes toute son enfance. Il l'avait rejointe dans son exil. Si elle se concentrait sur sa collation, elle pouvait se croire là-haut dans un moment d'accalmie. Ces rares instants où Anneliese ne haranguait pas les mômes, où Fritzl était en voyage et n'avait laissé dans la maison que le souvenir de ses coups. Un instant de quiétude, l'assouvissement d'une petite faim, l'impression de satiété qui monte au cerveau.

De nouveau des cris de bébé. La cave avait dû commencer à monter et elle s'approchait de la surface. La cave allait soulever la pelouse, pousser comme un champignon à ras de la façade, percer même le sol du rez-de-chaussée, du premier étage et s'installer au milieu du salon. Elle n'aurait plus qu'à frapper à la cloison, il se trouverait bien un frère, une sœur, pour la briser d'une chiquenaude.

Elle s'est dirigée vers l'entrée du bunker. Le son est devenu strident, elle voyait même sur le sol l'image de Petra empaquetée dans une serviette garnie de torchons. Une hallucination comme les autres. Elle croyait souvent voir Thomas endormi sur l'oreiller quand elle se réveillait. Elle essayait de résister à la tentation de lui passer la main dans les cheveux pour éviter de le voir aussitôt disparaître.

On la visitait souvent. La cave devenait café. Des clients assoiffés devant le comptoir et ceux qui attablés bataillaient avec leur escalope ou faisaient de grands gestes pour qu'elle leur apporte enfin leur bière, leur assiette de charcuterie, remplisse leur corbeille à pain. Il fallait regarder comme on lèche une vitrine. Il n'y avait pas de vitre, mais quand la main s'aventurait les murs se reformaient aussitôt.

Elle résistait, le bébé s'était mis à crier. Elles étaient rares les hallucinations où elle entendait du bruit sortir des bouches. Le plus souvent il lui aurait fallu savoir lire sur les lèvres. Mais on joint le geste à la parole, les exclamations se voient et les baisers et les rires. Il lui était arrivé de croire voir Petra avant sa naissance. Un bambin au visage trop potelé pour être humain, un avorton avec juste la peau sur le crâne, alternativement garçon ou fille, souvent plutôt garçon avec un sexe comme une babiole.

Là, c'était bien son image. À présent qu'il l'avait emportée, elle viendrait dorénavant lui rendre visite. Un avatar qui évoluerait avec le temps. Dans quelques mois elle l'entendrait gazouiller, elle marcherait sur ses petites jambes mal assurées. Un jour elle se mettrait à courir, elle foncerait sur elle pour qu'elle la prenne dans ses bras. Elle devrait reculer, résister à la tentation d'entrer en contact avec elle pour qu'elle ne se dissolve pas.

Elle grandirait. Elle prendrait l'habitude de venir avec son galant, un garçon solide aux traits taillés à grands coups de burin, une petite chose efféminée, une espèce de voyou aux mains pleines de cambouis. Elle souffrirait de ne pouvoir entrer en communication avec elle pour la mettre en garde. Elle ferait un saut en robe blanche le jour de son mariage, elle descendrait après chaque naissance lui montrer fièrement l'enfant qu'elle viendrait de pondre.

Elle viendrait la voir quand Fritzl serait mort. Quelques semaines à dépérir. À mourir de faim, quand elle aurait grignoté les dernières moisissures. Petra serait alors une belle fille dans la force de l'âge, elle aurait un panier rempli de victuailles dans les bras. Elle attendrait de n'en pouvoir plus pour y cueillir une fraise, un gâteau, rompre le quignon de la baguette qu'elle lui tendrait comme une perche.

Elle reviendrait au dernier moment, elle se pencherait au-dessus du lit pour l'embrasser. Ses lèvres s'approchant de son visage, le bruit de sa respiration, son haleine fraîche de bonne vivante au sourire blanc et rose. Elle croirait même sentir l'odeur de soleil de sa peau hâlée. À l'instant où sa bouche se poserait sur son front brûlant, Petra disparaîtrait mais Angelika serait déjà morte.

Petra oscillant sur le sol. Ses mains crispées, ses cris désespérés de n'être pas assez puissants pour alerter la planète. Et la maisonnée, cet atroce échantillon de l'indifférence universelle, aux habitants parlant plus haut, faisant gueuler les télévisions, les radios, toussant, chantonnant, tapant même du pied pour ne pas l'entendre.

Petra s'endormant soudain comme si elle avait poussé tous les cris qu'elle avait reçus en partage. Un petit ballot blanc à deux pas de la trappe. Angelika qui osait s'approcher, pliant les genoux pour mieux la voir.

Elle se penche davantage et prend l'enfant dans ses bras. Elle n'est pas une image, elle pèse, elle a une odeur. Angelika secouée par une décharge de bonheur. L'avenir vient de lui être rendu.

Elle va la changer, elle nettoiera le linge souillé et le fera longuement bouillir avant de l'étendre au-dessus de la baignoire. Presque plus rien à manger, elle se sent coupable d'avoir englouti l'œuf. Elle la nourrit comme un oiseau de miettes trempées d'eau.

Fritzl laisse passer les jours. Dans la cave, la nourriture devient un problème insoluble. Angelika donne le sein à sa fille pour tromper la faim. Elle se calme, la source n'est pas encore complètement tarie.

Quand il revient, il apporte des boîtes de lait maternisé, un grand paquet de couches, deux biberons, ainsi que de la viande, des pommes de terre, des œufs, de la farine, du sucre et du saindoux.

– Mets en route le dîner avant de t'occuper d'elle. Les enfants ne sont pas des rois.

Petra s'était réveillée au bruit de la trappe qu'il avait refermée derrière lui. Des pleurs, des cris qui n'entamaient pas la bonne humeur du grand-père papa.

– En fait, tu cuisines mieux que ta mère. C'est une souillon et je n'en suis jamais venu à bout.

Angelika n'avait pas discuté. Elle avait mis à fondre du saindoux dans la grande casserole, elle épluchait les patates, les coupait péniblement avec le couteau en plastique, jetait les morceaux de porc dans la graisse qui commençait à grésiller, remuait les ingrédients destinés à la confection du gâteau.

Vingt-cinq minutes plus tard, Fritzl était attablé. De grosses bouchées à peine mâchées, une boule fugitive descendait le long de son cou à chaque fois qu'il déglutissait. Le gâteau cuisait au four, elle avait mis en marche le minuteur qu'il avait apporté le lendemain du jour où elle avait laissé brûler le poulet du dîner.

Elle avait suivi rigoureusement les instructions inscrites sur la boîte de lait. Petra a pleuré quand elle a eu fini de boire. Son organisme se souvenait de la famine, il cherchait à constituer des stocks. Angelika s'apprêtait à lui préparer un deuxième biberon.

– Qu'est-ce que tu fais ?

– Elle a encore faim.

– Tu vas la faire crever à force de la gaver.

D'ailleurs, repue, elle s'était endormie.

– Viens manger, au lieu de rester debout comme une idiote.

Elle s'est servie. Elle avait réprimé son envie de s'emparer de la casserole, de la vider dans sa bouche petit à petit, de tout avaler comme un liquide. Elle essayait de couper sa viande sans hâte, de manger lentement, portant les morceaux à sa bouche du bout de la fourchette comme une mondaine qui a englouti une choucroute avant de sortir pour éviter de paraître goulue au cours d'un cocktail. Elle ne voulait pas accorder à Fritzl la vision de son humiliation de dépendre de lui pour ne pas mourir de faim.

– Je suis ton père nourricier.

Un petit sourire sous sa moustache dont les poils ont recommencé à vibrer tandis que reprenait la mastication de la patate qu'il s'était fourrée dans la bouche avant de parler.

– Tu sais, ta sœur a vu passer l'autre jour ton Thomas sur une nouvelle moto. Une moto toute rouge avec une petite rousse sur la selle qui le serrait comme sa dernière planche de salut.

– C'est pas vrai.

Angelika qui se lève et emporte son assiette dans la chambre. Loin de son regard, elle se permet de dévorer. L'habitude contractée dès l'adolescence de quitter la salle à manger en emportant sa pitance. Anneliese la poursuivait dans le couloir. Quand elle n'avait pas eu le temps de pousser son lit contre la porte de sa chambre, elle la déséquilibrait sous les baffes et l'assiette se brisait sur le sol. Elle la prenait par les cheveux, elle pressait sa tête pour l'obliger à manger la nourriture répandue. Angelika avait toujours résisté, lui donnant même des coups de pied dans les tibias avant de prendre la fuite dans l'escalier. Quitte à être rattrapée et tabassée par le père.

Elle entendait Fritzl claquer sa langue après chaque bouchée, entrechoquer son verre contre son assiette. Elle le voyait sourire à travers le mur, cette petite grimace perpétuelle qui semblait sculptée dans son visage et que seules les bouffées de colère parvenaient à faire voler en éclats.

Un sourire de monarque, de potentat dont ses familles étaient les royaumes. La cave comme une province conquise, une terre aride où il aurait exilé une femme pour y semer un peuple dont il aurait été l'ancêtre. Une terre inconnue dont lui seul possédait la carte. Une terre dissimulée, close, sans ciel, pas d'infini à portée du regard, un horizon tiré au cordeau, des astres mesquins pendus à des fils que les autochtones pouvaient regarder en face sans risquer de brûler leur pupille.

Les deux enjambées de Fritzl pour gagner la chambre. Elle tient dans ses mains l'assiette vide. Ses yeux baissés, à peine entrouverts, et le regard qui ose à peine se lever pour apercevoir le danger. Le sourire amplifié du père, un rire silencieux, aussi inquiétant qu'un hurlement dont elle ne percevrait pas l'origine.

– Tu vois bien, personne n'est irremplaçable. Les garçons aiment bien changer, nouvelle moto, nouvelle fiancée. En plus, je crois qu'il a changé de travail. Il y a longtemps que je ne l'ai plus vu faire l'andouille à la terrasse avec son plateau et son tire-bouchon.

Elle avait encaissé le coup tout à l'heure, à présent l'ecchymose, une tache noire en elle, du chagrin. La fierté d'attendre le départ de son père pour se mettre à pleurer. Elle ne lui donnerait pas le plaisir de voir couler ses larmes.

– Bientôt, il n'y aura plus que ton père pour se souvenir de toi. Si tu continues à faire l'enfant gâtée tu deviendras vite pour moi un mauvais souvenir. On essaie de les oublier le plus vite possible, les mauvais souvenirs.

Il s'est assis à côté d'elle. Sa main fureteuse sur sa poitrine, entre ses cuisses qu'elle n'ose serrer. Une robe orange devenue flottante sur son corps dégonflé après l'accouchement. Il s'est allongé, tête installée sur l'oreiller comme un bijou sur le coussinet d'un écrin.

– Enlève mes chaussures.

Elle obéit.

– Déshabille-moi.

Dans ces moments-là, il se fait rigide comme un cadavre. Petit à petit, elle est devenue aussi habile qu'un thanatopracteur. Elle installe le pantalon et la veste sur un cintre qu'il a descendu pour pouvoir ressortir impeccable de la cave. Les chaussettes étendues par-dessus la chemise et le caleçon. Vêtements pliés avec autant de soin que si elle avait voulu les donner à un pauvre.

– Viens.

Elle a quitté sa robe. Elle s'approche nue.

Haine de ce qu'elle est devenue au moment où le plaisir survient.

Au matin, elle lui a demandé un pèse-bébé.

– Pour quelques jours, ce n'est pas rentable.

Elle n'a plus réitéré sa demande. D'ailleurs, elle sentait bien que Petra se développait. Elle la tenait au bout de ses bras tendus et à chaque fois il lui semblait qu'elle était plus lourde. Malgré l'absence d'ultraviolets, elle n'était pas si pâle. Elle perdrait peu à peu sa bonne mine, les vitamines du lait maternisé n'y pourraient rien.

– Je passerai la prendre lundi.

Il a refermé la trappe. Elle s'est précipitée vers la caisse de bois qui servait de berceau à la petite. Elle l'a soulevée, s'en est emparée, elle s'accrochait à elle.

À cette époque, pas de télévision pour l'informer qu'une journée s'achevait, qu'une autre commençait. Le temps passait ailleurs, mais il n'y en avait pas dans la cave. Elle pouvait chercher, interroger les ampoules, scruter, essayer de disjoindre une latte du plafond, elle ne trouverait ni le jour ni la nuit. Seuls les bruits pouvaient la renseigner, mais dans la journée il arrivait qu'aucune voiture ne passe dans la rue et que la maison soit vide. Des épisodes silencieux dont il lui était impossible de mesurer la durée. Elle aurait pu compter les moutons comme autant de secondes, mais elle n'avait jamais essayé.

Elle se demandait si lundi était loin. Elle a pris une vieille nappe dans le ballot de linge qu'il lui avait descendu avant l'accouchement. Elle n'est pas parvenue à imiter les Africaines avec leur bébé roulé dans leur boubou.

Elle aurait voulu la garder contre elle, la fixer, avoir l'impression de ne plus la quitter avant qu'elle ne lui soit enlevée. Peut-être que dans l'isolement le temps durait plus longtemps. Un lundi lointain, un lundi qu'à force de volonté elle parviendrait à repousser. Un lundi qui sauterait, un petit trou dans le calendrier.

Elle dormait avec elle. Elle essayait de somnoler, ne pas sombrer dans un rêve, un cauchemar qui la ferait rouler du haut du lit, et elle l'écraserait sous son corps en croyant atterrir sur un rocher.

Il valait mieux éviter le sommeil, Petra disparaissait au moment où sa conscience sombrait. Quant aux rêves, il serait temps de rêver d'elle quand elle ne serait plus là. La serrer fort, essayer de garder son empreinte. Espérer s'imbiber d'elle, imaginer qu'elle franchira peut-être la barrière du derme, de l'utérus, retournant se pelotonner dans le ventre d'où elle était venue.

– Tu te souviendras de moi ?

– Ce sera l'été quand on se reverra, on ira manger des glaces.

– Tu t'accrocheras à mon cou, on nagera ensemble dans la piscine.

– Je te trouverai un vrai papa.

– Je t'apprendrai à te maquiller.

– Quand tu seras grande, on ressemblera à deux copines.

– Tu seras heureuse et belle.

Elle lui parlait. Elle essayait de remplir sa mémoire de ses mots, de sa voix. Constituer une image intérieure, des petits points sonores, une maman de paroles qu'elle emporterait là-haut. Elle aurait même déposé en elle assez de recommandations et de gronderies pour prendre part à son éducation.

– Tu n'avais pas à parler pendant la classe.

– Au lieu de jouer, tu ferais mieux d'apprendre tes leçons.

– Tu sais bien qu'il est interdit de traverser la rue sans regarder.

– Arrête de pleurer, tu es une grande fille.

– Je t'aime, mais arrête de faire la nigaude.

– Non, mais, où tu te crois ?

– J'en ai assez que tu dises des gros mots.

– Quand on mange trop, on devient un gros patapouf.

– Décidément, ce garçon ne me plaît pas du tout. Fais-moi le plaisir de le laisser tomber.

– Je veux que tu aies un diplôme, j'ai trop souffert de n'avoir aucune qualification.

– Va promener, au lieu de te radasser avec ce beau temps.

Le ton montait. Une engueulade faisait trembler les murs. Elle ne supportait pas l'idée qu'elle perde sa jeunesse à tergiverser. Elle exigeait une vie en ligne droite, construite, ascendante.

– Tu sais, la vie est longue. Je refuse que tu passes ton existence à payer le prix de tes erreurs. Tu as la chance d'être supérieurement intelligente et d'être la plus belle de ton école. C'est comme ça que je t'ai voulue, c'est comme ça que je t'ai faite. Il n'est pas question que tu gâches tout en lanternant.

– Non, tu ne fais pas ce que tu veux. Je te laisse une totale liberté, mais à condition que tu n'en fasses pas toujours à ta tête. Alors, entendons-nous bien et jure-moi que tu ne recommenceras jamais plus.

Le ton montait encore. Elle avait beau continuer à la caresser en criant, Petra finissait par se mettre à pleurer.

– Ta mère t'aime, ma petite fée. Si maman crie, c'est que tu lui as fait de la peine. Les mamans grondent parce qu'elles aiment leur petite fille. Je t'aime plus que toutes les mamans qui aiment. Embrasse-moi, embrasse-moi fort. Personne ne s'est jamais aimé autant que nous. On est comme deux sœurs et en plus je suis ta maman.

Elle troquait les mots contre une comptine. Des chansons à la queue leu leu, des mélodies sans paroles, des airs d'opéra aux notes toutes cassées. Elle marchait en faisant claquer son pied par terre à chaque pas, se mettait à tournoyer, à danser, à exécuter des petits sauts, la gamine effarée dans les bras, en chantant à tue-tête tout le répertoire germanique de Julio Iglesias.

Ni jour ni nuit. La clarté lasse des ampoules. Un interminable tour de chant, une danse perpétuelle, derviche tourneur pris de vertige cherchant dans la pièce le lit pour se laisser tomber. Des moments de torpeur, et puis avec des gestes automatiques elle la changeait, la nourrissait, la posait dans la caisse qu'elle remuait pour la bercer.

Elle s'éloignait, l'oubliait, s'asseyait dans la cuisine, regardant dans le vague ou fixant le bébé blond de la boîte de lait posée sur le rebord de l'évier. Petra enfermée dans la boîte comme un génie dans une bouteille. Quand elle ne serait plus là, il lui suffirait de coller son oreille contre le couvercle pour l'entendre minauder de sa voix cristalline. Son babil deviendrait bientôt bavardage. Si sa voix de mère ne perçait pas la boîte, elle lui répondrait en frappant des petits coups du bout des doigts. Ce morse de l'au-delà dont se servent les spirites pour demander aux morts dans quel nirvana ils ont construit leur cabane.

D'épuisement, sa tête tombait sur la table. Petra disparaissait. En elle, une zone d'ombre sans souvenirs, la conscience en veilleuse, juste une petite douleur, une gêne, une démangeaison. Elle était à peine plus que le vide, sans lieu, l'os du crâne tout autour, la cave, le ciel dehors. Une abdication, elle ne prenait plus la peine de souffrir, de craindre, de vivre, d'espérer. L'extase triste.

Lundi. Un mot, une déflagration, elle se redresse. Il est peut-être déjà lundi. Il lui reste encore des secondes, des minutes, et même si elle entendait ses pas dans le labyrinthe, d'ici qu'il soit là elle disposerait encore d'un instant. Quand l'aiguille n'a pas atteint tout à fait le haut du cadran, ce n'est pas encore l'heure, on peut prendre son temps.

Le temps, on le sentirait battre dans le creux de sa main si on était assez habile pour le capturer. Et elle n'entendait rien, le labyrinthe silencieux, goulot sec de cette bouteille enterrée qui faute d'elfe, de génie, renfermait une femme oubliée.

– Il me reste du temps.

Petra arrachée au sommeil, au berceau, dans les bras de sa mère à nouveau tergiversante, dansante, chantante, montant sa voix pour essayer d'attraper les notes. Un charivari, et elle aurait voulu pouvoir la poser par terre, la prendre par la main, l'entraîner dans une farandole. Elles se rappelleraient toute leur vie cette fête, cette nouba, cette bamboula, cette flambée d'existence à éblouir la cave, à faire plier les murs.

On habite toujours un espace clos, on ne court jamais bien loin, les voitures suivent des routes, les trains des rails, les avions, les fusées ne rejoindront jamais l'infini. On se cogne toujours quelque part. À deux on est déjà plusieurs, il suffit de le vouloir et on est plus heureux qu'une foule en liesse.

La nuit tombe. Plus d'électricité, comme s'il voulait sanctionner le bonheur. Elle se fige, se tait. Petra crie encore, puis elle s'endort dans ses bras. Angelika immobile, une statue à l'enfant dans le noir.

Elle se dit que le temps dure dans l'obscurité. On peut toujours espérer que le jour ne se lèvera jamais. Une nuit peut se prolonger toute une vie, il y a des phalènes qui ne connaîtront jamais la journée. Le noir comme le froid qui rend éternels les cadavres. Pas la mort, une hibernation, un ralentissement, le cœur qu'on n'entend plus battre, le sang circule sans se presser dans les artères, les veines, léger comme l'ombre, avec la lenteur de la lune. Une statue de chair, aux muscles tendus, durs comme le squelette.

Un goutte-à-goutte malgré tout. Autour d'elle semble tomber le temps, des flaques vite évaporées. Elle marche maintenant, tranquille. Il lui semble que ce lundi a trop tardé, il a dû décider de passer son tour. Elle est chez elle, elle gravite dans le lieu qui lui est imparti. Un appartement sans air, sans vue, où en l'absence de Fritzl elle peut éprouver parfois un sentiment de liberté.

Elle connaît la cave comme une aveugle. Elle passe à ras des parois, évitant les obstacles, allant tout droit vers l'évier pour boire. La sarabande l'a déshydratée, elle remplit son estomac comme une outre. Il reste du ragoût, debout devant la plaque éteinte elle dévore à même la casserole jusqu'au dernier morceau de viande. Elle en nettoie le fond avec des lichettes de pain. Elle la savonne, la gratte, la brique, la met à sécher sur l'égouttoir. Elle passe l'éponge sur la table, la frotte avec un torchon. Elle sait qu'elle luira quand reviendra la lumière.

Petra se réveille. Elle est trempée. Elle la change sur le lit à l'aveuglette. Elle va mettre à tremper le linge dans la baignoire. Petra pleure encore. Elle prépare son biberon, l'agite comme un shaker pour dissoudre la poudre. Elle le place entre ses cuisses pour le réchauffer. La petite crie trop fort, il a à peine tiédi quand elle lui met la tétine dans la bouche.

Sensation délicieuse, partagée par deux êtres humains. La nourriture donnée, acceptée goulûment. L'attente du petit hoquet et la gamine qui se rendort repue avec aux lèvres une moue de satisfaction. Elle ne la voit pas, mais elle pose sa main sur son visage pour s'en assurer.

Le sentiment de paix d'une mère dont l'enfant dort. Elle s'en va nettoyer le biberon, verse dedans une larme d'eau de Javel dont elle imagine les molécules exterminant les bactéries l'arme au poing.

Un coup de balai, une chasse tirée et elle s'en va s'allonger sur le lit. Elle ne croit plus du tout au lundi, les peurs s'émoussent quand elles ont duré longtemps.

D'ailleurs, ce lundi n'est jamais venu. L'obscurité a persisté une semaine entière. Elle ne mangeait presque plus, elle économisait le lait et les biberons devenaient de plus en plus clairs. L'angoisse de mourir, la consolation de mourir toutes les deux. Emporter sa fille avec elle, ne pas l'abandonner et la laisser seule aux prises avec un avenir d'orpheline.

Elle n'avait plus peur du tout. La mort serait naturelle, douce, la vie se retirerait peu à peu, elle la laisserait faire. Elle ne frapperait pas contre les tuyaux, elle ne voulait pas le voir revenir et qu'il la lui prenne. Elle ne voulait pas redevenir seule, elle remporterait avec elle celle qu'elle avait apportée.

La lumière est revenue. C'était un matin dehors, une journée encore un peu grise, mais le soleil est en embuscade derrière un paquet de nuages. Le jour qui se lève d'un seul coup dans la cave. Réveillée par le moteur du frigo, Angelika est éblouie en ouvrant les paupières. Elle entend ses pas, elle se lève. La lumière la désoriente, elle tombe. Elle se redresse et chute à côté du berceau.

Fritzl est chargé. Elle l'entend poser un carton sur le sol de la cuisine. Un bruit de récipients bousculés. Elle serre déjà Petra dans ses bras. Elle s'est assise dans un angle de la pièce, de droite et de gauche un mur la protège. Elle cracherait du feu gueule ouverte quand il approcherait. Il battrait en retraite, il s'enfuirait en oubliant peut-être de fermer les portes derrière lui. Elle remonterait à la surface, elle courrait dans les rues éperdument.

Mais s'il s'en allait en refermant les portes, elle ne pleurerait même pas avant de mourir. Elle respirerait de grandes bouffées d'orgueil, de courage, la dignité des fusillés qui regardent fixement les soldats du peloton qui les tient en joue.

Fritzl avait posé les provisions sur la table. Il avait démantelé le carton avec son canif et glissé les morceaux pliés en quatre dans un sac-poubelle. Il avait mis de l'eau à chauffer, s'était préparé un thé. Attablé, il croquait un biscuit entre deux gorgées. Il avait sorti son journal de sa poche, il lisait un article qui relatait l'attaque à main armée d'une agence bancaire d'un bled du coin où il n'était jamais allé.

Il a quitté machinalement ses mocassins. Un homme qui rentre chez lui, prend ses aises, souffle sur son thé trop chaud et s'apprête à raconter des potins de bureau à sa femme.

Il avait passé une excellente semaine encadrée par deux beaux week-ends. Une entreprise allemande l'avait contacté, lui proposant un salaire mensuel de cent quarante mille schillings pour assurer les fonctions de directeur technique à son siège berlinois. Il avait refusé de s'expatrier, il serait simplement consultant extérieur et compléterait son revenu sans se déplacer plus d'une fois par mois. Une carrière à son apogée qui lui permettait d'envisager de réaliser son rêve et de commencer à acheter des petits morceaux d'Autriche en investissant dans l'immobilier.

Le premier week-end, il avait visité deux fois le bordel. De nouvelles pensionnaires, dont l'une n'avait que dix-huit ans. Le deuxième, il était parti seul à Paris où il avait logé rue Gît-le-Cœur dans un petit hôtel à deux pas de la Seine.

Un dîner en solitaire au restaurant de la tour Eiffel, une virée rue Saint-Denis où il avait pu fantasmer dans une cabine de peep-show devant des filles offrant le spectacle de leur corps aux clients dissimulés derrière la vitre sans tain. Un massage dans un institut sordide du quartier chinois, une grande bouffe au *Pied de cochon* au milieu des touristes américains intimidés devant leur gras-double ou leur assiette de foie gras, nourritures curieuses, inconnues à cette époque dans leur pays natal.

Avant son départ pour Paris, il avait coupé le courant

pour faire taire la cave. Il avait beau prétendre que le bruit devait provenir d'un cabaret et qu'il tournait des heures entières dans les carrières avant d'éclater sous la maison comme une bulle, un locataire avait donné son congé et il avait surpris une lueur d'inquiétude dans les prunelles d'Anneliese.

Dans l'état d'angoisse où se trouvait Angelika, elle prendrait cette sanction pour une épreuve. Elle espérerait en se taisant, en faisant moins de bruits que les rats aux aguets, attirer son indulgence et savourer la présence de Petra plus longtemps.

De retour, il avait tout à fait abandonné son projet d'extraction de la petite. Il saurait dresser Angelika et sa fille à la discrétion, au silence, à l'effacement. L'obscurité la calmait, lui clouait le bec, comme s'apaisent les excités des prisons quand ils écopent d'un séjour au cachot.

Une autre tasse. Il replie le journal pour le ranger dans sa poche. Il n'oublie jamais son journal dans la cave. Il le lit en avare, elle a beau jeter des coups d'œil à la dérobée, elle n'a jamais pu apercevoir la date.

Elle a déchiffré des scores de match de foot sur la page des sports, des bribes de météo, l'annonce d'élections anticipées. Elle a vu défiler des publicités aux couleurs criardes, slogans humoristiques, photos de cabriolets, de pâtes alimentaires en forme de fer à cheval, de superbes immeubles neufs entourés de gazon, d'arbres, plantés de piétons irréels avec leurs mines trop ravies pour être de ce monde.

Envie des sacs à main à longue courroie de couleur, des jeans vert d'eau dont on venait de lancer la mode, des rouges à lèvres pâles, fuchsia, grenat, des fards à paupières, des savons à la mangue, à l'abricot, aux parfums subtils de fleurs venues des Antilles, et la page payée par le propriétaire d'une nouvelle boîte de nuit au bar interminable, à la vaste piste de danse laquée, scintillante sous les projecteurs, l'alcool qui devait couler à flots chaque nuit dans ces verres de cristal noir alignés sur le comptoir. De quoi rêver, tapisser sa conscience d'images consuméristes, paradisiaques. Les prisonniers épinglent des pin-up sur leur muraille dont ils ne peuvent même pas espérer un jour le plus chaste baiser.

Il urine l'air grave dans la cuvette des toilettes. Il se donne un coup de peigne devant le miroir. Il entre dans la chambre. Angelika prostrée dans l'angle, Petra endormie la tête contre son épaule.

– Tu ne me dis pas bonjour ?

Elle lève les yeux. Un regard de petit fauve.

– Tu n'es même pas venue m'accueillir.

Elle serre un peu plus fort Petra.

– Tu la serres trop, elle va étouffer. Je n'ai aucune envie de remonter un cadavre.

Angelika debout, posant Petra dans le berceau. Angelika se jetant sur son père, cherchant les yeux avec ses griffes pour les lui arracher. Qu'il rampe pour les retrouver quand ils auront roulé sous le lit comme des billes. Elle sautera sur lui à pieds joints et l'écrasera. En faire une bouillie d'os sous la viande. Il la repousse, le bruit mat du crâne contre la paroi.

– Si tu recommences, je la tue.

Il se penche au-dessus de la caisse. Il s'en saisit, il fait quelques pas comme pour constater qu'il pourra sans grand effort la grimper là-haut. Il la repose.

– J'ai déjà préparé ta mère, je l'ai aidée à descendre le landau.

Elle se redresse, il la toise mais son regard ne cède pas. Il n'est pas dompté, cet animal aux crocs brisés. Elle a un ressort en elle qui se détend soudain.

Une douleur intense que redoutent les hommes. Un coup de genou dans la paire de glandes où la moitié d'elle-même avait un jour séjourné. Fritzl plié en deux, et c'est la seule fois de sa vie qu'elle verra des larmes dans ses yeux.

Un mouvement de panique. Elle s'empare de Petra, elle prend la fuite. Elle s'en va buter contre la trappe. Elle cogne sa tête sur le béton pour la défoncer et puis elle recommence pour qu'éclate son crâne. Lui échapper définitivement, une décision de femme libre qui enlève au bourreau le pouvoir de l'exécuter. Une tache rouge sur la porte blanche, la police scientifique en détectera le souvenir au cours de ses investigations.

Par terre, une femme effondrée, inconsciente, qui a lâché Petra dans sa chute. Fritzl assis sur le lit, haletant, ployé, les mains en coque sur ses couilles.

Quand il s'en va, le bébé a roulé sur le sol, il crie, le menton saigne. La mère au pubis douloureux.

– Œil pour œil.

Les coups de pied qui sont montés jusqu'à l'abdomen.

Les provisions répandues par terre, mêlées, écrasées, arrosées de détergent. Angelika qui geint, plus conscience de rien, ni envie de mourir ni envie de vivre, pas de lueur, pas de tunnel, un avenir coupé à ras, le temps suspendu, une impasse.

Les pas s'éloignent. Les portes claquent. Tombe l'obscurité. Silence du frigo. Gargouillis du robinet de l'évier mal fermé qui annonce une coupure d'eau.

Deux jours. L'eau des toilettes dans le biberon de Petra. Sa mort par déshydratation évitée de justesse, la septicémie qui l'a épargnée. L'eau revenue, repartie, revenue. La lumière intermittente, un clin d'œil imprévisible, l'obscurité de nouveau comme si les lampes avaient des paupières.

Le retour de l'ogre. Guilleret, reposé, chevelure taillée le matin même, ongles manucurés, polis à la peau de chamois. De la viande, des légumes frais, du beurre, des laitages, du pain craquant, du lait maternisé, des couches, une boîte de talc.

Angelika aux fourneaux. Un délicieux dîner, une violente étreinte. Le bébé qui gazouille, pleure, s'endort. Le père papi qui s'en va. La routine du quotidien qui reprend ses droits. Les jours, les nuits, et pour seule horloge le cycle régulier d'Angelika. Bonheur quand même d'une mère dont l'enfant sourit pour la première fois, rit, s'aventure à explorer à quatre pattes l'immense espace.

Au début de l'été, elle s'est trouvée enceinte de Martin. Une grossesse si discrète qu'elle n'en a été convaincue qu'à la fin du cinquième mois. Accouchement solitaire dans la cave le 16 février 1990. Un bébé né blond, dont la chevelure se ferait noire comme l'encre avant qu'il n'atteigne sa première année.

Un bébé bref et menu qu'Angelika avait expulsé plus aisément que Petra. La petite avait pleuré et crié en voyant peiner sa mère. Elle a rampé hors de la chambre quand Martin a respiré pour la première fois l'air des hommes et l'a rejeté en hurlant.

Fritzl avait rempli trois jours plus tôt frigo et placard. Il était parti voir un client à Innsbruck. Il en avait profité pour passer un long week-end à arpenter les pentes. Des promenades solitaires en raquettes, des tours de téléphérique pour survoler les champs de neige et rêvasser à un projet de station de ski à basse altitude où l'on bâtirait des montagnes à coups de coulées de béton, les recouvrant d'une épaisse moquette glissante comme l'herbe mouillée.

Il se rendait chaque soir dans un bordel proche de la Gare centrale. Il jouait au viol au-dessus des voies ferrées, dans le vacarme des trains entrant en gare ou en partance.

L'enfant était né depuis une semaine quand il est descendu à la cave.

– On dirait un rôti.

Il lui a dit qu'il l'appellerait ainsi.

– Tu pourras l'avaler quand viendront les vaches maigres.

Il avait fini par l'appeler Martin, le nom du garage situé en face de la mairie d'Amstetten. Il a été depuis remplacé par un club de bridge.

– Il est joli, ce prénom.

Il en était convenu.

– C'est plus élégant que *Scheinebraten*.

Martin fut un bébé triste. Il n'a pas souri avant quatre mois. Il tétait sans avidité, semblant se faire prier à chaque fois qu'elle lui présentait son sein et dire *non merci* avant de se laisser tenter.

– Il n'a pas d'appétit, ce gamin.

– Il grandit.

Fritzl sortait son mètre de sa poche.

– Cinquante-huit centimètres, la taille d'un cochonnet.

Les larmes aux yeux, Angelika répondait par un sourire à son ricanement.

– Je n'oserais même pas le montrer à ta mère, elle penserait que vous mourez de faim dans cette secte.

D'ailleurs, il criait peu et bas. Parfois Anneliese se demandait même si sa fille avait eu réellement un deuxième enfant.

Il a commencé à se dissiper vers deux ans. Une petite bombe capricieuse qu'Angelika avait le plus grand mal à discipliner.

– Je te jure qu'il s'assagit.

– On l'entend gueuler jusque dans la rue.

Un enfant qui le dérangeait, mais dont il n'évoquait jamais la montée là-haut. Malgré tout, elle appliquait parfois sur sa bouche un petit bâillon.

Début mars 1994, Sabine était née d'un accouplement qui avait eu lieu six mois à peine après le départ de Sophie. Par crainte de représailles, Angelika s'était laissé approcher le soir même de l'enlèvement de la gamine. La haine de ce voleur d'enfant qui se servait de son corps pour qu'il lui en donne un autre qu'il emporterait à son tour.

Accouchement dans la solitude, l'angoisse de voir le fruit de ses entrailles enlevé par le père. Petra avait cinq ans, elle tournait autour du lit à quatre pattes en hurlant à l'unisson de sa mère comme si elle aussi accouchait de sa sœur. Martin s'était allongé devant la trappe, tête dans les mains, geignant comme un animal égaré.

Fritzl avait débarqué trois jours plus tard. Petra et Martin semblaient apaisés. Ils étaient allongés sur le lit de part et d'autre de leur mère qui tenait Sabine dans ses bras. Ils regardaient le bébé en suçant leur pouce.

Il avait giflé Angelika.

– Toute la maison t'a entendue accoucher, et maintenant c'est des cris de bébé nuit et jour.

Elle n'avait pas répliqué, serrant la gamine contre son sein. Elle essayait de la faire téter autant qu'elle le pouvait, elle ne s'arrêtait de pleurer que le mamelon dans la bouche.

Il avait gratté la tête de l'enfant.

– C'est quoi ?

– C'est une fille.

– Elle est chevelue.

Il était allé attraper une bière dans le frigo. Il est revenu en reniflant.

– En tout cas, ça sent le lait de femme.

Il s'est approché, posant sa grosse main sur le petit crâne.

– Elle aura plutôt la tête ronde.

– Peut-être.

– Donne-la-moi.

La petite s'est mise à crier quand elle l'a arrachée à son sein pour la lui tendre. Il la lui a rendue aussitôt avec une grimace de dégoût.

– Elle coule, celle-là.

– Je me débrouille avec des serviettes, mais ce serait mieux si j'avais des couches.

– Tu n'es pas économique.

La gamine criait. Angelika avait beau l'appuyer contre sa poitrine, elle refusait le sein tari à force de tétées.

– Il faudra bien lui donner un nom. Quel nom ?

Angelika l'a regardée étonnée.

– Un nom ?

Les enfants l'appelaient le bébé. Elle lui avait donné bien des prénoms avant sa naissance. Des prénoms de garçon, de fille, des prénoms d'êtres croisés là-haut, des prénoms inventés, syllabes collées entre elles comme des petits aimants, interminables prénoms où elle en fourrait plusieurs avec aussi le mot forêt, ciel, et la mer et le soleil et l'été et le nom d'une boutique d'Amstetten dont pendant son adolescence elle badait la vitrine en rêvant de pouvoir un jour porter tous ces vêtements qu'elle imaginait cousus par une assemblée d'arpètes dans un palais des Champs-Élysées.

Elle en changeait chaque jour, comme pour se donner l'impression qu'il y en aurait plusieurs. Une immense famille, subite comme un don du ciel. Malgré la promiscuité, la venue de chaque enfant élargissait les perspectives, donnait une profondeur à l'espace, invitait l'avenir dans cette cave où on avait enterré le temps. Depuis sa naissance, il lui semblait que l'enfant lui appartenait davantage encore. Il était devenu une certitude, une espérance concrète, en nommant la gamine elle l'aurait figée dans un sac de lettres.

– Il lui faut un nom comme aux autres, même les meubles s'appellent table ou chaise.

Pour la première fois, il avait l'air de lui laisser le choix.

– Alors ?

– *Blume*.

Blume, un prénom vague, en bouton, une fleur blanche, rouge, bleue, une rose, une marguerite, une tulipe ou une mystérieuse orchidée née dans une serre.

– Non, elle s'appellera Sabine.

– Sabine ?

Un prénom commun en Autriche et le destin de la gamine lui semblait enfermé dedans. Du reste, dans la cave on n'avait aucun besoin de s'appeler. Il n'y avait pas assez de place, on était toujours à côté l'un de l'autre, on était toujours là. Quatorze ans plus tard les enfants libérés mettraient longtemps à répondre à leur nom.

Fritzl avait sorti son agenda comme s'il avait peur de l'oublier.

– Sabine Fritzl, on ne sait jamais, peut-être qu'un jour il me faudra la déclarer à l'état civil.

Un petit rire et il avait quitté la cave sans au revoir.

Fin décembre, il avait descendu un magnétophone. Angelika avait refusé de parler quand il lui avait présenté le micro. Un texte écrit à la main qu'elle avait fini par lire, la lèvre ouverte par la torgnole dont elle avait payé sa rébellion.

– J'ai posé ma fille devant la porte. Elle s'appelle Sabine. Je vous demande de l'élever à ma place. Dans la secte où je suis, je ne peux pas.

Elle avait passé toute la nuit à regarder Sabine dormir. Elle était née depuis deux cent soixante-huit jours et le lendemain il l'emporterait. Comme quatre ans plus tard il emporterait Julius, qui aurait fait ses premiers pas dans la cave quarante-deux jours plus tôt. Des enfants plus turbulents, plus crieurs que les autres, dont l'agitation perturbait tant la tranquillité des locataires que certains donnaient leur congé, que plusieurs étaient partis à la cloche de bois sans acquitter leur loyer.

Il a emporté Sabine au matin. Il était arrivé avec un sachet de croissants à la main.

– Mange, ils sont encore chauds.

– On pourrait attendre encore un peu. Elle est plus calme ces temps-ci. Tu vois bien, depuis une semaine elle n'a pas crié.

La veille encore, elle avait cru l'avoir étouffée à

force d'écraser sa main sur sa bouche pour empêcher ses hurlements de sortir.

– Le grand air lui fera du bien. Et puis ta mère aime les petits.

Elle avait pleuré.

– Je vais te donner une bonne raison de pleurer.

Elle s'était pliée en deux sous le coup de poing. Il avait mangé une corne de croissant avant de prendre Sabine sous le bras et de l'emporter. Elle l'a entendue crier dans le labyrinthe. Le bruit s'est amenuisé.

Il avait filé dans l'escalier.

Anneliese était dans la cuisine. Un mari ravi de la surprise qu'il va faire à sa femme. Il lui a mis la gamine dans les bras. Elle a reconnu l'empreinte sonore de l'enfant. Elle l'avait entendue devenir de plus en plus précise et riche de nuances au fur et à mesure que Fritzl la montait des profondeurs. Depuis sa naissance elle avait été dérangée par ses pleurs. Avant, elle avait subi le vacarme de l'accouchement. Elle avait maudit Angelika en silence.

– Une fille douillette comme la princesse au petit pois.

Il est parti sans un mot. Il a garé sa voiture sur le bord de la vieille route qui relie Amstetten à Linz. Une cabine était posée là, à côté d'une vespasienne en sapin d'où s'échappait le bruit d'un filet d'eau. Il avait collé le haut-parleur du magnétophone contre le micro du combiné. Il avait appelé chez lui, Anneliese avait décroché. Après la déclaration d'Angelika, il avait claqué le téléphone d'un coup sec.

– Reviens tout de suite. Tu es une fille mère et tu es un monstre.

Anneliese a continué à déblatérer dans le vide. Quand elle s'est trouvée à bout d'imprécations, elle a installé Sabine dans la poussette et s'est dirigée vers le commissariat. Un étrange geste citoyen pour une femme avide d'enfants qui courait ainsi le risque de voir le bébé confié à une famille d'accueil.

– Un appel, tout à l'heure. La gamine sur le paillasson ce matin, c'est mon mari qui l'a trouvée. C'est la deuxième fois. Pourquoi vous ne fouillez pas les sectes ? Ma fille mérite la prison.

Son arrestation l'aurait rassurée. Ses souvenirs deviendraient absurdes et une pouponnière pourrait hurler jour et nuit dans la cave sans que désormais ses oreilles l'entendent.

La police a fait des recherches succinctes. Elle n'a pu repérer la cabine d'où provenait l'appel. L'enquête en est restée là. Anneliese s'était ouverte à Fritzl de sa démarche. Elle en avait été quitte pour ravaler sa honte devant les gosses en frottant machinalement sa joue qui portait encore l'empreinte rouge de sa grosse patte quand a sonné l'heure du dîner.

La nuit, Angelika prêtait l'oreille. Si la bouche d'aération ne lâchait pas d'air, elle avait le mérite de lui servir à l'occasion d'écouteur. Elle entendait parfois Sabine. Des cris nocturnes, brefs. La gamine dormait dans la chambre des Fritzl, et Anneliese intervenait aussitôt.

Maintenant, Sophie avait deux ans. Depuis son enlèvement, elle l'écoutait grandir. Ses cris de joie, ses caprices, et ses rires l'été quand on la plongeait dans la piscine avec une bouée à tête de canard.

Elle avait souvent été tentée de parler à ses enfants exilés là-haut. Elle craignait la punition du père qui aurait peut-être décidé de balancer une cartouche de gaz dans le tuyau d'aération. Et puis elle aurait dû hurler pour les atteindre. Ils auraient eu peur de cette voix montée du sol. Ils n'auraient jamais su qu'elle était celle de leur mère.

Dix jours avaient passé depuis le départ de Sabine. Angelika n'avait pas boudé. À chacune de ses visites, elle s'était montrée aussi douce et prévenante qu'une geisha. La peur qu'il lui enlève Petra, Martin, qu'il la garde en bas comme poulinière.

Angelika tenait un journal depuis le début de l'hiver 1989. Un méchant cahier qu'elle avait demandé à son père et qu'il avait fini par lui apporter.

– Tu veux écrire à qui ?

– À personne.

Il l'a poussée contre l'évier.

– Pour quoi faire, alors ?

– Pour faire mes comptes.

Une réponse absurde, mais c'est la seule qui lui était venue à l'esprit. Elle n'osait pas lui dire son projet de garder trace des viols et des sévices. Devenir la greffière de sa misère.

– Quels comptes ? Tu voudrais que je te paie comme une putain ? Pour acheter quoi ? Leurs dents aux rats ?

Elle avait commencé par perdre les dents qu'il lui avait cassées, les autres suivaient. Les brosser ne servait à rien. Déminéralisées, elles se cariaient l'une après l'autre, se brisaient jusqu'à la racine en escarbilles qui infectaient l'os des mâchoires. S'ensuivaient des abcès, des fluxions, la fièvre, le supplice de la pulpite et la terreur de s'apercevoir qu'elle vient d'avaler le dernier cachet d'aspirine. Et cette porte qui ne s'est pas ouverte depuis quatre jours, et ce visiteur qui débarquera une semaine plus tard les mains vides et vous torgnolera pour vous punir d'avoir hurlé de douleur la nuit dernière à alerter la ville.

– Leurs dents aux rats.

Il avait répété plusieurs fois sa plaisanterie en ricanant.

Angelika avait l'habitude de les traquer, de les capturer à pleines mains. Quand elle était bébé, Petra avait été mordue au visage durant son sommeil. La salive des rats est gorgée d'un anesthésiant qui endort au fur et à mesure qu'ils enfoncent leurs crocs. La petite ne s'était pas réveillée. Elle a conservé jusqu'à sa mort deux cicatrices sur la joue droite. Elles se seraient perdues dans la peau ridée de la vieille femme qu'elle n'est jamais devenue.

Elle n'avait plus jamais réitéré sa demande. Un jour, il avait quand même apporté un cahier d'écolier fauché dans le cartable de Christof et des crayons de couleur minuscules à force d'avoir été taillés, tout rongés d'avoir été mordillés par les enfants du haut.

– Tu pourras faire des dessins et des pattes de mouche.

Angelika avait toujours eu des difficultés pour écrire. Elle était gauchère et dyslexique. Avant l'arrivée du poste de télé, elle écrivait une date qu'elle croyait approximative et qui en réalité n'était qu'imaginaire. Il lui arrivait de relire tout le cahier. Elle ne comprenait pas pourquoi le 15 septembre revenait deux fois après le 13 octobre et le 1er janvier. Le temps comme un carrousel.

« J'ai vu sur le journal une pub pour des maillots de bain ça doit être au moins le printemps. »

Elle surchargeait, elle voulait que les jours d'avril se suivent et qu'apparaisse ensuite le 1er mai. Mais il faisait encore froid. Petra avait des engelures. Elle lui entourait les mains avec des chiffons.

« Je n'entends plus la rue il a dû neiger la neige bouffe le bruit. »

Elle revenait au mois de février. À la place du jour,

elle mettait un gros point d'interrogation avec un point comme une tête d'homme qui rit.

« Quand je dors ça doit être la nuit je viens à peine de me réveiller il doit être sept ou neuf heures du matin. »

Elle notait les menus événements de la cave.

« L'eau chaude est devenue froide pendant que je faisais la vaisselle. Un verre s'est fendu. Je suis aphone je crois que je parle sans arrêt si je me tais ma voix continue quand même. Quand il est venu il m'a fait mal j'ai rêvé d'un cookie au chocolat. Il a remplacé l'ampoule de la cuisine par une plus forte il me semble que les cheveux de Petra sont plus clairs l'évier n'a jamais été aussi blanc. Je ne sais pas si j'entends Christof jouer au ballon dans le jardin. Il n'y a plus de bruits de voitures en fait ce doit être la nuit je vais me recoucher. Il m'a violée pour la trois cent septième fois. »

Un chiffre imprécis. Avant le cahier, elle oubliait souvent le nombre. Elle en inventait un autre en essayant de se convaincre que c'était le bon.

« Je n'ai rien senti je crois que je m'habitue. Martin fait ses dents j'ai pilé un cachet d'aspirine dans de l'eau je lui masse les gencives avec ça. Le pain sèche moins vite au frigo. Je mets un peu d'huile dans le bain après j'ai la peau plus lisse. Il s'est aperçu que mes cheveux sentaient le jaune d'œuf il a cassé dans les toilettes les œufs qui restaient. Il disait cette fois tu vas les manger. Il a enfoncé ma tête dans la cuvette je saigne encore un peu je n'arrive plus à vomir. »

Des violences primaires. Laissant derrière lui le tortionnaire et ses subtiles stratégies, il rejoignait les babouins, ces grands primates dont les mâles alpha battent, violent, et tuent parfois les soumis de la tribu.

À force de coups, il courait le risque de casser le jouet que l'enfant en colère fracasse plutôt que d'essayer de comprendre pourquoi il désobéit. Il croyait l'avoir arrachée d'elle, sa volonté à la place de la sienne, plus que de la chair et lui dedans. Dans la cave, il n'y avait personne d'autre que lui. Les corps ne sont personne.

« Je suis bien seule dans mon lit quand les enfants dorment. Il ouvrait toujours la porte de ma chambre. S'il pouvait toujours apporter la nourriture comme un livreur. Je ne sais pas qui est heureux on nous disait de ne pas être envieux quand on était à l'école. Je ne veux pas avoir mal. Je ne veux rien. Ça fait mal quelque chose. »

Des bribes, des éclats, des bonheurs invraisemblables, elles éblouissent les lumières dans l'obscurité, la vie quotidienne se reforme partout, des déconvenues, les malheurs auxquels on s'habitue, les indispensables joies petites et jolies comme des gouttes d'eau, l'impossible tristesse éternelle, l'espoir toujours se niche, le désir de n'être plus là quand ça souffre trop en soi, le plaisir de respirer quand on n'est plus étranglée, l'eau qui coule à nouveau, le ravissement de la lumière de l'ampoule revenue, la vie éclairée, le délice de sentir l'odeur de la nourriture quand on a failli mourir d'en avoir manqué, la douleur d'en trop avoir rêvé qui s'en va, les sacs de courses remplis de pierreries, dans le paquet les grains de riz sont des diamants.

Nous n'avons pas souffert. Nous ne savons rien du bonheur. Notre vie en demi-teinte. Ce gris foncé que nous prenons pour le noir, ce gris si pâle dont nous n'avons jamais distingué la poussière et que nous avons toujours pris pour le blanc.

Le calvaire d'avoir connu un jour la pureté, la joie immense monte des profondeurs dont on n'est jamais revenu, juste un regard vers le ciel à travers le tunnel de l'eau comme une loupe. La libération de la cave, ce trou percé, et l'extérieur où l'on traînera toute sa vie en touriste inquiet, halluciné, solitaire au milieu des meutes, le mal de l'atroce pays, ce gouffre qui vous suit, vous précède, vous cerne, une ombre, un rond d'obscurité et tous ces soleils.

« Il restait une trace de beurre. Je crois que l'été est parti on respire mieux depuis qu'il fait froid ce doit être l'automne on est sûrement en juin depuis tout à l'heure. J'ai dit aux enfants de respirer l'odeur des arbres en fleurs. Elle tombe dans la cave comme du bruit. Il est venu et dans ses cheveux un pétale blanc les cerisiers perdent des plumes au moindre coup de vent. Il m'a demandé de parler quand on était au lit son corps trop lourd sur moi à couper le souffle. Au frigo l'eau fraîche avec un morceau de citron au fond de la bouteille. Lessiver une pièce par jour. Il portait de gros souliers je n'ai plus mal aux pieds. Trois pommes de terre gâchées elles ont germé sans donner de pommes de terre. »

Les premières années, elle n'osait rendre compte des désirs assouvis. Juste les réminiscences de ses amours d'avant.

« Thomas se dépêchait il recommençait ce n'était jamais fini. J'aime mes jambes repliées dans la baignoire. J'ai vu quelqu'un au-dessus de l'eau. Il a fait jour au fond de l'évier la lumière remonte par le tuyau quand il y a trop de soleil là-haut. De la sueur sur mon ventre même quand il fait froid. J'aime mes doigts quand je les vernis. Il y a un grand con qui passe en courant sur mes ongles. Je me maquille pour ressembler à une poupée il a descendu une petite robe qui me va bien. Plein d'images à la place des enfants. Je ne sais pas qui c'était mais il était un autre quand il est venu sa voix enfermée dans un homme que je n'avais jamais vu. Je crois qu'on a fait l'amour il ne ressemblait pas à Thomas. Il ne revient plus. Il a plu sur le berceau. Petra aime la viande hachée je dîne dans le lit depuis que la télé est là je m'endors avec le plateau. »

Des pages où elle entassait les joies infimes, les douleurs, la faim.

« C'est gai le parfum des pêches. Des fois les journées

passent si vite je vois aux infos que c'est le surlendemain. Je suis sûre que j'avais toussé je me suis réveillée avec la bouteille de sirop vide sous l'oreiller. Je retrouve souvent ma chemise de nuit par terre il doit venir quand on dort lui ou n'importe qui. J'ai vu un nuage par la bouche d'aération mais ce devait être un morceau de lune dans la nuit. J'ai la joue enflée l'aspirine me fait saigner il a ri quand je lui ai demandé de me remonter pour m'emmener chez le dentiste. Plus de provisions dans les placards. L'huile était en promotion il en a apporté trois bidons rien d'autre depuis une semaine je la fais brûler dans la poêle je gratte le fond les enfants ont mal au cœur c'est mieux que d'avoir faim. »

Puis le remords. Puis la conscience d'avoir failli qui commençait à s'effriter. Des annotations succinctes énumérant les moments de plaisir malgré les murs, la contrainte, la présence des enfants. Les enfants auditeurs malgré eux des ébats de leurs parents dans ce local sans portes intérieures. Les premiers temps, elle les consignait dans la réserve, attachant leur main avec une longue ficelle à une des étagères scellées.

Quand elle a eu quatre ans, Petra a pris l'habitude de dénouer le lien et celui de son frère. Les enfants rôdaient, s'amusant à entrer en courant dans la chambre et à ressortir en éclatant de rire. Ces surgissements indisposaient Fritzl. Angelika n'avait pas le cœur de lier leurs deux mains, de les ligoter, et malgré les menaces ils ne résistaient pas à la tentation de jouer les explorateurs dans cette chambre quand l'accès leur était interdit.

« Les yeux de Petra et Martin. Ils rient leurs yeux sont tristes quand même. Je tourne la tête je ne peux m'empêcher de les voir. J'ai déjà remarqué que les murs ici sont des miroirs mon reflet me suit quand je quitte une pièce. Papa ne m'a pas frappée depuis trois mois. Il ne pleut plus dans la chambre les rats se méfient depuis que je les étrangle. Il y a des moments agréables quand il est là. C'était pénible toute la semaine dernière de n'avoir pas d'adulte à qui parler. Je disais des choses la tête dans le lavabo. Les tuyaux vont loin ils communiquent entre eux. Il y a des coudes des cuves à moitié vides ça résonne des gens écoutent ils ont peur de passer pour des fous s'ils me répondent. Je ne sais pas pourquoi hier j'ai dit *je t'aime*. Thomas était banal il doit ressembler à beaucoup d'hommes. Je bats trop les enfants. »

Une discipline croissante. Lentement les gamins grandissaient. Ils circulaient plus vite. Ils grimpaient sur l'évier. Elle avait du mal à les déloger du bivouac qu'ils avaient établi sous le lit où ils vivaient à plat ventre. Un espace au toit trop bas pour leur permettre de se retourner ou de lever la tête. Des heures à murmurer. Elle n'a jamais parlé leur langage. Une ethnologue réduite à interpréter leurs mots inconnus, leurs gestes, leurs mimiques, les doigts qui se chevauchent, la main soudain comme un crochet. Des heures à se taire enlacés. Un sommeil les yeux grands ouverts.

Ils avaient fini par s'habituer à leur regard. Parfois Angelika tentait encore sa chance. Elle éteignait la lumière, Fritzl la rallumait.

– Quand on y voit rien, on fait du mauvais travail.

Les enfants avaient fini par se fondre. Des lutins silencieux, la lumière faisait luire leurs yeux. Des loupiotes agitées, fuyantes, immobiles devant les corps agités. On ne sait plus si on les a vues, si on les voit, si elles ont disparu. On finit par ne plus remarquer le chien, le chat de la maison, et on poursuit sa nuit d'amour sans ambages quand l'un se met à japper et l'autre à entamer une ronde autour du lit. Plus tard, il les avait forcés à assister aux ébats. Quand ils se sont faits adolescents, il les obligeait à monter sur le lit.

« On les avait oubliés ils sont sortis quand j'étais sous la douche. Je ne suis pas enceinte. J'ai vu à la télé qu'il y a des femmes ménopausées à trente ans. Je ne sais pas si sous terre l'utérus vieillit plus vite les ovaires se conservent peut-être mieux quand on ne voit pas le soleil. Je lui ai dit que j'étais sûre d'avoir des mèches blanches je les vois bien dans la glace. Il a coupé l'électricité pendant deux heures. Il a dit dans l'obscurité même les vieilles ont les cheveux noirs. J'ai peur qu'il me laisse mourir si je ne lui plais plus. Il a regardé longtemps ma poitrine plusieurs fois. Elle est un peu molle. Quand il n'est pas là je dors avec mon soutien-gorge ça les raffermit. Je les frotterai avec des glaçons dès que je l'entendrai ouvrir la première porte. C'est pratique les boîtes de raviolis. Je cache des conserves sous les vêtements des gosses j'arriverai peut-être à faire des provisions. Une femme est venue hier elle est restée de l'autre côté de la trappe. Sa voix me cassait les oreilles elle voulait que je m'inscrive au parti populaire je lui posais des questions sur le yoga. Il est venu avec une touffe de foin il a mis dedans le nez des enfants pour leur apprendre la nature. Il fait trop chaud je crois que je m'évanouis souvent. Ils montrent une guerre à chaque fois qu'il y a des informations. À l'abri ici loin des bombes. On est plus heureux quand on vit toute l'année dans une publicité. Même l'eau froide est chaude je pose des torchons mouillés sur les enfants quand ils dorment je vide des bassines sur mon lit. »

Ils arrivaient à se protéger du froid, mais quand on ne peut pas ouvrir la fenêtre pour laisser entrer la brise de la nuit, la chaleur stagne, s'accumule. La sueur, une mousson qui s'éternise. L'odeur. La cave, une poubelle oubliée sous le soleil.

La fraîcheur, l'assouvissement qui règne dans les publicités. Les images de vacanciers en montagne qui plongent dans les lacs, ceux qui loin de l'Autriche font tinter leur cocktail entre deux baignades, les laborieux dans les bureaux climatisés où l'on attrape des refroidissements en plein mois d'août. Les horreurs de l'actualité qui permettent aux mal lotis de se consoler en s'apitoyant.

« Tellement de malheurs dehors trop de soleil en Afrique et rien ne pousse et les bêtes crèvent et tout le monde meurt. On vend maintenant des centrales de repassage pour les particuliers. On a dit que ça coûterait trop cher d'aller sur Mars. Les vacances scolaires seront plus courtes l'an prochain. Il faut le savoir et s'en souvenir. »

Le délire des coups de chaleur. Des pages entières où elle transcrivait les journaux télévisés. Une sentinelle chargée de consigner les événements pour qu'ils ne s'envolent pas. Elle courait après les images, les mots des journalistes. Son écriture était plus lente que la télé. Souvent des phrases en mauvais état. Des pages avec des dessins gribouillés qui s'étiraient comme une interminable phrase pour raconter un reportage, craignant de perdre le fil en l'abandonnant pour en recommencer un autre. Le discours d'un ministre qui se mettait soudain à parler comme une chanson et donnait la météo du lendemain après avoir raconté les aventures d'une fraise hilare d'avoir obtenu le privilège de se jeter dans le chaudron d'un confiturier champion du goût et les délires d'une schizophrène persuadée que la musique était une matière dont on pouvait faire des statues.

« Je n'ai pas une seconde à moi les choses se passent tout le temps. »

Une façon d'occuper le temps en devenant folle. Fixer les échos de la réalité faute de pouvoir faire partie du réel.

Fin septembre, le froid descend dans la cave en quarante-huit heures. Le monde se rétracte tout à coup et les images s'éloignent. Angelika retombe dans le cachot. Le cahier est devenu impraticable à force d'avoir écrit dans les marges, entre les lignes. La couverture est surchargée et d'illisibles traces de mots sur les tranches. Un cloaque de gribouillages qui maintenant lui répugne. Elle n'osait pas le rouvrir, les chats grattent le sol pour enterrer leurs déjections. La honte de s'être laissé emporter par la folie. Elle a posé le cahier en hauteur au sommet du placard de la cuisine.

Elle ne pouvait s'empêcher de jeter un regard dans sa direction à chaque fois qu'elle passait devant. Fritzl pouvait à tout moment procéder à une fouille générale comme la dernière fois quand il avait laissé les lieux jonchés de vêtements, le sommier retourné, le matelas par terre, le savon fendu en deux, les conserves ouvertes et sondées avec son canif, les sardines à l'huile éventrées de crainte qu'elles dissimulent des armes dans leurs entrailles. Il avait jeté le cahier en l'air sans prendre la peine de le compulser. La prochaine fois il l'ouvrirait peut-être.

Elle l'a enfermé dans un sachet en plastique. Elle l'a dissimulé dans le casier congélateur sous des poissons panés. Le lendemain, elle l'a extrait de sa cachette. Elle l'a ouvert, elle l'a regardé en face. Elle l'a trié, sauvant les pages où l'on pouvait encore distinguer les notes qu'elle avait prises avant sa crise. Elle a brûlé les autres dans la baignoire et elle a fait disparaître les cendres par la bonde.

Elle a repris son journal le jour même, écrivant sur du papier d'emballage, des morceaux de carton, sans oser demander à Fritzl un cahier neuf.

Le calme en elle était revenu, la télé allait son train et elle laissait le monde oublier au fur et à mesure les nouvelles du monde.

À l'âge de sept ans, Petra a attrapé un gros rhume qui s'est mué en bronchite. L'aspirine faisait baisser la fièvre mais demeurait impuissante à calmer les interminables quintes de toux. Fritzl n'aimait pas apporter des médicaments dans la cave. Peur sans doute d'un suicide général orchestré par la mère pour dépeupler ce pays souterrain qui malgré les moments de joie demeurait la proche banlieue de l'enfer.

Afin de contenir cette bruyante toux qui faisait jaser les locataires, Fritzl a consenti quand même à descendre une bouteille de sirop. Du Théralène, un médicament qui plonge dans un profond sommeil si on dépasse la dose thérapeutique.

Le sirop a éteint la toux, et au bout d'un quart d'heure Petra s'est assoupie. Quand père et fille se sont accouplés, Martin a fait une seule incursion, rôdant silencieusement dans la chambre, l'air grave, comme si l'absence de sa sœur lui avait enlevé tout à fait le goût du jeu et l'avait mis soudain face à la répugnante réalité.

Sur les ordres de Fritzl, Angelika leur donnait à l'occasion une cuillère de sirop avant leurs ébats. Leur sommeil était profond, jamais les ahanements de leur père et grand-père, les cris de douleur ou d'extase de leur mère ne les réveillaient.

Désormais la cave a toujours été approvisionnée en

sirop, la police en a trouvé un flacon entamé et deux autres en réserve quand elle a procédé à la fouille des lieux. Le médecin a émis l'hypothèse que l'abus de ce médicament avait aggravé l'état de Petra.

Au cours des dernières années, les organismes s'étaient accoutumés au produit. Pour obtenir un effet sédatif, il fallait en faire boire un fond de tasse aux deux grands, alors que Roman était toujours demeuré hypersensible au sirop et dormait comme un loir après l'ingestion de quelques gouttes. Angelika en donnait aussi aux aînés quand une décharge d'hormones les faisait sortir de leur apathie. Qu'ils devenaient fous et cassaient tout.

Les pharmaciens d'Amstetten avaient fini par s'étonner des nombreux flacons qu'il achetait même en plein cœur de l'été. Par prudence, il s'était servi désormais dans une dizaine de pharmacies de la région. Quand il était en déplacement, il rapportait assez de sirop pour assommer une paire de bœufs.

Une camisole chimique. Un moyen pratique de calmer les corps et les esprits. De noyer la douleur d'une rage de dents, d'une otite, d'une foulure, dans le sommeil. De mettre un terme aux crises de nerfs subites de Martin, à la fureur de Petra quand Angelika échouait à calmer l'ardeur de Fritzl à la souiller.

Angelika en buvait souvent quand elle n'en pouvait plus. Comme on prend une cuite. Un état de mollesse, d'euphorie, de lutte béate contre l'endormissement qui finissait par arriver comme un bouquet final. Réveils pâteux, mal aux cheveux, nausée, une gueule de bois tenace et les cachets d'aspirine avalés en avalanche.

Pas de civilisation sans drogue. Parfois la vie devient trop noire, l'avenir ne semble pas plus lumineux qu'une tombe et l'angoisse devient barbarie. Le peuple de la cave buvait le sirop comme d'autres le vin de palme, l'alcool de bois, la vodka frelatée qui moissonne des générations d'enfants des rues dans nombre de villes de l'est de l'Europe. Angelika en aurait bien injecté dans ses veines, mais dans la cave il n'y avait pas de seringue.

Un père le plus souvent absent, assurant la pitance, mais qui ne participait pas à l'éducation des enfants. Angelika était une sorte de mère au foyer, la responsable d'une famille assignée à résidence.

Plus l'espace est réduit, plus on est contraint de faire régner l'ordre. La permissivité, l'anarchie ne peuvent se concevoir dans des lieux où au plus petit faux pas on se bouscule, où la moindre parole trop sonore résonne, casse les oreilles, alors que vous ne pouvez pas attraper votre manteau pour aller prendre l'air le temps que le calme soit revenu.

Une autorité inflexible. Des lieux définis pour chaque moment de la journée. Des activités répétitives pour meubler le temps. La cave privée du rythme circadien, mais comme la sensation du matin quand la télé offre le café à ses invités. Du soir, quand le journaliste souhaite une bonne nuit à la fin du journal.

– Vous devriez être déjà au lit.

Les enfants jetés au lit comme deux polochons.

La famille qui désobéit parfois à la télévision. Des jours plus longs, d'autres courts, les nuits de vingt heures l'hiver avec le froid qui ralentit les processus physiologiques et prolonge parfois le sommeil jusqu'à la mort. Des jours courts pendant les périodes de canicule, le bain de sueur, la soif qui fait tomber du lit.

Leurs horloges biologiques à jamais détraquées. Après leur libération, les habitants de la cave devraient leur vie durant s'abrutir d'hypnotiques. Sans béquille, ils pouvaient demeurer éveillés trente heures, faire des nuits courtes comme des siestes ou longues comme des week-ends. Couchés à l'aube, à midi, à l'heure du goûter. Levés en pleine nuit, au crépuscule, au petit bonheur.

Elle essayait de leur apprendre ce que c'était la vie. La vie provisoire dans cette boîte, et tout autour le monde qui les attendait.

– Quand on ira ?

– Bientôt ?

– Oui.

– Quand ?

– Quand vous serez assez sages.

Un monde promis comme un cadeau.

– On est sages.

Certains jours, ils la harcelaient.

– Pourquoi toi tu es née là-haut et pas nous ?

– Tu as vu des bateaux ?

– Le soleil ça éclaire combien de fois plus que les lampes ?

– Tu avais peur quand tu montais un escalier ?

– Tu parlais aux gens dans la rue ?

– Tu allais dans les pâtisseries ?

– À l'école, il y avait des arbres ?

Elle répondait, elle ne répondait pas, elle laissait défiler les questions. Elle n'arrivait pas à leur expliquer.

– Pourquoi papa reste là-haut ?

– Quand tu levais la tête, tu n'avais pas peur de tomber dans le ciel ?

– Comment tu savais que les vitres ne mentaient pas ? Qu'il n'y avait pas d'autres choses derrière ?

– Tu t'envolais quand il y avait du vent ?
– Tu allais sur le toit des maisons ?
– On pouvait faire des bonds pour sauter les barrières ?
Elle les écoutait comme de la musique. Elle épluchait les légumes, s'étalait un masque d'argile verte sur le visage, elle tirait le rideau pour pisser. Ils élevaient la voix pour couvrir le bruit de l'eau, des notes plus aiguës.
– Le ciel il est plein d'air ? Qui lui met des nuages ? Qui le remplit de pluie ? Qui allume les étoiles ? Qui pousse le soleil ? Est-ce qu'il y a quelqu'un qui donne le matin des coups de pied à la lune pour l'empêcher de cacher les rayons ? C'est de la fumée, la nuit ?
Elle rouvrait le rideau. Elle allait dans la chambre. Ils la suivaient sur leurs quatre pattes en continuant à l'interroger.
– Tu mangeais les fleurs ? Les chats, c'est comme les rats ? Tu te cachais avant d'ouvrir la porte pour aller dehors ? L'herbe ça pique les pieds ? Pourquoi on a pas de plumes comme les oiseaux ? Elles s'arrêtent où les routes ? On fait bouger la terre quand on marche dessus ? Dieu, il boit des fois de la bière dans les cafés ?

Elle leur parlait souvent de Dieu. Comme ses frères et sœurs, elle avait été baptisée à l'église abbatiale d'Amstetten. Une coutume autrichienne où l'écrasante majorité des habitants est d'obédience catholique. Peu catéchisée, dans les premiers mois d'enfer au fond de la cave elle avait cru bon de croire faute de mieux. Un Dieu fait de bric et de broc, un bric-à-brac de souvenirs en compote, des images de Vierges à l'habit bleu, de saints auréolés à la feuille d'or, un morceau de film où une religieuse en blanche tenue d'été souriait dans un jardin à une petite fille portant dans ses bras un agneau en plâtre.
Un Dieu qu'elle avait cherché dans le moindre recoin, un Dieu qui ne l'avait pas trouvée. Elle avait fini par

convenir qu'il était si loin dans l'espace qu'avec sa vue basse de vieux il ne voyait même pas la terre, trop petit grain dans l'infini.

Elle avait baptisé en douce les enfants. Quelques gouttes d'eau tiède jetées sur leur crâne au-dessus de l'évier. Une sorte de formule marmonnée, des mots qu'elle ne se sentait pas vraiment le droit de prononcer, n'étant ni prêtre ni nonne.

À tout hasard, elle catéchisait succinctement les gosses.

– Dieu est gentil et grand.

Une sorte de grande boule aimable, aimante et bienveillante dont on ne pouvait pas déterminer précisément la position.

– Si on l'appelle, il ne viendra pas. Il vient toujours quand on ne l'attend pas.

Elle leur dessinait une silhouette au crayon. Une grosse tête aux joues rembourrées avec un nez pointu et un œil portant monocle pour pouvoir relire la Bible quand sa mémoire flanchait et qu'il ne se souvenait même plus d'Adam.

– Il viendra chez nous ?

– Il attendra qu'on soit sortis.

– Quand on va sortir ?

De guerre lasse, elle mentait.

– Peut-être demain.

– On fait les bagages ?

Un mot mystérieux dont elle leur avait parlé un jour au détour de l'histoire d'un écureuil qui partait en voyage au pays des noisettes. Pour tuer le temps, elle entrait dans leur jeu.

– N'oubliez pas vos brosses à dents.

Des sacs en plastique gonflés de peluches et de vêtements roulés en boule. Elle les vidait et rangeait les affaires pendant leur sommeil. Le lendemain, elle leur disait qu'un pareil événement devait se préparer longtemps à l'avance et que demain viendrait un autre jour.

– Quand ?

À bout de nerfs, elle leur changeait les idées en les grondant.

– Tout ce désordre, et dire que vous n'avez pas encore pris votre douche.

Des douches continuelles, des bains, des frictions au gant de crin, un dernier rinçage à l'eau trop chaude qui leur faisait faire la grimace. Elle voulait des enfants propres, récurés. Elle les rêvait étincelants comme de petites statues d'or.

Elle ébouillantait la vaisselle par crainte des microbes qu'elle imaginait les guettant comme des proies dans les recoins de la cave, elle croyait même en voir d'imperceptibles, trop mobiles pour qu'on puisse mettre la main sur eux, voletant dans l'air.

Elle tremblait quand ils questionnaient leur père.

– C'est vrai qu'on part demain ?

– C'est quand demain ? C'est bientôt ?

Il se tournait vers Angelika pour lui ricaner à la gueule.

– C'est sûr que tu seras plus tranquille quand ils auront débarrassé le plancher.

Un jour de décembre 1991, Fritzl a apporté une perceuse et un rouleau de câble. Juché sur une chaise, il a enlevé une des lattes en plastique et foré le plafond. Un bruit assourdissant, le plafond et les murs en étaient ébranlés.

L'écho qui se répercute dans toute la maison. Anneliese figée un instant dans l'escalier qui essaie de ne pas se souvenir et reprend sa descente panier en main pour aller comme chaque mercredi acheter des carpes chez le poissonnier de la Wiener Strasse. Les locataires à leur travail, les enfants à l'école, et de toute façon ces gens ont l'habitude de perdre leurs oreilles de temps en temps comme des têtes en l'air leurs lunettes.

Du plâtre tombait par terre, Angelika le balayait au fur et à mesure.

Il a introduit plusieurs mètres de câble par l'ouverture.

– Comme ça, je pourrai entendre ce que tu dis de moi aux enfants quand je ne suis pas là.

Il s'en va. Angelika et les petits regardent le câble grimper le long du mur et disparaître peu à peu par l'orifice. Bientôt, il ne reste plus rien du rouleau, seul un petit bout de câble pendouille au plafond.

Le temps passe, Fritzl ne revient pas.

Angelika commence à restreindre les vivres. Déjà, plus de produits frais et les pommes de terre se raréfient. Elle pleure quand elle retrouve une poire pourrie derrière le frigo. Les enfants ont dû jouer avec, mais ils mentent. Elle les bat. Ils s'endorment en sanglotant ce soir-là. Elle s'en veut, peut-être qu'ils ne s'en souviennent plus ou que la poire a sauté de l'assiette en plastique où elle était installée pour se jeter dans le vide.

« Les objets se cachent ou alors ils tombent. La cave doit être en pente elle n'est pas stable. On dirait une planche de balançoire elle monte elle descend elle doit être bâtie sur une rivière. Si elle flotte vraiment j'ai peur qu'elle coule quand il pleut dans notre barque. La bouffe ne se voit pas il y a des voleurs partout. Même quand les portes sont bien fermées les enfants doivent chaparder. Voler ce n'est pas un métier je ne veux pas qu'ils aillent en prison un jour. La cave est trop petite je ne sais pas où on mettrait leur cachot. »

Elle avait oublié la poire pourrie. Elle se souvenait à présent d'une poire disparue. Elle secouait les enfants. Elle les faisait s'agenouiller ensommeillés devant le mur. Elle voulait qu'ils avouent. Des pleurs, ils demandaient pardon.

– Où vous avez mis la queue et les pépins ?

Elle s'est dit qu'ils les avaient avalés pour ne laisser aucune trace de leur forfait.

Le lendemain, elle s'est levée ivre d'avoir trop faim.

« Je crois qu'il n'y a vraiment plus rien j'ai cru voir un nuage de riz. Quand on le lèche le miroir du lavabo est sucré le robinet de l'évier a un goût de poisson. Je ne peux pas monter la garde tout le temps. Tant qu'il ne sera pas revenu les enfants dormiront attachés. S'il ne revient pas j'organiserai des jeux. Je ne veux pas qu'ils meurent de faim. Le sucre est bien quelque part on le retrouvera. Les enfants ne volent rien mais les choses ne sont pas honnêtes. Dans cette cave on apprend à les connaître. Je fais semblant de ne pas entendre la viande rire je ne lève même pas la tête. À chaque fois que je lui cours après elle disparaît sous le lit. Quand je lui mets la main dessus c'est un rat je ne veux pas d'animaux ici il faut les nourrir les promener. Si seulement Thomas m'écoutait au lieu de venir m'embêter sous la douche je crois que souvent c'est lui papa ils me prennent vraiment pour une poupée ils croient que je les confonds comme une idiote. Thomas n'apporte jamais rien ou alors des McDo qui s'enfuient tout de suite je ne sais pas où ils vont je ne les retrouve jamais. Les graines de sésame l'autre jour sous l'évier c'était sûrement de la poussière. Les hommes ne pensent qu'à nous faire mal. Ils veulent encore plus. Je ne sais pas quoi. Des fois on dirait qu'ils ont trempé leur sexe dans du verre pilé ils doivent l'entourer de fil de fer barbelé. Thomas doit comprendre que je préfère manger qu'aimer. J'entends du pain dans la poubelle les enfants se déguisent en cochons de lait. Je ne veux pas qu'ils gaspillent les crayons de couleur pour se costumer j'en ai assez de ce carnaval. Pendant que je dormais ils m'ont mis un habit de mouton. Je ne vais pas quand même tourner sur la broche qu'il y a à la place du lit. »

Elle écrivait par terre pour économiser le papier. Elle lessivait à grande eau. De toute façon les mots ne tenaient pas en place. Les phrases montaient l'une sur l'autre comme des limaces. Elles entouraient les pieds de la table comme des serpents. Elles disaient des choses qu'elles inventaient. Elle s'agenouillait pour les éliminer en les frottant avec la brosse.

– Je ne vous crois pas, vous savez très bien que vous mentez.

Elles lui disaient que personne ne venait la voir, n'était ce père avilisseur. Il avait réussi à la faire tomber dans l'esclavage de ceux qui aiment leur tyran. Il aurait pu laisser les portes ouvertes, elle aurait attendu dans la fièvre le retour du mâle.

– Tu vas finir par être née dans la cave comme tes petits. Elle te volera ton passé comme elle t'a supprimé l'avenir. Déjà, tu ne te souviens plus. Les souvenirs en désordre triturés oubliés retrouvés reformés falsifiés ne sont plus que fondations écroulées. Toi au-dessus flottante sur une mémoire broyée mensongère et le réel passé à l'état de sable. Tu n'as plus d'enfance de jeunesse. Entre les murs toute ta vie. Dans la cave ton horizon ta vie ta mort ton aujourd'hui ton hier ton demain. La cave ton arche. Tu la peuples d'enfants qui filent à ras du sol comme des insectes auxquels manqueraient deux pattes.

– Je vous tuerai.

Elle frottait. Les mots se laissaient un instant effacer pour à nouveau changer de place et remonter à la surface, gras comme des moines. Elle a peur qu'il les voie en arrivant. Qu'il les prenne pour des pensées tombées de sa tête comme des reproches, des paroles de révoltée. Il emporterait les gosses. Il ne reviendrait plus.

Elle essaie d'en venir à bout en se trémoussant, en murmurant des sortes de formules, des supplications, des cris de colère. Et puis elle s'endort sur le sol à côté d'eux.

À son réveil, ils se sont évanouis.

Fritzl tarde. Un orage bienfaisant dont on craint la foudre, mais dont on attend bouche ouverte la pluie. Les dernières biscottes, le lendemain elle leur partage les miettes qui restent au fond du paquet. Pour tromper la faim, des tasses d'eau chaude avec un reste de sucre.

Il revient, il pose un carton de vivres. Il s'en va. Elle se précipite. Elle réveille les enfants à qui une heure plus tôt elle avait donné l'ordre de s'endormir.

– Qui dort dîne.

Dit-on.

Une orgie. La viande avalée crue, le pain pas mâché qui écorche le gosier. Les haut-le-cœur, le ventre lourd et le désespoir de perdre toute cette nourriture quand on la vomit dans les toilettes.

Le temps s'écoule. Une nuit passe. Un repas maigre au matin, il ne faut pas gâcher à s'en rendre malade. Il ne reviendra peut-être pas de sitôt.

Fritzl réapparaît, il a un poste de télévision dans les bras. Un petit modèle Telefunken qu'il déballe dans la cuisine. Il installe une prise au bout du câble. Il branche le poste sur le secteur, il le connecte à l'antenne. Un grésillement, de la neige grise sur l'écran. Il triture les boutons. Des voix, des visages, le bleu d'une boîte de Pepsi, un champion de luge recouvert de logos interviewé sous le soleil les deux pieds dans la neige, un coyote de dessin animé, une carte météorologique où l'on voit de gros nuages noirs au-dessus de Salzbourg.

Il règle le contraste, baisse les aigus, monte les graves. Il se retourne pour transmettre solennellement la télécommande à Angelika. Martin suce son pouce dans ses bras, elle le dépose sur le sol où il se met à gazouiller en allant retrouver un lapin en plastique rose fluo échoué près du lit.

– Prends-la, elle est à toi.

Sa main tremble, il lui semble s'emparer des commandes d'un vaisseau. La réalité qui afflue pleine de couleurs et de bruits plus entendus depuis si longtemps. Le dehors qui coule en cataracte dans la cave et elle a le pouvoir en changeant de canal de fermer une cascade, d'en ouvrir une autre, d'avoir l'impression de mêler leurs flots en les faisant défiler à toute allure.

– C'est ton cadeau de Noël.

Petra accrochée à elle.

– Tu ne dis pas merci ?

Sur ses lèvres un de ces sourires qui précédaient la colère. Il en possédait toute une panoplie, un véritable langage qu'elle avait appris à comprendre dès l'aube de sa vie.

– Merci, merci beaucoup. Les enfants, remerciez papa.

Petra déjà dressée à embrasser sa main, comme on baise l'anneau d'un évêque, comme un chien lèche les doigts de son maître.

– C'est un beau cadeau. Tu feras comme si chaque chaîne était ton cadeau de Noël.

Il a tapoté l'écran.

– Là-dedans, il y en a au moins dix de Noëls.

Un petit rire, une virgule sonore qui ponctuait la plupart de ses phrases.

– Merci. Je suis contente.

Elle avait essayé de compter les jours depuis sa descente à la cave. Les premiers temps, elle était enchaînée et sans aucun moyen d'écrire. Elle avait essayé de tracer des croix sur le sol dans l'obscurité, le sol était trop dur. Elle avait voulu graver les croix dans sa mémoire, les imaginer par paquets de sept, de trente, de trente et un. Elle comptait un jour nouveau à chaque réveil.

Mais ses nuits étaient longues. Son organisme faisait tout son possible pour la soulager. Quand Fritzl ne la réveillait pas d'un viol, elle dormait souvent vingt-quatre heures d'affilée, quarante-huit, soixante, et elle ne se souvenait même pas s'être levée comme une somnambule pour se traîner jusqu'au siège des toilettes ou laper l'eau au robinet du lavabo pendant son interminable somme. De toute façon, régulièrement les croix s'effaçaient comme un souvenir dont on n'a pas l'usage.

Quand il l'avait délivrée de ses chaînes, elle avait tenté de noter ses improbables jours avec ses ongles. Ses règles étaient revenues lorsqu'elle avait fini par s'habituer à la terreur. Mais ses cycles sont demeurés irréguliers jusqu'à sa libération. Sans aucune contraception, elle aurait mis au monde autant d'enfants que la durée de son emprisonnement avait compté d'années si sa matrice n'avait pas décidé de réguler de son propre chef les naissances.

Dès son installation dans la cave agrandie, elle avait

fait des encoches sous l'évier avec l'épluche-légumes. Elle oubliait parfois. Un compte lacunaire auquel elle ne croyait pas beaucoup. Ses jours comme ses nuits ne correspondaient à aucun calendrier en usage chez les peuples de la terre. Elle se demandait quel âge avaient les enfants.

Il s'était assis sur le lit. L'air satisfait, il regardait l'écran en plissant les yeux. La fin d'un épisode d'une vieille série allemande des années 1970, des publicités pour une marque de jambon, un nouveau bonbon au cœur de chocolat liquide, une chaîne de fast-foods qui multipliait ses enseignes en Autriche.

Petra avait d'abord regardé l'objet sans lui prêter plus d'attention qu'à la table de nuit que Fritzl avait apportée quelques semaines plus tôt. Puis elle avait commencé à distinguer les images. Des images plates, mais il lui semblait qu'elle pouvait les pénétrer. Elle s'était approchée pour entrer dans l'écran, poser son pied sur cette plage où d'autres enfants couraient en maillot rayé. Angelika l'avait tirée d'un mouvement brusque, affolée à l'idée qu'elle puisse endommager la bête.

Elle avait poussé un cri aigu en se mettant à tourner autour de la pièce comme un chat effaré qui ne voyant pas d'issue cherche à se mordre la queue. Elle avait échappé à la main de sa mère et s'était précipitée tête la première sur l'écran. Le poste avait vacillé. Elle s'était mise à pleurer. La déception d'avoir été refoulée par des enfants heureux de pouvoir jouer dans l'eau qu'elle apercevait à travers la lucarne de sa prison. Un insupportable vacarme de bébé en colère, et Martin qui jetait le lapin à la gueule d'un clown qui venait d'apparaître pour promouvoir une barre de céréales au goût de fraise Tagada.

Fritzl avait frappé dans ses mains comme un pion qui signale la fin d'une récréation. Il avait distribué des tapes aux enfants et avait donné un coup de poing dans le ventre de leur mère enceinte de Sophie depuis le mois dernier.

– Vous ne méritez aucun cadeau, vous ne méritez rien.

Il avait ramassé le lapin et l'avait écrasé dans sa main.

– Plus de jouet, plus rien.

Il avait débranché le poste. Il avait roulé le câble de raccordement dans sa poche. Ce tuyau de perfusion par lequel le monde venait pendant quelques instants de tomber dans la grotte.

Il avait saccagé le frigo.

– Vous ne méritez même pas de bouffer.

Avant de disparaître, il avait torgnolé Angelika d'une main désinvolte. Du bout de la godasse, il avait éloigné Petra qui semblait avoir perdu le nord dans ce lieu où aucun soleil ne se levait pour donner une idée des points cardinaux.

L'électricité et l'eau coupées quelques heures, le temps d'imaginer qu'elles ne reviendront pas. Des jours à manger la nourriture souillée. Des larmes versées quand étendue sur le lit elle apercevait le câble pendouillant le long du mur. Elle essayait de se remémorer toutes les images qu'elle avait vues pendant les courts instants où le téléviseur avait fonctionné.

Petra se souvenait du clown, il réapparaissait dans son champ de vision comme une menace. Elle regrettait la mer, elle se mettait à courir pour rattraper les mômes, pour se mêler à leur meute.

Quelques jours avant l'arrivée du téléviseur, Fritzl lui avait annoncé que c'était bientôt Noël. C'était la première fois qu'il lui donnait un repère dans le temps.

– Noël ?

Un mot douloureux, un souvenir.

– On dirait que tu es déçue ?

– On est quelle année ?

– Tu devrais regarder tes gosses grandir. Pas besoin de calendrier pour savoir que les années passent.

Les enfants poussaient. Ce ne sont pas des pendules. Certains marchent à onze mois, d'autres à quatorze et il y en a de plus petits, de plus grands, et peut-être que l'air rare de la cave ralentissait leur croissance ou au contraire la dopait comme un séjour en montagne.

– Si tu savais tous les Noëls qui te sont passés sous le nez. Et puis regarde ta gueule, chaque jour tu perds ta jeunesse.

Un petit rire haineux.

– Tu es comme le vin, tu prends de la bouteille.

Une fois, il avait descendu un gâteau et du vin blanc. Une fête bâclée, avec une bougie en guise de cadeau. Ce devait être Noël ce jour-là, mais il ne le lui avait pas dit.

Elle regardait le poste. Elle l'a allumé, laissant divaguer un doigt sur le clavier. Un écran furieux où crépitaient des points blancs. Elle a monté le son pour essayer de distinguer une parole à travers le bruit du vide.

Elle a éteint. Elle s'est levée, elle a pris dans sa main le bout du câble qui pendait au mur. Elle se demandait si les cantiques de la messe de minuit circulaient dans ses fibres ou si le jour se levait. Elle avait envie de mettre l'extrémité du cordon dans sa bouche et d'attendre le temps qu'il faudrait pour voir les premières images apparaître dans son cerveau.

Elle est retournée s'asseoir sur le lit, la tête dans ses mains posée sur ses genoux. Un état où tout en elle était informe, une douleur chronique, la souffrance tranquille d'un malade au long cours habitué à ne se sentir jamais bien entre deux crises.

Elle a entendu résonner les douze coups de minuit. Une clochette planquée dans un trou secouée par un rat endimanché avec une épingle à cravate en métal doré. La fête avait commencé dans toute l'Europe, mais heureusement ses invités avaient du retard. Thomas n'était pas raisonnable, il n'aurait pas dû les attendre sur le pas de la porte pour les emmener boire des bières avec ses insupportables copains qui l'attendaient dans un troquet pour se saouler la gueule avant les agapes.

Elle l'a appelé à la brasserie.

– Parfois, je ne te comprends pas.

– Pour un mec, c'est important les copains.

– Je te déteste.

Mais le téléphone s'était évaporé. À la place elle avait entre les doigts l'ourlet du drap.

De toute façon, rien n'était prêt. Elle n'aurait pas le temps de faire cuire cette énorme volaille. Elle s'en tirerait avec des surgelés et une boîte de petits pois en conserve. Elle est arrivée à la cuisine. Elle entendait des rires, ils étaient revenus et ils chahutaient dans la rue comme une bande d'ivrognes. Elle en avait assez de ces enfantillages. Noël est une fête familiale, ce jour-là on ne se saoule pas sans sa femme. Elle a cherché la fenêtre partout. Elle les a engueulés à travers le mur. Ils ont continué à ricaner en faisant semblant de ne pas l'entendre.

Elle s'assied. Elle se laisse retomber doucement en elle. Elle retrouve peu à peu le réel. Une cave close, l'extérieur inaccessible, pas plus utile que le néant. L'humaine se relève, elle se soumet. Elle accepte de continuer à vivre.

Le frigo vide, l'ampoule triste de n'éclairer qu'un paquet de beurre en bout de course qui porte l'empreinte de la main de l'ogre. Rien de festif dans les placards. Un peu de riz dans un bol, quelques morceaux de sucre sur une sous-tasse. Elle a pris deux casseroles, dans l'une elle a fait cuire le riz, dans l'autre elle a mis de l'eau et le sucre. Elle a versé l'un sur l'autre. Pour tout résultat, un genre de béret de riz verni de caramel au fond d'un plat.

– Joyeux Noël.

Elle n'avait pas parlé assez fort. Les enfants ne s'étaient pas réveillés. Elle a secoué Petra. Elle a ouvert les yeux sur le visage de sa mère grimaçant de gaieté, comme si elle avait voulu lui montrer à toute force ce que c'était que le bonheur. La gamine lui a répondu par une moue. Elle était en pleurs quand elle l'a plantée droit sur le sol.

Elle s'était déjà mise à quatre pattes quand elle a levé Martin. Elle avait posé le gâteau sur la table de nuit. Elle l'a massacré avec un couteau en plastique auquel manquait la moitié de la lame. Elle a essayé d'en donner une part à Petra. Le riz est tombé en petits paquets qui se sont écrasés sur le sol. Elle n'avait plus dans la main qu'un fragment de caramel. Il s'est perdu en miettes quand elle l'a rageusement écrasé entre ses doigts.

Les enfants hurlaient. Elle tournait dans la chambre en hurlant aussi.

Il avait surgi fringant de la trappe. Deux grands cartons qu'il avait introduits l'un après l'autre. Comme toujours, il leur sauvait la vie. Un éclair d'infinie reconnaissance dans les yeux d'Angelika. La joie de savoir qu'on ne mourra pas de faim cette fois.

Elle avait chantonné en rangeant cette précieuse nourriture. Du pâté, du jambon, deux sortes de salades, un gâteau de pâtissier, deux bouteilles de trocken, ce vin pétillant qui tient souvent lieu de champagne en Autriche. Des produits de base, dont une livre de beurre dans une robe argentée et un kilo de sucre dans son emballage rose orné de pères Noël.

Quand on a toujours peur de manquer, même l'arrivée de quelques pommes vaut son pesant d'euphorie. Il n'y avait pas seulement des goldens, mais une grappe de raisin, un sachet de noix, un ananas, ce fruit qui pour elle avait eu l'odeur d'un rêve de voyage de noces en Martinique.

Trois paquets dorés enrubannés de rouge, de bleu, de jaune qu'elle dispose en triangle au centre de la table. Une petite branche de sapin blanche de fausse neige. Elle la pose au-dessus des cadeaux.

Fritzl sort son couteau, il débouche la bouteille de vin qu'il goûte dans un verre à pied ébréché. La nourriture est déjà disposée dans les plats, le couvert est mis, elle a allumé la bougie de l'an dernier. À quatre pattes, les enfants circulent autour de la table. Martin a du mal à suivre sa sœur, tant elle est excitée.

– Je crois qu'on peut passer à table.

Des paroles de maîtresse de maison. Aux lèvres, un sourire de jour de fête. Fritzl s'assied le premier, il prend Petra sur ses genoux et Angelika a Martin sur les siens. Un dîner enjoué.

Angelika commente le pâté.

– On sent vraiment bien le goût des champignons.

Le vin est bon, les bulles éclatent contre le palais, ses arômes se développent quand il coule dans la gorge. Un peu d'ivresse, elle se souvient des cuites mémorables prises avec Thomas. Elle se verse un autre verre en espérant que Thomas s'estompera.

– Et maintenant, le gâteau.

Les enfants rient. Fritzl se lève, il procède au découpage avec son couteau. Angelika a dévoré sa part avant même que le père n'ait eu le temps de reposer son cul sur sa chaise.

– Tu es une goinfre.

– Je le ferai plus.

Une parole d'enfant grondée.

– Tu n'es vraiment pas bonne à marier. Le genre de fille qui ne tient pas six mois avant que le gars demande le divorce.

Elle rougit.

– Tu enlèverais le pain de la bouche à tes gosses.

À la cuillère, il donne de petits morceaux à Petra. Elle pousse des exclamations à chaque bouchée.

– Ta mère s'en occuperait mieux que toi. C'est une vraie mère de famille. Elle n'a jamais su faire autre chose, mais elle le fait bien.

– Pardon.

– Il faut sans arrêt te pardonner.

Les yeux brillants, Angelika garnit de gâteau la bouche de Martin.

– Je ne suis jamais récompensé de mes efforts. Dire que j'aurais pu rester là-haut en bonne compagnie en me roulant les pouces. À cause de toi, j'ai fait la queue au supermarché, j'ai poireauté sur l'autoroute en attendant que le chasse-neige soit passé. Tout ça pour descendre dans ce trou où tu ne penses qu'à t'empiffrer.

En elle, une envie de se révolter, de lui jeter le reste du gâteau à la gueule. La peur des coups, de la nourriture jetée du frigo, du placard, qu'il piétinerait avant de s'en aller couper la lumière et l'eau.

– J'avais très faim.

– Tu prends du lard. Quand on ne sort pas de la journée on se met au régime. Bientôt tu ne pourras même plus passer par la trappe, ce ne sera même plus la peine que je la ferme.

L'obésité finirait par devenir la malédiction de la cave. Malgré les famines périodiques, sa population était suralimentée. Se nourrir était un des seuls loisirs accessibles. La cuisine, une sorte de religion dont Angelika en grande prêtresse remplissait pieusement les cassolettes. Petra avait perdu dix-sept kilos pendant les trois mois qu'avait duré sa maladie. Martin et Roman étaient remontés volumineux et lourds.

Quand ils se déplaçaient à quatre pattes, leur ventre touchait terre. Debout, ils avançaient à petits pas maladroits de scaphandriers. À côté d'eux, Angelika paraissait svelte. Elle dépassait à peine de cinq kilos le poids idéal établi fin 2007 par la Food and Drug Administration.

Après la naissance de Roman, elle avait décidé de perdre son double menton, ses grasses cuisses et ses poignées d'amour. Peur d'être répudiée, abandonnée dans ce trou comme une de ces favorites en disgrâce que les sultans laissaient crever au fond de leur tombeau dont elles étaient les premiers squelettes. Elle avait traqué le sucre, les graisses, rationné les féculents. Quand la nourriture venait à manquer, il lui arrivait de connaître quelques jours de gaieté en se voyant fondre devant le miroir.

Elle suivait une émission matinale de gymnastique. Elle imitait avec attention les mouvements du coach. Elle se mettait à courir sur place, à sautiller, à écarter jambes et bras en cadence. Elle se douchait épuisée et retournait se coucher en ordonnant aux enfants de faire moins de bruit encore que le poisson rouge dans son bocal. Un poisson offert par Fritzl en 2003. Petra l'avait appelé Niedlich. Il avait survécu six mois après sa sortie de la cave.

La longue vie de ce poisson m'intriguait. En passant devant une animalerie, je suis entré interroger un vendeur en faction devant un vivarium où trottaient des mygales.

– Les plus vigoureux meurent à quinze ou vingt ans.

Il m'a rattrapé sur le trottoir.

– Le doyen des poissons rouges serait mort à quarante-trois ans en 1937 dans un restaurant de Philadelphie dont il était devenu la mascotte.

Je me suis dit que si j'en achetais un aujourd'hui, il me survivrait peut-être.

Fritzl avait posé Petra par terre. Il s'est levé.

Quand il était entré, elle avait aperçu le bout du câble qui dépassait d'une poche de sa veste. Elle ne voulait pas le laisser partir. Elle l'a retenu par le bras.

– Tu ne restes pas pour les cadeaux ?

– Je ferais mieux de les remonter. Ton frère va peut-être passer avec ses deux filles, comme ça elles ne repartiront pas les mains vides.

Ulrike, le fils aîné parti dix ans plus tôt dont on ne recevait plus la moindre nouvelle. Anneliese disait qu'il avait appelé un jour en l'absence de Fritzl pour lui annoncer la naissance des gamines.

– Des jumelles. Il ne m'a pas dit leurs noms.

On l'avait crue sur parole, et depuis à chaque repas de famille il se trouvait toujours quelqu'un pour se demander s'il n'allait pas débarquer avec femme et enfants pour leur faire une surprise. Ils ne sont jamais venus. Quand Angelika l'a rencontré après sa libération, il était divorcé et il avait trois garçons en guise de jumelles.

Fritzl s'en allait. Elle a caressé son cou, elle a pris sa main et l'a baisée.

– Je t'en prie, papa.

Il avait consenti à se rasseoir.

Elle avait donné au hasard le paquet au ruban rouge à Petra, celui au ruban bleu à Martin. Elle a ouvert nerveusement le troisième. Ils contenaient tous les trois un sachet de bonbons transparents à la menthe. Elle les a repris aux enfants de peur qu'ils ne s'étouffent en les avalant de travers. Ils ont à peine pleurniché, ils se sont amusés avec le papier doré et les rubans.

Fritzl était resté. Il avait attaqué la deuxième bouteille. Il avait bu deux verres. Il avait poussé Angelika dans la chambre. Le nuage passé, trempée dans le vin blanc son humeur était bonne. L'ivresse de posséder cette proie, d'avoir réalisé son irréalisable rêve de monstre. Il en disposait plus sereinement encore que d'une épouse qui peut toujours s'échapper par la cheminée.

Elle s'est agenouillée devant lui, préférant expédier rapidement la corvée. Son visage de propriétaire suffisant, heureux en ouvrant sa braguette de se dire qu'il a bien le droit de pisser dans son jardin au clair de lune. Érection, gémissements, jouissance. La semence engloutie dans le corps de sa fille.

Il titube, elle le soutient comme un malade jusqu'au

lit. Petite mort, sa tête sur l'oreiller, le bruit de sa respiration, la moue molle de l'amant repu.

Elle prend le câble dans sa poche. Elle se précipite, elle branche la télé. La regarder une seule minute, entendre le bruit du monde, être reliée à la population d'en haut, des maisons d'Amstetten, du reste du monde. Une manière de communion, la fugitive fraternité des spectateurs assis dans un théâtre devant le même spectacle. Il pourrait bien fracasser le poste quand elle aurait au moins senti passer l'onde de la chaleur humaine.

Il ne dit rien, il somnole. Il entend le bruit d'un groupe de jeunes gens qui jouent au foot dans la cour d'un immeuble de la banlieue de Linz. Un commentaire sur le chômage qui pointe salement son nez et transforme la vie de certains en vacances misérables au pied des tours. Angelika est fascinée par tout cet espace autour d'eux et les trois commerces qu'on aperçoit dans le fond. Il lui semble que des bouffées de grand air se fraient un chemin à travers l'écran.

Elle ne perçoit pas les cris des enfants qui font la sarabande dans la cuisine avec le papier. Une impression de levée d'écrou, la porte de la prison s'est ouverte, la liberté devant elle, à perte de vue le ciel et dessous des créatures assez insouciantes pour courir derrière un ballon.

Fritzl qui se lève. Elle se rapproche du poste, elle essaie de ne pas cligner des paupières comme une affamée ouvre encore plus grande la bouche pour essayer de vider le plat qu'on va lui arracher des mains. Il va couper le cordon ombilical, mettre en pièces le périscope. Le trou dans la cave se refermera.

Il n'a pas un regard pour le poste. Son visage respire la paix de l'âme, la sérénité de l'homme dont les besoins sont assouvis. Il s'en va vers la cuisine. Elle l'entend se verser un verre. Il ne crie pas sur les gosses.

Il revient nonchalamment en faisant claquer sa langue à chaque gorgée.

Il s'arrête à côté d'elle. Il soupire, il lui parle de cette technologie qui progresse à pas de géant. Les couleurs sont plus réalistes qu'il y a quelques années, le rouge ne bave plus et le souffle du son est devenu imperceptible.

– Un bel objet, il durera longtemps.

La cave est retombée sur elle. Avec le poids de l'avenir, il lui semblait sentir aussi le poids des briques. Une télé qui éclairerait un jour leurs cadavres jusqu'à la mort du tube cathodique.

– Je m'en vais.

Toujours ce pincement au cœur. Elle n'osait pas lui demander quand il reviendrait. Peut-être qu'un déplacement l'éloignerait une semaine et qu'il aurait le temps de les oublier.

Elle l'a suivi. Il a fait un au revoir aux enfants en remuant la main. Absorbés par le jeu, ils ne l'ont pas vu. Il a ouvert la trappe. Il s'est engouffré. Elle avait quand même hâte qu'il disparaisse avant qu'il ne change d'avis et ne décide de la sevrer en mettant à nouveau le poste hors d'état de fonctionner.

Il s'est retourné, tête émergeant de la trappe.

– Ils m'attendent, encore un réveillon. Ton idiote de tante Berta a dû arriver. Ils ont dû commencer à festoyer sans moi. Ta mère a fait du sanglier. C'est lourd le sanglier, je ferais bien en arrivant de prendre une cuillère de bicarbonate. Sans compter qu'on recommence demain. S'il fait beau, je ferai cuire la dinde au barbecue.

Une si grosse volaille allongée sur la grille comme une côtelette.

Il a soupiré en levant la main comme pour s'en prendre à l'absurdité de la vie.

– Une dinde le jour de l'an. Tout ça parce que ta mère en a trouvé une paire en promotion la veille de Noël.

Elle voyait à peine son visage dans l'entrebâillement.

– Ah oui, à propos.

Il a avancé son visage. Un sourire qui rappelait le bon sourire d'Hitler quand lors d'un défilé il ébouriffait les cheveux d'un *Hitlerjugend*.

– Bonne année.

Trois cent soixante-cinq jours lui sautent à la gueule. On ne souhaite pas bonne année à un condamné qui ne saura jamais s'il a écopé de la prison à vie ou si l'heure de son exécution approche. Il la regardait, paupières plissées, attendant ses vœux. Elle a cédé d'une petite voix.

– Bonne année.

Il a refermé la porte derrière lui. Elle a entendu le cliquetis de la serrure, le bruit de la barre qui tombait.

Revenue dans la chambre, elle a caressé le poste. Bel animal de compagnie, à la carapace déjà tiède, qui sans regimber tirait inlassablement le monde jusqu'à elle.

Elle s'est allongée sur le lit. Une exclamation enfantine quand Nina Hagen est apparue sur l'écran. Une chanteuse au visage peinturluré, aux cheveux noir corbeau, ou bleus, verts, habillée en Japonaise, en Indienne, chantant dans un cimetière de voitures, attachée à la rambarde d'un pont suspendu, nue sur une chaise de comptoir au milieu d'une porcherie. Elle n'était pas sûre d'en avoir entendu parler à l'époque de sa liberté, mais elle reconnaissait en elle la fille qu'elle serait devenue si son père ne l'avait pas exilée.

Elle aurait eu le temps de quitter Amstetten pour trouver un mentor et se faire star. Les inconnus vivaient comme des zombis du mauvais côté du miroir. Elle serait devenue Nina Hagen, précipitant cette usurpatrice dans l'enfer de l'anonymat.

Elle s'est levée. Après quelques pas sous la lumière de l'ampoule, elle s'est mise à chanter. Le son montait du sol, elle s'entendait à peine, tant son orchestre l'assourdissait. L'écran était un de ces gros objectifs rectangulaires qui restent à inventer, les haut-parleurs des ouïes qui aspiraient sa voix, la musique, et les jetaient dans le câble qui les emportait jusqu'au toit. L'antenne tournait autour de son axe comme une pale d'hélicoptère. Elle arrosait les étoiles.

Qu'importe d'être enterré, si c'est dans un studio. Les stars se terrent, elles jettent en pâture leur voix, leur âme, leur reflet, mais elles demeureront toujours d'inaccessibles icônes. Leur public ne les approchera jamais davantage que si elles vivaient dans un autre siècle.

Elle criait dans son poing, micro de chair et d'os. Sa voix comme une bombe dont le souffle fait sauter trappe et portes comme des bouchons. Le labyrinthe, cette entrée des artistes où les spectateurs se bousculent à la fin des concerts. Une horde, des sauvages qui s'entretuent pour avancer plus vite. S'enivrer du parfum de la diva, la respirer, la humer comme une fleur vénéneuse. Ces vapeurs de poison qui s'exhalent des mythes.

La peur du déferlement. La foule, coulée de lave. Écrasement, suffocation, noyade au milieu de cette tombée d'humains dense comme l'eau. Préserver au moins les enfants. Lors d'un tremblement de terre on conseille à la population de s'abriter sous les tables. Les cacher sous le lit. Une poche d'air qui leur permettrait de survivre plusieurs jours. Les sauveteurs déblaieraient les cadavres à la pioche, perceraient un tunnel pour laisser passer un chien qui finirait par détecter leur odeur de vivants.

Elle ne chante plus. L'orchestre s'est tu. Le poste n'aspire plus le spectacle pour le renvoyer aux étoiles. Il diffuse à présent un générique qui défile sur fond de bouches bleu piscine. Elle est surprise d'entendre une guitare acoustique. Il n'y en avait pas dans l'orchestre qui l'accompagnait tout à l'heure. Elle perçoit un bruit de motos, de voitures, de cars, de limousines. Le public est en marche, une foule de pèlerins prêts à tout pour toucher l'ourlet du tee-shirt où reposent les seins de l'idole.

Les enfants épuisés d'avoir déchiqueté le papier doré en lambeaux qui jonchent le sol dorment l'un contre l'autre pour avoir plus chaud. Elle laisse pourtant les plaques de cuisson allumées tout l'hiver, mais pour oublier le froid il faudrait se brûler les doigts.

Elle s'empare des gamins, les traîne par le bras. Elle ne s'inquiète pas de leurs cris, de leur terreur quand elle les fourre sous le lit comme deux valises. Elle les pousse, se glisse à côté d'eux. Le plaisir de se sentir protégée à l'intérieur d'un abri dont les portes retarderont l'instant du déferlement de cette trombe de fous.

Elle effleure leur tête, elle leur fredonne une comptine de sa voix cassée par son show. Ils s'apaisent, ils s'assoupissent. La télé grommelle, un homme grincheux énumère ses déboires. Une vie de dégringolades malgré un travail acharné, son salaire raboté embauche après embauche, ses poumons détériorés par l'amiante, sa famille impuissante et catastrophée qui le voit s'en aller de plus en plus essoufflé sur son lit de douleur installé au salon pour lui permettre de rester toute la journée en contact avec les siens.

Le récit monocorde de ses malheurs la berce. Un bruit continu de fontaine, le sommeil la submerge. Une indulgence quotidienne qui fait disparaître aussitôt la cave, et elle remonte là-haut retrouver la liberté. Les cauchemars ne sont pas si fréquents, elle croit à chaque fois que ce sera le dernier et elle s'abandonne au sommeil bienheureuse et sereine.

Un sommeil agité, marmonnements, le bras droit qui lui donne son poing à téter. Le micro retrouvé, le spectacle en elle recommencé. Sa voix couverte par la musique, à moins qu'on l'applaudisse trop fort dans son rêve.

Puis la salle se vide, les étoiles captent d'autres faisceaux, on l'oublie. Les années de gloire sont passées comme un instant. Elle se retrouve assise sur une chaise en plastique dans un paysage où la poussière tombe du ciel blanchissant les toiles d'araignées pendues aux branches des arbres morts. Elle n'a même plus la force de dodeliner de la tête, l'anonymat l'a vieillie comme une chimiothérapie.

Elle rouvre les yeux. Sur l'écran, la clarté changeante des images. Un tintamarre de lapins mécaniques qui frappent sur leur tambour jusqu'à l'épuisement de la pile dont la marque peinte sur le métal affleure dans leur dos. Longtemps, elle ne s'est plus souvenue du concert qu'elle avait donné. Même l'apparition de Nina Hagen avait disparu de sa mémoire.

Elle se glisse hors de l'abri, délivre doucement les enfants. Elle les dépose sur le grand lit. Elle s'empare de la télécommande, le même plaisir que la veille en tenant dans sa main ce pouvoir. Elle éteint le poste par crainte de le fatiguer et qu'il tombe en panne d'épuisement.

Elle va ranger la cuisine. Depuis son enfermement, elle est devenue ordonnée, méticuleuse. Un ménage perpétuel, des lavages à grande eau, le sol frotté comme le pont d'un bateau. Elle lutte contre cette couche de terre noire tombée d'entre les lattes du plafond. Elle se reforme sans cesse, elle rêve d'essuie-glaces pour l'aider à la chasser, d'une serpillière électrique dont elle est persuadée avoir vu jadis la démonstration par un camelot sur la grand-place d'Amstetten.

Le ménage providentiel, un travail, une occupation qui cassait l'ennui. La vaisselle propre qu'elle sortait du placard pour la laver encore. L'odeur d'un nouveau détergent à la papaye si cruel envers les souillures que son inventeur l'a intitulé *Attila*. Les microbes exterminés dont elle voyait les cadavres disparaître ventre en l'air par la bonde.

La haine du désordre qui dévore l'espace, le moindre objet qui traînait sur le sol provoquait en elle un accès de claustrophobie. Les quelques tasses, les trois bols de grès, les cinq verres dépareillés, alignés sur l'étagère tête en bas, écopant à tout bout de champ d'un coup de chiffon délicat comme s'ils étaient des figurines en porcelaine de Saxe.

Elle a ramassé les morceaux de papier doré. Certains étaient assez grands pour mériter qu'on découpe leurs bordures déchirées pour en faire des carrés, des triangles, des rectangles étroits comme des tickets qu'elle étendait sur la table et lissait du revers de l'ongle. Elle ferait de même avec les sachets de bonbons vides. Elle arracherait les pères Noël au paquet de sucre après avoir récupéré avec son index humide les derniers cristaux.

Des vestiges, une accumulation d'indices mystérieux accumulés dans un carton. De quoi rendre perplexes des générations d'archéologues si une civilisation plus loin un explorateur avait découvert la cave avec leurs ossements, la prenant pour une maisonnette ensevelie par le cataclysme qui avait coûté à la planète une partie de l'Europe.

De retour dans la chambre elle s'est assise en tailleur devant le téléviseur. Elle la veillait comme un enfant malade, craignant la fièvre, auscultant régulièrement sa carcasse. Il était chaud, elle l'a éteint, il a tiédi. Avec les huit degrés qui régnaient dans la pièce, il n'a pas tardé à devenir froid.

S'il avait été pourvu d'une bouche, elle lui aurait préparé une tartine de pain beurré pour lui donner du cœur au ventre et lui aurait déposé un baiser sur les lèvres. Un poste n'est pas un mari, mais pour les solitaires il est un copain bavard qui a toujours des histoires à raconter, même s'il parle sans discontinuer et n'écoute jamais ce que vous dites.

Elle l'a laissé se reposer un moment. Quand elle l'a rallumé, les images lui ont semblé encore plus belles, une réalité plus nette, aux couleurs plus subtiles que leur souvenir déjà terni en elle. Elle a monté le son, des voix douces, sucrées comme des caramels, acidulées comme une goutte de citron, râpeuses, usées par l'alcool, par la fête, ou tonitruantes, toniques, de ces voix qui vous infusent leur enthousiasme pour l'avenir, la vie radieuse qui vous attend au coin de la rue.

Elle s'est aperçue que Fritzl avait menti. Il était venu la veille de la Saint-Sylvestre. C'était la fin de l'après-midi, on filmait les illuminations, les consommateurs en rangs serrés devant les étalages de charcuteries, de pâtisseries, des oies grasses embrochées tournant joyeusement sous les flammes, qu'ils contemplaient en faisant la queue de l'autre côté des vitrines.

Elle a passé toute la nuit et la matinée du lendemain devant l'écran, avalant voracement l'au-delà de la cave. Même si l'image n'allait pas assez vite, même si elle aurait voulu mettre les deux mains dans le plat au lieu de recevoir la becquée.

Martin avait peur des paroles, du bruit de la pluie, du tonnerre, des vagues de l'Atlantique, du vent du large, des jingles aussi bruyants que les cris de son père. Son cerveau ne parvenait pas encore à déchiffrer les images, pareil aux aveugles de naissance qu'on vient d'opérer et qui voient pour la première fois. Une télé comme la gueule du dragon qu'Angelika leur avait dessiné un jour sur un paquet de pâtes.

Petra avait oublié les enfants qui couraient sur la plage. Maintenant, la télévision l'effrayait aussi. Trop d'objets étranges, de paysages menaçants, de gens qui défilaient, tonitruant, bredouillant, chantant, hurlant ou silencieux comme des menaces.

Ils se sont habitués peu à peu. Apprivoisant l'écran, le haut-parleur, s'apercevant au fil des jours qu'hommes et bêtes se cognaient la tête contre la vitre qui les empêcherait toujours de leur sauter dessus.

La chaîne nationale avait diffusé une rétrospective de l'année 1991. Des disparitions d'acteurs, d'un politicien, la naissance d'une princesse à la cour de Suède. Aucun événement assez considérable pour supplanter ceux de la fin 1989.

On a rediffusé la chute du rideau de fer qui boostait toujours l'audience. Elle avait vu le mur de Berlin s'effondrer. Émerveillement, joie de ces gens qui déferlaient par les brèches ouvertes sous les coups de boutoir des Allemands de l'Ouest.

Et soudain, la rétrospective s'arrête. Un générique en panique, des noms qui défilent sans qu'on ait le temps de les lire. Comme un couperet, une fête tombe sur l'écran. Des hommes en smoking, des femmes en robe de soirée, des enfants endimanchés. Un couple de présentateurs hilares sur la scène d'un vieux music-hall. Un bref compte à rebours.

– Trois, deux, un.

Et l'assistance qui hurle 1992. Des confettis qui tombent du haut des cintres, du champagne qui fuse comme de la mousse d'extincteur. Le nouvel an qui survenait chaque année. On aurait pu diffuser les mêmes images tous les trente et un décembre en bricolant la bande-son pour changer le millésime.

Elle s'est mise à compter. Elle s'est aperçue qu'elle était enfermée depuis sept ans et demi. Plus de deux mille sept cents jours. Elle croyait être sous terre depuis moins de quatre ans.

Conçue un soir de septembre 1991 dans les dernières chaleurs de l'été, Sophie était née début mai. Une conception douloureuse, le sexe de Fritzl pénétrant Angelika après un objet qui l'avait meurtrie. Une courte grossesse, un accouchement qui n'avait guère duré plus d'un quart d'heure. Un corps léger, une enfant de liège sortie de sa mère après sept mois de ventre. Une mère au lait parcimonieux qu'elle régurgitait souvent.

Elle peinait pour grandir. Son père croyait en elle.

– Elle s'en sortira.

Des débuts chaotiques. Le miracle s'accomplit. Elle a des joues potelées. Elle se met à aimer la vie. Une enfant magnifique. Des yeux d'un bleu sombre, profond, un bleu du large. Angelika prédisait qu'elle serait une beauté fatale. Elle serait médecin, professeur et femme de ministre.

Elle est devenue bruyante, son babillage de cantatrice qui perçait l'oreille comme une aiguille. Plus elle grandissait, plus les locataires râlaient et désertaient la place.

Elle avait neuf mois quand Fritzl la lui a arrachée des mains un matin. Angelika était en train de la changer sur le lit. Il a emporté la gamine toute nue, filant dans le labyrinthe glacé. Un enlèvement si précipité qu'Angelika n'y avait pas cru. Un de ces cauchemars en plein jour, une baisse de tension soudaine qui chamboule un instant la perception du réel.

Il avait préparé dans la chaufferie un vieil édredon et un sac de voyage au cuir desséché trouvé la veille à côté de la poubelle des voisins d'en face. Imitant l'écriture d'Angelika, il avait griffonné quelques mots sur une feuille arrachée à un bloc. Il avait frotté la page avec un mouchoir humide afin de le rendre assez illisible pour qu'Anneliese ne soupçonne pas la supercherie.

Il a attendu d'entendre la porte de l'appartement s'ouvrir pour la poser sur le seuil. Anneliese a eu la surprise de la découvrir braillant sous la bruine.

Angelika au sol. Une agression, un coup porté en traître, par surprise, dans le dos, dont elle avait tardé à ressentir l'impact. Elle n'avait pas crié, les larmes étaient venues. Elle pleurait silencieuse. Petra et Martin au-dessus d'elle, contrits, prêts à sangloter comme s'ils essuyaient une réprimande.

Sophie dont elle entendait les hurlements là-haut. Sophie et sa beauté de bébé immobile dans le souvenir de sa mère. Sophie dont elle percevrait l'évolution. La voix d'enfant, la voix de la jeune fille en route vers l'âge adulte. Les pas alertes dans l'escalier, le claquement de ses premiers escarpins dans l'entrée. Elle imaginerait son corps de femme surmonté par sa tête de bébé.

Sophie en elle. Sophie montée là-haut, tombée dans le futur de la société des hommes et figée dans le passé de la cave. Quand elle la reverrait seize ans plus tard, il lui semblerait qu'on avait substitué un autre visage au sien. Elle ne pouvait pas avoir ce nez pointu, cette bouche aux lèvres trop minces, ces joues presque hâves au lieu des rebondies de lys et de rose qu'elle avait l'avant-veille quand oubliant un instant Petra agonisante à l'hôpital elle la rêvait en s'endormant.

– Ce sera des jumeaux.

Dès le sixième mois, Fritzl avait rendu son verdict. Un sourire de satisfaction, la fierté du mâle ravi de la puissance de son coup de reins.

Angelika se remettait à peine de son évasion. Elle faisait encore des cauchemars. Le chauffagiste lui apparaissait, sa salopette rouge du sang qu'elle avait versé à cause de lui. Longtemps après sa libération, elle continuerait à le haïr.

– Ta mère a eu des jumeaux, ton frère des jumelles. C'est le signe de la grande vitalité de notre famille.

Il continuait à palper son ventre dur.

– Ils se collent l'un contre l'autre, mais je sais bien qu'ils sont là.

En réalité son diagnostic était basé sur le fait qu'Anneliese avait eu les jumeaux en cinquième position après la naissance des quatre premiers enfants. Il entendait que la famille du bas soit la réplique de celle du haut. Il lui arrivait de rêver que Petra prendrait la suite d'Angelika et lui donnerait aussi six enfants dont une paire de jumeaux.

– Mais je savais que je n'oserais pas lui imposer ces maternités. Je n'aurais jamais vécu assez vieux pour voir pousser toute cette marmaille.

L'inspecteur a mis la bouilloire en route. Il frissonnait, une tasse de thé aurait aussi la vertu de lui donner du cœur au ventre pour poursuivre l'interrogatoire.

– Quand même, ç'aurait été beau une famille qui n'en finit pas.

Le dernier mois, Angelika ne pouvait plus rester debout. Épuisement, vertiges, ses jambes ne pouvaient plus porter son corps. Elle passait la plupart de son temps dans la baignoire. Son ventre lui paraissait moins lourd dans l'eau chaude, les douleurs dorsales disparaissaient. Un état presque aussi confortable que celui des deux futurs enfants dans le liquide amniotique.

La télévision restait allumée. Elle se laissait bercer par le bavardage des acteurs, la mélopée des informations qui se réveillait à intervalles réguliers comme l'appel à la prière dans les pays musulmans. Souvent, elle s'endormait.

Malgré les coups, les privations épisodiques, les nausées, la fatigue, les douleurs, ses périodes de grossesse ont été les plus bienheureuses de son séjour dans la cave. L'euphorie des toxicomanes, une addiction, un état qu'elle aurait voulu permanent. Vivre enceinte, accoucher à l'occasion, et puis redevenir grosse aussitôt le cordon coupé.

Elle n'était plus seule en elle, la force de se sentir plusieurs dans le même corps. Un petit groupe, un détachement, l'impression que ceux dans la matrice pourraient sortir pour assurer sa défense, contre-attaquer, surgir peut-être armés d'un revolver. En fermant les yeux, elle se sentait parfois monter, traversant le plafond, les étages, le toit, comme des écrans de fumée.

Elle avait abandonné les tâches ménagères. L'éponge, la serpillière, les chiffons ne lui disaient plus rien. Le plaisir de nettoyer, de chasser les microbes avec autant de passion que d'autres la grive et le canard s'était dissipé.

Elle était une reine qui attendait l'infant, l'infante, ce couple mystérieux dont elle ne connaissait pas les genres. Autour d'elle la cour devait la servir pour la sauvegarde du royaume. Petra, la dame d'honneur, la femme de chambre, la domestique de six ans qui assurait l'entretien de la maison. Martin, devenu son aide, un inférieur chargé des besognes élémentaires. Il lessivait le sol, brossait les toilettes, remplissait la machine et étendait la lessive. À sa sœur, la confection des plats qu'affectionnait Fritzl, l'époussetage, la responsabilité de choisir le programme et d'appuyer sur le bouton pour déclencher le lave-linge.

Angelika donnait les ordres, surveillait le travail, distribuait les remontrances, les gifles et les bons points.

Le 27 avril, elle a perdu les eaux en fin de soirée. Elle était dans la baignoire, assoupie. Les premières contractions l'ont tirée du sommeil. L'eau avait refroidi, elle claquait des dents. Après quelques jours d'une parodie de printemps, la neige tombait obstinément depuis la veille sur Amstetten. La température de la cave avait chuté de concert.

Elle a voulu rajouter de l'eau chaude. Elle avait vu à la télévision une femme accoucher dans une piscine. On disait que la douleur était moindre, que le bébé apparaissait à la surface comme un petit nageur après une plongée en apnée.

Le cumulus était vide, l'eau coulait glacée. Elle s'est appuyée des deux mains sur les rebords. Une douleur intense dans le bas-ventre et elle est retombée. Plusieurs tentatives, des cris irrépressibles. Elle a appelé Petra et Martin. Une aide illusoire, une sorte de compagnie. Ils essayaient de la soulever à toute force. Elle retombait tremblante après avoir poussé un autre cri.

Là-haut, la famille venait de passer à table. Un repas à base de porc et de pommes de terre. Fritzl arrivait de Linz où il avait passé la journée chez un client. Il était de mauvaise humeur. Une habitude, comme les menaces et les coups qu'il distribuait aux mômes avec la même ferveur qu'un père ordinaire les baisers.

– Pourquoi toujours du cochon ?

Anneliese a baissé le nez.

– On dirait qu'on vit dans un pays où il n'y a pas de vaches.

Une rengaine qu'il enfourchait souvent. Et Anneliese d'arguer que la viande de bœuf était coûteuse.

– Et puis, c'est sain le cochon.

Les cris d'Angelika se succédaient. Les enfants avaient d'abord prêté l'oreille, mais un regard du père avait suffi à leur plomber les oreilles.

Après l'ordinaire algarade à propos de la mangeaille, Fritzl s'était tu. Les gosses ne pouvaient se retenir de sursauter quand elle poussait un hurlement. Il continuait à piquer les morceaux dans son assiette, à mâcher, à avaler comme un sourd.

Anneliese toussait de son mieux. Les quintes ne couvraient pas les cris. Elle s'est mise à parler haut, engueulant les enfants, distribuant quelques claques pour que leurs pleurs couvrent le bruit qui montait de la cave.

– Toi, si tu continues à pleurnicher tu vas en avoir une autre et le mur te la rendra.

Une spécialité de la mère. La claque qui envoie bouler et la paroi qui semble donner au môme un coup de boule.

– J'en ai assez de supporter toutes vos bêtises.

Les hurlements étaient devenus réguliers. Anneliese s'était levée de sa chaise. En essayant de gueuler plus fort qu'Angelika, elle torgnolait à tour de bras sa descendance. Fritzl achevait paisiblement de torcher la casserole avec des morceaux de pain.

– Les pommes.

Un dessert sempiternel, auquel on substituait pendant les mois d'été les fraises, les cerises, les pêches et le raisin.

– Les pommes.

Il a dû monter le volume de sa voix pour passer au-dessus des cris d'Anneliese, des pleurs des gosses et des hurlements d'Angelika qui parvenaient à se faufiler à travers tout ce vacarme.

Anneliese a asséné une dernière gifle à Christof et s'en est allée prendre le panier à fruits juché au haut du frigo. Il a donné un fruit à chacun.

– Mangeons.

Tout le monde a obéi. La bouche pleine, chacun s'efforçait de n'entendre que le bruit de la mastication.

Fritzl s'est levé après avoir déposé le trognon dans son assiette. Il a quitté la cuisine. Il a pissé bruyamment dans les toilettes. Il s'est assis dans son fauteuil. Il a poussé le son de la télé dans ses derniers retranchements. Les voisins terrifiés depuis le début du travail d'Angelika ont été soulagés d'entendre les éclats du public d'un combat de boxe qui couvraient un peu les cris.

Avant de se rendre à leur travail, ils ont défilé le lendemain matin pour se plaindre des nuisances sonores.

– La télé, toute la nuit.

En réalité, la télévision continuait à gueuler encore. Aux cris d'Angelika avaient succédé les pleurs intermittents des bébés.

– Je n'ai pas pu dormir.

– J'ai dû prendre plusieurs cachets pour fermer l'œil.

– Moi, j'ai été obligé d'aller faire un tour pour ne pas devenir fou. On entendait votre télé dans la rue.

– Je partirai à la fin du mois. À titre de dommages et intérêts je ne vous paierai pas le dernier loyer.

– Nous partons ce soir, nous ne paierons rien.

Un locataire avait un sac à dos sur les épaules et une valise dans chaque main.

– C'est insupportable. Je ne resterai pas une seconde de plus dans cette maison. On dirait qu'elle a été construite au-dessus d'un asile de fous.

Fritzl balançait entre la joie de voir s'agrandir sa famille souterraine et son désespoir de perdre ses beaux loyers.

– Je vous poursuivrai pour rupture de bail.

Personne n'a cédé à la menace. Il ne les a pas poursuivis. Il a attendu d'avoir remonté le bébé survivant pour relouer les studios désertés.

Il est parti à son travail à huit heures et demie. La neige ne tombait plus, à force de salages elle avait fondu sur l'autoroute. En quarante-cinq minutes il était à Linz. Il avait écouté la radio durant le trajet, Angelika s'était repliée de l'autre côté de sa conscience. Un souci familial sans beaucoup plus d'importance qu'une fuite d'eau.

Ce client coriace le préoccupait davantage. Encore toute une journée à subir ses récriminations, ses jérémiades au sujet du devis qu'il jugeait prohibitif et un interminable déjeuner au fond d'une salle enfumée où il s'épancherait sur son épouse qui le trompait avec un neveu.

Retour à Amstetten vers dix-neuf heures. Le silence absolu. Anneliese se battant dans la cuisine avec des bas morceaux de bœuf. Une lutte sans merci pour les débarrasser des cartilages et des nerfs dont ils étaient farcis. Les enfants dans leur chambre pâlissant sur les leçons du lendemain ou se masturbant en catimini sous leur bureau.

Il a accroché son loden à la patère. Il s'est dirigé vers le salon. Parvenu au seuil, il s'est immobilisé et il a fait demi-tour.

Il a traversé le labyrinthe. Ses chaussures neuves grinçaient. Il a ouvert la deuxième trappe. Il faisait nuit dans la cave. Une odeur fade par-dessus la puanteur. Le sang, le lait aigre, les placentas qui fermentaient dans la poubelle.

Il avance à la lueur de son briquet tempête. La famille repliée dans la chambre d'Angelika. Petra et Martin lovés au bord du lit, leur mère en position fœtale sous des épaisseurs de pulls et de lainages. Par terre, deux petits humains emmaillotés de morceaux de drap à l'état de chiffons sur un amoncellement de serviettes.

La cave est silencieuse. On entend à peine Sophie poursuivre Sabine dans le couloir de l'appartement. Fritzl se prend à rêver de bébés insonores. Avec le temps, Angelika allait peut-être donner naissance à une flopée d'enfants adaptés à leur environnement. Des gamins qui plus tard parleraient à voix basse, joueraient bouche close, ne heurteraient jamais rien.

Il a fini par percevoir un geignement. Il s'est accroupi. L'un des bébés avait les lèvres entrouvertes, s'en échappait une faible plainte, petite fumée de douleur. Une tête rougeaude, il a posé sa main sur le front. Une bonne fièvre, la preuve que son organisme luttait contre le mal.

Un robuste petit soldat qui gagnerait cette première escarmouche et affronterait plus tard la vie en guerrier. Un véritable descendant de sa grand-mère et arrière-grand-mère Annette. Le bébé a ouvert une paupière, et approchant la flamme il a constaté avec plaisir que son œil était du même bleu pâle que les siens.

– Stanislas.

Il lui a murmuré ce prénom à l'oreille. Une appellation qui lui irait bien.

– Stanislas Fritzl.

Il le laisserait grandir sous cloche. Il le remonterait le jour de ses quinze ans. Un môme assez grand pour sonner à la porte. Il expliquerait lui-même à Anneliese qu'après avoir grandi dans la secte il avait préféré fuir cette communauté inculte pour se mettre sérieusement aux études.

– Mais où elle est, cette secte ?

– Elle vit dans des roulottes, elle serpente l'Europe à longueur d'année.

Il en ferait un matheux. Son front était bombé, il en possédait la bosse.

Il est remonté. Le dîner était servi. La viande à peine cuite était coriace. Les récriminations du mari. Un dîner aussi humiliant que les autres pour Anneliese. Les enfants enfoncés dans leur assiette, broutant docilement la daube pour se faire oublier.

Une soirée devant un film de Louis de Funès. Anneliese osant rire à gorge déployée car le mari souriait aux grimaces de ce Français d'où sortait de l'allemand articulé d'une voix de fausset par l'acteur qui le doublait.

Coucher à vingt-trois heures, la lumière éteinte aussitôt et les ronflements décalés du couple.

À cinq heures trente, Fritzl se lève. Il réveille Anneliese. Elle se recouche après lui avoir servi son café. Il pleut, et ce père comblé sourit aux gouttes qui tombent dru derrière les vitres.

À sept heures moins le quart, il entend Anneliese valdinguer d'une chambre à l'autre pour sortir les enfants du lit. Il est temps de se préparer. Pas de douche, un toilettage comprenant un rasage méticuleux et un graissage de la chevelure suivi d'un solide coup de peigne. La voiture, l'autoroute, le bureau, le bonheur de patronner une réunion et de gourmander la valetaille des petits cadres et des ingénieurs frais émoulus.

– Il y a eu de l'écho aujourd'hui.

Anneliese avait entendu la voiture rentrer dans le garage. Elle avait traversé le jardin pour lui annoncer cette nouvelle.

– De l'écho ?

– Oui, un écho de tuyaux et de cris de mioches.

Il lui avait donné du regard l'ordre de disparaître. Elle avait rejoint la maison en trottinant lourdement sur la pelouse détrempée.

Fritzl a débarqué dans la cave. Les ampoules allumées, une odeur de langes. Petra et Martin hagards sur une étagère de la réserve. La cuisine en désordre, la vaisselle sale dans l'évier et un reste de ragoût figé au fond d'une casserole. Un bébé endormi dans la caisse. L'autre dans les bras d'Angelika assise sur le lit. S'échappe de sa bouche la même petite fumée de plaintes.

Sa rage s'est émoussée en traversant le jardin, en descendant l'escalier, en traversant le labyrinthe. Il lui donne un vague coup de pied dans les tibias qui ne la fait même pas broncher. Elle tourne la tête vers lui. Un regard inexistant, juste des yeux.

Il lui arrache le bébé des bras. Il le secoue, il le lui rend.

– Pourquoi tu as fait tout ce bruit ?

Elle serre le bébé contre sa poitrine, il ne tète pas le mamelon qu'elle enfonce dans sa bouche. Elle baisse les paupières, elle les relève et semble soudain revenir à elle.

– Il est malade.

– Un peu de fièvre. Ça tue le mal, la fièvre.

– J'ai peur qu'il meure.

– Il vient à peine de naître, ce sont les vieux qui meurent.

– Il faudrait appeler un pédiatre.

– Un pédiatre ?

Il a éclaté de rire. Un rire qui agitait son ventre, découvrait ses gencives. Un rire dont il se servait pour la première fois devant elle. Il imaginait le praticien toquer à la trappe, se courber avec sa mallette, s'étouffer dans ce cloaque. Un évanoui qu'il faudrait réanimer et pousser jusqu'à la chambre.

– Et qu'est-ce qu'on en ferait d'un pédiatre ?

Il piquerait l'enfant qui se mettrait aussitôt à hurler, à ameuter la ville. Ensuite, Fritzl n'aurait plus qu'à l'aider à remonter jusqu'à l'appartement familial et à lui poser le téléphone sur les genoux pour qu'il puisse appeler les flics.

Revenu de son hilarité, Fritzl a réfléchi.

– Il faut lui donner des bains.

Une thérapie dont il avait entendu parler dans son enfance.

– Des bains ?

– Il se sentira mieux dans l'eau tiède.

Angelika a posé l'enfant sur le lit. Elle l'a dépouillé de la serviette et des chiffons qui lui servaient de langes. Fritzl a ouvert la voie. Ils se sont retrouvés devant la baignoire. Elle a ouvert les robinets.

– Non, tu vas vider tout le chauffe-eau. Et puis il va se noyer là-dedans.

Il a rempli le lavabo. Elle a déposé le bébé dans la vasque. Il a remué les jambes, ses orteils et ses doigts ont bougé. Une grimace sur son visage. Angelika pleine d'espérance.

– Il sourit.

– Il n'est pas bien malade, juste un peu abruti après tout ce temps dans ton ventre à rien foutre.

Comme si la vie était un travail qui commençait dès l'aube de l'existence et s'interrompait quand venait la mort.

– On dirait qu'il essaie de nous dire quelque chose.

– Il sait déjà ce qu'il veut.

Un peu de fierté paternelle dans les yeux de Fritzl. Angelika enthousiaste.

– Il gazouille.

– Il marmonne dans sa barbe. On dirait une personne âgée.

– Il chantonne.

Une plainte plus profonde, un mince cri de douleur. Son visage écarlate, ses lèvres bleues. Angelika lui masse le ventre, les mains, les pieds. Les paupières à peine fendues d'un trait. Il les ferme.

– Regarde-le, il va se taper un petit roupillon.

– Je suis sûre qu'il sera un enfant tranquille.

– En tout cas, ta mère s'est plainte qu'il avait gueulé toute la journée.

– Ce n'était pas lui.

– Alors, tu garderas celui-là et je remonterai l'autre.

Un voile de tristesse sur le visage d'Angelika. Elle semble soudain monochrome sous le néon du miroir.

– Maintenant, sors-le et frotte-le bien.

Elle obéit. Elle le pose sur la table. Elle le frictionne avec un gant de toilette.

– Fais bien circuler le sang.

Le bébé ouvre grands les yeux et la bouche d'où s'échappe un geignement.

– Quand il sera bien revigoré, donne-lui le sein. Les bains ouvrent l'appétit.

Angelika sourit. Des paroles rassurantes sorties de la gueule du père devenu médecin. Un oracle auquel elle attribue l'infaillibilité pour garder l'espérance.

– Et voilà l'autre qui se met à gueuler.

Elle emporte le bébé. Elle le dépose sur le lit. Elle prend son frère dans ses bras, un garçon vigoureux qui tète sa part et celle de son frère.

Fritzl a déjà claqué la trappe derrière lui.

Les enfants sont dans la cuisine, debout devant leur assiette. Anneliese fricote devant la cuisinière. Il s'assied, les enfants aussi. Elle apporte une soupière pleine d'un bouillon où flottent des lambeaux de poireau, tandis qu'au fond les restes de bœuf du repas d'hier reposent comme des noyés.

Il ne prononce aucune parole. Malgré ses efforts, il ne parvient pas à expulser de sa conscience l'image de la cave. Personne n'ose briser le silence. Tout au long du dîner le gros réveil au-dessus du frigo fait plus de bruit que les bouches et les cliquetis des couverts.

Trois heures du matin. Un bruit continu, une série régulière de tintements contre un tuyau. Un tempo lent, et malgré la note aiguë, une impression de glas, de sonnerie aux morts qui s'échappait à travers la porte entrouverte du cabinet de toilette. La même obstination que le bruit lancinant sortant des haut-parleurs dans les rues d'Amstetten pour signaler l'imminence d'une attaque aérienne.

Cette nuit-là les ronflements du couple étaient synchrones. Les ronflements couvraient le bruit, mais les dormeurs le percevaient dans leur sommeil quand ils reprenaient leur souffle.

Anneliese ouvre l'œil la première. Elle n'ose se lever sur son séant et prêter l'oreille. Elle décide qu'elle n'entend rien et elle n'entend plus rien.

Fritzl glisse furtivement hors du lit comme un matou. Il s'habille dans le noir. Il se faufile dans le couloir. Anneliese s'est déjà rendormie quand il ouvre doucement la porte de la cave. Il traverse le labyrinthe en courant sur la pointe des pieds. Il semble plus agile que d'ordinaire quand il plonge à travers les trappes.

Angelika l'attend droite dans la réserve avec le bébé dans les bras.

– Tu as réveillé toute la maison.

La main levée, prête à s'abattre. Mais c'est une statue,

par crainte de se briser les os contre le bronze la main retombe molle dans le vide. La bouche d'Angelika s'entrouvre.

– Il a dû mourir.

– Tu es une imbécile.

Il lui a arraché l'enfant. Il a touché son front. Il était froid.

– Il n'a même plus de fièvre.

– Il ne bouge plus les paupières, il ne bouge plus les lèvres.

– Je vais le réveiller.

Il lui a pincé la joue en vain. Il l'a emporté jusqu'à la salle de bains. Il l'a déposé au fond de la vasque. Il a ouvert le robinet d'eau froide. Le bébé n'a eu aucune réaction. Fritzl a ouvert l'eau chaude.

– Tu crois qu'il va revenir ?

Angelika le regarde pleine d'espérance. Cet homme qui si souvent tombait du ciel pour les sauver de l'inanition avait peut-être le pouvoir de réveiller les morts.

– Tu crois vraiment ?

– Pourquoi tu voudrais qu'il meure ? Dans la famille les bébés ne meurent pas. Regarde ta grand-mère, elle a vécu jusqu'à quatre-vingt-trois ans.

L'enfant immobile dans la vasque. Le visage blême, le corps déjà raide. Elle s'attend à le voir éclore comme une fleur assoiffée plongée dans un vase.

– Il remue.

– Tu vois bien.

– Il murmure.

– Je reviendrai te voir tout à l'heure.

Fritzl s'est sauvé.

Il est arrivé essoufflé à la surface. Il a ouvert la porte qui donnait sur le jardin. L'aube était encore loin. Un bout de lune dans un coin du ciel. Il s'est immobilisé sur la pelouse. Il était soucieux. Un problème à gérer auquel il n'avait pas pensé. Évacuer un cadavre, laisser une preuve derrière soi. Il pourrait prendre sa voiture et aller l'enterrer dans une forêt ou le couler dans un bloc de béton à l'occasion d'une visite de chantier.

Autrefois les paysans donnaient aux cochons leurs bébés étouffés dans leur berceau pour ne pas agrandir encore une famille pléthorique. Il ne savait où trouver de porcherie. Il s'est souvenu du temps où sa mère travaillait au four crématoire.

Il est redescendu à la cave.

Angelika n'avait pas bougé. Sa tête penchée au-dessus du lavabo. Elle parlait au petit corps la langue des mères qui bercent un bébé. Petra et Martin s'étaient réveillés. Ils se trouvaient de chaque côté d'elle, agrippés à sa robe.

Fritzl l'a prise par le bras. Les enfants se sont écartés.

– Il vient de me sourire pour la première fois. Ce sera un enfant rieur.

– On va s'en débarrasser.

– Il sera calme, il ne fera jamais plus de bruit qu'une petite souris.

Il s'est saisi du corps.

– Tu vois, il ne pleure pas. Il s'est habitué à toi.

Il était déjà devant la trappe serrant le cadavre à pleines mains comme s'il craignait qu'il lui échappe. Il l'a posé par terre pour composer le code.

– Laisse-le-moi encore un peu.

Angelika suppliante, caressant la joue du père.

– Il faut qu'il prenne l'air, je te le ramènerai bientôt.

– J'ai peur qu'il prenne froid.

Le bébé était trempé et nu.

– Penses-tu.

– Il faut le baptiser.

– On le baptisera demain.

– Non, tout de suite. Je serai plus tranquille.

La trappe était grande ouverte. Il a repris le corps.

– Tout de suite.

Angelika enragée. Un cri. Elle se précipite, elle lui arrache l'enfant.

– Je ne veux pas qu'il meure, tu entends ? Je ne veux pas.

L'énergie du désespoir contre laquelle un homme désarmé ne peut rien. Elle l'avait emporté. Elle marmonnait devant le lavabo, versant quelques gouttes d'eau sur sa tête. Elle s'est tournée vers Fritzl.

– Je ne sais pas comment il s'appelle.

– Il s'appelle Stanislas.

Une moue dubitative. Elle se souvenait d'un condisciple nommé ainsi qui lui avait tiré les cheveux pendant des années à l'école primaire. À la même époque elle avait eu le béguin pour un petit Helmut aux yeux de chat.

– Il s'appelle Helmut.

– Très bien, c'est très bien Helmut.

Elle a prononcé son nom, elle a dit amen. Il lui a repris l'enfant.

– Tu le ramèneras bientôt ?

– Demain, demain. Il sera là demain.

Il est parti, pressant le petit corps contre sa poitrine comme un pilleur de tombe. Cinq minutes plus tard, il se consumait dans la chaudière. En sortant de la cave, il a jeté un coup d'œil vers le toit. La cheminée lui a semblé cracher une fumée plus noire. Une impression rapidement dissipée et les volutes blanches sont revenues.

Le lendemain, une belle journée. Le grand soleil chassait le froid et Fritzl avait quitté la maison en veston. Anneliese avait oublié depuis longtemps les tintements de la nuit. Elle vaquait gueule ouverte pour agonir les mômes, parfois ses bras moulinant l'air pour asséner les baffes. Une matinée ordinaire chez les Fritzl.

Angelika s'était endormie, une bouteille vide de Théralène sur la table de chevet. Elle avait éteint les lumières, seule la télé veillait en sourdine. Les enfants se promenaient. Ils escaladaient les étagères, sautaient dans le vide, riaient quand ils se retrouvaient le cul par terre. Un passage sous la table de la cuisine, un pont de fer aux quatre pieds comme des piles. Se cacher dans la baignoire, elle protège des balles de revolver qui chaque jour traversent les séries et les films. Ramper dans l'étroit couloir, disparaître sous leur lit. Tenir des conciliabules, émettre des cris, des rires. Croquer les morceaux de sucre dissimulés dans une rainure du sommier.

L'obscurité comme un rempart, un obstacle qui effraiera les bêtes féroces si elles s'aventurent. Quand un rat les frôle, ils ne le craignent pas plus qu'un pigeon égaré sur le rebord d'une fenêtre.

Ils veulent changer de cachette, ils vident de tous leurs vêtements le carton où Angelika les entrepose. Ils les piétinent et Petra éclate le carton en essayant de se planquer dedans. Ils se mettent à rire et retournent se cacher dans la baignoire où elle ne les retrouvera jamais. Même dans une cave, l'enfance est tenace.

Angelika dort tant et plus. Respiration inaudible, corps allongé sur le dos, immobile, pas la moindre vague sur son visage. Le sommeil éternel, la mort indulgente qui en elle semble faire une halte. Le programme défile, les émissions du matin, un jeu d'andouilles à midi, les nouvelles insipides épicées d'un attentat dans un coin de la planète où les Autrichiens n'avaient jamais pensé aller prendre des bains de mer. À nouveau, le réveil en fanfare avec un animateur ivre de toute la caféine qu'il a ingurgitée pour chasser le spleen qui le submerge à chaque fois que le réveil le tire des draps avant l'aurore.

Le bébé pleure, crie. Les enfants se penchent au-dessus de la caisse. Sa figure rouge de colère clignotant sous les images du téléviseur. Martin l'apaise en lui fourrant son pouce dans la bouche.

Petra le soulève, elle le transporte jusque dans la cuisine. La porte du frigo ouverte éclaire la pièce. Elle le déshabille sur un sac de supermarché. D'une serviette, elle lui fait une toge. Elle prend la bouteille de lait, le nourrit goutte à goutte de lait froid. Ils se disputent pour le bercer. Elle le lui prête, elle le griffe pour qu'il le lui rende. Elle l'endort.

Il recommence à hurler pendant le journal du soir. Il a régurgité sur la serviette. À nouveau les enfants pouponnent, le déposent assoupi dans la caisse. Il est parti pour une longue nuit.

Angelika se réveille pendant qu'un cuisinier dépiaute un lièvre dont il va faire un civet en différé. Son cerveau semble battre comme un cœur, cognant le crâne. Elle se lève par saccades, prend le mur pour le couloir. Le choc l'abrutit un peu plus, elle cherche la fenêtre.

Tirer les rideaux, ouvrir les volets, rafraîchir son visage dans la brise matinale. Elle traverse la cuisine, bute contre les corps des enfants endormis par terre.

L'idée d'allumer la lumière lui traverse l'esprit. La lumière fut, éclairant la réalité où Fritzl l'a condamnée à vivre. Elle se souvient du bébé, mais il a perdu son nom. Elle revoit son père qui l'emporte. Un séjour à l'air libre pour le revigorer, un tour de jardin dans ses bras. Il se souviendra peut-être du ciel quand il reviendra.

Elle s'aperçoit qu'elle le sait mort depuis la veille. Elle s'était raconté une histoire pour tenter de doubler le réel, le filouter, lui faire changer d'avis quand elle serait parvenue à le convaincre qu'il avait tort, que la vérité l'avait égaré. Pour se racheter, il accepterait de se rétracter pour donner raison à son rêve. Fritzl avait emporté son cadavre vers un cimetière indulgent. Des limbes provisoires d'où on s'échappe quand on a grandi.

Elle s'assied. Elle ne tremble ni ne pleure, de sa bouche ne s'échappent ni cri ni plainte. Elle est abrutie, groggy, au tapis. Le chagrin lui a cassé la gueule. Elle n'entend pas le bébé qui se réveille. Elle ne le voit pas étendu sur la table à côté d'elle. Ne lui vient pas à l'esprit de le coller à son sein pour qu'il tète, au lieu de laisser Petra faire tomber dans sa bouche des gouttes de lait de vache.

La journée passe autour d'elle posée sur la chaise comme une pendule échouée sur un siège dans un bric-à-brac.

Le week-end est arrivé. Toujours ce beau temps qui donnait envie de déjeuner sur l'herbe. À midi, les braises étaient à point. Fritzl installait sur la grille saucisses et côtelettes. Anneliese avait déployé la table pliante.

Assiettes et gobelets en plastique, des couverts en

mauvais état, mais les lames des couteaux coupaient mieux que des doigts. Des pommes de terre bouillies au centre, un pack de canettes de bière et une carafe d'eau que le soleil avait déjà tiédie. Les enfants assis, Anneliese tournant autour du mari comme une mouche, frottant ses yeux enfumés.

Un dimanche clôturé par un bol de chocolat et d'épaisses tartines de pain beurré. Les enfants couchés tôt. Fritzl impose à Anneliese une partie de cartes. Elle a du jeu et elle doit ruser pour perdre. Elle avait osé gagner l'an dernier. Il lui avait dit qu'une tricheuse pouvait tout aussi bien avoir un amant.

– À mon âge, il y a longtemps qu'on ne me regarde plus.

– Il y a même des hommes qui couchent avec des mules.

La télé en était aux programmes de la nuit. Le son coupé, une émission sur les bouquets de fleurs, les vases et les plantes grasses. Les enfants dessous, la tête tendue vers le poste. La télécommande à portée de leurs mains sur le petit meuble, mais les lois de la cave leur en interdisaient l'usage.

Les images pénétraient dans leurs yeux, dans leurs oreilles à nouveau les gémissements de leur mère étendue sur le lit et parfois les cris du petit frère. Ils avaient pris l'habitude de le lui apporter. Ils remontaient son pull jusqu'au cou et le posaient contre son sein, le lui fourrant dans la bouche. Elle s'abandonnait, se laissait téter dans l'indifférence en continuant sa mélopée.

Elle n'avait mangé ni bu. Entre ses lèvres entrouvertes, une langue chargée de malade. Quand le bébé était repu, ils le reposaient dans sa caisse et s'il pleurait encore ils allaient le changer dans la cuisine.

Ils s'en occupaient comme d'un petit animal, d'un chiot perdu qu'ils auraient recueilli. La gravité de leur visage, la précision des gestes, le bébé manipulé, transporté d'une pièce à l'autre comme un objet précieux et fragile. Ils lui parlaient la langue de la cave, lui chantaient les comptines que la mère leur chantait naguère. Ils lui racontaient des histoires de nourriture, de bonbons, de Coca-Cola tombés du plafond. Ils imitaient les cris des oiseaux, les hennissements des chevaux qu'ils voyaient courir le dimanche après-midi sur un hippodrome vert émeraude sous les vociférations des turfistes.

Ils se nourrissaient souvent. Petra debout sur la pointe des pieds devant la plaque surveillant la cuisson des pâtes. Martin chargé de l'égouttage. Puis il les saupoudrait de sel et les remuait consciencieusement jusqu'à ce que le beurre ait fondu. Un repas en tête à tête, ils essuyaient leurs lèvres avant de boire comme l'exigeait Angelika.

Une conversation feutrée, des phrases courtes ou interminables qui les laissaient à bout de souffle. Ils parlaient de la pluie, du beau temps, ce climat de la cave comme un écho de celui du haut. Ils évoquaient les héros qu'ils devenaient en jouant, des armées embusquées et des échauffourées dont ils sortaient souvent blessés et vainqueurs.

Fritzl n'aimait pas le spectacle du malheur. Sa visite tardait, les journées et les nuits passaient sur l'écran du téléviseur. Angelika se levait du lit, elle touchait la tête des enfants, caressait la joue du bébé. Elle buvait au robinet de l'évier et plongeait sa main dans la casserole où les enfants avaient laissé sa part.

Elle regardait tendrement la baignoire. Elle recommençait à se doucher interminablement. L'eau finissait par couler glacée et elle continuait à asperger quand même son corps frissonnant.

Des voyages dans la réserve. Elle l'arpentait les yeux rivés au sol. On aurait dit qu'elle rôdait à la recherche de sauterelles, de baies sauvages, de champignons. Elle s'asseyait sur l'étagère du bas, elle contemplait le mur. Elle voyait peut-être des ombres chinoises, des mains quelque part agitant leurs doigts derrière une flamme. Une lanterne magique, des visages colorés, des bribes de l'extérieur à travers une vitre, l'accouchement des jumeaux peint à la gouache sur une plaque de verre, le baptême, le corps défunt qui s'en va.

Elle murmure. Dans la cave, elle pouvait convoquer n'importe qui et lui parler sans fin. Elle se plaignait à sa mère de ne l'avoir pas aidée à ressusciter l'enfant. À deux, on est plus fort pour lutter contre la mort. Et ses frères et ses sœurs, si seulement ils étaient descendus au lieu de se prélasser là-haut ou à Linz, à Vienne, Dieu sait où.

Thomas s'était décoloré avec les années, il était devenu un souvenir désincarné auquel on ne peut plus adresser la parole puisque les souvenirs n'ont pas d'oreilles et pas de bouche non plus pour vous répondre.

Mais ce qu'Anneliese pouvait jacasser. Aux récriminations de sa fille, elle répondait par des engueulades. Quand elle se calmait un peu, elle essayait de la convaincre de son impuissance.

– Les courses, les enfants, la lessive, le ménage.

– Tu pourrais au moins nous donner de l'argent de temps en temps.

– Tu n'as jamais su dépenser l'argent comme il faut. Tu le jettes par la fenêtre.

– Ici, il n'y a pas de fenêtre.

– Il n'y a pas de commerçant non plus. Je ne vais pas priver tes frères et sœurs pour enterrer des billets chez toi.

– Tu ne m'aimes pas.

– Tu crois que j'ai le temps d'aimer ?

Angelika attrapait une éponge sur l'évier en grès, elle la passait sur son corps qui s'effaçait tout entier.

La nourriture devenait rare. Elle s'asseyait en tailleur devant la trappe. Elle entendait des pas, ils ne cessaient de se rapprocher et pourtant Fritzl n'arrivait pas. Elle profitait quand même du parfum des roses, des abricots mûrs, des tranches de pâté qui étaient en route, se rapprochaient. Elle avançait la tête pour donner un coup de dents.

Des denrées de mauvaise volonté qui attendaient d'être là pour se laisser croquer. Elle se levait, elle leur donnait des coups de pied. Alertés par le bruit, les enfants la rejoignaient pour la seconder. Une partie de foot sans ballon devant la trappe close.

Fritzl est descendu une semaine après la mort du bébé. Il a apporté des victuailles. Il n'avait pas oublié les couches.

Angelika était prostrée sur le lit. Elle ne s'est pas précipitée pour l'accueillir. Les enfants l'ont aidé à ranger les courses. Il s'est déplacé jusqu'à la chambre. Le bébé survivant dormait dans sa caisse. Angelika a levé les yeux. Elle l'a vu et a tourné sa tête vers le mur.

– J'ai apporté des cuisses de canard.

Elle ne lui a pas répondu.

– N'oublie pas que la vie continue.

Elle n'avait même pas envie de lui dire qu'elle n'avait pas le courage de l'arrêter. Elle en ralentissait le débit, espérant ne plus la sentir passer. Le suicide aurait été une épreuve de plus, une décision à prendre, un effort de volonté qu'elle ne voulait pas s'infliger. Les plantes végètent, elles ne sont pas vraiment en vie. Elles n'éprouvent pas l'angoisse des lendemains de sécheresse qui les fera crever jaunies.

– Il faut te secouer.

Elle a enfoncé son visage dans l'oreiller. Se perdre dans un trou. Une tombe molle où elle continuerait à exister juste assez pour ne pas connaître le déplaisant soubresaut de passer de vie à trépas.

– Tu es capricieuse, égoïste. Tu ne penses qu'à bouder comme une sale gamine.

Il s'est approché du lit. Il a empoigné ses cheveux. Il

l'a tirée. Elle a atterri sur le carreau. Le bruit du crâne frappant le sol. Elle gémit. Il la retourne. Un petit filet de sang. Une plaie au niveau de l'arcade sourcilière.

– Tu es douillette. Tu n'as même pas la dignité des bêtes qui ferment leur gueule quand on les bat.

Il l'a abandonnée gisante.

Un dîner médiocre qu'il a préparé lui-même. Le canard à moitié cuit, la chair rouge et glacée. Les enfants sagement assis de part et d'autre du père. Ils le regardent en mâchant. Un regard amoureux. Il arrivait les bras chargés. Il ne les battait pas si souvent, et quand il était là Angelika les battait moins.

– Vous avez la chance d'avoir une mère, même s'il vaudrait mieux que vous en ayez une autre.

Les larmes leur sont montées aux yeux.

– Toutes les mères ne se valent pas.

Un petit rire paternel.

– C'est un peu comme les pommes.

– Les pommes ?

– Il y en a qui sont aigres ou farineuses et bouffées par les vers.

– Il y a des vers dans les pommes ?

Il s'est enfoncé un gros morceau de fromage dans la bouche avec un croûton de pain. Une fournée coriace qu'il a eu du mal à broyer.

– Ma mère à moi était une bonne mère. Sévère mais merveilleuse. La vôtre vous aime trop, c'est mauvais l'amour. On a toujours peur que l'autre change d'avis. Vous voyez, aujourd'hui elle vous a oubliés. Sûr qu'elle penserait encore à vous si vous étiez morts tous les deux comme le bébé de l'autre jour.

– L'autre jour ?

– Vous avez quand même dû le voir passer.

La moue suffisante d'un histrion qui tient son public en haleine.

– Vous voudriez que je vous tue ? Comme ça elle se souviendrait de vous.

Les gamins ravis que leur père se propose de les faire entrer pour de vrai dans un western où on mourait sur son cheval en poussant un cri. Angelika leur avait expliqué que dans les films tout le monde se relevait à l'instant où la caméra s'éteignait. Ils allaient tous se taper la cloche et rire en buvant du whisky.

– Tu nous tues, papa ? Tu nous tues ?

Ils s'étaient levés. Ils cavalcadaient dans la cuisine en soulevant parfois leur buste comme un cheval qui rue. Il brandissait son couteau, les visant comme avec un pistolet. Puis il a baissé la tête dans son assiette pour terminer son fromage. Les enfants ont fini par s'essouffler. Ils se sont couchés par terre sur le flanc comme des chevaux terrassés.

Fritzl s'est levé en essuyant sa bouche du revers de la main. Il est allé faire un tour dans la chambre. Assise au bord du lit, Angelika comprimait la plaie avec un chiffon. Il a quitté la cave sans dire au revoir à personne.

Les enfants ont gardé un souvenir joyeux de cette saynète. Longtemps, ils ont cherché à la revivre avec leur mère.

– Tu nous tues, maman ? Tu nous tues ?

Ils écopaient d'une gifle, mais ce n'était pas la mort.

Les paroxysmes ne durent pas. Les restes de joie qui régnaient dans la cave ont fini par la tenter. Le bébé criait, elle le prenait dans ses bras. Elle retrouvait le plaisir d'allaiter, elle prenait des bains avec lui. Elle le prenait sur ses genoux, lui racontait l'histoire d'un ours en nougatine. Elle guettait ses sourires, elle les lui rendait au centuple.

Un matin, devant les tasses de café et le panier de viennoiseries sur la table basse du studio où la présentatrice congratulait un alpiniste reconverti dans l'ascension des tours, elle prend la décision de nommer le bébé qui a fait ses premiers pas la veille sous les applaudissements de Petra et Martin qui tapaient du pied pour scander leurs bravos.

Quand on est au fond du trou, la mégalomanie est une échappatoire. Le délire amplifié par la claustration des mères qui imaginent avoir mis au monde un être merveilleux, un de ces personnages dont la destinée fera une légende éternelle. Le besoin irrésistible de lui donner un nom de héros, de demi-dieu, d'imperator.

Elle avait vu la veille un péplum où apparaissait Laurence Olivier dans le rôle de Jules César.

Les enfants douchés, vêtus de tee-shirts neufs siglés Volvo. Fritzl en avait acheté une douzaine un jour où l'hypermarché les bradait. Petra avec sa frange d'enfant sage, Martin la raie sur le côté comme un bon élève sur une photo de classe. Angelika dans une robe de nylon blanc tenant le bébé tout nu au-dessus de la bassine. La formule magique, et le voilà baptisé Julius sous l'aspersion d'eau fraîche. Il est si furieux qu'elle est obligée de le poser par terre et il part à quatre pattes se cacher dans un vieux carton en rade sur une étagère basse de la réserve. Elle jette en l'air une poignée de riz comme si elle venait de l'épouser. Un bel enfant, plus vif, plus costaud que les autres. Un de ces enfants dont les mères disent plus tard à leurs brus qu'elles ont bien de la chance de les avoir séduits. Du sirop de grenadine dans les verres. La famille trinque devant la bassine.

Le soir, l'annonce à Fritzl.

– Julius ?

Elle a peur qu'il trouve ce prénom prétentieux et le débaptise à grande eau. Il se gratte le menton.

– Pourquoi pas ? Le grand-père de ta grand-mère s'appelait Julius.

Ces temps-ci, Fritzl venait souvent. La cave était régulièrement ravitaillée. Peut-être l'envie passagère de devenir un père exemplaire. Plutôt une montée soudaine de testostérone chez ce quasi-sexagénaire bien décidé à prouver à sa fille qu'il était encore un fougueux mari.

Des coïts à chaque fois, les accessoires qui apparaissaient. Angelika bâillonnée, de tous côtés profanée. Les jouets qu'elle craignait à l'égal du pal. Le sang comme une liqueur supplémentaire. La violence, la sauvagerie toujours plus violente et sauvage pour donner à chaque fois au père et à l'amant la sensation du viol. La strangulation, les simulacres de mise à mort et sa jouissance de voir la terreur dans le regard de sa fille au moment où il poussait son hurlement de mâle en injectant ses gouttes.

Angelika qui préférait ces jeux terribles à la routine. Un appétit primaire, venu du fond de son cerveau reptilien. La peur, l'effroi, la mort côtoyée, l'abîme, le désir de disparaître et l'orgasme qui submerge. Jusqu'à la fin de ses jours, la nostalgie de ces fêtes barbares où le plaisir est au bout de l'horreur.

Un dimanche avant l'aube, tout dort. Le Théralène distribué la veille aux enfants, le fond de la bouteille vidée par Angelika pour s'enivrer. Nul n'entend s'ouvrir la trappe. Il traverse la cuisine, se faufile dans le couloir.

Depuis son baptême Julius dort sur un petit matelas au pied des lits superposés des enfants. Il le prend dans ses bras, il l'emporte endormi.

Encore un enfant poussé dans la nuit sur le trottoir comme un champignon à frimousse. Dans la poche de sa salopette, une lettre écrite par Fritzl, signée Angelika, avec des petits cœurs en guise de points sur les i.

Un nouveau cadeau à Anneliese. Elle l'exhibe aussitôt dans les rues d'Amstetten. Elle le tient par la main, lui donne une tape à chaque fois que las d'être debout il se met à quatre pattes pour trotter à son aise. Elle le soulève pour le montrer à la boulangère assise derrière son comptoir.

– C'est votre petit-fils ?

– Encore un que ma fille a abandonné devant chez nous.

– Vous êtes allée à la police ?

– Bien sûr. Quand ils mettront enfin le grappin sur elle j'espère bien qu'ils l'expédieront directement en prison.

Elle s'en était gardée. Fritzl avait attendu la semaine suivante pour déclarer aux autorités cette apparition. L'état civil avait inscrit Julius dans ses registres sans sourciller.

Angelika s'est réveillée longtemps après le départ de Julius. Les enfants dormaient toujours l'un au-dessus de l'autre comme des anges ivres morts. Elle avait la bouche desséchée, la tête dans un étau et un petit bout de conscience éclairé qui lui permettait de ne pas prendre les objets pour des bêtes ou des spectres. Trois grands bols dans l'estomac, un long séjour sous la douche. Elle se sèche, s'en va se recoucher.

Elle se réveille, allume la télé. La volée de publicités qui précède les informations du soir. Petra et Martin toujours assoupis. Elle remarque un nouveau masque capillaire qui pourra peut-être enfin venir à bout de ses pointes desséchées. En ouverture, le journaliste annonce que le ministre accusé d'être un ancien officier SS ne sera pas démissionné.

– L'étranger n'a pas à s'immiscer dans les affaires intérieures de l'Autriche.

Elle change de chaîne. Elle écluse un reste de café à la cuisine. Elle profite du sommeil des enfants pour frotter le sol, désinfecter les placards, récurer violemment la baignoire. La télé diffuse des clips, elle chantonne en travaillant.

La panique au milieu de la nuit. Encore enfumés par le sirop, les enfants versent du lait dans une casserole et préparent leur petit déjeuner.

– Votre frère est bien sage.

Petra lui annonce la nouvelle en beurrant une tartine.

– Il est plus là.

– Qu'est-ce que tu racontes ?

– Il s'est caché.

Angelika fouille la cave. Elle jette à terre tous les cartons de la réserve, comme si le bébé avait pu grimper jusqu'au plafond. Elle regarde sous les lits, sous l'évier, elle regarde même sous la baignoire à travers le jour. Les enfants la suivent.

– Il est parti, maman ?

Une lueur d'envie dans leurs yeux. Le bébé avait le pouvoir de traverser les murs ou de se faire assez petit pour se faufiler par un trou de rat.

– Il va revenir ?

Le hurlement de la mère. Les locataires réveillés en sursaut. Certains sortent dans le couloir comme s'ils avaient entendu une sirène. Un couple entassé dans un lit de célibataire s'enfonce des boules dans les oreilles. Fritzl signale à Anneliese qu'on n'entend rien.

– Tu as dû faire un rêve bruyant.

Rassurée, elle se rendort. Le hurlement dure, à peine haché de silences quand Angelika n'a plus d'air dans les bronches.

– Votre père prétend que vous l'avez aidé à remonter l'enfant.

Angelika tire sur une cigarette. Elle croit voir l'air entrer par la fenêtre ouverte. La nuit vient de tomber, elle enlève ses lunettes fumées. Le ciel comme une mer dont les vagues déferlent dans les maisons. L'oxygène comme l'air des bulles de la mousse des embruns.

– Il a menti ?

Elle écrase le mégot sur la sous-tasse qui sert de cendrier. Elle est lasse de répondre à toutes ces questions.

– Je voudrais parler à Julius.

L'inspecteur compose le numéro de l'hôtel où il séjourne depuis la veille avec ses sœurs. Pendant les auditions, elle demande souvent à parler à un de ses enfants qu'elle a vus la veille et reverra demain.

– Je vous le passe.

– Pas la peine, je voulais juste savoir s'il était toujours là.

C'est elle qui avait demandé l'avant-veille que les auditions se déroulent désormais au commissariat.

– Ça me changera les idées.

On devait la faire sortir dans une ambulance, la tête sous le drap comme une morte. Les photographes mitraillaient le véhicule à tout hasard.

Fritzl tardait. Peur d'une scène de ménage. Le temps la calmerait, il la retrouverait suffisamment douce et prévenante pour qu'il continue à les ravitailler et leur accorder la vie. D'ailleurs, les cris s'étaient espacés dans la matinée. Le soir, la cave était silencieuse, sûrement endormie. On n'entendait même pas le bourdonnement du téléviseur.

Il a attendu deux jours pour s'aventurer. Il avait fait des courses la veille, elles patientaient dans le bureau du sous-sol. Prêtant l'oreille, il descendait avant de partir à son travail, en rentrant aussi, et parfois en plein milieu de la nuit. Le son de la cave s'engouffrait à flots dans le labyrinthe. Il distinguait le bruit d'une assiette qu'on posait sur la table, celui des conversations des enfants dont lui non plus n'avait jamais compris la langue.

Une langue sûrement changeante, les mots ne désignant pas à chaque fois le même objet, les verbes se permutant selon le contexte où ils les employaient et puis ils les disaient avec un accent qui n'était jamais le même. Des accents pêchés au hasard des films sous-titrés venus des États-Unis, de France, de l'Asie. Un esperanto dont le lexique, la grammaire, la phonétique, ne seraient jamais révélés à personne. Cette langue tomberait peu à peu en désuétude à leur sortie de la cave et ils l'auraient oubliée longtemps avant leur mort prématurée.

Le silence absolu tardait. Des douches, puis le murmure de la télé sans qu'il puisse savoir si elle montait la garde ou si vautrée dans le lit Angelika lui jetait un regard de temps à autre.

Un matin, il n'a plus perçu que le bourdonnement du sang dans ses oreilles. Il a traversé le labyrinthe, il a jeté les provisions dans la cave et s'est enfui. Un ravitaillement sporadique dont il a pris l'habitude le temps que le gamin évaporé n'occupe plus qu'un strapontin dans la conscience d'Angelika. Parfois ce n'étaient que des éponges, une brosse en chiendent, ou un pack de lessive qu'il leur balançait comme pour se moquer de leur famine.

Un mois après la disparition de Julius, il a fait son grand retour dans la cave. Angelika matée, prête à toutes les bassesses pour séduire le père nourricier.

Des bacchanales sordides, les enfants grisés de limonade coupée de vin du Rhin. Toute une humanité mélangée sur le grand lit. Fritzl levé le premier d'entre les ivres morts, remontant à la surface d'un pas alerte et si gai qu'il en oublie de battre Anneliese qui lui demande dans un souffle où il était passé.

– Je travaillais.

– Tu n'étouffes pas dans cette cave ?

– Au moins je ne respire pas ton odeur de truie.

Elle a passé ses doigts dans sa chevelure, comme pour s'assurer qu'elle n'abritait pas des poux.

Ce genre de nuits, Angelika les déglutissait comme un renvoi acide. Elle avait développé la même faculté qu'Anneliese, celle d'oublier. Un effort de la volonté devenu peu à peu réflexe, comme si sa mémoire lui bâtissait au fur et à mesure un passé dont elle pouvait se souvenir sans basculer dans la folie.

Il y a bien des dictatures qui suppriment des photos

officielles les assassinés, retranchent les victimes du régime du registre des naissances, convainquent les condamnés qu'ils ont vécu une vie différente de celle qu'ils avaient cru vivre avant leur arrestation.

Elle a tiré les enfants hors du lit. Une gronderie interrompue par des claques. Ils avaient sûrement profité de son sommeil pour se faufiler dans le lit. Ils sentaient l'odeur des rapports amoureux. Ils s'étaient frottés aux draps encore chauds du coït qu'elle avait partagé avec leur père à tous.

– Petits vicieux.

Les enfants au regard perdu des gamins dont les grandes personnes se sont servies de jouet. Elle les attache dans la réserve au pied des étagères. Ils pleurent à peine. Les torturés comprennent vite que les larmes exacerbent la colère des bourreaux.

Angelika les quitte, les déglutit avec les événements de la nuit. Un flacon de bain moussant bleu horizon que Fritzl a apporté hier avec les vivres. Elle boit son café devant une émission sur les oiseaux de proie pendant que se remplit la baignoire. Le réconfort de plonger dans la mousse son corps qui porte çà et là l'empreinte bleue des doigts du père. Sa mémoire l'inonde du souvenir bouleversant des orgasmes.

L'oubli est secourable, il préserve de la cruelle nostalgie. Oublier l'enfant mort, oublier surtout qu'il y a un autre monde, un paradis en plein air où on ne sera jamais envoyé pour bonne conduite. Un lieu dont on a été arraché comme de l'herbe qui ne quittera plus l'étable avant d'être broutée l'hiver prochain par les bêtes.

Elle s'efforçait de nier l'extérieur. Un lieu chimérique, une croyance, une superstition contre laquelle on doit lutter afin d'éviter de prendre son existence pour une illusion. Le malheur de se sentir exilé, d'imaginer que sa vie est un supplice continuel, une punition qu'on n'a pas le courage d'interrompre en décidant d'arrêter de respirer. Elle ne voulait plus entendre parler de ce passé qui continuait là-haut.

Elle imitait sa famille d'en haut. Elle se disait qu'elle n'entendait depuis la cave qu'un écho, mais un écho du passé. Les bruits de la rue, les cavalcades des enfants, les conversations des voisins, les cris, le claquement des baffes étaient tout au plus des réminiscences de choses entendues dans un autrefois dont elle ne parvenait pas à nettoyer son esprit.

Elle essayait même de nier l'existence de son histoire. Sa mère avait accouché dans le labyrinthe. Avant de mourir, elle lui avait raconté des histoires pour l'endormir, et comme elle l'avait fait pour Petra quand elle avait cru que Fritzl l'emporterait, elle lui avait enfoncé dans le crâne une enfance et une adolescence sans fondement, mais colorées, nettes, avec assez de personnages pour remplir la mémoire.

Même les anachorètes connaissent de longues périodes de flottement où ils doutent de l'existence de Dieu et prennent leurs hallucinations pour des pains véritables, des centaures d'homme et de sabots, des vierges sur un plateau portées à bout de bras par un eunuque. Elle doutait souvent, parfois des jours, des mois, une année entière. Les bruits du haut étaient de pernicieux mirages qui tentaient ses oreilles.

Elle savait que la réalité finirait par l'emporter. Elle persistait à lutter contre elle comme la petite chèvre de monsieur Seguin. Au matin, elle sera dévorée par le loup mais elle se sera offert l'illusion que ses cornes valent bien ses crocs luisants sous la lune.

Elle croyait à nouveau aux conversations des locataires. Tous ces propos insignifiants sur les soldes d'hiver, les pneus usés, les impôts qui grignotaient inexorablement les augmentations et les primes. Elle se passionnait pour toutes ces vies au-dessus d'elle.

Sa déception quand après une dispute un homme avouait son adultère à sa femme. Son angoisse quand quelqu'un revenait d'un examen radiologique avec une tumeur sur le cliché. Sa tristesse quand il partait pour l'hôpital, son désespoir quand elle apprenait au hasard d'une conversation de couloir qu'il serait enterré jeudi.

Elle ne pouvait déchiffrer les propos du premier étage que lorsque le ton montait. Alors, elle ne perdait pas une syllabe des disputes, des mercuriales et elle aurait pu tenir registre du nombre de coups assénés chaque semaine à la marmaille.

Mais le jardin était si proche qu'à force de distinguer jusqu'au bruit du plat qu'on installait sur la table de pique-nique elle avait l'impression de le voir. Les sons finissaient par projeter en elle une image. Les voix des enfants moins aiguës avec les années, celle des garçons qui muait et celle d'Anneliese qui ne pouvait plus crier aussi fort et qui d'avoir tant crié dans sa vie était maintenant un peu cassée.

À force de concentration, de raisonnements controuvés, elle parvenait de nouveau à traiter d'illusion le jardin comme le reste. Elle se fixait sur son univers de murs et de lampes.

Elle décidait d'entreprendre sérieusement l'éducation des enfants. Elle prenait des notes devant les documentaires sur la production d'acier et de microprocesseurs, les débats politiques, les émissions culturelles de tout acabit. La télévision existait, même s'il fallait bien reconnaître qu'elle mentait. Elle tirait profit de ces mensonges pour former leur esprit.

Après tout, on a longtemps enseigné des langues mortes aux élèves, même s'ils savaient tout autant que leurs maîtres que plus personne ne les parlait et qu'elles étaient peut-être apparues sur des tablettes gravées par des imposteurs assez pervers pour vouloir laisser aux générations futures les traces d'une civilisation aussi invraisemblable que l'Atlantide. La télévision était une langue aussi.

Elle asseyait les gamins des journées entières, leur faisant répéter par le menu les moments de la floraison d'un chrysanthème, les noms de trente-huit cyclistes et leur classement à la fin de l'étape, ou les acteurs qui étaient apparus au générique d'une superproduction hollywoodienne.

Jusqu'à pouvoir les réciter par cœur. Quand ils échouaient, ils devaient recommencer le lendemain et ils finissaient par réussir le petit examen qu'Angelika leur faisait passer bras croisés en articulant chaque mot à s'en décrocher la mâchoire.

De temps en temps lui prenait la fantaisie de leur imposer une révision générale. Ils répétaient des bulletins d'information périmés depuis des mois. Elle n'avait aucune raison de les croire moins pertinents après tout ce temps que celui dont on entendait le téléviseur conter les péripéties dans la chambre.

En juin 1997, il avait décidé soudain que la télévision nuisait à la bonne marche de la cave.

– Tu rêves trop. Toutes ces émissions te perturbent. Tu ne te sens plus. Tu te compares aux femmes.

– Je suis une femme.

– Bien sûr que non.

Pour lui, Anneliese n'était pas une femme non plus. Il se méfiait de la condition humaine qui à son avis ne valait rien aux filles ni aux épouses.

Il avait débranché le poste, il l'avait pris à bras-le-corps.

– Je le vendrai à un locataire.

Il s'était éclipsé, la porte en béton tirée derrière sa silhouette comme une révérence. Elle s'en voulait de ne pas lui avoir volé dans les plumes, comme si elle avait pu lui faire lâcher sa proie et s'en emparer avant qu'elle n'implose sur le sol.

Il venait de murer la seule meurtrière qui lui permettait de voir encore remuer des ombres de l'autre côté de la caverne. Impression d'être aveuglée, assourdie, d'être enfermée dans la boîte d'os de son crâne. On projetait de l'enterrer vivante, les premières pelletées commençaient à tomber sur elle.

Elle était retournée dans sa chambre et devant le téléviseur disparu elle avait poussé un cri interminable. Il a traversé les lattes pour aller gambader dans la maison, le jardin, le voisinage.

Effarouchés, Petra et Martin avaient galopé. Ils s'étaient pelotonnés dans la réserve sur la plus haute étagère. Deux corps portant tee-shirts ADIDAS, une grosse boule deux fois siglée, comme si l'annonceur avait décidé d'envahir jusqu'au moindre interstice en imaginant que même les taupes sortent parfois de leur trou et peuvent véhiculer furtivement leur image de marque à travers champs.

Quand son cri s'était tari, elle avait frappé les tuyaux avec une poêle. Si fort que le manche s'était brisé. Mais déjà la sanction tombait, l'électricité et l'eau étaient coupées. Si l'angoisse avait été un moyen d'éclairage leurs cerveaux auraient illuminé la ville, une lumière passe-muraille perçant les rues, éblouissant les passants cheminant sous les nuages blancs d'une journée de début d'été.

Dans le noir, Petra et Martin erraient autour d'elle effarés quand ils ne dormaient pas enlacés sur le sol comme des chiots. Leurs nez avaient pris le relais des yeux. Ils distinguaient le corps de leur mère marchant, s'immobilisant soudain, portant les doigts à son front comme si elle était prise d'un mal de tête ou réfléchissait au repas qu'elle allait leur préparer à tâtons avec un reste de jambon et des œufs crus. Un repas qu'elle déposerait sur les plaques de cuisson éteintes pour éviter d'encombrer la table.

Elle aussi acquérait peu à peu cette manière de vision olfactive. Il lui semblait voir les gosses distinctement, tout entiers. Leur corps, leur visage, comme si chaque fragment de leur peau dégageait son effluve.

Il leur arrivait d'oublier l'obscurité, de redevenir des enfants. Ils se poursuivaient, poussaient des cris de joie, des hurlements en se bagarrant, en bousculant les meubles, cassant parfois une tasse, renversant la lampe de chevet. Elle les grondait, les gifles atteignaient toujours leur cible, et quand elle les mettait au coin dans la réserve, même allongée dans la chambre elle percevait le bruit infime de leurs mains quittant leur tête pour soulager leurs bras douloureux.

Son audition s'était développée davantage encore que son odorat. Elle suivait toutes les conversations que tenaient là-haut les gens de la maison. Elle était furieuse qu'on ne relève aucune de ses remarques quand elle se risquait à mettre son grain de sel.

Elle connaissait par cœur le souterrain. Elle savait la place exacte des objets, elle s'en emparait sans hésitation, fermement, avec la même précision que si elle les avait vus. Il aurait suffi que les victuailles se multiplient par l'opération du Saint-Esprit pour qu'ils puissent continuer à vivre des années durant dans cet enfer sans feu, sans flamme, sans une lueur. Une boîte enterrée au fond du jardin où l'on aurait enfermé trois doryphores.

Il les avait laissés six jours sans eau dans l'obscurité. Depuis plusieurs années, Angelika avait pris l'habitude de garder les pots de confiture, les bocaux de cornichons, de moutarde, et de les remplir d'eau en prévision des coupures. Quand ils étaient vides, elle écopait la chasse et la cuvette tasse après tasse. Elle souffrait de ne pouvoir se doucher. Elle frottait les enfants avec une serviette humide, elle s'offrait parfois le plaisir coupable de mouiller son corps tout entier.

Au matin du septième jour, il avait rouvert l'alimentation d'eau de manière aléatoire, dix minutes, une demi-heure, parfois une journée entière pour leur laisser le temps d'imaginer qu'elle était définitivement revenue. L'électricité aussi revenait un instant, les lumières les aveuglaient comme des flashs, le moteur du frigo faisait vibrer sa carlingue et s'arrêtait aussitôt.

Deux semaines de punition. L'eau épisodique dont Angelika remplit la baignoire quand elle lui est rendue, les enfants qui tètent les robinets quand la baignoire est vide. Malgré les rares éclairs, l'obscurité absolue, celle des grottes où meurent fous les spéléologues égarés à bout de piles et d'allumettes.

Les surgelés fondus consommés à la chaîne, crus, avant qu'ils ne pourrissent. Les provisions décomposées du frigo moisi et puant. Les réserves de biscuits, de pain sec, les ultimes conserves qu'on ouvre et distribue aux enfants qui ne jouent plus, épuisés par la faim, respirant l'air toujours plus chargé de miasmes, des odeurs des habitants, de la cuisson des aliments, de la cuvette des toilettes où s'accumulent les excréments, une odeur accumulée et on dirait qu'elle prend peu à peu la place de l'oxygène.

Une odeur assez persistante pour qu'on ait pu la transporter onze mois après l'ouverture de la cave jusqu'au tribunal de Sankt Pölten.

– Nous allons faire passer parmi vous une boîte qui servait dans la cave à ranger des crayons. Je vous demanderai de l'ouvrir et de respirer son odeur.

Les jurés qui piquent du nez dedans. Certains deviennent pâles, un jeune homme à lunettes prend ses jambes à son cou pour aller vomir en coulisse. Une odeur inconnue, venue d'une planète close.

Elle était une femme préhistorique enfermée. Ses impressions, ses pensées sensées ou dérapantes, ses sensations, ses soudaines exaltations, le noir en elle qui tombait même quand brillaient les ampoules ou les yeux d'un gagnant interviewé sur un plateau un lendemain de chance.

Les réflexions dans l'obscurité, la mémoire des couleurs de l'amour remontant comme de la lave, lumineuse, brûlante, et la clameur des mots lancés par Thomas qui avaient un goût d'avenir, d'aube, de jeunesse continue éclatant de rire à la vieillesse, à la mort, à la maturité, ce marécage où ils ne pourriraient jamais comme tous les humains du monde.

Quand elle était remontée, il lui avait semblé que les gens passaient le plus clair de leur temps à mariner dans un corps archaïque, petite machine inventée après la plante, la bactérie, après le ver. Comme les poissons ils reposaient dans leur tête derrière leurs yeux ronds entre leurs ouïes. À l'intérieur des cerveaux régnait toujours la préhistoire.

Les solitudes, les boules de pensées, angoisses pelotonnées, éponges gorgées de joie, de plaisir, de projets, de lendemains. La vie dedans même dehors et tout le monde qui croit faire partie de son temps. Petits propriétaires d'une parcelle du temps immémorial et l'époque autour d'eux comme un décor, un vêtement tissé de fibres optiques qu'ils prenaient pour leur peau, leur chair sur l'os.

Elle pensait parfois dans la cave plus haut que ses mots, pensées sans phrases, philosophie des origines avant le partage, le langage, la pensée figée des phrases. Les réflexions limitées des parleurs, les mots comme des obstacles et la logique qui les menotte.

La boîte du crâne dans la boîte, la boîte sous la maison, la grande boîte de l'univers, les trous noirs, les trous brillants des étoiles, la boîte sans parois. Ce n'est plus une boîte, mais quelque part, un jour, l'infini s'arrête, et là-bas elle se disait qu'il était sûrement clos de murs.

Il avait rapporté le poste à la fin août.

Les mois, les années. Le quotidien qui se reproduit, s'accumule. La mémoire qui se perd dans la répétition des jours, ne trouve plus de cases pour les ranger, baisse les bras. Elle confond les viols, les peurs, les famines et les naissances ont un air de famille.

La cave enlaidissait les enfants à force de les isoler de l'air et du soleil comme s'ils étaient des champignons poussant à six pieds sous terre sur un lit de fumier. Fritzl était fier des enfants du haut, de leur mine bronzée, de leurs performances sportives.

Il apportait dans la cave des photos aux couleurs plus vives que celles de la réalité. Sabine faisant le chasse-neige, Sophie plongeant dorée comme un pain chaud dans la piscine, Julius pédalant sur le tricycle de la famille sur lequel sa mère avait battu des records de vitesse quand elle avait deux ans.

Il lui infligeait même des photos de la maison pour lui montrer comme elle était blanche sous le soleil depuis qu'il l'avait repeinte, de la terrasse qu'il venait de créer en abattant une partie du grenier, d'un déjeuner de famille où tout le monde était tenu de sourire quand il appuyait sur le déclencheur. Et Christof grimpé comme un singe sur le toit pour désobstruer le canon de la cheminée bouchée par un nid de corneille.

– C'est vrai, maman, la fumée qui s'en va dans le ciel ?

– Il y a des étagères pour monter jusqu'au toit ?
– Elle a pas peur de se noyer dans la neige ?
– Pourquoi la maison elle est plus blanche que la baignoire ?
– Quand ils sont brunis, ils deviennent des Africains ?
– Pourquoi à la télé il n'y a pas de vert comme le vert de l'herbe sur la photo ?
– Et nous, papa ? Tu nous prends pas en photo ?

À cette époque, son téléphone ne pouvait pas encore prendre de photo. Il descendait rarement son appareil. Il ne photographiait la cave qu'à titre documentaire pour pouvoir comparer les clichés, les mettre en rang d'oignons afin de juger de son évolution. La structure d'Angelika qui s'alourdissait, sa bouche qui perdait ses dernières dents, les enfants qui gagnaient en taille et en embonpoint. Il jugeait aussi sur pièces de la dégradation des murs, du plafond dont certaines lattes se recourbaient sous le poids de la terre. Il constatait avec satisfaction que les appareils ménagers ne jaunissaient pas et qu'il aurait pu les apporter à Anneliese en les lui faisant prendre pour des neufs. Une idée vague, si jamais il arrivait malheur aux habitants de la cave.

Il n'était pas mécontent des efforts d'Angelika pour décorer l'endroit. Au gré des promotions du petit marchand de tissu qui avait posé ses tréteaux sur le parvis de l'hypermarché, il lui descendait des coupons de toiles. Elle en ornait les parois en les fixant avec le tube de colle qu'il lui avait donné.

– Avec ça, tu pourras améliorer ton nid.

Un petit rire sarcastique pour donner à ce cadeau un goût amer.

Elle couvrait le lit d'une pièce de soierie synthétique écarlate et la remplaçait par une autre quand il la réapprovisionnait.

À l'automne 1998, Fritzl avait décidé d'équiper la cave du chauffage central. De beaux radiateurs en fonte peinte en blanc. Des tuyaux qui couraient dans le labyrinthe.

– Vous aurez chaud cet hiver.

Angelika était aux anges.

– Ce sera moins humide et le linge séchera vite.

Par crainte d'alourdir sa facture de mazout, il n'avait jamais relié les tuyaux à la chaudière. Dès le milieu du mois de novembre, elle lui avait demandé pourquoi il ne l'avait pas encore allumée.

– J'attends qu'il fasse vraiment froid.

C'était décembre, c'était janvier et déjà les semaines polaires du mois de février.

– Je veux réduire mon empreinte carbone.

– Les enfants ont des engelures.

Un rire barbare.

– Eux aussi doivent nous aider à sauver la planète.

Début mars, il y avait des plaques verglacées dans la réserve.

– Je suis obligée de jeter des seaux d'eau bouillante deux fois par jour.

– Pas de chauffage cet hiver, vous me ruinez déjà assez.

Les radiateurs tiédissaient l'été, le reste de l'année ils étaient si froids qu'elle les soupçonnait de faire chuter la température.

Parce qu'elle ne coûtait que vingt schillings, il avait apporté un jour une chute de ce voile blanc qu'on installe aux fenêtres pour se protéger de l'indiscrétion des voisins.

Elle avait longtemps médité devant le voile. Elle l'étirait au-dessus de la lampe, le tendait à bout de bras pour voir à travers la chambre. Elle se déplaçait pour observer la cuisine, les enfants courant en rond dans les rares mètres carrés de la réserve. Une réalité tamisée, comme saupoudrée de gris, pareille à la rue du temps où elle la regardait à travers le rideau de la fenêtre de sa chambre.

Un sentiment de tristesse, la rue était plus claire là-haut, moins terne, même quand le rideau n'avait pas été lessivé depuis deux ans. Elle l'a roulé en boule dans un sac en plastique et jeté sur une étagère.

Quelques mois plus tard, les enfants l'avaient dégoté, déchiré en deux morceaux et s'étaient déguisés avec.

– On est des Martiens.

– On vit sur la lune dans un igloo.

Elle avait souri.

Ils s'étaient vite lassés de leur métamorphose. Ils avaient abandonné leur déguisement par terre. Elle les avait giflés et envoyés réfléchir dans la réserve à la gravité de leur faute.

Elle avait lavé le voile dans la baignoire. Il était plus transparent encore quand il était mouillé. Elle l'a étendu sur le fil. Elle voyait les carreaux de faïence à travers. On discernait jusqu'à la moindre craquelure, la plus infime tache de rouille dont malgré Javel et détergents elle n'avait pu venir à bout.

Le voile amplifiait la netteté des choses, il était tissé de fils qui jetaient une lumière blanche, ils étaient doués de mémoire, d'imagination. Elle commençait à distinguer des voitures, une femme ouvrant ses volets dans le soleil levant. Il lui suffisait de claquer des paupières pour qu'apparaisse une famille en promenade dans la forêt avec un chien marron qui suivait le convoi attaché à sa laisse nouée au guidon du landau.

Elle ne croyait pas à la magie, mais certaines matières étaient riches. On méconnaissait leurs fonctionnalités dont elles regorgeaient comme les gadgets électroniques des téléachats. Parce qu'elle était loin de la société des hommes, elle possédait plus que les autres la faculté d'écouter les choses, de les observer avec le regard naïf de celui qui a inventé la roue en voyant un tronc d'arbre dévaler un pré.

Un éclat de verre avait bien le pouvoir d'agrandir les objets, les gens, de capturer leur image pour peu qu'il soit tombé à l'eau, que la mer l'ait poli, qu'à force de rouler sur la plage le sable lui ait restitué toute sa transparence.

En ce mois d'août, la canicule régnait dans la cave. Elle a allumé les plaques chauffantes afin que le voile sèche plus vite. Elle a découpé des bandes de papier qu'elle a crayonnées en noir, elle les a collées dans sa chambre et celle des gosses. Des rectangles, des parodies de fenêtres, avec des crémones et des petits carreaux dessinés sur le mur. Elle a fixé par-dessus les rideaux encore humides.

Elle a éteint la télévision. La réalité était plus belle. Au-delà des vitres, une grande ville inconnue. On apercevait dans le lointain la tour Eiffel au milieu d'une prairie envahie de manèges avec des enfants dans les voitures, les fusées, à califourchon sur de vieux canassons à l'émail usé la gueule ouverte pleine d'écume.

La statue de la Liberté et le Parthénon étaient beaucoup plus proches. Plantés dans la mer, ils tournaient autour des bateaux et des planches à voile. Un mode de propulsion silencieux qui ne laissait pas derrière eux le moindre panache de fumée.

Venise était là aussi. Il y avait des papes dans les gondoles. Elle reconnaissait Londres à sa reine que des sauveteurs repêchaient dans la Tamise où elle était tombée à la suite d'un faux pas sur son balcon de Buckingham Palace. Elle n'aimait pas Moscou avec tous ces tsars parés comme des paons auxquels Mao

Tsé-toung n'arrêtait pas de tirer des balles dans la tête. Le sang tachait la glace, les patineurs dérapaient dans une gerbe rouge.

Des buildings dont elle voyait les toits couverts de piscines. Drôles de bâtiments qui ressemblaient à des chalets qui s'étaient faits gratte-ciel à force d'étages. Des familles aux fenêtres et leurs bonjours ponctués d'un mouvement de main. Ils voulaient lui demander de ses nouvelles, mais elle avait plutôt envie d'entamer une conversation avec un jeune blond en survêtement qui courait vers elle en agitant sa casquette.

Il lui disait qu'il était d'accord. Elle ne savait pas de quoi il parlait.

– Qu'est-ce que vous dites ?

Les sons de la cave ne passaient pas la barrière du mur et elle n'osait pas tirer le rideau pour ouvrir la fenêtre.

– Je vous dis que je ne comprends rien.

Il se mettait à crier, de rage il déchirait ses mains à coups de dents. Ses cheveux s'assombrissaient, son visage s'enlaidissait et devenait blême. Chaque seconde le percutait, il vieillissait précipitamment comme si le temps l'avait lapidé. Elle a détourné son regard de crainte de le voir mourir sous ses yeux. En regardant vers Amstetten qui voguait dans le lointain comme un radeau, elle a aperçu sa mise en bière sur la grand-place.

Elle voulait assister à la cérémonie sans être gênée par ce voile qui l'atténuait. Le rideau était tenace, elle n'est pas parvenue à le décrocher. La crémone était coincée. Elle a essayé de casser les vitres de son poing enroulé dans un vieux lainage. C'était du verre blindé, des vitres teintées qui tamisaient de plus en plus le paysage et peu à peu le plongeaient dans la nuit. Un paysage obscur qui avait oublié d'allumer ses lampadaires.

Le lendemain, elle avait enlevé les rideaux et démonté les fenêtres. Les collages qu'elle avait réalisés avec les gosses étaient beaucoup plus gais. Ils ne perdaient pas leurs couleurs quand une vitre capricieuse faisait tomber la nuit. Elle était assoiffée d'une réalité confortable. En définitive elle n'était pas mécontente de ce manque d'ouvertures, toutes ces portes qui claquent, ces volets qui battent au gré du vent, cette lumière qui va et s'en va au bon vouloir du jour, de la nuit, de la pluie et du beau temps.

Les enfants se chamaillaient dans la cuisine. Petra croquait devant son frère la dernière barre de chocolat. Elle l'avait volée dans le placard où Angelika avait dissimulé derrière une boîte de biscottes la tablette en fin de parcours.

Elle les a surpris. Ils se sont retrouvés tous deux agenouillés devant la trappe. Une occasion de se repentir et peut-être aussi de méditer sur le néant, car elle leur disait ces temps-ci que la cave était tout et l'extérieur le vide.

– Et les gens dans la télé ?

– Ils sont dans la télé, le fil de l'antenne ne mène nulle part.

– Et papa ?

– Il fabrique les provisions derrière la trappe.

Ils collaient leur oreille contre le béton.

– On l'entend pas.

– Les adultes ne sont pas bruyants.

– Bruyants ?

Pour éviter toute discussion, elle refusait de leur expliquer le sens de ce mot. On ne peut pas contredire un mystère.

Le rêve perturbait l'éducation des enfants. Elle leur a interdit de regarder la télévision. Ils devaient apprendre par cœur la cave. Elle leur faisait réciter la table, les chaises, le frigo, l'évier. Des caractéristiques innombrables, des parties rondes, carrées, pointues et la peau de la machine à laver douce sans être lisse avec ses vaguelettes d'émail sur son métal dur comme une trappe.

Ils devaient dessiner l'univers. Le plafond latté avec ses rainures, ses veines de planches découpées dans les troncs des arbres en plastique poussés dans la palmeraie qui les avait précédés dans cette cave, avec ses petits trous d'où tombait parfois un rat fourvoyé qui s'était frayé un chemin depuis les égouts d'Amstetten.

Le sol de la cuisine carrelé de blanc avec ses griffures, ses méplats, ses dépressions infimes. En s'approchant, en posant dessus leur tête comme sur un oreiller, ils voyaient la croûte d'une planète chatoyante. Des cratères asséchés qui se remplissaient d'eau pendant le lessivage. Tous ces ruisseaux, toutes ces mares, ces petites mers brunes et le déluge quand elle balançait un seau d'eau claire. Les gouttes qui échappaient à la serpillière et persistaient comme des collines lentes à s'évaporer.

Ils pouvaient passer des jours à voyager à ras du sol. Des explorateurs rampants, avec leurs rétines comme des plaques sensibles qui emplissaient leur mémoire d'images précises comme des relevés de géomètres. Une topographie minutieuse, peut-être trop profuse pour être tout entière archivée.

La flore moussue, verdâtre, qu'ils croyaient apercevoir sous les plinthes. Les minuscules fourmis du jardin qui regrettaient leur voyage en périssant noyées, cuites dans la Javel. Les araignées, drôles de chameaux égarés qui traversaient parfois ce désert avant de remonter la paroi pour aller tisser leur toile dans une encoignure et mourir de faim faute de proies. Une faune au radar en rade qui s'était perdue dans cette contrée inhospitalière. Un désert lunaire à l'atmosphère délétère et battu par les pluies.

Les mondes innombrables. Les monts des draps froissés, le gouffre où se perdait en tourbillonnant l'eau du bain chargée de cheveux souples comme des brins d'herbe. Les placards où si on n'avait pas tant grandi on aurait pu pénétrer et faire de longues marches, des ascensions, et la nuit qui comme sous les tropiques tombe d'un seul coup quand claquent les portes.

– Et les murs ? Vous les savez, les murs ?

Les enfants les palpaient délicatement avec la pulpe de leurs doigts pour les déchiffrer comme du braille. Ils les écoutaient et quand leurs oreilles bourdonnaient ils essayaient d'imaginer ce qu'ils voulaient leur dire. Leur nez comme l'appendice d'un sommelier cherchant à s'imprégner de leur odeur pour la décomposer dans leur tête en éléments premiers et découvrir son alphabet.

Ils ne parvenaient pas à restituer à Angelika le fruit de leur recherche. Des mots rares sortant de leur bouche comme des hoquets. Des phrases ineptes, petits trains de vocables dont faute de locomotive les wagons ne quittaient jamais la gare.

– Vous êtes de petits ânes têtus comme des mules.

Elle essayait de leur apprendre l'infini des fissures, le galbe des coulures de peinture dans un angle de leur chambre, la beauté bouleversante des pieds du lit. Et la petite poupée de chiffon de Petra dont elle ne parvenait pas à réciter les coutures, les taches de son et un par un ses cheveux de laine.

– Moi, je peux te réciter des pieds à la tête.

Elle l'énumérait, un fouillis de membres, d'organes, de grains de beauté, de cicatrices, d'écorchures, d'hématomes et même les lunules des ongles à qui elle donnait un nom à chacune comme les astronomes aux étoiles.

– Et ta tête ? Tu la connais, ta tête ?

Elle lui disait son cerveau, cette matière grise où elle barboterait toute sa vie en buvant la tasse.

– La vie ce n'est pas du chocolat.

La petite regardait sa mère debout devant elle. Elle lui semblait trop haute pour pouvoir se tromper.

– Si tu fermais les yeux et que tu t'enfonçais dans ta tête, tu pourrais enfin rassembler tes morceaux.

– Mes morceaux ?

– Il y a des morceaux partout, il faut les apprendre. Ici, il n'y a que des morceaux. Nous sommes des morceaux qui bougent dans un morceau où on remue des morceaux. Quand tu sauras tous les morceaux, tu ne seras plus une petite fille en désordre.

Petra s'est mise à pleurer. Martin avait compris.

– Je sais tout, maman. Je sais tout.

– Alors, récite.

Il s'est mis à pleurer aussi.

– Nous vivons dans un morceau et nous sommes des miettes de morceaux.

Angelika a poussé un cri. Elle était en elle empilée et tout allait s'effondrer. La réalité était une folie et sur elle se reflétaient tant d'autres folies que dans la galerie des glaces les univers se mélangeaient comme des fluides. Elle ne flottait ni ne coulait. Une couleur détrempée à la recherche de ses pigments.

Fritzl a ouvert la trappe. Elle reposait sur le lit. La matière d'un corps et sa conscience qu'elle entendait goutter sur le sol. Elle se volatiliserait quand viendrait l'été. À travers les lattes elle traverserait la terre sèche. Personne ne la verrait monter au ciel. Un nuage qui courrait pour ne pas se laisser embrigader dans un orage.

Punis pour leur ignorance, les enfants étaient à genoux dans la réserve. Il est passé sans les voir. Elle entendait son canif découpant du carton. Il est entré dans la chambre. Les yeux d'Angelika s'ouvraient brillants et fixes. Il posait la télévision par terre. Il installait un magnétoscope sur la petite table. Il reposait le poste par-dessus. Il les reliait par un câble. Il branchait la prise. Un voyant clignotait. Il enfonçait une cassette.

Sur l'écran, des corps nus qui se léchaient comme des sucettes. Des sexes durs dans des bouches, dans des sexes ouverts et spongieux où ils allaient et venaient comme un ivrogne pas très sûr d'avoir retrouvé ses pénates. Des jets quand ils décidaient de sortir pour regarder le ciel dans l'espoir de repérer la planète sous laquelle se trouvait leur immeuble.

Un bruit de guerre. Des cris filant comme des obus. Les hurlements des blessés, les râles des mourants. Une bataille perdue, le sang blanc s'échappant des fûts de canons et des plaies.

Ce soir-là, il s'était servi d'elle comme d'un mannequin mou, essayant de reproduire les figures croisées qu'exécutaient les acteurs. Il les enviait d'être si nombreux et regrettait de ne pouvoir les humilier par ses performances génitales.

Les enfants étaient apparus. Ils regardaient le lit. Ils entendaient les vociférations du père, la mère qui couinait et le son du film où des gens imitaient leur vacarme.

Il a pris un abonnement. Une carte qu'il enfonçait dans la fente de la machine protégée des intempéries par une cage de verre sur le parking de l'hypermarché. Il louait plusieurs cassettes pornos par semaine, il en achetait dans les sex-shops de Linz.

Chaque film représentait pour lui une provocation, un défi. Il s'engageait dans un combat forcené, une lutte acharnée pour surpasser les exploits qui passaient sur l'écran comme autant de jetés de gant. Il entendait sortir vainqueur de la moindre échauffourée. Angelika lui servait de monture et de sparring-partner prêt à endurer les douleurs et à prendre les coups sans jamais les rendre.

Mais un couple est désavantagé face à toute une troupe de fornicateurs. Il a souvent rêvé de louer des putains et de les conduire les yeux bandés dans la cave. Pas besoin d'homme supplémentaire, il aurait été le seul coq de ce poulailler.

Il avait même engagé une négociation avec une pensionnaire du bordel d'Amstetten.

– J'ai accepté une fois. Une heure de voiture sans rien y voir. Quand on m'a enlevé le bandeau, il y avait quatre hommes dans la salle d'armes d'un château. J'ai demandé qu'on me raccompagne et j'ai rendu l'argent.

Il n'a pas osé insister. Il n'a pas renouvelé sa demande auprès d'une autre. Au fond de lui, la peur absurde que la fille ait pu croiser Angelika avant sa descente et qu'elle la reconnaisse malgré les dégradations et les rides. Elle aurait pu donner à la police des renseignements.

– Quels renseignements, si vous lui aviez bandé les yeux ?

Fritzl s'est mordu la lèvre. Il regrettait de s'être privé de ce plaisir par sottise et pusillanimité.

L'inspecteur a poursuivi son interrogatoire.

La cave avait un climat, des saisons. L'été, l'hiver, toutes les nuances du printemps, de l'automne. Le froid, l'humidité, la chaleur, la sécheresse. Les habitants inquiets du temps qu'il fera demain. Une baisse de température et l'air sera plus frais, on aura l'impression qu'on vient d'en livrer du neuf. La pluie s'arrêtera peut-être de tomber cette nuit, le sol séchera et les rats resteront dans leurs trous. S'il fait un peu plus chaud, on pourra dormir sans être engoncés dans des pulls et les vieilles vestes que Fritzl leur descendait au lieu de les mettre à la poubelle.

Des saisons, mais pas d'arbres, d'herbe, de fleurs, de flocons. Un peu de pollen parfois, tombant d'entre les lattes, des trous dans la terre, des puits minuscules, des trappes de gazon qui peut-être s'ouvraient au vent. Elle voyait bien que les enfants se mouchaient, éternuaient, se frottaient les yeux. Le sirop les apaisait, ils dormaient beaucoup au printemps.

Les premières bouffées tièdes du mois de juin. La joie de pouvoir vaquer les bras nus sans claquer des dents. Les premières journées vraiment chaudes de juillet, le plaisir de faire tinter délicieusement des glaçons dans un verre de sirop. La canicule qu'un vent du nord a matée, et on a l'impression que la vie sera belle sous la couverture.

Les douleurs, les maladies en guise de floraisons, de

plantes jaunies par le trop grand soleil, recroquevillées par le gel, d'arbres aux branches cassées par la tempête. Les rhumes, les angines, les bronches qui s'en vont à vau-l'eau, les coups de chaleur, la peau qui se desquame comme si le soleil entrait subrepticement pendant leur sommeil pour les brûler, les rhumatismes d'automne qui touchaient même les enfants se tenant les reins au réveil comme des petits vieux.

La cave était souvent déprimée. Elle connaissait aussi des phases d'excitation soudaine. Une fébrilité maniaque. Angelika arrachait le matelas du grand lit, vidait la chambre. Une pièce nue qu'elle aspergeait de seaux d'eau bouillante. Elle achevait les microbes avec la brosse en chiendent, elle sentait éclater leurs corps agonisants. Elle passait des heures à éponger les flaques avec la serpillière qu'elle tordait follement au-dessus de l'évier. Elle s'épuisait à sécher le sol avec des monceaux de chiffons.

Ils finissaient par être tous mouillés, et elle tapait dans les cartons où elle rangeait les vêtements soigneusement pliés et repassés. Elle les abandonnait un à un trempés, marbrés de taches noires dont les lessivages ne viendraient jamais à bout.

Elle se déshabillait, elle frottait avec son linge. Elle dénudait les enfants, s'acharnant avec leurs frusques jusqu'à les réduire en lambeaux.

Après quinze ou vingt heures de travail, elle s'effondrait au milieu de la pièce. Une crise de nerfs et elle battait le sol avec ses mains. Une crise de larmes. Puis elle posait sa tête sur le carreau, apathique, les yeux ouverts, sans trouver le sommeil.

Les enfants étaient synchrones avec la météo qui gouvernait le psychisme de leur mère. Ils s'électrifiaient à l'instant où se déclarait l'orage. Ils trépignaient, sautaient, cavalcadaient, se ruaient tête la première contre les murs. Ils ne sentaient pas la douleur, ni les bosses ni les plaies ne leur procuraient le moindre apaisement. Ils tombaient au bout d'une heure, épuisés ou assommés en définitive par la paroi à la suite d'une trop violente ruade.

Une période de sommeil. Un réveil lent, douloureux, et ils reprenaient leur sarabande pendant que leur mère tentait de faire briller les patates crues avec une culotte de soie.

Le jour où sont tombées les Twin Towers, elle a atteint ses douze ans. Une esquisse de femme, le même âge que sa mère au moment des premiers contacts avec le père. Il n'a pas tardé à l'approcher, l'effleurant, la tâtant, l'explorant du bout des phalanges.

À treize ans, il a déchiré son hymen avec un objet. Après ce baptême du feu, il l'a jetée sur le champ de bataille du lit matrimonial. Martin l'a rejointe quelques mois plus tard. Un préadolescent malingre, aussi inoffensif qu'une fillette. Une sorte d'écuyer qui l'aidait à fourbir ses armes.

Un éveil à la sexualité. Immonde comme la cave. Un creuset sur lequel on aurait scellé un couvercle avec juste un orifice afin de laisser s'échapper la vapeur pour éviter l'explosion. La promiscuité, la noire sensualité des lieux clos, un hameau souterrain loin des routes, aux sentiers protégés par un code, où le désir circule, s'amplifie loin des tabous qui régissent les populations assez nombreuses pour les rendre possibles. Un pandémonium, l'orgie sporadique de tous avec chacun.

Seul Roman n'a pas été convié sur le lit du banquet. Un spectateur indifférent, pas même un badaud, plutôt un gamin déçu de rater l'émission qu'il voulait voir ce soir-là à la télé.

Les années courtes dans le journal d'Angelika. La vie lente passait vite sous la terre. Les mêmes soucis, les mêmes espérances que celles d'une famille au petit appartement encastré dans un immeuble, une tour, une maison dans la campagne. Après tout, la cave mesurait cinquante-cinq mètres carrés. Son père le lui faisait souvent remarquer.

– Beaucoup de familles disposent d'un espace vital beaucoup plus restreint.

L'air libre devenu imaginaire comme l'espace où vivent dans des vaisseaux les héros des films de science-fiction. Les plongeons dans la mer, les promenades en forêt, à peine plus irréels que pour ces laissés-pour-compte entassés loin de la nature qui ne partiront jamais en vacances.

La nostalgie tenace d'Angelika pour les vitrines, les rêvasseries à travers le carreau devant tous ces vêtements que portent avec désinvolture ces mannequins en bakélite un peu poseurs avec leur fin sourire rehaussé d'un trait de rouge.

Elle avait obtenu de Fritzl qu'il lui apporte un catalogue de vente par correspondance. Des heures de shopping en tournant les pages comme on tourne le coin de la rue, des essayages devant la petite glace de la salle de bains avec cette robe d'été, ce tailleur un peu dame qui en définitive la vieillissait, tous ces vêtements virtuels qu'elle avait appris à arracher aux photos pour pouvoir les enfiler afin de ne pas se laisser abuser par le boniment de la rédactrice qui promettait toujours aux clientes monts et merveilles.

Elle se lamentait qu'on fasse appel à des modèles immenses, des perches dont les habits lui étaient toujours trop grands. Elle devait faire un effort supplémentaire pour imaginer ce qu'ils auraient donné s'ils avaient été à sa taille.

Elle remplissait le bon de commande. Elle le donnait à Fritzl. Il le déchirait en quatre morceaux qu'il déposait dans sa main. Elle pleurnichait.

– Papa, je n'ai vraiment plus rien à me mettre.

– Tu n'as qu'à te faire un manteau de fourrure avec la peau des rats.

Une scène répétitive qu'ils rejouaient à chaque fois. Pareille à une femme au foyer qui veut arracher une dépense à son avare mari, elle entreprenait de le faire succomber sous son charme. Elle affectait d'être amoureuse de l'ogre, le cajolait plus tendrement encore qu'autrefois Thomas.

Elle couchait les enfants à jeun pour lui offrir un dîner en tête à tête. Il mangeait sans jeter d'autres regards qu'à l'assiette et au verre. Il souriait bouche pleine quand elle le flattait.

– Tu as beaucoup maigri.

– Cette chemise bleue te rajeunit.

– Il me semble que tu as de moins en moins de cheveux blancs.

– Je ne m'étais jamais aperçue à quel point tu avais les mains fines.

De grosses pattes velues aux ongles parfois recouverts par la manucure d'une couche de vernis transparent.

– Papa, j'ai envie de toi.

Ému, il interrompait la mastication de la bouchée de gâteau qu'il venait de s'enfoncer dans la gueule. Il mâchait encore sur le lit où il pénétrait fièrement sa fille. Une amoureuse sous laquelle il ne voyait pas la femme humiliée de devoir prostituer jusqu'à ses sentiments pour obtenir quelques fringues.

Il emportait les quatre morceaux qu'elle avait subrepticement déposés sur la table de nuit. De temps en temps il lui apportait une robe ou une paire de collants. Avant de poster le bon de commande, il avait barré les autres articles.

Toujours l'espoir d'un déménagement au-delà du labyrinthe.

– Près de la chaufferie, tu n'auras plus froid l'hiver.

– Le bureau nous servira de salon.

– Je laisserai les trappes ouvertes, tu continueras à cuisiner ici.

– J'ouvrirai les vasistas, les enfants respireront beaucoup mieux.

– D'ailleurs ils grandissent, je leur aménagerai deux petites chambres indépendantes avec un cabinet de toilette et une kitchenette.

Il sentait confusément qu'il n'y a pas de pays sans rêves. Angelika dessinait les plans de ses nouveaux locaux.

– Il y aura bien assez d'air, tu pourras peindre les murs de la couleur que tu voudras.

– Je voudrais un appartement très gai. Peut-être du jaune pour le salon. Des touches de vert et de bleu dans les chambres. Pour les meubles, j'avais pensé à un canapé en cuir blanc et plein de guéridons en bois laqué.

Il ne pouvait s'empêcher de rire en l'écoutant. Elle pensait que ces idées de décoration le mettaient de bonne humeur.

– Ce qui serait beau aussi, ce serait de mettre au mur des cadres avec des photos de monuments.

– Ne rêve pas trop, tu te fais mal.

Elle croyait qu'il plaisantait. Puis elle s'apercevait qu'il venait de casser le rêve. Il serait temps de lui en inventer un autre quand il la trouverait trop déprimée pour être performante au lit.

Il lui disait qu'il avait acheté une maison en pleine forêt.

– Je vous transvaserai là-bas une nuit.

Il lui annonçait qu'il allait partir avec eux s'installer à Vienne.

– Dans une capitale, on se cache dans la foule.

Et sans cesse de faire planer la possibilité d'une acclimatation progressive dans la maison du haut.

– Vous habiterez d'abord un des studios. Je clouerai les volets pour que les enfants s'habituent au jour.

Des rêves dont il se servait plusieurs fois. Souvent, elle ne s'en souvenait plus et ils lui semblaient flambant neufs.

Depuis les jumeaux en 1995, Angelika n'avait plus donné naissance à personne. Fritzl était déçu.

– Tu n'auras eu dans ta vie que six enfants, dont seulement cinq sont vivants. Ta mère en a eu sept, et aucun n'est encore mort.

– J'ai toujours mes règles. Je suis sûre qu'on en aura un autre bientôt.

– À trente-six ans tu es déjà une vieille.

– Les jumeaux m'ont abîmée.

Il la giflait. Elle avait honte.

En décembre 2000, il avait fait l'acquisition d'un portable BlackBerry. Il le glissait sous son oreiller avant de s'endormir.

Souvent l'appareil clignotait. Il retorquait tous les appels. Il lui arrivait d'aller écouter son répondeur dans la réserve. Elle avait surpris à deux reprises le murmure d'une conversation. Une discussion avec une agence immobilière, une engueulade à voix basse d'Anneliese qui lui annonçait la visite impromptue de sa sœur, et quelques mots échangés avec l'employé de la concession Mercedes d'Amstetten qui tardait à réviser son break. Le signal n'avait aucune peine à traverser les lattes.

Le 5 janvier 2001, elle a mêlé du Théralène à la sauce d'un ragoût. Prétextant une migraine, elle s'était contentée d'un yaourt. Elle a envoyé les enfants se coucher avant qu'ils ne s'endorment dans leur assiette.

– Pourquoi ? C'est tôt.

– Vous êtes punis.

Ils ont obéi sans discuter davantage pour éviter les calottes. Fritzl a grignoté du bout des dents la tarte du dessert. Elle l'a excité de son mieux. Quand il s'est trouvé à moitié érigé, elle l'a entraîné dans la chambre. Il est tombé endormi sur le lit avant d'avoir eu la présence d'esprit de ranger le téléphone.

Elle a attendu qu'il ronfle. Elle a plongé sa main dans la poche de son pantalon. Elle avait étudié le fonctionnement de l'appareil en regardant les publicités à la télévision. Recouverte de plusieurs couvertures pour amortir le bruit de sa voix, elle a appelé la police depuis la réserve.

Après deux minutes d'attente musicale, une femme a pris l'appel.

– Je m'appelle Angelika Fritzl. Je suis enfermée dans la cave du 4, Ybbsstrasse avec mes deux enfants.

– Vous pouvez me répéter vos nom et adresse ?

Elle les a épelés.

– Une voiture sera sur zone dans une dizaine de minutes.

Elle a tremblé plus fort quand elle a entendu le bruit de la sirène. On a sonné plusieurs fois à la porte de la maison. Elle a perçu le pas lourd d'Anneliese qui descendait ouvrir. La voix rauque d'un policier, les cris effarouchés d'Anneliese. Les pas dans l'escalier qui menait au souterrain. Les pas qui s'arrêtent dans le bureau.

Elle a voulu crier, une sorte de jappement est sorti de sa gorge. Les pas qui s'éloignent, la porte de la maison claquée par la mère. Le bruit de la sirène s'évanouit peu à peu quand la voiture tourne le coin de la rue.

Elle pleure. Elle se dirige vers la chambre. Fritzl ronfle toujours. Accroupie dans la réserve elle rappelle.

– Nous avons enregistré votre appel. Vous serez prochainement convoquée. Vous êtes passible de trois mois de prison et de soixante-dix mille schillings d'amende pour appel abusif.

On a raccroché.

Elle a appelé les pompiers.

– Un incendie au 4, Ybbsstrasse.

Elle pensait que les pompiers remueraient la maison de la cave au grenier à la recherche d'un peu de fumée, d'une flammèche. Ils ne prendraient pas le risque d'abandonner leurs recherches avant d'avoir exploré le moindre interstice de la maison. Ils avaient entendu parler de tous ces gens qui croyaient être venus à bout du feu avec un seau d'eau, alors que l'incendie continuait à couver dans un recoin.

Les sirènes des camions. Le bruit des lances qu'on déroule. Les cataractes dans le jardin qu'on inonde à tout hasard pour éviter que le feu ne se propage dans tout le quartier. Un incendie invisible. Les cris d'Anneliese. Les pompiers qui remballent. Le silence de la nuit revenu.

Une heure à rester figée sous la couverture. Le téléphone dans sa main comme un pétard mouillé. La couverture qu'elle replie avec soin. Elle la range dans la chambre. Elle repose le téléphone dans la poche du père. Il dort.

Corps au ralenti, à peine un filet d'air allant et venant par les narines, le mouvement imperceptible des poumons. Elle se couche à son côté. Ses yeux ouverts, elle voit le plafond dans la pénombre. Elle n'ose pas se lever pour aller éteindre l'ampoule de la cuisine.

Il s'était réveillé à sept heures, furieux d'avoir fait la grasse matinée. Il a secoué ses habits.

– Qu'est-ce qui s'est passé ?

– Tu t'es endormi devant la télé.

Incrédule, bougonnant, il s'est donné un coup de peigne à la salle de bains. Elle l'a entendu filer à lourds pas sonores dans le labyrinthe.

Elle l'a entendu hurler au premier étage. Les piaillements d'Anneliese qui essayait de se défendre.

Il est réapparu. Il l'a tabassée sans un mot. Elle s'est toujours demandé s'il ne l'avait pas laissée pour morte. Elle est revenue à elle dans l'obscurité. Le goût du sang dans sa bouche. Le souffle des enfants endormis autour d'elle. Ils avaient eu le temps de se réveiller, d'errer dans le noir, de secouer leur mère immobile comme un cadavre, de la pleurer, de s'assoupir épuisés.

Un mois d'obscurité, sauf la lueur éblouissante de la trappe ouverte quand par deux fois il leur a jeté un sac de vieux morceaux de pain sec ou humide d'avoir été mordus qu'il avait récupéré dans la poubelle de la famille du haut. Quelques minutes d'eau de temps en temps. Elle est trop précieuse pour qu'on tire la chasse. La puanteur d'humains en cage dont on ne change pas la litière.

Elle n'a plus jamais recommencé. Il avait protégé l'appareil par un code, mais elle n'en savait rien.

Deux ans après elle a mis au monde Roman.

Un beau bébé, comme presque tous ceux qui étaient sortis de son ventre. Ils n'avaient pas connu la vie trépidante qu'on mène dans l'amnios des travailleuses courant toute la journée d'un bureau à l'autre, montant chaque jour des centaines de marches pour aller se faire gourmander par le directeur et les descendant pour regagner l'open space où les voyant rouges de confusion leurs collègues les moquent derrière leurs écrans. Des ouvrières trimballant des cartons dans une usine. Des commerciales vibrant de longues heures dans leur voiture pour essayer de vendre la marchandise de l'entreprise de cosmétiques qui les emploie comme représentantes commissionnées, ou des oisives folles de sport toujours en train de pédaler, de gesticuler sur des machines et de sauter sur un trampoline afin de se délasser après trois heures de tennis, quand elles ne profitent pas de leurs dernières semaines de grossesse pour transformer la masure au fond du jardin en salle de jeux, transportant des brouettées de ciment, de moellons et de sable.

Elle s'est permis de le contredire.

– Ce ne serait pas mieux de l'appeler Richard ?

Elle ignorait que c'était le prénom du général SS qui avait eu la haute main sur l'Autriche au temps du nazisme.

– Pourquoi pas Adolf ?

Un enfant né dans une cave comme son homonyme était mort dans un bunker.

– Tu as raison, c'est joli Roman.

Elle était épuisée, elle s'est endormie avec le nouveau-né couché sur le lit à côté d'elle. L'enfant avait trente-cinq minutes.

Il s'était trouvé là par hasard. Toute une journée à marchander trois vieilles maisons en ruine à deux pas du bordel d'Amstetten. Des héritiers encore sonnés par la mort de leur mère qu'il avait réveillés à sept heures du matin à l'hôtel où ils avaient pris pension le lendemain du décès.

Une vague promesse de vente signée à l'arraché sur une feuille volante. Il s'était mis en tête de construire à cet endroit une piscine réservée à la rééducation des handicapés, pompant les subventions et bénéficiant des ristournes fiscales. Au moment de son arrestation les masures étaient toujours debout.

Il avait annoncé à Anneliese qu'il passerait la nuit à dessiner le bassin. Il avait débarqué dans la cave vers dix-huit heures avec des côtes de porc. Angelika était couchée.

– Lève-toi, j'ai faim.

Son visage était douloureux, elle transpirait malgré la température basse qui régnait dans la chambre.

– Lève-toi.

Elle ne répondait pas. Les contractions avaient commencé en début d'après-midi. Sur la table de chevet, les ciseaux, le paquet de coton et la bouteille d'alcool qui constituaient tout son kit d'accouchement.

Il est retourné à la cuisine.

Petra jouait toute seule à la bataille avec un jeu de cartes usé par les réussites de sa grand-mère qu'il avait récupéré dans le placard où elle entreposait les objets hors d'usage. Elle gagnait toujours et poussait un petit cri de plaisir à la fin de chaque partie.

– Quand tu auras fini d'être idiote.

Une parole paternelle presque tendre. Une moue reconnaissante de poney dont on vient de flatter l'encolure.

– Et toi, la petite femme ?

Martin de sourire en continuant à jouer de l'aiguille pour repriser un bermuda en coton imprimé de cyclistes grimpant un col sous un ciel dont le bleu s'était décoloré à force de lessives.

– Qui fait la cuisine ?

Les enfants se sont levés. Deux marmitons affairés, l'odeur de graillon et la vapeur montant de la casserole où les pommes de terre passaient un mauvais quart d'heure. Quatre assiettes installées sur la table, les couteaux en plastique rafistolés avec du ruban adhésif, les fourchettes aux dents cassées. Dans les verres, de l'eau.

– Papa, il n'y a plus de bière.

– Tu aurais dû aller en acheter à l'épicerie.

Une plaisanterie coutumière, une gifle donnée avec bonhomie dont la trace mettrait plusieurs minutes à disparaître.

Les tranches de porc servies sur un lit de patates bouillies. Le mélange absorbé par les trois bouches, chaque enfant mâchant d'un seul côté car les caries commençaient à leur pourrir les mâchoires.

– Quand elle aura fini de geindre.

Les contractions s'amplifiaient. Angelika avait du mal à garder le silence.

– J'espère au moins que ce sera vite expédié.

Des cris qu'elle essayait d'étouffer en mordant les draps.

– Les bêtes braillent quand elles se font couvrir, mais elles la ferment quand elles mettent bas.

– C'est quoi mettre bas ?

Une question de Martin que Petra n'aurait pas osé

poser. Le père affichait à l'occasion une bizarre pudibonderie, comme si la connaissance de certains aspects de la vie organique lui semblait être réservée au monde des adultes.

– C'est chier des mômes.

Mais parfois, il se laissait aller.

Au dessert, un gâteau aux raisins secs qu'Angelika avait fait cuire la veille.

– Va monter le son de la télé.

Quand Petra est arrivée dans la chambre, sa mère hurlante était sur le point de pondre Roman dont le crâne commençait à poindre à l'orée de la vulve. La gamine a monté le son. Le père entendait encore peiner Angelika.

– Plus fort.

Elle l'a monté encore. Le match de football couvrait les hurlements. On entendait les commentaires et les cris de la foule jusqu'au premier étage. Elle s'est approchée du lit. Elle s'est assise à côté d'elle. Elle lui tenait la main. Les larmes coulaient de leurs quatre yeux.

Fritzl se curait les dents avec la pointe de son couteau quand Roman a été expulsé. Ses premiers cris indiscernables sous la clameur de la foule des supporters de l'équipe de Vienne qui venait de marquer un but contre Stuttgart.

Il a quitté sa chaise pour aller voir le ralenti.

Il a regardé la fin de la rencontre assis au pied du lit. Il n'entendait pas les vagissements du petit.

– Vous n'aviez pas regardé Angelika en entrant dans la chambre ?

– J'ai vu Roman avant de m'asseoir. Il était tout poisseux, j'ai préféré attendre qu'on l'ait lavé pour faire connaissance avec lui.

– Vous étiez content que ce soit un garçon ?

– Je savais que ce serait un garçon. Angelika avait le ventre pointu.

Une pluie fine s'était mise à tomber dans la cour du commissariat. Fritzl a demandé à l'inspecteur de fermer la fenêtre.

– Je n'aime pas la pluie.

L'inspecteur n'a pas obtempéré. Fritzl dégageait une odeur de cachot. Depuis deux jours, il dormait dans une caisse en béton de trois mètres cubes. Il ajoutait ses miasmes à ceux de ses prédécesseurs et il était imprégné d'une puanteur qui rappelait vaguement celle de la cave.

– Petra a apporté de l'eau chaude. C'est elle qui l'a débarbouillé. Sa mère aurait été incapable de tenir debout.

Il a regardé un instant dans le vide.

– Ce n'est pas facile d'accoucher. Elles sont courageuses, les femmes. Je crois bien qu'un homme serait incapable de supporter des souffrances pareilles.

– Vous avez passé la nuit dans la cave ?

– Je suis remonté vers minuit. En passant, j'ai jeté le cordon et le placenta devant la porte dans la bouche d'égout. J'avais faim. J'ai levé Anneliese pour qu'elle me fasse frire une saucisse.

– Angelika dit que vous l'avez menacée le lendemain de monter Roman s'il continuait à brailler la nuit.

Il a souri.

– Vous savez, dans un ménage on se taquine. Anneliese se faisait trop vieille pour s'occuper d'un autre enfant.

Un sourire de père fier est apparu sur son visage.

– Cette année, j'avais décidé de le mettre à l'école à la rentrée. Ce sera sûrement un bon élève.

Le téléphone a sonné. L'inspecteur a répondu. Épuisé par un interrogatoire de quatre heures et demie, Fritzl s'est endormi sur sa chaise.

Après avoir raccroché, l'inspecteur a profité de son somme pour aller prendre une bière au distributeur du fond du couloir. Un collègue jaloux de s'occuper d'un vol de voiture pendant qu'il causait avec le criminel du siècle lui a demandé s'il arriverait à lui faire endosser la mort du jumeau.

– On trouvera bien un moyen.

Quand il est revenu dans son bureau, Fritzl avait disparu. Un vent de panique dans toute la maison. On l'a cherché jusque sur le boulevard.

Il était retourné tranquillement s'asseoir sur sa chaise en sortant des toilettes. C'est un planton qui l'a découvert en entrant dans la pièce pour refermer la fenêtre à cause du vent qui s'était levé et s'engouffrait dans le couloir.

– Où vous étiez passé ?

– J'étais allé faire pipi.

La nuit a été paisible. À peine quelques piaillements vers l'aube. Il semblait que l'enfant avait été épuisé par l'accouchement tout autant que la mère. Le son est monté en fin de matinée.

Depuis sept ans, Anneliese avait perdu l'habitude des cris de bébé montant de la cave. Le vacarme de l'accouchement l'avait surprise, elle pensait que la matrice d'Angelika était à jamais endormie. Elle avait cru d'abord à une émission de téléréalité où une fille enceinte d'un candidat accouchait en direct. Après avoir fait défiler toutes les chaînes, elle avait dû convenir qu'il n'en était rien.

Elle en voulait à cette Angelika à qui les années n'avaient pas mis de plomb dans la tête et qui continuait à extérioriser sa douleur comme une poule mouillée. Elle regrettait de n'avoir pas la clé de la cave pour aller lui sonner les cloches et la gifler comme une gamine mijaurée prompte à geindre au moindre bobo.

Vers onze heures, elle a grimpé au grenier faire des réussites pour entendre moins fort les cris du môme. Elle retournait rageusement les cartes. Si Fritzl le lui avait apporté, elle aurait su lui clouer le bec. Elle avait toujours prétendu dégager assez d'autorité pour que dans ses bras se taisent bébés et bêtes. Dans sa jeunesse, il lui suffisait de poser la main sur le cou du coq pour qu'il arrête aussitôt de chanter. Il lui arrivait même de se vanter auprès des commerçants de se faire craindre des moustiques.

– Même en plein été, on n'est jamais piqués chez nous.

Les bestioles devaient fuir son odeur de femme jamais douchée qui se lavait avaricieusement le bout de nez quand elle avait le temps.

Quand Fritzl est rentré le soir, elle s'est retenue pour ne pas lui faire la première scène de ménage de leur vie de couple. Un homme aussi fantasque qui se permettait de faire encore des enfants à un âge où les femmes s'abstiennent depuis si longtemps. Un enfant qui serait orphelin de père avant d'atteindre ses dix-huit ans. Un manque dont souffrirait son éducation au point d'en faire un vaurien. En outre les vieux qui se laissaient aller à procréer devenaient gâteux de ce gosse tardif, lui passant tout, riant de ses niaiseries et remplaçant les claques par des baisers.

Elle n'avait pas tort. Fritzl n'a jamais porté la main sur Roman, et quand Angelika le giflait en sa présence, elle en recevait une en retour. Un enfant avec qui il avait découvert sur le tard l'art d'être grand-père. Des porte-clés, des pièces en chocolat, des petits jouets de bazar, toute une foule d'attentions minuscules que les aînés jalousaient. Le premier de ses rejetons à avoir connu le contact de ses lèvres sur son front et même parfois une étreinte tendre. Un déchirement mutuel quand la police les avait séparés.

Au dernier moment, Anneliese n'a pas osé lui faire la moindre observation.

– Il y a eu du bruit qui venait de quelque part.

– La ville est bruyante ces temps-ci.

– On dirait des jappements de chiot.

– Ce sont les oiseaux.

– Des jappements très aigus.
– Comment faire taire les oiseaux ?
Elle l'a regardé bouche ouverte. Puis une idée lui a traversé l'esprit.
– Avec un fusil.
Fritzl lui a servi un rire. Elle n'avait jamais su rire. Elle a disparu dans la cuisine sans répliquer.

Un dîner tranquille chez les Fritzl. Il avait envie d'annoncer aux gamins du haut qu'un petit frère était né en bas. Il était guilleret. Cette naissance l'avait rajeuni. Il aurait voulu que sa mère soit encore là pour lui montrer ce bébé, cette preuve vivante de sa virilité triomphante.

La nuit a été bruyante. Comme il lui avait assuré que la maison était silencieuse, Anneliese avait dormi d'une traite jusqu'au matin. Quant à lui, le bruit le berçait. Un sommeil léger, avec les cris du gosse en fond sonore de ses rêves.

Le matin, il avait chantonné après son café. Il se disait que cette naissance lui porterait bonheur. La veille, il avait arraché à sa banque la promesse d'un nouveau prêt qui lui permettrait d'acheter un terrain vague. Cinq cents mètres carrés inconstructibles où il pensait bâtir un grand chalet. Il mettrait la municipalité devant le fait accompli et l'aurait déjà vendu avant les premières menaces de démolition.

Assise à distance près du frigo sur un vieux tabouret, Anneliese le regardait fixement.
– Avec ce mauvais temps, les oiseaux fermeront leur bec aujourd'hui.
Comme il pleuvait, Anneliese a opiné du chef.

Il a pris sa voiture pour aller contempler le terrain. Le nord faisait face à un lotissement, le sud donnait sur la montagne.

– Une grande terrasse en plein soleil.

L'idée lui est même venue d'entourer le reste de la bâtisse d'un jardin potager. Des champs de poireaux, de navets et une serre où pousseraient des tomates.

– À notre époque, les gens aiment cueillir leur soupe.

Angelika avait beaucoup saigné pendant son accouchement. Elle était trop épuisée pour changer les draps. Les enfants s'en sont chargés. Une grande tache oblongue sur le matelas. Elle leur a demandé de le retourner. La mousse était imbibée. Une auréole bistre de l'autre côté et quelques points rouges.

Cinq ans plus tard, la police scientifique le sortirait de la cave dans une housse. Après huit jours d'analyses, il s'est avéré qu'il était gorgé de traces de fluides appartenant au couple et aux deux aînés.

– Roman n'a fait que pisser dedans.

Le rapport n'a pas été divulgué. Ni la juge ni la procureure ni l'avocat et pas davantage les trois psychiatres n'en ont eu connaissance. Un rapport à l'état de rumeur.

Les flics l'avaient redescendu ensuite dans ce sanctuaire dont on pensait à cette époque qu'il resterait clos à jamais. Angelika avait demandé au ministre de la Justice venu la visiter à l'hôpital de ne pas profaner le lieu où elle avait passé vingt-quatre années de sa vie.

– Pourquoi ?

– Vous ne comprendrez jamais.

Le ministre avait cédé. Lui qui avait pensé faire nettoyer la cave au lance-flammes, laissant le feu mourir derrière les trappes refermées.

Le lait d'Angelika était plus abondant que lors de ses précédentes couches. Roman était aussi plus affamé. Un petit vorace hurleur. En lui, une volonté de vivre qui a fait dire à Fritzl qu'il ne serait jamais malade.

– Il vivra vieux, comme moi.

Une prédiction que la réalité n'a pas contredite.
Il l'a photographié avec son BlackBerry.

Roman se mettait à crier vers deux heures du matin. Ses cris semblaient proches dans le silence, comme s'ils parvenaient d'un des studios du rez-de-chaussée désert.

Fritzl attrapait souvent son téléphone posé sur la table de chevet. Roman net, lumineux, éblouissant à faire cligner les yeux. Un père content de lui, un grand-père énamouré essayant avec obstination de découvrir dans le visage du nouveau-né à peine éclos des ressemblances avec sa vieille bouille au poil gris.

Une nuit, Anneliese s'est permis d'ouvrir les yeux. Après un instant de silence, elle a ouvert la bouche.

– C'est une fille ?

Fritzl a fourré le téléphone sous les couvertures.

– Qu'est-ce que tu racontes ?

– Le bébé sur l'écran ?

– C'était une photo du terrain vague.

– Sans lunettes, je ne vois pas bien.

Elle s'était rendormie.

Le lendemain soir, il a rendu visite à sa famille souterraine. Petra était en train de changer Roman sur la table de la cuisine, tandis que Martin plongeait des spaghettis dans une casserole. Allongée sur le lit, Angelika regardait une rétrospective de la carrière d'Yves Saint Laurent.

Il a posé à côté de l'évier un hochet en caoutchouc bleu et un sac de denrées alimentaires. Martin a été déçu qu'il n'ait pas apporté de Coca. Fritzl n'a pas remarqué sa tête d'enfant triste.

Petra était soucieuse.

– Papa, il n'y aura bientôt plus de couches.

Il n'en restait plus que deux dans le paquet qui datait du temps de Julius. Des couches pour gamin de quinze mois qu'elle était obligée de découper avant de les glisser dans la grenouillère.

– C'est lourd, les couches.

Il l'a suivie dans la chambre. Elle l'a déposé dans la caisse. Il s'est penché au-dessus de lui.

– C'est le plus beau de tous mes enfants.

Absorbée par un défilé, Angelika ne l'a pas entendu.

Il l'a pris en photo, tenant la lampe de chevet dans sa main gauche pour éclairer son visage.

La police a retrouvé près de deux mille photos de Roman dans le disque dur de son ordinateur et une cinquantaine de tirages papier classés dans un dossier par ordre chronologique. Pendant tout le reste de sa vie, il a bombardé l'administration de demandes pour qu'on les lui restitue. Elles sont demeurées sans réponse. Le procès terminé, elles ont été détruites avec le reste des pièces à conviction.

La dernière période de bonheur absolu dans la vie de Josef Fritzl.

Roman grandissait en même temps que montaient les prix de l'immobilier. L'espérance de bâtir sur ses vieux jours un empire, et avant sa mort de placer un dauphin sur son trône. L'immobilier autrichien a commencé à battre de l'aile à l'automne 2007, il a été arrêté sept mois plus tard.

Suivant les pas de leur frère aîné, dès leur majorité tous les enfants d'Anneliese étaient partis et ils ne les avaient jamais revus. Un vague désir de connaître leurs petits-enfants, pour voir à quoi pouvaient ressembler leurs gènes une génération plus tard.

Anneliese tentait parfois une démarche. On lui raccrochait au nez. Quand elle se déplaçait, on la recevait dans l'entrée. En 2001, elle avait rencontré sa benjamine à la droguerie de la grand-place avec un bébé dans les bras. Elle s'était précipitée sur l'enfant, la main tendue et prête à se poser sur le visage de sa descendance comme pour évaluer la qualité de la marchandise.

Sa fille avait fait un bond en arrière, comme une fruitière horrifiée qu'on puisse tâter ses pêches à l'étalage. Un échange de regards chargés de haine entre les deux femmes. Craignant un esclandre, Anneliese avait quitté la boutique en courant.

Le soir venu, elle a fait son rapport au mari.

– Il y avait une tache sur sa robe.

– Tu n'aurais pas dû prendre la peine de la reconnaître. De toute façon, depuis le temps elle a dû changer.

– Elle doit sûrement vivre par ici.

Fritzl lui avait reproché le café amer qu'elle lui avait servi le matin. Il était allé faire un tour dans le jardin.

S'il n'avait pas remonté trois enfants de la cave, la maison aurait été déserte. Deux êtres vieillissants en route vers le cimetière se rencontrant dans le lit et s'asseyant trois fois par jour devant la table de la cuisine.

Un vocabulaire devenu famélique et nul besoin de syntaxe pour évoquer les objets, les aliments, la gorge ou les pieds devenus douloureux à la suite d'une angine ou d'un panaris. De temps en temps, la visite de la sœur d'Anneliese. Une conversation fade, sans le moindre potin pour la pimenter car ces trois créatures ne connaîtraient plus personne d'autre qu'elles-mêmes.

Grâce aux gamins, il y avait du bruit, de la gaieté, des rires, les claques d'Anneliese battant la mesure de la vie familiale.

Depuis l'arrivée du magnétoscope, souvent Fritzl descendait une cassette recelant un montage de vidéos de vacances. Les enfants du bas ne se sentaient aucun point commun avec cette étrange fratrie sous le soleil.

Ils ne les enviaient pas. Il leur semblait regarder une série relatant la vie d'une famille de l'autre bout du monde. Ils étaient sortis du même ventre, comme les images de guerre et de comédies musicales du même câble. Quand ils leur seraient présentés le lendemain de leur libération, il leur semblerait rencontrer des stars extraites du flot d'images que le téléviseur déversait jour et nuit dans la cave.

Avant que son téléphone lui permette de filmer, Fritzl descendait fréquemment son caméscope. De rares scènes décentes dans la cuisine ou dans la réserve quand Petra et Martin se déguisaient en se faisant des chapeaux avec les cartons des courses ou se barbouillaient le visage avec du sirop de fraise pour jouer les soldats agonisant sur un champ de bataille.

Plus de deux cents heures tournées dans la chambre, le caméscope juché sur un tabouret. Il s'en repaissait par la suite dans son bureau souterrain. En décembre 2006, il les avait balancées d'un cybercafé de Linz sur plusieurs sites de pornographie pédophile. La police les pourchasse depuis, mais elles ont été tant recopiées, tant disséminées de par le monde, elles sont dans la mémoire de tant de serveurs qu'elles alimenteront les fantasmes de générations de dégénérés jusqu'à la fin des temps.

Du fond de sa prison, la rage lui prendrait souvent à l'idée qu'il ne touchait pas un centime à chaque fois que cliquait un maniaque. Un artiste désespéré d'être ruiné par le piratage. Il s'en plaindrait à maintes reprises à son avocat qui en guise de réponse lui servirait à chaque fois une tirade sur la neige, le vent ou la cherté des voitures en faisant mine de n'avoir rien entendu.

Une photo a stupéfié les enquêteurs. Fritzl et Roman dans la baignoire de la cave. De la mousse au bout du nez du père qui tient l'enfant dans ses bras. Ils sont tous les deux hilares, le gamin projetant de l'eau en direction de l'objectif. Sur le rebord de la baignoire, un verre de bière à moitié bu et un ourson rose tout mouillé qui semble rire lui aussi. Leurs yeux rendus rouges par le flash, la peau de l'enfant apparaissant d'autant plus blême contre celle acajou de l'homme bronzée sous le soleil des Baléares.

Depuis neuf heures du matin, les flics le questionnaient sur les images et les vidéos de ses débauches. Il ne s'était pas départi de son calme pendant le visionnage, fournissant souvent des détails qu'on ne pensait même pas à lui demander. Une sorte de jouissance humidifiait le coin de ses lèvres tandis qu'il cherchait le regard des policiers écœurés. L'un gardait un œil fermé, comme pour ne voir que la moitié du spectacle, et l'autre revenait des toilettes où il avait vomi.

Quand le cliché est apparu sur l'écran, un grand sourire a étiré ses lèvres.

– Mon petit Roman.

Un silence dans la pièce. Il ravalait sa salive comme s'il était ému.

– C'était le 3 février 2004. J'avais apporté des bonbons pour son goûter. Il les préférait aux gâteaux de sa mère. Avant que je m'en aille, elle a voulu lui donner son bain. Il s'est mis à pleurer, de grosses larmes, on aurait dit qu'il avait des petites fontaines dans les yeux. La baignoire était pleine et je lui ai dit que j'allais prendre son bain à sa place. Il ne me croyait pas, alors je me suis déshabillé et je me suis mis dedans. Tout de suite, il a commencé à rire et puis il a grimpé en s'accrochant à mon bras.

Fritzl ne parvenait pas à détacher son regard de l'écran.

– Vous pourriez me l'imprimer ?

Les flics ont hésité. Mais puisque Roman était nu, craignant qu'on puisse les accuser de lui avoir permis de garder avec lui une photo pédophile, ils ont refusé.

– Vous allez quand même finir par me rendre mon téléphone ? Elle est dedans.

La mémoire contenait aussi la dernière vidéo qu'il avait prise huit jours plus tôt. Petra était en réanimation, mais comme chaque vendredi soir il avait machinalement avalé un comprimé de Viagra avant de descendre. Angelika épuisée par les semaines de veille et d'angoisse. Martin au regard d'enfant perdu en érection sur le drap froissé.

Fritzl avait pris l'habitude de faire une fois par semaine le plein de provisions à l'hypermarché Merkur de Persenbeug à une trentaine de kilomètres d'Amstetten.

Un grand chariot qu'il remplissait méthodiquement. D'abord les paquets de lessive, de riz, puis les flacons couchés comme dans un chai avec un stock de boîtes de conserve qui constituaient l'ordinaire de la cave quand il était absent. Ensuite la charcuterie, la viande, les biscuits, les fromages, les fruits, les légumes. Au beau milieu, il dissimulait de son mieux le sac de couches dont il rougissait à la caisse quand il le déposait sur le tapis.

Quand il avait tout transvasé à l'arrière du break, il étendait un plaid par-dessus. Il attendait la nuit pour charrier ses achats jusqu'à la cave. L'été, les produits frais avaient le temps de fermenter dans la voiture. Angelika devait racler la viande et la faire longtemps bouillir. Les salades étaient fanées, le lait tourné, les yaourts chauds. Elle lui avait demandé un jour d'acheter une glacière portative. Il avait ouvert un paquet de beurre devenu liquide à force d'avoir lanterné dans la voiture par plus de trente-cinq degrés. Il le lui avait aplati sur le visage, lui pinçant le nez pour l'obliger à avaler.

Il ne croisait jamais ni locataires ni voisins, et sa seule rencontre malencontreuse fut celle d'Anneliese le 22 janvier 2003.

Elle en avait parlé à la police lors de son interrogatoire éclair. Elle se souvenait de la date, car ce jour-là on lui avait livré une lampe halogène. Elle rêvait d'une visite dans cet hypermarché dont une voisine lui parlait depuis plusieurs années.

– C'est loin, il ne voudra jamais m'accompagner là-bas.

– J'y vais samedi avec les gosses. Si vous voulez, je passerai vous prendre.

Elle avait hésité. Elle n'avait pas l'habitude des sorties dont son mari n'était pas protagoniste. En dehors des habitants de la maison, elle ne fréquentait que sa sœur. Une interdiction implicite d'avoir des contacts avec ceux que Fritzl appelait les étrangers. Elle se reconnaissait malgré tout le droit d'entamer une conversation avec les commerçants et leur clientèle. Elle s'est laissée aller ce jour-là au plaisir délicieux de la transgression.

– Je serai à deux heures au coin de la rue.

Peur au ventre d'être surprise grimpant dans une voiture avec une inconnue.

Poussée par la femme, elle avait acheté des produits qu'elle n'osait pas approcher d'ordinaire.

– Ce n'est pas cher ici. Ce serait dommage de vous priver.

Un paquet de quatre tablettes de chocolat aux amandes en promotion, des entrecôtes, du jambon d'Italie et autres folies qu'elle avait cachées au grenier en rentrant chez elle de crainte que Fritzl ne l'accuse d'être tombée sur la tête. Malgré la saison, la viande avait fini par pourrir un jour de redoux. Elle avait mangé le reste là-haut en faisant des réussites.

– Prenez aussi du gâteau de foie gras.

Une spécialité ruineuse dont elle n'avait jamais vu la couleur dans son assiette.

– Allez, laissez-vous tenter.

Elle n'a pas osé.

Elles se sont dirigées vers les caisses. Dans leur dos, les enfants chahutent en dévorant un paquet de biscuits.

Elle hésitait à poser ses courses sur le tapis, se retenant de courir pour aller les ranger à leur place dans les rayons. Elle baissait le nez, honteuse de se laisser aller à cette débauche. Elle a payé en tremblant.

Elle a attendu que la femme ait terminé de transvaser ses courses gargantuesques dans des sacs dont elle chargeait les gosses. Elle stationnait près d'un comptoir où l'on vendait de la maroquinerie. C'est en levant les yeux pour voir le prix d'un porte-monnaie que le visage de Fritzl est entré dans son champ de vision. Il essayait de se faufiler dans la cohue, et bousculé par un groupe d'adolescents il l'avait heurtée avec son chariot.

L'échange d'un regard, puis il reprend sa progression, se frayant un chemin sans se soucier des protestations des gens qu'il fauche sur son passage. Elle avait eu le temps d'apercevoir une plaque de deux douzaines d'œufs et il lui semblerait plus tard avoir distingué des boîtes de lait et un paquet de couches bleu ciel à travers les croisillons du Caddie.

– Vous ne lui avez pas couru après ?

– J'ai attendu qu'il disparaisse pour aller jusqu'à l'arrêt d'autocars.

Elle s'était carapatée contrite, honteuse d'avoir été vue par son mari hors du périmètre qui lui était alloué. Peur d'aggraver son cas s'il s'était caché sur le parking et la surprenait grimpant dans un véhicule en compagnie de cette femme et de sa portée de sauvageons. Elle s'était attendue en rentrant à des remontrances assaisonnées de coups. Elle craignait aussi l'arrivée du relevé de la banque avec ce débit inopiné. Elle serait surprise quelques semaines plus tard qu'il semble lui avoir pardonné sa virée hors la ville.

– Mais j'avais eu chaud, je n'ai plus jamais recommencé.

En août 2004, il était parti trois semaines et demie en Thaïlande avec un ami pour se dorer et courir la gueuse. On peut voir sur internet le film de ces vacances réalisé par son compère. Fritzl brandissant une entrecôte saignante au bout de son couteau, jouissant sur la plage du massage que lui prodigue une ondine, faisant ses emplettes dans une boutique de lingerie.

Nina a contacté le compère par l'intermédiaire d'un journaliste autrichien rencontré au procès de Sankt Pölten. Il nous a reçus un matin de mai dans son pavillon proche de la maison des Fritzl.

– Il était drôle, toujours des histoires à raconter.

– Vous le connaissiez depuis longtemps ?

– Ce n'était pas un ami d'enfance.

Il avait échoué à Amstetten en 2000 pour habiter la maison de son père décédé un an plus tôt.

– J'étais déjà à la retraite.

– Vous vous êtes rencontrés comment ?

Il s'est levé pour aller répondre au téléphone. Mais le téléphone n'avait pas sonné et il a parlé dans le vide. Il a interrompu son monologue en obturant le micro du combiné avec la paume de sa main.

– Excusez-moi, c'est la banque.

Nina me faisait les gros yeux pour que je n'éclate pas de rire. Je me mordais l'intérieur des joues et enfonçais mes ongles dans la cretonne du canapé où nous étions assis. Il a continué à parler, et quand plus rien ne lui venait à l'esprit il écoutait religieusement le néant qui bipait à l'autre bout du fil.

Au bout d'un quart d'heure, nous sommes partis. Je ne saurai jamais où et à quelle occasion les deux hommes avaient fait connaissance.

En guise de souvenirs, Fritzl rapporterait à Angelika des strings de pacotille et des soutiens-gorge à braguettes dont il espérait de sordides strip-teases.

– Vous pensiez à eux pendant votre séjour là-bas ?

– J'aime profiter de la vie. Si à l'occasion on ne se paie pas du bon temps, ça ne sert à rien de travailler aussi dur.

Il était déjà vingt-deux heures, le policier a décidé que l'interrogatoire était terminé pour aujourd'hui.

Avec sa sœur et les enfants du haut, cette année-là Anneliese passait l'été à cinquante kilomètres d'Amstetten dans un chalet sans confort loué par Fritzl trois pincées d'euros. Elle aurait préféré retarder son départ d'une quinzaine de jours pour profiter du jardin et de la piscine. Il ne lui avait pas donné l'autorisation d'insister.

– J'ai besoin que tu déguerpisses pour respirer un peu loin de ta graisse.

Avant son départ, Angelika avait remarqué qu'il constituait un stock de vivres. Le frigo et le congélateur avaient vite été remplis, et puis il avait entassé des provisions sur les étagères de la réserve.

– Tu vas partir ?

– Ça te regarde ?

– Tu reviendras quand ?

– Peut-être jamais.

Il n'avait même pas pris la peine de rire. Il s'était

endormi à côté d'elle. À deux heures du matin il avait réveillé Roman pour lui poser sur le front un baiser de patriarche. Quand il a eu refermé la trappe derrière lui, Angelika l'a menacé de l'étrangler la prochaine fois dans son sommeil avec sa cravate, même si elle savait qu'elle signerait ainsi son arrêt de mort et celui des enfants.

Déjà Fritzl était loin dans le conduit. Il n'a même pas haussé les épaules. Depuis quelque temps il était habitué à l'entendre vociférer dans le lointain quand elle se sentait à l'abri des coups.

– Parfois, j'avais simplement envie que tout s'arrête. Je voulais qu'il s'arrête avec nous.

– Pourquoi vous n'avez jamais essayé de l'attacher pendant qu'il dormait ? Après, vous auriez pu le torturer, il aurait bien fini par vous donner les codes des trappes ?

Elle a regardé le juré aux longues oreilles velues qui venait de la questionner.

– Si je ne l'ai pas tué ce jour-là, c'est parce qu'il faisait trop chaud. J'ai pensé à son corps qui se décomposerait dans la chaleur. Nous serions morts étouffés par son odeur.

Elle s'était tue, puis elle avait demandé à l'huissier de reprendre la diffusion de son témoignage. Il lui était arrivé plusieurs fois de faire un signe pour qu'on stoppe la vidéo afin qu'elle puisse intervenir de vive voix. La cour lui obéissait, et quand l'avocat de la défense se risquait à poser une question sournoise ou à jeter en passant une plaisanterie dont Fritzl était le seul à sourire, elle parvenait à le faire taire d'un regard.

Le lendemain, le silence absolu là-haut. Elle a sonné le tocsin chaque jour pendant des heures, frappant les tuyaux à faire sauter leurs pitons. La famille n'était plus là, Fritzl était parti, la plupart des studios avaient été désertés par les locataires fuyant l'étrange maison le temps des vacances. Elle craignait que la famille ait déménagé. Il avait peut-être vendu la maison. Ils seraient morts depuis longtemps quand l'acheteur prendrait possession des lieux.

Voisins et passants pensaient à leur maillot de bain et se souciaient de sa sonnerie comme d'une guigne. La famille n'avait pas déménagé, elle aurait entendu le charroi des meubles. Elle serait de retour avant septembre pour la rentrée des classes. Mais peut-être que ses éclats de voix avaient lassé Fritzl. À son retour, il la laisserait pourrir.

Elle avait eu peur quand à Noël il l'avait une nouvelle fois menacée d'emporter Roman.

– C'est mon héritier. Il faudrait qu'il aille à l'école, il ira à l'université et il sera un jour ingénieur comme moi.

Elle a ravalé sa colère, ses larmes. Elle ne s'est pas effondrée comme une actrice de film sentimental qui peut se permettre de pleurnicher car elle a déjà tourné la dernière scène où son bourreau meurt sous les balles des flics.

Elle ne connaissait pas la fin. Craignant de l'indisposer, qu'il s'en aille avec l'enfant pour ne plus jamais revenir, elle a continué indifférente à mettre la table, à faire briller les verres avec un torchon, à lire la notice de la nouvelle marque de shampoing qu'il venait de lui apporter.

– Comme tu voudras.

Il s'est assis, il a soupiré.

– Il faudra bien qu'il remonte un jour. Je me battrai pour pouvoir l'adopter.

Il n'évoquait jamais l'avenir de Petra et de Martin. Elle avait compris qu'il ne leur en donnerait pas. Ils étaient destinés à mourir avec elle quand il serait mort ici, là-haut, sur un lit d'hôpital, d'un infarctus, d'une rupture d'anévrisme ou d'une longue maladie.

Le mois d'août défilait. Les provisions s'amenuisaient, elle rationnait. Elle avait la certitude qu'il voulait revoir Roman. Qu'il reviendrait au moins une dernière fois pour l'emporter.

Le 25 août, elle a entendu sa mère rentrer avec les enfants. Elle percevait le bruit des bagages jetés dans l'entrée et les éclats de voix. Elle distinguait les exclamations de Sophie et de Sabine, la course joyeuse de Julius dans l'escalier. Puis l'engueulade d'Anneliese rétablissant à l'instant le silence.

Il est rentré le 27 au petit matin. Sa façon de claquer la porte d'entrée, de gueuler bonjour pour être sûr de réveiller tout le monde.

Elle a attendu le soir, mais il n'est pas venu. Jour après jour, il s'abstenait de descendre. Elle n'osait pas broncher, elle baissait même le son de la télé pour éviter de l'indisposer en l'obligeant à rabâcher quand retentissait le jingle du début des publicités.

– Il faudra que je change cette vieille télé, elle a des hoquets.

Même si le poste de la maison diffusait une autre chaîne, même s'il était éteint.

Ils en étaient au dernier paquet de riz. Elle continuait à obliger les enfants à faire moins de bruit encore que le frigo. Mais elle craignait aussi que le silence puisse jouer contre leur survie. À force de ne pas les entendre, il les imaginerait peut-être morts.

L'eau avait pu manquer, une rupture de canalisation que la municipalité en veilleuse pendant l'été aurait mis une semaine à faire réparer. Ils seraient morts déshydratés après avoir léché leurs dernières gouttes de transpiration. Il s'abstiendrait de descendre exhumer les corps, de raconter à la police l'histoire rocambolesque de ces quatre macchabées trouvés sur le seuil avec un mot du gourou prétendant que la secte n'assurait pas l'enterrement de ses ouailles.

Fritzl allumait rarement son imagination. C'était un outil dont il se servait pour résoudre un problème professionnel, pour mettre sur pied un de ses innombrables projets immobiliers dont la plupart tournaient court, ou pour essayer en vain d'inventer cette nouvelle race de béton entre les quatre murs de son bureau du rez-de-chaussée, mais il ne gaspillait pas ce carburant pour se torturer gratuitement l'esprit.

Il n'imaginait rien, il vaquait. Il sortait tôt chaque matin pour rouler dans la région à la recherche de maisons abandonnées, de terrains en bord de route, de morceaux de vide dans un village d'où pourrait surgir une haute pompe à loyers en matériaux préfabriqués couverte d'un toit en ardoises synthétiques. Il se prenait pour un loup dont la truffe sait renifler de loin l'odeur du fric.

Il rentrait en fin d'après-midi, travaillait son bronzage sur la terrasse, bricolait dans le garage. Elle l'entendait aussi piquer une tête dans la piscine et hurler aux gosses d'aller chercher le ballon pour faire une partie de water-polo.

Il ne les avait pas oubliés, mais ils se trouvaient en périphérie de sa conscience. Des relations dans une mauvaise passe dont on sait toujours l'existence, mais auxquelles on préfère son quotidien, ses menus plaisirs et la joie indicible de s'apercevoir qu'on parvient toujours à résoudre l'un après l'autre les infimes problèmes qui émaillent les journées les plus paisibles.

Cinq jours de grand soleil s'étaient écoulés depuis son retour. La possibilité d'une visite à la cave lui traversait parfois l'esprit, mais descendre dans ce cloaque qui dans la chaleur devait avoir atteint le paroxysme de la puanteur ne l'enchantait guère.

Si un matin il n'avait pas remarqué dans la penderie le sachet de lingerie qu'Anneliese avait rangé sur l'étagère du haut quand elle avait vidé sa valise, il n'y serait peut-être jamais retourné. Les semaines s'écoulent rapidement. En définitive, il aurait préféré rayer la famille souterraine de son esprit plutôt que de tenter sa chance au risque de les retrouver en bas morts de faim. Voir le cadavre de Roman lui aurait déplu.

L'image d'Angelika déguisée avec ses achats l'a émoustillé. Petra pourrait les essayer aussi. La mère et la fille, sa fille et sa petite-fille.

Il est descendu vers dix-huit heures. Il a apporté un carton de victuailles pour qu'Angelika puisse lui confectionner un dîner avant la fête.

Angelika en était à espérer la venue d'un rat, ce providentiel gibier des meurt-de-faim. Mais depuis qu'il n'y avait plus rien, ils n'apparaissaient plus. Jugeant sans doute qu'il ne valait pas la peine de risquer leur carcasse pour grignoter du carton.

Quand la trappe s'est ouverte, elle a éprouvé la joie des tombés dans un gouffre qui après avoir dévissé à la suite d'une avalanche aperçoivent les secouristes et voient soudain le ciel. Il n'allait pas leur jeter une corde pour regagner la surface, mais il leur apportait la vie. Un sursis, assez de nourriture pour remplir les estomacs et prolonger leur existence dans cet univers étriqué avec le reflet de l'infini sur l'écran de télé.

Se sont ensuivies une soirée sordide, une nuit abjecte. Angelika les a préférées à celles qui avaient précédé. Quand tout le monde crevait la dalle.

Avant la naissance de Roman, les Noëls n'étaient pas tous fêtés. En 2000, Fritzl n'était pas descendu. Angelika était à bout de provisions. Des spaghettis et une omelette entourés d'une guirlande qui clignotait dans l'obscurité. Des dessins de cadeaux qu'elle avait exécutés la nuit précédente. Une poupée de rouge vêtue avec un chapeau en dentelle, un camion bâché aux roues avant ovales, les roues arrière avec des angles comme des carrés affaissés. Pour elle, l'esquisse d'un collier de perles qu'elle reconnaîtrait dix ans plus tard à la vitrine d'un bijoutier de Vienne et qu'elle achèterait séance tenante.

La Noël 2003 a vu l'arrivée de la première dinde. Le four de la cave était trop étroit pour elle. Fritzl a demandé à Anneliese de la cuire.

– C'est pour un réveillon avec des amis.

– Quels amis ?

Lui qui n'en avait plus depuis longtemps.

– Les mêmes que l'an dernier.

Elle a cru aussitôt se souvenir de la dinde de 2002.

– Oui, je me rappelle.

– Tu mens, l'an dernier je leur avais apporté des bouteilles.

– C'est vrai, des bouteilles.

Elle avait enveloppé la volaille dorée dans du papier d'alu.

– Coupe-la en deux.

Elle avait obéi.

Angelika n'avait plus eu qu'à la faire réchauffer à feu doux.

Un réveillon avec cotillons. La caisse où dormait Roman posée dans la cuisine sur une chaise. Des confettis, des serpentins, Fritzl coiffé d'une sorte de bonnet phrygien orné d'étoiles agitant sa tête au-dessus du bébé en panique qui pleurait toutes les larmes de son corps.

Il l'a pris dans ses bras et lui a fait faire le tour de la cave au pas cadencé en lui chantant une chanson pleine de coquelicots sur le tempo d'une marche militaire, Angelika l'accompagnant en frappant dans ses mains. Il a fini par se calmer, s'endormir dans ses bras malgré la cacophonie.

Le dîner s'est prolongé jusqu'à minuit. Même les enfants étaient saouls. Roman est resté seul dans la cuisine. Le reste de la famille s'était retiré dans la chambre. Sur le lit un spectacle hideux, en vis-à-vis un mièvre film érotique suédois des années 1970. En fond sonore un doublage bâclé ponctué par les cris de Fritzl à assommer un bœuf.

Roman était un enfant vif, gai, rieur, aux crises de larmes soudaines, violentes et brèves comme des averses. Dès qu'il a commencé à parler, Petra et Martin ont commencé à lui faire des niches. Ils cachaient ses jouets, prétendant qu'un lutin était venu les chercher dans la nuit.

– Un lutin qui ressemblait à un rat en or.

Deux ou trois fois par semaine, son ours s'était enfui par la bouche d'aération.

– Je ne vous crois pas.

– Tu as raison, c'est la bouche qui l'a mangé avec sa grille comme des dents.

Ils lui montraient les sucres qu'ils avaient chapardés dans le placard.

– On en a pris un pour toi.

Ils le lui arrachaient de la bouche.

– C'est un poison pour les petits. Si tu l'avais avalé, tu te serais transformé en gâteau et maman t'aurait mis au four.

Une fable racontée dans la langue des enfants de la cave. C'est la première langue que Roman a parlée. Grâce à la télévision et à l'obstination de son père, il avait pourtant acquis des notions d'allemand au moment de son extraction. Un an plus tard, il le parlait couramment même si comme son frère et sa sœur il commettrait toute sa vie des fautes de déclinaison.

– Tu es laid et bête comme un petit dada.

Ils jouissaient de son chagrin. Quand le gamin se plaignait à Angelika, elle punissait parfois Petra. Depuis sa puberté, en l'absence de Fritzl, elle considérait Martin comme l'homme de la famille. Le battre ou le gronder aurait diminué à ses yeux son prestige. Le statut illusoire qu'elle lui attribuait la consolait.

Pendant que Petra méditait à genoux dans la réserve, Martin continuait à monter au créneau.

– Tu es un enfant trouvé.

Roman en larmes, le visage tendu vers son frère pour qu'il lui révèle toute la vérité sur ses origines.

– Tu es né tout seul derrière la trappe. Papa t'a ramassé parce qu'il te prenait pour une côtelette. Maman a eu pitié de toi quand tu as crié dans la poêle.

– Je te crois pas.

– Tu es à moitié cuit.

Il lui soulevait son tee-shirt. Il avait une grande tache de vin sur l'abdomen.

– Elle t'avait mis à cuire à plat ventre.

Angelika prenait Roman dans ses bras pour le consoler.

Elle adressait à Martin un froncement de sourcils, comme une mère qui blâme l'attitude de son mari mais ne veut pas le désapprouver devant l'enfant.

– Je le dirai à papa.

Angelika soudain inquiète qui le berce pour lui faire oublier. Quand il se souvenait malgré tout, il présentait ses doléances au père et Martin sortait de l'engueulade avec des bleus. Il s'était même évanoui un soir que le pied de Fritzl avait percuté son bas-ventre.

Il avait pourtant recommencé le surlendemain.

– Je vais t'écorcher et faire des chiffons avec ta peau.

– Je te couperai les mains pour t'empêcher de marcher.

– Maman va m'aider à te scalper comme dans les westerns.

Mais cette fois, Petra s'était interposée. Elle n'avait pas une voix assez forte pour impressionner Martin. Elle s'est jetée sur lui toutes griffes dehors. Quand il a fini par la maîtriser, il avait des écorchures sur le visage.

Roman sortait indemne de ces épisodes de taquinerie. Ils n'entamaient pas sa joie de vivre et l'orage passé il gardait son admiration envers son aîné et son affection pour Petra qui ne passait pas une journée sans le câliner, lui raconter une histoire qu'elle inventait au fur et à mesure, jouant à la bagarre en faisant semblant d'avoir été tuée par une de ses pichenettes pour qu'il se prenne pour un guerrier.

Une cave dont cet enfant était le prince. Fritzl ne le morigénait qu'à voix basse et douce comme une brise. Même quand il n'était pas là, Angelika évitait de porter la main sur lui de crainte qu'une marque ne soit remarquée par le père qui pouvait surgir à tout moment.

Il était trop petit en ce temps-là pour avoir gardé le moindre souvenir de la grande famine de l'été 2004. Des années plus tard, il visionnerait la vidéo de vacances prise en Thaïlande par le copain de son père. Il n'imaginait pas que cet homme affectueux pouvait les avoir laissés là pour aller profiter de la vie à l'autre bout du monde.

Angelika se souvenait des photos de ce séjour qu'il avait tenu à leur montrer fièrement à son retour.

– C'est la plus belle plage du monde. Les filles sont pauvres et fières de pouvoir toucher la peau des Occidentaux. Elles massent comme des reines.

Il avait fait un sourire en coin à Martin.

– Et elles coucheraient avec nous pour rien.

Roman s'était toujours demandé si tout le monde n'avait pas menti. Ce petit film avait peut-être été inventé. Une preuve controuvée de la désinvolture de Fritzl que la police avait fabriquée pour les besoins du procès. Après tout, on disait bien que les images des premiers pas de l'homme sur la lune avaient été réalisées dans un studio de Los Angeles.

Fritzl le prenait sur ses genoux pour lui raconter la vie d'en haut. Un conte de fées qui ressemblait aux images de la télé. Il n'avait jamais douté de la télévision, un monde qui existait quelque part, tout autour de la cave peut-être, comme le pourtour d'une planète dont ils habiteraient le noyau.

Mais la voix de son père ne donnait pas d'images, juste des mots dont son cerveau pouvait faire ce qu'il voulait. Les représentations qu'ils produisaient dans sa conscience étaient changeantes, les couleurs évoluaient selon les instants et il voyait l'herbe bleue, rouge, atone, à chaque fois qu'il omettait de lui préciser qu'elle était verte.

– L'orage, ça fait le même bruit que dans les films ?

Fritzl ne comprenait pas toujours ses phrases. Contrairement à ses frères qui utilisaient séparément les deux langages, il mêlait au patois de la cave des mots allemands comme autant de lucarnes à travers lesquelles Fritzl entrevoyait vaguement le sens de ses propos.

– C'est pareil.

– Pareil ?

Un mot comme un oiseau.

– C'est la même chose.

Une chose comme un lit campé sur ses pattes.

– Chose pareille.

– Oui.

Fritzl s'inquiétait pour l'avenir de l'enfant. Il craignait d'avoir plus tard un fils confus qui confondrait le haut et le bas, n'entendrait jamais rien à la physique et prendrait epsilon pour le carré de l'hypoténuse. Il accusait Angelika d'enfumer le cerveau du prince.

– Il est peut-être idiot ?

Une supposition qui lui a coûté un hématome à la joue droite et un tympan douloureux pendant plusieurs semaines.

– Il faut le structurer.

Six mois avant la libération de la cave, Fritzl a entrepris de lui apprendre à distinguer le bon grain de l'ivraie. Il recevait un bonbon à chaque fois qu'il s'avérait capable de former une phrase entière sans utiliser un seul mot de patois. Le gamin appâté progressait et sa mère se plaignait que gavé de douceurs il n'ait plus à table aucun appétit.

Fritzl aurait voulu faire de la cave une arche de Noé. Des échantillons de toutes les espèces animales de peu d'envergure. Au bout du compte une arche chiche. Outre les rats, elle ne comptait en fait de pensionnaire que le poisson rouge tournant nuit et jour affolé dans l'eau trouble du saladier qu'on lui avait donné pour demeure.

Angelika réclamait depuis plusieurs années un chat pour venir à bout des rongeurs.

– Il va miauler et griffer Roman.

– Ça vaut mieux que d'être mordu par les rats.

Mais Fritzl se sentait trop poussif pour charrier des boîtes de pâtée et des sacs de gravillon. Un samedi matin de décembre, il est arrivé avec une petite cage aux barreaux de plastique où pépiait un oisillon. Il l'a posée sur la paillasse de l'évier. Roman sautillait pour essayer de l'attraper. Fritzl l'a pris dans ses bras pour qu'ils puissent échanger des murmures.

Roman l'a reconnu, il l'avait déjà rencontré dans un dessin animé.

– C'est Titi ? Tu l'as volé ?

– C'est un canari.

– C'est Titi.

Il a été déçu le lendemain en s'apercevant que Titi n'avait pas quitté le dessin animé. Le canari devait être son frère, son neveu, un vague cousin. S'il avait demandé Gros Minet à son père, il aurait peut-être cédé.

Mais il n'avait aucune sympathie pour cette bête qui aurait attaqué l'avatar de Titi. Angelika n'a pas pensé à lui suggérer de réclamer cet alter ego indispensable à la recréation in vivo du dessin animé et qui l'aurait secondée dans sa chasse aux rongeurs.

Le canari avait une tache orange sur la queue. Il a continué à l'appeler Titi malgré tout. Il escaladait l'évier pour ouvrir la cage et l'attraper. Quelque chose de chaud, comme le rat que Martin capturait parfois. Il lui faisait toucher son pelage avant de lui écraser le museau contre un mur. Angelika fulminait en nettoyant les traces, grattant les auréoles avec un tampon de paille de fer.

Titi finissait par lui échapper des mains. Il voletait, un oiseau les premiers temps engourdi, qui n'atteignait jamais le plafond bas. Les enfants lui couraient après, mais ils ne parvenaient pas à le capturer. Angelika n'en pouvait plus de devoir organiser des stratagèmes pour le faire rentrer de bon gré dans sa cage.

La cave lui servait de volière. Une nuit il s'est posé sur l'épaule de Fritzl affairé. Il a poussé un hurlement. L'oiseau s'est réfugié sur l'abat-jour de la lampe. Ce bec braqué sur lui au milieu de ces petits yeux brillants. Son érection est tombée et il a remué son sexe flasque sans parvenir à le ressusciter.

Il l'a poursuivi, bousculant Martin, heurtant le front de Petra avec son genou, allumant les lumières. Titi le narguait en voletant d'un meuble à l'autre plus vite que son poing.

Il est retourné dans la chambre. Il s'est rhabillé. Il s'en est allé rouge de rage, vexé de n'avoir pu écraser la bestiole.

Après deux décennies de claustration, le retour à l'air libre semblait proche. Fritzl en parlait de plus en plus souvent, une sortie triomphante où il pourrait montrer enfin sa descendance. Une secte souterraine, migrante, se déplaçant de grotte en grotte, escaladant les puits à mains nues. Elle deviendrait célèbre parmi les anthropologues. Des livres entiers consacrés à ce mode d'existence que même les hommes des cavernes n'avaient pas connu.

– Les enfants attendront que je sois mort pour montrer la cave aux journaux.

Il était persuadé qu'il vivrait centenaire. Il enterrerait Angelika et tous les enfants de son premier lit.

– Dieu me prêtera longue vie.

Angelika s'était lassée d'enseigner Dieu aux gosses. Le vieillard avait disparu à force de s'éloigner dans l'infini des cieux. Un pauvre bougre impuissant dont la bonté ne parviendrait jamais à effacer leur séjour dans la cave. Aucun paradis ne pourrait jamais leur faire oublier les années d'enfer. Un enfer qu'elle regrettait déjà.

Fin novembre 2007, Fritzl lui avait annoncé que leur départ était imminent.

– Depuis que j'ai donné la lettre à ta mère, elle sursaute à chaque fois qu'on sonne.

Au printemps, il lui avait dicté une lettre. Elle annonçait à Anneliese son intention de quitter la secte avec ses trois enfants et de réintégrer la cellule familiale. Mais elle s'était gardée de croire à l'extraction. L'image invraisemblable du peuple de la cave sur le seuil de la maison lui avait traversé l'esprit. Des personnages délavés, dont la luminosité du jour aurait accentué l'inexistence. Deux mâles et deux femelles comme des trous vite effacés par la sagacité du réel qui les aurait comblés avec l'image du trottoir, des façades à l'horizon, d'une gamine sautant à la corde avec une sucette au bec entre deux voitures.

Lorsqu'il les présenterait à Anneliese, elle ne comprendrait rien à cette famille invisible qu'il trimballerait dans l'appartement.

– Embrassez-la, c'est votre grand-mère.

Petra et Martin s'exécutant pour éviter la torgnole sanctionnant l'ignominie d'avoir mis en doute la parole du père. Roman apeuré, muet, agrippé à l'invisible bras d'Angelika.

– Il faut que tu prépares le déménagement.

Elle imaginait une douzaine de cartons sur le trottoir remplis de hardes, de jouets, avec le téléviseur et le mixeur enveloppés dans des sacs-poubelle. Une secte de déménageurs trimballant leurs cochonneries sous la croûte terrestre sans jamais demeurer assez longtemps dans le même cloaque pour avoir le temps de les déballer.

Il avait commencé à remonter des vêtements troués, des chaussures de sport moisies encore neuves tant les enfants s'en étaient peu chaussés préférant se déplacer à cru sur leurs quatre pattes, des morceaux de faïence jamais collés pour reconstituer l'assiette ou le bol accidentés. Une évacuation de vieux rossignols à laquelle se livraient autrefois les femmes d'intérieur à chaque nettoyage de printemps.

– Vous remonterez le jour de Noël.

Une sorte de crèche au Jésus de quatre ans, avec Petra et Martin en guise d'âne et de bœuf. L'ingénieur en béton Josef Fritzl remplaçant le charpentier de Nazareth.

– Je n'aurai jamais le temps de préparer toutes nos affaires.

– Là-haut, nous avons tout ce qu'il faut. Emporte simplement des vêtements de rechange.

– Avant de partir, il me faut tout lessiver.

– Tu es folle ?

Elle avait pris entre ses doigts une pincée de terre tombée à travers les lattes du plafond.

– Pourquoi tu ne répares jamais rien ? Je fais le

ménage sans arrêt, et on a toujours l'impression de vivre dans une porcherie.

– Je fermerai la cave derrière vous et on ne la rouvrira pas de sitôt.

Une scène de ménage s'était ensuivie. Il avait cédé, lui promettant d'attendre le printemps pour les libérer. Angelika soulagée, à genoux devant lui pour le remercier. Fritzl fatigué se rembraillant avant qu'elle n'ait commencé.

Il est parti sans manger sa part du rôti de porc qui mijotait dans la cocotte. Angelika joyeuse d'avoir échappé à l'exil. Elle a embrassé les trois enfants avant que tout le monde ne se mette à table pour dîner.

Quand Petra est tombée malade un mois plus tard, elle a regretté sa rébellion.

– Mais puisque tu voulais qu'on remonte en décembre ?

Fritzl avait changé d'avis.

– Il faut attendre qu'elle guérisse. Nous sommes une famille solide. Je ne veux pas que tu arrives avec une fille en civière.

Il craignait aussi la visite d'un médecin. Il s'étonnerait de son absence de numéro d'assurance maladie, de sa constitution chétive et de l'obésité de Martin et de Roman, leur squelette grêle peinant à porter la graisse.

Roman avait grossi plus vite que les autres. Un enfant déjà gras à six mois. Une boule d'un an qui avait du mal à se redresser quand sa mère lui prenait la main pour essayer de le faire marcher.

Elle le mettait parfois au régime, l'envoyant au lit avec quelques gouttes de Théralène en guise de collation. Un procédé qui l'abrutissait. Il passait ses journées immobile sur le sol, entouré de jouets qu'Angelika agitait en vain pour le pousser à sortir de sa léthargie.

Au bout d'une semaine de cure, il était encore plus

lourd et plus volumineux. Un visage bouffi, un ventre de petit Bouddha, des cuisses que Martin le menaçait de trancher finement comme des jambons.

Elle a changé de stratégie aussitôt qu'il a su marcher. Elle organisait une sorte de parcours du combattant. Il devait enjamber des cartons, tourner en rond dans la cuisine, courir dans l'étroit couloir. Elle l'applaudissait quand il arrivait enfin, rouge, suant, essoufflé dans la chambre nuptiale où elle avait collé au sol un ruban doré en guise de ligne d'arrivée.

Dès qu'il a atteint l'âge de trois ans, elle lui a imposé matin et soir un quart d'heure de gymnastique. Elle montait haut ses genoux, ployait son torse en cadence, faisait des pompes pour lui donner l'exemple. Elle était heureuse de pouvoir le faire profiter de quelques bribes du programme sportif qu'elle s'imposait depuis plusieurs années.

Roman aimait ces activités. Une occasion de captiver sa mère, l'impression de perdre les kilos de viande dont Martin projetait de faire son dîner, la sensation d'être devenu plus fort quand Angelika le mettait sous la douche après la séance.

Il pliait l'avant-bras pour montrer ses biceps à son frère.

– J'ai des muscles.

Il récoltait des moqueries dont il riait avec lui, s'imaginant qu'il plaisantait par jalousie.

Les périodes de famine n'amaigrissaient guère la tribu. Quand il était apparu après son voyage en Thaïlande, Fritzl avait flatté la croupe de chacun et en avait conclu que dans la réclusion l'organisme pouvait se contenter d'une poignée de calories.

– À moins que l'air pourri vous nourrisse. Au lieu de trimballer toute cette bouffe, je pourrais simplement vous apporter un sac de farine de temps en temps.

De la farine qu'Angelika mixerait avec un peu d'eau

pour nourrir sa famille comme des volailles. Elle s'était dandinée en souriant, feignant de l'approuver pour éviter de le heurter et qu'il mette sa menace à exécution.

Fritzl s'était gratté la tête.

– Je pourrais inventer un système.

Cette lassitude croissante de servir de baudet. Il avait l'idée vague de relier la cave à un réservoir qu'il installerait à la verticale du jardin. Une cuve coiffée d'une plaque en acier qu'il ferait passer pour une nouvelle machine d'épuration de l'eau de la piscine. Des céréales, du sucre, du lait et des légumes déshydratés sortant d'un robinet planté au-dessus de l'évier. Une poudre riche et équilibrée qu'elle n'aurait qu'à mouiller pour les alimenter comme les habitants d'une station spatiale.

Il remplirait la cuve de temps en temps. Une grande cuve capable de les sustenter une année entière si lui prenait la fantaisie de s'offrir un tour du monde pour fêter en solitaire son soixante-dixième anniversaire.

Fritzl était fier des dessins de Roman. Des personnages aux visages pleins d'angles, des chiens aux corps rectangulaires avec des pattes comme des piquets, des villages aux maisons carrées avec une poignée sur le toit, sans doute pour permettre aux étrangers égarés de le soulever afin de voir ce qui bout à l'intérieur.

Il appréciait le côté cubiste de ses œuvres.

– Cet enfant aimera le béton.

Il photographiait le moindre de ses gribouillis. Il imprimait ceux qui lui semblaient remarquables. La police en a trouvé un qu'il avait encadré et installé dans la bibliothèque de son bureau du rez-de-chaussée. Un agneau au pelage comme un damier avec des hautes pattes et des souliers.

Quelques jours après sa libération, on avait transmis le dessin à la psychologue chargée de soutenir Roman. Les fenêtres du bureau avaient été obturées de crainte qu'il ne se mette à crier en apercevant l'infini du jour à travers les carreaux de ses lunettes noires.

Elle retournait le cadre dans tous les sens, pointant certains détails avec un crayon.

– Les enfants ont rarement une vision du monde comportant autant de segments.

Angelika avait tenu à assister à la thérapie.

– C'est un signe d'intelligence ?

Elle avait agité le crayon dans le vide.

– Pourquoi pas ?
– Il sera normal ?
– À cinq ans, son psychisme est en grande partie structuré.
– Et alors ?
– Il est difficile pour l'instant de savoir absolument qui il sera.
Angelika a décidé que la psychothérapie était arrivée à son terme. La jeune femme l'a regardée s'enfuir dans le couloir, le gamin derrière elle essayant de la suivre sur ses deux jambes. Dès le lendemain de sa remontée à l'air libre, elle s'était mise à le traiter de petit chien à chaque fois qu'il se laissait aller à utiliser ses mains comme deux pieds supplémentaires.

Le professeur qui dirigeait le service a insisté pour qu'elle revienne sur sa décision. Elle est demeurée longtemps inflexible.
– Il manque d'oligoéléments.
Une carence dont elle avait souvent entendu parler à la télévision. Prétextant leur cherté, Fritzl refusait de lui apporter ces ampoules sublinguales chargées de cuivre, de lithium, d'argent et d'or. Elle en avait réclamé dès que l'hôpital les avait pris en charge. On avait dû envoyer une aide-soignante quérir cette poudre de perlimpinpin dans une pharmacie du quartier.
Le professeur a haussé les épaules.
– Il a besoin d'être sérieusement soigné.
Après l'échec de sa scolarisation éclair avec Martin, elle a accepté qu'il suive une thérapie deux fois par semaine.
– Mais je ne veux pas qu'il revoie cette femme.
On lui avait présenté plusieurs psychologues. Elle avait choisi un homme d'une soixantaine d'années aux cheveux blancs taillés en brosse.
– Il a besoin de virilité.

Petra avait commencé à donner les premiers signes de faiblesse au début du mois de mars 2008. Un rhume tombé sur la poitrine, un peu de fièvre, des frissons. Des maux endémiques l'hiver dans cette cave.

Angelika lui donnait de l'aspirine et une cuillerée de sirop trois fois par jour. La fièvre tombait, les frissons s'espaçaient, mais la faiblesse devenait épuisement et elle ne se levait plus guère que pour visiter les toilettes et subir les deux douches quotidiennes que sa mère imposait à la fratrie. Parfois, elle ressentait une forte douleur au bas des reins qui la faisait pleurer.

Elle demeurait étendue sur la couche basse des lits superposés de la chambre des enfants. Une relation privilégiée, tendre, s'était développée au fil du temps avec Roman. En catimini, il se glissait entre les draps pour la consoler. Il essuyait ses larmes avec des mouchoirs, lui mettait dans la bouche une sucrerie, s'agenouillait à côté d'elle en lui serrant la main pour ne pas la laisser seule dans cette épreuve.

– Tu es gentil.

Ils se disaient souvent l'un à l'autre qu'ils s'aimaient. Un sentiment peu à l'honneur dans la cave.

Ils avaient développé entre eux un nouveau patois auquel même Martin ne comprenait rien. Une langue moins gutturale, peut-être douce comme le velours des poèmes de Pouchkine. Des conversations étouffées quand la nuit il venait se réfugier auprès d'elle. Il lui disait qu'il allait lui montrer à quel point il l'aimait. Il la serrait de toutes ses forces dans ses bras.

Un petit rire pas plus bruyant qu'un murmure.

– Arrête, tu m'étouffes.

Le gamin poursuivait son étreinte. Il rêvait sans doute de rester collé à elle, se laisser porter comme un bébé kangourou dans la poche abdominale de sa mère.

– Je t'aime encore plus que ça.

Il essayait de la serrer davantage. Elle fourrageait dans ses cheveux, l'embrassait sur le front. Il mettait son pouce dans sa bouche, il s'endormait.

Avant que ne s'éveille la cave, elle l'envoyait rejoindre la chambre d'Angelika où il était censé passer la nuit sur le petit matelas qu'on avait transporté là depuis le début de sa maladie.

Martin jalousait l'affection que sa sœur portait au gosse. Angelika qui savait parfois se montrer prude trouvait malsain qu'une grande sœur dorme avec son petit frère. Quand elle les surprenait, ils essuyaient un bombardement de cris. Ces mercuriales n'avaient d'autre effet que d'accroître leur chaste amour.

Martin le pourchassait comme s'il avait été pervers. La cave recelait sans doute des tables de la loi cachées quelque part sous les lattes dont il était le seul à connaître l'existence.

– Tu n'aimeras point.

Les amours contraintes à passer à l'acte. Les sentiments bannis en dehors de la zone franche du lit où on en tolérait parfois la parodie. Peut-être éprouvait-il simplement le honteux désir de passer lui aussi de l'autre côté du miroir et de se blottir contre sa sœur, comme autrefois quand ils s'endormaient enlacés sur le carreau de la cuisine ou dans la réserve sur une haute étagère.

Ils se donnaient des rendez-vous secrets comme des adolescents amoureux. Un dialogue sans fin, et leur langue privée qui s'enrichissait de nouveaux mots faits d'onomatopées, frappés d'accents toniques et de vocables soupirés qui voulaient dire le contraire quand on les prononçait à voix haute.

Des instants volés dans la réserve derrière un tas de cartons qu'ils empilaient comme des soldats des sacs de sable pour amortir les balles ennemies. Des conciliabules de part et d'autre de la table quand Petra était de corvée d'épluchage et qu'elle chargeait Roman de mettre à tremper les patates pelées dans une casserole.

Une cave comme un jardin anglais. Ils s'inventaient des bosquets, des recoins, rusant parfois comme des terroristes pour se glisser à l'oreille quelques phrases codées au cours d'une conversation générale sur l'éventualité d'importer une petite piscine gonflable afin que la famille puisse s'ébrouer pendant la canicule du mois d'août.

Un projet farfelu d'Angelika. La volonté d'équiper son univers comme un village. Une piscine qu'on rangerait dans un sac à l'automne. Des appareils de gymnastique pliables dont elle rêvait devant les émissions de téléachat. Une balançoire, un trapèze, une paire d'anneaux qu'on n'aurait plus qu'à enrouler à leur barre scellée au plafond à la fin des exercices. Deux ou trois mètres carrés peuplés de bonsaïs, semés de gazon avec une lisière de cailloux blancs.

– Et au milieu, une petite fontaine.

Il suffirait de l'éclairer d'une belle lumière pour l'ensoleiller. La verdure dévorerait les miasmes et le gaz carbonique. La cave bénéficierait alors d'un nouveau microclimat. Un sanctuaire écologique dont un magazine pourrait tirer un hors-série en accompagnant les photos d'un commentaire à la gloire du développement durable.

Des toilettes sèches dont on ferait un compost propice à la culture de petits légumes semés dans des jardinières que la tribu serait chargée d'arroser soir et matin. Viendrait l'heure de la récolte, et elle imaginait la fratrie un panier dans le dos procédant à la cueillette comme un trio de gais vendangeurs.

– On peut transformer notre maison en paradis minuscule.

Un délire de petit enfant qui croit pouvoir faire un monde d'un morceau de placard. Elle imaginait parsemer la cave de lampes de photothérapie reliées à un variateur électronique. Elles simuleraient l'aube, le plein midi, le crépuscule, avant de s'éteindre pour la nuit. Une lanterne en papier blanc veillerait. On la masquerait et la démasquerait pour simuler les quartiers de la lune.

On vendait des étoiles phosphorescentes et elle imaginait la Grande Ourse, Sirius, Véga, Antarès, Pollux et Cassiopée. Quelques planètes, Jupiter, Mars, Vénus et toute une clique lointaine perdue à des centaines de milliers d'années-lumière que les vacanciers contemplent allongés sur le sable encore tiède les yeux perdus dans le firmament.

Elle retombait brusquement des hauteurs de son rêve. Sa raison intermittente rayée par les étoiles filantes de la démence.

– On pourrait commencer par demander à papa une plante grasse.

Et le lendemain, elle parlait déjà de bouquets de tulipes, d'edelweiss, pointant leur nez au fond d'une bassine, de rosiers grimpant les murs et transformant bientôt le plafond en pergola.

– Si je récoltais la terre au lieu de la balayer, il nous suffirait de quelques graines.

Au bout d'une semaine, elle avait un fond de poussière brune au fond d'un bol.

– Je demanderai à votre père un sac de terreau.

Les enfants s'enthousiasmaient pour ses projets agrestes. Petra se voyait choisir une fleur chaque matin pour la piquer dans sa maigre chevelure arrangée en chignon. Roman courait déjà dans les champs, Titi dans le ciel en guise de volée de moineaux. Martin cueillerait les cerises, les pommes, les abricots. Il ferait de son père un grouillot chargé de les échanger là-haut contre des baladeurs et des films d'horreur.

Il pourrait même envisager de vendre le produit de ses cultures, d'investir dans l'achat de plans de marijuana, de pavots, de feuilles de coca. Il deviendrait un de ces parrains de la drogue qui vivent planqués des décennies dans une cave, dirigeant leur empire sans ordinateur ni téléphone, transmettant leurs ordres sur d'infimes morceaux de papier dissimulés dans le cul des messagers.

– Quand est-ce que tu en parleras à papa ?

– La prochaine fois.

Elle ne pouvait préciser davantage. Fritzl ne leur donnait jamais la date de sa prochaine visite. Un événement incertain, probable, mais qu'on pourrait aussi attendre la moitié d'un siècle.

– Pourquoi tu ne lui en as pas parlé ?

Une question qui tombait sitôt la trappe refermée derrière lui.

– C'est trop tôt.

Ce genre de projet devait être mûrement réfléchi. Un plan rigoureux tracé au cordeau. Un mémoire raisonné expliquant la nécessité pour la cave de préparer l'avenir, de modifier son écosystème et son économie.

– Il faut réfléchir aussi à la faisabilité.

Des mots ésotériques entendus au JT émaillant les prédictions d'économistes chevronnés sur l'inéluctabilité des crises ou de la croissance retrouvée.

– Nous devons nous mettre au travail.

La cave comme une ruche. La reine des abeilles attablée devant son cahier, écoutant ses conseillers avec attention, notant leurs suggestions les plus étayées et rejetant leurs absurdités d'une voix sèche.

– Nous n'avons pas de temps à perdre. Ce n'est pas un jeu.

Martin et Petra croyaient être alphabétisés. Ils inscrivaient des mots en lettres raides comme des bâtons sur des morceaux de carton ou dans le creux de leur main. Angelika transcrivait avec soin ces formules kabbalistiques, soulignant en rouge celles qui lui semblaient gorgées de bon sens et de promesses.

Roman débordait d'astuce. Il pensait qu'on pouvait utiliser toutes les forces de la famille pour pousser les murs et, grimpant sur la table, rehausser le plafond jusqu'à obtenir assez d'espace pour concurrencer les ciels qu'on voyait à la télévision.

En le piétinant, le sol finirait de gré ou de force par s'enfoncer et la cave deviendrait assez profonde pour faire un lac où ils pourraient plonger et faire du bateau à rendre jaloux les enfants du haut avec leur piscine rikiki où ils barbotaient sur ces photos de famille qui faisaient pleurer la mère de chagrin et de rage.

– On peut acheter un avion.

La cave serait trop grande pour aller à pied. Bien sûr, ils auraient des vélos pour les parcours quotidiens, mais le pays qu'ils conquéraient pied à pied comme des colons qui peu à peu déforestent la jungle pour faire de leur territoire un empire se traverserait plus rapidement par la voie des airs qu'en train.

– En plus, il faudrait plein de rails.

Il posait ses mains sur les parois de la chambre et les poussait de toutes ses forces pour donner l'exemple aux autres murs. Des parois dociles, bon enfant, qui se laissaient faire. Il gagnait un mètre, deux ou trois, de quoi faire un garage à vélos.

Il grimpait dans la baignoire. Le carrelage était doux sous la paume, mais la salle de bains était rétive. Elle refusait d'avancer et il devait se mettre en colère pour qu'elle consente à reculer un peu. Elle était déjà aussi grande qu'une mare aux canards.

– Titi n'a pas peur des canards.

Il pourrait enfin piquer des têtes pour attraper des poissons. Petra les ferait frire.

– On dira à papa d'apporter des citrons.

Du reste, il vaudrait mieux planter des arbres à citrons, à oranges, à chocolat, à bonbons. On cultiverait même des crayons de couleur, des écrans et des assiettes pour maman qui se plaignait toujours d'en manquer, vu qu'elles tombaient par terre ou s'ébréchaient en se cognant sur le rebord de l'évier.

– On fera pousser des gens.

Des arbres à sœurs, à frères, des arbres à copains. Des noirs, des jaunes, des rouges et même des bleus qui apparaîtraient à fleur de terre comme des choux.

– Il faudra juste les arroser avec de la peinture. Et puis on creusera des trous dans notre ciel.

Ils feront la nique à la famille du haut à travers des hublots. Tous ces pauvres gens tourneront autour d'eux et s'écraseront sur le plexiglas. Ils pourront se moquer de leur soleil paresseux toujours sur le point d'aller se coucher pour dormir derrière la lune. Chez eux ce sera un perpétuel zénith et pour fermer l'œil ils seront obligés de s'abriter sous des tentes.

– Et si on veut on branchera une machine à faire de la nuit.

Petra lui caressait la tête comme pour l'encourager à perfectionner ce monde absurde. Angelika ne prenait plus la peine de l'écouter tant elle était absorbée par le décryptage des hiéroglyphes de Martin trop affairé quant à lui pour se préoccuper des billevesées du gamin.

Deux jours d'évasion. Le peuple de la cave embarqué sur une goélette aux conquistadors illuminés et fantasques. Des simplets nez en l'air cherchant du regard les nuages qui feront pleuvoir sur eux leurs prières exaucées.

Roman tombait souvent de sommeil, fourrant son pouce dans sa bouche et s'allongeant sur le sol, sur une chaise, ou dans la baignoire quand il n'en pouvait plus de la battre pour l'obliger à gonfler comme un soufflé.

Tous ces projets pharaoniques avaient dopé Petra. Mais la fièvre, les frissons, l'épuisement avaient fini par avoir raison de sa volonté de continuer à participer à l'hystérie générale. Elle s'était couchée sous un amoncellement de couvertures, enrobée dans de vieux pulls déchirés. Toujours cette transpiration, la tête trop chaude, les pieds et les mains glacés, et ce froid dont rien ne parvenait à la protéger dans le bain de sueur de ses draps.

Elle appelait Roman. Une voix faible comme un bruissement qui cheminait jusqu'à son oreille. Il claquait la porte à la prospérité et à la gloire du peuple de la cave. Il accourait. Elle avait soif. Il lui apportait un verre d'eau glacée, puis un autre et en définitive la carafe qu'il gavait de glaçons jusqu'à la gueule.

– J'ai froid, maintenant.

Angelika ne le voyait même pas faire chauffer de l'eau sur la plaque, manquant s'ébouillanter et tomber de la chaise en attrapant la casserole. Il transportait un pot de grès fumant où infusait un sachet de thé.

Petra avait du mal à s'asseoir dans le lit. Elle fermait les yeux, gémissante. Il portait le bol à sa bouche, elle la refermait soudain et le thé chaud lui arrachait un petit cri quand il coulait sur son menton. Il allait chercher une louche, une cuillère à soupe, à café, une vieille paille dûment javellisée par sa mère qui datait du jour où Fritzl lui avait apporté un milk-shake à la framboise.

Elle avalait, elle n'avalait plus. Elle plongeait dans une léthargie dont il ne parvenait pas à l'arracher. Il se couchait à côté d'elle, murmurant dans ce patois dont ils étaient les seuls locuteurs. Elle bredouillait, mais ce n'étaient pas des mots. Un souffle parcouru de raclements de gorge, des soupirs douloureux et sa bouche grande ouverte cherchant à gober l'air.

– Tu crois que tu vas mourir ?

Une question paisible. On ne meurt pas vraiment. On choisit de se retirer un moment. On change de pays. On visite le paradis, on traverse l'enfer fumant comme les embouteillages de Vienne dont l'éradication était devenue une cause nationale depuis l'arrivée du deuxième millénaire. On se repose dans un autobus, on regarde la ville à travers les vitres comme de grands écrans muets.

– Tu vivras encore quand ?

Elle n'en savait rien. Elle traînait indécise au-dessus du précipice, trop fatiguée pour s'envoler.

– Tu as mal ?

Les lèvres retroussées sur quelques dents blanches, d'autres mal en point et quelques trous.

– Tu veux pas dire ?

Elle ne disait rien. Elle qui lui avait toujours répondu.

Il avait peur, il s'éloignait du lit. Il s'accroupissait dans le couloir. Il se déplaçait vers la cuisine. La mère et le fils en plein délire. Des rires, des cris, et la mère dont le stylo semblait graver la nouvelle Constitution dans les profondeurs des feuilles du cahier.

– Petra a mal.

Il ne criait pas assez fort pour percer le vacarme de l'asile de fous.

– Mal, mal.

Il serrait le bras de sa mère. Elle s'en débarrassait comme d'un moustique en l'écrasant d'une tape. Et Roman à quatre pattes de redevenir tout autant cinglé que les autres, de sauter mains en l'air pour s'emparer d'un aigle dont il avait décidé de remplir le ciel du pays pour chasser les moutons sauvages paissant à la frontière qui s'éloignerait tant qu'on n'aurait aucune envie d'entreprendre un long voyage pour aller chercher là-bas la viande du dîner.

Angelika lui jetant des coups d'œil, incrédule, mais pas assez pour ne pas espérer qu'à force de gesticuler il fasse tomber des grives ou quelques merles dont elle pourrait faire une fricassée.

On aurait dit qu'on avait plongé Martin et sa mère dans une barrique d'ampères, de volts, d'adrénaline d'où ils étaient ressortis comme des *Jack in the box*. Et Roman traçait dans l'air des roues, des bateaux, des véhicules à grosses pattes d'éléphant, de tigre, des bonshommes qui s'évaporaient en laissant des traînées persistantes dans le vide.

Il s'interrompait pour cavalcader dans le sillage du frère galopant à travers la plaine claquemurée.

La cave gesticulait. Mais quand les cœurs n'en pouvaient plus de battre et menaçaient de sauter hors des poitrines et filer, s'ensuivaient des périodes d'accalmie où l'on tentait de réfléchir, de méditer, de rationaliser le chaos, d'asseoir les fondations de l'ère nouvelle dont on serait les démiurges, tandis que percevant à nouveau les plaintes de sa sœur Roman s'en retournait auprès d'elle, essayant avec la paille de lui souffler un peu de thé froid dans la bouche avant de s'assoupir à son côté, se faisant tout petit pour éviter d'écraser sa poitrine ou de tomber du lit.

Martin devenu scribe, traçant avec un feutre des fantômes d'idées. Angelika n'en finissait pas de sublimer ses découvertes, refusant d'admettre que des inepties indéchiffrables pouvaient s'échapper du cerveau de l'homme de la maison.

Elle jouait le rôle de modérateur de l'absurde. Tant qu'elle n'aurait pas trouvé le moyen de remplir les caisses du pays, elle s'attacherait à éviter la banqueroute à force de dépenses inconsidérées.

Dans un premier temps, on se contenterait de cultures modestes, des pommes de terre, des légumes secs qui assureraient l'autonomie de la cave en cas de défection du père. En fait d'équipement, une corde à nœuds ferait office de gymnase et elle négocierait avec lui l'achat d'une balançoire en lui prouvant que leurs maigres plantations lui faisaient faire assez d'économies pour ne pas grever son budget.

Les murs ne reculeraient pas au doigt et à l'œil. Entreprendre des travaux de terrassement serait cause de poussière, de vacarme, et on ne pouvait exclure les éboulements, tout le monde crevant étouffé sous l'avalanche de terre et de cailloux.

Les reportages abondaient d'exemples de familles vivant dans des lieux beaucoup plus exigus que la cave. Pour la rendre plus spacieuse, il suffirait de chasser le désordre avec encore plus de férocité. On dévisserait chaque matin les pieds des lits pour les plaquer aux murs durant la journée. Plusieurs mètres carrés gagnés sans coup férir et les parois sembleraient lointaines. Elle avait oublié qu'ils étaient soudés.

Elle n'excluait pas de pouvoir un jour sortir de l'autarcie. C'était en commerçant qu'un pays s'arrachait peu à peu au sous-développement, s'ouvrait au monde, transformait un champ de friches en contrée riche et prospère.

– Patience, Martin.

Mais il venait de s'endormir sous la table en chien de fusil.

Elle a pris le temps de brûler ses notes et les pages du cahier, manquant de s'asphyxier dans la cave enfumée, avant de boire la moitié d'un flacon de Théralène et de rejoindre son lit ivre morte.

Elle s'est levée quinze heures plus tard.

Petra avait réveillé plusieurs fois Roman. Un petit cri quand elle inondait le lit. Il allait dans la réserve chercher des chiffons. Il les enfonçait dans le pantalon du jogging qui lui servait de pyjama. Il passait un torchon humide sur son visage en nage. Il faisait chauffer du lait, lui préparant un chocolat dont il réussissait à imbiber sa langue chargée d'un enduit blanc et sec.

À plat ventre sur la plus haute étagère de la réserve d'où il avait observé les allées et venues de Roman sans prendre la peine d'adresser la parole à un pareil microbe, Martin venait de se sacrer empereur. Une brève cérémonie dans un coin de sa tête, mais somptueuse, dans le salon d'honneur d'un palais gardé par les tanks d'une armée devenue nécessaire pour repousser les attaques des hordes loqueteuses cherchant à s'engouffrer dans l'opulente patrie par le moindre orifice de l'infini du ciel de la cave enfin sortie de sa chrysalide et devenue carillon.

– Carillon.

Un mot dont il avait décidé d'affubler le nouveau système solaire qu'il serait désormais en charge de gouverner.

Sa mère l'appelant d'en bas. Un personnage secondaire, tout au plus un sous-lieutenant. D'ailleurs, elle n'a pas insisté. Il l'a entendue prendre sa douche.

Il a vu s'ouvrir la trappe. Deux sacs de vivres pendaient aux bras du père.

– Qu'est-ce que tu fous là ?

Il a craché dans sa direction, pensant que ce vieux manant serait sensible à ce cadeau du monarque. Le père se débarrassant de son fardeau, s'emparant du fils et lui cassant la gueule. L'empire s'est effondré dans un bain de sang. Il n'a laissé aucun vestige et plus personne ne s'est plus souvenu qu'il avait existé.

Martin a gardé une balafre au front.

La vie a repris son cours. Petra se montrait discrète dans sa douleur. L'épuisement ne lui permettait pas de hurler, de crier, de soupirer bien fort. Angelika avait entendu évoquer à la télé le cas d'un roi français qui pour surmonter sa fatigue avait décidé de passer six ans dans son lit. Il s'était relevé en pleine forme et avait joui d'une insolente santé jusqu'à sa mort survenue vingt-cinq années plus tard.

Elle n'était guère convaincue de la guérison de sa fille par le lit, mais elle en rêvait. D'ailleurs ce ne serait pas une catastrophe de rester si longtemps couché dans cette boîte où l'on ne pouvait faire que de courtes promenades à travers les pièces et quelques sauts pour se prouver qu'on a grandi et que bientôt sa tête percera le plafond.

Elle la veillait. L'angoisse et la sérénité dans le silence de la nuit. Elle avait toujours la bouche grande ouverte pour happer l'air. Un bruit continu de soufflet. Une sorte de mantra perpétuel dont on oublie les paroles et qui berce. La télévision était éteinte. Depuis des années, elle ne l'éteignait guère que pour dormir et souvent elle profitait de sa mélopée jusque dans son sommeil, fermant les yeux, remplaçant petit à petit le bruit d'un commentaire par les voix des vendeuses d'une boutique de prêt-à-porter qui hantaient ses rêves de coquette ensevelie.

Martin et Roman avaient reçu l'ordre de parler à voix basse.

– Je ne veux même pas vous entendre murmurer.

Martin bravait la consigne. On l'entendait souvent pousser des cris dans la réserve. Une coutume de la cave. S'entendre, s'évacuer, une thérapie primitive dont on sortait aphone, soulagé, comme si on avait pressé un furoncle.

Roman ne se déplaçait plus comme un chien, il s'était fait chat. Un chat sans griffes, qu'on n'entendra jamais gratter et qui hésite à tirer la chasse en se levant du siège. Le félin se glissant dans la chambre, se roulant en boule sur le sol. Il tirait la langue pour goûter à la mort, ce plat exotique que Petra s'apprêtait à déguster.

Martin avait peur. Il craignait de disparaître avec sa sœur. Il l'avait toujours connue, une étrange gémellité comme s'ils avaient partagé un cerveau à deux places. Une conscience, des souvenirs partagés, identiques. Seules les hormones les avaient sur le tard séparés.

Il entrait dans la chambre quand sa mère l'avait trop appelé. Il apportait des glaçons dans un sac en plastique qu'elle plaçait sur le front de Petra lorsque l'aspirine ne parvenait plus à faire tomber la fièvre. Son regard évitait le visage de sa sœur qui semblait émerger comme un nénuphar des profondeurs de l'oreiller.

– Il faudrait des médicaments.

Fritzl réfléchissait.

– Des médicaments ?

À part l'aspirine et le sirop, durant vingt-quatre ans aucun remède n'avait franchi la trappe.

– Et vous n'en êtes pas morts.

On ne guérissait pas les morts, mais les vivants pouvaient faire un effort de volonté pour continuer à vivre. Cette maladie était l'épreuve que devait traverser Petra pour devenir adulte.

– Il faut la réveiller.

Il lui donnait de petites tapes sur les joues. Elle gémissait avec plus de vigueur. Elle levait les mains, même si elle ne parvenait pas à les monter assez haut pour chasser les gifles.

– Elle ouvre les yeux.

Deux billes bleues apparaissaient entre les paupières écarquillées.

– Tu t'appelles comment ?

Elle ne se souvenait plus. Mais elle est parvenue soudain à articuler.

– Je ne sais pas.

– Souviens-toi.

Elle refermait les yeux. Plus un soupir, un corps inerte mâchoires béantes et les poumons s'épuisant à se gonfler.

– Tu pourrais peut-être apporter des antibiotiques ?

– Dans notre famille, on s'est toujours passé d'antibiotiques.

Il s'en allait.

Angelika se mettait en tête que les médecines douces pouvaient faire des merveilles. Elle jetait du poivre dans une casserole d'eau. Elle faisait bouillir la décoction pendant des jours, s'assoupissant à peine pour compenser sans cesse l'eau évaporée. Une décoction épouvantable qu'elle introduisait dans le corps de la malade. Elle avait du mal à déglutir, elle toussait, mais la médication finissait par se frayer un chemin jusqu'à l'estomac.

Elle la piquait avec une épingle. Une acupuncture sauvage qui lui arrachait des grimaces. Elle lui imposait les mains pendant des heures. Quand elle demandait à Martin de prendre la relève, il ricanait dans le couloir en tournant le dos à l'ouverture.

– S'il te plaît.

Il jetait Roman dans la chambre. Elle se contentait de ses petites mains. Elles semblaient plus bienfaisantes que les siennes. Petra fermait la bouche et son agonie ressemblait soudain au sommeil.

Fritzl apparaissait un jour sur deux. Il ne dînait pas, ni ne touchait un verre. À tout moment, il écrasait un mouchoir de coton blanc sur son visage. Il entrait un instant dans la chambre de Petra pour en ressortir aussitôt comme si la pièce avait été en flammes.

– Il faudrait la monter là-haut. Chez un médecin, on lui ferait une ordonnance.

– Les médecins se trompent souvent et leurs erreurs tuent beaucoup de gens.

Angelika se mettait en rage. Il essayait de s'enfuir, mais elle le rattrapait, enfonçait les ongles dans son cou pour l'empêcher d'ouvrir la trappe. Il la repoussait mollement, il semblait trop accablé pour porter la main sur elle.

– Il faut lui donner des bains.

Une recette oubliée depuis la mort du bébé qui lui était soudain revenue à l'esprit. De quoi calmer la mère quelque temps.

Ils la transportaient dans la baignoire. Un bain chaud, un bain froid. Un sac de gros sel qu'on versait en pluie pour faire de la baignoire une petite mer. Un long bébé famélique qu'on étendait sur la table pour le sécher, le garnir de vieux torchons.

On la recouchait sur le lit frais. Dans l'intervalle, Roman avait changé les draps.

– Elle ira mieux demain.

Elle le laissait s'en aller.

Au matin, Petra ressemblait à un cadavre. Son corps n'en pouvait plus de chercher l'oxygène, l'air de la cave l'asphyxiait peu à peu. La pièce comme ces poches transparentes qu'on distribue dans les pays nordiques aux aspirants à l'euthanasie pour qu'ils s'en aillent en s'endormant.

Elle se noyait.

Fritzl avait décidé que le médecin de Petra serait le temps. Les soins que lui prodiguait Angelika l'aidaient à la distraire de son angoisse de femmelette qui tremble devant la possible mort des siens. Il ne prenait au sérieux que la sienne, peur de rejoindre le néant, ce cabinet noir où l'on enferme ceux qui ont vécu pour les punir d'avoir existé.

Il a décidé de s'arracher quelques jours à Amstetten. Un voyage à Marrakech, retrouver le soleil pour oublier l'hiver gris et la lueur jaune de la cave. Avant son départ, il est descendu apporter des vivres et remonter trois sacs-poubelle lourds comme des enfants morts.

– Elle est de plus en plus chaude et elle grelotte.

– Une fièvre froide.

Son rire. Elle lui tenait le bras. Elle cherchait en elle deux sous de charme. Elle s'est mise à le supplier à genoux. L'amadouer, prendre son sexe. L'espérance de vaincre son indifférence en usant de son pouvoir de concubine. Il a repoussé l'ancien objet de son désir.

La place Djema'a el-Fna, les promenades en calèche, les dîners sous les étoiles malgré la fraîcheur de la nuit. Des achats de châles en fausse soie, des siestes sous la pale paresseuse du ventilateur de sa chambre. Des rêves d'argent, l'oubli de sa faillite prochaine et l'idée fixe de profiter de la baisse de l'immobilier autrichien pour rafler des immeubles au prix des masures. Et puis la jouissance d'être lui-même, cet être miraculeux qui laisserait derrière lui une gerbe d'étincelles dans le vide cosmique.

Le retour. Anneliese inquiète, de mauvaise humeur, soupçonneuse.

– J'ai entendu les enfants crier.

– Quels enfants ?

Elle a rougi.

– Des enfants.

– Ce devait être l'écho d'une école.

Elle a reniflé comme s'il l'avait battue.

– Sûrement.

– Tu devrais prendre un cachet.

Une provision d'anxiolytiques que Fritzl se faisait prescrire par son médecin avec les remèdes qui rendaient sa verge dure comme une béquille. Elle devenait nerveuse avec l'âge, les benzodiazépines lui procuraient tranquillité et ivresse. Elle s'en était privée depuis le jour de l'an à la suite d'une chute dans l'escalier.

– Tu n'aurais pas dû boire autant de vin.

Il lui a apporté deux cachets. Il les a jetés dans son bec.

– Bois un verre d'eau au lieu de t'étouffer.

Il l'a abandonnée béate sur le canapé en regrettant de n'avoir toujours pas installé le système de télésurveillance qui lui aurait permis de garder un œil sur sa famille d'en bas depuis l'autre bout du monde et de la menacer à la moindre incartade par l'entremise d'un haut-parleur comme un maître nageur perché sur sa chaise haute.

Au cours de sa perquisition, la police a retrouvé dans le bureau du rez-de-chaussée six webcams encore sous blister et la facture déjà classée en date du 18 janvier.

– Je voulais les avoir toujours avec moi sur mon téléphone. Avec cinq caméras, j'aurais pu couvrir toute la cave avec des angles morts restreints qui ne leur auraient pas permis de se cacher. À mon âge, je ne supportais plus aussi bien l'humidité. Quand je passais la nuit en bas, je me réveillais avec des rhumatismes et après j'avais du mal à passer les trappes. L'été, je ne respirais pas bien. L'an dernier, j'ai même eu un malaise. Angelika a eu très peur, j'étais devenu pâle, je m'étais évanoui.

– Peur de rester avec ses enfants au fond du trou ?

Il a gratté sa moustache.

– Sans doute, mais avant que la police lui monte le coup elle était attachée à moi. Elle me disait souvent *je t'aime* pendant que nous faisions l'amour. C'était peut-être pour avoir plus de plaisir, elle regardait tellement d'émissions où on dit que c'est plus excitant d'être amoureux.

– Vous comptiez vraiment installer ces webcams ?

– Plus je devenais vieux, plus j'aurais dû me résoudre à espacer mes visites. J'aurais fait de grandes courses de temps en temps pour qu'ils ne manquent de rien. Grâce aux caméras, je serais toujours resté en contact avec eux. Quand je serais descendu, ç'aurait été comme une grande fête.

Une grimace sur le visage de l'inspecteur imaginant les réjouissances.

– C'était de plus en plus pénible pour moi de charrier tous ces paquets. Vous n'imaginez pas les tonnes de vivres et de poubelles que je devais transporter chaque année. Au début, j'avais dessiné les plans d'un monte-charge qui courrait sur un rail le long de l'escalier, puis un tapis roulant jusqu'à la cave. J'avais longtemps hésité, mais trop de travaux en perspective, et après je n'avais plus le courage.

Il a mis sa tête dans ses mains. Il a peu à peu replié ses doigts et son regard est réapparu.

– Je voulais pouvoir les regarder vivre, dormir, se

réveiller, les entendre parler, se lever de table, marcher d'une pièce à l'autre. Je voulais faire de la cave une sorte de boîte de verre. Comme à la télé, quand on enferme les candidats pendant des semaines dans une villa. Mais c'était compliqué. Je ne pouvais pas brancher internet là-bas. Les logiciels de protection ont toujours une faille. Elle aurait été tentée de contacter l'extérieur. Je voulais à tout prix leur éviter une sortie brutale. Une famille, c'est comme une plante, on ne la change pas de pot n'importe comment. Tout ce mal qu'on a fait aux enfants en les jetant hors de leur univers sans précaution. Je voulais leur apprendre l'extérieur petit à petit et les intégrer avec leur mère dans notre foyer en douceur. Comme on dit aujourd'hui, je voulais qu'on soit bientôt une famille recomposée.

Il avait balancé jusqu'à la fin. Espacer ses visites tout en les regardant vivre ou les exfiltrer et après une période de probation leur permettre de faire des incursions hors de la maison et petit à petit rejoindre la vie.

Il a fixé le policier.

– Vous leur avez fait beaucoup de mal. À cause de vous, ils ne s'en remettront jamais. Ce n'est pas le rôle de la police de séparer les enfants de leur père, de leur apprendre à ne plus l'aimer. Et Angelika ? Elle croit maintenant qu'elle a été malheureuse pendant vingt-quatre ans. Elle ne se souvient plus que dans la cave il y a eu aussi beaucoup de bonheur.

Des sortes de larmes ont failli monter aux yeux de Fritzl.

– Vous avez vu les photos de notre dernier Noël. Tout le monde était joyeux. On se fichait bien de ce qui pouvait se passer dehors.

Un sourire attendri apparaissait sur son visage.

– Nous avons chanté ensemble *O Tannenbaum*. Et c'est vrai qu'il était beau, notre sapin. J'avais acheté une guirlande électrique supplémentaire, des boules roses, une grande étoile. Angelika avait décoré la cuisine avec une bombe de neige artificielle, des paillettes, des bonbons de toutes les couleurs. La dinde était dorée, merveilleuse, elle scintillait sous les lumières des bougies. Nous avons bu du vrai champagne au dessert. Après, on a distribué les cadeaux. Les deux grands ont eu une montre, ils se sont précipités tout de suite dans notre chambre pour les mettre à l'heure de la télé. Mon petit Roman, je lui avais offert une panoplie de chevalier. Il a fait des cavalcades toute la soirée avec son heaume et son épée.

– Vous avez offert quoi à Angelika ?

Fritzl a ouvert grands ses yeux pétillants de fierté.

– Une robe en satin noir, des bas de soie et une paire d'escarpins à talons aiguilles. Elle a toujours été très élégante. D'ailleurs, vous l'avez vue l'autre jour quand nous sommes venus faire notre déposition. Elle avait teint ses cheveux le matin même, un maquillage impeccable, et cet imperméable genre Burberry que je lui avais apporté il y a quatre ans pour lui faire plaisir alors qu'elle ne sortait jamais de chez elle.

– Je ne me souviens pas.

En réalité, au cours des dernières semaines de son séjour dans la cave, la maladie de Petra la laminait. Elle en oubliait les nettoyages de peau, les masques de beauté, les soins méticuleux qu'elle prodiguait à sa chevelure. Elle continuait cependant à prendre six ou sept douches par jour et à se laver compulsivement les mains. Une phobie due à la proximité des rats dont elle ne guérirait jamais.

– Elle est belle, ma fille.

À présent qu'il l'avait perdue, il la désirait à nouveau. Dans son souvenir, elle avait déjà rajeuni. Bientôt, elle recommencerait à l'obséder. Des images superposées dans sa mémoire. Elle avait douze ans, elle en avait trente, quelquefois seize, dix, et son apparence de quadragénaire édentée ne serait plus qu'un spectre fugitif dont l'apparition polluerait un instant ses fantasmes.

Il est arrivé dans la cave sans provisions avec les châles sous le bras. Dans la cuisine, Martin mangeait du sucre et des biscottes. Une enquête éclair sur le vacarme qui avait troublé la quiétude imbécile d'Anneliese.

– Qui criait ?

– C'était Roman.

– Menteur.

Il lui a donné des coups de pied après l'avoir jeté à terre. Angelika a surgi, elle n'a pas osé interrompre la correction. Martin s'est coulé sous la table.

Fatigué, le père a fini par s'asseoir. Il a réclamé une bière.

– Il n'y en a plus, il ne nous reste presque plus rien.

– Fais-moi un café.

Le café manquait aussi.

– Elle est presque morte.

– Quand arrêteras-tu de devenir folle ?

Il est allé dans la chambre. La bouche entrouverte de Petra, une respiration sifflante comme si l'air ne parvenait plus aux poumons que par un orifice large comme une piqûre de moustique.

Roman massait son front avec l'eau qu'il puisait dans un bol.

– Et toi ? Tu ne me dis pas bonjour ?

Il a dû se baisser pour récolter un baiser. L'enfant continuait à rafraîchir sa sœur, sérieux comme un secouriste qui pratique un massage cardiaque.

– Pitié.

Un mot sorti du ventre de la mère qui pleurait dans son dos.

– Je suis fatigué par le décalage horaire.

Il a quitté la chambre. Martin était toujours sous la table.

– Qu'est-ce que tu fous là ?

Il s'est déplié, il s'est levé.

– Tu ne seras jamais un homme.

Fritzl a étalé les châles sur la table. Ils étaient moins chatoyants sous la lumière artificielle. Il les a mis dans les bras d'Angelika.

– Tu pourrais au moins me remercier. La prochaine fois je ne te rapporterai plus rien.

– Merci.

Avant de partir, il s'est regardé dans le miroir du lavabo. Un coup de soleil enflammait son visage. Il s'est dit qu'il était bronzé.

Angelika laissait Roman dormir au pied du lit. Elle se douchait. Elle peignait sa chevelure ébouriffée, elle utilisait le sèche-cheveux. Elle commençait à se maquiller, le tube de fond de teint lui tombait des mains. Des larmes coulaient, elle essuyait son visage avec un coton.

Il restait quelques pages au dernier cahier que Fritzl avait apporté l'automne dernier. Elle s'attablait dans la cuisine. Elle se disait qu'après Petra tout le monde allait mourir. Les cellules des condamnés à mort sont zébrées de phrases et on ne sait plus quel supplicié les a écrites. Laisser une trace, l'empreinte de ses pas. Se retourner et être sûr qu'on a marché. Même si la pluie délave la marque des souliers.

« Petra agonise il faut qu'il accepte de la remonter. On la guérira sûrement sinon on l'enterrera dans un cimetière ce n'est pas une tombe ici. Je voudrais qu'elle ait un cercueil. On range ses affaires dans un placard les morts ont droit à un tiroir. Il pourra déposer son corps devant la porte je lui mettrai son nom autour du cou. On se tuera sans faire de bruit. Je lui ferai jurer de nous remonter l'un après l'autre. Les cadavres se taisent. Il dira que les sectes respectent les défunts et rendent aux familles leurs membres morts. Il ne reste plus que neuf pommes de terre et le fond du paquet de beurre a ranci. Les châles ne sont pas chauds je m'en suis servie pour enrouler le corps de Petra ce matin ils étaient tout mouillés de sueur. Elle s'étouffe avec la pomme de terre écrasée elle n'a pas la force de la rendre une fois qu'elle l'a avalée. Je crois qu'elle a grossi de toute façon il lui reste encore beaucoup de graisse sur les hanches. Les enfants maigres meurent plus vite. Un rat a filé sur son lit et il a disparu. Martin veut faire l'amour je suis obligée de le calmer autrement il crie. J'ai envie de fruits. Je nous ai vus hier à la télé. On parle de nous là-haut ils en ont assez de nous chercher ils ont mis des acteurs à notre place. »

Sa tête tombait sur le cahier. Elle s'endormait comme un écolier qui n'en peut plus d'étudier. Martin regardait un film dans la chambre. On entendait des râles de femmes. On aurait dit que des hommes rendaient leur dernier soupir. Martin a ahané.

Angelika s'est réveillée. La lumière de l'ampoule égale jour et nuit. Elle a fait chauffer de l'eau. Elle a retrouvé trois pincées de thym au fond d'un bocal. Elle les a jetées dans un bol. Une coloration, un breuvage verdâtre. Elle a aspergé Petra avec l'infusion refroidie.

Petra geignait plus fort. Elle a repris espoir, elle semblait plus vivante que la veille. Elle a mis à tremper les draps souillés. Depuis un mois la machine à laver était en panne. Fritzl lui avait reproché de ne pas comme sa mère aimer la crasse.

– Tu laves trop.

Roman dormait sur la couchette supérieure des lits superposés. Martin somnolait en travers sur le grand lit. Le film était terminé. La cassette était bloquée sur la fin du générique et les haut-parleurs gueulaient un larsen. Elle a éteint le magnétoscope. La télé a redémarré. Une émission de fin d'après-midi. Un médecin parlait d'un nouveau vaccin pour préserver les femmes de demain du cancer de l'utérus.

Elle est allée à la salle de bains. Les draps rendaient un jus couleur de merde. Elle s'est demandé si elle ne pourrait pas les remplacer par des sacs-poubelle. Mais de toute façon quand Petra serait guérie son père évacuerait le matelas et en descendrait un neuf.

– Réveillez-vous.

Elle avait hurlé. Roman s'est réveillé en sursaut. Martin a émergé en réclamant son petit déjeuner. Elle lui a apporté le fond froid du bol de thym. Il l'a jeté contre le mur. Il a avalé glacées les deux patates qui restaient dans le frigo.

– Il faut que vous m'aidiez à porter Petra dans son bain.

Le linge était pendu au-dessus de la baignoire pleine à ras bord d'eau fumante. Il faisait un froid de gueux ce jour-là.

– Elle pue trop.

Martin est retourné dans la chambre. Il a changé de chaîne. Un nouveau comique à l'écran qui depuis l'an dernier comblait tous les music-halls du pays. Il riait en enfonçant sa tête dans son pull-over.

Roman tenait les pieds de Petra, sa mère la traînait. Elle a réussi à la basculer dans l'eau. Elle a bredouillé en faisant une grimace qu'Angelika a prise pour un sourire de satisfaction. Un filet de veinules violacées enserrait ses jambes, ses bras courts, maigres, blêmes, ses mains de veines, ses doigts de brindilles, son ventre bombé d'enfant affamé et en dessous une pilosité rare, des rayures sur la pellicule usée d'un vieux film, un visage blanc, de gros yeux exorbités que dévoilaient parfois les paupières, le trou de la bouche quand s'entrouvraient les lèvres. Un bébé difforme sous la loupe.

– Ta sœur est comme une fleur, elle revit quand on la trempe dans un vase.

Roman ne lui trouvait aucune ressemblance avec les fleurs des champs que Fritzl descendait parfois au printemps. D'ailleurs, on avait beau leur mettre les pieds dans l'eau, elles ne passaient jamais la nuit.

– Je demanderai à ton père d'apporter du lait.

Elle caressait ses cheveux rares. Un bonnet de poil jaune qui lui cachait le front et tombait dans son cou.

– Il nous faudrait du lait de brebis, c'est maigre et nourrissant.

– Elles font du lait, les brebis ?

– Bien sûr, et c'est tout petit, une brebis.

Elle imaginait un animal comme un bibelot qu'on aurait pu poser sur une étagère dans la caisse qui avait servi de berceau aux enfants. Elle brouterait les épluchures, laperait l'eau du riz, des pâtes et des légumes. Des mamelles disproportionnées. La traite quotidienne et la cave transformée en laiterie de poupée.

– Moi aussi.

– Quoi, maman ?

– Les femmes font du lait aussi.

Roman voyait sa mère paître le carreau.

– C'est vrai ?

– Tu ne te souviens pas ?

Elle l'avait pourtant allaité deux ans. Encore aujourd'hui, il lui arrivait de donner un mamelon à sucer pour l'apaiser quand il criait dans la nuit. Il avait beau le mordre, il n'en sortait jamais rien.

– Les mères aussi sont des brebis.

Il voyait maintenant un troupeau de mères bêlantes lapant l'eau de la piscine des Fritzl.

– Maman, elle a froid.

Petra grelottait. Elle a rajouté de l'eau chaude.

– Elle s'endort.

Yeux clos, plus que la bouche entrouverte cherchant l'air. Un chalumeau émergeant à la surface d'un étang où un évadé se dissimule pour échapper aux gendarmes.

Mère et fils la ramènent jusqu'au lit.

– On va la laisser dormir.

Roman se pose par terre. Elle le prend par la main. Elle l'amène devant la télévision. Elle le maintient assis au pied du grand lit le temps que la série policière fasse son œuvre. Elle l'abandonne quand il accepte de prendre place dans l'hélicoptère qui fait du gymkhana entre les gratte-ciel.

Plus rien à manger dans la cuisine. L'exaltation d'un début de jeûne. Elle parle à l'ampoule. Un micro étanche. Une radio close dont l'animateur est le seul auditoire. Une voix forte, timbrée, claire, des mots assez agiles pour se couler entre les lattes. Ils résonnaient dans l'entrée, montaient l'escalier, pénétraient l'appartement comme une odeur d'ammoniac. Les enfants du haut croyaient parfois les entendre. Ils se regardaient, puis ils partaient d'un fou rire. Ils croyaient à l'écho, comme le Moyen Âge au loup-garou et au moine bourru.

Elle finissait par se taire. Elle essayait de déchiffrer ses paroles collées au plafond pour les retranscrire dans le cahier. Des coquilles vides dont la substance s'était perdue là-haut. Elle les a balayées quand elles sont tombées en poussière sur le carreau.

Le lendemain, le cahier lui a servi de porte-voix.

« La réalité est moins triste que ceux qui sont dedans. Dans Petra la santé existe. Les enfants aussi doivent maigrir. Boire de l'eau est plus sain que manger des patates. Il a jeté du riz et du chocolat dans la réserve pendant qu'on dormait. Martin a dévoré les deux tablettes et il a été malade toute la nuit. Il est revenu ce matin avec des bières il a bu une canette au-dessus d'elle il était furieux qu'elle ne soit pas guérie. Il a jeté quelques gouttes dans sa bouche il a dit que la bière contenait des levures. Elle s'est étouffée il s'est énervé.

– Peut-être bien qu'elle mourra. Vous l'aurez sur les bras. La chaudière n'est pas un four crématoire. Le brûleur s'encrassera. Je n'ai pas envie que le réparateur retrouve un pied à moitié cuit.

Il est parti et il était à nouveau là une heure plus tard. Il s'est en allé en laissant la trappe ouverte. Il n'a pas arrêté de revenir. Je l'entendais monter et descendre l'escalier. Je mange trop. Si au moins il n'avait pas apporté un grand ballot de courses pour que je lui prépare un dîner. Je n'ai pas pu m'empêcher de manger la moitié d'un paquet de biscuits. Avec des bouts de drap je me ferai une corde à sauter. Les calories s'envolent et le sucre n'aura pas le temps de me faire du gras. Petra est en train de mourir de faim. Je presse un gant de toilette pour faire tomber de l'eau sucrée dans sa bouche elle l'avale avec sa salive. Roman me remplace quand ma main est ankylosée. Elle va guérir si on l'hydrate. »

Elle modifiait la réalité en la racontant. Le verbe a bien créé le monde.

« Petra a bonne mine. Elle va aux toilettes en trottinant. Elle m'a aidée à préparer le repas. Elle a dit pendant le dîner que son rhume était de la comédie. Je l'ai giflée et je l'ai poussée dans la réserve. Je crois que Martin n'est pas si petit. Ici tout est paresseux et le corps prend son temps. À trente ans il aura dépassé son père qui se sera beaucoup tassé. Petra a grandi au lit. Une belle fille haute comme un cheval. J'ai envoyé Roman se coucher depuis hier je veux en faire un grand dadais. Petra me vole mon maquillage elle porte mes talons hauts elle tourne autour de son père. Roman est encore trop jeune pour que je devienne grand-mère. Elle s'est frotté la figure de beurre. Elle croit que c'est un masque de beauté. »

Un cahier incantatoire.

« Il fait beau le soleil perce le plafond. Il manque des tuiles sur le toit les rayons traversent les étages. Les enfants ne sont pas nés. Je suis enceinte quand j'aurai accouché les tétées l'auront vite requinquée. Petra est morte mais elle vivra. Je l'ai assommée avec une bouteille. Martin m'a aidée à la ligoter. J'ai pris le téléphone de papa j'ai dit aux flics que je les guiderais en frappant sur la trappe avec une casserole. J'ai appelé maman elle a dû changer de numéro depuis le temps la sonnerie n'arrêtait pas et c'est Thomas qui m'a répondu. Je vois les policiers en rang dans la rue la porte est fermée je leur ai fait signe de grimper par la fenêtre. Il grêle on est mieux à la maison. Petra ne veut pas entendre parler d'un enterrement sous la pluie. »

Elle ne parvenait pas à perdre la raison. La cave était solide, la folie finissait toujours par se cogner contre ses parois. La veille Fritzl avait dormi là une petite heure après le dîner. Elle avait eu peur de le réveiller en tirant le portable de sa poche. Si elle lui avait cabossé le crâne avec un ustensile, Martin se serait peut-être cru obligé de la tuer pour venger le seul homme de son univers.

Petra ne bronchait plus dans la baignoire. Angelika ne prenait plus la peine de contredire la réalité. L'imaginaire était une guerre perdue.

« Il ne veut pas de Petra morte sur les bras. Il n'aura pas le courage d'abandonner Roman. Le petit parlera s'il ferme la porte derrière nous. Il dit qu'il ne trouve pas la maladie de Petra sur internet.

– On ne meurt pas d'une maladie qui n'existe pas. »

Elle laissait le cahier sous l'évier. Elle rejoignait Petra dans son lit. Elle la posait sur elle pour sentir sa chaleur. Elle craignait de se réveiller sous sa petite froide et morte. Martin s'était mis à pleurer. Une journée de larmes. Roman prostré dans un angle de la chambre. Elle ne quittait plus le lit de la gamine. Elle ne disait mot. Elle craignait de la faire mourir en bronchant. Elle respirait en cadence avec elle, pour l'accompagner, l'encourager à continuer à vivre.

Un soir, Fritzl a cédé. Une semaine d'hospitalisation et on la ramènerait guérie. Il la déposerait là-haut dans une chambre. Elle dormirait paisiblement. Au matin, elle aurait disparu. Elle serait de retour dans sa patrie.

Anneliese se demanderait si comme sa mère elle n'avait pas la manie de fuguer.

– Angelika a dû l'emporter pendant la nuit.

– On ne l'a pourtant pas entendue sonner.

Elle rougirait d'avoir raisonné.

Il ferait maigrir Martin et Roman. Il descendrait un rameur et des extenseurs pour faire de leur chair molle des muscles saillants. Il achèterait assez de lampes à ultraviolets pour transformer la cave en solarium. Il les équiperait tous d'un sac à dos de campeur, une gourde en fer-blanc bosselé sortant d'une poche. Aux premiers jours de juillet, une famille resplendissante apparaîtrait sur le trottoir.

Angelika raconterait enthousiaste ses années d'errance.

– Une secte en plein air vivant de chasse et de pêche.

Les enfants apprendraient leur passé en l'écoutant causer. Ils se souviendraient de tous ces cabris tombés dans les pièges dont ils avaient creusé la fosse, du crépitement des carpes, des truites et des goujons au-dessus des flammes du feu de camp, des nuits d'été où les étoiles et la lune semblaient si proches que tels des

Gaulois ils dormaient avec de vieux casques de moto trouvés dans un ravin pour en réchapper quand elles leur tomberaient sur la tête.

Petra disparue, Petra évaporée. Ce corps presque mort enlevé comme un défunt. Le même vide dans la cave qu'après un enterrement, quand il n'y a plus personne sur le lit. Seule flotte encore dans les airs l'odeur du cadavre aussi vite dissipée que l'écume d'un rafiot.

Martin ne crie plus. Roman cavalcade à nouveau à travers les pièces avant d'échouer aux côtés de son frère devant la télé. Angelika tourmentée sans le secours de l'aréopage qui demeure quelque temps autour des veuves et des mères. Pas même le secours de l'hyperactivité dans la chambre de la malade, l'espérance d'un signe encourageant sur le visage de l'infirmière qui vient relever la température, prendre la tension, changer la perfusion ou alimenter la pompe à morphine.

Parler, les mots sur le cahier comme un interlocuteur silencieux qui vous écoute ému.

« Avec Martin on l'a aidé à remonter Petra. Elle n'a même pas gémi quand sa tête a heurté la porte en béton. On est arrivés au rez-de-chaussée. J'ai entendu quelqu'un qui descendait l'escalier. Je suis sûre d'avoir vu maman. Son image comme un éclair. Elle a disparu. Elle a laissé son ombre sur le mur. Quand j'ai voulu lui parler elle l'avait déjà rejointe. Depuis trois ans elle ne nous a pas rendu visite. Je crois qu'elle venait avant. Elle se dissimulait derrière lui. Elle poussait une plainte en enfonçant son ventre dans la trappe. Souvent elle se laissait dans le labyrinthe. Elle envoyait son ombre ou une petite photo. Elle attendait d'être dans la cuisine pour se décoller elle faisait de la buée avec sa bouche sur le carrelage elle frottait avec sa manche. »

Une mère sale qui veut humilier sa fille en passant.

« Je l'écrasais du bout du pied papa faisait semblant

de n'avoir rien vu. Je l'entendais se reprendre dans le labyrinthe dès qu'il refermait la porte derrière lui les semelles de ses vieilles pantoufles qui se mettaient à claquer sur le ciment. »

Elle regrettait de n'avoir pas emporté les ciseaux d'écolier pour pouvoir découper son ombre. La froisser, enfoncer la boule dans sa poche. L'obliger à descendre la lui réclamer dès son retour dans la cave pour ne plus avoir à éviter les lumières et le jour.

« On a traversé le jardin on a porté Petra jusqu'au garage. J'ai entendu un volet s'ouvrir et claquer. Il a ordonné à Martin de garder la tête baissée pour ne pas voir le ciel. Le soleil était couché. Il y avait trop de lumière et j'ai fermé les yeux. Un nuage rose dans un coin qui se souvenait du soleil. Par terre l'herbe brune éblouissait aussi. L'air libre me brûlait les poumons. L'oxygène est devenu pour nous un produit toxique. La tête qui tourne comme après la première bouffée de haschisch aspirée derrière l'arrêt du bus à la sortie de l'école. Une odeur de campagne une odeur de ville l'odeur du barbecue éteint au fond du jardin l'odeur dégueulasse de ma robe lavée la veille l'odeur de Petra et de Martin et celle accrochée aux vêtements de papa l'odeur de la cave autour de nous comme des mouches. Soulagée par l'obscurité et la lumière de l'ampoule quand on est entrés dans le garage. L'odeur de la voiture. La carrosserie le réservoir le cuir des sièges. Une image nette en moi du moteur comme si chaque pièce dégageait son parfum. La route des vacances et le bruit des claques de maman quand on avait mal au cœur et que papa ne voulait pas s'arrêter. Des souvenirs dans les chiffons pendus aux crochets et dans le placard où sont rangés les vieux pneus et le tricycle et les jeux de plage.

– C'est lourd quand même, un squelette.

Il a compté jusqu'à trois. On l'a posée. Sa tête a fait un bruit en atteignant le sol. Il l'a regardée.

– On se demande avec quoi elle vit.

Il a souri.

– Elle n'a presque plus de viande.

Son ventre gonflé comme une bulle de peau. Depuis hier matin elle ne mouillait plus la serviette je ne sais pas si ses reins sont morts ou si à l'hôpital on les réveillera comme un cœur avec un choc électrique.

Martin était essoufflé. Il s'était accroupi. Il lui a donné des coups de pied pour qu'il se relève.

On l'a installée à l'avant il a bouclé la ceinture.

– Si on a un accident, au moins elle ne sera pas défigurée.

La salive ensanglantée qui perlait à la commissure de ses lèvres.

– J'espère que cette idiote ne va pas tacher le siège.

Il m'a dit qu'il allait laisser Petra dans la voiture jusqu'à demain matin je lui ai dit que les hôpitaux étaient ouverts la nuit il s'est mis à gueuler.

– Je suis fatigué, je ne vais pas rater une nuit de sommeil. Toi, tu ne fous rien, et moi à soixante-douze ans je me démène encore pour gagner de l'argent pour pouvoir vous nourrir.

Il faut qu'elle s'habitue à tout cet oxygène je ne veux pas qu'elle meure seule dans la voiture.

Il m'a touché l'épaule.

– Et maintenant, dépêchez-vous de rentrer.

J'étais pressée de redescendre il y avait Roman et puis la soupe était sur le feu. Martin poussait de petits cris en traversant le jardin. Il avait fait un effort pour marcher debout en aidant à transporter sa sœur maintenant il courait à quatre pattes. Il était désorienté sa tête a touché la façade de la maison il est tombé je l'ai aidé à se relever il m'a suivie jusqu'à l'entrée de la cave.

Papa avait laissé toutes les portes ouvertes pour ne

pas avoir à nous raccompagner. J'avais attaché Roman j'avais trop peur qu'il nous suive il se serait perdu s'il était monté là-haut.

Martin a cavalcadé quand on est arrivés dans le souterrain je n'arrivais pas à le suivre. Je perdais du temps en refermant les portes celles en béton étaient trop lourdes je les ai laissées entrouvertes.

J'ai retrouvé Martin couché devant Roman.

Il fixait le sol en jappant. Son frère lui répondait. Il lui racontait sans doute sa plongée dans le jardin. Un voyage sur la planète. Ils regardaient la trappe. Terreur qu'elle s'ouvre en grand et qu'ils soient aspirés par le sas. »

Ils ont refusé de se mettre à table. Ils s'étaient réfugiés sous les lits superposés. Le petit corps de Roman dans les bras de son frère qui s'accrochait à lui comme à une bouée.

Elle a posé leurs assiettes à côté du lit. Elles ont aussitôt disparu. Elle les a entendus laper la soupe. Elle leur a glissé deux pommes et des œufs durs. Ils ont rejeté trognons et coquilles.

Elle a élevé la voix pour qu'ils sortent de là.

– Venez prendre votre douche.

Ils se sont endormis. Elle a essayé de les tirer hors de leur cache. Ils paraissaient déconnectés de leur corps. Une conscience rêvant solitaire dans les circonvolutions du cerveau.

Elle a regardé la télé. Un film autrichien drôle qui glissait sur elle comme un courant d'air. Elle a mis sa tête sous l'oreiller. Se réfugier dans l'obscurité. Soulagement d'être enfouie vivante dans la terre. Peur d'un retour aux quatre vents. Elle se souvenait de la brise qui tout à l'heure faisait trembler les branches des cyprès. Elle espérait le prompt retour de Petra avant qu'elle ne se soit acclimatée à l'air libre.

Qu'elle emporte un mauvais souvenir de son passage éclair dans l'humanité. Aucune nostalgie de tout cet espace. L'oubli bienheureux de l'agitation, des effrayantes fenêtres, du ciel trop haut, des nuages comme des spectres, des rayons qui vous transpercent sans qu'on puisse trouver l'interrupteur pour éteindre le soleil.

Elle s'est levée. Un tunnel de publicités à la télévision. Envie de demander à son père de lui apporter un paquet de ces biscuits sans farine, sans sucre, sans beurre, qui la rassasieraient et la feraient fondre. Elle a mangé un quignon de pain au-dessus de l'évier. En mâchant longtemps elle espérait tuer les calories. De la nourriture morte que son estomac laisserait passer sans la voir.

Elle s'est mise à parler. Des mots murmurés, d'autres jetés dans un hurlement. Des rires comme des points, des guillemets, des sensations qui ne trouveraient jamais le havre du vocabulaire.

Le cahier où le feutre glissait comme un patineur. Elle l'écoutait, une musique improvisée, mélodies furtives, tam-tam.

« Les enfants se sont endormis sales. Peur que Martin tombe malade et contamine Roman. L'air d'en haut est chargé de microbes. Le labyrinthe les filtre avant qu'ils arrivent ici. J'aurais dû mettre une bassine d'eau et du savon devant la première trappe. On se serait frottés. On aurait laissé là nos vêtements. On dit que les tribus indigènes se dépeuplent au contact des explorateurs. Je dois désinfecter notre atmosphère. »

Un torchon imbibé de Javel qu'elle faisait tourner de pièce en pièce au-dessus de sa tête. Des taches blanches sur les couvre-lits. Son visage irrité par les gouttelettes, ses yeux rougis. Elle court se rincer sous la douche. Elle s'asperge de bain moussant.

Elle attend immobile que les miasmes se dissolvent. L'odeur de la cave, celle des cadavres des bactéries, de l'air insalubre du jardin. Ne restent que les virus indulgents des rhumes. La maladie de Petra était sûrement exotique, c'était son père qui la lui avait donnée. Il faudrait installer un vestiaire dans le sas. Il enfilerait à chaque fois une combinaison lavée et repassée longtemps à l'envers. Elle le débarbouillerait avec de l'alcool dès son apparition dans la réserve.

Le lendemain soir est transmis à la télévision le premier appel du médecin-chef de l'hôpital qui demande à rencontrer la mère de Petra. Elle se précipite sur le cahier, comme si les phrases allaient apparaître là-haut en lettres de fumée dans le ciel.

« Il faut que je parle au docteur. Papa ne vient pas. Il a dit qu'il nous gazerait si je tapais encore sur les tuyaux. Je ne peux pas monter lui parler en m'engouffrant dans le câble de l'antenne. Il dit qu'il y a des parasites à l'étage quand je remue le poste pour faire le ménage. Les parasites sont des signaux. »

Il était venu. Il avait dîné. Il avait vu le médecin-chef sur l'écran. Il était parti en trombe. Condamnant les lieux à mort, il avait coupé la lumière et l'eau. Il ne reviendrait plus. Les corps dessécheraient dans leur boîte. Si Petra s'en remettait, ses révélations passeraient pour des souvenirs inventés. Il envisageait aussi de malmener les machines si on lui accordait la permission de lui tenir compagnie hors de la présence du personnel soignant. Un incident respiratoire est vite arrivé.

Angelika et les enfants pétrifiés. Trois statues de sel dans la chambre. Les respirations lentes, inaudibles.

Les cœurs qui malgré la peur ne prennent pas la peine de battre plus fort. Les corps qui se détendent soudain, comme si l'exécution avait eu lieu. Ils tombent sur le grand lit. Ils sont endormis.

Ils se réveillent le lendemain à l'unisson. Angelika parvient à lire l'heure sur la montre de Martin. Les aiguilles phosphorescentes luisent encore dans l'obscurité absolue. Elle met la montre à son poignet.

– Pourquoi tu me la prends ?

– Tais-toi.

Elle se déplace jusqu'à la cuisine. Elle jette la batterie de cuisine sur le sol. Les enfants mangent du pain, du chocolat, boivent du lait à la bouteille. Elle fixe les aiguilles. Elle attend l'heure du facteur une poêle à la main. À dix heures cinq, elle déclenche le tintamarre. Les enfants s'emparent chacun d'une casserole et se mettent à frapper les tuyaux en hurlant. Hystérie collective des pénitenciers où les prisonniers cognent tous en même temps les barreaux avec leur gamelle.

La vie recommence. Ils clignent des yeux. Ils se réhabituent à la lumière. Angelika a déjà rejoint la baignoire pour prendre sa première douche de la journée. Les enfants s'écrasent devant la télé. La principauté souterraine continue son bonhomme de chemin.

La journée passe et puis la nuit. Le médecin-chef n'en finit pas de défiler. Fritzl leur rend visite dans la soirée. Il a décidé de donner une chance à Petra de mourir de mort naturelle en réanimation. Le pronostic est réservé. De toute façon, elle ne recouvrera pas sa conscience avant plusieurs semaines. Il aura le temps de réfléchir d'ici là.

– Elle a mangé un peu de riz à midi.

Mais à la télé on disait qu'elle était toujours entre la

vie et la mort. Angelika a tenté de lui vendre ses charmes en échange d'un simple appel à l'hôpital.

– Pour quoi faire ?

Il est parti.

Le lendemain au crépuscule, Angelika dans l'appartement des Fritzl.

L'ombre d'Anneliese un instant sur le pavé du couloir. Elle se barricade dans la cuisine, elle fait une réussite en se forçant à chantonner pour ne rien entendre de la conversation téléphonique de sa fille avec le médecin-chef de l'hôpital.

– Ma fille est très sportive. Elle n'a jamais souffert de rachitisme. Elle ne souffre d'aucune maladie génétique. Un refroidissement qui a dégénéré.

Le médecin se fait insistant. Il parle de séjour dans un local mal aéré, de mal des plongeurs, de reins en rade, de poumons atrophiés, de la scoliose extrême des bossus, de ses os friables, fragiles comme du verre.

Fritzl met un doigt sur sa bouche. Elle se tait. Le médecin lui demande si elle est toujours là. Fritzl raccroche.

– Tu es contente maintenant ?

Elle ne sait pas. Le médecin la harcelait depuis si longtemps. Il n'en finissait pas d'apparaître à l'écran pour la réclamer. Elle lui avait parlé. Elle avait obéi. Elle a baissé les yeux pour réfléchir.

– Tu pourrais m'amener la voir ?

– Qu'est-ce que tu racontes ?

Le repas du soir est venu à l'esprit d'Angelika.

– Les carottes ne s'éplucheront pas toutes seules.

Elle a quitté le salon. Elle s'est cognée dans la pénombre contre un meuble. Elle était trop pressée pour tenir compte de son genou douloureux. Elle marchait trop vite, Fritzl peinait à la suivre. Il l'a laissée à l'entrée de la cave. Un dictateur sur le déclin dont le trône est déjà tombé à la renverse. Les portes grandes ouvertes comme des douanes abandonnées.

– Pourquoi elle n'a pas téléphoné du portable de Fritzl ?

Nina a refusé de contacter le commissaire de la Basse-Autriche pour lui poser la question.

– Après ce que vous avez fait, il ne prendra même pas la communication.

Je me demande encore pour quelle raison la police n'a pas fait de recherches pour déterminer d'où provenait l'appel.

La dernière semaine avant l'exil du peuple de la cave. Fritzl recommence à parler d'émigration. Un pays qu'ils abandonneraient marche après marche. Le nouveau monde en haut de l'escalier.

– Mais rien ne presse. D'ailleurs, il vaudrait sans doute mieux que vous restiez ici. Petra reprend du poil de la bête.

L'angoisse et l'espérance, le flux et le reflux. Une pompe qui reprend la lumière après l'avoir jetée à flots. Martin agité, il ressent Petra depuis son arrivée à l'hôpital comme un amputé sa jambe coupée. Une fausse gémellité qui le fera mourir le lendemain du décès de sa sœur vingt-cinq années plus tard.

– Elle est en train de guérir. Elle t'apportera une trottinette.

Roman a cru sa mère. Il essaie de courir debout pour pouvoir tenir le guidon. Il fait avec sa bouche le bruit d'une moto. Il fait semblant d'éviter des obstacles. Il tombe lentement et se relève d'un bond.

Ces derniers jours lui ont fabriqué les plus beaux souvenirs de sa vie. Le bonheur dense qui emplissait tous les recoins de l'univers et il imaginait les rats en tenue de gala valsant dans leurs trous comme des officiers et des princesses. Titi le canari qu'il course en s'imaginant que la trottinette s'envole.

Angelika éprouve déjà la nostalgie de cette civilisation en voie d'écroulement. Peur de l'avenir, une époque floue, la crainte de perdre ses enfants dans les forêts des villes. Leurs sentiments, leur affection donnés en pâture à tous ces passants qu'ils croiseront dans les rues, dans le temps, dans le tohu-bohu de la vie sans murs, loin de la boîte dont ils étaient le seul contenu avec elle et leur père intermittent. Les enfants jetés par-dessus bord. Leur nage maladroite, leur peine à garder la tête hors de l'eau.

La liberté devant elle, un abîme de clarté, de bruit. L'infinité de la terre et des hommes. L'espoir de vivre enfin dans les publicités qui flottent comme des rêves dans les cerveaux de la tribu souterraine. L'exaltation de quitter la patrie minuscule, l'intimité du vase clos alimenté par le labyrinthe que Fritzl arpentait chargé de vivres et de poubelles.

Leur histoire devenue bientôt un conte de sorcière, un mythe dont on doutera des origines. Angelika et les ombres sur l'écran de la caverne dont Socrate ne dira jamais rien. Les phrases inhabitées des médias, des causeurs, des fabricants de romans. La cohorte des apprentis Platon, des jongleurs, bateleurs de la syntaxe, la poudre aux yeux du style.

Le cahier indifférent. Désagréable personnage, plate et blanche figure. Le feutre grinçant sur la page comme une girouette rouillée. À certains moments, il était couvert par le bruit de la rue, les cris d'Anneliese, ceux des enfants du haut se poursuivant dans l'escalier en partant pour l'école.

La cave déjà lointaine, en voie d'effacement. Irréelle, et la réalité qui l'étouffe déjà. La cave pendue par un fil qui peu à peu s'effiloche et s'en ira brûler au centre de la terre quand ils l'auront quittée.

Elle écrivait face à la télé. La cave se rétractait autour du hublot. La réalité qui commençait à crever la vitre, à déferler.

« La police le harcèle de questions. On recherche la secte. On arrête des gourous. Un bonze jure qu'il n'y a que des hommes dans son ashram. Un type avec un chapeau crevé dit qu'il est le seul membre de sa communauté. Papa sourit aux journalistes. Il va nous gazer. Il va empoisonner la perfusion de Petra. Elle pourrait guérir et parler. »

Le soir du 25 avril, Fritzl annonce à Angelika que l'exil est pour demain.

Au matin, les derniers habitants de la cave font leur balluchon. La remontée à la surface, avec un palier de décompression dans la chaufferie. Un rayon de soleil entre par la lucarne. La mère plisse les yeux, la lumière pénètre à peine par les fentes comme si elle portait des lunettes d'Inuit. Martin et Roman poussent un cri.

– Bande-leur les yeux.

Un bas noir noué autour du crâne. Ils les poussent devant eux. Un jeu de colin-maillard. Roman a dans la main droite un sachet transparent où barbote le poisson rouge. Dans la main gauche, la cage de Titi dont la porte s'ouvre en heurtant le mur. Le canari envolé, Angelika qui serre l'enfant aux épaules pour l'empêcher de partir à sa recherche à tâtons.

Le lendemain, il a voleté au-dessus des policiers venus faire des relevés dans la cave. Angelika leur avait donné l'ordre de le retrouver. Deux heures plus tard, un gendarme est descendu armé d'un filet à papillons. L'oiseau narguait les forces de l'ordre perché sur le frigo et s'envolait dès qu'on l'approchait. Une longue chasse. L'oiseau ramené le soir à Roman. Il est rentré tout seul dans sa cage comme un mouton volage épuisé et joyeux de réintégrer le bercail.

DU MÊME AUTEUR

Seule au milieu d'elle
roman
Denoël, 1985

Les Gouttes
théâtre
Denoël, 1985

Cet extrême amour
roman
Denoël, 1986

Sur un tableau noir
roman
Gallimard, 1993

Stricte intimité
roman
Julliard, 1996
et « Folio », n° 4971

Histoire d'amour
roman
Verticales, 1998
et « Folio », n° 3186

Clémence Picot
roman
Verticales, 1999
et « Folio », n° 3443

Fragments de la vie des gens
nouvelles
Verticales, 2000
et « Folio », n° 3584

Autobiographie
roman
Verticales, 2000
et « Folio », n° 4374

Promenade
roman
Verticales, 2001
et « Folio », n° 3816

Les Jeux de plage
récits
Verticales, 2002

Univers, univers
roman
prix Décembre
Verticales, 2003
et « Folio », n° 4170

L'enfance est un rêve d'enfant
roman
Verticales, 2004
et « Folio », n° 4777

Asiles de fous
roman
prix Femina
Gallimard, 2005
et « Folio », n° 4496

Microfictions
roman
prix France Culture / Télérama
Gallimard, 2007
et « Folio », n° 4719

Lacrimosa
roman
Gallimard, 2008
et « Folio », n° 5148

Ce que c'est que l'amour
et autres microfictions
« Folio », n° 4916

Sévère
roman
Seuil, 2010
et « Points », n° P2591

Tibère et Marjorie
roman
Seuil, 2010
et « Points », n° P2785

La Ballade de Rikers Island
roman
Seuil, 2014
et « Points », n° P4018

Bravo
roman
Seuil, 2015
et « Points », n° P4384

Cannibales
roman
Seuil, 2016
et « Points », n° P4635

RÉALISATION : NORD COMPO À VILLENEUVE-D'ASCQ
IMPRESSION : CPI FRANCE
DÉPÔT LÉGAL : JANVIER 2013. N° 110178-6 (2059168)
IMPRIMÉ EN FRANCE